LES
AUTEURS GRECS

EXPLIQUÉS D'APRÈS UNE MÉTHODE NOUVELLE

PAR DEUX TRADUCTIONS FRANÇAISES

L'UNE LITTÉRALE ET JUXTALINÉAIRE PRÉSENTANT LE MOT A MOT FRANÇA'
EN REGARD DES MOTS GRECS CORRESPONDANTS
L'AUTRE CORRECTE ET PRÉCÉDÉE DU TEXTE GREC

avec des arguments et des notes

PAR UNE SOCIÉTÉ DE PROFESSEURS

ET D'HELLÉNISTES

ESCHINE

DISCOURS
CONTRE CTÉSIPHON

EXPLIQUÉ, ANNOTÉ
ET REVU POUR LA TRADUCTION FRANÇAISE
PAR M. SOMMER
Ancien élève de l'École normale

PARIS
LIBRAIRIE HACHETTE ET Cie
79, BOULEVARD SAINT-GERMAIN, 79

LES
AUTEURS GRECS

EXPLIQUÉS D'APRÈS UNE MÉTHODE NOUVELLE

PAR DEUX TRADUCTIONS FRANÇAISES

Ce discours a été expliqué, annoté et revu pour la traduction française, par M. Sommer, ancien élève de l'École normale.

Paris-Lille, Imp. A. Taffin-Lefort. — 08-70.

LES
AUTEURS GRECS

EXPLIQUÉS D'APRÈS UNE MÉTHODE NOUVELLE

PAR DEUX TRADUCTIONS FRANÇAISES

L'UNE LITTÉRALE ET JUXTALINÉAIRE PRÉSENTANT LE MOT A MOT FRANÇAIS
EN REGARD DES MOTS GRECS CORRESPONDANTS
L'AUTRE CORRECTE ET PRÉCÉDÉE DU TEXTE GREC

avec des arguments et des notes

PAR UNE SOCIÉTÉ DE PROFESSEURS

ET D'HELLÉNISTES

—

ESCHINE

DISCOURS CONTRE CTÉSIPHON

———— ◆◆◆ ————

PARIS

LIBRAIRIE HACHETTE et Cie

79, BOULEVARD SAINT-GERMAIN, 79

—

1908

ARGUMENT ANALYTIQUE

DU DISCOURS CONTRE CTÉSIPHON.

———

Il était défendu, par une loi d'Athènes, de proposer au peuple de décerner une couronne à un magistrat qui n'aurait pas rendu ses comptes ; on devait, en vertu d'une autre loi, donner dans l'assemblée publique les couronnes décernées par le peuple. Démosthène, chargé de réparer les murs d'Athènes, l'avait fait à ses frais. Un de ses concitoyens, nommé Ctésiphon, proposa par un décret de lui décerner une couronne d'or, quoiqu'il n'eût pas rendu ses comptes ; de la lui donner en plein théâtre, devant le peuple assemblé, quoique ce fût contre la loi ; de faire proclamer que Démosthène recevait cette récompense à cause de sa vertu et de ses bienfaits envers le peuple d'Athènes. Eschine accuse Ctésiphon d'avoir voulu, contre les lois, faire décerner une couronne à un magistrat qui n'avait pas rendu ses comptes ; d'avoir proposé de la lui donner dans le théâtre ; d'avoir vanté faussement la vertu et les bienfaits d'un homme qui est sans vertu, et qui n'a jamais rendu de services...... Cette accusation fut intentée par Eschine à Ctésiphon quatre ans avant la mort de Philippe ; mais le jugement n'eut lieu que plusieurs années après. Alexandre était déjà maître de l'Asie. On dit que toute la Grèce accourut à cette cause. Quel spectacle, en effet, plus digne de curiosité que les débats de ces deux célèbres orateurs, apportant à cette grande cause toutes les ressources du génie et toute la chaleur de la haine !

(CICÉRON, *De optimo genere Orat.* **VII.**)

———

ΑΙΣΧΙΝΟΥ

Ο

ΚΑΤΑ ΚΤΗΣΙΦΩΝΤΟΣ

ΛΟΓΟΣ.

Τὴν μὲν παρασκευὴν ὁρᾶτε, ὦ ἄνδρες Ἀθηναῖοι, καὶ τὴν παράταξιν, ὅση γεγένηται, καὶ τὰς κατὰ τὴν ἀγορὰν δεήσεις, αἷς κέχρηνταί τινες ὑπὲρ τοῦ τὰ μέτρια καὶ τὰ συνήθη μὴ γίγνεσθαι ἐν τῇ πόλει· ἐγὼ δὲ πεπιστευκὼς ἥκω πρῶτον μὲν τοῖς θεοῖς, δεύτερον δὲ τοῖς νόμοις καὶ ὑμῖν, ἡγούμενος οὐδεμίαν παρασκευὴν μεῖζον ἰσχύειν παρ' ὑμῖν τῶν νόμων καὶ τῶν δικαίων.

Ἐβουλόμην μὲν οὖν, ὦ ἄνδρες Ἀθηναῖοι, καὶ τὴν βουλήν, τοὺς Πεντακοσίους[1], καὶ τὰς ἐκκλησίας ὑπὸ τῶν ἐφεστηκότων ὀρθῶς διοικεῖσθαι, καὶ τοὺς νόμους, οὓς ἐνομοθέτησεν ὁ Σόλων περὶ τῆς τῶν ῥητόρων εὐκοσμίας, ἰσχύειν, ἵνα ἐξῇ πρῶτον μὲν τῷ πρεσβυτάτῳ τῶν πολιτῶν, ὥσπερ οἱ νόμοι κελεύουσι, σω-

Vous avez vu, Athéniens, les intrigues de mes adversaires, cette armée de factieux rangés en bataille, les sollicitations employées dans la place publique pour nous faire dévier de nos règles et de nos usages : pour moi, je viens ici n'ayant de confiance que dans les dieux, dans mes juges et dans nos lois, persuadé qu'auprès de vous aucune intrigue ne prévaudra jamais ni sur les lois ni sur la justice.

Je voudrais, Athéniens, que tout fût sagement réglé par les magistrats dans le sénat des Cinq-Cents, dans l'assemblée du peuple, et qu'on mît en vigueur les lois de Solon concernant la discipline des orateurs : je voudrais que d'abord, sans trouble et sans tumulte, le plus âgé de tous pût, comme les lois le prescrivent, monter le premier

ESCHINE.

DISCOURS

CONTRE CTÉSIPHON.

Ὁρᾶτε, ὦ ἄνδρες Ἀθηναῖοι,	Vous voyez, ô hommes Athéniens,
τὴν μὲν παρασκευήν,	la disposition,
καὶ τὴν παράταξιν,	et l'ordre-de-bataille,
ὅση ἐγένετο,	combien grand il a été,
καὶ τὰς δεήσεις	et les supplications
κατὰ τὴν ἀγοράν,	sur la place-publique,
αἷς τινες κέχρηνται	desquelles quelques uns ont usé
ὑπὲρ τοῦ τὰ μέτρια	pour le les choses convenables
καὶ τὰ συνήθη	et les choses habituelles
μὴ γίγνεσθαι ἐν τῇ πόλει·	ne pas se faire dans la ville ;
ἐγὼ δὲ ἥκω πεπιστευκὼς	mais moi je viens ayant mis-confiance
πρῶτον μὲν τοῖς θεοῖς,	d'abord en les dieux,
δεύτερον δὲ τοῖς νόμοις καὶ ὑμῖν,	et secondement en les lois et vous,
ἡγούμενος οὐδεμίαν παρασκευὴν	pensant aucun préparatif
ἰσχύειν παρὰ ὑμῖν	n'être-fort près de vous
μεῖζον τῶν νόμων καὶ τῶν δικαίων.	plus que les lois et les choses justes.
Ἐβουλόμην μὲν οὖν,	Je voudrais donc,
ὦ ἄνδρες Ἀθηναῖοι,	ô hommes Athéniens,
τὴν βουλήν, τοὺς Πεντακοσίους,	le sénat, les Cinq-Cents,
καὶ τὰς ἐκκλησίας	et les assemblées
διοικεῖσθαι ὀρθῶς	être dirigées droit
ὑπὸ τῶν ἐφεστηκότων,	par ceux qui sont-à-la-tête,
καὶ τοὺς νόμους	et les lois
οὓς ὁ Σόλων ἐνομοθέτησε	que Solon a instituées
περὶ τῆς εὐκοσμίας τῶν ῥητόρων	sur la discipline des orateurs
ἰσχύειν,	être-en-vigueur,
ἵνα ἐξῇ πρῶτον μὲν	afin qu'il fût permis d'abord
τῷ πρεσβυτάτῳ τῶν πολιτῶν,	au plus âgé des citoyens,
ὥσπερ οἱ νόμοι κελεύουσι,	comme les lois ordonnent,

φρόνως ἐπὶ τὸ βῆμα παρελθόντι, ἄνευ θορύβου καὶ ταραχῆς, ἐξ
ἐμπειρίας τὰ βέλτιστα τῇ πόλει συμβουλεύειν· δεύτερον δ' ἤδη
καὶ τῶν ἄλλων πολιτῶν τὸν βουλόμενον καθ' ἡλικίαν χωρὶς καὶ
ἐν μέρει περὶ ἑκάστου γνώμην ἀποφαίνεσθαι. Οὕτω γὰρ ἄν μοι
δοκεῖ ἥ τε πόλις ἄριστα διοικεῖσθαι, αἵ τε κρίσεις ἐλάχιστα
γίγνεσθαι. Ἐπειδὴ δὲ πάντα τὰ πρότερον ὡμολογημένα καλῶς
ἔχειν νυνὶ καταλέλυται, καὶ γράφουσί τινες ῥᾳδίως παρανόμους
γνώμας, καὶ ταῦτα ἕτεροί τινες τὰ ψηφίσματα ἐπιψηφίζουσιν,
οὐκ ἐκ τοῦ δικαιοτάτου τρόπου λαχόντες προεδρεύειν, ἀλλ' ἐκ
παρασκευῆς καθεζόμενοι, ἐὰν δέ τις τῶν ἄλλων βουλευτῶν ὄντως λάχῃ κληρούμενος προεδρεύειν, καὶ τὰς ὑμετέρας χειροτο-
νίας ὀρθῶς ἀναγορεύῃ, [1], τοῦτον οἱ τὴν πολιτείαν οὐκέτι κοινήν,
ἀλλ' ἰδίαν αὑτῶν ἡγούμενοι εἶναι, ἀπειλοῦσιν εἰσαγγέλλειν,

à la tribune, et y donner l'avis le plus utile, avec la sagesse, fruit de
son expérience; qu'ensuite chacun, suivant son âge, pût à son tour
exposer son sentiment sur chaque sujet de la délibération. Par là, je
crois, la république serait mieux gouvernée, et les accusations y
seraient moins fréquentes. Mais depuis qu'on a aboli les anciens
usages regardés de tout temps comme sagement établis; depuis que
plusieurs citoyens font sans aucune peine des propositions contraires
aux lois; que d'autres, élus proèdres dans vos assemblées par intrigues et non par des voies légitimes, font passer leurs décrets, et,
comme si l'administration des affaires n'appartenait qu'à eux seuls,
menacent de citer devant le peuple quiconque des autres sénateurs,
nommé légitimement par le sort, exerce fidèlement le droit d'an-

παρελθόντι σωφρόνως,	s'étant avancé modestement
ἐπὶ τὸ βῆμα, συμβουλεύειν	vers la tribune, de conseiller
ἄνευ θορύβου καὶ ταραχῆς,	sans trouble et tumulte,
ἐξ ἐμπειρίας,	d'après *son* expérience,
τὰ βέλτιστα τῇ πόλει·	les choses les meilleures à la ville ;
δεύτερον δὲ ἤδη	et secondement enfin
καὶ τὸν βουλόμενον	aussi celui qui veut
τῶν ἄλλων πολιτῶν,	des autres citoyens,
κατὰ ἡλικίαν,	selon l'âge,
ἀποφαίνεσθαι γνώμην	découvrir *son* avis
περὶ ἑκάστου,	sur chaque chose,
χωρὶς καὶ ἐν μέρει.	séparément et tour à tour.
Οὕτω γὰρ	Car ainsi
ἥ τε πόλις δοκεῖ μοι	et la ville semble à moi
ἂν διοικεῖσθαι ἄριστα,	pouvoir être réglée le mieux,
αἵ τε κρίσεις γίγνεσθαι ἐλάχιστα.	et les procès se faire le plus rarement.
Ἐπειδὴ δὲ πάντα	Mais après que toutes *les choses*
τὰ ὡμολογημένα πρότερον	celles avouées auparavant
ἔχειν καλῶς	être bien
καταλέλυται νυνί,	ont été détruites maintenant,
καί τινες	et que quelques uns
γράφουσι ῥᾳδίως	écrivent facilement
γνώμας παρανόμους,	des propositions illégales,
καί τινες ἕτεροι	et que quelques autres
ἐπιψηφίζουσι ταῦτα τὰ ψηφίσμα-	mettent-aux-voix ces décrets,
οὐ λαχόντες [τα,	n'ayant pas obtenu-par-le-sort
προεδρεύειν	d'être-proèdres
ἐκ τοῦ τρόπου δικαιοτάτου,	d'après la manière la plus juste,
ἀλλὰ καθεζόμενοι	mais s'étant assis
ἐκ παρασκευῆς,	par suite d'intrigue,
ἐὰν δέ τις	et que si quelqu'un
τῶν ἄλλων βουλευτῶν	des autres sénateurs
λάχῃ ὄντως προεδρεύειν	a obtenu réellement d'être-proèdre
κληρούμενος,	étant désigné-par-le-sort,
καὶ ἀναγορεύῃ ὀρθῶς	et proclame bien
τὰς χειροτονίας ὑμετέρας,	les suffrages vôtres,
οἱ ἡγούμενοι τὴν πολιτείαν	ceux qui pensent le gouvernement
οὐκέτι εἶναι κοινήν,	ne plus être commun,
ἀλλὰ ἰδίαν αὑτῶν,	mais propre à eux-mêmes,
ἀπειλοῦσιν εἰσαγγέλλειν τοῦτον,	menacent de dénoncer celui-ci,

καταδουλούμενοι τοὺς ἰδιώτας, καὶ δυναστείας ἑαυτοῖς περιποιοῦντες, καὶ τὰς κρίσεις, τὰς μὲν ἐκ τῶν νόμων καταλελύκασι, τὰς δ' ἐκ τῶν ψηφισμάτων μετ' ὀργῆς κρίνουσι, σεσίγηται
μὲν τὸ κάλλιστον καὶ σωφρονέστατον κήρυγμα τῶν ἐν τῇ πόλει·
« Τίς ἀγορεύειν βούλεται τῶν ὑπὲρ πεντήκοντα ἔτη γεγονότων
καὶ πάλιν ἐν μέρει τῶν ἄλλων Ἀθηναίων; » τῆς δὲ τῶν ῥητόρων
ἀκοσμίας οὐκέτι κρατεῖν δύνανται οὔθ' οἱ νόμοι, οὔθ' οἱ πρυτάνεις, οὔθ' οἱ πρόεδροι, οὔθ' ἡ προεδρεύουσα φυλή, τὸ δέκατον
μέρος τῆς πόλεως [.

Τούτων δ' ἐχόντων οὕτω, καὶ τῶν καιρῶν ὄντων τῇ πόλει
τοιούτων, ὁποίους τινὰς αὐτοὺς ὑμεῖς ὑπολαμβάνετε εἶναι, ἓν
ὑπολείπεται μέρος τῆς πολιτείας, εἴ τι κἀγὼ τυγχάνω γιγνώσκων, αἱ τῶν παρανόμων γραφαί. Εἰ δὲ καὶ ταύτας καταλύσετε,
ἢ τοῖς καταλύουσιν ἐπιτρέψετε, προλέγω ὑμῖν ὅτι λήσετε κατὰ
μικρὸν τῆς πολιτείας τισὶ παραχωρήσαντες. Εὖ γὰρ ἴστε, ὦ

noncer vos suffrages ; depuis qu'asservissant les particuliers, et
s'érigeant en maitres, ces audacieux ont anéanti les réglements sages
prescrits par les lois, et disposent à leur gré de ceux qui sont contenus
dans les decrets que l'on présente au peuple; on ne fait plus entendre
cette belle et utile proclamation : « Qui des citoyens au-dessus de
cinquante ans veut monter à la tribune? Qui des autres Athéniens
à son tour veut parler au peuple? » rien ne peut plus réprimer la
licence des orateurs, ni les lois, ni les prytanes, ni les proèdres, ni
la tribu qui jouit de la préséance, et qui fait la dixième partie de la
ville.

Dans cet état de choses, au milieu de ces désordres qui sont tels
que vous le voyez vous-mêmes, la seule partie d'autorité qui vous
reste, si je ne me trompe, c'est le droit de poursuivre les infracteurs
des lois. Si vous vous dépouillez de ce droit, ou si vous permettez qu'on
vous en dépouille, bientôt, sans vous en apercevoir, vous aurez livré
votre autorité entière à un petit nombre d'ambitieux car, vous le

καταδουλούμενοι τοὺς ἰδιώτας,   qu'asservissant les particuliers,
καὶ περιποιοῦντες ἑαυτοῖς   et s'attribuant à eux-mêmes
δυναστείας,   des pouvoirs,
καὶ καταλελύκασι τὰς κρίσεις,   et ils ont détruit les décisions,
τὰς μὲν ἐκ τῶν νόμων,   celles d'après les lois,
κρίνουσι δὲ μετὰ ὀργῆς   et jugent avec passion
τὰς ἐκ τῶν ψηφισμάτων,   celles d'après les décrets,
τὸ μὲν κήρυγμα   la proclamation
κάλλιστον καὶ σωφρονέστατον   la plus belle et la plus sage
τῶν ἐν τῇ πόλει   de celles dans la ville
σεσίγηται·   a été tue :
« Τίς τῶν γεγονότων   « Qui de ceux qui sont
ὑπὲρ πεντήκοντα ἔτη,   au-delà de cinquante ans,
καὶ πάλιν τῶν ἄλλων Ἀθηναίων   et ensuite des autres Athéniens
ἐν μέρει   tour à tour
βούλεται ἀγορεύειν; »   veut haranguer ? »
οὔτε δὲ οἱ νόμοι, οὔτε οἱ πρυτάνεις,   et ni les lois, ni les prytanes,
οὔτε οἱ πρόεδροι,   ni les proedres,
οὔτε ἡ φυλὴ προεδρεύουσα,   ni la tribu qui préside,
τὸ δέκατον μέρος τῆς πόλεως,   la dixième partie de la ville,
οὐ δύνανται ἔτι κρατεῖν   ne peuvent plus maitriser
τῆς ἀκοσμίας τῶν ῥητόρων.   l'indiscipline des orateurs.
   Τούτων δὲ ἐχόντων οὕτω,   Or ces choses se trouvant ainsi,
καὶ τῶν καιρῶν   et les circonstances
ὄντων τῇ πόλει   étant pour la ville
τοιούτων ὁποίους τινὰς   telles que
ὑμεῖς ὑπολαμβάνετε αὐτοὺς εἶναι,   vous concevez elles être,
εἰ καὶ ἐγὼ τυγχάνω   si aussi moi je me trouve
γιγνώσκων τι,   connaissant quelque chose,
ἓν μέρος τῆς πολιτείας   une seule partie du gouvernement
ὑπολείπεται,   est laissée *à vous*,
αἱ γραφαὶ τῶν παρανόμων.   les accusations des choses illégales
Εἰ δὲ καταλύσετε καὶ ταύτας,   Mais si vous détruisez aussi celles-ci,
ἢ ἐπιτρέψετε   ou donnez-permission
τοῖς καταλύουσι,   à ceux qui *les* détruisent,
προλέγω ὑμῖν   je prédis à vous
ὅτι λήσετε   que vous ignorerez
παραχωρήσαντές τισι   ayant cédé à quelques uns
κατὰ μικρὸν τῆς πολιτείας.   petit à petit le gouvernement.
Ἴστε γὰρ εὖ,   Car vous savez bien,

ἄνδρες Ἀθηναῖοι, ὅτι τρεῖς εἰσι πολιτεῖαι παρὰ πᾶσιν ἀνθρώ-
ποις, τυραννὶς καὶ ὀλιγαρχία καὶ δημοκρατία, διοικοῦνται δ' αἱ
μὲν τυραννίδες καὶ ὀλιγαρχίαι τοῖς τρόποις τῶν ἐφεστηκότων,
αἱ δὲ πόλεις αἱ δημοκρατούμεναι τοῖς νόμοις τοῖς κειμένοις. Μηδεὶς οὖν ὑμῶν τοῦτ' ἀγνοείτω, ἀλλὰ σαφῶς ἕκαστος ἐπιστάσθω,
ὅτι, ὅταν εἰσίῃ εἰς δικαστήριον γραφὴν παρανόμων δικάσων,
ἐν ταύτῃ τῇ ἡμέρᾳ μέλλει τὴν ψῆφον φέρειν περὶ τῆς ἑαυτοῦ
παρρησίας. Διόπερ καὶ ὁ νομοθέτης ¹ τοῦτο πρῶτον ἔταξεν ἐν τῷ
τῶν δικαστῶν ὅρκῳ· « Ψηφιοῦμαι κατὰ τοὺς νόμους, » ἐκεῖνό
γε εὖ εἰδώς, ὅτι, ὅταν διατηρηθῶσιν οἱ νόμοι τῇ πόλει, σώζεται
καὶ ἡ δημοκρατία.

Ἃ χρὴ διαμνημονεύοντας ὑμᾶς μισεῖν τοὺς τὰ παράνομα
γράφοντας, καὶ μηδὲν ἡγεῖσθαι μικρὸν εἶναι τῶν τοιούτων ἀδικημάτων, ἀλλ' ἕκαστον ὑπερμέγεθες· καὶ τοῦθ' ὑμῶν τὸ δίκαιον
μηδένα ἐᾶν ἀνθρώπων ἐξαιρεῖσθαι, μήτε τὰς τῶν στρατηγῶν

savez, Athéniens, il est parmi les peuples trois sortes de gouvernement :
la monarchie, l'oligarchie et la démocratie : les deux premiers sou-
mettent les hommes aux volontés de ceux qui commandent ; le troisième les assujettit à la loi. Qu'aucun de vous n'ignore donc, et que
chacun se souvienne que, lorsqu'il monte au tribunal pour juger une
infraction contre la loi, il va prononcer dans ce moment même sur
sa propre liberté. Aussi le législateur, persuadé que le maintien des
lois est le salut de l'état démocratique, a-t-il placé ces mots à la tête
du serment des juges : « Je jugerai suivant les lois. »

Pleins de ces réflexions, vous devez haïr tout citoyen qui propose
des décrets contraires aux lois, ne regarder comme légère aucune de
ces fautes, les punir toutes avec rigueur, sans écouter ni les sollicita-

ὦ ἄνδρες Ἀθηναῖοι,	ô hommes Athéniens,
ὅτι τρεῖς πολιτεῖαι	que trois gouvernements
εἰσὶ παρὰ πᾶσιν ἀνθρώποις,	sont chez tous les hommes,
τυραννὶς καὶ ὀλιγαρχία	monarchie et oligarchie
καὶ δημοκρατία,	et démocratie,
αἱ δὲ τυραννίδες μὲν	mais que les monarchies
καὶ ὀλιγαρχίαι διοικοῦνται	et les oligarchies sont réglées
τοῖς τρόποις	par les volontés
τῶν ἐφεστηκότων,	de ceux qui sont-à-la-tête,
αἱ δὲ πόλεις	et les villes
αἱ δημοκρατούμεναι	celles qui sont régies-par-le-peuple
τοῖς νόμοις τοῖς κειμένοις.	par les lois celles établies.
Μηδεὶς οὖν ὑμῶν	Donc que personne de vous
ἀγνοείτω τοῦτο,	n'ignore ceci,
ἀλλὰ ἕκαστος ἐπιστάσθω σαφῶς,	mais que chacun sache clairement,
ὅτι, ὅταν εἰςίῃ	que, lorsqu'il entre
εἰς δικαστήριον	dans un tribunal
δικάςων γραφὴν	devant juger une accusation
παρανόμων,	de choses illégales,
μέλλει ἐν ταύτῃ τῇ ἡμέρᾳ	il doit dans ce jour
φέρειν τὴν ψῆφον	porter le suffrage
περὶ τῆς παῤῥησίας ἑαυτοῦ.	sur le libre-parler de lui-même.
Διόπερ καὶ ὁ νομοθέτης	C'est pourquoi aussi le législateur
ἔταξε τοῦτο πρῶτον	a établi ceci le premier
ἐν τῷ ὅρκῳ τῶν δικαστῶν·	dans le serment des juges :
« Ψηφιοῦμαι κατὰ τοὺς νόμους, »	« Je voterai selon les lois. »
εἰδὼς εὖ ἐκεῖνό γε,	sachant bien cela certes,
ὅτι, ὅταν οἱ νόμοι	que, quand les lois
διατηρηθῶσι τῇ πόλει,	sont conservées à la ville,
καὶ ἡ δημοκρατία σώζεται.	aussi la démocratie est sauvée.
Ἃ χρὴ	Lesquelles choses il faut
ὑμᾶς διαμνημονεύοντας	vous vous rappelant
μισεῖν τοὺς γράφοντας	haïr ceux qui écrivent
τὰ παράνομα,	les choses illégales,
καὶ ἡγεῖσθαι μηδὲν	et penser aucun
τῶν ἀδικημάτων τοιούτων	des délits semblables
εἶναι μικρόν,	n'être petit,
ἀλλὰ ἕκαστον ὑπερμέγεθες·	mais chacun plus-que-grand ;
καὶ ἐὰν μηδένα ἀνθρώπων,	et ne permettre aucun des hommes,
μήτε τὰς συνηγορίας	ni les plaidoyers

συνηγορίας, οἳ ἐπὶ πολὺν ἤδη χρόνον συνεργοῦντές τισι τῶν
ῥητόρων, λυμαίνονται τὴν πολιτείαν, μήτε τὰς τῶν ξένων δεήσεις, οὓς ἀναβιβαζόμενοί τινες ἐκφεύγουσιν ἐκ τῶν δικαστηρίων,
παράνομον πολιτείαν πολιτευόμενοι· ἀλλ᾽, ὥσπερ ἂν ὑμῶν ἕκαστος αἰσχυνθείη τὴν τάξιν λιπεῖν, ἣν ἂν ταχθῇ ἐν τῷ πολέμῳ,
οὕτω καὶ νῦν αἰσχύνθητε ἐκλιπεῖν τὴν τάξιν, ἣν τέταχθε ὑπὸ
τῶν νόμων, φύλακες τῆς δημοκρατίας τήνδε τὴν ἡμέραν.

Κἀκεῖνο δὲ χρὴ διαμνημονεύειν, ὅτι νῦν ἅπαντες οἱ πολῖται,
παρακαταθέμενοι τὴν πόλιν ὑμῖν καὶ τὴν πολιτείαν διαπιστεύ-
σαντες, οἱ μὲν πάρεισι καὶ ἐπακούουσι τῆσδε τῆς κρίσεως, οἱ δὲ
ἄπεισιν ἐπὶ τῶν ἰδίων ἔργων· οὓς αἰσχυνόμενοι, καὶ τῶν ὅρκων
οὓς ὠμόσατε μεμνημένοι, καὶ τῶν νόμων, ἐὰν ἐξελέγξωμεν
Κτησιφῶντα καὶ παράνομα γράψαντα, καὶ ψευδῆ, καὶ ἀσύμφορα

tions des généraux qui, depuis long-temps, se liguent avec les orateurs
pour affaiblir la constitution de l'état, ni les prières de ces étrangers
que des ministres coupables emploient habilement pour se dérober
à la sévérité de la justice : et comme, dans la guerre, chacun de vous
rougirait de quitter le poste où l'aurait placé son général, il faut que
vous rougissiez de quitter le poste où vous ont placés les lois, pour
défendre en ce jour la liberté publique.

Souvenez-vous encore que ceux des citoyens qui sont venus ici
pour nous entendre, que ceux qui sont retenus ailleurs par des
occupations personnelles, vous ont tous confié et ont déposé entre
vos mains les intérêts du gouvernement. Par égard pour eux, par
déférence aux lois, par respect pour votre serment, si je vous démontre que Ctésiphon a proposé un décret contraire aux lois, con-

τῶν στρατηγῶν,	des généraux ,
οἱ συνεργοῦντες	qui travaillant-avec
τισὶ τῶν ῥητόρων	quelques uns des orateurs
ἐπὶ χρόνον ἤδη πολύν,	pendant un temps déjà long,
λυμαίνονται τὴν πολιτείαν,	portent-atteinte au gouvernement,
μήτε τὰς δεήσεις τῶν ξένων,	ni les supplications des étrangers,
οὕς τινες ἀναβιβαζόμενοι	que quelques uns faisant-comparaître
ἐκφεύγουσιν ἐκ τῶν δικαστηρίων,	échappent aux tribunaux,
πολιτευόμενοι πολιτείαν	administrant une administration
παράνομον,	contraire-aux-lois ,
ἐξαιρεῖσθαι ὑμῶν	enlever à vous
τοῦτο τὸ δίκαιον·	ce droit ;
ἀλλά, ὥσπερ ἕκαστος ὑμῶν	mais, comme chacun de vous
ἂν αἰσχυνθείη	serait couvert-de-honte
λιπεῖν τὴν τάξιν	d'avoir abandonné le rang
ἣν ἂν ταχθῇ	auquel il aurait été placé
ἐν τῷ πολέμῳ,	dans la guerre ,
οὕτω καὶ νῦν	ainsi aussi maintenant
αἰσχύνθητε ἐκλιπεῖν	soyez-honteux d'avoir abandonné
τὴν τάξιν ἣν τέταχθε	le rang auquel vous avez été placés
ὑπὸ τῶν νόμων,	par les lois ,
φύλακες τῆς δημοκρατίας	gardiens de la démocratie
τήνδε τὴν ἡμέραν.	en ce jour.
Χρὴ δὲ	Mais il faut
διαμνημονεύειν καὶ ἐκεῖνο,	vous rappeler aussi cela ,
ὅτι νῦν ἅπαντες οἱ πολῖται	que maintenant tous les citoyens
παρακαταθέμενοι ὑμῖν τὴν πόλιν,	ayant remis-en-dépôt à vous la ville,
καὶ διαπιστεύσαντες	et ayant confié à vous
τὴν πολιτείαν,	le gouvernement ,
οἱ μὲν πάρεισι	les uns sont présents
καὶ ἐπακούουσι τῆςδε τῆς κρίσεως,	et écoutent ce procès ,
οἱ δὲ ἄπεισιν	les autres sont absents
ἐπὶ τῶν ἔργων ἰδίων·	pour les affaires particulières ;
οὕς αἰσχυνόμενοι,	lesquels respectant ,
καὶ μεμνημένοι τῶν ὅρκων	et vous souvenant des serments
οὕς ὠμόσατε,	que vous avez jurés,
καὶ τῶν νόμων,	et des lois ,
ἐὰν ἐλέγξωμεν Κτησιφῶντα	si nous convainquons Ctésiphon
γράψαντα	ayant écrit des choses
καὶ παράνομα, καὶ ψευδῆ,	et illégales, et fausses,

τῇ πόλει, λύετε, ὦ ἄνδρες Ἀθηναῖοι, τὰς παρανόμους γνώμας, βεβαιοῦτε τῇ πόλει τὴν δημοκρατίαν, κολάζετε τοὺς ὑπεναντίως τοῖς νόμοις. καὶ τῇ πόλει, καὶ τῷ συμφέροντι τῷ ὑμετέρῳ πο‐ λιτευομένους. Κἂν ταύτην ἔχοντες τὴν διάνοιαν ἀκούητε τῶν μελλόντων ῥηθήσεσθαι λόγων, εὖ οἶδ' ὅτι δίκαια, καὶ εὔορκα, καὶ συμφέροντα ὑμῖν αὐτοῖς ψηφιεῖσθε, καὶ πάσῃ τῇ πόλει.

Περὶ μὲν οὖν τῆς ὅλης κατηγορίας μετρίως μοι ἐλπίζω προει‐ ρῆσθαι· περὶ δὲ αὐτῶν τῶν νόμων, οἳ κεῖνται περὶ τῶν ὑπευ‐ θύνων, παρ' οὓς τὸ ψήφισμα τοῦτο τυγχάνει γεγραφὼς Κτησι‐ φῶν, διὰ βραχέων εἰπεῖν βούλομαι. Ἐν γὰρ τοῖς ἔμπροσθεν χρόνοις ἄρχοντές τινες τὰς μεγίστας ἐν τῇ πόλει ἀρχάς, καὶ τὰς προσόδους διοικοῦντες, καὶ δωροδοκοῦντες περὶ ἕκαστα τούτων, προσλαμβάνοντες τούς τε ἐκ τοῦ βουλευτηρίου ῥήτορας ‖ καὶ τοὺς ἐκ τοῦ δήμου, πόῤῥωθεν προκατελάμβανον τὰς εὐθύνας ἐπαίνοις

traire à la vérité, nuisible à l'état, annulez les décrets illégaux, affer‐ missez dans votre ville l'autorité populaire, punissez des ministres qui ne craignent pas d'agir contre les lois, contre la république et contre les intérêts de chacun de vous. Si vous m'écoutez dans cet esprit, vous ne déciderez rien, sans doute, qui ne soit conforme à la justice, à votre serment, à vos intérêts propres et à ceux de la répu‐ blique entière.

Je pense, Athéniens, d'après ce que je vous ai dit, vous avoir donné une idée suffisante de la cause : je vais dire un mot des lois qui con‐ cernent les comptables, lois que Ctésiphon a violées dans son décret. On a vu, dans les derniers temps, des citoyens revêtus parmi nous d'importantes magistratures, et chargés d'administrer nos finances, gagner, après une gestion infidèle, les orateurs du sénat et du peuple, et prévenir de loin les comptes par des proclamations et des éloges; ce

καὶ ἀσύμφορα τῇ πόλει,	et nuisibles à la ville,
ὦ ἄνδρες Ἀθηναῖοι,	ô hommes Athéniens,
λύετε τὰς γνώμας παρανόμους,	abolissez les décrets illégaux,
βεβαιοῦτε τῇ πόλει	affermissez à la ville
τὴν δημοκρατίαν,	le gouvernement-du-peuple,
κολάζετε τοὺς πολιτευομένους	châtiez ceux qui gouvernent
ὑπεναντίως τοῖς νόμοις,	contrairement aux lois,
καὶ τῇ πόλει,	et à la ville,
καὶ τῷ συμφέροντι τῷ ὑμετέρῳ.	et à l'intérêt le vôtre.
Καὶ ἂν ἀκούητε τῶν λόγων	Et si vous écoutez les discours
μελλόντων ῥηθήσεσθαι,	qui doivent être prononcés,
ἔχοντες ταύτην τὴν διάνοιαν,	ayant cette pensée,
οἶδα εὖ ὅτι ψηφιεῖσθε	je sais bien que vous voterez
δίκαια,	des choses justes,
καὶ εὔορκα,	et conformes-au-serment,
καὶ συμφέροντα ὑμῖν αὐτοῖς,	et utiles à vous-mêmes,
καὶ πάσῃ τῇ πόλει.	et à toute la ville.
Ἐλπίζω μὲν οὖν	J'espère donc
προειρῆσθαί μοι	avoir été dit-d'avance par moi
μετρίως	suffisamment
περὶ τῆς κατηγορίας ὅλης·	sur l'accusation entière :
βούλομαι δὲ εἰπεῖν	mais je veux parler
διὰ βραχέων	en *des mots* courts
περὶ τῶν νόμων αὐτῶν,	sur les lois elles-mêmes,
οἳ κεῖνται περὶ τῶν ὑπευθύνων,	qui sont établies sur les comptables,
παρὰ οὓς Κτησιφῶν	contre lesquelles Ctésiphon
τυγχάνει γεγραφὼς	se trouve ayant écrit
τοῦτο τὸ ψήφισμα.	ce décret.
Ἐν γὰρ τοῖς χρόνοις ἔμπροσθεν	Car dans les temps auparavant
τινὲς ἄρχοντες τὰς ἀρχὰς	quelques-uns exerçant les charges
μεγίστας ἐν τῇ πόλει,	les plus grandes dans la ville,
καὶ διοικοῦντες τὰς προσόδους,	et administrant les revenus,
καὶ δωροδοκοῦντες	et recevant-des-présents
περὶ ἕκαστα τούτων,	par rapport à chacune de ces choses,
προσλαμβάνοντες τούς τε ῥήτορας	s'adjoignant et les orateurs
ἐκ τοῦ βουλευτηρίου	du sénat
καὶ τοὺς ἐκ τοῦ δήμου,	et ceux du peuple,
προκατελάμβανον πόρρωθεν	prévenaient de loin
τὰς εὐθύνας	les redditions-de-comptes
ἐπαίνοις καὶ κηρύγμασιν·	par des éloges et des décrets ;

καὶ κηρύγμασιν· ὥστ' ἐν ταῖς εὐθύναις τῶν ἀρχῶν εἰς τὴν με-
γίστην μὲν ἀπορίαν ἀφικνεῖσθαι τοὺς κατηγόρους, πολὺ δὲ ἔτι
μᾶλλον τοὺς δικαστάς. Πολλοὶ γὰρ πάνυ τῶν ὑπευθύνων, ἐπ'
αὐτοφώρῳ κλέπται τῶν δημοσίων χρημάτων ὄντες ἐξελεγχόμε-
νοι, διεφύγγανον ἐκ τῶν δικαστηρίων· εἰκότως· ᾐσχύνοντο
γὰρ, οἶμαι, οἱ δικασταί, εἰ φανήσεται ὁ αὐτὸς ἀνὴρ ἐν τῇ αὐτῇ
πόλει, τυχὸν δὲ καὶ ἐν τῷ αὐτῷ ἐνιαυτῷ, πρῴην μέν ποτε ἀνα-
γορευόμενος ἐν τοῖς ἀγῶσιν, ὅτι στεφανοῦται ἀρετῆς ἕνεκα καὶ
δικαιοσύνης ὑπὸ τοῦ δήμου χρυσῷ στεφάνῳ, ὁ δὲ αὐτὸς ἀνὴρ
μικρὸν ἐπισχὼν ἔξεισιν ἐκ τοῦ δικαστηρίου κλοπῆς ἕνεκα τὰς
εὐθύνας ὠφληκώς· ὥστε ἠναγκάζοντο τὴν ψῆφον φέρειν οἱ δικασταί, οὐ περὶ τοῦ παρόντος ἀδικήματος, ἀλλ' ὑπὲρ τῆς αἰσχύνης τοῦ δήμου.

Κατιδὼν δέ τις ταῦτα νομοθέτης, τίθησι νόμον, καὶ μάλα
καλῶς ἔχοντα, τὸν διαρρήδην ἀπαγορεύοντα τοὺς ὑπευθύνους μὴ

qui, dans l'examen des comptes, embarrassait les accusateurs, et plus
encore les juges. Plusieurs de ces magistrats, convaincus d'avoir détourné les deniers du trésor, échappaient à la rigueur des jugements;
car les juges auraient rougi, je pense, que le même homme, dans la
même ville, peut-être dans la même année, proclamé solennellement
sur le théâtre, honoré par le peuple d'une couronne d'or, pour sa
vertu et son intégrité, sortît ensuite des tribunaux, condamné et flétri
pour ses malversations. Les juges consultaient donc, en donnant leurs
suffrages, l'honneur du peuple, et non le crime du coupable.

Frappé de ces abus, un des nomothètes porte une loi fort sage, qui
défend expressément de couronner un comptable. Malgré cette

ὥστε τοὺς μὲν κατηγόρους	de sorte que les accusateurs
ἔτι δὲ πολὺ μᾶλλον τοὺς δικαστὰς	et encore beaucoup plus les juges
ἀφικνεῖσθαι	en venir
εἰς τὴν μεγίστην ἀπορίαν	au plus grand embarras
ἐν ταῖς εὐθύναις	dans les redditions-de-comptes
τῶν ἀρχῶν.	des magistratures.
Πάνυ γὰρ πολλοὶ	Car tout à fait de nombreux
τῶν ὑπευθύνων,	des comptables,
ἐξελεγχόμενοι ἐπὶ αὐτοφώρῳ	convaincus sur le fait-même
ὄντες κλέπται	étant voleurs
τῶν χρημάτων δημοσίων,	des fonds publics,
διεφύγγανον ἐκ τῶν δικαστηρίων·	échappaient aux tribunaux ;
οἱ γὰρ δικασταὶ	car les juges
ᾐσχύνοντο, οἶμαι,	étaient-honteux, je crois,
εἰ ὁ αὐτὸς ἀνὴρ	si le même homme
ἐν τῇ αὐτῇ πόλει.	dans la même ville,
τυχὸν δὲ καὶ	et peut-être aussi
ἐν τῷ αὐτῷ ἐνιαυτῷ,	dans la même année,
φανήσεται μὲν πρώην ποτὲ	paraîtra récemment un jour
ἀναγορευόμενος ἐν τοῖς ἀγῶσιν,	proclamé dans les jeux,
ὅτι στεφανοῦται	qu'il est couronné
ὑπὸ τοῦ δήμου	par le peuple
στεφάνῳ χρυσῷ	d'une couronne d'or
ἕνεκα ἀρετῆς	pour *sa* vertu
καὶ δικαιοσύνης,	et *sa* justice,
ὁ δὲ αὐτὸς ἀνὴρ	et si le même homme
ἐπισχὼν μικρὸν	ayant attendu un peu
ἔξεισιν ἐκ τοῦ δικαστηρίου	sortira du tribunal
ὠφληκὼς τὰς εὐθύνας	devant les comptes
ἕνεκα κλοπῆς·	pour vol ;
ὥστε οἱ δικασταὶ	de sorte que les juges
ἠναγκάζοντο φέρειν τὴν ψῆφον	étaient forcés de porter le suffrage
οὐ περὶ τοῦ ἀδικήματος παρόντος,	non sur le délit présent,
ἀλλὰ ὑπὲρ τῆς αἰσχύνης τοῦ δήμου.	mais eu égard à la honte du peuple.
Τίς δὲ νομοθέτης,	Or quelque législateur,
κατιδὼν ταῦτα,	ayant vu ces choses,
τίθησι νόμον,	établit une loi,
καὶ ἔχοντα μάλα καλῶς,	et *une loi* étant fort bien,
τὸν ἀπαγορεύοντα διαρρήδην	celle qui défend expressément
μὴ στεφανοῦν τοὺς ὑπευθύνους.	de couronner les comptables.

στεφανοῦν. Καὶ ταῦτα οὕτως εὖ προκατειληφότος τοῦ νομοθέτου, εὕρηνται λόγοι κρείττονες τῶν νόμων, οὓς εἰ μή τις ὑμῖν ἐρεῖ, λήσετε ἐξαπατηθέντες. Τούτων γάρ τινες τῶν τοὺς ὑπευθύνους στεφανούντων παρὰ τοὺς νόμους, οἱ μὲν φύσει μέτριοί εἰσιν, εἰ δή τίς ἐστι μέτριος τῶν τὰ παράνομα γραφόντων· ἀλλ' οὖν προβάλλονταί γέ τι πρὸ τῆς αἰσχύνης. Προςεγγράφουσι γὰρ πρὸς τὰ ψηφίσματα, στεφανοῦν τὸν ὑπεύθυνον, ἐπειδὰν λόγον καὶ εὐθύνας τῆς ἀρχῆς δῷ. Καὶ ἡ μὲν πόλις τὸ ἴσον ἀδίκημα ἀδικεῖται· προκαταλαμβάνονται γὰρ ἐπαίνοις καὶ στεφάνοις αἱ εὔθυναι· ὁ δὲ τὸ ψήφισμα γράφων ἐνδείκνυται τοῖς ἀκούουσιν, ὅτι γέγραφε μὲν παράνομα, αἰσχύνεται δὲ ἐφ' οἷς ἡμάρτηκε. Κτησιφῶν δέ, ὦ ἄνδρες Ἀθηναῖοι, ὑπερπηδήσας τὸν νόμον τὸν περὶ τῶν ὑπευ-

ntile précaution, on a trouvé des subterfuges pour éluder la loi, et vous y serez trompés, si on ne vous prémunit contre la surprise. Parmi ceux qui veulent, contre les lois, couronner des comptables, il en est de modérés, si toutefois on peut l'être en violant les lois; ils couvrent leur honte d'un certain voile, car ils ajoutent à leur décret que l'on couronnera le magistrat comptable après qu'il aura rendu ses comptes. C'est faire, il est vrai, le même tort à la république, puisque c'est prévenir les comptes par des couronnes et des éloges ; mais enfin, celui qui propose le décret montre à ceux qui l'entendent que, s'il a fait des propositions contraires aux lois, même dans sa faute, il a éprouvé une certaine honte. Ctésiphon, plus hardi, transgressant la loi et renonçant même à la clause dont je viens de

Καὶ τοῦ νομοθέτου	Et le législateur
προκατειληφότος	ayant prévenu
οὕτως εὖ ταῦτα,	ainsi bien ces choses,
λόγοι κρείττονες	des discours plus puissants
τῶν νόμων	que les lois
εὕρηνται,	ont été trouvés,
οὓς εἴ τις	lesquels si quelqu'un
μὴ ἐρεῖ ὑμῖν,	ne dira pas à vous,
λήσετε ἐξαπατηθέντες.	vous ignorerez ayant été trompés.
Τινὲς γὰρ τούτων	Car quelques uns de ceux-ci
τῶν στεφανούντων	ceux qui couronnent
τοὺς ὑπευθύνους	les comptables
παρὰ τοὺς νόμους,	contre les lois,
οἱ μέν εἰσι μέτριοι φύσει,	les uns sont modérés par nature,
εἰ δή τις	si toutefois quelqu'un
τῶν γραφόντων	de ceux qui écrivent
τὰ παράνομα	les choses contraires-aux-lois
ἐστὶ μέτριος·	est modéré ;
ἀλλὰ οὖν	mais enfin
προβάλλονταί γε	ils mettent-en-avant du moins
τι πρὸ τῆς αἰσχύνης.	quelque chose devant la honte.
Προεγγράφουσι γὰρ	Car ils écrivent
πρὸς τὰ ψηφίσματα,	outre les décrets,
στεφανοῦν τὸν ὑπεύθυνον,	de couronner le comptable,
ἐπειδὰν δῷ	après qu'il aura donné
λόγον καὶ εὐθύνας τῆς ἀρχῆς.	raison et comptes de la charge.
Καὶ ἡ μὲν πόλις ἀδικεῖται	Et la ville est offensée
τὸ ἀδίκημα ἴσον·	de l'offense égale ;
αἱ γὰρ εὐθῦναι	car les redditions-de-comptes
προκαταλαμβάνονται	sont prévenues
ἐπαίνοις καὶ στεφάνοις·	par des éloges et des couronnes ;
ὁ δὲ γράφων τὸ ψήφισμα	mais celui qui écrit le décret
ἐνδείκνυται τοῖς ἀκούουσιν	montre à ceux qui entendent
ὅτι γέγραφε μὲν	qu'il a écrit
παράνομα,	des choses contraires-aux-lois,
αἰσχύνεται δὲ	mais est-honteux *des choses*
ἐπὶ οἷς ἡμάρτηκε.	en lesquelles il a failli.
Κτησιφῶν δέ,	Mais Ctésiphon,
ὦ ἄνδρες Ἀθηναῖοι,	ô hommes Athéniens,
ὑπερπηδήσας τὸν νόμον	ayant sauté-par-dessus la loi

θύνων κείμενον, καὶ τὴν πρόφασιν ἣν ἐγὼ ἀρτίως προεῖπον ὑμῖν ἀνελών, πρὶν λόγον, πρὶν εὐθύνας δοῦναι, γέγραφε μεταξὺ Δημοσθένην ἄρχοντα στεφανοῦν.

Λέξουσι δέ, ὦ ἄνδρες Ἀθηναῖοι, καὶ ἕτερόν τινα λόγον ὑπεναντίον τῷ ἀρτίως εἰρημένῳ, ὡς ἄρα ὅσα τις αἱρετὸς ὢν πράττει κατὰ ψήφισμα, οὐκ ἔστι ταῦτα ἀρχή, ἀλλ' ἐπιμέλειά τίς καὶ διακονία· ἀρχὰς δὲ φήσουσιν ἐκείνας εἶναι, ἃς οἱ θεσμοθέται [1] ἀποκληροῦσιν ἐν τῷ Θησείῳ, κἀκείνας ἃς ὁ δῆμος εἴωθε χειροτονεῖν ἐν ἀρχαιρεσίαις [2], στρατηγοὺς καὶ ἱππάρχους καὶ τὰς μετὰ τούτων ἀρχάς· τὰ δ' ἄλλα πάντα πραγματείας προςτεταγμένας κατὰ ψήφισμα.

Ἐγὼ δὲ πρὸς τοὺς λόγους τοὺς τούτων νόμον ὑμέτερον παρέξομαι, ὃν ὑμεῖς ἐνομοθετήσατε, λύσειν ἡγούμενοι τὰς τοιαύτας προφάσεις, ἐν ᾧ διαρρήδην γέγραπται· « τὰς χειροτονητάς,

parler, propose de couronner Démosthène, avant qu'il ait rendu ses comptes, dans l'exercice même de sa charge.

Mais nos adversaires auront recours à un subterfuge différent de celui dont je vous entretenais tout à l'heure ; ils diront, Athéniens, que les emplois auxquels on nomme en vertu d'un décret ne sont pas des charges, mais des commissions ; qu'on doit appeler charges seulement les emplois que les thesmothètes distribuent par le sort dans le temple de Thésée, ou ceux que le peuple confère par ses suffrages dans les comices ; ceux par exemple, de général de l'infanterie, de commandant de la cavalerie, et les emplois semblables; que tous les autres ne sont que des commissions données en vertu d'un décret.

A ces subtilités, j'oppose la loi que vous avez établie à dessein de les prévenir. Cette loi dit en termes précis : « tous ceux qui reçoivent

τὸν κείμενον | celle qui est établie
περὶ τῶν ὑπευθύνων, | sur les comptables,
καὶ ἀνελὼν τὴν πρόφασιν | et ayant écarté le prétexte
ἣν ἐγὼ ἀρτίως | que moi récemment
προεῖπον ὑμῖν, γέγραφε | j'ai déclaré à vous, a écrit
στεφανοῦν Δημοσθένην | de couronner Démosthène
μεταξὺ ἄρχοντα, | pendant étant-en-charge,
πρὶν δοῦναι λόγον, | avant d'avoir donné raison,
πρὶν εὐθύνας. | avant *d'avoir donné* des comptes.

Λέξουσι δὲ καί, | Mais ils diront encore,
ὦ ἄνδρες Ἀθηναῖοι, | ô hommes Athéniens,
τινὰ ἕτερον λόγον ὑπεναντίον | quelque autre discours contraire
τῷ εἰρημένῳ ἀρτίως, | à celui qui a été dit récemment,
ἀρχ ὡς ταῦτα, | savoir que ces choses,
ὅσα τις πράττει | toutes-celles-que quelqu'un fait
ὦν αἱρετὸς κατὰ ψήφισμα, | étant choisi selon un décret,
οὐκ ἔστιν ἀρχή, | ne sont pas une charge,
ἀλλά τις ἐπιμέλεια καὶ διακονία | mais quelque soin et service;
φήσουσι δὲ εἶναι ἀρχὰς | mais ils diront être des charges
ἐκείνας ἃς οἱ θεσμοθέται | celles-là que les thesmothètes
ἀποκληροῦσιν | distribuent-au-sort
ἐν τῷ Θησείῳ, | dans le *temple* de-Thésée,
καὶ ἐκείνας ἃς ὁ δῆμος | et celles-là que le peuple
εἴωθε χειροτονεῖν | a coutume de donner-par-suffrage
ἐν ἀρχαιρεσίαις, | dans des comices,
στρατηγοὺς | les généraux
καὶ ἱππάρχους, | et les commandants-de-la-cavalerie,
καὶ τὰς ἀρχὰς μετὰ τούτων | et les charges avec celles-ci;
πάντα δὲ τὰ ἄλλα | mais toutes les autres choses
πραγματείας | des occupations
προςτεταγμένας κατὰ ψήφισμα. | enjointes selon un décret.

Ἐγὼ δὲ παρέξομαι | Mais moi je présenterai
πρὸς τοὺς λόγους τοὺς τούτων | en face des discours ceux de ceux-ci
νόμον ὑμέτερον, | une loi vôtre,
ὃν ὑμεῖς ἐνομοθετήσατε, | que vous avez établie,
ἡγούμενοι λύσειν | pensant devoir détruire
τὰς προφάσεις τοιαύτας, | les prétextes tels,
ἐν ᾧ γέγραπται | dans laquelle il a été écrit
διαρρήδην· | expressément :
« τὰς ἀρχὰς χειροτονητάς | « les charges données-par-suffrage

φησίν, ἀρχάς (ἁπάσας ἑνὶ περιλαβὼν ὀνόματι ὁ νομοθέτης, καὶ
προςειπὼν ἀρχὰς ἁπάσας εἶναι ἃς ὁ δῆμος χειροτονεῖ), καὶ τοὺς
ἐπιστάτας, φησί, τῶν δημοσίων ἔργων (ἔστι δὲ ὁ Δημοσθένης
τειχοποιός [1], ἐπιστάτης τοῦ μεγίστου τῶν ἔργων), καὶ πάντας
ὅσοι διαχειρίζουσί τι τῶν τῆς πόλεως πλέον ἢ τριάκονθ᾽ ἡμέρας,
καὶ ὅσοι λαμβάνουσιν ἡγεμονίας δικαστηρίων (οἱ δὲ τῶν ἔργων
ἐπιστάται πάντες ἡγεμονίᾳ χρῶνται δικαστηρίου). » τί τούτους κελεύει ποιεῖν; οὐ διακονεῖν, ἀλλ᾽ ἄρχειν δοκιμασθέντας ἐν
τῷ δικαστηρίῳ, ἐπειδὴ καὶ αἱ κληρωταὶ ἀρχαὶ οὐκ ἀδοκίμαστοι,
ἀλλὰ δοκιμασθεῖσαι ἄρχουσι, καὶ λόγον καὶ εὐθύνας ἐγγράφειν
πρὸς τὸν γραμματέα καὶ τοὺς λογιστάς, καθάπερ καὶ τὰς ἄλλας
ἀρχάς, κελεύει.

Ὅτι δὲ ἀληθῆ λέγω, τοὺς νόμους αὐτοὺς ὑμῖν ἀναγνώσεται [2].

des charges par le suffrage du peuple (le législateur les comprend
toutes sous un seul nom, et il appelle charges tous les emplois que
le peuple confère); tous ceux qui sont préposés à des ouvrages
publics (or, Démosthène était chargé de la réparation des murs,
préposé au plus important des ouvrages); tous ceux qui ont le
maniement de quelques deniers du trésor pour plus de trente jours,
et qui doivent présider à un tribunal (or, quiconque est préposé à
un ouvrage public, préside à un tribunal) : » que leur ordonne la loi?
d'exercer, non leur commission, mais leur charge, après avoir subi un
examen juridique, examen dont les charges même conférées par le
sort ne sont pas exemptes. La loi leur ordonne encore, comme à tous
les autres citoyens en charge, de porter leurs comptes au greffier et
aux juges établis pour cet effet.

Les lois elles-mêmes qu'on va vous lire prouveront ce que j'avance.

(φησὶν ὁ νομοθέτης	(dit le législateur
περιλαβὼν ἁπάσας	les ayant enveloppées toutes
ἑνὶ ὀνόματι,	dans un seul nom,
καὶ προςειπὼν	et ayant dit-de-plus
εἶναι ἀρχὰς	être charges
ἁπάσας ἃς ὁ δῆμος	toutes celles que le peuple
χειροτονεῖ),	donne-par-suffrage),
καί, φησί, τοὺς ἐπιστάτας	et, dit-il, les préposés
τῶν ἔργων δημοσίων	aux travaux publics
(ὁ δὲ Δημοσθένης	(or Démosthène
ἐστὶ τειχοποιός,	est réparateur-des-murs,
ἐπιστάτης	préposé
τοῦ μεγίστου τῶν ἔργων),	au plus grand des travaux),
καὶ πάντας ὅσοι διαχειρίζουσι	et tous ceux qui manient
τι τῶν τῆς πόλεως	quelque chose des deniers de la ville
πλέον ἢ τριάκοντα ἡμέρας,	plus que trente jours,
καὶ ὅσοι λαμβάνουσιν	et tous-ceux-qui reçoivent
ἡγεμονίας δικαστηρίων	des directions de tribunaux
(πάντες δὲ οἱ ἐπιστάται	(or tous les préposés
τῶν ἔργων	aux travaux
χρῶνται ἡγεμονίᾳ	usent de la direction
δικαστηρίου)· »	d'un tribunal); »
τί κελεύει τούτους ποιεῖν;	quoi ordonne-t-il ceux-ci faire?
οὐ διακονεῖν,	non pas rendre-un-service,
ἀλλὰ ἄρχειν,	mais remplir-une-charge,
δοκιμασθέντας	ayant été éprouvés
ἐν τῷ δικαστηρίῳ,	dans le tribunal.
ἐπειδὴ καὶ	puisque même
αἱ ἀρχαὶ κληρωταὶ	les charges tirées-au-sort
οὐκ ἄρχουσιν ἀδοκίμαστοι,	ne s'exercent pas exemptes-d'épreuve,
ἀλλὰ δοκιμασθεῖσαι,	mais ayant été éprouvées,
καὶ κελεύει ἐγγράφειν	et il ordonne d'inscrire
λόγον καὶ εὐθύνας	la raison et les comptes
πρὸς τὸν γραμματέα	chez le greffier
καὶ τοὺς λογιστάς,	et les vérificateurs-des-comptes,
καθάπερ καὶ	comme aussi
τὰς ἄλλας ἀρχάς.	les autres charges.
Ὅτι δὲ λέγω ἀληθῆ,	Mais que je dis des choses vraies,
ἀναγνώσεται ὑμῖν	il lira à vous
τοὺς νόμους αὐτούς.	les lois elles-mêmes.

ΝΟΜΟΙ.

Ὅταν τοίνυν, ὦ ἄνδρες Ἀθηναῖοι, ἃς ὁ νομοθέτης ἀρχὰς ὀνομάζει, οὗτοι προςαγορεύωσι πραγματείας καὶ ἐπιμελείας, ὑμέτερον ἔργον ἐστὶν ἀπομνημονεύειν καὶ ἀντιτάττειν τὸν νόμον πρὸς τὴν τούτων ἀναίδειαν, καὶ ὑποβάλλειν αὐτοῖς, ὅτι οὐ προςδέχεσθε κακοῦργον σοφιστήν, οἰόμενον ῥήματι τοὺς νόμους ἀναιρήσειν, ἀλλ᾽ ὅσῳ ἄν τις ἄμεινον λέγῃ παράνομα γεγραφώς, τοσούτῳ μείζονος ὀργῆς τεύξεται. Χρὴ γάρ, ὦ ἄνδρες Ἀθηναῖοι, τὸ αὐτὸ φθέγγεσθαι τὸν ῥήτορα καὶ τὸν νόμον. Ὅταν δὲ ἑτέραν μὲν φωνὴν ἀφιῇ ὁ νόμος, ἑτέραν δὲ ὁ ῥήτωρ, τῇ τοῦ νόμου δικαίῳ χρὴ διδόναι τὴν ψῆφον, οὐ τῇ τοῦ λέγοντος ἀναισχυντίᾳ.

Πρὸς δὲ δὴ τὸν ἄψυκτον λόγον, ὅν φησι Δημοσθένης, βραχέα βούλομαι προειπεῖν. Λέξει γὰρ οὗτος· « Τειχοποιός εἰμι, ὁμολογῶ, ἀλλ᾽ ἐπιδέδωκα τῇ πόλει μνᾶς ἑκατόν, καὶ τὸ ἔργον

LOIS.

Puis donc, Athéniens, qu'ils appellent commissions les emplois auxquels le législateur donne le nom de charges, c'est à vous de leur rappeler la loi, de l'opposer à leur impudence, et de leur répondre que vous n'écoutez pas les subtilités d'un sophiste qui croit, avec des mots, renverser les lois; mais que, plus un citoyen aura d'éloqunece en parlant contre elles, plus il encourra votre indignation. Car il faut que l'orateur parle comme la loi; et s'il s'exprime différemment, on doit son suffrage à la justice de la loi, et non à l'impudence de l'orateur.

Je vais répondre en peu de mots à une raison que Démosthène croit sans réplique. Il dira : « J'ai été chargé de la réparation des murs, je l'avoue; mais j'ai donné cent mines à la ville, pour mieux exécuter

NOMOI.	LOIS.
Ὅταν τοίνυν οὗτοι,	Lorsque donc ceux-ci,
ὦ ἄνδρες Ἀθηναῖοι,	ô hommes Athéniens,
προςαγορεύωσι	appellent
πραγματείας καὶ ἐπιμελείας	occupations et soins
ἃς ὁ νομοθέτης	*les fonctions* que le législateur
ὀνομάζει ἀρχάς,	nomme charges,
ὑμέτερον ἔργον ἐστὶν	votre affaire est
ἀπομνημονεύειν	de rappeler
καὶ ἀντιτάττειν τὸν νόμον	et d'opposer la loi
πρὸς τὴν ἀναίδειαν τούτων,	contre l'impudence de ceux-ci,
καὶ ὑποβάλλειν αὐτοῖς	et de mettre-sous-les-yeux à eux
ὅτι οὐ προςδέχεσθε	que vous n'accueillez pas
σοφιστὴν κακοῦργον,	un sophiste malfaisant,
οἰόμενον ἀναιρήσειν	pensant devoir détruire
τοὺς νόμους ῥήμασιν.	les lois par des mots,
ἀλλά τις τεύξεται	mais que quelqu'un obtiendra
ὀργῆς τοσούτῳ μείζονος	une colère d'autant plus grande
ὅσῳ ἂν λέγῃ ἄμεινον	qu'il parlera mieux
γεγραφὼς παράνομα.	ayant écrit des choses illégales.
Χρὴ γάρ, ὦ ἄνδρες Ἀθηναῖοι,	Car il faut, ô hommes Athéniens,
τὸν ῥήτορα καὶ τὸν νόμον	l'orateur et la loi
φθέγγεσθαι τὸ αὐτό.	dire la même chose.
Ὅταν δὲ ὁ μὲν νόμος	Mais lorsque la loi
ἀφιῇ ἑτέραν φωνήν,	émet une autre voix,
ὁ δὲ ῥήτωρ ἑτέραν,	et l'orateur une autre,
χρὴ διδόναι τὴν ψῆφον	il faut donner le suffrage
τῷ δικαίῳ τοῦ νόμου,	à la chose juste de la loi,
οὐ τῇ ἀναισχυντίᾳ	non à l'impudence
τοῦ λέγοντος.	de celui qui parle.
Βούλομαι δὲ δὴ προειπεῖν	Mais je veux certes dire-d'avance
βραχέα	des choses courtes
πρὸς τὸν λόγον ἄφυκτον	contre le discours irréfragable
ὃν Δημοσθένης φησίν.	que Démosthène dit.
Οὗτος γὰρ λέξει·	Car celui-ci dira :
« Εἰμὶ τειχοποιός,	« Je suis réparateur-des-murs,
ὁμολογῶ,	j'en conviens,
ἀλλὰ ἐπιδέδωκα	mais j'ai donné
ἑκατὸν μνᾶς τῇ πόλει,	cent mines à la ville,

μεῖζον ἐξείργασμαι. Τίνος οὖν εἰμι ὑπεύθυνος, εἰ μή τις ἔστιν εὐνοίας εὐθύνη ; Πρὸς δὴ ταύτην τὴν πρόφασιν ἀκούσατέ μου λέγοντος καὶ δίκαια καὶ ὑμῖν συμφέροντα. Ἐν γὰρ ταύτῃ τῇ πόλει, οὕτως ἀρχαίᾳ οὔσῃ καὶ τηλικαύτῃ τὸ μέγεθος, οὐδείς ἐστιν ἀνυπεύθυνος τῶν καὶ ὁπωσοῦν πρὸς τὰ κοινὰ προσεληλυθότων. Διδάξω δ᾽ ὑμᾶς πρῶτον ἐπὶ τῶν παραδόξων, οἷον τοὺς ἱερεῖς καὶ τὰς ἱερείας ὑπευθύνους εἶναι κελεύει ὁ νόμος, καὶ συλλήβδην ἅπαντας καὶ χωρὶς ἑκάστους κατὰ σῶμα, τοὺς τὰ γέρα μόνον λαμβάνοντας καὶ τὰς εὐχὰς ὑπὲρ ὑμῶν πρὸς τοὺς θεοὺς εὐχομένους, καὶ οὐ μόνον ἰδίᾳ, ἀλλὰ καὶ κοινῇ τὰ γένη, Εὐμολπίδας καὶ Κήρυκας καὶ τοὺς ἄλλους ἅπαντας. Πάλιν τοὺς τριηράρχους ὑπευθύνους εἶναι κελεύει ὁ νόμος, οὐ τὰ κοινὰ διαχειρίσαντας, οὐδ᾽ ἀπὸ τῶν ὑμετέρων προσόδων πολλὰ μὲν ὑφαιρουμένους, βραχέα δὲ κατατιθέντας, ἐπιδιδόναι δὲ φάσκον-

l'ouvrage; de quoi suis-je donc comptable, à moins qu'on ne doive rendre compte d'un acte de libéralité?» Écoutez les réflexions justes et solides que j'oppose à cette raison. Dans une ville aussi ancienne et aussi étendue que la nôtre, aucun de ceux qui sont employés au service de l'état, de quelque façon que ce puisse être, n'est exempt de rendre des comptes. Les exemples que je vais citer surprendront sans doute ; les prêtres et les prêtresses qui ne reçoivent de vous que des honoraires, qui ne font qu'adresser pour vous des prières aux dieux, sont comptables en vertu de la loi; je ne dis pas seulement chacun pris à part, mais tous en corps et par familles, les Eumolpides, les Céryces, et tous les autres. La loi rend aussi comptables les triérarques qui n'ont pas eu le maniement de vos finances, qui n'ont pas détourné la plus grande partie de vos revenus, tandis qu'ils n'en déboursent qu'une légère portion, qui ne se vantent pas de vous donner

καὶ ἐξείργασμαι τὸ ἔργον μεῖζον.	et j'ai fait l'ouvrage plus grand.
Τίνος οὖν εἰμι ὑπεύθυνος,	De quoi donc suis-je comptable,
εἰ μὴ	à moins que
τίς εὐθύνη	quelque reddition-de-comptes
τῆς εὐνοίας ἐστίν; »	de la bienveillance ne soit ? »
Ἀκούσατε δή μου λέγοντος	Or écoutez moi disant
πρὸς ταύτην τὴν πρόφασιν	contre ce prétexte
καὶ δίκαια	et des choses justes
καὶ συμφέροντα ὑμῖν.	et des choses utiles à vous.
Ἐν γὰρ ταύτῃ τῇ πόλει	Car dans cette ville
οὔσῃ οὕτως ἀρχαίᾳ	étant tellement ancienne,
καὶ τηλικαύτῃ τὸ μέγεθος,	et telle en grandeur,
οὐδεὶς τῶν προςεληλυθότων	aucun de ceux qui se sont approchés
καὶ ὁπωςοῦν	même d'une manière quelconque
πρὸς τὰ κοινὰ	vers les affaires publiques
ἐστιν ἀνυπεύθυνος.	n'est exempt-de-comptes.
Διδάξω δὲ ὑμᾶς	Or j'instruirai vous
πρῶτον ἐπὶ τῶν	d'abord sur les choses
παραδόξων,	contraires-à-l'opinion,
οἷον ὁ νόμος κελεύει	par exemple la loi ordonne
τοὺς ἱερεῖς καὶ τὰς ἱερείας,	les prêtres et les prêtresses,
τοὺς λαμβάνοντας μόνον	ceux qui reçoivent seulement
τὰ γέρα,	les honoraires,
καὶ εὐχομένους ὑπὲρ ὑμῶν	et qui prient pour vous
τὰς εὐχὰς πρὸς τοὺς θεούς,	les prières envers les dieux,
εἶναι ὑπευθύνους,	être comptables,
καὶ ἅπαντας συλλήβδην	et tous collectivement
καὶ χωρὶς	et séparément
ἑκάστους κατὰ σῶμα,	chacun par corps,
καὶ οὐ μόνον ἰδίᾳ,	et non seulement en particulier,
ἀλλὰ καὶ τὰ γένη κοινῇ,	mais encore les familles en commun,
Εὐμολπίδας καὶ Κήρυκας	les Eumolpides et les Céryces
καὶ ἅπαντας τοὺς ἄλλους.	et tous les autres.
Ὁ νόμος κελεύει πάλιν	La loi ordonne encore
τοὺς τριηράρχους	les triérarques
εἶναι ὑπευθύνους,	être comptables,
οὐ διαχειρίσαντας τὰ κοινά,	n'ayant pas manié les *deniers* publics,
οὐδὲ ὑφαιρουμένους πολλὰ	et ne détournant pas des *sommes* nom-
ἀπὸ τῶν προςόδων ὑμετέρων,	des revenus vôtres, [breuses
κατατιθέντας δὲ βραχέα,	mais *en* dépensant de petites,

τας , ἀποδιδόντας δὲ ὑμῖν τὰ ὑμέτερα , ἀλλ' ὁμολογουμένως τὰς
πατρῷας οὐσίας εἰς τὴν πρὸς ὑμᾶς ἀνηλωκότας φιλοτιμίαν. Οὐ
τοίνυν μόνοι οἱ τριήραρχοι , ἀλλὰ καὶ τὰ μέγιστα τῶν ἐν τῇ
πόλει συνεδρίων ὑπὸ τὴν τῶν δικαστηρίων ἔρχεται ψῆφον.

Πρῶτον μὲν γὰρ τὴν βουλὴν τὴν ἐν Ἀρείῳ πάγῳ ἐγγράφειν
πρὸς τοὺς λογιστὰς ὁ νόμος κελεύει λόγον καὶ εὐθύνας διδόναι ,[1]
καὶ τὸν ἐκεῖ σκυθρωπὸν καὶ τῶν μεγίστων[1] κύριον ἄγει ὑπὸ τὴν
ὑμετέραν ψῆφον. — Οὐκ ἄρα στεφανωθήσεται ἡ βουλή , ἡ ἐξ
Ἀρείου πάγου[2]; — Οὐδὲ γὰρ πάτριόν ἐστιν αὐτοῖς. — Οὐκ ἄρα
φιλοτιμοῦνται ; — Πάνυ γε , ἀλλ' οὐκ ἀγαπῶσιν , ἐάν τις παρ'
αὐτοῖς μὴ ἀδικῇ , ἀλλ' ἐάν τις ἐξαμαρτάνῃ , κολάζουσιν · οἱ δὲ
ὑμέτεροι ῥήτορες τρυφῶσι[3]. Πάλιν τὴν βουλήν, τοὺς Πεντακοσίους, ὑπεύθυνον πεποίηκεν ὁ νομοθέτης · καὶ οὕτως ἰσχυρῶς

ce qui est à eux, tandis qu'ils vous rendent ce qui est à vous; mais
qui, pour servir l'état, ont dépensé généreusement leur patrimoine.
Non seulement les armateurs, mais nos conseils les plus respectables
sont soumis à l'examen des tribunaux.

La loi ordonne au sénat de l'Aréopage de se faire inscrire chez les
juges, et de rendre des comptes ; elle soumet à vos suffrages ce tribunal redoutable qui décide des causes les plus importantes. — Les
sénateurs de l'Aréopage ne seront donc jamais couronnés? —
Non , sans doute; leurs constitutions ne le permettent pas. —
Sont-ils donc insensibles à l'honneur? — Très-sensibles, au contraire; ils ne se contentent pas de s'interdire toute injustice, ils
punissent parmi eux la moindre faute , tandis que vos orateurs se
croient au-dessus des lois. Le législateur oblige aussi le sénat des
Cinq-Cents à rendre des comptes; et il se défie tellement d'un comp-

φάσκοντας δὲ ἐπιδιδόναι,	et *ne* disant *pas* donner-en-plus,
ἀποδιδόντας δὲ ὑμῖν	mais rendant à vous
τὰ ὑμέτερα,	les choses vôtres,
ἀλλὰ ἀνηλωκότας	mais ayant dépensé
ὁμολογουμένως	de-l'aveu-général
τὰς οὐσίας πατρῴας	les biens paternels
εἰς τὴν φιλοτιμίαν πρὸς ὑμᾶς.	pour la libéralité envers vous.
Οὐ τοίνυν οἱ τριήραρχοι μόνοι,	Or non les triérarques seuls,
ἀλλὰ καὶ τὰ μέγιστα	mais encore les plus grandes
τῶν συνεδρίων ἐν τῇ πόλει	des associations dans la ville
ἔρχεται ὑπὸ τὴν ψῆφον	viennent sous le suffrage
τῶν δικαστηρίων.	des tribunaux.
Πρῶτον μὲν γὰρ	Car d'abord
ὁ νόμος κελεύει τὴν βουλὴν	la loi ordonne le sénat
τὴν ἐν πάγῳ Ἀρείῳ	celui sur la colline de-Mars
ἐγγράφειν λόγον	inscrire la raison
πρὸς τοὺς λογιστὰς	chez les vérificateurs-des-comptes
καὶ διδόναι εὐθύνας,	et donner des comptes,
καὶ ἄγει ὑπὸ τὴν ψῆφον ὑμετέραν	et amène sous le suffrage vôtre
τὸν σκυθρωπὸν ἐκεῖ	celui sévère là-bas
καὶ κύριον τῶν μεγίστων.	et maître des plus grandes *affaires*.
— Ἆρα ἡ βουλή,	— Donc le sénat,
ἡ ἐκ πάγου Ἀρείου,	celui de la colline de-Mars,
οὐ στεφανωθήσεται ;	ne sera pas couronné?
— Οὐδὲ γάρ ἐστι πάτριον	— *Non,* car ce n'est pas héréditaire
αὐτοῖς.	chez eux.
— Ἆρα οὐ φιλοτιμοῦνται ;	— Donc ils n'aiment-pas-l'honneur
— Πάνυ γε·	— Tout-à-fait certes ;
ἀλλὰ οὐκ ἀγαπῶσιν,	mais ils ne se contentent pas,
ἐάν τις παρὰ αὐτοῖς	si quelqu'un chez eux
μὴ ἀδικῇ,	n'agit-pas-injustement
ἀλλὰ κολάζουσιν,	mais châtient,
ἐάν τις ἐξαμαρτάνῃ·	si quelqu'un fait-une-faute ;
οἱ δὲ ῥήτορες ὑμέτεροι	mais les orateurs vôtres
τρυφῶσιν.	sont-insolents.
Ὁ νομοθέτης πεποίηκε πάλιν	Le législateur a fait encore
τὴν βουλήν, τοὺς Πεντακοσίους,	le sénat, les Cinq-Cents,
ὑπεύθυνον·	comptable ;
καὶ ἀπιστεῖ οὕτως ἰσχυρῶς	et il se défie si fortement
τοῖς ὑπευθύνοις,	des comptables

ἀπιστεῖ τοῖς ὑπευθύνοις, ὥςτ' εὐθέως ἀρχόμενος τῶν νόμων λέγει, « ἀρχὴν ὑπεύθυνον, φησί, μὴ ἀποδημεῖν. »

Ὦ Ἡράκλεις, ὑπολάβοι ἄν τις, ὅτι ἦρξα, μὴ ἀποδημήσω;
— Ἵνα γε μὴ προλαβὼν χρήματα τῆς πόλεως ἢ πράξεις, δρασμῷ χρήσῃ. Πάλιν ὑπεύθυνον οὐκ ἐᾷ τὴν οὐσίαν καθιεροῦν,
οὐδὲ ἀνάθημα ἀναθεῖναι, οὐδ' ἐκποίητον γενέσθαι, οὐδὲ διαθέσθαι
τὰ ἑαυτοῦ, οὐδ' ἄλλα πολλά · ἑνὶ δὲ λόγῳ ἐνεχυράζει τὰς οὐσίας
ὁ νομοθέτης, τὰς τῶν ὑπευθύνων, ἕως ἂν λόγον ἀποδῶσι τῇ
πόλει. — Ναί, ἀλλ' ἔστι τις ἄνθρωπος, ὃς οὔτ' εἴληφεν οὐδὲν
τῶν δημοσίων, οὔτ' ἀνήλωκε, προςῆλθε δὲ πρός τι τῶν κοινῶν.
— Καὶ τοῦτον ἀποφέρειν κελεύει λόγον πρὸς τοὺς λογιστάς. —
Καὶ πῶς ὅ γε μηδὲν λαβὼν, μηδ' ἀναλώσας, ἀποίσει λόγον τῇ
πόλει; — Αὐτὸς ὑποβάλλει καὶ διδάσκει ὁ νόμος ἃ χρὴ γράφειν·

table, qu'à la tête de ses lois, il défend à tout magistrat comptable
de s'absenter.

Quoi ! dira quelqu'un, parce que j'ai été en charge, je ne pourrai
m'absenter ? — Non, vous ne le pouvez pas ; la république craint que
vous ne preniez la fuite, et que vous n'emportiez avec vous son secret
ou son argent. Le législateur défend encore à un comptable de consacrer
ses biens, d'en faire des offrandes aux dieux, d'en disposer par un
testament, et de se faire adopter ; il ne lui permet aucun acte de cette
nature ; en un mot, il met la main sur les biens des comptables jusqu'à
ce qu'ils aient rendu leurs comptes. — Soit, dira-t-on ; mais ne peut-il
pas se trouver un homme qui n'ait rien reçu ni rien dépensé des deniers de l'état, et qui néanmoins ait eu quelque emploi dans l'administration ? — Eh bien ! cet homme-là même est obligé de porter ses
comptes devant les juges. — Mais comment le pourra-t-il, n'ayant
rien reçu ni rien dépensé ? — La loi lui apprend et lui dicte ce qu'il

ὥςτε λέγει
εὐθέως ἀρχόμενος τῶν νόμων,
« ἀρχὴν ὑπεύθυνον, φησί,
μὴ ἀποδημεῖν. »
  Ὦ Ἡράκλεις,
ὑπολάβοι ἄν τις,
ὅτι ἦρξα,
μὴ ἀποδημήσω ;
— Ἵνα γε
προλαβὼν χρήματα
ἢ πράξεις τῆς πόλεως,
μὴ χρήσῃ δρασμῷ.
Πάλιν οὐκ ἐᾷ ὑπεύθυνον
καθιεροῦν τὴν οὐσίαν,
οὐδὲ ἀναθεῖναι ἀνάθημα,
οὐδὲ γενέσθαι ἐκποίητον,
οὐδὲ διαθέσθαι
τὰ ἑαυτοῦ,
οὐδὲ ἄλλα πολλά·
ἑνὶ δὲ λόγῳ
ὁ νομοθέτης ἐνεχυράζει
τὰς οὐσίας, τὰς τῶν ὑπευθύνων,
ἕως ἂν ἀποδῶσι
λόγον τῇ πόλει.
— Ναί, ἀλλά τις ἄνθρωπός ἐστιν,
ὃς οὔτε εἴληφεν οὐδὲν
τῶν δημοσίων,
οὔτε ἀνήλωκε,
προςῆλθε δὲ πρός τι
τῶν κοινῶν.
— Κελεύει καὶ τοῦτον
ἀποφέρειν λόγον
πρὸς τοὺς λογιστάς.
— Καὶ πῶς
ὅ γε λαβὼν μηδέν,
μηδὲ ἀναλώσας,
ἀποίσει λόγον τῇ πόλει ;
— Ὁ νόμος αὐτὸς
ὑποβάλλει καὶ διδάσκει
ἃ χρὴ γράφειν·

qu'il dit
aussitôt commençant les lois,
« un magistrat comptable, dit-il,
ne pas quitter-son-pays. »
  O Hercule,
pourrait répondre quelqu'un,
parce que j'ai géré-une-charge,
je ne quitterai-pas-mon-pays ?
— Afin que certes
ayant pris-d'avance les richesses
ou les affaires de la ville,
tu n'uses pas de la fuite.
De plus il ne permet pas un comptable
consacrer son bien,
ni offrir une offrande,
ni devenir adoptif,
ni donner-par-testament
les *richesses* de lui-même
ni d'autres choses nombreuses ;
mais en un mot
le législateur tient-en-gage
les biens, ceux des comptables,
jusqu'à ce qu'ils aient rendu
raison à la ville.
— Oui, mais quelque homme est,
qui et n'a reçu rien
des *deniers* publics,
et n'a dépensé *rien*,
mais s'est approché vers quelqu'une
des choses communes
— Il ordonne aussi celui-ci
apporter raison
vers les vérificateurs-des-comptes.
— Et comment
celui du moins qui n'a reçu rien
et qui *n*'a dépensé *rien*,
apportera-t-il raison à la ville ?
— La loi elle-même
suggère et enseigne
les choses qu'il faut écrire :

κελεύει γὰρ αὐτὸ τοῦτο ἐγγράφειν, ὅτι « οὔτ' ἔλαβον οὐδὲν τῶν
τῆς πόλεως, οὔτ' ἀνήλωσα. » Ἀνεύθυνον δὲ καὶ ἀζήτητον καὶ
ἀνεξέταστον οὐδέν ἐστι τῶν ἐν τῇ πόλει.

Ὅτι δὲ ἀληθῆ λέγω, αὐτῶν ἀκούσατε τῶν νόμων.

ΝΟΜΟΙ.

Ὅταν τοίνυν μάλιστα θρασύνηται Δημοσθένης, λέγων ὡς διὰ
τὴν ἐπίδοσιν οὐκ ἔστιν ὑπεύθυνος, ἐκεῖνο αὐτῷ ὑποβάλλετε·
« Οὔκουν ἐχρῆν σε, ὦ Δημόσθενες, ἐᾶσαι τὸν τῶν λογιστῶν
κήρυκα κηρῦξαι τὸ πάτριον καὶ ἔννομον κήρυγμα τοῦτο· » Τίς
βούλεται κατηγορεῖν; » Ἔασον ἀμφισβητῆσαί σοι τὸν βουλόμενον τῶν πολιτῶν, ὡς οὐκ ἐπέδωκας, ἀλλ' ἀπὸ πολλῶν ὧν ἔχεις
εἰς τὴν τῶν τειχῶν οἰκοδομίαν μικρὰ κατέθηκας, δέκα τάλαντα
εἰς ταῦτα ἐκ τῆς πόλεως εἰληφώς. Μὴ ἅρπαζε τὴν φιλοτιμίαν,
μηδὲ ἐξαιροῦ τῶν δικαστῶν τὰς ψήφους ἐκ τῶν χειρῶν, μηδ'
ἔμπροσθεν τῶν νόμων, ἀλλ' ὕστερος πολιτεύου. Ταῦτα γὰρ ὀρθοῖ
τὴν δημοκρατίαν. »

doit inscrire ; elle lui ordonne de déclarer cela même, qu'il n'a rien
reçu ni rien dépensé : car nul emploi dans la république n'est exempt
de reddition de comptes, de perquisition et de contrôle.

Pour preuve que je dis vrai, écoutez les lois mêmes.

LOIS.

Lors donc que Démosthène, avec confiance et d'un air triomphant,
vous dira qu'il n'est point comptable de ce qu'il a donné, répondez-lui :
« Quoi ! Démosthène, ne deviez-vous pas permettre au héraut du tribunal des comptes de faire entendre cette proclamation conforme à nos lois
et à nos usages: *Qui veut se porter pour accusateur?* Permettez au
citoyen qui le voudra de prétendre contre vous que, loin d'avoir donné
de vos biens à la république, vous avez peu dépensé des dix talents
que la ville vous a remis pour la réparation des murs. N'emportez pas
de force les honneurs ; n'arrachez pas aux juges leurs suffrages,
obéissez aux lois, et ne leur commandez pas; car voilà ce qui main-
tient la démocratie. »

κελεύει γὰρ ἐγγράφειν τοῦτο αὐτό, car elle ordonne d'inscrire ceci même,
ὅτι « οὔτε ἔλαβον οὐδὲν que « et je n'ai reçu rien
τῶν τῆς πόλεως, des *deniers* de la ville,
οὔτε ἀνήλωσα. » et je n'ai dépensé *rien.* »
Οὐδὲν δὲ τῶν ἐν τῇ πόλει Mais aucune des choses dans la ville
ἐστὶν ἀνεύθυνον n'est exempte-de-comptes
καὶ ἀζήτητον et exempte-de-recherches
καὶ ἀνεξέταστον. et exempte-d'examen.
Ὅτι δὲ λέγω ἀληθῆ, Mais que je dis des choses vraies,
ἀκούσατε τῶν νόμων αὐτῶν. écoutez les lois elles-mêmes.

NOMOI. LOIS.

Ὅταν τοίνυν Δημοσθένης Donc lorsque Démosthène
θρασύνηται μάλιστα, s'enhardit le plus,
λέγων ὡς οὐκ ἔστιν ὑπεύθυνος disant qu'il n'est pas comptable
διὰ τὴν ἐπίδοσιν, pour le don,
ὑποβάλλετε αὐτῷ ἐκεῖνο· répondez à lui cela :
« Οὐκοῦν ἐχρῆν σε, « Ne fallait-il donc pas toi,
ὦ Δημόσθενες, ô Démosthène,
ἐᾶσαι τὸν κήρυκα permettre le héraut
τῶν λογιστῶν des vérificateurs-des-comptes
κηρῦξαι τοῦτο τὸ κήρυγμα proclamer cette proclamation
πάτριον καὶ ἔννομον· de-nos-pères et conforme-aux-lois :
« Τίς βούλεται κατηγορεῖν ; » « Qui veut accuser ? »
Ἔατον τὸν βουλόμενον τῶν πολι Permets celui qui veut des citoyens
ἀμφισβητῆσαί σοι, [τῶν contester à toi,
ὡς οὐκ ἐπέδωκας, que tu n'as pas donné-en-plus,
ἀλλὰ κατέθηκας μικρὰ mais as dépensé de petites *sommes*
ἀπὸ πολλῶν ὧν ἔχεις de grandes que tu as
εἰς τὴν οἰκοδομίαν τῶν τειχῶν, pour la construction des murs,
εἰληφὼς ἐκ τῆς πόλεως ayant reçu de la ville
δέκα τάλαντα εἰς ταῦτα. dix talents pour cela.
Μὴ ἅρπαζε τὴν φιλοτιμίαν, N'arrache pas l'honneur,
μηδὲ ἐξαιροῦ τὰς ψήφους et n'enlève pas les suffrages
ἐκ τῶν χειρῶν τῶν δικαστῶν, des mains des juges,
μηδὲ πολιτεύου et n'agis-pas-civilement
ἔμπροσθεν τῶν νόμων, au-dessus des lois,
ἀλλὰ ὕστερος. mais inférieur *à elles.*
Ταῦτα γὰρ ὀρθοῖ Car ces choses maintiennent-debout
τὴν δημοκρατίαν. » la démocratie. »

Πρὸς μὲν οὖν τὰς κενὰς προφάσεις ἃς οὗτοι προφασιοῦνται, μέχρι δεῦρο εἰρήσθω μοι. Ὅτι δὲ ὄντως ἦν ὑπεύθυνος ὁ Δημο σθένης, ὅθ' οὗτος εἰσήνεγκε τὸ ψήφισμα, ἄρχων μὲν τὴν ἐπὶ τῶν θεωρικῶν ἀρχήν, ἄρχων δὲ τὴν τῶν τειχοποιῶν, οὐδετέρας δέ πω τῶν ἀρχῶν τούτων λόγον ὑμῖν οὐδ' εὐθύνας δεδωκώς, ταῦτ' ἤδη πειράσομαι ὑμᾶς διδάσκειν ἐκ τῶν δημοσίων γραμ μάτων.

Καί μοι ἀνάγνωθι, ἐπὶ τίνος ἄρχοντος, καὶ ποίου μηνός, καὶ ἐν τίνι ἡμέρᾳ, καὶ ἐν ποίᾳ ἐκκλησίᾳ ἐχειροτονήθη Δημο σθένης τὴν ἀρχὴν τὴν ἐπὶ τῶν θεωρικῶν.

ΔΙΑΛΟΓΙΣΜΟΣ ΤΩΝ ΗΜΕΡΩΝ.

Οὐκοῦν εἰ μηδὲν ἔτι περαιτέρω τούτου δείξαιμι, δικαίως ἂν ἁλίσκοιτο Κτησιφῶν· αἱρεῖ γὰρ αὐτὸν οὐχ ἡ κατηγορία ἡ ἐμή, ἀλλὰ τὰ δημόσια γράμματα.

Πρότερον μὲν τοίνυν, ὦ ἄνδρες Ἀθηναῖοι, ἀντιγραφεὺς [1] ἦν χειροτονητὸς τῇ πόλει, ὃς καθ' ἑκάστην πρυτανείαν ἀπελογίζετο τὰς προσόδους τῷ δήμῳ· διὰ δὲ τὴν πρὸς Εὔβουλον [2] γενομένην

Je crois avoir suffisamment réfuté les raisons frivoles qu'apporte ront mes adversaires ; je vais prouver actuellement, par les registres publics, que Démosthène était comptable, lorsque Clésiphon a pro posé son décret, puisqu'alors il était chargé de l'administration des deniers du théâtre et de la réparation des murs, et qu'il n'avait rendu compte d'aucune de ces deux charges.

Greffier, faites-nous voir sous quel archonte, dans quelle assemblée, quel mois et quel jour, Démosthène fut nommé à la charge d'admi nistrateur des deniers du théâtre.

COMPTE DES JOURS.

Quand je ne dirais rien de plus, Ctésiphon pourrait être justement condamné, puisqu'il est convaincu, non par mes discours, mais par les registres publics.

Il y avait chez vous, Athéniens, un contrôleur nommé par le peuple, qui, à chaque prytanie, lui rendait compte des revenus de l'état. La confiance que vous avez eue en Eubule vous a fait donner, avant la

Εἰρήσθω μὲν οὖν μοι | Donc qu'il ait été dit par moi
μέχρι δεῦρο | jusqu'ici
πρὸς τὰς προφάσεις κενὰς | contre les prétextes vains
ἃς οὗτοι προφασιοῦνται. | que ceux-ci prétexteront.
Πειράσομαι δὲ ἤδη | Mais j'essaierai déjà
διδάσκειν ὑμᾶς | d'apprendre à vous
ἐκ τῶν γραμμάτων δημοσίων | d'après les écrits publics
ταῦτα, ὅτι ὁ Δημοσθένης | ces *choses*, que Démosthène
ἦν ὄντως ὑπεύθυνος, | était réellement comptable,
ὅτε οὗτος εἰσήνεγκε τὸ ψήφισμα, | quand celui-ci porta le décret,
ἄρχων μὲν τὴν ἀρχὴν | gérant la charge [gérant
ἐπὶ τῶν θεωρικῶν, ἄρχων δὲ | concernant les *deniers* du-théâtre, et
τὴν τῶν τειχοποιῶν, | celle des réparateurs-des-murs,
δεδωκὼς δὲ πω ὑμῖν | mais *n'*ayant donné encore à vous
λόγον οὐδὲ εὐθύνας | la raison ni les comptes
οὐδετέρας τούτων τῶν ἀρχῶν. | de ni l'une ni l'autre de ces charges.

Καὶ ἀνάγνωθί μοι, | Et lis à moi,
ἐπὶ τίνος ἄρχοντος, | sous quel archonte,
καὶ ποίου μηνός, καὶ ἐν τίνι ἡμέρᾳ, | et quel mois, et dans quel jour,
καὶ ἐν ποίᾳ ἐκκλησίᾳ | et dans quelle assemblée
Δημοσθένης ἐχειροτονήθη | Démosthène a été élu-par-suffrage
τὴν ἀρχὴν | *pour* la charge
τὴν ἐπὶ τῶν θεωρικῶν. | concernant sur les *deniers* du-théâtre.

ΔΙΑΛΟΓΙΣΜΟΣ ΤΩΝ ΗΜΕΡΩΝ.   COMPTE DES JOURS.

Οὐκοῦν εἰ δείξαιμι μηδὲν ἔτι | Donc si je *ne* montrais plus rien
περαιτέρω τούτου, | plus loin que ceci,
Κτησιφῶν ἂν ἁλίσκοιτο δικαίως· | Ctésiphon serait condamné justement;
οὐ γὰρ ἡ κατηγορία ἡ ἐμή, | car non l'accusation la mienne,
ἀλλὰ τὰ γράμματα δημόσια | mais les écrits publics
αἱρεῖ αὐτόν. | convainquent lui.
Πρότερον μὲν τοίνυν, | Précédemment donc,
ὦ ἄνδρες Ἀθηναῖοι, | ô hommes Athéniens,
ἀντιγραφεὺς χειροτονητός, | un contrôleur élu-par-suffrage,
ὃς ἀπελογίζετο τῷ δήμῳ | qui rendait-compte au peuple
τὰς προσόδους | des revenus
κατὰ ἑκάστην πρυτανείαν, | pendant chaque prytanie,
ἦν τῇ πόλει· | était à la ville;
διὰ δὲ τὴν πίστιν | mais à cause de la confiance
γενομένην ὑμῖν πρὸς Εὔβουλον, | qui a existé en vous envers Eubule,

πίστιν ὑμῖν, οἱ ἐπὶ τὸ θεωρικὸν κεχειροτονημένοι ἦρχον μέν,
πρὶν ἢ τὸν Ἡγέμονος [1] νόμον γενέσθαι, τὴν τοῦ ἀντιγραφέως
ἀρχήν· ἦρχον δὲ τὴν τῶν ἀποδεκτῶν καὶ νεωρῶν ἀρχήν, καὶ
σκευοθήκην ᾠκοδόμουν· ἦσαν δὲ καὶ ὁδοποιοί, καὶ σχεδὸν τὴν
ὅλην διοίκησιν εἶχον τῆς πόλεως. Καὶ οὐ κατηγορῶν αὐτῶν,
οὐδ' ἐπιτιμῶν λέγω· ἀλλ' ἐκεῖνο ὑμῖν ἐνδείξασθαι βούλομαι, ὅτι
ὁ μὲν νομοθέτης, ἐάν τις μιᾶς ἀρχῆς τῆς ἐλαχίστης ὑπεύθυνος
ᾖ, τοῦτον οὐκ ἐᾷ, πρὶν ἂν λόγους καὶ εὐθύνας δῷ, στεφανοῦν.
Ὁ δὲ Κτησιφῶν Δημοσθένην, τὸν συλλήβδην ἁπάσας τὰς Ἀθή-
νησιν ἀρχὰς ἄρχοντα, οὐκ ὤκνησε γράψαι στεφανῶσαι.

Ὡς τοίνυν καὶ τὴν τῶν τειχοποιῶν ἀρχὴν ἦρχεν, ὅθ' οὗτος
τὸ ψήφισμα ἔγραψε, καὶ τὰ δημόσια χρήματα διεχείριζε, καὶ
ἐπιβολὰς ἐπέβαλλε, καθάπερ καὶ οἱ ἄλλοι ἄρχοντες, καὶ δικαστηρίων ἡγεμονίας ἐλάμβανε, τούτων ὑμῖν αὐτὸν Δημοσθένην
καὶ Κτησιφῶντα μάρτυρας παρέξομαι. Ἐπὶ γὰρ Χαιρώνδου

loi d'Hégémon, à ceux qui avaient l'administration des deniers du
théâtre, les charges de contrôleur, de receveur-général, d'intendant de
la marine, d'inspecteur des arsenaux, de réparateur des chemins; en
un mot, ils réunissaient presque toutes les branches de l'administration publique. Je n'accuse ici ni ne blâme personne; je veux montrer
seulement que le législateur ne permet pas de couronner un citoyen
comptable de la moindre charge, et que Ctésiphon propose de couronner Démosthène, qui réunissait, dans sa personne, toutes les charges
de la ville.

Pour vous prouver qu'il possédait aussi celle de réparateur des
murs, lorsque Ctésiphon proposa son décret, qu'il avait le maniement
des deniers publics, qu'il imposait des amendes comme les autres magistrats, qu'il présidait à un tribunal, j'en appelle au témoignage de
Démosthène lui-même et de Ctésiphon. Sous l'archonte Chéronide, le

οἱ κεχειροτονημένοι	ceux qui avaient été élus-par-vote
ἐπὶ τὸ θεωρικὸν	pour les *deniers* du-théâtre
ἦρχον μὲν τὴν ἀρχὴν	exerçaient la charge
τοῦ ἀντιγραφέως, πρὶν ἢ τὸν νόμον	du contrôleur, avant que la loi
τοῦ Ἡγέμονος γενέσθαι·	d'Hégémon avoir existé ;
ἦρχον δὲ τὴν ἀρχὴν	et ils exerçaient la charge
τῶν ἀποδεκτῶν	des receveurs
καὶ νεωρῶν,	et des inspecteurs-des-chantiers,
καὶ ᾠκοδόμουν σκευοθήκην	et construisaient l'arsenal ;
ἦσαν δὲ καὶ	et ils étaient aussi
ὁδοποιοί,	constructeurs-de-routes,
καὶ εἶχον σχεδὸν	et avaient presque
τὴν διοίκησιν ὅλην τῆς πόλεως.	l'administration entière de la ville.
Καὶ οὐ λέγω	Et je ne dis pas *cela*
κατηγορῶν οὐδὲ ἐπιτιμῶν αὐτὸν·	accusant ni blâmant eux ;
ἀλλὰ βούλομαι	mais je veux
ἐνδείξασθαι ὑμῖν τοῦτο,	montrer à vous ceci,
ὅτι ὁ μὲν νομοθέτης,	que le législateur,
ἐάν τις ὑπεύθυνος ᾖ	si quelqu'un est comptable
μιᾶς ἀρχῆς τῆς ἐλαχίστης,	d'une seule charge la moindre,
οὐκ ἐᾷ	ne permet pas
στεφανοῦν τοῦτον,	de couronner celui-ci,
πρὶν ἂν δῷ	avant qu'il ait donné
λόγους καὶ εὐθύνας.	des raisons et des comptes.
Ὁ δὲ Κτησιφῶν οὐκ ὤκνησε	Mais Ctésiphon n'a pas hésité
γράψαι στεφανῶσαι Δημοσθένην,	à écrire de couronner Démosthène,
τὸν ἄρχοντα συλλήβδην	celui qui exerçait collectivement
ἁπάσας τὰς ἀρχὰς Ἀθήνησι.	toutes les charges à Athènes
Παρέξομαι τοίνυν ὑμῖν	Or je présenterai à vous
Δημοσθένην αὐτὸν	Démosthène lui-même
καὶ Κτησιφῶντα μάρτυρας τούτων,	et Ctésiphon témoins de ces choses,
ὡς ἦρχε καὶ τὴν ἀρχὴν	qu'il exerçait aussi la charge
τῶν τειχοποιῶν,	des réparateurs-des-murs,
ὅτε αὐτὸς ἔγραψε τὸ ψήφισμα,	quand celui-ci écrivit le décret,
καὶ διεχείριζε	et maniait
τὰ χρήματα δημόσια,	les fonds publics,
καὶ ἐπέβαλλεν ἐπιβολάς,	et infligeait des amendes,
καθάπερ καὶ οἱ ἄλλοι ἄρχοντες,	comme aussi les autres magistrats,
καὶ ἐλάμβανεν ἡγεμονίας	et recevait des directions
δικαστηρίων.	de tribunaux.

ἄρχοντος, Θαργηλιῶνος μηνὸς δευτέρα φθίνοντος, ἐκκλησίας
οὔσης, ἔγραψε ψήφισμα Δημοσθένης, ἀγορὰν ποιῆσαι τῶν φυλῶν Σκιροφοριῶνος δευτέρα ἱσταμένου καὶ τρίτῃ, καὶ ἐπέταξεν,
ἐν τῷ ψηφίσματι, ἐξ ἑκάστης τῶν φυλῶν ἑλέσθαι τοὺς ἐπιμελησομένους τῶν ἔργων ἐπὶ τὰ τείχη καὶ ταμίας, καὶ μάλα ὀρθῶς, ἵν' ἡ πόλις ἔχῃ ὑπεύθυνα σώματα, παρ' ὧν ἔμελλε τῶν
ἀνηλωμένων λόγον ἀπολήψεσθαι.

Καί μοι λέγε τὰ ψηφίσματα.

ΨΗΦΙΣΜΑΤΑ.

Ναί, ἀλλ' ἀντιδιαπλέκει πρὸς τοῦτο εὐθύς, ὡς οὔτ' ἔλαχε
τειχοποιός, οὔτ' ἐχειροτονήθη ὑπὸ τοῦ δήμου. Καὶ περὶ τούτου
Δημοσθένης μὲν καὶ Κτησιφῶν πολὺν ποιήσονται λόγον· ὁ δέ
γε ἐμὸς βραχύς, καὶ σαφής, καὶ ταχὺ λύων τὰς τούτων τέχνας.
Μικρὰ δὲ ὑμῖν ὑπὲρ αὐτῶν πρῶτον προειπεῖν βούλομαι.

Ἔστι γάρ, ὦ Ἀθηναῖοι, τῶν περὶ τὰς ἀρχὰς εἴδη τρία· ὧν

vingt-neuvième jour du mois de Thargélion, dans une assemblée du
peuple, Démosthène proposa un décret pour qu'on assemblât les tribus, le second et le troisième jour du mois de Scirophorion; et alors,
par un nouveau décret, il demanda qu'on choisît, dans chaque tribu,
des hommes pour veiller aux ouvrages, et pour distribuer l'argent. Il
voulait, sans doute, et il avait raison, que la république trouvât des
citoyens responsables auxquels elle pût faire rendre compte de la
dépense.

Lisez-nous les décrets.

DÉCRETS.

Mais Démosthène insiste, et dit qu'il n'a été nommé réparateur des
murs, ni par le sort, ni par les suffrages du peuple. Ctésiphon et lui
s'étendront longuement sur ce point. Ma réponse, aussi claire que
précise, détruira dans un instant ces vains artifices; mais je vais auparavant vous faire quelques observations.

Nous avons, Athéniens, trois espèces de magistratures. La pre-

Ἐπὶ γὰρ Χαιρώνδου ἄρχοντος, — Car sous Chérondas archonte,
δευτέρα μηνὸς Θαργηλιῶνος — le second *jour* du mois Thargélion
φθίνοντος, — déclinant,
ἐκκλησίας οὔσης, — une assemblée étant,
Δημοσθένης ἔγραψε ψήφισμα, — Démosthène écrivit un décret,
ποιῆσαι ἀγορὰν τῶν φυλῶν — de faire une assemblée des tribus
δευτέρᾳ καὶ τρίτῃ — le second et troisième *jour*
Σκιροφοριῶνος ἱσταμένου, — de Scirophorion commençant,
καὶ ἐπέταξεν, ἐν τῷ ψηφίσματι, — et enjoignit, dans le décret,
ἑλέσθαι ἐξ ἑκάστης τῶν φυλῶν — de choisir de chacune des tribus
τοὺς ἐπιμελησομένους — ceux qui devaient prendre-soin
τῶν ἔργων ἐπὶ τὰ τείχη, — des travaux pour les murs,
καὶ ταμίας, — et les questeurs,
καὶ μάλα ὀρθῶς, — et fort convenablement,
ἵνα ἡ πόλις ἔχῃ — afin que la ville eût
σώματα ὑπεύθυνα, — des corps comptables,
παρὰ ὧν ἔμελλεν ἀπολήψεσθαι — desquels elle devait recevoir
λόγον τῶν ἀνηλωμένων. — raison des *sommes* dépensées.

Καὶ λέγε μοι τὰ ψηφίσματα. — Et dis à moi les décrets.

ΨΗΦΙΣΜΑΤΑ. — DÉCRETS.

Ναί, ἀλλὰ ἀντιδιαπλέκει — Oui, mais il réplique
εὐθὺς πρὸς τοῦτο, — aussitôt contre ceci,
ὡς οὔτε ἔλαχε — que et il n'a pas obtenu-par-le-sort
τειχοποιός, — *d'être* réparateur-des-murs,
οὔτε ἐχειροτονήθη — et n'a pas été élu-par-suffrage
ὑπὸ τοῦ δήμου. — par le peuple.
Καὶ Δημοσθένης μὲν καὶ Κτησιφῶν — Et Démosthène et Ctésiphon
ποιήσονται πολὺν λόγον — feront un long discours
περὶ τούτου· — sur cela ;
ὁ δέ γε ἐμὸς βραχύς, — mais du moins le mien *est* court,
καὶ σαφής, καὶ λύων ταχὺ — et clair, et détruisant promptement
τὰς τέχνας τούτων. — les artifices de ceux-ci.
Βούλομαι δὲ πρῶτον — Mais je veux d'abord
προειπεῖν ὑμῖν — dire-d'avance à vous
μικρὰ ὑπὲρ αὐτῶν. — des *paroles* courtes sur ces choses.

Τρία γὰρ εἴδη — Car trois espèces
τῶν περὶ τὰς ἀρχὰς — des *hommes* autour des charges
ἐστίν, ὦ ἄνδρες Ἀθηναῖοι· — sont, ô hommes Athéniens ;
ὧν ἓν μὲν — desquelles l'une

ἒν μὲν καὶ πᾶσι φανερώτατον, οἱ κληρωτοὶ καὶ οἱ χειροτονητοὶ
ἄρχοντες· δεύτερον δέ, ὅσοι τι διαχειρίζουσι τῶν τῆς πόλεως
ὑπὲρ τριάκοντα ἡμέρας, καὶ οἱ τῶν δημοσίων ἔργων ἐπιστάται·
τρίτον δ᾽ ἐν τῷ νόμῳ γέγραπται, « καὶ εἴ τινες ἄλλοι αἱρετοὶ
ἡγεμονίας δικαστηρίων λαμβάνουσι, καὶ τούτους ἄρχειν δοκιμασθέντας. » Ἐπειδὰν δ᾽ ἀφέλῃ τις τοὺς ὑπὸ τοῦ δήμου κεχειροτονημένους καὶ τοὺς κληρωτοὺς ἄρχοντας, καταλείπεται, οὓς αἱ
φυλαὶ καὶ αἱ τριττύες καὶ οἱ δῆμοι ἐξ ἑαυτῶν αἱροῦνται[1], τὰ δημόσια
χρήματα διαχειρίζειν, τούτους αἱρετοὺς ἄρχοντας εἶναι. Τοῦτο
δὲ γίγνεται, ὅταν, ὥσπερ νῦν, ἐπιταχθῇ τι ταῖς φυλαῖς, ἢ
τάφρους ἐξεργάζεσθαι, ἢ τριήρεις ναυπηγεῖσθαι.

Ὅτι δὲ ἀληθῆ λέγω, ἐξ αὐτῶν τῶν νόμων μαθήσεσθε.

ΝΟΜΟΙ.

Ἀναμνήσθητε δὴ τοὺς προειρημένους λόγους, ὅτι ὁ μὲν νομο-

mière, qui est la plus connue, est composée de ceux qui sont
élus par le sort ou par les suffrages du peuple. Dans la seconde
sont renfermés tous ceux qui ont le maniement des deniers publics,
pour plus de trente jours, et ceux qui sont préposés à des ouvrages
publics. La troisième est désignée clairement par la loi : « Et si d'autres encore, dit-elle, en vertu d'un choix particulier, président
des tribunaux, qu'ils exercent aussi leur charge après avoir subi un
examen. » Mais, si l'on retranche les magistrats élus par le sort ou
par le suffrage du peuple, il reste à reconnaître pour magistrats élus
en vertu d'un choix particulier les citoyens que les tribus, les tiers
de tribus et les dèmes élisent parmi eux, pour avoir le maniement
des deniers publics. Les tribus procèdent à ces élections, quand elles
sont chargées, comme nous voyons ici, de faire creuser des fosses ou
de faire construire des galères.

Vous allez connaître, par la lecture des lois, la vérité de ce que
j'avance.

LOIS.

N'oubliez donc pas, Athéniens, ce que vous venez d'entendre, que

φανερώτατον καὶ ἄπασιν,   *est* très-claire même pour tous,
οἱ ἄρχοντες κληρωτοὶ   les magistrats nommés-par-le-sort
καὶ οἱ χειροτονητοί·   et ceux nommés-par-suffrage ;
δεύτερον δέ,   et la seconde,
ὅσοι διαχειρίζουσί τι   tous ceux qui manient quelque chose
τῶν τῆς πόλεως   des *deniers* de la ville
ὑπὲρ τριάκοντα ἡμέρας,   au-delà de trente jours,
καὶ οἱ ἐπιστάται   et les préposés
τῶν ἔργων δημοσίων·   aux travaux publics ;
τρίτον δὲ γέγραπται ἐν τῷ νόμῳ,   et la troisième a été écrite dans la loi,
« καὶ εἴ τινες ἄλλοι αἱρετοὶ   « et si quelques autres élus
λαμβάνουσιν ἡγεμονίας   reçoivent des directions
δικαστηρίων,   de tribunaux,
καὶ τούτους ἄρχειν   aussi ceux-ci exercer-leur-charge
δοκιμασθέντας. »   ayant été éprouvés. »
Ἐπειδὰν δέ τις ἀφέλῃ   Mais après que quelqu'un a enlevé
τοὺς ἄρχοντας   les magistrats
κεχειροτονημένους   qui ont été élus-par-suffrage
ὑπὸ τοῦ δήμου   par le peuple
καὶ τοὺς κληρωτούς,   et ceux nommés-au-sort
καταλείπεται τούτους εἶναι   il est laissé ceux-ci être
ἄρχοντας αἱρετούς,   magistrats élus,
οὓς αἱ φυλαὶ καὶ αἱ τριττύες   que les tribus et les tiers-de-tribus
καὶ οἱ δῆμοι αἱροῦνται   et les dèmes choisissent
ἐξ ἑαυτῶν   parmi eux-mêmes,
διαχειρίζειν τὰ χρήματα δημόσια.   pour manier les fonds publics.
Τοῦτο δὲ γίγνεται,   Or cela arrive,
ὅταν, ὥσπερ νῦν,   lorsque, comme maintenant,
τι   quelque chose
ἐπιταχθῇ ταῖς φυλαῖς,   a été imposée aux tribus,
ἢ ἐξεργάζεσθαι τάφρους,   ou de faire des fossés,
ἢ ναυπηγεῖσθαι τριήρεις.   ou de construire des galères.
Μαθήσεσθε δὲ   Mais vous apprendrez
ἐκ τῶν νόμων αὐτῶν   d'après les lois elles-mêmes
ὅτι λέγω ἀληθῆ.   que je dis des choses vraies.

NOMOI.   LOIS.

Ἀναμνήσθητε δὴ τοὺς λόγους   Donc rappelez-vous les discours
προειρημένους,   qui ont été dits-précédemment,
ὅτι ὁ μὲν νομοθέτης κελεύει   que le législateur ordonne

θέτης τοὺς ἐκ τῶν φυλῶν ἄρχειν κελεύει δοκιμασθέντας ἐν τῷ
δικαστηρίῳ· ἡ δὲ Πανδιονὶς φυλὴ ¹ ἄρχοντα καὶ τειχοποιὸν ἀπέ-
δειξε Δημοσθένην, ὃς ἐκ τῆς διοικήσεως εἰς ταῦτα ἔχει μικροῦ
δεῖν δέκα τάλαντα· ἕτερος δ' ἀπαγορεύει νόμος ἀρχὴν ὑπεύθυνον
μὴ στεφανοῦν· ὑμεῖς δὲ ὀμωμόκατε κατὰ τοὺς νόμους ψηφιεῖσθαι·
ὁ δὲ ῥήτωρ γέγραφε τὸν ὑπεύθυνον στεφανοῦν, οὐ προσθείς,
« ἐπειδὰν δῷ λόγον καὶ εὐθύνας·» ἐγὼ δὲ ἐξελέγχω τὸ παράνομον, μάρτυρας ἅμα τοὺς νόμους καὶ τὰ ψηφίσματα καὶ τοὺς
ἀντιδίκους παρεχόμενος. Πῶς οὖν ἄν τις περιφανέστερον ἐπιδεί-
ξειεν ἄνθρωπον παράνομα γεγραφότα ;

Ὡς τοίνυν καὶ τὴν ἀνάρρησιν τοῦ στεφάνου παρανόμως ἐν
τῷ ψηφίσματι κελεύει γίγνεσθαι, καὶ τοῦθ' ὑμᾶς διδάξω. Ὁ
γὰρ νόμος διαρρήδην κελεύει, ἐὰν μέν τινα στεφανοῖ ἡ βουλή,
ἐν τῷ βουλευτηρίῳ ἀνακηρύττεσθαι, ἐὰν δὲ ὁ δῆμος, ἐν τῇ ἐκκλησίᾳ, ἄλλοθι δὲ μηδαμοῦ.

Καί μοι λέγε τὸν νόμον.

le législateur ordonne à ceux qui sont choisis par les tribus d'exercer
leur charge, après avoir subi un examen juridique : or la tribu Pandionide a choisi Démosthène pour la charge de réparateur des murs,
et à cet effet, il a reçu du trésor près de dix talents : une autre loi
défend de couronner un magistrat comptable ; vous avez fait serment
de juger suivant les lois ; Ctésiphon a proposé de couronner un
comptable, sans avoir même ajouté ces mots : « Après qu'il aura rendu
ses comptes ; » j'ai apporté comme preuves, contre mes adversaires,
des lois, des décrets, leur propre témoignage. Peut-on prouver avec
plus d'évidence que les lois ont été violées par le décret ?

Je vais démontrer maintenant que Ctésiphon les a également violées,
quant à la proclamation de la couronne. Il est ordonné expressément
par la loi de proclamer la couronne dans la salle du sénat, si c'est
le sénat qui la décerne ; si c'est le peuple, dans l'assemblée du peuple,
et nulle part ailleurs.

Greffier, lisez-nous la loi.

τοὺς ἐκ τῶν φυλῶν	ceux du sein des tribus
ἄρχειν	exercer-une-charge
δοκιμασθέντας ἐν τῷ δικαστηρίῳ·	ayant été éprouvés dans le tribunal ;
ἡ δὲ φυλὴ Πανδιονὶς	or la tribu Pandionide
ἀπέδειξεν ἄρχοντα	a proclamé magistrat
καὶ τειχοποιὸν	et réparateur-des-murs
Δημοσθένην, ὃς ἔχει εἰς ταῦτα	Démosthène, qui a pour ces choses
ἐκ διοικήσεως	de la part de l'administration-financière
δεῖν μικροῦ δέκα τάλαντα·	s'en falloir de peu dix talents ;
ἕτερος δὲ νόμος	mais une autre loi
ἀπαγορεύει μὴ στεφανοῦν	défend de couronner
ἀρχὴν ὑπεύθυνον·	un magistrat comptable ;
ὑμεῖς δὲ ὀμωμόκατε	or vous avez juré
ψηφιεῖσθαι κατὰ τοὺς νόμους·	devoir voter selon les lois ;
ὁ δὲ ῥήτωρ γέγραφε	mais l'orateur a écrit
στεφανοῦν τὸν ὑπεύθυνον,	de couronner le comptable,
οὐ προςθεὶς,	n'ayant pas ajouté,
« ἐπειδὰν δῷ	« après qu'il aura donné
λόγον καὶ εὐθύνας· »	raison et comptes ; »
ἐγὼ δὲ ἐξελέγχω	mais moi je démontre
τὸ παράνομον,	la chose illégale,
παρεχόμενος μάρτυρας	présentant *comme* témoins
ἅμα τοὺς νόμους καὶ τὰ ψηφίσματα	en même temps les lois et les **décrets**
καὶ τοὺς ἀντιδίκους.	et les adversaires.
Πῶς οὖν τις	Comment donc quelqu'un
ἂν ἐπιδείξειε περιφανέστερον	démontrerait-il plus clairement
ἄνθρωπον γεγραφότα	un homme ayant écrit
παράνομα ;	des choses contraires-aux-lois ?
Διδάξω τοίνυν ὑμᾶς καὶ τοῦτο,	Or j'apprendrai à vous aussi cela,
ὡς κελεύει ἐν τῷ ψηφίσματι	qu'il ordonne dans le décret
καὶ τὴν ἀνάρρησιν τοῦ στεφάνου	aussi la proclamation de la couronne
γίγνεσθαι παρανόμως.	se faire illégalement.
Ὁ γὰρ νόμος κελεύει διαρρήδην,	Car la loi ordonne expressément,
ἐὰν μὲν ἡ βουλὴ στεφανοῖ τινα,	si le sénat couronne quelqu'un.
ἀνακηρύττεσθαι	*celui-ci* être proclamé
ἐν τῷ βουλευτηρίῳ,	dans la salle-du-sénat,
ἐὰν δὲ ὁ δῆμος,	mais si *c'est* le peuple,
ἐν τῇ ἐκκλησίᾳ,	dans l'assemblée,
μηδαμοῦ δὲ ἄλλοθι.	mais nulle part ailleurs.
Καὶ λέγε μοι τὸν νόμον.	Et dis à moi la loi

ΝΟΜΟΣ.

Οὗτος ὁ νόμος, ὦ ἄνδρες Ἀθηναῖοι, καὶ μάλα καλῶς ἔχει. Οὐ γάρ, οἶμαι, ᾤετο δεῖν ὁ νομοθέτης τὸν ῥήτορα σεμνύνεσθαι πρὸς τοὺς ἔξωθεν, ἀλλ' ἀγαπᾶν ἐν αὐτῇ τῇ πόλει τιμώμενον ὑπὸ τοῦ δήμου, καὶ μὴ ἐργολαβεῖν ἐν τοῖς κηρύγμασιν. Ὁ μὲν οὖν νομοθέτης οὕτως· ὁ δὲ Κτησιφῶν πῶς;

Ἀναγίγνωσκε τὸ ψήφισμα.

ΨΗΦΙΣΜΑ.

Ἀκούετε, ὦ ἄνδρες Ἀθηναῖοι, ὅτι ὁ μὲν νομοθέτης κελεύει ἐν τῷ δήμῳ ἐν Πυκνὶ[1] τῇ ἐκκλησίᾳ ἀνακηρύττειν τὸν ὑπὸ τοῦ δήμου στεφανούμενον, ἄλλοθι δὲ μηδαμοῦ· Κτησιφῶν δὲ ἐν τῷ θεάτρῳ, οὐ τοὺς νόμους μόνον ὑπερβάς, ἀλλὰ καὶ τὸν τόπον μετενεγκών, οὐδὲ ἐκκλησιαζόντων Ἀθηναίων, ἀλλὰ τραγῳδῶν ἀγωνιζομένων καινῶν, οὐδ' ἐναντίον τοῦ δήμου, ἀλλ' ἐναντίον τῶν Ἑλλήνων, ἵν' ἡμῖν συνειδῶσιν οἷον ἄνδρα τιμῶμεν.

Οὕτω τοίνυν περιφανῶς παράνομα γεγραφώς, παραταχθεὶς

LOI.

Cette loi, Athéniens, est fort sage : le législateur pensait qu'un bon ministre ne devait pas ambitionner de se faire valoir devant les étrangers, mais se contenter d'être honoré devant vous seuls et par vous seuls, sans briguer les proclamations dans des vues d'intérêt. Voilà comment s'exprime le législateur; et l'auteur du décret, comment s'exprime-t-il ?

Lisez-nous le décret.

DÉCRET.

Vous l'entendez, Athéniens; le législateur veut qu'on proclame dans le Pnyx, à l'assemblée du peuple, la couronne décernée par le peuple, et nulle part ailleurs : Ctésiphon, au contraire, ne s'embarrassant ni des lois, ni du lieu qu'elles prescrivent, veut qu'on proclame la couronne sur le théâtre, non dans l'assemblée des Athéniens, mais aux fêtes des nouvelles tragédies, non devant le peuple seul, mais devant tous les Grecs, afin qu'ils sachent aussi quel est l'homme que nous honorons.

Après avoir heurté de front les lois, on le verra, secondé par Démos-

ΝΟΜΟΣ.	LOI
Οὗτος ὁ νόμος,	Cette loi,
ὦ ἄνδρες Ἀθηναῖοι,	ὁ hommes Athéniens,
ἔχει καὶ μάλα καλῶς.	est aussi fort bien.
Ὁ γὰρ νομοθέτης, οἶμαι,	Car le législateur, je crois,
οὐκ ᾤετο δεῖν τὸν ῥήτορα	ne croyait pas falloir l'orateur
σεμνύνεσθαι πρὸς τοὺς ἔξωθεν,	être honoré devant ceux du dehors,
ἀλλὰ ἀγαπᾶν τιμώμενον	mais se contenter étant honoré
ἐν τῇ πόλει αὐτῇ	dans la ville elle-même
ὑπὸ τοῦ δήμου,	par le peuple,
καὶ μὴ ἐργολαβεῖν	et ne pas chercher-le-gain
ἐν τοῖς κηρύγμασιν.	dans les proclamations.
Ὁ μὲν οὖν νομοθέτης οὕτως·	Donc le législateur ainsi;
ὁ δὲ Κτησιφῶν πῶς;	mais Ctésiphon comment?
Ἀναγίγνωσκε τὸ ψήφισμα.	Lis le décret.

ΨΗΦΙΣΜΑ.	DÉCRET
Ἀκούετε,	Vous entendez,
ὦ ἄνδρες Ἀθηναῖοι,	ὁ hommes Athéniens,
ὅτι ὁ μὲν νομοθέτης κελεύει	que le législateur ordonne
ἀνακηρύττειν ἐν τῷ δήμῳ	de proclamer devant le peuple
ἐν Πνυκὶ τῇ ἐκκλησίᾳ	dans le Pnyx à l'assemblée
τὸν στεφανούμενον ὑπὸ τοῦ δήμου,	celui qui est couronné par le peuple
μηδαμοῦ δὲ ἄλλοθι·	mais nulle part ailleurs;
Κτησιφῶν δὲ ἐν τῷ θεάτρῳ,	mais Ctésiphon dans le théâtre,
οὐ μόνον	non seulement
ὑπερβὰς τοὺς νόμους,	ayant transgressé les lois,
ἀλλὰ καὶ μετενεγκὼν τὸν τόπον,	mais encore ayant transposé le lieu,
οὐδὲ Ἀθηναίων ἐκκλησιαζόντων,	ni les Athéniens tenant-assemblée,
ἀλλὰ τραγῳδῶν καινῶν	mais les tragiques nouveaux
ἀγωνιζομένων,	combattant,
οὐδὲ ἐναντίον τοῦ δήμου,	ni en face du peuple,
ἀλλὰ ἐναντίον τῶν Ἑλλήνων,	mais en face des Grecs,
ἵνα συνειδῶσιν ἡμῖν	afin qu'ils voient-avec nous
οἷον ἄνδρα τιμῶμεν.	quel homme nous honorons.
Γεγραφὼς τοίνυν	Donc ayant écrit
παράνομα	des choses contraires-aux-lois
οὕτω περιφανῶς,	si évidemment,
παραταχθεὶς	s'étant rangé-en-bataille
μετὰ Δημοσθένους,	avec Démosthène,

μετὰ Δημοσθένους ἐποίει τέχνας τοῖς νόμοις, ἃς ἐγὼ δηλώσω
καὶ προερῶ ὑμῖν, ἵνα μὴ λάθητε ἐξαπατηθέντες. Οὗτοι γὰρ ὡς
μὲν οὐκ ἀπαγορεύουσιν οἱ νόμοι τὸν ὑπὸ τοῦ δήμου στεφανούμενον μὴ κηρύττειν ἔξω τῆς ἐκκλησίας, οὐχ ἕξουσι λέγειν· οἴ-
σουσι δὲ εἰς τὴν ἀπολογίαν τὸν Διονυσιακὸν νόμον, καὶ χρήσον-
ται τοῦ νόμου μέρει τινί, κλέπτοντες τὴν ἀκρόασιν ὑμῶν, καὶ
παρέξονται νόμον οὐδὲν προσήκοντα τῇ γραφῇ τῇδε, καὶ λέ-
ξουσιν, ὡς εἰσὶ τῇ πόλει δύο νόμοι κείμενοι περὶ τῶν κηρυγμάτων, εἷς μέν, ὃν νῦν ἐγὼ παρέχομαι, διαρρήδην ἀπαγορεύων
τὸν ὑπὸ τοῦ δήμου στεφανούμενον μὴ κηρύττεσθαι ἔξω τῆς ἐκ-
κλησίας· ἕτερον δ' εἶναι νόμον φήσουσιν ἐναντίον τούτῳ, τὸν
δεδωκότα ἐξουσίαν ποιεῖσθαι τὴν ἀνάρρησιν τοῦ στεφάνου, τρα-
γῳδοῖς ἐν τῷ θεάτρῳ, ἐὰν ψηφίσηται ὁ δῆμος. Κατὰ δὴ τοῦτον
τὸν νόμον φήσουσι γεγραφέναι τὸν Κτησιφῶντα.

Ἐγὼ δὲ πρὸς τὰς τούτων τέχνας παρέξομαι συνηγόρους τοὺς
νόμους τοὺς ὑμετέρους, ὅπερ διατελῶ σπουδάζων παρὰ πᾶσαν
τὴν κατηγορίαν. Εἰ γὰρ τοῦτό ἐστιν ἀληθές, καὶ τοιοῦτον ἔθος

thène, chercher des détours pour les éluder : je dois vous en avertir,
Athéniens, pour vous préserver de la surprise. Ils ne pourront pas dire
que les lois permettent de proclamer hors de l'assemblée du peuple
une couronne décernée par le peuple ; mais ils s'appuieront d'une loi
concernant les fêtes de Bacchus, absolument étrangère à la cause ; ils
ne vous en présenteront même qu'une partie, vous dérobant l'autre à
dessein de vous surprendre. Il y a dans Athènes, diront-ils, deux lois
sur les proclamations : l'une, celle dont je parle, qui défend expressément de proclamer, hors de l'assemblée du peuple, une couronne
décernée par le peuple ; l'autre, opposée à la première, qui permet, si
le peuple y consent, de proclamer la couronne sur le théâtre, aux fêtes
des nouvelles tragédies : or, ajouteront-ils, c'est sur cette dernière loi
qu'est formé le décret qu'on attaque.

A ces nouvelles subtilités, j'oppose encore les lois d'Athènes, comme
je veux le faire dans le cours de cette accusation. Si ce qu'ils disent

ἐποίσει τοῖς νόμοις | il apportera-contre les lois
τέχνας ἃς ἐγὼ δηλώσω | des artifices que moi je montrerai
καὶ προερῶ ὑμῖν, | et dirai-d'avance à vous,
ἵνα μὴ λάθητε | afin que vous n'ignoriez pas
ἐξαπατηθέντες. | ayant été trompés.
Οὗτοι γὰρ οὐχ ἕξουσι μὲν λέγειν | Car ceux-ci n'auront pas à dire
ὡς οἱ νόμοι οὐκ ἀπαγορεύουσι | que les lois n'interdisent pas
μὴ κηρύττειν ἔξω τῆς ἐκκλησίας | de proclamer hors de l'assemblée
τὸν στεφανούμενον ὑπὸ τοῦ δήμου· | celui qui est couronné par le peuple ;
οἴσουσι δὲ εἰς τὴν ἀπολογίαν | mais ils apporteront pour l'apologie
τὸν νόμον Διονυσιακόν, | la loi concernant-les-Dionysiaques,
καὶ χρήσονταί τινι μέρει | et se serviront de quelque partie
τοῦ νόμου, | de la loi,
κλέπτοντες τὴν ἀκρόασιν ὑμῶν, | dupant l'attention de vous,
καὶ παρέξονται νόμον | et présenteront une loi
προςήκοντα οὐδὲν | qui ne s'applique en rien
τῇδε τῇ γραφῇ, | à cette accusation,
καὶ λέξουσιν ὡς δύο νόμοι | et diront que deux lois
κείμενοι περὶ τῶν κηρυγμάτων | établies sur les proclamations
εἰσὶ τῇ πόλει, | sont à la ville,
εἷς μέν, ὃν ἐγὼ παρέχομαι νῦν, | l'une, que je présente maintenant,
ἀπαγορεύων διαρρήδην | défendant expressément
τὸν στεφανούμενον ὑπὸ τοῦ δήμου | celui qui est couronné par le peuple
μὴ κηρύττεσθαι ἔξω τῆς ἐκκλησίας· | être proclamé hors de l'assemblée ;
φήσουσι δὲ εἶναι ἕτερον νόμον | mais ils diront être une autre loi
ἐναντίον τούτῳ, | contraire à celle-ci,
τὸν δεδωκότα ἐξουσίαν | celle qui a donné la faculté
ποιεῖσθαι τὴν ἀνάρρησιν | de faire la proclamation
τοῦ στεφάνου, | de la couronne,
τραγῳδοῖς ἐν τῷ θεάτρῳ, | aux tragiques dans le théâtre,
ἐὰν ὁ δῆμος ψηφίσηται. | si le peuple le décrète.
Φήσουσι δὴ τὸν Κτησιφῶντα | Or ils diront Ctésiphon
γεγραφέναι κατὰ τοῦτον τὸν νόμον. | avoir écrit selon cette loi.
Ἐγὼ δὲ παρέξομαι | Mais moi je présenterai
πρὸς τὰς τέχνας τούτων | contre les artifices de ceux-ci
τοὺς νόμους τοὺς ὑμετέρους | les lois les vôtres
συνηγόρους, | *comme* défenseurs,
ὅπερ διατελῶ σπουδάζων | *ce que* je persévère recherchant-avec-
παρὰ πᾶσαν τὴν κατηγορίαν. | pendant toute l'accusation. [soin
Εἰ γὰρ τοῦτό ἐστιν ἀληθές, | Car si cela est vrai,

παρεισδέδυκεν ὑμῶν εἰς τὴν πολιτείαν, ὥστ' ἀκύρους νόμους ἐν
τοῖς κυρίοις ἀναγεγράφθαι, καὶ δύο περὶ μιᾶς πράξεως ὑπεναντίους ἀλλήλοις, τί ἂν ἔτι ταύτην εἴποι τις εἶναι τὴν πολιτείαν,
ἐν ᾗ ταὐτὰ προςτάττουσιν οἱ νόμοι ποιεῖν καὶ μὴ ποιεῖν ; Ἀλλ'
οὐκ ἔχει ταῦθ' οὕτω, μήθ' ὑμεῖς ποτε εἰς τοσαύτην ἀταξίαν τῶν
νόμων προβαίητε, οὔτε ἠμέληται περὶ τῶν τοιούτων τῷ νομοθέτῃ τῷ τὴν δημοκρατίαν καταστήσαντι, ἀλλὰ διαρρήδην προςτέτακται τοῖς θεσμοθέταις καθ' ἕκαστον ἐνιαυτὸν διορθοῦν ἐν τῷ
δήμῳ τοὺς νόμους [1], ἀκριβῶς ἐξετάσαντας καὶ σκεψαμένους, εἴ
τις ἀναγέγραπται νόμος ἐναντίος ἑτέρῳ νόμῳ, ἢ ἄκυρος ἐν τοῖς
κυρίοις, ἢ εἴ πού εἰσι νόμοι πλείους ἑνὸς ἀναγεγραμμένοι περὶ
ἑκάστης πράξεως. Κἄν τι τοιοῦτον εὑρίσκωσιν ἀναγεγραφότας
ἐν σανίσιν [2], ἐκτιθέναι κελεύει πρόςθεν τῶν Ἐπωνύμων [3], τοὺς δὲ

est vrai, si cette coutume s'est introduite dans notre gouvernement,
de laisser des lois qui ne sont plus en vigueur à côté de celles qui y
sont encore, d'admettre pour le même objet deux lois contradictoires ; que dira-t-on d'une république dont les lois ordonnent à la fois de
faire et de ne pas faire la même action? Mais il n'en est rien ; et puis-
siez-vous ne tomber jamais dans un tel désordre! Un tel inconvénient
n'a pas été négligé par le législateur qui a réglé chez nous la démocratie, car il enjoint expressément aux thesmothètes de proposer au
peuple, tous les ans, la réforme des lois, après qu'ils ont examiné avec
attention s'il en existe de contradictoires, s'il y en a d'abrogées à côté
de celles qui sont encore en vigueur, enfin s'il en est plus d'une pour
chaque objet. S'ils en rencontrent quelques unes dans ces conditions,
le législateur leur ordonne de les faire transcrire et afficher aux
statues des Éponymes ; les prytanes doivent alors assembler le

εἰ δὲ ἔθος τοιοῦτον   et si une coutume telle

παρειςδέδυκεν   s'est glissée

εἰς τὴν πολιτείαν ὑμῶν,   dans le gouvernement de vous,

ὥςτε νόμους ἀκύρους   de sorte que des lois sans-vigueur

ἀναγεγράφθαι   avoir été inscrites

ἐν τοῖς κυρίοις,   parmi celles en-vigueur,

καὶ δύο περὶ μιᾶς πράξεως   et deux sur une seule action

ὑπεναντίους ἀλλήλοις,   contraires les unes aux autres,

τί τις ἂν εἴποι εἶναι ἔτι   quoi quelqu'un dirait-il être encore

ταύτην τὴν πολιτείαν,   ce gouvernement,

ἐν ᾗ οἱ νόμοι προςτάττουσι   dans lequel les lois enjoignent

ποιεῖν καὶ μὴ ποιεῖν   de faire et ne pas faire

τὰ αὐτά;   les mêmes choses ?·

Ἀλλὰ ταῦτα οὐκ ἔχει οὕτως,   Mais ces choses ne sont pas ainsi,

μήτε ὑμεῖς προβαίητέ ποτε   et que vous n'arriviez jamais

εἰς ἀταξίαν τοσαύτην τῶν νόμων,   dans un désordre si grand des lois,

οὔτε ἠμέληται   et il n'a pas été négligé

περὶ τῶν τοιούτων   sur les choses telles

τῷ νομοθέτῃ,   par le législateur,

τῷ καταστήσαντι   celui qui a établi

τὴν δημοκρατίαν,   le gouvernement-populaire,

ἀλλὰ προςτέτακται διαρρήδην   mais il a été enjoint expressément

τοῖς θεσμοθέταις   aux thesmothètes

διορθοῦν τοὺς νόμους   de redresser les lois

ἐν τῷ δήμῳ   devant le peuple

κατὰ ἕκαστον ἐνιαυτόν,   à chaque année,

ἐξετάσαντας   ayant recherché

καὶ σκεψαμένους ἀκριβῶς,   et ayant examiné exactement,

εἴ τις νόμος ἀναγέγραπται   si quelque loi a été inscrite

ἐναντίος ἑτέρῳ νόμῳ,   contraire à une autre loi,

ἢ ἄκυρος   ou sans-vigueur

ἐν τοῖς κυρίοις,   parmi celles en-vigueur,

ἢ εἰ νόμοι πλείους ἑνὸς   ou si des lois plus nombreuses qu'une

εἰσί που ἀναγεγραμμένοι   sont quelque part inscrites

περὶ ἑκάστης πράξεως.   sur chaque action.

Καὶ κελεύει,   Et il ordonne,

ἂν εὑρίσκωσί τι τοιοῦτον,   s'ils trouvent quelque chose telle,

ἀναγεγραφότας ἐν σανίσιν,   l'ayant inscrite sur des tables,

ἐκτιθέναι πρόσθεν τῶν Ἐπωνύμων,   l'exposer devant les Éponymes,

τοὺς δὲ πρυτάνεις   et les prytanes

πρυτάνεις ποιεῖν ἐκκλησίαν, ἐπιγράψαντας νομοθέτας· τὸν δ'
ἐπιστάτην τῶν προέδρων διαχειροτονίαν ἱ διδόναι τῷ δήμῳ, καὶ
τοὺς μὲν ἀναιρεῖν τῶν νόμων, τοὺς δὲ καταλείπειν, ὅπως ἂν εἷς
ᾖ νόμος καὶ μὴ πλείους περὶ ἑκάστης πράξεως.

Καί μοι λέγε τοὺς νόμους.

ΝΟΜΟΙ

Εἰ τοίνυν, ὦ ἄνδρες Ἀθηναῖοι, ἀληθὴς ἦν ὁ παρὰ τούτων
λόγος, καὶ ἦσαν δύο κείμενοι νόμοι περὶ τῶν κηρυγμάτων, ἐξ
ἀνάγκης, οἶμαι, τῶν μὲν θεσμοθετῶν ἐξευρόντων, τῶν δὲ πρυ-
τανέων ἀποδόντων τοῖς νομοθέταις, ἀνήρητ' ἂν ὁ ἕτερος τῶν νόμων, ἤτοι ὁ τὴν ἐξουσίαν δεδωκὼς ἀνειπεῖν, ἢ ὁ ἀπαγορεύων.
Ὁπότε δὲ μηδὲν τούτων γεγένηται, φανερῶς δήπου ἐξελέγχον-
ται οὐ μόνον ψευδῆ λέγοντες, ἀλλὰ καὶ παντελῶς ἀδύνατα γενέσθαι.

Ὅθεν δὲ δὴ τὸ ψεῦδος τοῦτο ἐπιφέρουσιν, ἐγὼ διδάξω ὑμᾶς,
προειπὼν ὧν ἕνεκα οἱ νόμοι ἐτέθησαν, οἱ περὶ τῶν ἐν τῷ θεάτρῳ
κηρυγμάτων.

seuple, et donner le nom des auteurs de chaque loi ; le chef des proèdres doit recueillir les suffrages, et, parmi les lois opposées entre
elles, abroger les unes, conserver les autres, afin que, pour un seul et
même objet, il n'y ait pas plusieurs lois, mais une seule.

Lisez-nous les lois.

LOIS.

Si donc, Athéniens, ce qu'ils disent était véritable, s'il y avait deux
lois sur les proclamations, il serait arrivé, je pense, nécessaire-
ment, que, remarquées par les thesmothètes, déférées aux nomothètes
par les prytanes, l'une des deux aurait été abrogée, ou celle qui défend,
ou celle qui permet de couronner sur le théâtre. Rien de cela ne s'est
fait ; ils sont donc convaincus d'avancer des choses non seulement
fausses, mais impossibles.

Je vais vous indiquer la source où ils ont puisé cette fausseté, en
vous exposant l'origine des lois qui concernent les proclamations sur
le théâtre

ποιεῖν ἐκκλησίαν,	faire une assemblée,
ἐπιγράψαντας νομοθέτας·	ayant inscrit les nomothètes ;
τὸν δὲ ἐπιστάτην τῶν προέδρων	et le président des proédres
διδόναι τῷ δήμῳ διαχειροτονίαν,	donner au peuple le choix-par-vote ,
καὶ ἀναιρεῖν μὲν τοὺς τῶν νόμων,	et enlever les unes des lois ,
καταλείπειν δὲ τούς,	mais laisser les autres,
ὅπως εἷς νόμος ἂν ᾖ,	afin qu'une seule loi soit,
καὶ μὴ πλείους,	et non plusieurs,
περὶ ἑκάστης πράξεως.	sur chaque action.
Καὶ λέγε μοι τοὺς νόμους.	Et dis à moi les lois.

NOMOI.	LOIS.
Εἰ τοίνυν, ὦ ἄνδρες Ἀθηναῖοι,	Si donc, ô hommes Athéniens ,
ὁ λόγος παρα τούτων	le discours *dit* par ceux-ci
ἦν ἀληθής,	était vrai ,
καὶ δύο νόμοι ἦσαν κείμενοι	et si deux lois étaient établies
περὶ τῶν κηρυγμάτων,	sur les proclamations,
ἐξ ἀνάγκης, οἶμαι,	de nécessité, je crois ,
τῶν μὲν θεσμοθετῶν ἐξευρόντων ,	les thesmothètes *les* ayant trouvées ,
τῶν δὲ πρυτανέων ἀποδόντων	et les prytanes les ayant livrées
τοῖς νομοθέταις ,	aux nomothètes,
ὁ ἕτερος τῶν νόμων,	l'une des lois ,
ἤτοι ὁ δεδωκὼς	ou certes celle qui aurait donné
τὴν ἐξουσίαν ἀνειπεῖν,	la faculté de proclamer ,
ἢ ὁ ἀπαγορεύων,	ou celle qui interdirait,
ἂν ἀνῄρητο.	aurait été enlevée.
Ὁπότε δὲ μηδὲν τούτων	Mais puisque aucune de ces choses
γεγένηται,	n'est arrivée ,
ἐξελέγχονται φανερῶς δήπου	ils sont convaincus évidemment certes
λέγοντες οὐ μόνον	disant non seulement
ψευδῆ,	des choses fausses ,
ἀλλὰ καὶ παντελῶς ἀδύνατα	mais encore tout à fait impossibles
γενέσθαι.	à être arrivées.
Ἐγὼ δὲ δὴ διδάξω ὑμᾶς	Mais moi certes j'apprendrai à vous
ὅθεν ἐπιφέρουσι τοῦτο τὸ ψεῦδος,	d'où ils apportent ce mensonge,
προειπὼν	ayant dit-avant *les choses*
ἕνεκα ὧν	pour lesquelles
οἱ νόμοι ἐτέθησαν,	les lois ont été établies,
οἱ περὶ τῶν κηρυγμάτων	celles sur les proclamations
ἐν τῷ θεάτρῳ.	dans le théâtre.

Γινομένων γὰρ τῶν ἐν ἄστει τραγῳδῶν, ἀνεκήρυττόν τινες, οὐ πείσαντες τὸν δῆμον, οἱ μὲν ὅτι στεφανοῦνται ὑπὸ τῶν φυλετῶν, ἕτεροι δ' ὑπὸ τῶν δημοτῶν· ἄλλοι δέ τινες ὑποκηρυξάμενοι τοὺς αὑτῶν οἰκέτας ἀφίεσαν ἀπελευθέρους, μάρτυρας τῆς ἀπελευθερίας τοὺς Ἕλληνας ποιούμενοι. Ὁ δ' ἦν ἐπιφθονώτατον, προξενίας τινὲς εὑρημένοι ἐν ταῖς ἔξω πόλεσι, διεπράττοντο ἀναγορεύεσθαι, ὅτι στεφανοῖ αὐτοὺς ὁ δῆμος, εἰ οὕτω τύχοι, ὁ τῶν Ῥοδίων, ἢ Χίων, ἢ καὶ ἄλλης τινὸς πόλεως, ἀρετῆς ἕνεκα καὶ ἀνδραγαθίας. Καὶ ταῦτ' ἔπραττον, οὐχ ὥσπερ οἱ ὑπὸ τῆς βουλῆς τῆς ὑμετέρας στεφανούμενοι, ἢ ὑπὸ τοῦ δήμου, πείσαντες ὑμᾶς, καὶ μετὰ ψηφίσματος, πολλὴν χάριν καταθέμενοι¹, ἀλλ' αὐτοὶ προελόμενοι, ἄνευ δόγματος ὑμετέρου. Ἐκ δὲ τούτου τοῦ τρόπου συνέβαινε τοὺς μὲν θεατάς, καὶ τοὺς χορηγούς, καὶ τοὺς ἀγωνιστὰς ἐνοχλεῖσθαι, τοὺς δὲ ἀνακηρυττομένους ἐν τῷ θεάτρῳ

Dans le temps des nouvelles tragédies, il se trouvait des citoyens qui, sans avoir obtenu le consentement du peuple, se faisaient couronner les uns par leur tribu, les autres par leur bourg : quelques uns, après avoir fait faire silence, affranchissaient publiquement leurs esclaves, prenant tous les Grecs pour témoins d'un affranchissement. Mais ce qu'i y avait de plus odieux, des hommes qui s'étaient ménagé des liaisons dans des villes étrangères venaient à bout de faire annoncer par la voix du héraut, que le peuple de Rhodes, par exemple, ou celui de Chio, ou de quelque autre ville, les couronnait pour leur vertu et leur courage Ils ne faisaient pas proclamer ces couronnes, après avoir obtenu de vous, comme ceux que le sénat ou le peuple récompense, un consentement dont ils vous auraient su gré; mais ils s'adjugeaient eux-mêmes cet honneur public, sans avoir besoin de votre décision. Il arrivait de la que les spectateurs, les chorèges et les acteurs étaient importunés, et qu'il y avait plus d'honneur à faire proclamer sa couronne sur le théâtre qu'à la recevoir du peuple.

Τῶν γὰρ τραγῳδῶν	Car les tragédiens
γινομένων ἐν ἄστει,	étant dans la ville
τινὲς ἀνεκήρυττον,	quelques-uns proclamaient,
οὐ πείσαντες τὸν δῆμον,	n'ayant pas persuadé le peuple,
οἱ μὲν ὅτι στεφανοῦνται	les uns qu'ils sont couronnés
ὑπὸ τῶν φυλετῶν,	par les citoyens-de-la-tribu,
ἕτεροι δὲ ὑπὸ τῶν δημοτῶν·	et d'autres par les citoyens-du-dême;
τινὲς δὲ ἄλλοι	et quelques autres
ὑποκηρυξάμενοι	ayant fait-faire-silence-par-héraut
ἀφίεσαν ἀπελευθέρους	renvoyaient affranchis
τοὺς οἰκέτας αὐτῶν,	les domestiques d'eux-mêmes,
ποιούμενοι τοὺς Ἕλληνας	faisant les Grecs
μάρτυρας τῆς ἀπελευθερίας,	témoins de l'affranchissement.
Ὃ δὲ ἦν ἐπιφθονώτατον,	Mais *ce* qui était le plus odieux,
τινὲς εὑρημένοι	quelques-uns ayant trouvé
προξενίας	des liaisons-d'hospitalité
ἐν ταῖς πόλεσιν (ταῖς) ἔξω	dans les villes du dehors
διεπράττοντο ἀναγορεύεσθαι,	faisaient-en-sorte d'être proclamés,
ὅτι ὁ δῆμος, εἰ τύχοι οὕτως,	que le peuple, s'il se trouvait ainsi,
ὁ τῶν Ῥοδίων,	celui des Rhodiens,
ἢ Χίων,	ou des habitants-de-Chio,
ἢ καί τινος ἄλλης πόλεως	ou encore de quelque autre ville
στεφανοῖ αὐτοὺς ἕνεκα ἀρετῆς	couronnait eux pour *leur* vertu
καὶ ἀνδραγαθίας.	et probité.
Καὶ ἔπραττον ταῦτα,	Et ils faisaient ces choses,
οὐχ ὥσπερ οἱ στεφανούμενοι	non comme ceux qui sont couronnés
ὑπὸ τῆς βουλῆς τῆς ὑμετέρας,	par le sénat le vôtre,
ἢ ὑπὸ τοῦ δήμου,	ou par le peuple,
πείσαντες ὑμᾶς,	ayant persuadé vous,
καὶ μετὰ ψηφίσματος.	et avec un décret,
καταθέμενοι	ayant déposé *près de vous*
χάριν πολλήν,	une reconnaissance grande,
ἀλλὰ προελόμενοι αὐτοί,	mais ayant décidé eux-mêmes
ἄνευ δόγματος ὑμετέρου.	sans un décret vôtre.
Ἐκ δὲ τούτου τοῦ τρόπου	Mais d'après cette manière
συνέβαινε τοὺς μὲν θεατάς,	il arrivait les spectateurs,
καὶ τοὺς χορηγούς,	et les chorèges,
καὶ τοὺς ἀγωνιστὰς ἐνοχλεῖσθαι,	et les acteurs être troublés,
τοὺς δὲ ἀνακηρυττομένους	et ceux qui étaient proclamés
ἐν τῷ θεάτρῳ	dans le théâtre

μείζοσι τιμαῖς τιμᾶσθαι τῶν ὑπὸ τοῦ δήμου στεφανουμένων. Τοῖς μὲν γὰρ ἀποδέδεικτο [1] τόπος, ἡ ἐκκλησία, ἐν ᾗ χρῆν στεφανοῦσθαι, καὶ ἀπείρητο ἄλλοθι μηδαμοῦ κηρύττεσθαι· οἱ δὲ ἀνηγορεύοντο ἐνώπιον ἁπάντων τῶν Ἑλλήνων· κἀκεῖνοι μὲν μετὰ ψηφίσματος, πείσαντες ὑμᾶς, οὗτοι δ' ἄνευ ψηφίσματος.

Συνιδὼν δή τις ταῦτα νομοθέτης τίθησι νόμον οὐδὲν ἐπικοινωνοῦντα τῷ περὶ τῶν ὑπὸ τοῦ δήμου στεφανουμένων νόμῳ, οὔτε λύσας ἐκεῖνον· οὐδὲ γὰρ ἡ ἐκκλησία ἠνωχλεῖτο, ἀλλὰ τὸ θέατρον· οὔτ' ἐναντίον τοῖς πρότερον κειμένοις νόμοις τιθείς· οὐ γὰρ ἔξεστιν· ἀλλὰ περὶ τῶν ἄνευ ψηφίσματος ὑμετέρου στεφανουμένων ὑπὸ τῶν φυλετῶν καὶ δημοτῶν, καὶ περὶ τῶν τοὺς οἰκέτας ἀπελευθερούντων, καὶ περὶ τῶν ξενικῶν στεφάνων· καὶ διαρρήδην ἀπαγορεύει, μήτ' οἰκέτην ἀπελευθεροῦν ἐν τῷ θεάτρῳ, μήθ' ὑπὸ τῶν φυλετῶν ἢ δημοτῶν ἀναγορεύεσθαι στεφα-

Le lieu où devait se proclamer la couronne était marqué pour les uns, c'était l'assemblée du peuple, et il leur était défendu de la faire proclamer ailleurs ; les autres la faisaient proclamer en présence de tous les Grecs : les uns ne pouvaient se faire couronner qu'après avoir obtenu de vous un décret ; les autres étaient exempts de cette formalité.

Un de nos législateurs ayant découvert ces abus, porte une loi qui n'a rien de commun avec la loi relative aux couronnes décernées par le peuple, et qui n'a pu l'abolir, puisque ce n'était pas l'assemblée du peuple, mais le spectacle qui était troublé. Par sa nouvelle loi, il n'attaque en rien les anciennes, car il n'en avait pas le pouvoir, mais seulement les couronnes accordées sans décret par les tribus et les bourgs, ou par les étrangers, et l'affranchissement des esclaves: il défend expressément d'affranchir un esclave sur le théâtre, d'y faire pro-

τιμᾶσθαι τιμαῖς μείζοσι	être honorés d'honneurs plus grands
τῶν στεφανουμένων	que ceux qui étaient couronnés
ὑπὸ τοῦ δήμου.	par le peuple.
Τόπος μὲν γὰρ	Car un lieu
ἀπεδέδεικτο τοῖς,	avait été indiqué à ceux-là,
ἡ ἐκκλησία,	l'assemblée,
ἐν ᾗ χρὴν στεφανοῦσθαι,	dans laquelle il faut être couronné,
καὶ ἀπείρητο	et il *leur* avait été interdit
κηρύττεσθαι μηδαμοῦ ἄλλοθι·	d'être proclamé nulle part ailleurs ;
οἱ δὲ ἀνηγορεύοντο	mais ceux-ci étaient proclamés
ἐνώπιον ἁπάντων τῶν Ἑλλήνων·	en face de tous les Grecs ;
καὶ ἐκεῖνοι μὲν μετὰ ψηφίσματος,	et ceux-là avec un décret,
πείσαντες ὑμᾶς,	ayant persuadé vous,
οὗτοι δὲ ἄνευ ψηφίσματος.	mais ceux-ci sans décret.
Τίς δὲ νομοθέτης	Or quelque législateur
συνιδὼν ταῦτα τίθησι νόμον	ayant vu ces choses établit une loi
ἐπικοινωνοῦντα οὐδὲν	qui *n*'était-commune en rien
τῷ νόμῳ περὶ τῶν στεφανουμένων	*avec* la loi sur ceux qui sont couronnés
ὑπὸ τοῦ δήμου,	par le peuple,
οὔτε λύσας ἐκεῖνον·	et qui ne détruisait pas celle-là ;
οὐδὲ γὰρ ἡ ἐκκλησία,	car non l'assemblée,
ἀλλὰ τὸ θέατρον ἠνωχλεῖτο·	mais le théâtre était troublé ;
οὔτε τιθεὶς ἐναντίον	et ne *l*'ayant pas établi contraire
τοῖς νόμοις κειμένοις πρότερον·	aux lois établies précédemment ;
οὐ γὰρ ἔξεστιν·	car il n'est pas permis ;
ἀλλὰ περὶ τῶν	mais sur ceux
στεφανουμένων	qui sont couronnés
ὑπὸ τῶν φυλετῶν	par les citoyens-des-tribus
καὶ δημοτῶν	et les citoyens-des-dêmes
ἄνευ ψηφίσματος ὑμετέρου,	sans un décret vôtre,
καὶ περὶ τῶν ἀπελευθερούντων	et sur ceux qui affranchissent
τοὺς οἰκέτας,	les domestiques,
καὶ περὶ τῶν στεφάνων ξενικῶν·	et sur les couronnes étrangères ;
καὶ ἀπαγορεύει διαρρήδην,	et il interdit expressément,
μήτε ἀπελευθεροῦν οἰκέτην	et d'affranchir un domestique
ἐν τῷ θεάτρῳ,	dans le théâtre,
μήτε ἀναγορεύεσθαι	et de proclamer
στεφανούμενον	un *homme* couronné
ὑπὸ τῶν φυλετῶν	par les citoyens-des-tribus
καὶ δημοτῶν,	et les citoyens-des-dêmes.

νούμενον, μήτ' ὑπ' ἄλλου, φησί, μηδενός, ἢ ἄτιμον εἶναι τὸν κήρυκα.

Ὅταν οὖν ἀποδείξῃ τοῖς μὲν ὑπὸ τῆς βουλῆς στεφανουμέ-νοις εἰς τὸ βουλευτήριον ἀναρρηθῆναι, τοῖς δ' ὑπὸ τοῦ δήμου στεφανουμένοις εἰς τὴν ἐκκλησίαν, τοῖς δ' ὑπὸ τῶν δημοτῶν στεφανουμένοις καὶ φυλετῶν ἀπείπῃ μὴ κηρύττεσθαι τοῖς τρα-γῳδοῖς, ἵνα μηδεὶς ἐρανίζων στεφάνους καὶ κηρύγματα ψευδῆ φιλοτιμίαν [1] κτᾶται, προσαπείπῃ δ' ἐν τῷ νόμῳ μηδ' ὑπὸ ἄλλου μηδενὸς ἀνακηρύττεσθαι, ἀπούσης βουλῆς [2], καὶ δήμου, καὶ φυ-λετῶν, καὶ δημοτῶν· ὅταν δέ τις ταῦτα ἀφέλῃ, τί τὸ καταλει-πόμενόν ἐστι, πλὴν οἱ ξενικοὶ στέφανοι; Ὅτι δ' ἀληθῆ λέγω, μέγα σημεῖον ὑμῖν τούτου ἐξ αὐτῶν τῶν νόμων ἐπιδείξω.

Αὐτὸν γὰρ τὸν χρυσοῦν στέφανον, ὃς ἂν ἐν τῷ θεάτρῳ τῷ ἐν ἄστει ἀναρρηθῇ, ἱερὸν εἶναι τῆς Ἀθηνᾶς ὁ νόμος κελεύει,

clamer les couronnes accordées par les tribus, par les bourgs, ou par d'autres, sous peine d'infamie pour le héraut.

Puisque le législateur ordonne de proclamer dans la salle du sénat les couronnes accordées par le sénat, et dans l'assemblée du peuple les couronnes décernées par le peuple, puisqu'il défend de procla-mer sur le théâtre celles qui sont accordées par les tribus ou par les bourgs, dans la crainte qu'un citoyen, mendiant des couronnes et des proclamations, ne reçoive des honneurs dont il n'est pas digne; puisqu'il défend en outre toute proclamation qui ne vient pas du sénat, du peuple, des tribus, et des bourgs : si l'on excepte les cou-ronnes accordées par ces différents corps, que reste-t-il, sinon celles que décernent les étrangers? Les lois mêmes vous prouveront la vérité de ce que j'avance.

Il est ordonné par la loi de consacrer à Minerve la couronne d'or qui aura été proclamée sur le théâtre; on l'enlève aussitôt à celui qui

μηδέ, φησίν, ὑπὸ μηδενὸς ἄλλου,	ni, dit-il, par aucun autre,
ἢ τὸν κήρυκα	ou le héraut
εἶναι ἄτιμον.	être privé-des-droits-civils.
Ὅταν οὖν ἀποδείξῃ,	Donc lorsqu'il a indiqué
τοῖς μὲν στεφανουμένοις	à ceux qui sont couronnés
ὑπὸ τῆς βουλῆς	par le sénat
ἀναρρηθῆναι εἰς τὸ βουλευτήριον,	d'être proclamés dans le sénat,
τοῖς δὲ στεφανουμένοις	et à ceux qui sont couronnés
ὑπὸ τοῦ δήμου	par le peuple
εἰς τὴν ἐκκλησίαν,	dans l'assemblée,
ἀπείπῃ δὲ	et a interdit
τοῖς στεφανουμένοις	à ceux qui sont couronnés
ὑπὸ δημοτῶν	par les citoyens-des-dèmes
καὶ φυλετῶν	et les citoyens-des-tribus
μὴ κηρύττεσθαι	d'être proclamés
τοῖς τραγῳδοῖς,	aux tragédiens,
ἵνα μηδεὶς	afin que personne
ἐρανίζων στεφάνους	mendiant des couronnes
καὶ κηρύγματα	et des proclamations
κτᾶται ψευδῆ φιλοτιμίαν,	n'acquière un faux honneur,
προσαπείπῃ δὲ ἐν τῷ νόμῳ	et a interdit-en-outre dans la loi
μηδὲ ἀνακηρύττεσθαι	d'être proclamé
ὑπὸ μηδενὸς ἄλλου,	par aucun autre,
βουλῆς ἀπούσης, καὶ δήμου,	le sénat excepté, et le peuple,
καὶ φυλετῶν,	et les citoyens des tribus,
καὶ δημοτῶν·	et les citoyens-des-dèmes;
ὅταν δέ τις	mais lorsque quelqu'un
ἀφέλῃ ταῦτα,	a enlevé ces choses,
τί ἐστι τὸ καταλειπόμενον,	quoi est ce qui est laissé,
πλὴν οἱ στέφανοι ξενικοί;	excepté les couronnes étrangères?
Ἐπιδείξω δὲ ὑμῖν	Mais je montrerai à vous
ἐκ τῶν νόμων αὐτῶν	d'après les lois elles-mêmes
μέγα σημεῖον τούτου,	une grande marque de ceci,
ὅτι λέγω ἀληθῆ.	que je dis des choses vraies.
Ὁ γὰρ νόμος κελεύει	Car la loi ordonne
τὸν στέφανον χρυσοῦν αὐτὸν,	la couronne d'or elle-même,
ὃς ἂν ἀναρρηθῇ	qui aura été proclamée
ἐν τῷ θεάτρῳ	dans le théâtre
τῷ ἐν ἄστει,	celui dans la ville,
εἶναι ἱερὸν τῆς Ἀθηνᾶς,	être consacrée à Minerve,

ἀφελόμενος τὸν στεφανούμενον. Καίτοι τίς ἂν ὑμῶν τολμήσειε
τοσαύτην ἀνελευθερίαν καταγνῶναι τοῦ δήμου τοῦ Ἀθηναίων;
Μὴ γὰρ ὅτι πόλις, ἀλλ' οὐδ' ἂν ἰδιώτης οὐδὲ εἷς οὕτως ἀγεννὴς
γένοιτο, ὥςτε ὃν αὐτὸς ἔδωκε στέφανον ἅμα ἀνακηρύττειν καὶ
ἀφαιρεῖσθαι καὶ καθιεροῦν. Ἀλλ', οἶμαι, διὰ τὸ ξενικὸν εἶναι
τὸν στέφανον, καὶ ἡ καθιέρωσις γίγνεται, ἵνα μηδείς, ἀλλοτρίαν
εὔνοιαν περὶ πλείονος ποιούμενος τῆς πατρίδος, χείρων γένηται
τὴν ψυχήν. Ἀλλ' οὐκ ἐκεῖνον, τὸν ἐν τῇ ἐκκλησίᾳ ἀναρρηθέντα
στέφανον, οὐδεὶς καθιεροῖ, ἀλλ' ἔξεστι κεκτῆσθαι, ἵνα μὴ μόνον
αὐτός, ἀλλὰ καὶ οἱ ἐξ ἐκείνου, ἔχοντες ἐν τῇ οἰκίᾳ τὸ ὑπόμνημα,
μηδέποτε κακοὶ τὴν ψυχὴν εἰς τὸν δῆμον γίγνωνται. Καὶ διὰ
τοῦτο προσέθηκεν ὁ νομοθέτης μὴ κηρύττεσθαι τὸν ἀλλότριον
στέφανον ἐν τῷ θεάτρῳ, ἐὰν μὴ ψηφίσηται ὁ δῆμος, ἵν' ἡ πόλις
ἡ βουλομένη τινὰ τῶν ὑμετέρων στεφανοῦν, πρέσβεις πέμψασα,

la reçoit. Cependant qui oserait taxer le peuple d'Athènes d'une
économie si sordide? Jamais un particulier, je ne dis pas une république, ne serait assez peu libéral pour proclamer, enlever et consacrer
en même temps la couronne dont il a fait don. C'est parce que cette
couronne est étrangère qu'on la consacre, de peur sans doute qu'elle
ne nous détache de la patrie, en nous faisant préférer la faveur des
étrangers à l'estime de nos concitoyens. Mais on ne consacre pas une
couronne proclamée dans l'assemblée du peuple; celui qui l'a obtenue
peut la garder et la conserver dans sa maison, afin que ce monument
honorable, toujours présent à ses yeux et à ceux de ses enfants, leur
inspire du zèle pour la république. Aussi le législateur a-t-il ajouté
qu'on ne proclamerait pas sur le théâtre une couronne étrangère sans
un décret du peuple, pour que la ville qui voudrait couronner un de vos
citoyens vous envoyât demander votre consentement, et que celui

ἀφελόμενος τὸν στεφανούμενον.	l'ayant ôtée à celui qui est couronné.
Καίτοι τίς ὑμῶν ἂν τολμήσειε	Cependant qui de vous oserait
καταγνῶναι τοῦ δήμου	accuser le peuple
τοῦ Ἀθηναίων	celui des Athéniens
τοσαύτην ἀνελευθερίαν;	d'une si grande bassesse ?
Μὴ γὰρ ὅτι πόλις,	Car non seulement une ville,
ἀλλὰ οὐδὲ ἰδιώτης	mais pas même un particulier
οὐδὲ εἷς	pas même un seul [blesse,
ἂν γένοιτο οὕτως ἀγεννής,	ne serait tellement dépourvu-de-no-
ὥςτε ἀνακηρύττειν	au point de proclamer
καὶ ἀφαιρεῖσθαι	et d'enlever
καὶ καθιεροῦν ἅμα	et de consacrer en même temps
στέφανον	une couronne
ὃν αὐτὸς ἔδωκεν.	que lui-même a donnée.
Ἀλλά, οἶμαι,	Mais, je crois,
καὶ ἡ καθιέρωσις γίγνεται,	aussi la consécration se fait,
διὰ τὸ τὸν στέφανον	à cause de la couronne
εἶναι ξενικόν, ἵνα μηδείς,	être étrangère, afin que personne.
ποιούμενος εὔνοιαν ἀλλοτρίαν	faisant une bienveillance étrangère
περὶ πλείονος τῆς πατρίδος,	d'un plus grand *prix* que la patrie,
γένηται χείρων	*ne* devienne moindre
τὴν ψυχήν.	quant à l'âme.
Ἀλλὰ οὐδεὶς οὐ καθιεροῖ	Mais personne ne consacre
ἐκεῖνον στέφανον,	cette couronne,
τὸν ἀναρρηθέντα	celle qui a été proclamée
ἐν τῇ ἐκκλησίᾳ,	dans l'assemblée,
ἀλλὰ ἔξεστι κεκτῆσθαι,	mais il est permis de la posséder,
ἵνα μὴ μόνον αὐτός,	afin que non seulement lui-même,
ἀλλὰ καὶ οἱ ἐξ ἐκείνου,	mais encore ceux *nés* de lui,
ἔχοντες τὸ ὑπόμνημα ἐν τῇ οἰκίᾳ,	ayant le souvenir dans la maison,
μηδέποτε γίγνωνται κακοὶ	ne deviennent jamais pervers
τὴν ψυχὴν εἰς τὸν δῆμον.	quant à l'âme envers le peuple.
Καὶ διὰ τοῦτο	Et à cause de cela
ὁ νομοθέτης προςέθηκε	le législateur a établi-en-outre
τὸν στέφανον ἀλλότριον	la couronne étrangère
μὴ κηρύττεσθαι ἐν τῷ θεάτρῳ,	ne pas être proclamée dans le théâtre,
ἐὰν ὁ δῆμος μὴ ψηφίσηται,	si le peuple ne *le* décrète pas,
ἵνα ἡ πόλις ἡ βουλομένη	afin que la ville qui veut
στεφανοῦν τινα τῶν ὑμετέρων,	couronner quelqu'un des vôtres,
πέμψασα πρέσβεις,	ayant envoyé des députés,

δεηθῇ τοῦ δήμου, ἵνα κηρυττόμενος μείζω χάριν εἰδῇ τῶν στεφανούντων ὑμῖν, ὅτι κηρῦξαι ἐπετρέψατε.

Ὅτι δ' ἀληθῆ λέγω, τῶν νόμων αὐτῶν ἀκούσατε.

ΝΟΜΟΙ.

Ἐπειδὰν τοίνυν ἐξαπατῶντες ὑμᾶς λέγωσιν, ὡς προσγέγραπται ἐν τῷ νόμῳ ἐξεῖναι στεφανοῦν, ἐὰν ψηφίσηται ὁ δῆμος,
ἀπομνημονεύετε αὐτοῖς ὑποβάλλειν · « Ναί, εἴ γέ σέ τις ἄλλη
πόλις στεφανοῖ · εἰ δὲ ὁ δῆμος ὁ Ἀθηναίων, ἀποδέδεικταί σοι
τόπος, ὅπου δεῖ τοῦτο γενέσθαι · ἀπείρηταί σοι ἔξω τῆς ἐκκλησίας μὴ κηρύττεσθαι. Τὸ γὰρ « Ἄλλοθι δὲ μηδαμοῦ » ὅ τι ἐστίν,
ὅλην τὴν ἡμέραν λέγε · οὐ γὰρ ἀποδείξεις, ὡς ἔννομα γέγραφας.»

Ἔστι δὲ ὑπόλοιπόν μοι μέρος τῆς κατηγορίας ἐφ' ᾧ μάλιστα
σπουδάζω · τοῦτο δέ ἐστιν ἡ πρόφασις, δι' ἣν αὐτὸν ἀξιοῖ στε-

qui serait couronné eût plus de reconnaissance envers vous qui auriez
autorisé le décret, qu'envers ceux même qui le couronnent.

Pour preuve que je dis vrai, écoutez les lois mêmes.

LOIS.

Ainsi, lorsque pour vous séduire ils vous diront que la loi permet
de couronner sur le théâtre, si le peuple y consent, souvenez-vous de
leur répondre : « Oui, si c'est une ville étrangère qui vous couronne ;
car, si c'est le peuple d'Athènes, on vous a marqué le lieu de la proclamation ; il vous est défendu de la faire ailleurs que dans l'assemblée du peuple. Employez tout un jour à expliquer ces mots, « Et
jamais ailleurs, » vous ne prouverez point que votre décret soit conforme aux lois.

Il me reste un dernier point de mon accusation auquel je m'attache
principalement, je veux dire le motif que Ctésiphon allègue pour
décerner une couronne à Démosthène. Voici comme il s'exprime dans

δεηθῇ τοῦ δήμου,
ἵνα κηρυττόμενος
εἰδῇ ὑμῖν χάριν
μείζω
τῶν στεφανούντων,
ὅτι ἐπετρέψατε
κηρῦξαι.
 "Ὅτι δὲ λέγω ἀληθῆ,
ἀκούσατε τῶν νόμων αὐτῶν.

le demande au peuple,
afin que celui qui est proclamé
sache à vous une reconnaissance
plus grande
qu'à ceux qui le couronnent,
par ce que vous avez permis
de proclamer.
 Mais que je dis des choses vraies,
écoutez les lois elles-mêmes.

NOMOI.

LOIS.

Ἐπειδὰν τοίνυν λέγωσιν,
ἐξαπατῶντες ὑμᾶς,
ὡς προσγέγραπται
ἐν τῷ νόμῳ
ἐξεῖναι στεφανοῦν,
ἐὰν ὁ δῆμος ψηφίσηται·
μνημονεύετε ὑποβάλλειν αὐτοῖς·
« Ναί, εἴ γε
τις ἄλλη πόλις
στεφανοῖ σε·
εἰ δὲ ὁ δῆμος
ὁ Ἀθηναίων,
τόπος ἀποδέδεικταί σοι,
ὅπου δεῖ τοῦτο γενέσθαι·
ἀπείρηταί σοι
μὴ κηρύττεσθαι
ἔξω τῆς ἐκκλησίας.
Λέγε γὰρ τὴν ἡμέραν ὅλην
ὅ τι ἐστὶ τὸ
« Μηδαμοῦ δὲ ἄλλοθι· »
οὐ γὰρ ἀποδείξεις
ὡς γέγραφας
ἔννομα. »
 Μέρος δὲ κατηγορίας,
ἐπὶ ᾧ σπουδάζω μάλιστα,
ἐστιν ὑπόλοιπόν μοι·
τοῦτο δέ ἐστιν ἡ πρόφασις,
διὰ ἣν ἀξιοῖ
αὐτὸν στεφανοῦσθαι.

Donc lorsqu'ils disent,
trompant vous,
qu'il a été écrit-en-outre
dans la loi
être permis de couronner,
si le peuple décrète,
souvenez-vous d'objecter à eux :
« Oui, si du moins
quelque autre ville
couronne toi ;
mais si c'est le peuple
celui des Athéniens,
un lieu a été indiqué à toi,
où il faut cela se faire ;
il a été interdit à toi
d'être proclamé
hors de l'assemblée.
Car dis le jour entier
ce qu'est le
« Mais nulle part ailleurs ; »
certes tu ne démontreras pas
que tu as écrit
des choses conformes-aux-lois. »
 Mais une partie de l'accusation,
sur laquelle j'insiste le plus,
est restant à moi :
et celle-ci est le prétexte,
pour lequel il (Ctésiphon) demande
lui (Démosthène) être couronné.

φανοῦσθαι. Λέγει γὰρ οὕτως ἐν τῷ ψηφίσματι · « Καὶ τὸν κήρυκα ἀναγορεύειν ἐν τῷ θεάτρῳ πρὸς τοὺς Ἕλληνας, ὅτι στεφανοῖ αὐτὸν ὁ δῆμος ὁ τῶν Ἀθηναίων ἀρετῆς ἕνεκα καὶ ἀνδραγαθίας, » καὶ τὸ μέγιστον, « ὅτι διατελεῖ λέγων καὶ πράττων τὰ
ἄριστα τῷ δήμῳ. » Ἁπλοῦς δὴ παντάπασιν ὁ μετὰ ταῦτα ἡμῖν
λόγος γίνεται, καὶ ὑμῖν ἀκούσασι κρῖναι εὐμαθής · δεῖ γὰρ
δήπου τὸν μὲν κατηγοροῦντα ἐμὲ τοῦθ' ὑμῖν ἐπιδεικνύναι, ὡς
εἰσὶν οἱ κατὰ Δημοσθένους ἔπαινοι ψευδεῖς, καὶ ὡς οὔτ' ἤρξατε
λέγειν τὰ βέλτιστα, οὔτε νῦν διατελεῖ πράττων τὰ συμφέροντα
τῷ δήμῳ. Κἂν τοῦτ' ἐπιδείξω, δικαίως δήπου τὴν γραφὴν ἁλώ-
σεται Κτησιφῶν · ἅπαντες γὰρ ἀπαγορεύουσιν οἱ νόμοι μηδένα
ψευδῆ γράμματα ἐγγράφειν ἐν τοῖς δημοσίοις ψηφίσμασι. Τῷ δὲ
ἀπολογουμένῳ τοὐναντίον τούτου δεικτέον ἐστίν · ὑμεῖς δ' ἡμῖν
ἔσεσθε τῶν λόγων κριταί. Ἔχει δ' οὕτως.

son décret : « Et le héraut publiera sur le théâtre, en présence des
Grecs, que les Athéniens couronnent Démosthène pour sa vertu et son
courage; et (ce qui est l'objet essentiel), parce qu'il continue de servir le peuple par ses actions et par ses discours. » Mes raisons
seront fort simples et faciles à comprendre. Je dois, comme accusateur,
démontrer que les éloges donnés à Démosthène sont faux, qu'il n'a
jamais commencé et qu'il ne continue pas maintenant à servir le
peuple par ses actions et par ses discours. Si je démontre ce point,
Ctésiphon assurément est condamnable, puisque toutes les lois défendent d'insérer des faussetés dans les actes publics. L'auteur du décret
doit établir le contraire; et vous, Athéniens, vous jugerez de nos
preuves. Tel est l'état de la question.

Λέγει γὰρ οὕτως	Car il dit ainsi
ἐν τῷ ψηφίσματι ·	dans le décret :
« Καὶ τὸν κήρυκα ἀναγορεύειν	« Et le héraut proclamer
ἐν τῷ θεάτρῳ πρὸς τοὺς Ἕλληνας,	dans le théâtre devant les Grecs,
ὅτι ὁ δῆμος ὁ Ἀθηναίων	que le peuple des Athéniens
στεφανοῖ αὐτὸν	couronne lui
ἕνεκα ἀρετῆς	à cause de *sa* vertu
καὶ ἀνδραγαθίας, »	et probité, »
καὶ τὸ μέγιστον,	et la plus grande chose,
« ὅτι διατελεῖ λέγων καὶ πράττων	« qu'il persévère disant et faisant
τὰ ἄριστα τῷ δήμῳ. »	les meilleures choses pour le peuple.»
Ὁ δὴ λόγος μετὰ ταῦτα	Or le discours après ces choses
γίνεται ἡμῖν	devient pour nous
παντάπασιν ἁπλοῦς,	entièrement simple,
καὶ εὐμαθὴς κρῖναι	et facile à juger
ὑμῖν ἀκούσασι ·	pour vous qui avez écouté ;
δεῖ γὰρ δήπου ἐμὲ μὲν	car il faut sans doute moi
τὸν κατηγοροῦντα	celui qui accuse
ἐπιδεικνύναι ὑμῖν τοῦτο,	montrer à vous ceci,
ὡς οἱ ἔπαινοι	que les louanges
κατὰ Δημοσθένους	sur Démosthène
εἰσὶ ψευδεῖς,	sont fausses,
καὶ ὡς οὔτε ἤρξατο	et que ni il *n*'a commencé
λέγειν τὰ βέλτιστα,	à dire les meilleures choses,
οὔτε νῦν διατελεῖ	ni maintenant il *ne* persévère
πράττων τὰ συμφέροντα τῷ δήμῳ.	faisant celles qui importent au peuple.
Καὶ ἂν ἐπιδείξω τοῦτο,	Et si je montre cela,
Κτησιφῶν δήπου	Ctésiphon certes
ἁλώσεται δικαίως	sera convaincu justement
τὴν γραφήν ·	quant à l'accusation ;
ἅπαντες γὰρ οἱ νόμοι	car toutes les lois
ἀπαγορεύουσι μηδένα ἐγγράφειν	interdisent personne inscrire
γράμματα ψευδῆ	des écrits mensongers
ἐν τοῖς ψηφίσμασι δημοσίοις.	dans les décrets publics.
Τὸ δὲ ἐναντίον τούτου	Mais le contraire de ceci
ἐστὶ δεικτέον	est devant être montré
τῷ ἀπολογουμένῳ ·	par celui qui se justifie ;
ὑμεῖς δὲ ἔσεσθε ἡμῖν	mais vous, vous serez pour nous
κριταὶ τῶν λόγων.	juges des discours.
Ἔχει δὲ οὕτως.	Or il est ainsi.

Ἐγὼ τὸν μὲν βίον τοῦ Δημοσθένους ἐξετάζειν μακροτέρου
λόγου ἔργον ἡγοῦμαι εἶναι. Τί γὰρ δεῖ νῦν ταῦτα λέγειν, ἢ τὰ
περὶ τὴν τοῦ τραύματος γραφὴν αὐτῷ συμβεβηκότα, ὅτ' ἐγράψατο εἰς Ἄρειον πάγον Δημομέλη τὸν Παιανιέα, ἀνεψιὸν ὄντα
ἑαυτῷ, καὶ τὴν τῆς κεφαλῆς ἐπιτομήν; ἢ τὰ περὶ τὴν Κηφισοδότου[1] στρατηγίαν, καὶ τὸν τῶν νεῶν ἔκπλουν τὸν εἰς Ἑλλής-
ποντον, ὅτε εἷς ὢν τῶν τριηράρχων Δημοσθένης καὶ περιάγων
τὸν στρατηγὸν ἐπὶ τῆς νεώς, καὶ συσσιτῶν, καὶ συνθύων, καὶ
συσπένδων, καὶ τούτων ἀξιωθεὶς διὰ τὸ πατρικὸς αὐτῷ φίλος
εἶναι, οὐκ ὤκνησεν ἀπ' εἰσαγγελίας αὐτοῦ κρινομένου περὶ θανάτου κατήγορος γενέσθαι; καὶ ταῦτα ἤδη τὰ περὶ Μειδίαν[2] καὶ
τοὺς κονδύλους, οὓς ἔλαβεν ἐν τῇ ὀρχήστρᾳ χορηγὸς[3] ὤν, καὶ
ὡς ἀπέδοτο τριάκοντα μνῶν ἅμα τήν τε εἰς αὐτὸν ὕβριν καὶ τὴν

Il serait trop long, sans doute, de parcourir tous les actes de la vie
de Démosthène. Qu'est-il besoin, par exemple, de vous entretenir de
sa blessure prétendue, de l'incision qu'il s'est faite lui-même à la tête,
et de l'accusation qu'il a intentée à ce sujet devant l'Aréopage contre
Démomèle, son parent? ou de rapporter son procédé odieux à l'egard
de Céphisodote, lorsque celui-ci partit pour l'Hellespont à la tête de
notre flotte? Vous dirai-je comment Démosthène, qui était un des triérarques, qui avait le chef de la flotte sur son navire, qui mangeait à la
même table, participait aux mêmes libations et aux mêmes sacrifices,
distinction flatteuse qu'il devait à une ancienne amitié entre les deux
familles, osa se joindre à ceux qui l'accusaient de trahison et demandaient sa tête? Vous rappellerai-je son affaire avec Midias, les soufflets
qu'il en reçut en plein théâtre, au milieu de ses fonctions de chorége,
la bassesse avec laquelle il vendit trente mines et l'affront qu'il avait
essuyé, et la condamnation prononcée par le peuple contre Midias,

Ἐγὼ μὲν ἡγοῦμαι ἐξετάζειν   Moi je pense examiner
τὸν βίον τοῦ Δημοσθένους   la vie de Démosthène
εἶναι ἔργον λόγου μακροτέρου.   être l'ouvrage d'un discours plus long.
Τί γὰρ δεῖ   Car pourquoi faut-il
λέγειν νῦν ταῦτα,   dire maintenant ces choses,
ἢ τὰ συμβεβηκότα αὐτῷ   ou celles qui sont arrivées à lui
περὶ τὴν γραφὴν   relativement à l'accusation
τοῦ τραύματος,   de la blessure,
ὅτε ἐγράψατο εἰς Ἄρειον πάγον   quand il accusa devant l'Aréopage
Δημομέλη τὸν Παιανιέα,   Démomèle de-Péanée,
ὄντα ἀνεψιὸν ἑαυτῷ,   qui était cousin à lui-même,
καὶ τὴν ἐπιτομὴν τῆς κεφαλῆς ;   et l'entaille de la tête?
ἢ τὰ περὶ τὴν στρατηγίαν   ou celles concernant l'expédition
Κηφισοδότου,   de Céphisodote,
καὶ τὸν ἔκπλουν τῶν νεῶν   et la navigation des vaisseaux
τὸν εἰς Ἑλλήσποντον,   celle vers l'Hellespont,
ὅτε Δημοσθένης   quand Démosthène
ὢν εἷς τῶν τριηράρχων   étant l'un des triérarques
καὶ περιάγων τὸν στρατηγὸν   et conduisant le général
ἐπὶ τῆς νεώς,   sur son vaisseau,
καὶ συςσιτῶν,   et mangeant-avec *lui*,
καὶ συνθύων,   et sacrifiant-avec *lui*,
καὶ συσπένδων,   et faisant-des-libations-avec *lui*,
καὶ ἀξιωθεὶς τούτων   et ayant été jugé-digne de ces choses
διὰ τὸ εἶναι αὐτῷ   à cause du être à lui
φίλος πατρικός,   ami paternel,
οὐκ ὤκνησε   n'a pas hésité
γενέσθαι κατήγορος   à devenir accusateur
αὐτοῦ κρινομένου   de lui qui était jugé
περὶ θανάτου   sur la mort (pour un crime capital)
ἀπὸ εἰςαγγελίας ;   par suite de dénonciation?
καὶ ἤδη ταῦτα   et encore ces choses
τὰ περὶ Μειδίαν,   celles concernant Midias,
καὶ τοὺς κονδύλους   et les soufflets
οὓς ἔλαβεν ἐν τῇ ὀρχήστρᾳ   qu'il a reçus dans l'orchestre
ὢν χορηγός,   étant chorége,
καὶ ὡς ἀπέδοτο τριάκοντα μνῶν   et comment il remit *pour* trente mines
ἅμα τήν τε ὕβριν   en même temps et l'outrage
εἰς αὑτὸν   envers lui-même
καὶ τὴν καταχειροτονίαν   et la condamnation-par-suffrage

τοῦ δήμου καταχειροτονίαν, ἣν ἐν Διονύσου κατεχειροτόνησε
Μειδίου· Ταῦτα μὲν οὖν μοι δοκῶ καὶ τἄλλα τὰ τούτοις ὅμοια
ὑπερθήσεσθαι, οὐ προδιδοὺς ὑμᾶς, οὐδὲ τὸν ἀγῶνα καταχαριζό-
μενος, ἀλλ᾽ ἐκεῖνο φοβούμενος, μή μοι παρ᾽ ὑμῶν ἀπαντήσῃ τὸ
δοκεῖν μὲν ἀληθῆ λέγειν, ἀρχαῖα δὲ καὶ λίαν ὁμολογούμενα.
Καίτοι, ὦ Κτησιφῶν, ὅτῳ τὰ μέγιστα τῶν αἰσχρῶν οὕτως ἐστὶ
πιστὰ καὶ γνώριμα τοῖς ἀκούουσιν, ὥστε τὸν κατήγορον μὴ δοκεῖν ψευδῆ λέγειν, ἀλλὰ παλαιὰ καὶ λίαν προωμολογημένα,
πότερα αὐτὸν δεῖ χρυσῷ στεφάνῳ στεφανωθῆναι, ἢ ψέγεσθαι;
Καὶ σέ, τὸν ψευδῆ καὶ παράνομα τολμῶντα γράφειν, πότερα
χρὴ καταφρονεῖν τῶν δικαστηρίων, ἢ δίκην τῇ πόλει δοῦναι;

Περὶ δὲ τῶν δημοσίων ἀδικημάτων πειράσομαι σαφέστερον
εἰπεῖν. Καὶ γὰρ πυνθάνομαι μέλλειν Δημοσθένην, ἐπειδὰν αὐτοῖς ὁ λόγος ἀποδοθῇ, καταριθμεῖσθαι πρὸς ὑμᾶς, ὡς ἄρα τῇ

dans le temple de Bacchus? Je crois devoir omettre ces faits et d'autres détails semblables : non que je veuille ou tromper votre attente
ou trahir ma cause, mais j'appréhende que vous ne me reprochiez de
rapporter des faits certains, à la vérité, mais trop anciens et trop
connus. Cependant, Ctésiphon, un homme chez qui les actions
les plus honteuses sont si avérées et si notoires, que le seul reproche
à faire à l'accusateur est de rapporter des faits trop anciens et trop
connus, un tel homme mérite-t-il d'être couronné ou d'être répri-
mandé? Et vous qui avez l'audace de proposer des décrets contraires
aux lois et à la vérité, devez-vous échapper à la sévérité des tribunaux, ou être puni par l'état?

Quant aux iniquités de Démosthène dans le gouvernement, je tâche-
rai de les exposer avec toute clarté. J'apprends qu'il doit, quand il
obtiendra la parole à son tour, diviser en quatre parties le temps où il

τοῦ δήμου,	du peuple,
ἣν κατεχειροτόνησε Μειδίου	qu'il vota-contre Midias
ἐν Διονύσου ;	dans le temple de Bacchus ?
Δοκῶ μὲν οὖν μοι ὑπερβήσεσθαι	Je parais donc à moi devoir franchir
ταῦτα καὶ τὰ ἄλλα	ces choses et les autres
τὰ ὅμοια τούτοις,	celles semblables à celles-ci,
οὐ προδιδοὺς ὑμᾶς,	ne trahissant pas vous,
οὐδὲ καταχαριζόμενος τὸν ἀγῶνα,	et ne ménageant pas le débat,
ἀλλὰ φοβούμενος ἐκεῖνο,	mais craignant cela,
μὴ τὸ δοκεῖν μὲν λέγειν ἀληθῆ,	que le paraître dire des choses vraies,
ἀρχαῖα δὲ	mais anciennes
καὶ λίαν ὁμολογούμενα,	et trop reconnues,
ἀπαντήσῃ μοι	ne vienne-contre moi
παρὰ ὑμῶν.	de la part de vous.
Καίτοι, ὦ Κτησιφῶν,	Cependant, ô Ctésiphon,
πότερα δεῖ αὐτόν,	lequel-des-deux faut-il lui,
ὅτῳ τὰ μέγιστα	auquel les plus grandes
τῶν αἰσχρῶν	des choses honteuses
ἐστιν οὕτω πιστὰ	sont tellement avérées
καὶ γνώριμα τοῖς ἀκούουσιν,	et connues de ceux qui écoutent,
ὥστε τὸν κατήγορον	en sorte que l'accusateur
μὴ δοκεῖν λέγειν	ne pas paraître dire
ψευδῆ, ἀλλὰ παλαιὰ	des choses fausses, mais anciennes
καὶ λίαν προωμολογημένα,	et trop reconnues-d'avance,
στεφανωθῆναι στεφάνῳ χρυσῷ,	être couronné d'une couronne d'or,
ἢ ψέγεσθαι ;	ou être blâmé ?
Καὶ πότερα χρὴ σὲ	Et lequel-des-deux faut-il toi
τὸν τολμῶντα γράφειν	celui qui ose écrire
ψευδῆ καὶ παράνομα,	des choses fausses et illégales,
καταφρονεῖν τῶν δικαστηρίων,	braver les tribunaux,
ἢ δοῦναι δίκην τῇ πόλει ;	ou donner justice à la ville ?
Πειράσομαι δὲ	Mais je tâcherai
εἰπεῖν σαφέστερον	de parler plus clairement
περὶ τῶν ἀδικημάτων δημοσίων.	sur les délits publics.
Καὶ γὰρ πυνθάνομαι	Et en effet j'apprends
Δημοσθένην μέλλειν,	Démosthène devoir,
ἐπειδὰν ὁ λόγος	après que la parole
ἀποδοθῇ αὐτοῖς,	aura été donnée à eux,
καταριθμεῖσθαι πρὸς ὑμᾶς,	énumérer devant vous,
ὡς ἤδη τέτταρες καιροὶ	savoir que déjà quatre époques

πόλει τέτταρες ἤδη γεγένηνται καιροί, ἐν οἷς αὐτὸς πεπολίτευται.
Ὧν ἕνα μὲν καὶ πρῶτον ἁπάντων, ὡς ἔγωγε ἀκούω, καταλο-
γίζεται ἐκεῖνον τὸν χρόνον ἐν ᾧ πρὸς Φίλιππον ὑπὲρ Ἀμφιπό-
λεως [1] ἐπολεμοῦμεν· τοῦτον δ' ἀφορίζεται τὸν χρόνον τῇ γενομένῃ
εἰρήνῃ καὶ συμμαχίᾳ[2], ἣν Φιλοκράτης ὁ Ἁγνούσιος ἔγραψε, καὶ
αὐτὸς οὗτος μετ' ἐκείνου, ὡς ἐγὼ δείξω. Δεύτερον δὲ καιρὸν
φησι γενέσθαι, ὃν ἤγομεν χρόνον τὴν εἰρήνην[3], δηλονότι μέχρι
τῆς ἡμέρας ἐκείνης, ἐν ᾗ καταλύσας τὴν ὑπάρχουσαν εἰρήνην
τῇ πόλει, ὁ αὐτὸς οὗτος ῥήτωρ ἔγραψε τὸν πόλεμον. Τρίτον δέ,
ὃν ἐπολεμοῦμεν χρόνον μέχρι τῆς ἀτυχίας τῆς ἐν Χαιρωνείᾳ[4]·
τέταρτον δέ, τὸν νῦν παρόντα καιρόν. Ταῦτα δὲ καταριθμησά-
μενος, ὡς ἀκούω, μέλλει με παρακαλεῖν καὶ ἐπερωτᾷν, ὁποίου
τούτων τῶν τεττάρων αὐτοῦ καιρῶν κατηγορῶ, καὶ πότε αὐτὸν
οὐ τὰ βέλτιστά φημι τῷ δήμῳ πεπολιτεῦσθαι· κἂν μὴ θέλω
ἀποκρίνασθαι, ἀλλ' ἐγκαλύπτωμαι, καὶ ἀποδιδράσκω, ἐκκαλύ-

a gouverné la république. Il date la première, dit-on, de notre guerre
avec Philippe au sujet d'Amphipolis, et la termine à la conclusion de
la paix et de l'alliance que Philocrate d'Agnusie a proposées de concert avec lui, comme je le prouverai par la suite. La seconde, suivant
sa division, commence au temps où nous avons joui de la paix, et
finit au jour où ce harangueur lui-même l'a rompue et a proposé la
guerre. La troisième s'étendra depuis le moment où nous avons
repris les armes jusqu'à la bataille funeste de Chéronée. La quatrième
enfin sera l'époque présente. Après avoir ainsi partagé toute son administration, il doit, à ce que j'ai appris, m'adresser la parole, me
demander dans lequel de ces temps je le trouve en faute, dans lequel
je soutiens qu'il n'a pas servi le peuple avec zèle. Si, refusant de répondre à ses questions, je m'enveloppe de ma robe et veux m'échap-

γεγένηται τῇ πόλει,	ont existé *pour* la ville,
ἐν οἷς αὐτὸς πεπολίτευται.	dans lesquelles lui-même a administré.
Ὧν καταλογίζεται ἕνα	Desquelles il compte une
καὶ πρῶτον ἁπάντων,	et première de toutes,
ὡς ἔγωγε ἀκούω,	comme moi du moins j'entends *dire*,
ἐκεῖνον τὸν χρόνον, ἐν ᾧ	ce temps, dans lequel
ἐπολεμοῦμεν	nous faisions-la-guerre
πρὸς Φίλιππον ὑπὲρ Ἀμφιπόλεως·	contre Philippe pour Amphipolis;
ὁρίζεται δὲ τοῦτον τὸν χρόνον	et il borne ce temps
τῇ εἰρήνῃ,	à la paix
καὶ συμμαχίᾳ γενομένῃ,	et à l'alliance faite,
ἣν Φιλοκράτης	que Philocrate
ὁ Ἀγνούσιος ἔγραψε,	celui d'Agnusie a écrite (proposée),
καὶ οὗτος αὐτὸς μετὰ ἐκείνου,	et celui-ci même avec lui,
ὡς ἐγὼ δείξω.	comme moi je montrerai.
Φησὶ δὲ δεύτερον καιρὸν	Mais il dit la deuxième époque
γενέσθαι χρόνον ὃν	avoir été le temps *pendant* lequel
ἤγομεν τὴν εἰρήνην,	nous gardions la paix,
δηλονότι μέχρι ἐκείνης τῆς ἡμέρας	évidemment jusqu'à ce jour
ἐν ᾗ καταλύσας τὴν εἰρήνην	dans lequel ayant rompu la paix
ὑπάρχουσαν τῇ πόλει,	qui existait pour la ville,
οὗτος ὁ ῥήτωρ αὐτὸς	cet orateur lui-même
ἔγραψε τὸν πόλεμον.	a écrit (proposé) la guerre.
Τρίτον δέ, χρόνον	Mais la troisième, le temps
ὃν ἐπολεμοῦμεν	*pendant* lequel nous faisions-la-guerre
μέχρι τῆς ἀτυχίας τῆς ἐν Χαιρωνείᾳ·	jusqu'à l'infortune à Chéronée;
τέταρτον δέ,	mais la quatrième,
τὸν καιρὸν παρόντα νῦν.	l'époque présente maintenant.
Καταριθμησάμενος δὲ ταῦτα,	Et ayant énuméré ces choses,
ὡς ἀκούω,	comme j'entends *dire*,
μέλλει παρακαλεῖν	il doit interpeller
καὶ ἐπερωτᾶν με, ὁποίου	et interroger moi, sur laquelle
τούτων τῶν τεττάρων καιρῶν	de ces quatre époques
κατηγορῶ αὐτοῦ,	j'accuse lui,
καὶ πότε φημὶ αὐτὸν	et quand je dis lui
οὐ πεπολιτεῦσθαι	ne pas avoir administré
τὰ βέλτιστα τῷ δήμῳ·	les meilleures choses pour le peuple;
καὶ ἂν μὴ θέλω ἀποκρίνασθαι,	et si je ne veux pas répondre,
ἀλλὰ ἐγκαλύπτωμαι,	mais me couvre *la tête*,
καὶ ἀποδιδράσκω.	et m'enfuis, ·

ψειν μέ φησι προςελθών, καὶ ἄξειν ἐπὶ τὸ βῆμα, καὶ ἀναγκάσειν
ἀποκρίνασθαι. Ἵν' οὖν μήθ' οὗτος ἰσχυρίζηται, ὑμεῖς τε προεί-
δητε, ἐγώ τε ἀποκρίνωμαι, ἐναντίον σοι τῶν δικαστῶν, Δημόσθενες, καὶ τῶν ἄλλων πολιτῶν, ὅσοι δὴ ἔξωθεν περιεστᾶσι,
καὶ τῶν Ἑλλήνων, ὅσοις ἐπιμελὲς γίγονεν ὑπακούειν τῆσδε τῆς
κρίσεως (ὁρῶ δὲ οὐκ ὀλίγους παρόντας, ἀλλ' ὅσους οὐδεὶς πώποτε μέμνηται πρὸς ἀγῶνα δημόσιον παραγενομένους), ἀποκρί-
νομαι ὅτι ἁπάντων τῶν τεττάρων καιρῶν κατηγορῶ σου, οὓς σὺ
διαιρῇ. Κἂν οἵ τε θεοὶ θέλωσι, καὶ οἱ δικασταὶ ἐξίσου ἡμῶν
ἀκούσωσι, κἀγὼ δύνωμαι ἀπομνημονεῦσαι ἅ σοι σύνοιδα, πάνυ
προςδοκῶ ἐπιδείξειν τοῖς δικασταῖς, τῆς μὲν σωτηρίας τῇ πόλει
τοὺς θεοὺς αἰτίους γεγενημένους, καὶ τοὺς φιλανθρώπους καὶ
μετρίως τοῖς τῆς πόλεως πράγμασι χρησαμένους, τῶν δὲ ἀτυχημάτων ἁπάντων Δημοσθένην αἴτιον γεγενημένον. Καὶ χρή-

per, il ose dire qu'il viendra me découvrir le visage, qu'il me trainera
à la tribune, et me forcera de parler. Afin donc qu'il ne triomphe
pas insolemment, que vous, Athéniens, vous soyez prévenus, et que je
ne sois pas réduit au silence, je vous réponds, Démosthène, en présence
de nos juges, en présence des autres citoyens qui sont hors de cette enceinte, et de tous les Grecs dont ce jugement excite la curiosité (et
tel est leur concours extraordinaire, que jamais cause publique n'en
vit un si grand nombre) : je vous réponds que je vous accuse
dans chacune des époques que vous distinguez. Si les dieux le permettent, si les juges nous écoutent avec la même impartialité, et
si je puis me rappeler tout ce qui m'est connu, je me flatte de prouver à tous que les dieux et les citoyens qui ont gouverné sagement
la république sont les auteurs de notre conservation, et que Démosthène seul est la cause de tous nos maux. J'observerai, dans mon

φησὶ προςελθὼν   il dit s'étant approché

ἐκκαλύψειν με,   devoir découvrir moi,

καὶ ἄξειν ἐπὶ τὸ βῆμα,   et devoir *me* traîner vers la tribune,

καὶ ἀναγκάσειν ἀποκρίνασθαι.   et devoir *me* forcer à répondre.

Ἵνα οὖν οὗτος   Donc afin que celui-ci

μήτε ἰσχυρίζηται,   ne se prévale pas,

ὑμεῖς τε προειδῆτε,   et que vous sachiez-d'avance,

ἐγώ τε ἀποκρίνωμαι ·   et que moi je réponde :

ἀποκρίνομαί σοι, Δημόσθενες,   je réponds à toi, Démosthène,

ἐναντίον τῶν δικαστῶν,   en face des juges,

καὶ τῶν ἄλλων πολιτῶν,   et des autres citoyens,

ὅσοι δὴ   tous-ceux-qui certes

περιεστᾶσιν ἔξωθεν,   environnent au-dehors,

καὶ τῶν Ἑλλήνων, ὅσοις   et des Grecs, tous-ceux-à-qui

γέγονεν ἐπιμελὲς   il a été digne-de-soin

ὑπακούειν τῆςδε τῆς κρίσεως   d'entendre ce jugement

(ὁρῶ δὲ παρόντας   (mais je *les* vois présents

οὐκ ὀλίγους,   non peu nombreux,

ἀλλὰ ὅσους   mais aussi-nombreux-que

οὐδεὶς μέμνηται   personne ne se souvient

παραγενομένους πώποτε   étant venus jamais

πρὸς ἀγῶνα δημόσιον),   pour un débat public),

ὅτι κατηγορῶ σου   que j'accuse toi

ἁπάντων τῶν τεττάρων καιρῶν   sur toutes les quatre époques

οὓς σὺ διαιρῇ.   que toi tu divises.

Καὶ ἂν οἵ τε θεοὶ θέλωσι,   Et si les dieux *le* veulent,

καὶ οἱ δικασταὶ   et que les juges

ἀκούσωσιν ἡμῶν ἐξίσου,   entendent nous également,

καὶ ἐγὼ δύνωμαι ἀπομνημονεῦσαι   et que moi je puisse me rappeler

ἃ σύνοιδά σοι,   *les choses* que je sais-avec toi,

προςδοκῶ πάνυ   j'espère tout à fait

ἐπιδείξειν τοῖς δικασταῖς,   devoir montrer aux juges,

τοὺς μὲν θεοὺς   les dieux

καὶ τοὺς χρησαμένους   et ceux qui ont usé

φιλανθρώπως καὶ μετρίως   avec-bienveillance et avec-modération

τοῖς πράγμασι τῆς πόλεως   des affaires de la ville

γεγενημένους αἰτίους   ayant été causes

τῆς σωτηρίας τῇ πόλει,   du salut pour la ville,

Δημοσθένην δὲ γεγενημένον αἴτιον   mais Démosthène ayant été cause

ἁπάντων τῶν ἀτυχημάτων.   de toutes les infortunes.

σομαι τῇ τοῦ λόγου τάξει ταύτῃ, ἣν τοῦτον πυνθάνομαι μέλλειν
ποιεῖσθαι· λέξω δὲ πρῶτον περὶ τοῦ πρώτου καιροῦ, καὶ δεύτερον περὶ τοῦ δευτέρου, καὶ τρίτον περὶ τοῦ ἐφεξῆς, καὶ τέταρτον
περὶ τῶν νῦν καθεστηκότων πραγμάτων.

Καὶ δὴ ἐπανάγω ἐμαυτὸν ἐπὶ τὴν εἰρήνην, ἣν σὺ καὶ Φιλοκράτης ἐγράψατε. Ὑμῖν γὰρ ἐξεγένετ᾽ ἄν, ὦ ἄνδρες Ἀθηναῖοι,
τὴν προτέραν ἐκείνην εἰρήνην ποιήσασθαι μετὰ κοινοῦ συνεδρίου
τῶν Ἑλλήνων, εἴ τινες ὑμᾶς εἴασαν περιμεῖναι τὰς πρεσβείας,
ἃς ἦτε ἐκπεπομφότες κατ᾽ ἐκεῖνον τὸν καιρὸν εἰς τὴν Ἑλλάδα,
παρακαλοῦντες ἐπὶ Φίλιππον μετασχεῖν Ἑλληνικοῦ συνεδρίου [1],
καὶ προϊόντος τοῦ χρόνου παρ᾽ ἑκόντων τῶν Ἑλλήνων ἀπολαβεῖν
τὴν ἡγεμονίαν. Καὶ τούτων ἀπεστερήθητε διὰ Δημοσθένην,
καὶ Φιλοκράτην, καὶ τὰς τούτων δωροδοκίας, ἃς ἐδωροδόκησαν
συστάντες ἐπὶ τὸ δημόσιον τὸ ὑμέτερον. Εἰ δέ τισιν ὑμῶν
ἐξαίφνης ἀκούσασιν ἀπιστότερος προσπέπτωκεν ὁ τοιοῦτος λόγος,

discours, le même ordre qu'il doit observer dans le sien; je parlerai
d'abord du premier temps de son administration, dont lui-même doit
d'abord vous entretenir, du second ensuite, puis du troisième, et
enfin des circonstances présentes.

Je remonte donc à la paix que Démosthène et Philocrate ont proposée. Vous auriez pu, Athéniens, faire cette paix avec toute la Grèce,
si certains ministres vous eussent permis d'attendre les députés que
vous aviez alors envoyés aux divers peuples pour les animer contre
Philippe, et les engager à former avec nous une assemblée générale;
vous auriez pu, par la suite des temps, recouvrer la suprématie du
commun accord des Grecs. Vous fûtes privés de ces avantages, grâce
à Démosthène et à Philocrate, grâce à cette cupidité sordide qui les fit
conspirer contre vos intérêts. Si le fait, au premier coup d'œil, vous

Καὶ χρήσομαι	Et j'userai
ταύτῃ τῇ τάξει λόγου,	de ce plan de discours ,
ἣν πυνθάνομαι τοῦτον	que j'apprends celui-ci
μέλλειν ποιεῖσθαι·	devoir se faire ;
λέξω δε πρῶτον	or je parlerai premièrement
περὶ τοῦ πρώτου καιροῦ,	sur la première époque ,
καὶ δεύτερον περὶ τοῦ δευτέρου,	et deuxièmemei.t sur la deuxième ,
καὶ τρίτον περὶ τοῦ ἐφεξῆς,	et troisièmement sur celle à la suite,
καὶ τέταρτον περὶ τῶν πραγμάτων	et quatrièmement sur les affaires
καθεστηκότων νῦν.	qui sont établies maintenant.
Καὶ δὴ ἐπανάγω ἐμαυτὸν	Et certes je ramène moi-même
ἐπὶ τὴν εἰρήνην,	vers la paix ,
ἣν σὺ καὶ Φιλοκράτης ἐγράψατε.	que toi et Philocrate avez écrite.
Ἐξεγένετο γὰρ ἂν ὑμῖν,	Car il eût été-possible à vous,
ὦ ἄνδρες Ἀθηναῖοι,	ô hommes Athéniens ,
ποιήσασθαι	de faire
ἐκείνην τὴν προτέραν εἰρήνην	cette première paix
μετὰ συνεδρίου κοινοῦ	avec une assemblée commune
τῶν Ἑλλήνων,	des Grecs ,
εἴ τινες εἴασαν ὑμᾶς	si quelques uns avaient permis à vous
περιμεῖναι τὰς πρεσβείας,	d'attendre les ambassades ,
ἃς ἦτε ἐκπεπομφότες	que vous étiez ayant envoyées
κατὰ ἐκεῖνον τὸν καιρὸν	à cette époque
εἰς τὴν Ἑλλάδα,	dans la Grèce ,
παρακαλοῦντες ἐπὶ Φίλιππον	exhortant contre Philippe
μετασχεῖν	à participer
συνεδρίου Ἑλληνικοῦ,	à l'assemblée hellénique,
καὶ τοῦ χρόνου προϊόντος	et le temps s'avançant
ὑπολαβεῖν τὴν ἡγεμονίαν	de reprendre le commandement
παρὰ τῶν Ἑλλήνων ἑκόντων.	de la part des Grecs y consentant.
Καὶ ἀπεστερήθητε τούτων	Et vous avez été privés de ces choses
διὰ Δημοσθένην καὶ Φιλοκράτην,	à cause de Démosthène et de Philocrate,
καὶ τὰς δωροδοκίας τούτων,	et des réceptions-de-présents de ceux-
ἃς ἐδωροδόκησαν	qu'ils ont commises [ci,
συστάντες	s'étant levés-ensemble
ἐπὶ τὸ δημόσιον τὸ ὑμέτερον.	contre la chose publique la vôtre.
Εἰ δὲ ὁ λόγος τοιοῦτος	Mais si le discours tel
προσπέπτωκεν ἀπιστότερος	est tombé trop incroyable
τισὶν ὑμῶν	à quelques-uns de vous
ἀκούσασιν ἐξαίφνης,	qui ont entendu subitement,

ἐκείνως τὴν ὑπόλοιπον ποιήσασθε ἀκρόασιν, ὥςπερ ὅταν περὶ
χρημάτων ἀνηλωμένων διὰ πολλοῦ χρόνου καθεζώμεθα ἐπὶ τοὺς
λογισμούς. Ἐρχόμεθα δήπου ψευδεῖς οἴκοθεν ἐνίοτε δόξας ἔχοντες κατὰ τῶν λογισμῶν· ἀλλ᾽ ὅμως, ἐπειδὰν ὁ λογισμὸς συγκε-
φαλαιωθῇ, οὐδεὶς ὑμῶν ἐστιν οὕτω δύσκολος τὴν φύσιν, ὅςτις
οὐκ ἀπέρχεται τοῦθ᾽ ὁμολογήσας καὶ ἐπινεύσας ἀληθὲς εἶναι, ὅ τι
ἂν αὐτὸς ὁ λογισμὸς αἱρῇ. Οὕτω καὶ νῦν τὴν ἀκρόασιν ποιήσασθε.
Εἴ τινες ὑμῶν ἐκ τῶν ἔμπροσθεν χρόνων ἥκουσιν οἴκοθεν τοιαύτην ἔχοντες τὴν δόξαν, ὡς ἄρα ὁ Δημοσθένης οὐδὲν πώποτε εἴ-
ρηκεν ὑπὲρ Φιλίππου, συστὰς μετὰ Φιλοκράτους, ὅςτις οὕτω
διάκειται, μήτ᾽ ἀπογνώτω μηδὲν, μήτε καταγνώτω, πρὶν
ἀκούσῃ· οὐ γὰρ δίκαιον. Ἀλλ᾽ ἐὰν ἐμοῦ διὰ βραχέων ἀκούσητε
ὑπομιμνήσκοντος τοὺς καιρούς, καὶ τὸ ψήφισμα παρεχομένου,
ὃ μετὰ Φιλοκράτους ἔγραψε Δημοσθένης, ἐὰν αὐτὸς ὁ τῆς ἀλη-

parait incroyable, ecoutez-en les preuves comme si vous veniez examiner un ancien compte de finances. Vous apportez quelquefois à de
pareils examens des préjugés peu favorables; aucun de vous cependant, quand la preuve est faite, n'est assez peu raisonnable pour
quitter le tribunal sans convenir de l'exactitude du calcul. C'est ainsi
que vous devrez m'écouter. Si quelques uns de vous, par hasard,
sont sortis de chez eux avec l'opinion que Démosthène n'a jamais parlé
pour Philippe de concert avec Philocrate, qu'ils suspendent leur
jugement jusqu'à ce qu'ils m'aient entendu; la justice l'exige. Si donc
je vous rappelle en peu de mots toutes les circonstances; si je vous
présente le décret que Démosthène a proposé avec Philocrate; si une
juste appréciation des faits vient à le convaincre d'avoir proposé

ποιήσασθε	faites
τὴν ἀκρόασιν ὑπόλοιπον	l'audition restant
ἐκείνως, ὥσπερ ὅταν	de cette manière, comme lorsque
διὰ χρόνου πολλοῦ	après un temps long
καθεζώμεθα ἐπὶ τοὺς λογισμοὺς	nous sommes assis pour les comptes
περὶ χρημάτων ἀνηλωμένων,	sur les sommes qui ont été dépensées.
Ἐρχόμεθα δήπου	Nous venons certes
ἐνίοτε οἴκοθεν	quelquefois de la maison
ἔχοντες δόξας ψευδεῖς	ayant des opinions fausses
κατὰ τῶν λογισ'' ''.	sur les comptes ;
ἀλλὰ ὅμως, ἐπειδὰν ὁ λογισμὸς	mais cependant, après que le **compte**
συγκεφαλαιωθῇ, οὐδεὶς ὑμῶν	a été résumé, aucun de vous
ἐστὶν οὕτω δύσκολος	n'est tellement mal-disposé
τὴν φύσιν,	quant à la nature,
ὅστις οὐκ ἀπέρχεται	qui ne s'en aille
ὁμολογήσας καὶ ἐπινεύσας	ayant reconnu et ayant avoué
τοῦτο εἶναι ἀληθές,	cela être vrai,
ὅ τι ὁ λογισμὸς αὐτὸς ἂν αἱρῇ.	que le compte même a démontré
Ποιήσασθε καὶ νῦν	Faites aussi maintenant
τὴν ἀκρόασιν οὕτως.	l'audition ainsi.
Εἴ τινες ὑμῶν	Si quelques uns de vous
ἥκουσιν οἴκοθεν ἔχοντες	viennent de la maison ayant
ἐκ τῶν χρόνων (τῶν) ἔμπροσθεν	d'après les temps d'auparavant
τὴν δόξαν τοιαύτην,	l'opinion telle,
οὐκ ὡς ὁ Δημοσθένης	savoir que Démosthène
εἴρηκεν οὐδὲν πώποτε	n'a dit rien jamais
ὑπὲρ Φιλίππου,	pour Philippe,
συστὰς μετὰ Φιλοκράτους,	s'étant levé-avec Philocrate,
ὅστις διακεῖται οὕτω,	quiconque est disposé ainsi,
μήτε ἀπογνώτω,	ni qu'il n'absolve,
μήτε καταγνώτω μηδέν,	ni ne condamne en rien,
πρὶν ἀκούσῃ ·	avant qu'il ait entendu ;
οὐ γὰρ δίκαιον.	car ce n'est pas juste.
Ἀλλὰ ἐὰν ἀκούσητε ἐμοῦ	Mais si vous ecoutez moi
ὑπομιμνήσκοντος τοὺς καιροὺς	rappelant les époques
διὰ βραχέων,	par des *mots* courts,
καὶ παρεχομένου τὸ ψήφισμα,	et présentant le décret,
ὁ Δημοσθένης ἔγραψε	que Démosthène a écrit
μετὰ Φιλοκράτους,	avec Philocrate,
καὶ ὁ λογισμὸς αὐτὸς τῆς ἀληθείας	si le compte même de la vérité

θείας λογισμὸς ἐγκαταλαμβάνῃ τὸν Δημοσθένην , πλείω μὲν
γεγραφότα ψηφίσματα Φιλοκράτους, περὶ τῆς ἐξ ἀρχῆς εἰρήνης
καὶ συμμαχίας, καθ' ὑπερβολὴν δὲ αἰσχύνης κεκολακευκότα
Φίλιππον, καὶ τοὺς παρ' ἐκείνου πρέσβεις οὐκ ἀναμείναντα ,
αἴτιον δὲ γεγονότα τῷ δήμῳ τοῦ μὴ μετὰ κοινοῦ συνεδρίου τῶν
Ἑλλήνων ποιήσασθαι τὴν εἰρήνην, ἔκδοτον δὲ Φιλίππῳ πεποιηκότα Κερσοβλέπτην τὸν Θράκης βασιλέα , ἄνδρα φίλον καὶ σύμμαχον τῇ πόλει · ἐὰν ταῦθ' ὑμῖν σαφῶς ἐπιδείξω, δεήσομαι ὑμῶν
μετρίαν δέησιν · ἐπινεύσατέ μοι πρὸς θεῶν , τὸν πρῶτον τῶν
τεττάρων καιρῶν μὴ καλῶς αὐτὸν πεπολιτεῦσθαι. Λέξω δέ ,
ὅθεν μάλιστα παρακολουθήσετε.

Ἔγραψε Φιλοκράτης ἐξεῖναι Φιλίππῳ δεῦρο κήρυκα καὶ
πρέσβεις πέμπειν περὶ εἰρήνης καὶ συμμαχίας. Τοῦτο τὸ ψήφισμα ἐγράφη παρανόμων. Ἧκον οἱ τῆς κρίσεως χρόνοι · κατηγόρει μὲν Λυκῖνος ὁ γραψάμενος, ἀπελογεῖτο δὲ Φιλοκράτης ,
συναπελογεῖτο δὲ καὶ Δημοσθένης, ἀπέφυγε Φιλοκράτης. Μετὰ

plus de décrets que ce dernier dans les premières négociations de la
paix et de l'alliance ; d'avoir flatté Philippe avec la dernière
bassesse ; de n'avoir pas attendu les députés de ce prince;
d'avoir empêché le peuple de conclure la paix dans une assemblée
commune de la Grèce; d'avoir enfin livré à Philippe Cersoblepte, roi
de Thrace, notre ami et notre allié ; si je vous offre sur tous ces
faits des preuves évidentes, je vous adresserai une demande des plus
justes : convenez avec moi que Démosthène n'est pas à l'abri de reproche dans la première époque de son administration. Je vais exposer les faits de manière qu'il vous sera très-facile de me suivre.

Philocrate proposa un décret par lequel il permettait à Philippe
d'envoyer ici un héraut d'armes et des députés pour la paix et pour
l'alliance. Ce décret fut attaqué comme contraire aux lois. Le temps
du jugement arriva : Lycine , qui avait attaqué le décret , soutint l'accusation ; Philocrate se défendit et , secondé par Démosthène , il fut

ἐγκαταλαμβάνῃ τὸν Δημοσθένην,   enveloppe Démosthène,
γεγραφότα μὲν ψηφίσματα   ayant écrit des décrets
πλείω Φιλοκράτους,   plus nombreux que Philocrate,
περὶ τῆς εἰρήνης   sur la paix
καὶ συμμαχίας ἐξ ἀρχῆς,   et l'alliance dès le principe,
κεκολακευκότα δὲ Φίλιππον   et ayant flatté Philippe
κατὰ ὑπερβολὴν αἰσχύνης,   jusqu'à un excès de honte,
καὶ οὐκ ἀναμείναντα   et n'ayant pas attendu
τοὺς πρέσβεις παρὰ ἐκείνου,   les députés de la part de celui-là,
γεγονότα δὲ αἴτιον τῷ δήμῳ   et étant devenu cause pour le peuple
τοῦ μὴ ποιήσασθαι τὴν εἰρήνην   de ne pas avoir fait la paix
μετὰ συνεδρίου κοινοῦ   avec une assemblée commune
τῶν Ἑλλήνων,   des Grecs,
πεποιηκότα δὲ ἔκδοτον Φιλίππῳ   et ayant fait livré à Philippe
Κερσοβλέπτην   Cersoblepte
τὸν βασιλέα Θράκης,   le roi de la Thrace,
ἄνδρα φίλον καὶ σύμμαχον τῇ πόλει·   homme ami et allié à la ville;
ἐὰν ἐπιδείξω ταῦτα ὑμῖν   si je montre ces choses à vous
σαφῶς,   clairement,
δεήσομαι ὑμῶν   je demanderai à vous
δέησιν μετρίαν·   une demande modérée :
ἐπινεύσατέ μοι πρὸς θεῶν   accordez à moi par les dieux
αὐτὸν μὴ πεπολιτεῦσθαι καλῶς   lui ne pas avoir administré bien
τὸν πρῶτον τῶν τεττάρων καιρῶν.   *dans* la première des quatre époques.
Λέξω δέ,   Mais je dirai,
ὅθεν παρακολουθήσετε μάλιστα.   d'où vous suivrez *moi* le plus.
  Φιλοκράτης ἔγραψεν   Philocrate avait écrit
ἐξεῖναι Φιλίππῳ   être permis à Philippe
πέμπειν δεῦρο   d'envoyer ici
κήρυκα καὶ πρέσβεις   un héraut et des députés
περὶ εἰρήνης καὶ συμμαχίας.   sur la paix et l'alliance.
Τοῦτο τὸ ψήφισμα ἐγράφη   Ce décret fut accusé
παρανόμων.   de *dispositions* illégales.
Οἱ χρόνοι τῆς κρίσεως ἧκον·   Les temps du jugement vinrent;
Λυκῖνος μὲν ὁ γραψάμενος   Lucine celui qui avait accusé
κατηγόρει,   parlait-contre,
Φιλοκράτης δὲ ἀπελογεῖτο,   et Philocrate se justifiait,
Δημοσθένης δὲ καὶ   et Démosthène aussi
συναπελογεῖτο·   justifiait avec *lui*;
Φιλοκράτης ἀπέφυγεν.   Philocrate échappa.

ταῦτα ἀπήει ὁ χρόνος, Θεμιστοκλῆς ἄρχων. Ἐνταῦθ᾽ εἰσέρχε-
ται βουλευτὴς εἰς τὸ βουλευτήριον Δημοσθένης, οὔτε λαχών,
οὔτ᾽ ἐπιλαχών¹, ἀλλ᾽ ἐκ παρασκευῆς πριάμενος, ἵν᾽ εἰς ὑποδο-
χὴν ἅπαντα καὶ λέγοι καὶ πράττοι Φιλοκράτει, ὡς αὐτὸ ἔδειξε
τὸ ἔργον. Νικᾷ γὰρ ἕτερον ψήφισμα Φιλοκράτης, ἐν ᾧ κελεύει
ἑλέσθαι δέκα πρέσβεις, οἵτινες ἀφικόμενοι πρὸς Φίλιππον, ἀξιώ-
ουσιν αὐτὸν δεῦρο πρέσβεις αὐτοκράτορας πέμπειν ὑπὲρ τῆς
εἰρήνης. Τούτων εἷς ἦν Δημοσθένης · κἀκεῖθεν ἐπανήκων ἐπαι-
νέτης ἦν τῆς εἰρήνης, καὶ ταὐτὰ τοῖς ἄλλοις πρέσβεσιν ἀπήγ-
γειλε, καὶ μόνος τῶν βουλευτῶν ἔγραψε σπείσασθαι τῷ κήρυκι
τῷ ἀπὸ τοῦ Φιλίππου καὶ τοῖς πρέσβεσιν, ἀκόλουθα γράφων
Φιλοκράτει· ὁ μέν γε τὴν ἐξουσίαν ἔδωκε τοῦ δεῦρο κήρυκα καὶ
πρέσβεις πέμπεσθαι, ὁ δὲ τῇ πρεσβείᾳ σπένδεται. Τὰ δὲ μετὰ
ταῦτα ἤδη σφόδρα μοι τὸν νοῦν προσέχετε.

absoas Quelque temps après, c'était sous l'archonte Thémistocle, Démosthène entre au sénat, en qualité de sénateur, dignité qu'il n'avait
pas obtenue par le sort, mais à prix d'argent et par intrigue, afin
de seconder en tout Philocrate par ses discours et ses actions, comme
sa conduite l'a prouvé. Il fait passer en effet un second décret de Philocrate, en vertu duquel on devait choisir dix députés qui se rendraient
près de Philippe, et le prieraient d'envoyer ici des plénipotentiaires
pour négocier la paix : Démosthène était un des députés. A son retour
de Macédoine, il parlait hautement en faveur de la paix, et confirmait
le rapport de ses collègues. Enfin, seul des sénateurs, il propose de conclure un traité avec le héraut d'armes et les députés de Philippe, se
conformant en cela aux vues de Philocrate. L'un avait permis à Philippe d'envoyer ici un héraut d'armes et des députés, l'autre conclut
avec eux. Mais écoutez la suite, et donnez-moi toute votre attention.

Ὁ χρόνος ἐπῄει μετὰ ταῦτα,	Le temps survint après ces choses,
Θεμιστοκλῆς ἄρχων.	Thémistocle étant archonte.
Ἐνταῦθα Δημοσθένης εἰσέρχεται	Alors Démosthène entre
βουλευτὴς εἰς τὸ βουλευτήριον,	sénateur dans le sénat,
οὔτε λαχών,	et n'ayant pas obtenu-par-le-sort,
οὔτε ἐπιλαχών,	et n'ayant pas obtenu-comme-sup-
ἀλλὰ πριάμενος	mais ayant acheté [pléant,
ἐκ παρασκευῆς,	par suite d'intrigue,
ἵνα καὶ λέγοι καὶ πράττοι ἅπαντα	afin qu'il dît et fît toutes choses
εἰς ὑποδοχὴν Φιλοκράτει,	pour soutien à Philocrate,
ὡς τὸ ἔργον αὐτὸ ἔδειξε.	comme le fait même a montré.
Φιλοκράτης γὰρ νικᾷ	Car Philocrate fait-triompher
ἕτερον ψήφισμα,	un autre décret,
ἐν ᾧ κελεύει	dans lequel il ordonne
δέκα πρέσβεις ἑλέσθαι,	dix députés être choisis,
οἵτινες ἀφικόμενοι	lesquels s'étant rendus
πρὸς Φίλιππον,	vers Philippe,
ἀξιώσουσιν αὐτὸν	prieront lui
πέμπειν δεῦρο πρέσβεις	d'envoyer ici des députés
αὐτοκράτορας	plénipotentiaires
ὑπὲρ τῆς εἰρήνης.	pour la paix.
Δημοσθένης ἦν εἷς τούτων·	Démosthène était un de ceux-là;
καὶ ἐπανήκων ἐκεῖθεν	et étant-de-retour de là
ἦν ἐπαινέτης τῆς εἰρήνης,	il fut approbateur de la paix,
καὶ ἀπήγγειλε τὰ αὐτὰ	et annonça les mêmes choses
τοῖς ἄλλοις πρέσβεσι,	que les autres députés,
καὶ μόνος τῶν βουλευτῶν	et seul des sénateurs
ἔγραψε σπείσασθαι	il écrivit de faire-un-traité
τῷ κήρυκι	avec le héraut
τῷ ἀπὸ Φιλίππου	celui de la part de Philippe
καὶ τοῖς πρέσβεσι, γράφων	et avec les députés, écrivant
ἀκόλουθα Φιλοκράτει·	des choses conformes à Philocrate;
ὁ μέν γε ἔδωκε τὴν ἐξουσίαν	l'un certes avait donné la faculté
τοῦ κήρυκα καὶ πρέσβεις	du un héraut et des députés
πέμπεσθαι δεῦρο,	être envoyés ici,
ὁ δὲ σπένδεται	l'autre conclut-un-traité
τῇ πρεσβείᾳ.	avec la députation.
Προσέχετε δέ μοι	Mais appliquez à moi
ἤδη σφόδρα τὸν νοῦν	maintenant fortement l'esprit
τὰ μετὰ ταῦτα.	pour les choses après celles-ci.

Ἐπράττετο γὰρ οὐ πρὸς τοὺς ἄλλους πρέσβεις, τοὺς πολλὰ συκοφαντηθέντας ὕστερον ἐκ μεταβολῆς ὑπὸ Δημοσθένους, ἀλλὰ πρὸς Φιλοκράτην καὶ Δημοσθένην, εἰκότως, τοὺς ἅμα μὲν πρεσβεύοντας, ἅμα δὲ τὰ ψηφίσματα γράφοντας, πρῶτον μὲν ὅπως μὴ περιμείνητε τοὺς πρέσβεις, οὓς ἦτε ἐκπεπομφότες, παρακαλοῦντες ἐπὶ Φίλιππον, ἵνα μὴ μετὰ τῶν ἄλλων Ἑλλήνων, ἀλλ' ἰδίᾳ ποιήσησθε τὴν εἰρήνην· δεύτερον δ' ὅπως μὴ μόνον τὴν εἰρήνην, ἀλλὰ καὶ συμμαχίαν εἶναι ψηφιεῖσθε πρὸς Φίλιππον, ἵν', εἴ τινες προσέχοιεν τῷ πλήθει τῷ ὑμετέρῳ, εἰς τὴν ἐσχάτην ἐμπέσοιεν ἀθυμίαν, ὁρῶντες ὑμᾶς αὐτοὺς μὲν παρακαλοῦντας ἐπὶ τὸν πόλεμον, οἴκοι δὲ μὴ μόνον εἰρήνην, ἀλλὰ καὶ συμμαχίαν ἐψηφισμένους ποιεῖσθαι· τρίτον δὲ ὅπως Κερσοβλέπτης, ὁ Θρᾴκης βασιλεύς, μὴ ἔσται ἔνορκος, μηδὲ μετέσται τῆς συμμαχίας καὶ τῆς εἰρήνης αὐτῷ. Παρηγγέλλετο δ' ἤδη ἐπ' αὐτὸν στρατεία.

Demosthène, qui avait rompu avec ses collègues, et les avait chargés de calomnies, intriguait sans eux avec Philocrate; ce qui ne doit pas étonner, puisqu'ils remplissaient l'ambassade et proposaient ensemble les décrets. Ils agissaient tous deux de concert, et voulaient, d'abord que vous n'attendissiez pas les députés envoyés par vous aux Grecs, pour les animer contre Philippe, afin que vous fissiez la paix seuls, et non pas avec les autres Grecs. Ils voulaient, en second lieu, vous faire conclure avec le roi de Macédoine non seulement la paix, mais une alliance, afin de décourager tous les peuples de votre parti lorsqu'ils verraient que vous-mêmes, qui les animiez à la guerre, vous aviez décidé chez vous non seulement la paix, mais une alliance. Ils voulaient enfin que Cersoblepte, roi de Thrace, ne fût pas compris dans le traité, et qu'il n'eût aucune part à la paix et à l'alliance; car déjà on armait contre ce prince

Ἐπράττετο γὰρ	Car il était traité
οὐ πρὸς τοὺς ἄλλους πρέσβεις,	non envers les autres députés,
τοὺς συκοφαντηθέντας	ceux qui furent calomniés
ὕστερον πολλὰ	plus tard *en* choses nombreuses
ὑπὸ Δημοσθένους	par Démosthène
ἐκ μεταβολῆς,	par suite de changement,
ἀλλὰ πρὸς Φιλοκράτην	mais envers Philocrate
καὶ Δημοσθένην, εἰκότως,	et Démosthène, avec raison, [semble,
τοὺς μὲν πρεσβεύοντας ἅμα,	*comme* ceux qui étaient-députés en-
γράφοντας δὲ ἅμα	et qui écrivaient ensemble
τὰ ψηφίσματα,	les décrets,
πρῶτον μὲν ὅπως	d'abord afin que
μὴ περιμείνητε τοὺς πρέσβεις,	vous n'attendissiez pas les députés,
οὓς ἦτε ἐκπεπομφότες,	que vous étiez étant envoyés,
παρακαλοῦντες ἐπὶ Φίλιππον,	excitant contre Philippe,
ἵνα μὴ ποιήσησθε τὴν εἰρήνην	afin que vous ne fissiez pas la paix
μετὰ τῶν ἄλλων Ἑλλήνων,	avec les autres Grecs,
ἀλλὰ ἰδίᾳ·	mais en particulier;
δεύτερον δὲ	et deuxièmement
ὅπως ψηφιεῖσθε	afin que vous décrétassiez
μὴ μόνον τὴν εἰρήνην,	non seulement la paix,
ἀλλὰ καὶ συμμαχίαν	mais encore une alliance
εἶναι πρὸς Φίλιππον,	être envers Philippe, [tachés
ἵνα, εἴ τινες προσέχοιεν	pour que, si quelques-uns étaient at-
τῷ πλήθει τῷ ὑμετέρῳ,	à la multitude vôtre,
ἐμπέσοιεν	ils tombassent
εἰς τὴν ἐσχάτην ἀθυμίαν,	dans le dernier découragement,
ὁρῶντες ὑμᾶς μὲν	voyant vous d'un côté
παρακαλοῦντας αὐτοὺς	excitant eux
ἐπὶ τὸν πόλεμον,	à la guerre,
ἐψηφισμένους δὲ οἴκοι	et de l'autre ayant décrété à la maison
ποιεῖσθαι μὴ μόνον εἰρήνην,	de faire non seulement la paix,
ἀλλὰ καὶ συμμαχίαν·	mais encore une alliance;
τρίτον δὲ ὅπως	et troisièmement afin que
Κερσοβλέπτης, ὁ βασιλεὺς Θρᾴκης,	Cersoblepte, le roi de Thrace,
μὴ ἔσται ἔνορκος,	ne fût pas compris-dans-les-serments,
μηδὲ μετέσται αὐτῷ	et qu'il ne fût-pas-participation à lui
τῆς συμμαχίας καὶ τῆς εἰρήνης	de l'alliance et de la paix.
Ἤδη δὲ στρατεία	**Mais déjà une expédition**
παρηγγέλλετο ἐπὶ αὐτόν.	était ordonnée contre lui.

Καὶ ταῦθ' ὁ μὲν ἐξωνούμενος οὐκ ἠδίκει· πρὸ γὰρ τῶν ὅρκων
καὶ τῶν συνθηκῶν ἀνεμέσητον ἦν αὐτῷ πράττειν τὰ συμφέ-
ροντα· οἱ δ' ἀποδόμενοι καὶ κατακοινωνήσαντες τὰ τῆς πόλεως
ἰσχυρὰ μεγάλης ὀργῆς ἦσαν ἄξιοι. Ὁ γὰρ μισαλέξανδρος νυνὶ
φάσκων εἶναι καὶ τότε μισοφίλιππος Δημοσθένης, ὁ τὴν ξενίαν
ἐμοὶ προφέρων τὴν Ἀλεξάνδρου, γράφει ψήφισμα, τοὺς καιροὺς
τῆς πόλεως ὑφαιρούμενος, ἐκκλησίαν ποιεῖν τοὺς πρυτάνεις τῇ
ὀγδόῃ ἱσταμένου τοῦ Ἐλαφηβολιῶνος μηνός, ὅτ' ἦν τῷ Ἀσκλη-
πιῷ ἡ θυσία καὶ ὁ προαγών, ἐν τῇ ἱερᾷ [1], ὁ πρότερον οὐδεὶς
μέμνηται γενόμενον, τίνα πρόφασιν ποιησάμενος; Ἵνα, φησίν,
ἐὰν ἤδη παρῶσιν οἱ Φιλίππου πρέσβεις, βουλεύηται ὁ δῆμος
ὡς τάχιστα περὶ τῶν πρὸς Φίλιππον, τοῖς οὔπω παροῦσι πρέσβεσι προκαταλαμβάνων τὴν ἐκκλησίαν, καὶ τοὺς χρόνους ὑμῶν
ὑποτεμνόμενος, καὶ τὸ πρᾶγμα κατασπεύδων, ἵνα μὴ μετὰ τῶν

Celui qui achetait ces avantages n'était pas répréhensible ; il lui était
permis de ne pas négliger ses intérêts avant la conclusion du traité.
Ceux qui lui vendaient, qui lui livraient les ressources de la république,
méritaient seuls toute votre indignation. Ce Démosthène, qui se dit
aujourd'hui l'ennemi d'Alexandre, qui se disait autrefois l'ennemi de
Philippe, lui qui me reproche l'amitié d'Alexandre, vous enlève adroi-
tement l'avantage des circonstances ; il propose un décret en vertu
duquel les prytanes convoqueront une assemblée le huit du mois
Elaphebolion, jour consacré aux jeux et aux sacrifices d'Esculape,
jour de fête, chose inouïe jusqu'alors : et quel était son prétexte ? afin,
disait-il, qu'aussitôt que les députés de Philippe seraient arrivés, vous
délibérassiez sans délai sur les affaires qui concernaient ce prince.
Il proposait une assemblée pour des députés qui étaient encore en
Macédoine ; et dérobant à la république un temps précieux, il précipi-
tait les affaires pour que vous fissiez la paix seuls, avant le retour de

Καὶ ὁ μὲν ἐξωνούμενος ταῦτα	Et celui qui achetait ces choses
οὐκ ἠδίκει·	n'agissait-pas-injustement ;
ἦν γὰρ ἀνεμέσητον αὐτῷ	car il était permis à lui
πράττειν τὰ συμφέροντα,	de faire les choses qui *lui* importaient
πρὸ τῶν ὅρκων καὶ τῶ συνθηκῶν·	avant les serments et les conventions ;
οἱ δὲ ἀποδόμενοι	mais ceux qui *lui* ont livré
καὶ κατακοινωνήσαντες	et qui *lui* ont communiqué
τὰ ἰσχυρὰ τῆς πόλεως	les forces de la ville
ἦσαν ἄξιοι ὀργῆς μεγάλης.	étaient dignes d'une colère grande.
Ὁ γὰρ Δημοσθένης	Car Démosthène
φάσκων νυνὶ εἶναι	qui dit maintenant être
μισαλέξανδρος	ennemi-d'Alexandre
καὶ τότε μισοφίλιππος,	et alors ennemi-de-Philippe,
ὁ προφέρων ἐμοὶ	celui qui reproche à moi
τὴν ξενίαν τὴν Ἀλεξάνδρου,	l'hospitalité d'Alexandre,
διαιρούμενος τῆς πόλεως	enlevant à la ville
τοὺς καιρούς,	les circonstances,
γράφει ψήφισμα,	écrit un décret,
τοὺς πρυτάνεις ποιεῖν ἐκκλησίαν	les prytanes faire une assemblée
τῇ ὀγδόῃ	le huitième *jour*
τοῦ μηνὸς Ἐλαφηβολιῶνος	du mois Élaphébolion
ἱσταμένου,	commençant,
ὅτε ἡ θυσία τῷ Ἀσκληπιῷ ἦν	quand le sacrifice à Esculape était
καὶ ὁ προαγών,	et le premier-combat,
ἐν τῇ ἡμέρᾳ ἱερᾷ,	dans le jour sacré,
ὃ οὐδεὶς μέμνηται	*chose* que personne *ne* se rappelle
γενόμενον πρότερον,	s'étant faite précédemment,
τίνα πρόφασιν ποιησάμενος;	quel prétexte ayant fait (pris)?
Ἵνα, φησίν,	Afin que, dit-il,
ἐὰν οἱ πρέσβεις Φιλίππου	si les députés de Philippe
παρῶσιν ἤδη,	sont présents déjà,
ὁ δῆμος βουλεύσηται	le peuple délibère
ὡς τάχιστα	le plus promptement
περὶ τῶν πρὸς Φίλιππον,	sur les choses concernant Philippe,
προκαταλαμβάνων τὴν ἐκκλησίαν	prenant-d'avance l'assemblée
τοῖς πρέσβεσιν οὔπω παροῦσι,	pour les députés non-encore présents,
καὶ ὑποτεμνόμενος	et interceptant
τοὺς χρόνους ὑμῶν,	les occasions de vous,
καὶ κατασπεύδων τὸ πρᾶγμα,	et hâtant l'affaire,
ἵνα μὴ ποιήσησθε τὴν εἰρήνην	afin que vous ne fissiez pas la paix

ἄλλων Ἑλλήνων, ἐπανελθόντων τῶν ὑμετέρων πρέσβεων, ἀλλὰ
μόνοι ποιήσησθε τὴν εἰρήνην. Μετὰ δὲ ταῦτα, ὦ ἄνδρες Ἀθηναῖοι, ἧκον οἱ Φιλίππου πρέσβεις [1] · οἱ δὲ ὑμέτεροι ἀπεδήμουν,
παρακαλοῦντες τοὺς Ἕλληνας ἐπὶ Φίλιππον. Ἐνταῦθ' ἕτερον
ψήφισμα νικᾷ Δημοσθένης, ἐν ᾧ γράφει μὴ μόνον ὑπὲρ τῆς εἰρήνης, ἀλλὰ καὶ συμμαχίας ὑμᾶς βουλεύσασθαι, μὴ περιμείναντας τοὺς πρέσβεις τοὺς ὑμετέρους, ἀλλ' εὐθὺς μετὰ τὰ Διονύσια τὰ ἐν ἄστει, τῇ ὀγδόῃ καὶ ἐνάτῃ ἐπὶ δέκα.

Ὅτι δὲ ἀληθῆ λέγω, ἀκούσατε τῶν ψηφισμάτων.

ΨΗΦΙΣΜΑΤΑ.

Ἐπειδὴ τοίνυν, ὦ Ἀθηναῖοι, παρεληλύθει τὰ Διονύσια,
ἐγίγνοντο αἱ ἐκκλησίαι, ἐν δὲ τῇ προτέρᾳ τῶν ἐκκλησιῶν ἀνεγνώσθη δόγμα κοινὸν τῶν συμμάχων, οὗ τὰ κεφάλαια διὰ βραχέων ἐγὼ προερῶ. Πρῶτον μὲν γὰρ ἔγραψαν ὑπὲρ εἰρήνης ὑμᾶς
μόνον βουλεύσασθαι, τὸ δὲ τῆς συμμαχίας ὄνομα ὑπερέθησαν,

vos députés, et sans attendre l'acquiescement des autres peuples de la
Grèce. Alors, Athéniens, les députés de Philippe arrivèrent ; ceux qu'on
avait envoyés aux Grecs pour les animer contre ce prince, étaient encore absents. Démosthène fait passer un second décret, qui porte qu'on
délibérera non seulement sur la paix, mais sur l'alliance, avant le
retour de vos députés, aussitôt après les fêtes de Bacchus, le 18 et
le 19 du mois

Pour preuve que je dis vrai, écoutez les décrets mêmes.

DÉCRETS.

On tint donc deux assemblées aussitôt après les fêtes de Bacchus :
dans la première, on lut le décret commun des alliés, dont voici
en peu de mots les principaux articles. Ils voulaient d'abord que vous
délibérassiez sur la paix seulement ; ils ne parlaient pas d'alliance, non

μετὰ τῶν ἄλλων Ἑλλήνων,   avec les autres Grecs,
τῶν πρέσβεων ὑμετέρων   les députés vôtres
ἐπανελθόντων, ἀλλὰ μόνοι.   étant revenus , mais seuls.
Μετὰ δὲ ταῦτα,   Mais après ces choses,
ὦ ἄνδρες Ἀθηναῖοι,   ô hommes Athéniens ,
οἱ πρέσβεις Φιλίππου ἧκον·   les députés de Philippe vinrent ;
οἱ δὲ ὑμέτεροι ἀπεδήμουν,   mais les vôtres étaient-absents ,
παρακαλοῦντες τοὺς Ἕλληνας   excitant les Grecs
ἐπὶ Φίλιππον.   contre Philippe.
Ἐνταῦθα Δημοσθένης   Alors Démosthène
νικᾷ ἕτερον ψήφισμα,   fait-triompher un autre décret,
ἐν ᾧ γράφει ὑμᾶς βουλεύσασθαι   dans lequel il écrit vous délibérer
μὴ μόνον ὑπὲρ τῆς εἰρήνης,   non seulement sur la paix,
ἀλλὰ καὶ συμμαχίας,   mais encore *sur* l'alliance,
μὴ περιμείναντας   n'ayant pas attendu
τοὺς πρέσβεις τοὺς ὑμετέρους,   les députés vôtres,
ἀλλὰ εὐθὺς   mais sur le champ
μετὰ τὰ Διονύσια   après les Dionysiaques
τὰ ἐν ἄστει,   celles dans la ville ,
τῇ ὀγδόῃ καὶ ἐνάτῃ   le huitième et le neuvième *jour*
ἐπὶ δέκα.   après dix.
Ὅτι δὲ λέγω ἀληθῆ,   Mais que je dis des choses vraies,
ἀκούσατε τῶν ψηφισμάτων.   écoutez les décrets.

ΨΗΦΙΣΜΑΤΑ.   DÉCRETS.

Ἐπειδὴ τοίνυν τὰ Διονύσια   Donc après que les Dionysiaques
παρεληλύθει, ὦ Ἀθηναῖοι,   furent passées, ô Athéniens ,
αἱ ἐκκλησίαι ἐγίγνοντο   les assemblées eurent lieu ,
ἐν δὲ τῇ προτέρᾳ   et dans la première
τῶν ἐκκλησιῶν   des assemblées
ἀνεγνώσθη δόγμα κοινὸν   fut lu un décret commun
τῶν συμμάχων,   des alliés,
οὗ ἐγὼ προερῶ   dont moi je dirai-d'avance *à vous*
διὰ βραχέων   en *mots* courts
τὰ κεφάλαια.   les *dispositions* capitales.
Πρῶτον μὲν γὰρ ἔγραψαν   Car d'abord ils ont écrit
ὑμᾶς βουλεύσασθαι   vous délibérer
μόνον ὑπὲρ εἰρήνης,   seulement sur la paix,
ὑπερέβησαν δὲ   mais ont passé-sous-silence
τὸ ὄνομα τῆς συμμαχίας,   le nom de l'alliance,

οὐκ ἐπιλελησμένοι, ἀλλὰ καὶ τὴν εἰρήνην ἀναγκαιοτέραν ἢ
καλλίω ὑπολαμβάνοντες εἶναι. Ἔπειτα ἀπήντησαν ὀρθῶς,
ἰασόμενοι τὸ Δημοσθένους δωροδόκημα, καὶ προςέγραψαν ἐν τῷ
δόγματι, ἐξεῖναι τῷ βουλομένῳ τῶν Ἑλλήνων ἐν τρισὶ μησὶν
εἰς τὴν αὐτὴν στήλην¹ ἀναγεγράφθαι μετ' Ἀθηναίων, καὶ μετέχειν τῶν ὅρκων καὶ τῶν συνθηκῶν, δύο μέγιστα προκαταλαμβάνοντες, πρῶτον μὲν τὸν χρόνον τὸν τῆς τριμήνου ταῖς τῶν
Ἑλλήνων πρεσβείαις ἱκανὸν γενέσθαι παρασκευάζοντες, ἔπειτα
τὴν τῶν Ἑλλήνων εὔνοιαν τῇ πόλει μετὰ κοινοῦ συνεδρίου κτώμενοι, ἵν', εἰ παραβαίνοιντο αἱ συνθῆκαι, μὴ μόνοι μηδ' ἀπαράσκευοι πολεμήσαιμεν, ἃ νῦν ἡμῖν παθεῖν συνέβη διὰ Δημοσθένην.

Ὅτι δ' ἀληθῆ λέγω, ἐξ αὐτοῦ τοῦ δόγματος ἀκούσαντες
μαθήσεσθε.

ΔΟΓΜΑ ΣΥΜΜΑΧΩΝ.

Τούτῳ τῷ δόγματι συνειπεῖν ὁμολογῶ, καὶ πάντες οἱ ἐν τῇ

par oubli, mais parce qu'ils pensaient que la paix elle-même était plus
nécessaire qu'honorable. Ensuite, pour remédier aux maux qu'avait
produits la corruption de Démosthène, ils demandaient que le
peuple de la Grèce qui voudrait s'inscrire avec Athènes sur la même
colonne et avoir part aux traités, eût trois mois pour le faire; on
retirait de là deux grands avantages : on ménageait aux Grecs un
espace de trois mois, qui suffisait pour leurs ambassades; on procurait
à la république la bienveillance des Grecs, par le moyen d'une assemblée générale, et on la mettait dans le cas de ne point faire la guerre
seule et sans défense, si les traités venaient à être rompus; malheur
dans lequel vous a jetés Démosthène.

La lecture du décret même vous prouvera ce que je dis.

DÉCRET DES ALLIÉS.

Je me déclarai, je l'avoue, pour ce décret, et je fus imité par ceux

οὐκ ἐπιλελησμένοι,   n'ayant pas oublié,

ἀλλὰ ὑπολαμβάνοντες   mais présumant

καὶ τὴν εἰρήνην εἶναι   même la paix être

ἀναγκαιοτέραν ἢ καλλίω.   plus nécessaire que belle.

Ἔπειτα ἀπήντησαν ὀρθῶς,   Ensuite ils prévinrent avec raison,

ἰασόμενοι   devant remédier

τὸ δωροδόκημα Δημοσθένους,   à la vénalité de Démosthène,

καὶ προςέγραψαν   et écrivirent-en-outre

ἐν τῷ δόγματι, ἐξεῖναι   dans le décret, être permis

τῷ βουλομένῳ τῶν Ἑλλήνων   à celui qui voudrait des Grecs

ἀναγεγράφθαι ἐν τρισὶ μησὶ   d'être inscrit dans trois mois

μετὰ Ἀθηναίων   avec les Athéniens

εἰς τὴν αὐτὴν στήλην,   sur la même colonne,

καὶ μετέχειν τῶν ὅρκων   et de participer aux serments

καὶ τῶν συνθηκῶν,   et aux conventions,

προκαταλαμβάνοντες   s'emparant-d'avance

δύο μέγιστα,   de deux choses très-grandes,

πρῶτον μὲν παρασκευάζοντες   d'abord préparant

τὸν χρόνον τὸν τῆς τριμήνου   le temps du trimestre

γενέσθαι ἱκανὸν   être suffisant

ταῖς πρεσβείαις τῶν Ἑλλήνων,   aux députations des Grecs,

ἔπειτα κτώμενοι τῇ πόλει   ensuite acquérant à la ville

μετὰ συνεδρίου κοινοῦ   avec une assemblée commune

τὴν εὔνοιαν τῶν Ἑλλήνων,   la bienveillance des Grecs,

ἵνα, εἰ αἱ συνθῆκαι   afin que, si les conventions

παραβαίνοιντο,   étaient transgressées,

μὴ πολεμήσαιμεν   nous ne fissions-pas-la-guerre

μόνοι μηδὲ ἀπαράσκευοι,   seuls ni non-préparés,

ἃ συνέβη νῦν   *choses* qu'il est arrivé maintenant

ἡμῖν παθεῖν   à nous de souffrir

διὰ Δημοσθένην.   à cause de Démosthène.   [tendues

Μαθήσεσθε δέ, ἀκούσαντες   Mais vous apprendrez, *les* ayant en-

ἐκ τοῦ δόγματος αὐτοῦ,   d'après le décret même,

ὅτι λέγω ἀληθῆ.   que je dis des choses vraies.

ΔΟΓΜΑ ΣΥΜΜΑΧΩΝ.   DÉCRET DES ALLIÉS.

Ὁμολογῶ συνειπεῖν   J'avoue avoir parlé

τούτῳ τῷ δόγματι,   pour ce décret,

καὶ πάντες   et tous ceux

οἱ δημηγοροῦντες   qui haranguaient-le-peuple

προτέρᾳ τῶν ἐκκλησιῶν δημηγορούντος. Καὶ ὁ δῆμος ἀπῆλθε
τοιαύτην τινὰ δόξαν εἰληφώς, ὡς ἔσται μὲν ἡ εἰρήνη, περὶ δὲ
συμμαχίας οὐκ ἄμεινον εἴη διὰ τὴν τῶν Ἑλλήνων παράκλησιν
βουλεύσασθαι, ἔσται δὲ κοινῇ μετὰ τῶν Ἑλλήνων ἁπάντων.
Νὺξ ἐν μέσῳ, καὶ παρῆμεν τῇ ὑστεραίᾳ εἰς τὴν ἐκκλησίαν.
Ἐνταῦθα δὴ προκαταλαμβάνων Δημοσθένης τὸ βῆμα, οὐδενὶ
τῶν ἄλλων παραλιπὼν λόγον, οὐδὲν ὄφελος ἔφη τῶν χθὲς εἰρημένων εἶναι λόγων, εἰ ταῦθ' οἱ Φιλίππου μὴ συμπεισθήσονται
πρέσβεις, οὐδὲ γιγνώσκειν ἔφη τὴν εἰρήνην, ἀπούσης συμμαχίας. Οὐ γὰρ ἔφη δεῖν (καὶ γὰρ τὸ ῥῆμα μέμνημαι ὡς εἶπε,
διὰ τὴν ἀηδίαν τοῦ λέγοντος ἅμα καὶ τοῦ ὀνόματος) ἀπορρῆξαι
τῆς εἰρήνης τὴν συμμαχίαν, οὐδὲ τὰ τῶν Ἑλλήνων ἀναμένειν
μελλήματα, ἀλλ' ἢ πολεμεῖν αὐτούς, ἢ τὴν εἰρήνην ἰδίᾳ ποιεῖσθαι. Καὶ τελευτῶν ἐπὶ τὸ βῆμα παρακαλέσας Ἀντίπατρον,
ἐρώτημά τι ἠρώτα, προειπὼν μὲν ἃ ἐρήσεται, προδιδάξας δὲ ἃ

qui avaient harangué le peuple dans la première assemblée. Le peuple,
en un mot, se sépara convaincu qu'on ferait la paix, et qu'on la ferait
conjointement avec toute la Grèce, mais qu'il n'était pas à propos de
parler d'alliance, à cause de la sollicitation faite aux Grecs. Une nuit
se passe, on s'assemble le lendemain. Alors Démosthène s'emparant de
la tribune, et ne laissant à personne la liberté de parler, dit qu'en vain
on avait pris des arrangements la veille, si l'on n'y faisait consentir les
députés de Philippe; qu'il ne connaissait pas de paix sans alliance. Il
ne faut pas, disait-il (je me souviens encore de l'expression, elle m'a
frappé par l'odieux du mot et de la personne), il ne faut pas *arracher*
l'alliance de la paix, ni attendre les lenteurs des autres Grecs, mais
faire la guerre ou conclure la paix séparément. » Il finit par appeler
Antipater à la tribune, après avoir concerté avec lui les questions et

ἐν τῇ προτέρᾳ τῶν ἐκκλησιῶν.	dans la première des assemblées.
Καὶ ὁ δῆμος ἀπῆλθεν	Et le peuple s'en alla
εἰληφώς τινα δόξαν τοιαύτην,	ayant pris quelque croyance telle,
ὡς ἡ μὲν εἰρήνη ἔσται,	que la paix sera,
οὐ δὲ εἴη ἄμεινον	et qu'il ne serait pas meilleur
βουλεύσασθαι περὶ συμμαχίας	de délibérer sur une alliance
διὰ τὴν παράκλησιν τῶν Ἑλλήνων,	à cause de l'invitation des Grecs,
ἔσται δὲ κοινὴ	mais qu'elle sera en commun
μετὰ ἁπάντων τῶν Ἑλλήνων.	avec tous les Grecs.
Νὺξ ἐν μέσῳ,	Une nuit *fut* dans le milieu,
καὶ τῇ ὑστεραίᾳ	et le *jour* suivant
παρῆμεν εἰς τὴν ἐκκλησίαν.	nous vînmes à l'assemblée.
Ἐνταῦθα δὴ Δημοσθένης	Alors certes Démosthène
προκαταλαμβάνων τὸ βῆμα,	prenant-d'avance la tribune,
παραλιπὼν λόγον	n'ayant laissé la parole
οὐδενὶ τῶν ἄλλων,	à aucun des autres,
ἔφη οὐδὲν ὄφελος εἶναι	dit aucune utilité n'être
τῶν λόγων εἰρημένων χθές,	des discours dits hier,
εἰ οἱ πρέσβεις Φιλίππου	si les députés de Philippe
μὴ συμπεισθήσονται ταῦτα,	ne sont pas persuadés de ces choses,
ἔφη δὲ οὐ γιγνώσκειν τὴν εἰρήνην,	et dit ne pas connaître la paix,
συμμαχίας ἀπούσης.	l'alliance étant absente.
Ἔφη γὰρ οὐ δεῖν	Car il dit ne pas falloir
(καὶ γὰρ μέμνημαι	(et certes je me rappelle
τὸ ῥῆμα ὡς εἶπε,	le mot comme il a dit,
διὰ τὴν ἀηδίαν	à cause de ma répugnance
ἅμα τοῦ λέγοντος	en même temps *pour* celui qui *le* disait
καὶ τοῦ ὀνόματος)	et *pour* le terme)
ἀπορρῆξαι τὴν συμμαχίαν	arracher l'alliance
τῆς εἰρήνης, οὐδὲ ἀναμένειν	de la paix, ni attendre
τὰ μελλήματα τῶν Ἑλλήνων,	les retardements des Grecs,
ἀλλὰ ἢ πολεμεῖν αὐτούς,	mais ou combattre seuls,
ἢ ποιεῖσθαι τὴν εἰρήνην ἰδίᾳ.	ou faire la paix en particulier.
Καὶ τελευτῶν	Et finissant
παρακαλέσας Ἀντίπατρον	ayant appelé Antipater
ἐπὶ τὸ βῆμα,	à la tribune,
ἠρώτα τι ἐρώτημα,	il interrogeait quelque interrogation,
προειπὼν μὲν	*lui* ayant dit-d'avance
ἃ ἐρήσεται,	*les choses* qu'il demandera,
προδιδάξας δὲ	et *lui* ayant enseigné-d'avance

χρὴ κατὰ τῆς πόλεως ἀποκρίνασθαι. Καὶ τέλος ταῦτ᾽ ἐνίκα, τῷ
μὲν λόγῳ προδικσαμένου Δημοσθένους, τὸ δὲ ψήφισμα γράψαντος Φιλοκράτους.

Ὁ δὲ ἦν ὑπόλοιπον αὐτοῖς, Κερσοβλέπτην καὶ τὴν ἐπὶ Θρᾴκης τόπον ἔκδοτον ποιῆσαι, καὶ τοῦτ᾽ ἔπραξαν ἕκτῃ φθίνοντος
τοῦ Ἐλαφηβολιῶνος μηνός, πρὶν ἐπὶ τὴν ὑστέραν ἀπαίρειν πρεσβείαν τὴν ἐπὶ τοὺς ὅρκους Δημοσθένην. Ὁ γὰρ μισαλέξανδρος
καὶ μισοφίλιππος ὑμῖν οὑτοσὶ ῥήτωρ δὶς ἐπρέσβευσεν εἰς Μακεδονίαν, ἐξὸν ¹ μηδὲ ἅπαξ, ὁ νυνὶ κελεύων τῶν Μακεδόνων καταπτύειν. Εἰς δὲ τὴν ἐκκλησίαν, τὴν τῇ ἕκτῃ λέγω, καθεζόμενος
βουλευτὴς ὢν ἐκ παρασκευῆς, ἔκδοτον Κερσοβλέπτην μετὰ
Φιλοκράτους ἐποίησε. Λανθάνει γὰρ ὁ μὲν Φιλοκράτης ἐν ψηφίσματι μετὰ τῶν ἄλλων γραμμάτων παρεγγράψας, ὁ δ᾽ ἐπιψηφίσας Δημοσθένης, ἐν ᾧ γέγραπται, « ἀποδοῦναι δὲ τοὺς ὅρκους
τοῖς πρέσβεσι τοῖς παρὰ Φιλίππου ἐν τῇδε τῇ ἡμέρᾳ τοὺς συν-

les réponses contre les intérêts de la république. On vit passer enfin
ce que Démosthène avait emporté par ses déclamations, et ce que
Philocrate avait proposé dans un décret.

Il leur restait encore à livrer la Thrace avec son roi Cersoblepte ; ils
le firent aussi le vingt-cinquième jour d'Elaphébolion, avant que Démosthène partit pour la seconde ambassade où il allait recevoir les serments. Car ce grand ennemi de Philippe et d'Alexandre, cet orateur qui
affecte aujourd'hui de décrier les Macédoniens, a fait deux ambassades
en Macédoine, quoique rien ne l'obligeât d'en accepter une seule.
Sénateur par intrigue, présent à l'assemblée, je dis·celle du 25, il
livra Cersoblepte de concert avec Philocrate. En effet, sans qu'on s'en
aperçût, Philocrate inséra dans son décret, et Démosthène fit passer
une clause qui porte que les députés des alliés prêteront serment,
le même jour, entre les mains des députés de Philippe; or, n'ad-

ἃ χρὴ ἀποκρίνασθαι   *les choses* qu'il faut répondre
κατὰ τῆς πόλεως.   contre la ville.
Καὶ τέλος ταῦτα ἐνίκα,   Et à la fin ces choses l'emportèrent,
Δημοσθένους μὲν προβιασαμένου   Démosthène ayant forcé
τῷ λόγῳ,   par le discours,
Φιλοκράτους δὲ γράψαντος   et Philocrate ayant écrit
τὸ ψήφισμα.   le décret.
    Ἔπραξαν δὲ καὶ τοῦτο,   Mais ils firent aussi cela,
ὃ ἦν ὑπόλοιπον αὐτοῖς,   qui était restant à eux,
ποιῆσαι ἔκδοτον Κερσοβλέπτην   de faire livré Cersoblepte
καὶ τόπον ἐπὶ Θράκης,   et le pays dans la Thrace,
ἕκτῃ τοῦ μηνός   le sixième *jour* du mois
Ἐλαφηβολιῶνος φθίνοντος,   Élaphébolion décroissant,
πρὶν Δημοσθένην ἀπαίρειν   avant Démosthène partir
ἐπὶ τὴν ὑστέραν πρεσβείαν   pour la dernière ambassade
τὴν ἐπὶ τοὺς ὅρκους.   celle pour les serments.
Οὑτοσὶ γὰρ ὁ ῥήτωρ   Car cet orateur
μισαλέξανδρος   ennemi-d'Alexandre
καὶ μισοφίλιππος ὑμῖν   et ennemi-de-Philippe pour vous
ἐπρέσβευσε δὶς εἰς Μακεδονίαν,   fit-ambassade deux fois en Macédoine,
ἐξὸν   étant possible *de n'y aller*
μηδὲ ἅπαξ,   pas même une fois,
ὁ κελεύων νυνὶ   lui qui ordonne maintenant
καταπτύειν τῶν Μακεδόνων.   de conspuer les Macédoniens.
Καθεζόμενος δὲ   Or s'étant assis
εἰς τὴν ἐκκλησίαν,   pour l'assemblée,
λέγω τὴν τῇ ἕκτῃ,   je dis celle le sixième *jour*,
ὢν βουλευτὴς   étant sénateur
ἐκ παρασκευῆς,   par suite de préparatif (d'intrigue),
ἐποίησε μετὰ Φιλοκράτους   il fit avec Philocrate
Κερσοβλέπτην ἔκδοτον.   Cersoblepte livré.
Ὁ μὲν γὰρ Φιλοκράτης λανθάνει   Car Philocrate est caché
παρεγγράψας,   ayant inscrit-en-outre,
ὁ δὲ Δημοσθένης ἐπιψηφίσας   et Démosthène ayant fait-voter
ἐν ψηφίσματι,   dans le décret,
μετὰ τῶν ἄλλων γραμμάτων,   avec les autres clauses,
ἐν ᾧ γέγραπται,   *celle* dans laquelle il a été écrit,
« τοὺς δὲ συνέδρους τῶν συμμάχων   « et les députés des alliés
ἀποδοῦναι τοὺς ὅρκους   donner les serments
τοῖς πρέσβεσι τοῖς παρὰ Φιλίππου   aux députés de la part de Philippe

ἑδρους τῶν συμμάχων. · Παρὰ δὲ τοῦ Κερσοβλέπτου σύνεδρος
οὐκ ἐκάθητο. Γράψας δὲ τοὺς συνεδρεύοντας ὀμνύναι, τὸν Κερσοβλέπτην οὐ συνεδρεύοντα ἐξέκλεισε τῶν ὅρκων.

Ὅτι δ᾽ ἀληθῆ λέγω, ἀνάγνωθί μοι, τίς ἦν ὁ ταῦτα γράψας,
καὶ τίς ὁ ταῦτα ἐπιψηφίσας πρόεδρος.

ΨΗΦΙΣΜΑ. ΠΡΟΕΔΡΟΣ.

Καλόν, ὦ ἄνδρες Ἀθηναῖοι, καλὸν ἡ τῶν δημοσίων γραμμάτων φυλακή· ἀκίνητον γάρ ἐστι, καὶ οὐ συμμεταπίπτει τοῖς
αὐτομολοῦσιν [1] ἐν τῇ πολιτείᾳ· ἀλλ᾽ ἐπέδωκε τῷ δήμῳ, ὁπόταν
βούληται, συνιδεῖν τοὺς πάλαι μὲν πονηρούς, ἐκ μεταβολῆς δ᾽
ἀξιοῦντας εἶναι χρηστούς.

Ὑπόλοιπον δ᾽ ἐστί μοι τὴν κολακείαν αὐτοῦ διεξελθεῖν. Δημοσθένης γάρ, ὦ ἄνδρες Ἀθηναῖοι, ἐνιαυτὸν βουλεύσας, οὐδεμίαν
πώποτε φανήσεται πρεσβείαν εἰς προεδρίαν καλέσας · ἀλλὰ τότε

mettre au serment que ceux qui avaient des députés, c'était en exclure
Cersoblepte, qui n'en avait point.

Pour preuve de ce que j'avance, qu'on nous lise le nom de l'auteur du décret, et celui du proèdre qui l'a fait passer.

DÉCRET. PROÈDRE.

Qu'il est beau, Athéniens, qu'il est beau l'établissement des archives
publiques ! Les écrits qu'on y dépose, monuments ineffaçables, ne
varient pas au gré de ces traitres qui changent si aisément de parti ;
ils fournissent au peuple les moyens de connaître, quand il voudra,
ces hommes qui, après une administration criminelle, se déguisent
tout à coup en citoyens vertueux.

Il me reste à vous parler de sa basse flatterie. On ne verra jamais
que, dans le cours de l'année où il était sénateur, il ait accordé la préséance à aucun député : il l'accorda cependant alors, pour la pre-

ἐν τῇδε τῇ ἡμέρᾳ. »　　　　　dans ce jour-ci. »
Σύνεδρος δὲ　　　　　　　　Or un membre
παρὰ τοῦ Κερσοβλέπτου　　　de la part de Cersoblepte
οὐκ ἐκάθητο.　　　　　　　　ne siégeait pas.
Γράψας δὲ　　　　　　　　　Mais ayant écrit
τοὺς συνεδρεύοντας ὀμνύναι,　ceux qui siégeaient-ensemble jurer,
ἐξέκλεισε τῶν ὅρκων　　　　　il exclut des serments
τὸν Κερσοβλέπτην　　　　　　Cersoblepte
οὐ συνεδρεύοντα.　　　　　　　lui ne siégeait pas.
　"Ὅτι δὲ λέγω ἀληθῆ,　　　　Mais que je dis des choses vraies,
ἀνάγνωθί μοι,　　　　　　　　lis à moi,
τίς ἦν　　　　　　　　　　　qui était
ὁ γράψας ταῦτα,　　　　　　　celui qui écrivit ces *décrets*,
καὶ τίς ὁ πρόεδρος　　　　　et qui le proèdre
ἐπιψηφίσας ταῦτα.　　　　　qui fit voter ces *décrets*.

ΨΗΦΙΣΜΑΤΑ. ΠΡΟΕΔΡΟΣ.　　　DÉCRETS. PROÈDRE.

　Ἡ φυλακὴ　　　　　　　　La garde
τῶν γραμμάτων δημοσίων　　des écrits publics
καλόν, καλόν,　　　　　　　*est* une belle chose, une belle chose,
ὦ ἄνδρες Ἀθηναῖοι·　　　　ô hommes Athéniens ;
ἔστι γὰρ ἀκίνητον,　　　　car elle est une chose immuable,
καὶ οὐ συμμεταπίπτει　　　et ne change-pas-avec
τοῖς αὐτομολοῦσιν　　　　　ceux qui sont-transfuges
ἐν τῇ πολιτείᾳ·　　　　　　dans l'administration ;
ἀλλὰ ἐπέδωκε τῷ δήμῳ　　　mais elle a donné au peuple
συνιδεῖν, ὁπόταν βούληται,　de connaitre, quand il veut,
τοὺς πονηροὺς μὲν πάλαι,　ceux pervers depuis longtemps,
ἀξιοῦντας δὲ　　　　　　　mais qui prétendent
ἐκ μεταβολῆς　　　　　　　par suite de transformation
εἶναι χρηστούς.　　　　　　être honnêtes.
　Ἔστι δὲ ὑπόλοιπόν μοι　　Mais il est restant à moi
διεξελθεῖν τὴν κολακείαν αὐτοῦ.　de parcourir la flatterie de lui
Δημοσθένης γάρ,　　　　　Car Démosthène,
ὦ ἄνδρες Ἀθηναῖοι　　　　ô hommes Athéniens,
βουλεύσας ἐνιαυτόν,　　　ayant été-sénateur une année,
φανήσεται πώποτε　　　　*ne* paraitra jamais
καλέσας οὐδεμίαν πρεσβείαν　ayant appele aucune ambassade
εἰς προεδρίαν·　　　　　　à la préséance ;
ἀλλὰ τότε　　　　　　　　mais alors

πρῶτον καὶ μόνον πρέσβεις εἰς προεδρίαν[1] ἐκάλεσε, καὶ προσκεφάλαια ἔθηκε, καὶ φοινικίδας περιεπέτασε, καὶ ἅμα τῇ ἡμέρᾳ
ἡγεῖτο τοῖς πρέσβεσιν εἰς τὸ θέατρον, ὥστε καὶ συρίττεσθαι διὰ
τὴν ἀσχημοσύνην καὶ κολακείαν. Καὶ ὅτ᾽ ἀπήεσαν εἰς Θήβας,
ἐμισθώσατο αὐτοῖς τρία ζεύγη ὀρικά[2], καὶ τοὺς πρέσβεις πρού-
πεμψεν εἰς Θήβας, καταγέλαστον τὴν πόλιν ποιῶν.

Ἵνα δ᾽ ἐπὶ τῆς ὑποθέσεως μείνω, λάβε μοι τὸ ψήφισμα τὸ
περὶ τῆς προεδρίας.

ΨΗΦΙΣΜΑ.

Οὗτος τοίνυν, ὦ ἄνδρες Ἀθηναῖοι, ὁ τηλικοῦτος τὸ μέγεθος
κόλαξ, πρῶτος διὰ τῶν κατασκόπων, τῶν παρὰ Χαριδήμου[3],
πυθόμενος τὴν Φιλίππου τελευτήν, τῶν μὲν θεῶν συμπλάσας
ἑαυτῷ ἐνύπνιον, κατεψεύσατο, ὡς οὐ παρὰ Χαριδήμου τὸ
πρᾶγμα πεπυσμένος, ἀλλὰ παρὰ τοῦ Διὸς καὶ τῆς Ἀθηνᾶς, οὓς
μεθ᾽ ἡμέραν ἐπιορκῶν, νύκτωρ φησὶν ἑαυτῷ διαλέγεσθαι, καὶ τὰ

mière et la seule fois, aux députés de Philippe ; il leur fit apporter des
coussins, et fit étendre devant eux des tapis de pourpre ; dès le point
du jour, il les conduisit lui-même au théâtre ; en sorte que ces basses
et indignes complaisances lui attiraient les huées du peuple. Lorsqu'ils
partirent pour Thèbes, ce fut lui qui fit le marché pour les voitures ; il
les accompagna jusqu'à Thèbes, à la honte et à la confusion de sa patrie.

Mais, pour ne point m'écarter de mon sujet, greffier, lisez-
nous le décret qui concerne la préséance.

DÉCRET.

Ce flatteur outré de Philippe, ô Athéniens, instruit le premier de
la mort de ce prince par un exprès que lui envoyait Charidème, feignit
d'avoir eu un songe de la part des dieux : il prétendit impudemment
avoir reçu cette nouvelle, non de Charidème, mais de Jupiter et de
Minerve, qu'il outrage le jour par ses parjures, et avec lesquels il dit
avoir la nuit des entretiens secrets, où ils lui révèlent l'avenir. Il

πρῶτον καὶ μόνον   la première et seule *fois*

ἐκάλεσε πρέσβεις   il appela des députés

εἰς προεδρίαν,   à la préséance,

καὶ ἔθηκε προσκεφάλαια,   et plaça des oreillers,

καὶ περιεπέτασε φοινικίδας,   et étendit-autour des tapis-de-pourpre,

καὶ ἅμα τῇ ἡμέρᾳ   et avec le jour

ἡγεῖτο τοῖς πρέσβεσιν   conduisit les députés

εἰς τὸ θέατρον,   dans le théâtre,

ὥστε καὶ συρίττεσθαι   de sorte que même être sifflé

διὰ τὴν ἀσχημοσύνην   à cause de l'inconvenance

καὶ κολακείαν.   et de la flatterie.

Καὶ ὅτε ἀπῄεσαν εἰς Θήβας,   Et quant ils partirent pour Thèbes,

ἐμισθώσατο αὐτοῖς   il loua à eux

τρία ζεύγη ὀρικά,   trois attelages de-mulets,

καὶ προὔπεμψε τοὺς πρέσβεις   et reconduisit les députés

εἰς Θήβας,   à Thèbes,

ποιῶν τὴν πόλιν καταγέλαστον.   faisant la ville ridicule.

Ἵνα δὲ μείνω   Mais pour que je reste

ἐπὶ τῆς ὑποθέσεως,   dans la question,

λάβε μοι τὸ ψήφισμα   prends-moi le décret

τὸ περὶ τῆς προεδρίας.   celui sur la préséance.

ΨΗΦΙΣΜΑ.   DÉCRET.

Οὗτος τοίνυν ὁ κόλαξ   Or ce flatteur

τηλικοῦτος τὸ μέγεθος,   tel quant à la grandeur,

ὦ ἄνδρες Ἀθηναῖοι,   ô hommes Athéniens,

πυθόμενος πρῶτος   ayant appris le premier

διὰ τῶν κατασκόπων,   par les espions,

τῶν παρὰ Χαριδήμου,   ceux de la part de Charidème,

τὴν τελευτὴν Φιλίππου,   la fin de Philippe,

συμπλάσας μὲν ἐνύπνιον   ayant forgé une vision-en-songe

τῶν θεῶν ἑαυτῷ,   des dieux à lui-même,

κατεψεύσατο,   mentit,

ὡς οὐ πεπυσμένος τὸ πρᾶγμα   comme n'ayant pas appris la chose

παρὰ Χαριδήμου,   de la part de Charidème,

ἀλλὰ παρὰ τοῦ Διὸς   mais de la part de Jupiter

καὶ τῆς Ἀθηνᾶς,   et de Minerve,

οὓς ἐπιορκῶν μετὰ ἡμέραν   lesquels parjurant pendant le jour

φησὶ διαλέγεσθαι   il dit converser

ἑαυτῷ νύκτωρ,   avec lui-même de nuit,

μέλλοντα ἔσεσθαι προλέγειν· ἑβδόμην δ' ἡμέραν τῆς θυγατρὸς
αὐτῷ τετελευτηκυίας, πρὶν πενθῆσαι, καὶ τὰ νομιζόμενα ποιῆσαι, στεφανωσάμενος, καὶ λευκὴν ἐσθῆτα λαβών, ἐβουθύτει, καὶ
παρηνόμει, τὴν μόνην, ὁ δείλαιος, καὶ πρώτην αὐτὸν πατέρα
προσειποῦσαν¹ ἀπολέσας. Καὶ οὐ τὸ δυστύχημα ὀνειδίζω, ἀλλὰ
τὸν τρόπον ἐξετάζω. Ὁ γὰρ μισότεκνος καὶ πατὴρ πονηρὸς οὐκ
ἄν ποτε γένοιτο δημαγωγὸς χρηστός· οὐδὲ ὁ τὰ φίλτατα καὶ
οἰκειότατα σώματα μὴ στέργων οὐδέποθ' ὑμᾶς περὶ πλείονος
ποιήσεται τοὺς ἀλλοτρίους, οὐδέ γε ὁ ἰδίᾳ πονηρὸς οὐκ ἄν ποτε
γένοιτο δημοσίᾳ χρηστός, οὐδ' ὅστις ἐστὶν οἴκοι φαῦλος, οὐδέποτ' ἦν ἐν Μακεδονίᾳ κατὰ τὴν πρεσβείαν καλὸς κἀγαθός· οὐ γὰρ
τὸν τρόπον, ἀλλὰ τὸν τύπον μόνον μετήλλαξεν².

Πόθεν οὖν ἐπὶ τὴν μεταβολὴν ἦλθε τῶν πραγμάτων (οὗτος

venait de perdre sa fille; et avant de la pleurer, avant de lui
rendre les derniers devoirs, il parut en public, couronné de fleurs,
revêtu d'une robe blanche; il immola des victimes, au mépris des lois
les plus sacrées, le malheureux! après avoir perdu celle qui, la première et la seule, lui avait donné le doux nom de père. Ce n'est
point à son malheur que j'insulte, c'est sa perversité que je veux
demasquer. Un homme qui n'aime pas ses enfants, un mauvais
père ne sera jamais un orateur intègre; un homme qui ne chérit
pas les personnes qu'il doit le plus chérir, qui le touchent de plus près,
n'aimera pas davantage ceux qui ne lui sont unis que par la qualité
de citoyens. Non, un particulier pervers ne sera jamais un bon ministre; et celui qui est méchant au sein de sa famille n'a montré, en
Macédoine, dans son ambassade, ni vertu ni probité : il a pu changer
de lieu, il n'a pas changé de caractère.

Pourquoi donc alors cette révolution subite? car me voici arrivé

καὶ προλέγειν	et *lui* prédire
τὰ μέλλοντα ἔσεσθαι·	les choses qui doivent être;
τῆς δὲ θυγατρὸς	mais la fille
τετελευτηκυίας αὐτῷ,	ayant cessé *de vivre* à lui,
ἑβδόμην ἡμέραν,	le septième jour,
πρὶν πενθῆσαι,	avant d'avoir porté-le-deuil,
καὶ ποιῆσαι τὰ νομιζόμενα,	et d'avoir fait les choses usitées,
στεφανωσάμενος,	s'étant couronné,
καὶ λαβὼν ἐσθῆτα λευκήν,	et ayant pris un habit blanc,
ἐβουθύτει,	il sacrifiait-des-bœufs,
καὶ παρηνόμει,	et agissait-contre-les-lois
ἀπολέσας, ὁ δείλαιος,	ayant perdu, le lâche,
τὴν προειποῦσαν αὐτὸν πατέρα	celle qui avait appelé lui père
μόνην καὶ πρώτην.	seule et première. [ture,
Καὶ οὐκ ὀνειδίζω τὸ δυστύχημα,	Et je ne *lui* reproche pas son infor-
ἀλλὰ ἐξετάζω τὸν τρόπον.	mais j'examine son caractère.
Ὁ γὰρ μισότεκνος	Car celui haïssant-ses-enfants
καὶ πονηρὸς πατὴρ	et mauvais père
οὐκ ἂν γένοιτό ποτε	ne deviendrait jamais
δημαγωγὸς χρηστός·	un démagogue honnête;
οὐδὲ ὁ μὴ στέργων	ni celui qui n'aime pas
τὰ σώματα φίλτατα	les corps les plus chers
καὶ οἰκειότατα,	et les plus proches,
οὐδέποτε ποιήσεται	ne fera jamais
περὶ πλείονος	d'un plus grand *prix*
ὑμᾶς τοὺς ἀλλοτρίους,	vous les étrangers,
οὐδέ γε ὁ πονηρὸς	ni certes celui pervers
ἰδίᾳ	en particulier
οὐκ ἂν γένοιτό ποτε	ne deviendrait jamais
χρηστὸς δημοσίᾳ,	honnête en public,
οὐδὲ ὅστις ἐστὶ φαῦλος οἴκοι	ni quiconque est vil à la maison
οὐδέποτε ἦν ἐν Μακεδονίᾳ	jamais ne fut en Macédoine
καλὸς καὶ ἀγαθὸς	beau et bon
κατὰ τὴν πρεσβείαν·	pendant l'ambassade;
οὐ γὰρ μετήλλαξε τὸν τρόπον,	car il n'a pas changé le caractère,
ἀλλὰ τὸν τόπον μόνον.	mais le lieu seul.
Ἤδη οὖν	Déjà donc
ἐστὶν ἄξιον διαφερόντως	il est digne par-dessus-tout
ἀκοῦσαι ταῦτα, πόθεν ἦλθεν	d'entendre ces choses, d'où il vint
ἐπὶ τὴν μεταβολὴν τῶν πραγμάτων	au changement des affaires

γάρ ἐστιν ὁ δεύτερος καιρός), καὶ τί ποτ' ἐστὶ τὸ αἴτιον, ὅτι
Φιλοκράτης μὲν ἀπὸ τῶν αὐτῶν πολιτευμάτων Δημοσθένει φυγὰς ἀπ' εἰσαγγελίας γεγένηται, Δημοσθένης δὲ ἐπέστη τῶν ἄλλων κατήγορος, καὶ πόθεν ποθ' ἡμᾶς εἰς τὰς ἀτυχίας ὁ μιαρὸς
ἄνθρωπος ἐμβέβληκε, ταῦτ' ἤδη διαφερόντ.ως ἄξιόν ἐστιν ἀκοῦσαι.

Ὡς γὰρ τάχιστα εἴσω Πυλῶν Φίλιππος παρῆλθε, καὶ τὰς
μὲν ἐν Φωκεῦσι πόλεις παρκδόξως ἀναστάτους ἐποίησε, Θηβαίους δέ, ὡς τόθ' ὑμῖν ἐδόκει, περαιτέρω τοῦ καιροῦ καὶ τοῦ
ὑμετέρου συμφέροντος ἰσχυροὺς κατεσκεύασεν, ὑμεῖς τε ἐκ τῶν
ἀγρῶν φοβηθέντες ἐσκευαγωγήσατε, ἐν ταῖς μεγίσταις δ' ἦσαν
αἰτίαις οἱ πρέσβεις, οἱ περὶ τῆς εἰρήνης πρεσβεύσαντες, πολὺ δὲ
τῶν ἄλλων διαφερόντως Φιλοκράτης καὶ Δημοσθένης, διὰ τὸ μὴ
μόνον πρεσβεῦσαι, ἀλλὰ καὶ τὰ ψηφίσματα γεγραφέναι (συνέβη δ'
ἐν τοῖς αὐτοῖς χρόνοις διαφέρεσθαί τι Δημοσθένην καὶ Φιλοκράτην,
σχεδὸν ὑπὲρ τούτων, ὑπὲρ ὧν καὶ ὑμεῖς αὐτοὺς ὑπωπτεύσατε δια-

au second temps de son administration; pourquoi Philocrate, engagé
dans les mêmes complots que Démosthène, a-t-il été condamné et
exilé comme criminel d'état, en même temps que Démosthène s'est
porté pour accusateur contre ses collègues? Comment cet homme
odieux nous a-t-il enfin plongés dans un abîme de maux? Je vais vous
le dire, Atheniens, la chose mérite d'être écoutée.

Philippe avait passé les Thermopyles, il avait renversé, contre
l'attente de tous les Grecs, les villes des Phocéens, et augmenté la
puissance des Thébains plus que ne le demandaient le bien de la
Grèce et notre propre avantage; car alors nous pensions ainsi :
une alarme subite vous fit déserter la campagne; on se plaignait
hautement des citoyens députés pour la paix, et surtout de Philocrate
et de Démosthène, qui avaient été en ambassade, et qui de plus
avaient proposé les décrets (ils s'étaient brouillés depuis pour les raisons que vous avez sans doute soupçonnées vous-mêmes) : effrayé

(οὗτος γὰρ καιρός | (car cette époque
ἐστὶν ὁ δεύτερος), | est la seconde),
καὶ τί ἐστί ποτε τὸ αἴτιον, | et quoi est enfin la cause,
ὅτι Φιλοκράτης μὲν | que Philocrate
γεγένηται φυγὰς | est devenu exilé
ἀπὸ εἰσαγγελίας | d'après une dénonciation
ἀπὸ τῶν αὐτῶν πολιτευμάτων | par suite des mêmes actes-politiques
Δημοσθένει, | que Démosthène,
Δημοσθένης δὲ ἐπέστη | mais que Démosthène est survenu
κατήγορος τῶν ἄλλων, | accusateur des autres,
καὶ πόθεν ποτὲ ὁ ἄνθρωπος μιαρὸς | et d'où enfin l'homme impur
ἐμβέβληκεν ἡμᾶς εἰς τὰς ἀτυχίας. | a jeté nous dans les infortunes.
Ὡς τάχιστα γὰρ Φίλιππος | Car aussitôt que Philippe
παρῆλθεν εἴσω Πυλῶν, | fut passé en-dedans des Thermopyles,
καὶ ἐποίησε μὲν ἀναστάτους | et eut fait renversées
παραδόξως | contre-toute-croyance
τὰς πόλεις ἐν Φωκεῦσι, | les villes chez les Phocéens,
κατεσκεύασε δὲ Θηβαίους, | mais eut disposé les Thébains,
ὡς ἐδόκει ὑμῖν τότε, | comme il semblait à vous alors,
ἰσχυροὺς περαιτέρω τοῦ καιροῦ | forts au-delà de l'utilité
καὶ τοῦ συμφέροντος ὑμετέρου, | et de l'intérêt vôtre,
ὑμεῖς τε φοβηθέντες | et que vous ayant été effrayés
ἐσκευαγωγήσατε | vous eûtes ramené-vos-meubles
ἐκ τῶν ἀγρῶν, | des champs,
οἱ δὲ πρέσβεις, | et que les députés,
οἱ πρεσβεύσαντες | ceux qui avaient-été-en-ambassade
περὶ τῆς εἰρήνης, | au sujet de la paix,　　　　[tions,
ἦσαν ἐν ταῖς μεγίσταις αἰτίαις, | étaient dans les plus grandes accusa-
Φιλοκράτης δὲ καὶ Δημοσθένης | mais Philocrate et Démosthène
πολὺ διαφερόντως τῶν ἄλλων, | beaucoup différemment des autres,
διὰ τὸ μὴ μόνον | à cause du non seulement
πρεσβεῦσαι, | avoir été-en-ambassade,
ἀλλὰ καὶ γεγραφέναι τὰ ψηφίσματα | mais encore avoir écrit les décrets
(συνέβη δὲ | (or il arriva
ἐν τοῖς αὐτοῖς χρόνοις | dans les mêmes temps
Δημοσθένην καὶ Φιλοκράτην | Démosthène et Philocrate
διαφέρεσθαί τι | être divisés en quelque chose
σχεδὸν ὑπὲρ τούτων, | peut-être sur ces choses,
ὑπὲρ ὧν καὶ ὑμεῖς | sur lesquelles aussi vous
ὑπωπτεύσατε | vous avez soupçonné

νεχθῆναι· τοιαύτης δὲ ἐμπιπτούσης ταραχῆς, μετὰ τῶν συμφύτων νοσημάτων αὐτῷ ἤδη τὰ μετὰ ταῦτα ἐβουλεύετο, μετὰ δειλίας καὶ τῆς πρὸς Φιλοκράτην ὑπὲρ τῆς δωροδοκίας ζηλοτυπίας,
καὶ ἡγήσατο, εἰ τῶν συμπρεσβευόντων καὶ τοῦ Φιλίππου κατήγορος ἀναφανείη, τὸν μὲν Φιλοκράτην προδήλως ἀπολεῖσθαι,
τοὺς δὲ ἄλλους συμπρέσβεις κινδυνεύσειν, αὐτὸς δ' εὐδοκιμήσειν,
καὶ προδότης ὢν τῶν φίλων καὶ πονηρός, πιστὸς τῷ δήμῳ
φανήσεσθαι. Κατιδόντες δ' αὐτὸν οἱ τῇ τῆς πόλεως προσπολε-
μοῦντες ἡσυχίᾳ, ἄσμενοι παρεκάλουν ἐπὶ τὸ βῆμα, τὸν μόνον
ἀδωροδόκητον ὀνομάζοντες ἐν τῇ πόλει. Ὁ δὲ παριὼν ἀρχὰς
αὐτοῖς ἐνεδίδου πολέμου καὶ ταραχῆς. Οὗτός ἐστιν, ὦ ἄνδρες
Ἀθηναῖοι, ὁ πρῶτος ἐξευρὼν Σέρρειον τεῖχος, καὶ Δορίσκον, καὶ
Ἐργίσκην, καὶ Μουργίσκην, καὶ Γάνος, καὶ Γανίδα, χωρία, ὧν
οὐδὲ τὰ ὀνόματα ᾔδειμεν πρότερον. Καὶ ἐς τοῦτο φέρων περιέστησε

par ces événements imprévus, prenant conseil des vices de son cœur,
de sa lâcheté naturelle, et de sa jalousie contre Philocrate, auquel il
enviait le prix de sa trahison, Démosthène s'imagina que, s'il se mettait à déclamer contre Philippe, et à accuser ses collègues d'ambassade,
Philocrate succomberait infailliblement, ses autres collègues seraient
en péril ; que, pour lui, il se ferait honneur, et que, plus il trahirait
ses amis, plus il paraîtrait servir sa patrie. Instruits de son dessein, les
ennemis du repos public le pressaient de monter à la tribune, publiant
partout que c'était le seul homme incorruptible. Celui-ci, prenant la parole, et secondant leurs vues, ne manquait pas de leur fournir des se-
mences de guerre et de trouble. C'est lui qui le premier nous fit
connaître des places dont les noms même nous avaient été jusqu'alors
inconnus, Serrie, Dorisque, Ergisque, Murgisque, Ganos et Ganide.

αὐτοὺς διενεχθῆναι)· eux avoir été divisés) ;

τοιαύτης δὲ ταραχῆς ἐμπιπτούσης or un tel trouble survenant ,

ἐβουλεύετο ἤδη il délibérait déjà

τὰ μετὰ ταῦτα *sur* les choses après celles-ci

μετὰ τῶν νοσημάτων avec les vices

συμφύτων αὐτῷ, nés-avec lui-même ,

μετὰ δειλίας καὶ τῆς ζηλοτυπίας avec *sa* lâcheté et sa jalousie

πρὸς Φιλοκράτην contre Philocrate

ὑπὲρ τῆς δωροδοκίας, καὶ ἡγήσατο, au sujet de la vénalité , et pensait ,

εἰ ἀναφανείη κατήγορος s'il paraissait accusateur   [avec *lui*

τῶν συμπρεσβευόντων de ceux qui allaient-en-ambassade-

καὶ τοῦ Φιλίππου, et de Philippe ,

τὸν μὲν Φιλοκράτην Philocrate

ἀπολεῖσθαι προδήλως, devoir être perdu évidemment ,

τοὺς δὲ ἄλλους συμπρέσβεις et les autres collègues-d'ambassade

κινδυνεύσειν, devoir être-en-danger ,

αὐτὸς δὲ εὐδοκιμήσειν, et lui-même devoir être estimé ,

καὶ ὢν προδότης τῶν φίλων et étant traître de *ses* amis

καὶ πονηρός, et pervers ,

φανήσεσθαι πιστὸς τῷ δήμῳ. devoir paraître fidèle au peuple.

Οἱ δὲ προςπολεμοῦντες Mais ceux qui combattaient-contre

τῇ ἡσυχίᾳ τῆς πόλεως, le repos de la ville,

κατιδόντες αὐτόν, ayant vu lui ,

ἄσμενοι παρεκάλουν ἐπὶ τὸ βῆμα, contents *l'*appelaient à la tribune ,

ὀνομάζοντες *le* nommant

τὸν μόνον ἀδωροδόκητον le seul incorruptible

ἐν τῇ πόλει. dans la ville.

Ὁ δὲ παριὼν Mais celui-ci s'avançant

ἐνεδίδου αὐτοῖς ἀρχὰς donnait à eux des commencements

πολέμου καὶ ταραχῆς. de guerre et de trouble.

Οὗτός ἐστιν, Celui-ci est ,

ὦ ἄνδρες Ἀθηναῖοι, ô hommes Athéniens

ὁ ἐξευρὼν πρῶτος celui qui a trouvé le premier

τεῖχος Σέρρειον , le fort Serrie ,

καὶ Δορίσκον, καὶ Ἐργίσκην, et Dorisque, et Ergisque,

καὶ Μουργίσκην, καὶ Γάνος, et Murgisque, et Ganos,

καὶ Γανίδα, χωρία et Ganide , places

ὧν οὐδὲ ᾔδειμεν dont nous ne savions même pas

πρότερον τὰ ὀνόματα. précédemment les noms.

Καὶ φέρων περιέστησε Et portant il a amené

τὰ πράγματα, ὥςτ', εἰ μὲν μὴ πέμποι Φίλιππος πρέσβεις, καταφρονεῖν αὐτὸν ἔφη τῆς πόλεως, εἰ δὲ πέμποι, κατασκόπους πέμπειν,
ἀλλ' οὐ πρέσβεις. Εἰ δὲ ἐπιτρέπειν ἐθέλοι πόλει τινὶ ἴσῃ καὶ ὁμοίᾳ
περὶ τῶν ἐγκλημάτων, οὐκ εἶναι κριτὴν ἴσον ἡμῖν ἔφη καὶ Φιλίππῳ.
Ἁλόνησον ! ἐδίδου· ὁ δ' ἀπηγόρευε μὴ λαμβάνειν, εἰ δίδωσιν, ἀλλὰ
μὴ ἀποδίδωσι, περὶ συλλαβῶν διαφερόμενος. Καὶ τὸ τελευταῖον
στεφανώσας τοὺς μετὰ Ἀριστοδήμου εἰς Θετταλίαν καὶ Μαγνη-
σίαν παρὰ τὰς τῆς εἰρήνης συνθήκας ἐπιστρατεύσαντας, τὴν μὲν
εἰρήνην διέλυσε, τὴν δὲ συμφορὰν καὶ τὸν πόλεμον παρεσκεύασεν.

Ναί, ἀλλὰ χαλκοῖς καὶ ἀδαμαντίνοις τείχεσιν, ὡς αὐτός
φησι, τὴν χώραν ἡμῶν ἐτείχισε, τῇ τῶν Εὐβοέων καὶ Θηβαίων
συμμαχίᾳ. Ἀλλ', ὦ ἄνδρες Ἀθηναῖοι, περὶ ταῦτα τὰ μέγιστα
ἠδίκησθε καὶ μάλιστα ἠγνοήκατε. Σπεύδων δ' εἰπεῖν περὶ τῆς
θαυμαστῆς συμμαχίας τῆς τῶν Θηβαίων, ἵν' ἐφεξῆς εἴπω, περ.
τῶν Εὐβοέων πρῶτον μνησθήσομαι.

Il s'emportait jusqu'à dire : Si Philippe n'envoie pas de députés, c'est qu'il méprise la république; s'il en envoie, ce sont
des espions, et non des députés; s'il propose de faire juger
nos différends par une ville neutre et impartiale, il n'est point
de juge impartial entre Philippe et nous; s'il nous donne l'Halonèse,
disputant sur les mots, il doit, disait-il, non la donner, mais la
rendre. C'est lui, enfin, qui a rompu la paix et nous a précipités
dans une guerre malheureuse, en faisant couronner ceux qui, au
mépris du traité, avaient porté la guerre, sous la conduite d'Aristodème,
dans la Thessalie et dans la Magnésie.

Oui, dira-t-on, mais, par l'alliance des Eubéens et des Thébains,
pour me servir de ses propres paroles, « il a revêtu notre ville de murs
d'airain et de diamant. » Mais, Athéniens, dans cela même il vous
a causé, sans que vous y prissiez garde, les plus grands préjudices.
Quoique impatient de passer à l'alliance des Thébains, cette alliance
si importante, afin de procéder avec ordre, je commence par les
Eubéens.

ἐς τοῦτο τὰ πράγματα	à cela les affaires
ὥστε, εἰ μὲν Φίλιππος	de sorte que, si Philippe
μὴ πέμποι πρέσβεις,	n'envoyait pas d'ambassadeurs,
ἐφηαὐτὸν καταφρονεῖν τῆς πόλεως,	il disait lui mépriser la ville,
εἰ δὲ πέμποι,	et s'il en envoyait,
πέμπειν κατασκόπους,	envoyer des espions,
ἀλλὰ οὐ πρέσβεις.	mais non des ambassadeurs.
Εἰ δὲ ἐθέλοι ἐπιτρέπειν	Mais s'il voulait s'en remettre
τινὶ πόλει ἴσῃ καὶ ὁμοίᾳ	à quelque ville équitable et égale
περὶ τῶν ἐγκλημάτων,	au sujet des griefs,
ἐφη οὐκ εἶναι κριτὴν ἴσον	il disait n'être pas un juge égal
ἡμῖν καὶ Φιλίππῳ.	pour nous et Philippe.
Ἐδίδου Ἁλόννησον·	Il donnait Halonèse;
ὁ δὲ ἀπηγόρευε μὴ λαμβάνειν,	mais celui-ci interdisait de prendre.
εἰ δίδωσιν,	s'il donne,
ἀλλὰ μὴ ἀποδίδωσι,	mais ne rend pas,
διαφερόμενος περὶ συλλαβῶν.	contestant sur des syllabes.
Καὶ τὸ τελευταῖον στεφανώσας	Et enfin ayant couronné
τοὺς ἐπιστρατεύσαντας	ceux qui avaient fait-une-expédition
μετὰ Ἀριστοδήμου	avec Aristodème
εἰς Θετταλίαν καὶ Μαγνησίαν	dans la Thessalie et la Magnésie
παρὰ τὰς συνθήκας τῆς εἰρήνης,	contre les conventions de la paix,
διέλυσε μὲν τὴν εἰρήνην,	il rompit la paix,
παρεσκεύασε δὲ	et prépara
τὴν συμφορὰν καὶ τὸν πόλεμον.	le malheur et la guerre.
Ναί, ἀλλὰ ἐτείχισε	Oui, mais il a fortifié
τὴν χώραν ἡμῶν	le pays de nous
τείχεσι χαλκοῖς καὶ ἀδαμαντίνοις,	de murs d'airain et d'acier,
ὡς αὐτός φησι, τῇ συμμαχίᾳ	comme lui-même dit, par l'alliance
τῶν Εὐβοέων καὶ Θηβαίων.	des Eubéens et des Thébains.
Ἀλλά, ὦ ἄνδρες Ἀθηναῖοι,	Mais, ô hommes Athéniens,
ἠδίκησθε	vous avez été traités-injustement
περὶ ταῦτα τὰ μέγιστα	quant à ces choses le plus grandement
καὶ ἠγνοήκατε μάλιστα.	et vous l'avez ignoré le plus.
Σπεύδων δὲ εἰπεῖν	Mais ayant-hâte de parler
περὶ τῆς συμμαχίας θαυμαστῆς	sur l'alliance admirable
τῆς τῶν Θηβαίων,	celle des Thébains,
ἵνα εἴπω ἐφεξῆς,	afin que je parle de suite,
μνησθήσομαι πρῶτον	je ferai-mention d'abord
περὶ τῶν Εὐβοέων.	sur les Eubéens

Ὑμεῖς γάρ, ὦ Ἀθηναῖοι, πολλὰ καὶ μεγάλα ἠδικημένοι ὑπὸ
Μνησάρχου τοῦ Χαλκιδέως, τοῦ Καλλίου καὶ Ταυροσθένους
πατρός[1], οὓς οὗτος νυνί, μισθὸν λαβών, Ἀθηναίους εἶναι
τολμᾷ γράφειν, καὶ πάλιν ὑπὸ Θεμίσωνος τοῦ Ἐρετριέως,
ὃς ἡμῶν, εἰρήνης οὔσης, Ὠρωπὸν ἀφείλετο[2], τούτων ἑκόντες ἐπι-
λανθανόμενοι, ἐπειδὴ διέβησαν εἰς Εὔβοιαν Θηβαῖοι καταδου-
λώσασθαι τὰς πόλεις πειρώμενοι, ἐν πέντε ἡμέραις ἐβοηθήσατε
αὐτοῖς[3] καὶ ναυσὶ καὶ πεζῇ δυνάμει, καί, πρὶν τριάκονθ' ἡμέρας
διελθεῖν, ὑποσπόνδους Θηβαίους ἀφήκατε, κύριοι τῆς Εὐβοίας
γενόμενοι, καὶ τὰς πόλεις αὐτὰς καὶ τὰς πολιτείας ἀπέδοτε ὀρθῶς
καὶ δικαίως τοῖς παρακαταθεμένοις, οὐχ ἡγούμενοι δίκαιον εἶναι
τὴν ὀργὴν ἀπομνημονεύειν ἐν τῷ πιστευθῆναι.

Καὶ τηλικαῦθ' ὑφ' ὑμῶν εὖ πεπονθότες οἱ Χαλκιδεῖς, οὐ τὰς

Vous aviez beaucoup à vous plaindre, non seulement de Mnésarque
de Chalcis, père de Taurosthène et de Callias, ces deux hommes que
Démosthène décore aujourd'hui du titre d'Athéniens qu'il leur a vendu ,
mais encore de Themison d'Erétrie, qui, en temps de paix, nous avait
enlevé Orope. Cependant , lorsque les Thébains passèrent en Eubée ,
avec le dessein d'en réduire les villes en servitude, sans songer alors
au mal qu'on vous avait fait, vous secourûtes les Eubéens par terre et
par mer , dans l'espace de cinq jours; et , en moins de trente , vous
obligeâtes les Thébains à mettre bas les armes. Maîtres de l'Eubée
vous rendîtes aux Eubéens et leurs villes et leur liberté ; et vous aviez
raison de rendre ce dépôt remis entre vos mains ; vous sentiez qu'il
n'était pas juste d'abuser de la confiance pour satisfaire votre ressentiment.

Les Chalcidiens payèrent d'ingratitude votre générosité. Quand vous

Ὑμεῖς γάρ, ὦ Ἀθηναῖοι,	Car vous, ὁ Athéniens,
ἠδικημένοι	ayant été traités-injustement
πολλὰ καὶ μεγάλα	en choses nombreuses et grandes
ὑπὸ Μνησάρχου τοῦ Χαλκιδέως .	par Mnésarque le Chalcidien,
πατρὸς τοῦ Καλλίου	père de Callias
καὶ Ταυροσθένους,	et de Taurosthène,
οὓς οὗτος νυνί,	que celui-ci maintenant,
λαβὼν μισθὸν	ayant reçu un salaire,
τολμᾷ γράφειν εἶναι Ἀθηναίους,	ose décréter être Athéniens,
καὶ πάλιν	et de nouveau
ὑπὸ Θεμίσωνος	par Thémison
τοῦ Ἐρετριέως	l'Érétrien,
ὃς ἀφείλετο ἡμῶν Ὠρωπόν,	qui enleva à nous Orope,
εἰρήνης οὔσης,	la paix étant,
ἐπιλανθανόμενοι τούτων	oubliant ces choses
ἑκόντες,	le voulant-bien,
ἐπειδὴ Θηβαῖοι	après que les Thébains
διέβησαν εἰς Εὔβοιαν	eurent passé en Eubée
πειρώμενοι	tentant
καταδουλώσασθαι τὰς πόλεις	d'asservir les villes,
ἐβοηθήσατε αὐτοῖ,	vous avez secouru eux
ἐν πέντε ἡμέραις	dans cinq jours
καὶ ναυσὶ	et de vaisseaux
καὶ δυνάμει πεζῇ	et d'une armée de-pied,
καί, πρὶν τριάκοντα ἡμέρας	et, avant trente jours
διελθεῖν,	être passés,
γενόμενοι κύριοι τῆς Εὐβοίας,	devenus maîtres de l'Eubée,
ἀφήκατε Θηβαίου	vous avez renvoyé les Thébains
ὑποσπόνδους,	admis-à-composition,
καὶ ἀπέδοτε	et vous avez rendu
ὀρθῶς καὶ δικαίως	convenablement et justement
τὰς πόλεις αὐτὰς	les villes elles-mêmes
καὶ τὰς πολιτείας	et les gouvernements
τοῖς παρακαταθεμένοις,	à ceux qui vous les avaient confiés,
οὐχ ἡγούμενοι εἶναι δίκαιον ·	ne pensant pas être juste
ἀπομνημονεύειν τὴν ὀργὴν	de vous rappeler la colère
ἐν τῷ πιστευθῆναι.	dans le avoir été investis-de-la-con-
Καὶ οἱ Χαλκιδεῖς	Et les Chalcidiens [fiance.
πεπονθότες εὖ ὑπὸ ὑμῶν	ayant éprouvé bien par vous
τηλικαῦτα,	en si grandes choses,

ὁμοίας ὑμῖν ἀπέδοσαν χάριτας, ἀλλ' ἐπειδὴ τάχιστα διέβητε εἰς
Εὔβοιαν, Πλουτάρχῳ βοηθήσοντες [1], τοὺς μὲν πρώτους χρόνους
ἀλλ' οὖν προςεποιοῦνθ' ὑμῖν εἶναι φίλοι, ἐπειδὴ δὲ τάχιστα εἰς
Ταμύνας [2] παρήλθομεν, καὶ τὸ Κοτύλαιον [3] ὀνομαζόμενον ὄρος
ὑπερεβάλλομεν, ἐνταῦθα Καλλίας ὁ Χαλκιδεύς, ὃν Δημοσθένης μισθαρνῶν ἐνεκωμίαζεν, ὁρῶν τὸ στρατόπεδον τὸ τῆς
πόλεως εἴς τινας δυςχωρίας κατακεκλεισμένον, ὅθεν μὴ νικήσασι
μάχην οὐκ ἦν ἀναχώρησις, οὐδὲ βοηθείας ἐλπὶς οὔτ' ἐκ γῆς
οὔτ' ἐκ θαλάττης, συναγείρας ἐξ ἁπάσης τῆς Εὐβοίας στρατόπεδον, καὶ παρὰ Φιλίππου δύναμιν προςμεταπεμψάμενος, ὅ τ'
ἀδελφὸς αὐτοῦ Ταυροσθένης, ὁ νυνὶ πάντας δεξιούμενος καὶ
προςγελῶν, τοὺς Φωκικοὺς ξένους διαβιβάσας, ἦλθον ἐφ' ἡμᾶς
ὡς ἀναιρήσοντες. Καὶ εἰ μὴ πρῶτον μὲν θεῶν τις ἔσωσε τὸ
στρατόπεδον, ἔπειθ' οἱ στρατιῶται οἱ ὑμέτεροι, καὶ πεζοί, καὶ
ἱππεῖς, ἄνδρες ἀγαθοὶ ἐγένοντο, καὶ παρὰ τὸν ἱππόδρομον τὸν ἐν

repassâtes en Eubée pour secourir Plutarque, d'abord ils feignirent
du moins d'être vos amis ; mais, dès que nous fûmes arrivés à Tamynes, et que nous eûmes franchi le mont Cotylée, Callias de Chalcis, à
qui Démosthène prodiguait des éloges qu'il s'était fait payer, Callias,
voyant l'armée d'Athènes enfermée dans des défilés d'où elle ne pouvait sortir que par une victoire, et où elle n'espérait de secours ni
par terre ni par mer, ramassa dans toute l'Eubée des troupes qu'il
renforça de celles que lui envoyait Philippe ; Taurosthène, qui
aujourd'hui nous tend la main à tous d'un air si gracieux, amena
lui-même de Phocide des milices soudoyées, se joignit à son
frère, et vint avec lui comme pour nous écraser. Et si, secondés par
la faveur des dieux, nos soldats n'eussent montré le plus grand cou-

οὐκ ἀπέδοσαν ὑμῖν	n'ont pas rendu à vous
τὰς χάριτας ὁμοίας,	les grâces égales,
ἀλλὰ τάχιστα ἐπειδὴ	mais aussitôt après que
διέβητε εἰς Εὔβοιαν,	vous fûtes passés en Eubée,
βοηθήσοντες Πλουτάρχῳ,	devant secourir Plutarque.
τοὺς μὲν πρώτους χρόνους	*pendant* les premiers temps
ἀλλ' οὖν προςεποιοῦντο	du moins ils simulaient
εἶναι φίλοι ὑμῖν,	être amis de vous,
τάχιστα δὲ ἐπειδὴ	mais aussitôt après que
παρήλθομεν εἰς Ταμύνας,	nous nous fûmes avancés vers Tamy-
καὶ ὑπερεβάλλομεν τὸ ὄρος	et eûmes franchi la montagne [nes,
ὀνομαζόμενον Κοτύλαῖον,	appelée Cotylée,
ἐνταῦθα Καλλίας ὁ Χαλκιδεύς,	alors Callias le Chalcidien,
ὃν Δημοσθένης ἐνεκωμίαζε	que Démosthène louait
μισθαρνῶν,	recevant-un-salaire,
ὁρῶν τὸ στρατόπεδον	voyant l'armée
τὸ τῆς πόλεως κατακεκλεισμένον	celle de la ville enfermée
εἰς τινας δυςχωρίας,	dans des lieux-difficiles,
ὅθεν ἀναχώρησις οὐκ ἦν	d'où une retraite n'était pas *à eux*
μὴ νικήσασι μάχην,	n'ayant pas vaincu en combat,
οὐδὲ ἐλπὶς βοηθείας	ni un espoir de secours
οὔτε ἐκ γῆς	ni du côté de la terre
οὔτε ἐκ θαλάττης,	ni du côté de la mer,
συναγείρας στρατόπεδον	ayant réuni une armée
ἐξ ἁπάσης τῆς Εὐβοίας,	de toute l'Eubée,
καὶ προσμεταπεμψάμενος	et ayant fait-venir-en-outre
δύναμιν παρὰ Φιλίππου,	des forces de chez Philippe,
ὅ τε ἀδελφὸς αὐτοῦ Ταυροσθένης,	et le frère de lui Taurosthène,
ὁ δεξιούμενος	celui qui tend-la-main-droite
καὶ προςγελῶν πάντας νυνί,	et sourit à tous maintenant,
διαβιβάσας	ayant fait-passer
τοὺς ξένους Φωκικούς,	les étrangers Phocéens,
ἦλθον ἐπὶ ἡμᾶς	vinrent contre nous
ὡς ἀναιρήσοντες.	comme devant *nous* détruire.
Καὶ εἰ πρῶτον μέν τις θεῶν	Et si d'abord quelqu'un des dieux
μὴ ἔσωσε τὸ στρατόπεδον,	n'eût sauvé l'armée,
ἔπειτα οἱ στρατιῶται οἱ ὑμέτεροι,	*si* ensuite les soldats vôtres,
καὶ πεζοί, καὶ ἱππεῖς,	et fantassins, et cavaliers,
ἐγένοντο ἄνδρες ἀγαθοί,	n'eussent été des hommes braves,
καὶ κρατήσαντες	et ayant vaincu

Ταμύναις ἐκ παρατάξεως μάχῃ κρατήσαντες, ἀφεῖσαν ὑποσπόνδους τοὺς πολεμίους, ἐκινδύνευσεν ἂν ἡμῶν ἡ πόλις αἴσχιστα
παθεῖν. Οὐ γὰρ τὸ δυςτυχῆσαι κατὰ πόλεμον μέγιστόν ἐστι κα-
κόν, ἀλλ' ὅταν τις πρὸς ἀνταγωνιστὰς ἀναξίους ἑαυτοῦ διακινδυ-
νεύων ἀποτύχῃ, διπλασίαν εἰκὸς εἶναι τὴν συμφοράν[1]. Ἀλλ'
ὅμως ὑμεῖς τοιαῦτα πεπονθότες πάλιν διελύσασθε πρὸς αὐτούς.

Τυχὼν δὲ συγγνώμης παρ' ὑμῶν Καλλίας ὁ Χαλκιδεύς,
μικρὸν διαλιπὼν χρόνον, πάλιν ἧκε φερόμενος εἰς τὴν ἑαυτοῦ
φύσιν, Εὐβοϊκὸν μὲν τῷ λόγῳ συνέδριον εἰς Χαλκίδα συνάγων,
ἰσχυρὰν δὲ τὴν Εὔβοιαν ἐφ' ὑμᾶς ἔργῳ παρασκευάζων, ἐξαίρε-
τον δ' αὑτῷ τυραννίδα περιποιούμενος. Καὶ ταύτης ἐλπίζων
συναγωνιστὴν Φίλιππον λήψεσθαι, ἀπῆλθεν εἰς Μακεδονίαν,
καὶ περιῄει μετὰ Φιλίππου, καὶ τῶν ἑταίρων εἷς ὠνομάζετο.

rage, si, vainqueurs près de l'hippodrome de Tamynes, ils n'eussent
forcé les ennemis de mettre bas les armes, la république était désho-
norée. Car, dans la guerre, le plus grand malheur n'est pas d'être
vaincu; mais de l'être par un ennemi qu'on méprise, c'est ce qui re-
double le malheur. Malgré l'indignité du procédé des Eubéens, vous
vous réconciliâtes encore avec eux.

Callias, à qui vous aviez pardonné sa faute, revint bientôt à son
naturel. Sous prétexte d'assembler à Chalcis un conseil général,
mais cherchant en effet à tourner contre Athènes les forces de
l'Eubée, aspirant à une domination tyrannique, et se flattant d'engager Philippe à le seconder dans ses vues, il fait un voyage en Macédoine; là il suivait ce prince partout, et se disait un de ses courtisans

ἐκ παρατάξεως	par suite de *leur* disposition
μάχη,	dans un combat
παρὰ τὸν ἱππόδρομον	près de l'hippodrome
τὸν ἐν Ταμύναις,	celui à Tamynes,
ἀφεῖσαν τοὺς πολεμίους	n'eussent renvoyé les ennemis
ὑποσπόνδους,	admis-à-composition,
ἡ πόλις ἡμῶν ἂν ἐκινδύνευσε	la ville de nous aurait couru-danger
παθεῖν αἴσχιστα.	de souffrir des choses très-honteuses.
Τὸ γὰρ δυςτυχῆσαι	Car le avoir été-malheureux
κατὰ πόλεμον	dans la guerre
οὐκ ἐστι κακὸν μέγιστον,	n'est pas un mal très-grand,
ἀλλὰ ὅταν τις διακινδυνεύων	mais lorsque quelqu'un risquant
πρὸς ἀνταγωνιστὰς	contre des adversaires
ἀναξίους ἑαυτοῦ	indignes de lui-même
ἀποτύχῃ,	a échoué,
εἰκὸς τὴν συμφορὰν	*il est* vraisemblable le malheur
εἶναι διπλασίαν.	être double.
Ἀλλὰ ὅμως ὑμεῖς	Mais cependant vous
πεπονθότες τοιαῦτα	ayant éprouvé des choses telles
διελύσασθε πάλιν	vous vous réconciliâtes encore
πρὸς αὐτούς.	avec eux.
Καλλίας δὲ ὁ Χαλκιδεύς,	Mais Callias le Chalcidien
τυχὼν συγγνώμης	ayant obtenu le pardon
παρὰ ὑμῶν,	de la part de vous,
διαλιπὼν χρόνον μικρόν,	ayant laissé-écouler un temps petit,
ἧκε φερόμενος πάλιν	vint porté de nouveau
εἰς τὴν φύσιν ἑαυτοῦ,	vers la nature de lui-même,
συνάγων μὲν τῷ λόγῳ	rassemblant par la parole
συνέδριον Εὐβοϊκὸν εἰς Χαλκίδα,	un conseil Eubéen à Chalcis,
παρασκευάζων δὲ ἔργῳ	mais préparant par le fait
τὴν Εὔβοιαν ἰσχυρὰν ἐπὶ ὑμᾶς,	l'Eubée forte contre vous,
περιποιούμενος δὲ αὑτῷ	et ambitionnant pour lui-même
τυραννίδα ἐξαίρετον.	une tyrannie distinguée.
Καὶ ἐλπίζων	Et espérant
λήψεσθαι Φίλιππον	devoir prendre Philippe
συναγωνιστὴν ταύτης,	auxiliaire de celle-ci,
ἀπῆλθεν εἰς Μακεδονίαν,	il s'en alla en Macédoine,
καὶ περιῄει μετὰ Φιλίππου,	et il parcourait *le pays* avec Philippe
καὶ ὠνομάζετο	et était nommé
εἰς τῶν ἑταίρων.	un de ses compagnons.

Ἀδικήσας δὲ Φίλιππον, κἀκεῖθεν ἀποδρὰς, ὑπέβαλεν ἑαυτὸν
φέρων Θηβαίοις. Ἐγκαταλιπὼν δὲ κἀκείνους, καὶ πλείους τρα-
πόμενος τροπὰς τοῦ Εὐρίπου παρ' ὃν ᾤκει[1], εἰς μέσον πίπτει τῆς
τε Θηβαίων ἔχθρας καὶ τῆς Φιλίππου. Ἀπορῶν δ' ὅ τι χρήσαιτο
αὑτῷ, καὶ παραγγελλομένης ἐπ' αὐτὸν ἤδη στρατείας, μίαν
ἐλπίδα λοιπὴν κατεῖδε σωτηρίας, ἔνορκον λαβεῖν τὸν δῆμον τῶν
Ἀθηναίων, σύμμαχον ὀνομασθέντα, βοηθήσειν, εἴ τις ἐπ' αὐτὸν
ἴοι· ὃ πρόδηλον ἦν ἐσόμενον, εἰ μὴ ὑμεῖς κωλύσετε.

Ταῦτα δὲ διανοηθεὶς, ἀποστέλλει δεῦρο πρέσβεις, Γλαυ-
κέτην, καὶ Ἐμπέδωνα, καὶ Διόδωρον τὸν δολιχοδρομήσαντα[2],
φέροντας τῷ μὲν δήμῳ ἐλπίδας κενὰς, Δημοσθένει δ' ἀργύριον
καὶ τοῖς περὶ αὐτόν. Τρία δ' ἦν ἃ ἅμα ἐξωνεῖτο· πρῶτον μὲν
τὸ μὴ διαστραλῆναι τῆς πρὸς ὑμᾶς συμμαχίας· οὐδὲν γὰρ ἦν τὸ
μέσον, εἰ μνησθεὶς τῶν προτέρων ἀδικημάτων ὁ δῆμος μὴ προς-

Il offense ce monarque, se sauve de son royaume, et se réfugie
chez les Thébains. Il abandonne encore ceux-ci, plus inconstant que
l'Euripe, sur les bords duquel il habitait. Placé entre la haine des
Thébains et celle de Philippe, voyant les ennemis de toutes parts, et
ne sachant de quel côté se tourner, il n'apercevait qu'une ressource,
c'était d'engager les Athéniens à faire alliance avec lui, à se dire
alliés de Callias, et à le secourir, si on l'attaquait, comme il avait tout
lieu de le craindre, si vous ne l'empêchiez.

Dans cette pensée, il députe à Athènes Glaucète, Empédon, et Dio-
dore, fameux coureur, avec de vaines espérances pour le peuple, et
de l'argent pour Démosthène et ses partisans. Il achetait à la fois trois
avantages. D'abord, il ne voulait pas manquer votre alliance; car,
si vous la lui refusiez dans un juste ressentiment, il fallait, de toute

Ἀδικήσας δὲ Φίλιππον, | Mais ayant fait-tort à Philippe,
καὶ ἀποδρὰς ἐκεῖθεν, | et s'étant enfui de là,
φέρων ὑπέβαλεν ἑαυτὸν | offrant il présenta lui-même
Θηβαίοις. | aux Thébains.
Ἐγκαταλιπὼν δὲ καὶ ἐκείνους, | Mais ayant abandonné aussi ceux-là,
καὶ τραπόμενος τροπὰς | et s'étant tourné *en* retours
πλείους Εὐρίπου, | plus nombreux que l'Euripe,
παρὰ ὃν ᾤκει, | près duquel il habitait,
πίπτει ἐς μέσον | il tombe au milieu
τῆς τε ἔχθρας Θηβαίων | et de la haine des Thébains
καὶ τῆς Φιλίππου. | et de celle de Philippe.
Ἀπορῶν δὲ | Mais étant embarrassé
ὅ τι χρήσαιτο αὑτῷ, | de quoi il se servirait pour lui-même,
καὶ στρατείας ἐπὶ αὐτὸν | et une expédition contre lui
παραγγελλομένης ἤδη, | étant annoncée déjà,
κατεῖδε λοιπὴν | il vit restant
μίαν ἐλπίδα σωτηρίας, | une seule espérance de salut,
λαβεῖν τὸν δῆμον τὸν Ἀθηναίων, | de prendre le peuple des Athéniens,
ὀνομασθέντα σύμμαχον, | qui avait été nommé allié,
ἔνορκον βοηθήσειν, | engagé-par-serment à *le* secourir,
εἴ τις ἴοι ἐπὶ αὐτόν· | si quelqu'un allait contre lui;
ὃ ἦν πρόδηλον ἐσόμενον, | *ce* qui était évident devant être,
εἰ ὑμεῖς μὴ κωλύσετε. | si vous n'empêchiez pas.
Διανοηθεὶς δὲ ταῦτα, | Or ayant résolu ces choses,
ἀποστέλλει δεῦρο πρέσβεις, | il envoie ici des députés,
Γλαυκέτην, καὶ Ἐμπέδωνα, | Glaucète, et Empédon,
καὶ Διόδωρον | et Diodore
τὸν δολιχοδρομήσαντα, | celui qui a couru-le-long-stade,
φέροντας μὲν τῷ δήμῳ | apportant au peuple
ἐλπίδας κενάς, | des espérances vaines,
Δημοσθένει δὲ | mais à Démosthène
καὶ τοῖς περὶ αὐτὸν | et à ceux autour de lui
ἀργύριον. | de l'argent.
Τρία δὲ ἦν | Mais trois choses étaient
ἃ ἐξωνεῖτο ἅμα· | qu'il achetait en même temps :
πρῶτον μὲν τὸ μὴ διασφαλῆναι | d'abord le ne pas être dépourvu
τῆς συμμαχίας πρὸς ὑμᾶς· | de l'alliance envers vous;
τὸ γὰρ μέσον ἦν οὐδέν, | car le milieu était nul,
εἰ ὁ δῆμος μνησθεὶς | si le peuple s'étant souvenu
τῶν ἀδικημάτων προτέρων | des injustices précédentes

δέξαιτο τὴν συμμαχίαν, ἀλλ' ὑπῆρχεν αὐτῷ ἢ φεύγειν ἐκ Χαλκίδος, ἢ τεθνάναι ἐγκαταληφθέντι· τηλικαῦται δυνάμεις ἐπ' αὐτὸν ἐπεστράτευον, ἥ τε Φιλίππου καὶ Θηβαίων. Δεύτερον δ'
ἧκον οἱ μισθοὶ τῷ γράψαντι τὴν συμμαχίαν, ὑπὲρ τοῦ μὴ συνε-
δρεύειν Ἀθήνῃσι Χαλκιδέας· τρίτον δ', ὥστε μὴ τελεῖν συντάξεις. Καὶ τούτων τῶν προαιρέσεων οὐδεμιᾶς ἀπέτυχε Καλλίας·
ἀλλ' ὁ μισοτύραννος Δημοσθένης, ὡς αὐτὸς προσποιεῖται, ὅν
φησι Κτησιφῶν τὰ βέλτιστα λέγειν, ἀπέδοτο μὲν τοὺς καιροὺς
τοὺς τῆς πόλεως· ἔγραψε δ' ἐν τῇ συμμαχίᾳ βοηθεῖν ἡμᾶς Χαλ-
κιδεῦσι, ῥῆμα μόνον ἀντικαταλλαξάμενος, ἀντὶ τούτων εὐφη-
μίας ἕνεκα προσγράψας Χαλκιδέας βοηθεῖν ἐάν τις ἴῃ ἐπ' Ἀθη-
ναίους· τὰς δὲ συνεδρίας καὶ τὰς συντάξεις, ἐξ ὧν ἰσχύσειν ὁ
πόλεμος ἤμελλεν, ἄρδην ἀπέδοτο, καλλίστοις ὀνόμασιν αἰσχίστας
πράξεις γράφων, καὶ τῷ λόγῳ προσβιβάζων ὑμᾶς, ὡς δεῖ τὴν

nécessité, ou qu'il s'enfuit de Chalcis, ou qu'il périt, s'il y restait;
tant étaient nombreuses les troupes que Philippe et les Thébains
allaient envoyer contre lui. En second lieu, il promettait de payer
quiconque ferait accepter l'alliance qu'il desirait et dispenser les Chalcidiens d'envoyer ici des députés; il voulait enfin s'affranchir de l'obli-
gation de fournir des subsides. Callias obtint toutes ses demandes. Ce
Démosthène, qui se dit l'ennemi des tyrans, qui, suivant Ctésiphon,
sert le peuple avec zèle dans tous ses discours, vendit alors les intérêts
de la république, vous proposa de faire alliance avec les Chalcidiens,
et de les secourir en toute occasion, nous donnant quelques mots en
échange, ajoutant, pour la forme, que les Chalcidiens nous secour-
raient, si on marchait contre nous La dispense d'envoyer ici des députés et de fournir les subsides qui devaient être tout le nerf de la
guerre, il la vendit encore à ce peuple. Il couvrait d'expressions honnêtes la honte de ses actions, et abusait de son éloquence pour vous

μὴ προςδέξαιτο τὴν συμμαχίαν,	n'acceptait pas l'alliance,
ἀλλὰ ὑπῆρχεν αὐτῷ	mais il appartenait à lui
ἢ φεύγειν ἐκ Χαλκίδος,	ou de fuir de Chalcis,
ἢ τεθνάναι ἐγκαταληφθέντι·	ou de mourir ayant été pris;
τηλικαῦται δυνάμεις,	de si grandes forces, [bains,
ἥ τε Φιλίππου καὶ Θηβαίων,	et celle de Philippe et *celle* des Thé-
ἐπεστράτευον ἐπὶ αὐτόν.	faisaient-expédition contre lui.
Δεύτερον δὲ οἱ μισθοὶ	Et secondement les salaires
ἧκον τῷ γράψαντι	venaient à celui qui avait écrit
τὴν συμμαχίαν,	l'alliance,
ὑπὲρ τοῦ Χαλκιδέας	pour le les Chalcidiens
μὴ συνεδρεύειν Ἀθήνησι·	ne pas siéger à Athènes ;
τρίτον δέ, ὥςτε μὴ τελεῖν	et troisièmement, pour ne pas payer
συντάξεις.	de contributions.
Καὶ Καλλίας ἀπέτυχεν	Et Callias *n'*échoua
οὐδεμιᾶς τούτων τῶν προαιρέσεων·	dans aucun de ces projets ;
ἀλλὰ Δημοσθένης	mais Démosthène
ὁ μισοτύραννος,	l'ennemi-des-tyrans,
ὡς αὐτὸς προςποιεῖται,	comme lui-même feint *d'être*,
ὃν Κτησιφῶν φησι	que Ctésiphon affirme
λέγειν τὰ βέλτιστα,	dire les meilleures choses,
ἀπέδοτο μὲν τοὺς καιροὺς	livra les intérêts
τοὺς τῆς πόλεως,	ceux de la ville,
ἔγραψε δὲ ἐν τῇ συμμαχίᾳ	et écrivit dans l'alliance
ἡμᾶς βοηθεῖν Χαλκιδεῦσιν,	nous secourir les Chalcidiens,
ἀντικαταλλαξάμενος μόνον ῥῆμα,	ayant pris-en-échange un seul mot,
προςγράψας	ayant écrit-en-outre
ἀντὶ τούτων	en échange de ces choses
ἕνεκα εὐφημίας	pour la convenance
Χαλκιδέας βοηθεῖν,	les Chalcidiens secourir,
ἐάν τις ἴῃ	si quelqu'un marchait
ἐπὶ Ἀθηναίους·	contre les Athéniens;
ἀπέδοτο δὲ ἄρδην	mais il livra tout à fait
τὰς συνεδρίας καὶ τὰς συντάξεις,	les assemblées et les contributions,
ἐξ ὧν ὁ πόλεμος	d'après lesquelles la guerre
ἤμελλεν ἰσχύσειν,	devait avoir-de-la-vigueur,
γράφων πράξεις αἰσχίστας	décrétant des actions très-honteuses
ὀνόμασι καλλίστοις,	avec des noms très-beaux,
καὶ προςβιβάζων ὑμᾶς τῷ λόγῳ,	et engageant vous par le discours,
ὡς δεῖ τὴν πόλιν	qu'il faut la ville

πόλιν τὰς μὲν βοηθείας πρότερον ποιεῖσθαι τοῖς ἀεὶ δεομένοις
τῶν Ἑλλήνων, τὰς δὲ συμμαχίας ὑστέρας μετὰ τὰς εὐεργεσίας.

Ἵνα δ' εὖ εἰδῆτε, ὅτι ἀληθῆ λέγω, λάβε μοι τὴν Καλλίου
γραφὴν καὶ τὴν συμμαχίαν, καὶ ἀνάγνωθι τὸ ψήφισμα.

ΨΗΦΙΣΜΑ.

Οὔπω τοίνυν τοῦτ' ἐστι δεινόν, εἰ καιροὶ πέπρανται τηλι-
κοῦτοι, καὶ συνεδρίαι, καὶ συντάξεις, ἀλλὰ πολὺ τούτου δεινό-
τερον ὑμῖν φανήσεται ὃ μέλλω λέγειν. Εἰς γὰρ τοῦτο προήχθη
Καλλίας μὲν ὁ Χαλκιδεὺς ὕβρεως καὶ πλεονεξίας, Δημοσθένης
δέ, ὃν ἐπαινεῖ Κτησιφῶν, δωροδοκίας, ὥστε τὰς ἐξ Ὠρεοῦ συντάξεις, καὶ τὰς ἐξ Ἐρετρίας, τὰ δέκα τάλαντα, ὁρώντων,
φρονούντων, βλεπόντων ἔλαθον ὑμῶν ὑφελόμενοι, καὶ τοὺ
ἐκ τῶν πόλεων τούτων συνέδρους παρ' ὑμῶν μὲν ἀνέστη
σαν, πάλιν δὲ εἰς Χαλκίδα καὶ τὸ καλούμενον Εὐβοϊκὸν συν

persuader qu'il fallait d'abord secourir les Grecs qui avaient besoin de
secours, et ne songer à l'alliance qu'après les avoir sauvés.

Mais afin qu'on sache que je ne dis rien que de véritable, greffier, pre-
nez la lettre de Callias, avec le traité d'alliance, et lisez le décret.

DÉCRET.

Ce n'est pas assez d'avoir vendu aux Chalcidiens de si grands intérêts, la dispense d'envoyer ici des députés et de fournir des subsides;
vous allez entendre un trait encore plus révoltant. Callias et Démosthène le héros de Ctésiphon, en sont venus à cet excès, l'un d'insolence, l'autre de cupidité, qu'en votre présence et sous vos yeux
ils vous ont dérobé les contributions d'Orée et d'Erétrie, qui mon-
taient à dix talents, et qu'après avoir dispensé les députés de ces
villes de venir aux assemblées dans Athènes, ils les ont convoqués

ποιεῖσθαι μὲν πρότερον	faire d'abord
νὰς βοηθείας	les secours
τοῖς τῶν Ἑλλήνων	à ceux des Grecs
δεομένοις ἀεί,	qui ont-besoin successivement,
τὰς δὲ συμμαχίας ὑστέρας	mais les alliances postérieures
μετὰ τὰς εὐεργεσίας.	après les bienfaits.
"Ἵνα δὲ εἰδῆτε εὖ	Mais pour que vous voyiez bien
ὅτι λέγω ἀληθῆ,	que je dis des choses vraies,
λάβε μοι τὴν γραφὴν Καλλίου	prends-moi le décret de Callias
καὶ τὴν συμμαχίαν,	et l'alliance,
καὶ ἀνάγνωθι τὸ ψήφισμα.	et lis le décret.

ΨΗΦΙΣΜΑ.	**DÉCRET.**
Τοῦτο τοίνυν	Cela cependant
οὐκ ἐστί πω δεινόν,	n'est pas encore extraordinaire,
εἰ τηλικοῦτοι καιροί,	si de si grandes circonstances,
καὶ συνεδρίαι, καὶ συντάξεις	et les assemblées, et les impositions
πέπρανται,	ont-été-vendues,
ἀλλὰ ὃ μέλλω λέγειν	mais *ce* que je suis-sur-le-point de dire
φανήσεται ὑμῖν	paraîtra à vous
πολὺ δεινότερον τούτου.	beaucoup plus extraordinaire que cela.
Καλλίας μὲν γὰρ ὁ Χαλκιδεὺς	Car Callias le Chalcidien
προήχθη εἰς τοῦτο	a été conduit à cela
ὕβρεως καὶ πλεονεξίας,	d'insolence et d'avarice,
Δημοσθένης δέ,	et Démosthène,
ὃν Κτησιφῶν ἐπαινεῖ,	que Ctésiphon loue,
δωροδοκίας,	de vénalité,
ὥςτε ἔλαθον	au point qu'ils ont échappé
ὑφελόμενοι ὑμῶν	enlevant à vous
ὁρώντων, φρονούντων,	qui voyiez, qui réfléchissiez,
βλεπόντων,	qui regardiez,
τὰς συντάξεις ἐξ Ὠρεοῦ,	les impositions d'Orée,
καὶ τὰς ἐξ Ἐρετρίας,	et celles d'Erétrie,
τὰ δέκα τάλαντα,	les dix talents,
καὶ ἀνέστησαν παρὰ ὑμῶν	et ont fait-sortir de chez vous
τοὺς συνέδρους	les députés
ἐκ τούτων τῶν πόλεων,	de la part de ces villes,
συνήγαγον δὲ πάλιν	et les ont réunis de nouveau
εἰς Χαλκίδα καὶ τὸ συνέδριον	à Chalcis et à l'assemblée
καλούμενον Εὐβοϊκόν.	appelée Eubéenne.

ἑόρτιον συνήγαγον. Ὃν δὲ τρόπον καὶ δι' οἵων κακουργημάτων ταῦτ' ἤδη ἄξιόν ἐστιν ἀκοῦσαι.

Ἀφικνεῖται γὰρ πρὸς ὑμᾶς, οὐκέτι δι' ἀγγέλων, ἀλλ' αὐτὸς ὁ Καλλίας, καὶ παρελθὼν εἰς τὴν ἐκκλησίαν, λόγους διεξῆλθε κατεσκευασμένους ὑπὸ Δημοσθένους. Εἶπε γὰρ ὡς ἥκοι ἐκ Πελοποννήσου νεωστὶ σύνταγμα συντάξας εἰς ἑκατὸν ταλάντων πρόσοδον ἐπὶ Φίλιππον, καὶ διελογίζετο ὅσον ἑκάστους ἔδει συντελεῖν, Ἀχαιοὺς μὲν πάντας καὶ Μεγαρέας ἑξήκοντα τάλαντα, τὰς δ' ἐν Εὐβοίᾳ πόλεις ἁπάσας τετταράκοντα· ἐκ δὲ τούτων τῶν χρημάτων ὑπάρξειν καὶ ναυτικὴν καὶ πεζὴν δύναμιν· εἶναι δὲ πολλοὺς καὶ ἄλλους τῶν Ἑλλήνων, οὓς βούλεσθαι κοινωνεῖν τῆς συντάξεως, ὥστε οὔτε χρημάτων οὔτε στρατιωτῶν ἔσεσθαι ἀπορίαν. Καὶ ταῦτα μὲν τὰ φανερά· ἔφη δὲ καὶ πράξεις πράττειν ἑτέρας δι' ἀπορρήτων, καὶ τούτων εἶναί τινας μάρτυρας τῶν ἡμετέρων πολιτῶν, καὶ τελευτῶν ὀνομαστὶ παρεκάλει Δημοσθένην, καὶ συνειπεῖν ἠξίου.

à Chalcis, au conseil général de l'Eubée. Quelles manœuvres ont-ils employées pour réussir? c'est ce qui mérite d'être entendu.

Callias se rend ici, non plus par députés, mais lui-même en personne; il se présente à l'assemblée du peuple, vous débite de longs discours concertés avec Démosthène : il arrivait, disait-il, du Péloponèse, où il avait imposé une contribution de cent talents pour la guerre contre Philippe ; il spécifiait les sommes que chaque peuple devait fournir : les Achéens et les Mégariens, soixante talents; toutes les villes de l'Eubée, quarante, avec lesquels on soudoierait des armées de terre et de mer : d'autres Grecs, selon lui, ne demandaient pas mieux que d'entrer dans la contribution, en sorte qu'on ne manquerait ni d'argent ni de soldats. Ceci, disait-il, est connu de tout le monde. Il ajoutait qu'il était occupé d'autres négociations qu'il voulait tenir secrètes, et dont quelques uns de nos citoyens étaient instruits. Il finissait en nommant Démosthène, et en le priant de rendre témoignage à la vérité de ses discours.

Ἤδη δέ ἐστιν ἄξιον	Mais déjà il est digne
ἀκοῦσαι ταῦτα,	d'écouter ces choses,
ὃν τρόπον	de quelle manière
καὶ διὰ οἵων κακουργημάτων.	et par quels méfaits.
Ὁ γὰρ Καλλίας	Car Callias
ἀφικνεῖται πρὸς ὑμᾶς,	arrive vers vous, [me,
οὐκέτι δι' ἀγγέλων, ἀλλὰ αὐτός,	non plus par messagers, mais lui-mê-
καὶ παρελθὼν εἰς τὴν ἐκκλησίαν,	et s'étant avancé dans l'assemblée,
διεξῆλθε λόγους	il prononça des discours
κατεσκευασμένους	préparés
ὑπὸ Δημοσθένους.	par Démosthène.
Εἶπε γὰρ ὡς ἥκοι	Car il dit qu'il venait
ἐκ Πελοποννήσου,	du Péloponèse,
συντάξας νεωστὶ	ayant imposé récemment
σύνταγμα εἰς πρόσοδον	une imposition pour un produit
ἑκατὸν ταλάντων ἐπὶ Φίλιππον,	de cent talents contre Philippe,
καὶ διελογίζετο ὅσον ἔδει	et il calculait combien il fallait
ἑκάστους συντελεῖν,	chacuns contribuer,
πάντας μὲν Ἀχαιοὺς καὶ Μεγαρέας	tous les Achéens et Mégariens
ἑξήκοντα τάλαντα,	soixante talents,
ἁπάσας δὲ τὰς πόλεις	et toutes les villes
(τὰς) ἐν Εὐβοίᾳ τετταράκοντα·	dans l'Eubée quarante
δύναμιν δὲ	et une force
καὶ ναυτικὴν καὶ πεζὴν	et navale et de-pied
ὑπάρξειν	devoir être
ἐκ τούτων τῶν χρημάτων·	au moyen de ces sommes;
ἄλλους δὲ καὶ πολλοὺς	et encore d'autres nombreux
τῶν Ἑλλήνων, οὓς βούλεσθαι	des Grecs, lesquels vouloir
κοινωνεῖν τῆς συντάξεως,	participer à l'imposition,
ὥστε ἀπορίαν ἔσεσθαι	de sorte que le manque *ne* devoir être
οὔτε χρημάτων οὔτε στρατιωτῶν.	ni de fonds ni de soldats.
Καὶ ταῦτα μὲν τὰ φανερά·	Et ces choses *étaient* celles évidentes;
ἔφη δὲ καὶ πράττειν	mais il disait aussi faire
ἑτέρας πράξεις	d'autres négociations
διὰ ἀπορρήτων,	par des *moyens* secrets,
καί τινας τῶν πολιτῶν ἡμετέρων	et quelques-uns des citoyens nôtres
εἶναι μάρτυρας τούτων,	être témoins de ces choses,
καὶ τελευτῶν παρεκάλει ὀνομαστὶ	et finissant il appelait nommément
Δημοσθένην,	Démosthène,
καὶ ἠξίου συνειπεῖν.	et *le* priait de dire-avec *lui*.

Ὁ δὲ σεμνῶς πάνυ παρελθὼν τόν τε Καλλίαν ὑπερεπήνει, τό τε ἀπόρρητον προσεποιήσατο εἰδέναι· τὴν δ᾽ ἐκ Πελοποννήσου πρεσβείαν, ἣν ἐπρέσβευσε¹, καὶ τὴν ἐξ Ἀκαρνανίας, ἔφη βούλεσθαι ὑμῖν ἀπαγγεῖλαι. Ἦν δ᾽ αὐτῷ κεφάλαιον τῶν λόγων, πάντας μὲν Πελοποννησίους ὑπάρχειν, πάντας δ᾽ Ἀκαρνᾶνας, συντεταγμένους ἐπὶ Φίλιππον ὑφ᾽ ἑαυτοῦ· εἶναι δὲ τὸ σύνταγμα χρημάτων μὲν εἰς ἑκατὸν νεῶν ταχυναυτουσῶν πληρώματα, καὶ εἰς πεζοὺς στρατιώτας μυρίους, καὶ ἱππέας χιλίους, ὑπάρ-ξειν δὲ πρὸς τούτοις καὶ τὰς πολιτικὰς δυνάμεις, ἐκ Πελοποννή-σου μὲν πλείονας ἢ δισχιλίους ὁπλίτας, ἐξ Ἀκαρνανίας δὲ ἑτέρους τοσούτους· δεδόσθαι δὲ ἀπὸ πάντων τούτων τὴν ἡγεμονίαν ὑμῖν, πραχθήσεσθαι δὲ ταῦτα οὐκ εἰς μακράν, ἀλλ᾽ εἰς τὴν ἕκτην ἐπὶ δέκα τοῦ Ἀνθεστηριῶνος μηνός· εἰρῆσθαι γὰρ ἐν ταῖς πόλεσιν ὑφ᾽ ἑαυτοῦ καὶ παρηγγέλθαι πάντας ἥκειν συνεδρεύσοντας Ἀθή-

Celui-ci, s'avançant d'un air grave, donnait de grands éloges à Callias, feignait d'être instruit du secret, déclarait qu'il voulait vous rendre compte de sa députation dans le Péloponèse et dans l'Acarnanie. Son discours, en somme, se réduisait à ceci : il avait fait contribuer, disait-il, pour la guerre contre Philippe, tous les Péloponésiens et tous les Acarnaniens; les subsides suffiraient pour armer des galères, pour lever mille hommes de cavalerie et dix mille d'infanterie; en outre, ces mêmes peuples devaient fournir de leurs propres milices, chacun plus de deux mille soldats pesamment armés : les confédérés, ajoutait-il, vous accordaient tous de concert le commandement. L'exécution de ces projets n'était pas renvoyée à un terme fort éloigné, mais fixée au 16 d'Anthestérion; et même, disait-il, il avait annoncé dans les villes, pour le 15, un rendez-vous général à Athènes. Cet imposteur, ô

Ὁ δὲ παρελθὼν	Mais celui-ci s'étant avancé
πανὺ σεμνῶς,	tout à fait majestueusement,
ὑπερεπήνει τε τὸν Καλλίαν,	et louait-à-l'excès Callias,
προςεποιήσατό τε εἰδέναι	et feignait de connaitre
τὸ ἀπόρρητον·	le secret ;
ἔφη δὲ βούλεσθαι	mais il disait vouloir
ἀπαγγεῖλαι ὑμῖν	notifier à vous
τὴν πρεσβείαν ἐκ Πελοποννήσου,	l'ambassade du Péloponèse,
ἣν ἐπρέσβευσε,	qu'il a remplie,
καὶ τὴν ἐξ Ἀκαρνανίας.	et celle d'Acarnanie.
Κεφάλαιον δὲ τῶν λόγων	Or le sommaire des discours
ἦν αὐτῷ,	était à lui,
πάντας μὲν Πελοποννησίους	tous les Péloponésiens
πάντας δὲ Ἀκαρνᾶνας	et tous les Acarnaniens
ὑπάρχειν συντεταγμένους	se trouver imposés-ensemble
ὑπὸ ἑαυτοῦ ἐπὶ Φίλιππον·	par lui-même contre Philippe ;
τὸ δὲ σύνταγμα χρημάτων μὲν	mais la contribution de fonds
εἶναι εἰς πληρώματα	être pour les armements
ἑκατὸν νεῶν ταχυναυτουσῶν,	de cent vaisseaux naviguant-vite,
καὶ εἰς μυρίους	et pour dix mille
στρατιώτας πεζούς,	soldats fantassins,
καὶ χιλίους ἱππέας,	et mille cavaliers,
καὶ τὰς δυνάμεις πολιτικὰς	et les forces des-villes
ὑπάρξειν πρὸς τούτοις,	devoir être outre ces choses,
ὁπλίτας μὲν ἐκ Πελοποννήσου	des hoplites du Péloponèse
πλείονας ἢ δισχιλίους,	plus nombreux que deux mille,
ἑτέρους δὲ τοσούτους	et d'autres aussi-nombreux
ἐξ Ἀκαρνανίας·	de l'Acarnanie ;
τὴν δὲ ἡγεμονίαν	et le commandement
δεδόσθαι ὑμῖν	avoir été donné à vous
ὑπὸ πάντων τούτων·	par tous ceux-ci ;
ταῦτα δὲ πραχθήσεσθαι	or ces choses devoir être faites
οὐκ εἰς μακράν,	non à un *jour* lointain,
ἀλλὰ εἰς τὴν ἕκτην ἐπὶ δέκα	mais au sixième outre dix
τοῦ μηνὸς Ἀνθεστηριῶνος·	du mois Anthestérion ;
εἰρῆσθαι γὰρ	car avoir été dit
καὶ παρηγγέλθαι	et avoir été enjoint
ἐν ταῖς πόλεσιν ὑπὸ ἑαυτοῦ	dans les villes par lui-même
πάντας συνεδρεύσοντας	tous ceux qui devaient siéger
ἥκειν Ἀθήναζε	venir à Athènes

ναζε εἰς τὴν πανσέληνον. Καὶ γὰρ τοῦτο ἄνθρωπος ἴδιον καὶ οὐ
κοινὸν ποιεῖ. Οἱ μὲν γὰρ ἄλλοι ἀλαζόνες, ὅταν τι ψεύδωνται,
ἀόριστα καὶ ἀσαφῆ πειρῶνται λέγειν, φοβούμενοι τὸν ἔλεγχον·
Δημοσθένης δ᾽, ὅταν ἀλαζονεύηται, πρῶτον μὲν μεθ᾽ ὅρκου
ψεύδεται, ἐξώλειαν ἐπαρώμενος ἑαυτῷ, δεύτερον δέ, ἃ εὖ οἶδεν
οὐδέποτε ἐσόμενα, τολμᾷ λέγειν, ἀριθμῶν εἰς ὁπότ᾽ ἔσται, καὶ
ὧν τὰ σώματα οὐχ ἑώρακε, τούτων τὰ ὀνόματα λέγει, κλέπτων
τὴν ἀκρόασιν καὶ μιμούμενος τοὺς τἀληθῆ λέγοντας. Διὸ καὶ
σφόδρα ἄξιός ἐστι μισεῖσθαι, ὅτι πονηρὸς ὤν, καὶ τὰ τῶν χρη-
στῶν σημεῖα διαφθείρει. Ταῦτα δ᾽ εἰπὼν δίδωσιν ἀναγνῶναι
ψήφισμα τῷ γραμματεῖ, μακρότερον μὲν τῆς Ἰλιάδος, κενώτε-
ρον δὲ τῶν λόγων οὓς εἴωθε λέγειν, καὶ τοῦ βίου ὃν βεβίωκε,
μεστὸν δ᾽ ἐλπίδων οὐκ ἐσομένων καὶ στρατοπέδων οὐδέποτε συλ-

Athéniens, a une méthode qui lui est propre. Un menteur ordinaire
n'aurait garde de s'exprimer clairement et avec précision, dans la
crainte d'être convaincu d'imposture : mais , lorsque Démosthène
avance une fausseté, il débute par des serments, et fait des impréca-
tions sur lui-même; puis il annonce avec assurance des faits qu'il
sait bien ne devoir jamais arriver; des personnes qu'il n'a jamais
vues , il les cite par leurs noms; en un mot , pour mieux surprendre
ceux qui l'écoutent , il emprunte le langage de la vérité même ; d'autant plus digne de votre haine , que , sous le masque de la vertu , la
malice de son cœur en profane les caractères. Démosthène fit suivre sa
harangue de la lecture d'un décret plus long que l'Iliade , et plus vide
que les discours qu'il débite, que la vie qu'il mène, rempli d'espérances
chimériques et d'armées imaginaires. Dans ce décret , après avoir dé-

εἰς τὴν πανσέληνον	pour le *jour* de-pleine-lune.
Καὶ γὰρ ὁ ἄνθρωπος	Et en effet l'homme
ποιεῖ τοῦτο ἴδιον	fait cela particulier
καὶ οὐ κοινόν.	et non commun.
Οἱ μὲν γὰρ ἄλλοι ἀλαζόνες,	Car les autres imposteurs,
ὅταν ψεύδωνταί τι,	lorsqu'ils mentent en quelque chose,
πειρῶνται λέγειν	s'efforcent de dire
ἀόριστα	des choses indéterminées
καὶ ἀσαφῆ,	et non-claires,
φοβούμενοι τὸν ἔλεγχον·	craignant la preuve ;
Δημοσθένης δέ,	mais Démosthène,
ὅταν ἀλαζονεύηται,	lorsqu'il en impose,
πρῶτον μὲν ψεύδεται μετὰ ὅρκου,	d'abord ment avec serment,
ἐπαρώμενος	appelant-avec-imprécation
ἐξώλειαν ἑαυτῷ,	la perte sur lui-même,
δεύτερον δέ,	mais secondement,
τολμᾷ λέγειν ἃ οἶδεν εὖ	il ose dire *des choses* qu'il sait bien
οὐδέποτε ἐσόμενα,	jamais ne devant être,
ἀριθμῶν εἰς ὁπότε ἔσται,	nombrant pour quand elles seront,
καὶ λέγει τὰ ὀνόματα τούτων	et dit les noms de ceux
ὧν οὐχ ἑώρακε τὰ σώματα,	dont il n'a pas vu les corps,
κλέπτων τὴν ἀκρόασιν	trompant l'audition
καὶ μιμούμενος	et imitant
τοὺς λέγοντας τὰ ἀληθῆ.	ceux qui disent les choses vraies.
Διὸ ἐστι καὶ σφόδρα ἄξιος	C'est pourquoi il est aussi fort digne
μισεῖσθαι,	d'être haï,
ὅτι ὢν πονηρὸς	parce qu'étant pervers
διαφθείρει καὶ	il corrompt aussi
τὰ σημεῖα τῶν χρηστῶν.	les marques des *hommes* honnêtes.
Εἰπὼν δὲ ταῦτα	Mais ayant dit ces choses
δίδωσι ψήφισμα	il donne un décret
ἀναγνῶναι τῷ γραμματεῖ,	à lire au greffier,
μακρότερον μὲν τῆς Ἰλιάδος,	plus long que l'Iliade,
κενώτερον δὲ τῶν λόγων	et plus vide que les discours
οὓς εἴωθε λέγειν,	qu'il a coutume de dire,
καὶ τοῦ βίου ὃν βεβίωκε,	et que la vie qu'il a vécue,
μεστὸν δὲ ἐλπίδων	et plein d'espérances
οὐκ ἐσομένων	ne devant pas être
καὶ στρατοπέδων	et d'armées
οὐδέποτε συλλεγησομένων.	jamais ne devant être rassemblees.

λεγησομένων. Ἀπαγαγὼν δ' ὑμᾶς ἄποθεν ἀπὸ τοῦ κλέμματος, καὶ ἀνακρεμάσας ἀπὸ τῶν ἐλπίδων, ἐνταῦθα δὴ συστρέψας[1] γράφει, κελεύων ἑλέσθαι πρέσβεις εἰς Ἐρέτριαν, οἵτινες δεήσονται τῶν Ἐρετριέων (πάνυ γὰρ ἔδει δεηθῆναι αὐτῶν) μηκέτι διδόναι τὴν σύνταξιν ὑμῖν, τὰ πέντε τάλαντα, ἀλλὰ Καλλίᾳ· καὶ πάλιν ἑτέρους αἱρεῖσθαι εἰς Ὠρεὸν πρὸς τοὺς Ὠρείτας πρέσβεις, οἵτινες δεήσονται τὸν αὐτὸν Ἀθηναίοις[2] φίλον καὶ ἐχθρὸν νομίζειν εἶναι. Ἔπειτα ἀναφαίνεται περὶ ἁπάντων ἐν τῷ ψηφίσματι πρὸς τῷ κλέμματι γράψας, καὶ τὰ πέντε τάλαντα τοὺς πρέσβεις ἀξιοῦν τοὺς Ὠρείτας μὴ ὑμῖν, ἀλλὰ Καλλίᾳ διδόναι.

Ὅτι δ' ἀληθῆ λέγω, ἀφελὼν τὸν κόμπον, καὶ τὰς τριήρεις, καὶ τὴν ἀλαζονείαν, ἀνάγνωθι, καὶ τοῦ κλέμματος ἅψαι[3], ὃ ὑφείλετο ὁ μιαρὸς καὶ ἀνόσιος ἄνθρωπος, ὃν φησι Κτησιφῶν καὶ ἐν τῷδε τῷ ψηφίσματι διατελεῖν λέγοντα καὶ πράττοντα τὰ ἄριστα τῷ δήμῳ τῶν Ἀθηναίων.

tourné votre attention de sa friponnerie, et vous avoir tenus en suspens par une longue énumération d'avantages en idée, il vient à son but, et veut qu'on choisisse pour aller à Érétrie des députés qui prieront les Érétriens (en effet, il était bien nécessaire de les prier) de remettre leurs cinq talents, non à vous, mais à Callias; il veut de plus qu'on choisisse pour aller chez les Oritains d'autres députés qui les prieront de regarder comme leur ami et leur ennemi l'ami et l'ennemi d'Athènes. Après quoi, il fait voir encore qu'un vil intérêt est le seul motif du décret qu'il propose; on y lit cet article : « Et les députés exigeront des Oritains qu'ils paient leurs cinq talents non à vous, mais à Callias. »

Pour preuve que je dis vrai, greffier, laissez là les armées, les galères, toute cette fastueuse jactance, arrêtez-vous à la partie du décret qui prouve la basse cupidité de cet infame et odieux personnage, de cet homme qui, selon Ctésiphon, continue a servir le peuple par ses discours et par ses actions.

Ἀπαγαγὼν δὲ ὑμᾶς	Mais ayant détourné vous
ἀπόθεν ἀπὸ τοῦ κλέμματος, ·	loin de la fourberie,
καὶ ἀνακρεμάσας	et *vous* ayant tenus-en-suspens
ἀπὸ τῶν ἐλπίδων,	au moyen des espérances,
ἐνταῦθα δὴ	alors certes
συστρέψας γράφει,	s'étant replié il écrit *un décret*.
κελεύων ἑλέσθαι πρέσβεις	ordonnant de choisir des députés
εἰς Ἐρέτριαν,	pour Érétrie ,
οἵτινες δεήσονται τῶν Ἐρετριέων	lesquels prieront les Érétriens
(ἔδει γὰρ πάνυ	(car il fallait tout à fait
δεηθῆναι αὐτῶν)	prier eux)
μηκέτι διδόναι ὑμῖν	de ne plus donner à vous
τὴν σύνταξιν, τὰ πέντε τάλαντα,	l'imposition, les cinq talents,
ἀλλὰ Καλλίᾳ·	mais à Callias ;
καὶ πάλιν ἑτέρους πρέσβεις	et encore d'autres députés
αἱρεῖσθαι εἰς Ὠρεὸν	être choisis pour Orée
πρὸς τοὺς Ὠρείτας,	vers les Oritains,
οἵτινες δεήσονται νομίζειν	lesquels *les* prieront de croire
εἶναι φίλον καὶ ἐχθρὸν	être ami et ennemi
τὸν αὐτὸν Ἀθηναίοις.	le même que les Athéniens.
Ἔπειτα πρὸς τῷ κλέμματι	Ensuite outre la fourberie
περὶ ἁπάντων ἐν τῷ ψηφίσματι,	sur toutes les choses dans le décret,
ἀναφαίνεται γράψας,	il paraît ayant écrit ,
καὶ τοὺς πρέσβεις ἀξιοῦν	aussi les députés demander
τοὺς Ὠρείτας μὴ διδόναι ὑμῖν	les Oritains ne pas donner à vous
τὰ πέντε τάλαντα,	les cinq talents ,
ἀλλὰ Καλλίᾳ.	mais à Callias.
Ὅτι δὲ λέγω ἀληθῆ,	Mais que je dis des choses vraies,
ἀφελὼν τὸν κόμπον,	ayant enlevé le faste ,
καὶ τὰς τριήρεις,	et les galères,
καὶ τὴν ἀλαζονείαν,	et l'imposture ,
ἀνάγνωθι,	lis ,
καὶ ἅψαι τοῦ κλέμματος ,	et touche la fourberie,
ὃ ὁ ἄνθρωπος μιαρὸς καὶ ἀνόσιος	que l'homme impur et impie
ὠφείλετο ,	a dérobée ,
ὃν Κτησιφῶν φησι	*lui* que Ctésiphon dit
καὶ ἐν τῷδε τῷ ψηφίσματι	aussi dans ce décret
διατελεῖν λέγοντα	persévérer disant
καὶ πράττοντα τὰ ἄριστα	et faisant les meilleures choses
τῷ δήμῳ τῶν Ἀθηναίων	pour le peuple des Athéniens.

ΨΗΦΙΣΜΑ.

Οὐκοῦν τὰς μὲν τριήρεις καὶ τὴν πεζὴν στρατιάν, καὶ τὴν πανσέληνον¹, καὶ τοὺς συνέδρους λόγῳ ἠκούσατε· τὰς δὲ συντάξεις τῶν συμμάχων, τὰ δέκα τάλαντα, ἔργῳ ἀπωλέσατε.

Ὑπόλοιπον δέ μοί ἐστιν εἰπεῖν, ὅτι λαβὼν τρία τάλαντα μισθὸν τὴν γνώμην ταύτην ἔγραψε Δημοσθένης, τάλαντον μὲν ἐκ Χαλκίδος παρὰ Καλλίου, τάλαντον δ᾽ ἐξ Ἐρετρίας παρὰ Κλειτάρχου² τοῦ τυράννου, τάλαντον δὲ ἐξ Ὠρεοῦ· διὸ καὶ καταφανὴς ἐγένετο, δημοκρατουμένων τῶν Ὠρειτῶν, καὶ πάντα πραττόντων μετὰ ψηφίσματος. Ἐξανηλωμένοι γὰρ ἐν τῷ πρὸς Φίλιππον πολέμῳ, καὶ παντελῶς ἀπόρως διακείμενοι, πέμπουσι πρὸς αὐτὸν Γνωσίδημον, τὸν Χαριγένους υἱόν, τοῦ δυναστεύσαντος ποτε ἐν Ὠρεῷ, δεησόμενον αὐτοῦ, τὸ μὲν τάλαντον ἀφεῖναι τῇ πόλει, ἐπαγγελλόμενον δ᾽ αὐτῷ χαλκῆν εἰκόνα σταθήσεσθαι ἐν Ὠρεῷ. Ὁ δὲ ἀπεκρίνατο τῷ Γνωσιδήμῳ, ὅτι ἐλα-

DÉCRET.

Vous avez donc goûté. Athéniens, le vain plaisir d'entendre parler d'armées, de galères, de rendez-vous, de députés, tandis que vous avez essuyé la perte réelle de dix talents, contribution de vos alliés.

Il me reste à vous prouver que Démosthène a mis cet article dans son décret pour trois talents qu'il devait recevoir, l'un de Chalcis par les mains de Callias, l'autre d'Érétrie par les mains de Clitarque, le troisième enfin de la ville d'Orée, et c'est ce dernier talent qui a devoilé tout le mystère, car les Oritains qui ont un gouvernement démocratique, font tout par décrets. Épuisés par la guerre contre Philippe, réduits à une extrême disette, ils envoient à Démosthène Gnosidème, fils de ce Charigène autrefois tout-puissant dans leur ville, pour le prier de renoncer au talent qui lui était dû, avec promesse de lui ériger une statue d'airain. Démosthène répondit à Gnosidème qu'il n'avait que faire d'un morceau d'airain, qu'il saurait bien se faire payer par

ΨΗΦΙΣΜΑ.	DÉCRET.
Οὐκοῦν ἠκούσατε λόγῳ	Donc vous avez entendu en discours
τὰς μὲν τριήρεις	les galères
καὶ τὴν στρατιὰν πεζήν,	et l'armée de-pied,
καὶ τὴν πανσέληνον,	et le *jour* de-pleine-lune,
καὶ τοὺς συνέδρους·	et les membres-de-l'assemblée;
ἀπωλέσατε δὲ ἔργῳ	mais vous avez perdu par le fait
τὰς συντάξεις τῶν συμμάχων,	les impositions des alliés,
τὰ δέκα τάλαντα.	les dix talents.
Ἔστι δὲ ὑπόλοιπόν μοι	Mais il est restant à moi
εἰπεῖν ὅτι Δημοσθένης	de dire que Démosthène
ἔγραψε ταύτην τὴν γνώμην,	a écrit ce décret,
λαβὼν μισθὸν	ayant reçu *comme* salaire
τρία τάλαντα,	trois talents,
τάλαντον μὲν ἐκ Χαλκίδος	un talent de Chalcis
παρὰ Καλλίου,	de la part de Callias,
τάλαντον δὲ ἐξ Ἐρετρίας	et un talent d'Erétrie
παρὰ Κλειτάρχου τοῦ τυράννου,	de la part de Clitarque le tyran,
τάλαντον δὲ ἐξ Ὠρεοῦ·	et un talent d'Orée;
διὸ καὶ	c'est pourquoi aussi
ἐγένετο καταφανής, τῶν Ὠρειτῶν	il a été découvert, les Oritains
δημοκρατουμένων,	ayant-une-constitution-démocratique,
καὶ πραττόντων πάντα	et faisant toutes choses
μετὰ ψηφίσματος.	avec un décret.
Ἐξανηλωμένοι γὰρ	Car ayant été épuisés
ἐν τῷ πολέμῳ πρὸς Φίλιππον,	dans la guerre contre Philippe,
καὶ διακείμενοι	et étant placés
παντελῶς ἀπόρως,	tout à fait sans-ressources,
πέμπουσι πρὸς αὐτὸν Γνωσίδημον,	ils envoient vers lui Gnosidème,
τὸν υἱὸν Χαριγένους,	le fils de Charigène,
τοῦ δυναστεύσαντός ποτε	celui qui eut-le-pouvoir autrefois
ἐν Ὠρεῷ,	dans Orée,
δεησόμενον αὐτοῦ	devant prier lui
ἀφεῖναι μὲν τὸ τάλαντον τῇ πόλει,	de remettre le talent à la ville,
ἐπαγγελλόμενον δὲ αὐτῷ	et promettant à lui
εἰκόνα χαλκῆν	une statue d'airain
σταθήσεσθαι ἐν Ὠρεῷ.	devoir être élevée dans Orée.
Ὁ δὲ ἀπεκρίνατο τῷ Γνωσιδήμῳ,	Mais lui répondit à Gnosidème,
ὅτι δέοιτο οὐδὲν	qu'il *n*'avait besoin *en* rien

γίστου χαλκοῦ οὐδὲν δέοιτο, τὸ δὲ τάλαντον διὰ τοῦ Καλλίου
εἰσπράττειν. Ἀναγκαζόμενοι δὲ οἱ Ὠρεῖται, καὶ οὐκ εὐποροῦντες, ὑπέθεσαν αὐτῷ τοῦ ταλάντου τὰς δημοσίας προσόδους, καὶ
τόχον ἤνεγκαν Δημοσθένει τοῦ δωροδοκήματος δραχμὴν τοῦ
μηνὸς τῆς μνᾶς, ἕως τὸ κεφάλαιον ἀπέδοσαν. Καὶ ταῦτ' ἐπράχθη
μετὰ ψηφίσματος τοῦ δήμου.

Ὅτι δὲ τἀληθῆ λέγω, λάβε μοι τὸ ψήφισμα τῶν Ὠρειτῶν.

ΨΗΦΙΣΜΑ ΤΩΝ ΩΡΕΙΤΩΝ.

Τοῦτ' ἐστι τὸ ψήφισμα, ὦ ἄνδρες Ἀθηναῖοι, αἰσχύνη μὲν
τῆς πόλεως, ἔλεγχος δὲ οὐ μικρὸς τῶν Δημοσθένους πολιτευμάτων, φανερὰ δὲ κατηγορία Κτησιφῶντος. Τὸν γὰρ οὕτως αἰσχρῶς
δωροδοκοῦντα οὐκ ἔστιν ἄνδρα γεγονέναι ἀγαθόν, ἃ τετόλμηκεν
οὗτος γράψαι ἐν τῷ ψηφίσματι.

Ἐνταῦθ' ἤδη τέτακται καὶ ὁ τρίτος τῶν καιρῶν, μᾶλλον δ'
ὁ πάντων πικρότατος χρόνος, ἐν ᾧ Δημοσθένης ἀπώλεσε τὰς

Callias. Les malheureux Oritains, pressés de fournir une somme qu'ils
n'avaient pas, engagèrent les revenus publics, et promirent de lui
donner tous les mois pour intérêt une drachme par mine, jusqu'à ce
qu'ils eussent acquitté le capital; ce qui fut confirmé par un décret
du peuple.

Pour preuve de ce que je dis, qu'on lise le décret des Oritains.

DÉCRET DES ORITAINS.

Ce décret, Athéniens, est en même temps le déshonneur de la république, une preuve frappante des prévarications de Démosthène
et la condamnation évidente de Ctésiphon; car il n'est pas possible
qu'un homme capable d'un trait de cupidité aussi honteux soit un
bon citoyen, comme l'a osé dire Ctésiphon dans son décret.

C'est ici que je place le troisième temps de son administration,
époque funeste où il a perdu sans ressource les affaires d'Athènes

ἐλαχίστου χαλκοῦ,   du moindre airain,

δὲπράττειν δὲ τὸ τάλαντον   mais se faire-payer le talent

διὰ τοῦ Καλλίου.   au moyen de Callias.

Οἱ δὲ Ὠρεῖται ἀναγκαζόμενοι,   Mais les Oritains étant forcés,

καὶ οὐκ εὐποροῦντες,   et n'ayant-pas-de-ressources,

ὑπέθεσαν αὐτῷ   hypothéquèrent à lui

τοῦ ταλάντου   pour le talent

τὰς προςόδους δημοσίας,   les revenus publics,

καὶ ἤνεγκαν Δημοσθένει   et apportèrent à Démosthène

τόκον τοῦ δωροδοκήματος   *comme* intérêt de sa vénalité

δραχμὴν τοῦ μηνὸς τῆς μνᾶς,   une drachme par mois pour la mine,

ἕως ἀπέδοσαν   jusqu'à ce qu'ils eurent rendu

τὸ κεφάλαιον.   le capital.

Καὶ ταῦτα ἐπράχθη   Et ces choses furent faites

μετὰ ψηφίσματος τοῦ δήμου.   avec un décret du peuple.

Ὅτι δὲ λέγω τὰ ἀληθῆ,   Mais que je dis les choses vraies,

λάβε μοι τὸ ψήφισμα   prends-moi le décret

τῶν Ὠρειτῶν.   des Oritains.

ΨΗΦΙΣΜΑ.   DÉCRET.

Τοῦτο τὸ ψήφισμά ἐστιν,   Ce décret est,

ὦ ἄνδρες Ἀθηναῖοι,   ô hommes Athéniens,

αἰσχύνη μὲν τῆς πόλεως,   une honte de la ville,

ἔλεγχος δὲ οὐ μικρὸς   et une preuve non petite

τῶν πολιτευμάτων Δημοσθένους,   des actes-politiques de Démosthène,

κατηγορία δὲ φανερὰ   et une accusation évidente

Κτησιφῶντος.   de Ctésiphon.

Οὐκ ἔστι γὰρ   Car il n'est pas *possible*

τὸν δωροδοκοῦντα   celui qui reçoit-des-présents

οὕτως αἰσχρῶς   si honteusement

γεγονέναι ἄνδρα ἀγαθόν,   être un homme de bien,

ἃ οὗτος τετόλμηκε γράψαι   *choses* que celui-ci a osé écrire

ἐν τῷ ψηφίσματι.   dans le décret.

Ἐνταῦθα ἤδη   Ici déjà

καὶ τέτακται   aussi a été rangée

ὁ τρίτος τῶν καιρῶν,   la troisième des époques,

μᾶλλον δὲ ὁ χρόνος   mais plutôt le temps

πικρότατος πάντων.   le plus amer de tous,

ἐν ᾧ Δημοσθένης   dans lequel Démosthène

ἀπώλεσε τὰς πράξεις   a perdu les affaires

τῶν Ἑλλήνων καὶ τῆς πόλεως πράξεις, ἀσεβήσας μὲν εἰς τὸ ἱερὸν τὸ ἐν Δελφοῖς, ἄδικον δὲ καὶ οὐδαμῶς ἴσην τὴν πρὸς Θηβαίους συμμαχίαν γράψας. Ἄρξομαι δὲ ἀπὸ τῶν εἰς τοὺς θεοὺς αὐτοῦ πλημμελημάτων λέγειν.

Ἔστι γάρ, ὦ ἄνδρες Ἀθηναῖοι, τὸ Κιρραῖον ὠνομασμένον πεδίον καὶ λιμὴν ὁ νῦν ἐξάγιστος καὶ ἐπάρατος ὠνομασμένος. Ταύτην ποτὲ τὴν χώραν κατῴκησαν Κιρραῖοι καὶ Ἀκραγαλλίδαι[1], γένη παρανομώτατα, οἳ εἰς τὸ ἱερὸν τὸ ἐν Δελφοῖς καὶ τὰ ἀναθήματα ἠσέβουν, ἐξημάρτανον δὲ καὶ εἰς τοὺς Ἀμφικτύονας[2]. Ἀγανακτήσαντες δ' ἐπὶ τοῖς γινομένοις, μάλιστα μέν, ὡς λέγονται, οἱ πρόγονοι οἱ ὑμέτεροι, ἔπειτα καὶ οἱ ἄλλοι Ἀμφικτύονες, μαντείαν ἐμαντεύσαντο παρὰ τῷ θεῷ, τίνι χρὴ τιμωρίᾳ τοὺς ἀνθρώπους τούτους μετελθεῖν. Καὶ αὐτοῖς ἀναιρεῖ ἡ Πυθία, πολεμεῖν Κιρραίοις καὶ Ἀκραγαλλίδαις πάντ' ἤματα καὶ πάσας νύκτας, καὶ τὴν χώραν αὐτῶν ἐκπορθήσαντας, καὶ

et celles de la Grèce, par ses impiétés envers le temple de Delphes, par cette alliance également injuste et désavantageuse qu'il nous a fait contracter avec les Thébains. Je commence par ses crimes envers les dieux.

Il est, Athéniens, une campagne appelée Cirrhée, un port nommé le port maudit et abominable. Ce pays était jadis habité par les Cirrhéens et les Acragallides, nations criminelles, qui avaient profané le temple de Delphes, pillé les offrandes, insulté les Amphictyons. Nos ancêtres surtout, à ce que l'on rapporte, et les autres Amphictyons, indignés de ces impiétés, consultèrent l'oracle pour savoir quel châtiment on leur imposerait. « Il faut, répondit la Pythie, faire la guerre aux Cirrhéens et aux Acragallides jour et nuit, les réduire en servitude,

τῶν Ἑλλήνων καὶ τῆς πόλεως,	des Grecs et de la ville ,
ἀσεβήσας μὲν εἰς τὸ ἱερὸν	ayant été-impie envers le temple
τὸ ἐν Δελφοῖς,	celui dans Delphes,
γράψας δὲ τὴν συμμαχίαν	et ayant écrit l'alliance
ἄδικον καὶ οὐδαμῶς ἴσην	injuste et nullement égale
πρὸς Θηβαίους.	envers les Thébains.
Ἄρξομαι δὲ λέγειν	Mais je commencerai à parler
ἀπὸ τῶν πλημμελημάτων αὐτοῦ	par les délits de lui
εἰς τοὺς θεούς.	envers les dieux.
Ἔστι γάρ, ὦ ἄνδρες Ἀθηναῖοι,	Car il est, ô hommes Athéniens,
πεδίον ὠνοματμένον	une plaine nommée
τὸ Κιῤῥαῖον, καὶ λιμὴν	le Cirrhée, et un port
ὁ ὠνομασμένος νῦν	celui nommé maintenant
ἐξάγιστος καὶ ἐπάρατος.	abominable et exécrable.
Κιῤῥαῖοι καὶ Ἀκραγαλλίδαι,	Les Cirrhéens et les Acragallides,
γένη παρανομώτατα,	races très-ennemies-des-lois ,
οἳ ἠσέβουν	qui étaient-impies
εἰς τὸ ἱερὸν τὸ ἐν Δελφοῖς	envers le temple celui dans Delphes
καὶ τὰ ἀναθήματα,	et les offrandes,
ἐξημάρτανον δὲ καὶ	mais étaient-coupables aussi
εἰς τοὺς Ἀμφικτύονας,	envers les Amphictyons,
κατώκησάν ποτε	habitèrent autrefois
ταύτην τὴν χώραν.	cette contrée.
Οἱ δὲ πρόγονοι μὲν οἱ ὑμέτεροι	Mais les ancêtres vôtres
μάλιστα, ὡς λέγονται,	surtout, comme ils sont dits,
ἔπειτα καὶ	ensuite aussi
οἱ ἄλλοι Ἀμφικτύονες	les autres Amphictyons
ἀγανακτήσαντες	s'étant indignés
ἐπὶ τοῖς γινομένοις,	au sujet des choses qui avaient lieu,
ἐμαντεύσαντο μαντείαν	consultèrent l'oracle
παρὰ τῷ θεῷ,	chez le dieu,
τίνι τιμωρίᾳ χρὴ μετελθεῖν	de quel châtiment il faut poursuivre
τούτους τοὺς ἀνθρώπους.	ces hommes.
Καὶ ἡ Πυθία ἀναιρεῖ αὐτοῖς,	Et la Pythie répond à eux,
πολεμεῖν Κιῤῥαίοις	de faire-la-guerre aux Cirrhéens
καὶ Ἀκραγαλλίδαις	et aux Acragallides
πάντα ἤματα	tous les jours
καὶ πάσας νύκτας ,	et toutes les nuits,
καὶ ἐκπορθήσαντας	et ayant ravagé
τὴν χώραν αὐτῶν,	la contrée d'eux,

αὐτοὺς ἀνδραποδισαμένους, ἀναθεῖναι τῷ Ἀπόλλωνι τῷ Πυθίῳ, καὶ Ἀρτέμιδι, καὶ Λητοῖ, καὶ Ἀθηνᾷ Προνοίᾳ¹, ἐπὶ πάσῃ ἀεργίᾳ, καὶ ταύτην τὴν χώραν μήτ᾽ αὐτοὺς ἐργάζεσθαι, μήτ᾽ ἄλλον ἐᾶν. Λαβόντες δὲ τὸν χρησμὸν οἱ Ἀμφικτύονες, ἐψηφίσαντο, Σόλωνος εἰπόντος Ἀθηναίου τὴν γνώμην, ἀνδρὸς καὶ νομοθετῆται δυνατοῦ καὶ περὶ ποίησιν καὶ φιλοσοφίαν διατετριφότος, ἐπιστρατεύειν ἐπὶ τοὺς ἐναγεῖς κατὰ τὴν μαντείαν τοῦ θεοῦ· καὶ συναθροίσαντες δύναμιν ἱκανὴν τῶν Ἀμφικτυόνων, ἐξηνδραποδίσαντο τοὺς ἀνθρώπους, καὶ τοὺς λιμένας ἔχωσαν, καὶ τὴν πόλιν αὐτῶν κατέσκαψαν, καὶ τὴν χώραν αὐτῶν καθιέρωσαν κατὰ τὴν μαντείαν· καὶ ἐπὶ τούτοις ὅρκον ὤμοσαν ἰσχυρόν, μήτ᾽ αὐτοὶ τὴν ἱερὰν γῆν ἐργάσεσθαι, μήτ᾽ ἄλλῳ ἐπιτρέψειν, ἀλλὰ βοηθήσειν τῷ θεῷ, καὶ τῇ γῇ τῇ ἱερᾷ, καὶ χειρὶ καὶ ποδὶ καὶ πάσῃ δυνάμει. Καὶ οὐκ ἀπέχρησεν αὐτοῖς τοῦτον μόνον τὸν

ravager leur territoire, le consacrer à Apollon Pythien, à Diane, à Latone, à Minerve Prévoyante, le laisser entièrement inculte, ne le labourer jamais vous-mêmes, et ne point permettre qu'un autre le laboure. » D'après cette réponse, et de l'avis Solon, cet excellent législateur, ce poète philosophe, les Amphictyons résolurent de marcher contre les peuples proscrits par l'oracle. Ayant donc rassemblé des forces considérables parmi les Grecs amphictyoniques, ils réduisirent les habitants en servitude, comblèrent les ports, rasèrent les villes, en consacrèrent le sol et le territoire, suivant les ordres de la Pythie. Ils s'engagèrent de plus, par un serment solennel, à ne point labourer eux-mêmes le terrain sacré, et à ne point permettre qu'un autre le labourât, mais à défendre le dieu et le terrain qui lui était consacré, de leurs biens, de leurs personnes, de tout leur pouvoir. Ce serment ne parut pas même leur suffire, ils l'accompagnèrent d'une imprécation

καὶ ἀνδραποδισαμένους αὐτούς,   et ayant asservi eux,
ἀναθεῖναι   de consacrer *le pays*
Ἀπόλλωνι τῷ Πυθίῳ,   à Apollon le Pythien,
καὶ Ἀρτέμιδι, καὶ Λητοῖ,   et à Diane, et à Latone,
καὶ Ἀθηνᾷ Προνοίᾳ,   et à Minerve Prévoyante,
ἐπὶ πάσῃ ἀεργίᾳ,   dans toute inaction,
καὶ μήτε ἐργάζεσθαι αὐτούς   et de ne pas cultiver-eux-mêmes
ταύτην τὴν χώραν,   cette contrée,
μήτε ἐᾶν ἄλλον.   et de ne pas laisser un autre *la culti-*
Οἱ δὲ Ἀμφικτύονες,   Mais les Amphictyons,   [*ver.*
λαβόντες τὸν χρησμόν,   ayant reçu la réponse,
Σόλωνος Ἀθηναίου,   Solon l'Athénien,
ἀνδρὸς καὶ δυνατοῦ   homme et capable
νομοτεθῆσαι   d'établir-des-lois
καὶ διατετριφότος   et qui s'était adonné
περὶ ποίησιν καὶ φιλοσοφίαν,   à la poésie et à la philosophie,
εἰπόντος τὴν γνώμην,   ayant dit la motion,
ἐψηφίσαντο ἐπιστρατεύειν   décrétèrent de faire-une-expédition
ἐπὶ τοὺς ἐναγεῖς   contre les maudits
κατὰ τὴν μαντείαν τοῦ θεοῦ·   selon l'oracle du dieu;
καὶ συναθροίσαντες   et ayant réuni
δύναμιν ἱκανὴν   une force suffisante
τῶν Ἀμφικτυόνων,   des Amphictyons,
ἐξηνδραποδίσαντο   ils asservirent
τοὺς ἀνθρώπους,   les hommes,
καὶ ἔχωσαν τοὺς λιμένας,   et comblèrent les ports,
καὶ κατέσκαψαν τὴν πόλιν αὐτῶν,   et rasèrent la ville d'eux,
καὶ καθιέρωσαν τὴν χώραν αὐτῶν   et consacrèrent la contrée d'eux
κατὰ τὴν μαντείαν·   selon l'oracle;
καὶ ἐπὶ τούτοις   et outre ces choses
ὤμοσαν ὅρκον ἰσχυρόν,   ils jurèrent un serment fort,
μήτε αὐτοὶ ἐργάσεσθαι   ni eux-mêmes devoir cultiver
τὴν γῆν ἱεράν,   la terre sacrée,
μήτε ἐπιτρέψειν ἄλλῳ,   ni devoir *le* permettre à un autre,
ἀλλὰ βοηθήσειν τῷ θεῷ,   mais devoir secourir le dieu,
καὶ τῇ γῇ τῇ ἱερᾷ,   et la terre sacrée,
καὶ χειρὶ καὶ ποδὶ   et de la main et du pied
καὶ πάσῃ δυνάμει.   et de toute force.
Καὶ οὐκ ἀπέχρησεν αὐτοῖς   Et il ne suffit pas à eux
ὀμόσαι τοῦτον τὸν ὅρκον μόνον,   d'avoir juré ce serment seul,

ὅρκον ὀμόσαι, ἀλλὰ καὶ προςτροπὴν καὶ ἀρὰν ἰσχυρὰν ὑπὲρ τούτων ἐποιήσαντο. Γέγραπται γὰρ οὕτως ἐν τῇ ἀρᾷ · « Εἴ τις τάδε,
φησί, παραβαίνοι, ἢ πόλις, ἢ ἰδιώτης, ἢ ἔθνος, ἐναγής, φησίν,
ἔστω τοῦ Ἀπόλλωνος, καὶ τῆς Ἀρτέμιδος, καὶ Λητοῦς, καὶ
Ἀθηνᾶς Προνοίας. » Καὶ ἐπεύχεται αὐτοῖς μήτε γῆν καρποὺς
φέρειν, μήτε γυναῖκας τέκνα τίκτειν γονεῦσιν ἐοικότα, ἀλλὰ
τέρατα, μήτε βοσκήματα κατὰ φύσιν γονὰς ποιεῖσθαι · ἧτταν δὲ
αὐτοῖς εἶναι πολέμου, καὶ δικῶν, καὶ ἀγορῶν, καὶ ἐξώλεις εἶναι
καὶ αὐτοὺς, καὶ οἰκίας, καὶ γένος τὸ ἐκείνων. Καὶ « μήποτε,
φησίν, ὁσίως θύσαιεν τῷ Ἀπόλλωνι, μηδὲ τῇ Ἀρτέμιδι, μηδὲ
τῇ Λητοῖ, μηδ᾽ Ἀθηνᾷ Προνοίᾳ, μηδὲ δέξαιντο αὐτῶν τὰ ἱερά. »

Ὅτι δ᾽ ἀληθῆ λέγω, ἀνάγνωθι τὴν τοῦ θεοῦ μαντείαν. Ἀκούσατε τῆς ἀρᾶς, ἀναμνήσθητε τῶν ὅρκων, οὓς ὑμῶν οἱ πρόγονοι
μετὰ τῶν Ἀμφικτυόνων συνώμοσαν.

horrible conçue en ces termes : « Si des villes, si des particuliers
ou des peuples violent ces serments, qu'ils soient exécrables, dévoués à la colère d'Apollon Pythien, de Diane, de Latone, de Minerve
Prévoyante; que la terre ne produise pas pour eux ses fruits; que
leurs femmes ne leur donnent que des monstres, et non des enfants qui
leur ressemblent; que même leurs troupeaux engendrent contre
l'ordre de la nature; qu'ils ne réussissent ni dans la guerre, ni dans
les procès, ni dans le commerce; qu'ils périssent misérable-
ment, eux, leurs maisons, leurs familles; que leurs sacrifices ne
soient agréés ni d'Apollon Pythien, ni de Diane, ni de Latone, ni de
Minerve Prévoyante; que même leurs offrandes ne soient pas reçues
de ces dieux! »

Pour preuve de ce que je dis, greffier, lisez-nous la réponse de l'oracle. Écoutez, Athéniens, écoutez l'imprécation horrible; rappelez-vous
aussi les serments des Amphictyons, les serments de vos ancêtres.

ἀλλὰ καὶ ἐποιήσαντο	mais encore ils firent
ὑπὲρ τούτων	outre ces choses
προςτροπὴν	une malédiction
καὶ ἀρὰν ἰσχυράν.	et une imprécation forte.
Γέγραπται γὰρ οὕτως	Car il a été écrit ainsi
ἐν τῇ ἀρᾷ·	dans l'imprécation :
« Εἴ τις, φησίν,	« Si quelqu'un, dit-elle,
ἢ πόλις, ἢ ἰδιώτης, ἢ ἔθνος,	ou ville, ou particulier, ou peuple,
παραβαίνοι τάδε,	transgresse ces choses,
ἔστω ἐναγής, φησί,	qu'il soit maudit, dit-elle,
τοῦ Ἀπόλλωνος,	d'Apollon,
καὶ τῆς Ἀρτέμιδος, καὶ Λητοῦς,	et de Diane, et de Latone,
καὶ Ἀθηνᾶς Προνοίας. »	et de Minerve Prévoyante. »
Καὶ ἐπεύχεται αὐτοῖς	Et elle souhaite à eux
μήτε γῆν φέρειν καρπούς,	ni la terre porter des fruits,
μήτε γυναῖκας τίκτειν	ni les femmes enfanter
τέκνα ἐοικότα γονεῦσιν,	des enfants ressemblant aux pères,
ἀλλὰ τέρατα,	mais des monstres,
μήτε βοσκήματα ποιεῖσθαι	ni les troupeaux faire
γονὰς κατὰ φύσιν·	des petits selon nature ;
ἥτταν δὲ εἶναι αὐτοῖς	mais l'infériorité être à eux
πολέμου, καὶ δικῶν,	de la guerre, et des procès,
καὶ ἀγορῶν,	et des assemblées,
καὶ εἶναι ἐξώλεις	et être détruits
καὶ αὐτούς, καὶ οἰκίας,	et eux-mêmes, et les maisons,
καὶ τὸ γένος ἐκείνων.	et la race de ceux-là.
Καὶ «μήποτε, φησί,	Et « que jamais, dit-elle,
θύσαιεν ὁσίως	ils ne sacrifient saintement
τῷ Ἀπόλλωνι,	à Apollon,
μηδὲ τῇ Ἀρτέμιδι, μήτε τῇ Λητοῖ,	ni à Diane, ni à Latone,
μηδὲ Ἀθηνᾷ Προνοίᾳ,	ni à Minerve Prévoyante,
μηδὲ δέξαιντο	ni qu'ils n'accueillent
τὰ ἱερὰ αὐτῶν. »	les offrandes d'eux. »
Ὅτι δὲ λέγω ἀληθῆ,	Mais que je dis des choses vraies,
ἀνάγνωθι τὴν μαντείαν τοῦ θεοῦ.	lis l'oracle du dieu.
Ἀκούσατε τῆς ἀρᾶς,	Écoutez l'imprécation,
ἀναμνήσθητε τῶν ὅρκων,	rappelez-vous les serments,
οὓς οἱ πρόγονοι ὑμῶν	que les ancêtres de vous
συνώμοσαν	ont jurés-de-concert
μετὰ τῶν Ἀμφικτυόνων.	avec les Amphictyons.

ΜΑΝΤΕΙΑ.

Οὐ πρὶν τῆςδε πόλιος ἐρείψετε πύργον ἑλόντες,
πρίν γε θεοῦ τεμένη κυανώπιδος Ἀμφιτρίτης
κῦμα ποτικλύζῃ κελαδοῦν ἱεραῖσιν ἐπ' ἀκταῖς.

ΟΡΚΟΙ. ΑΡΑ.

Ταύτης τῆς ἀρᾶς, καὶ τῶν ὅρκων, καὶ τῆς μαντείας γενομένης, ἀναγεγραμμένων ἔτι καὶ νῦν, οἱ Λοκροὶ οἱ Ἀμφισσεῖς [1], μᾶλλον δὲ οἱ προεστηκότες αὐτῶν ἄνδρες παρανομώτατοι, ἐπειργάζοντο τὸ πεδίον, καὶ τὸν λιμένα τὸν ἐξάγιστον καὶ ἐπάρατον πάλιν ἐτείχισαν καὶ συνῴκισαν, καὶ τέλη τοὺς καταπλέοντας ἐξέλεγον, καὶ τῶν ἀφικνουμένων εἰς Δελφοὺς πυλαγόρων ἐνίους χρήμασι διέφθειραν, ὧν εἷς ἦν Δημοσθένης. Χειροτονηθεὶς γὰρ ὑφ' ὑμῶν πυλαγόρας, λαμβάνει χιλίας δραχμὰς παρὰ τῶν Ἀμφισσέων, τοῦ μηδεμίαν μνείαν περὶ αὐτῶν ἐν τοῖς Ἀμφικτύοσι ποιήσασθαι. Διωμολογήθη δ' αὐτῷ καὶ εἰς τὸν λοιπὸν χρόνον ἀποσταλήσεσθαι Ἀθήναζε τοῦ ἐνιαυτοῦ ἑκάστου μνᾶς εἴκοσι τῶν

ORACLE.

« Vous n'abattrez jamais les remparts de cette ville avant que les flots de la mer viennent baigner le temple et se briser en mugissant sur les bords du champ sacré d'Apollon. »

Malgré cette imprécation, ces serments et cette réponse de l'oracle, gravés encore aujourd'hui sur la pierre, les Locriens d'Amphisse, ou plutôt leurs chefs, les plus scélérats des hommes, laborèrent le terrain sacré, reparèrent et habitèrent le port maudit et abominable, exigèrent des péages de ceux qui y entraient, et corrompirent à force d'argent quelques uns des pylagores, parmi lesquels était Démosthène. Celui-ci, nommé par vous pylagore, reçut des Amphissiens mille drachmes pour ne rien dire à leur sujet dans le conseil des Amphictyons. De plus, on convint de lui envoyer à l'avenir tous les ans, à Athènes, vingt

MANTEIA.

« Οὐκ ἐρείψετε
πύργον τῆςδε πόληος
ἑλόντες, πρίν,
πρίν γε κῦμα
Ἀμφιτρίτης χυανώπιδος
χελαδοῦν ἐπὶ ἀκταῖς ἱεραῖσι
ποτικλύζῃ τεμένη θεοῦ. »

ΟΡΚΟΙ. ΑΡΑ.

Ταύτης τῆς ἀρᾶς, χαὶ τῶν ὅρχων,
χαὶ τῆς μαντείας γενομένης
ἀναγεγραμμένων
ἔτι χαὶ νῦν,
οἱ Λοχροὶ οἱ Ἀμφισσεῖς,
μᾶλλον δὲ οἱ ἄνδρες
παρανομώτατοι
προεστηχότες αὐτῶν,
ἐπειργάζοντο τὸ πεδίον,
χαὶ ἐτείχισαν πάλιν
χαὶ συνῴχισαν τὸν λιμένα
τὸν ἐξάγιστον χαὶ ἐπάρατον,
χαὶ ἐξέλεγον τέλη
τοὺς χαταπλέοντας,
χαὶ διέφθειραν χρήμασιν
ἐνίους τῶν πυλαγόρων
ἀφιχνουμένων εἰς Δελφούς,
ὧν Δημοσθένης ἦν εἷς.
Χειροτονηθεὶς γὰρ ὑπὸ ὑμῶν
πυλαγόρας,
λαμβάνει χιλίας δραχμὰς
παρὰ τῶν Ἀμφισσέων,
τοῦ ποιήσασθαι
μηδεμίαν μνείαν περὶ αὐτῶν
ἐν τοῖς Ἀμφικτύοσι.
Διωμολογήθη δὲ αὐτῷ
χαὶ εἰς τὸν χρόνον λοιπὸν
εἴχοσι μνᾶς τῶν χρημάτων
ἐξαγίστων χαὶ ἐπαράτων

ORACLE.

« Vous ne renverserez pas
la tour de cette ville
*l'*ayant prise, avant,
avant certes que le flot
d'Amphitrite à-la-face-azurée
mugissant sur les rivages sacrés
ne baigne les champs du dieu. »

SERMENTS. IMPRÉCATION.

Cette imprécation, et les serments,
et l'oracle qui eut lieu
étant inscrits
encore même maintenant,
les Locriens ceux d'Amphisse,
mais plutôt les hommes
très-ennemis-des-lois
placés-à-la-tête d'eux,
cultivèrent la plaine,
et bâtirent de nouveau
et habitèrent le port
celui abominable et exécrable,
et recueillirent des impôts
de ceux qui abordaient,
et corrompirent par des sommes
quelques-uns des pylagores
qui allaient à Delphes,
dont Démosthène était un
Car ayant été élu par vous
pylagore,
il reçoit mille drachmes
de la part des Amphissiens,
pour le *ne* faire
aucune mention sur eux
chez les Amphictyons.
Mais il fut convenu avec lui
aussi pour le temps restant
vingt mines des fonds
abominables et exécrables

ἐξαγίστων καὶ ἐπαράτων χρημάτων, ἐφ' ᾧ τε βοηθήσειν τοῖς
Ἀμφισσεῦσιν Ἀθήνησι κατὰ πάντα τρόπον. Ὅθεν ἔτι μᾶλλον
ἢ πρότερον συμβέβηκεν αὐτῷ, ὅτου ἂν προσάψηται, ἢ ἀνδρὸς
ἰδιώτου, ἢ δυνάστου, ἢ πόλεως δημοκρατουμένης, τούτων ἑκάστους ἀνιάτοις κακοῖς περιβάλλειν.

Σκέψασθε δὴ τὸν δαίμονα καὶ τὴν τύχην, ὅσῳ περιεγένετο
τῆς τῶν Ἀμφισσέων ἀσεβείας. Ἐπὶ γὰρ Θεοφράστου ἄρχοντος,
ἱερομνήμονος ὄντος Διογνήτου Ἀναφλυστίου, πυλαγόρους ὑμεῖς
εἵλεσθε Μειδίαν τε ἐκεῖνον τὸν Ἀναγυράσιον, ὃν ἐβουλόμην ἂν
πολλῶν ἕνεκα ζῆν, καὶ Θρασυκλέα τὸν ἐξ Οἴου, καὶ τρίτον
μετὰ τούτων ἐμέ. Συνέβη δ' ἡμῖν ἀρτίως μὲν εἰς Δελφοὺς
ἀφῖχθαι, παραχρῆμα δὲ τὸν ἱερομνήμονα Διόγνητον πυρέτ-
τειν· τὸ δ' αὐτὸ τοῦτο συμπεπτώκει καὶ τῷ Μειδίᾳ [1]. Οἱ
δ' ἄλλοι συνεκάθηντο Ἀμφικτύονες. Ἐξηγγέλλετο δ' ἡμῖν παρὰ
τῶν βουλομένων εὔνοιαν ἐνδείκνυσθαι τῇ πόλει, ὅτι οἱ Ἀμφισ-

mines de cet argent impie et sacrilége, à condition qu'il défendrait
les Amphissiens de tout son pouvoir auprès du peuple. De là il est
arrivé, plus encore qu'auparavant, que tous ceux qui l'approchaient,
particuliers, princes, ou républiques, étaient bientôt plongés dans des
maux irrémédiables.

Mais admirez, Athéniens, comment la divinité et la fortune ont
triomphé de l'impiété des Locriens d'Amphisse. Sous l'archonte Théo-
phraste, et sous l'hiéromnémon Diognète, vous choisîtes pour députés
Midias d'Anagyrase (et je voudrais pour plus d'une raison qu'il vécût
encore), Thrasiclès, et moi troisième avec eux. Dès que nous fûmes arrivés à Delphes, Diognète, notre hiéromnémon, fut attaqué de la fièvre;
la même chose était arrivée à Midias. Les autres Amphictyons avaient
déjà pris séance : quelques uns d'entre eux, qui voulaient donner à
notre ville des preuves de leur attachement, nous firent savoir que
les habitants d'Amphisse, livrés alors et dévoués aux Thébains, pro-

ἀποσταλήσεσθαι Ἀθήναζε	devoir être envoyés à Athènes
ἑκάστου τοῦ ἐνιαυτοῦ,	chaque année,
ἐπὶ ᾧ τε βοηθήσειν	à condition de devoir secourir
τοῖς Ἀμφισσεῦσιν Ἀθήνησι	les Amphissiens à Athènes
κατὰ πάντα τρόπον.	de toute manière.
Ὅθεν συμβέβηκεν αὐτῷ	D'où il arriva a lui
ἔτι μᾶλλον ἢ πρότερον,	encore plus que précédemment,
ὅτου ἂν προςάψηται,	quoi qu'il ait touché,
ἢ ἀνδρὸς ἰδιώτου,	ou homme particulier,
ἢ δυνάστου, ἢ πόλεως '	ou prince, ou ville
δημοκρατουμένης	régie-démocratiquement,
περιβάλλειν ἑκάστους τούτων	d'enyelopper chacun de ceux-ci
κακοῖς ἀνιάτοις.	de maux irrémédiables.
Σκέψασθε δὴ	Or considérez
τὸν δαίμονα καὶ τὴν τύχην,	la divinité et la fortune,
ὅσῳ περιεγένετο	de combien elle fut-supérieure
τῆς ἀσεβείας τῶν Ἀμφισσέων.	à l'impiété des Amphissiens.
Ἐπὶ γὰρ Θεοφράστου ἄρχοντος,	Car sous Théophraste archonte,
Διογνήτου Ἀναφλυστίου	Diognète d'Anaphlyste
ὄντος ἱερομνήμονος,	étant hiéromaémon,
ὑμεῖς εἵλεσθε πυλαγόρους	vous choisîtes comme pylagores
ἐκεῖνόν τε Μειδίαν	et ce Midias
τὸν Ἀναγυράσιον,	celui d'Anagyrase,
ὃν ἂν ἐβουλόμην ζῆν	que je voudrais voir vivre
ἕνεκα πολλῶν,	pour de nombreux motifs,
καὶ Θρασυκλέα τὸν ἐξ Οἴου,	et Thrasyclès celui d'OEée,
καὶ ἐμὲ τρίτον μετὰ τούτων.	et moi troisième avec ceux-ci.
Συνέβη δὲ ἡμῖν	Mais il arriva à nous
ἀφῖχθαι μὲν ἀρτίως εἰς Δελφούς,	d'être rendus récemment à Delphes,
παραχρῆμα δὲ	et aussitôt
τὸν Διόγνητον ἱερομνήμονα	Diognète l'hiéromnémon
πυρέττειν·	avoir-la-fièvre ;
τοῦτο δὲ τὸ αὐτὸ	et cela même
συμπεπτώκει καὶ τῷ Μειδίᾳ.	était arrivé aussi à Midias.
Οἱ δὲ ἄλλοι Ἀμφικτύονες	Mais les autres Amphictyons
συνεκάθηντο.	siégeaient-ensemble.
Ἐξηγγέλλετο δὲ ἡμῖν	Or il fut annoncé à nous
παρὰ τῶν βουλομένων	de la part de ceux qui voulaient
ἐνδείκνυσθαι εὔνοιαν τῇ πόλει,	montrer de la bienveillance à la ville,
ὅτι οἱ Ἀμφισσεῖς,	que les Amphissiens,

σεῖς, ὑποπεπτωκότες· τότε καὶ δεινῶς θεραπεύοντες τοὺς Θηβαίους, εἰσέφερον δόγμα κατὰ τῆς ὑμετέρας πόλεως, πεντήκοντα ταλάντοις ζημιῶσαι τὸν δῆμον τὸν Ἀθηναίων, ὅτι χρυσᾶς
ἀσπίδας ἀνέθεμεν πρὸς τὸν καινὸν νεών [1], πρὶν ἐξαρᾶσθαι, καὶ
ἐπεγράψαμεν τὸ προσῆκον ἐπίγραμμα· « Ἀθηναῖοι ἀπὸ Μήδων [2]
καὶ Θηβαίων [3], ὅτε τἀναντία τοῖς Ἕλλησιν ἐμάχοντο. » Μετα-
πεμψάμενος δ' ἐμὲ ὁ ἱερομνήμων ἠξίου με εἰσελθεῖν εἰς τὸ συνέδριον, καὶ εἰπεῖν τι πρὸς τοὺς Ἀμφικτύονας ὑπὲρ τῆς πόλεως,
καὶ αὐτὸν οὕτω προῃρημένον. Ἀρχομένου δέ μου λέγειν, καὶ
προθυμότερόν πως εἰσεληλυθότος εἰς τὸ συνέδριον, τῶν ἄλλων
πυλαγόρων μεθεστηκότων, ἀναβοήσας τις τῶν Ἀμφισσέων, ἄνθρωπος ἀσελγέστατος, καί, ὡς ἐμοὶ ἐφαίνετο, οὐδεμιᾶς παιδείας
μετεσχηκώς, ἴσως δὲ καὶ δαιμονίου τινὸς ἐξαμαρτάνειν αὐτὸν

posaient contre nous un décret, et qu'ils voulaient nous faire condamner
à une amende de cinquante talents, pour avoir suspendu des boucliers
d'or aux voûtes du nouveau temple, avant qu'il fût consacré , et avoir
mis cette inscription qui n'avait rien que de juste : « Dépouilles rem-
portées par les Athéniens sur les Perses et les Thébains , lorsqu'ils
combattaient ensemble contre les Grecs. » Diognète l'hiéromnémon me
fit avertir de me rendre à l'assemblée des Amphictyons , pour défendre la république , ce que je m'étais déjà proposé de moi-même.
J'étais seul d'Athènes , mes collègues étaient absents ; j'arrivai donc ,
j'entrai d'un air assez animé ; et , comme j'ouvrais la bouche pour
justifier ma patrie , je fus interrompu par les clameurs d'un Amphissien, homme brutal, et , à ce qu'il me parut, sans éducation ; peut-être
aussi quelque dieu le poussait-il à commettre une telle faute. « Grecs,

ὑποπεπτωκότες	ayant fléchi-sous *les Thébains*
καὶ θεραπεύοντες δεινῶς	et servant d'une-manière-étrange
τοὺς Θηβαίους,	les Thébains,
εἰςέφερον δόγμα	présentaient un décret
κατὰ τῆς πόλεως ὑμετέρας,	contre la ville vôtre,
ζημιῶσαι·	pour punir-d'une-amende
πεντήκοντα ταλάντοις	de cinquante talents
τὸν δῆμον τὸν Ἀθηναίων,	le peuple des Athéniens,
ὅτι ἀνέθεμεν	parce que nous avions suspendu
ὀσπίδας χρυσᾶς	des boucliers d'or
πρὸς τὸν νεὼν καινόν,	dans le temple nouveau,
πρὶν ἐξαράσθαι,	avant *ce temple* être consacré,
καὶ ἐπεγράψαμεν	et que nous avions inscrit
τὸ ἐπίγραμμα προςῆκον·	l'inscription qui convenait :
« Ἀθηναῖοι ἀπὸ Μήδων	« Les Athéniens des Mèdes [taient
καὶ Θηβαίων, ὅτε ἐμάχοντο	et des Thébains, quand ils combat-
τὰ ἐναντία τοῖς Ἕλλησιν. »	contre les Grecs. »
Ὁ δὲ ἱερομνήμων	Mais l'hiéromnémon
μεταπεμψάμενος ἐμὲ	ayant mandé moi
ἠξίου με εἰςελθεῖν	pria moi d'entrer
εἰς τὸ συνέδριον,	dans l'assemblée,
καὶ εἰπεῖν τι	et de dire quelque chose
πρὸς τοὺς Ἀμφικτύονας	devant les Amphictyons
ὑπὲρ τῆς πόλεως,	pour la ville,
καὶ αὐτὸν προχρημένον οὕτω.	aussi moi-même ayant décidé ainsi.
Μοῦ δὲ ἀρχομένου λέγειν,	Or moi commençant à parler,
καὶ εἰςεληλυθότος	et étant entré
προθυμότερόν πως	avec-trop-d'ardeur en quelque sorte
εἰς τὸ συνέδριον,	dans l'assemblée,
τῶν ἄλλων πυλαγόρων	les autres pylagores
μεθεστηκότων,	étant absents,
τις τῶν Ἀμφισσέων,	quelqu'un des Amphissiens,
ἄνθρωπος ἀσελγέστατος,	homme très-insolent,
καί, ὡς ἐφαίνετο ἐμοί,	et, comme il paraissait à moi,
μετεσχηκὼς	n'ayant-eu-en-partage
οὐδεμιᾶς παιδείας,	aucune éducation,
ἴσως δὲ καὶ τινὸς δαιμονίου	mais peut-être aussi quelque divinité
προχγομένου αὐτὸν	poussant lui
ἐξαμαρτάνειν	à commettre-une-faute,
ἀναβόησας·	ayant crié :

προαγομένου· «Ἀρχὴν δέ γε, ἔφη, ὦ ἄνδρες Ἕλληνες, εἰ ἐσωφρονεῖτε, οὐδ' ἂν ὠνομάζετο τοὔνομα τοῦ δήμου τοῦ Ἀθηναίων ἐν ταῖςδε ταῖς ἡμέραις, ἀλλ' ὡς ἐναγεῖς ἐξείργετ' ἂν ἐκ τοῦ ἱεροῦ.» Ἅμα δὲ ἐμέμνητο τῆς τῶν Φωκέων συμμαχίας, ἣν ὁ Κρώβυλος ἐκεῖνος[1] ἔγραψε, καὶ ἄλλα πολλὰ καὶ δυσχερῆ κατὰ τῆς πόλεως διεξήει λέγων, ἃ ἐγὼ οὔτε τότ' ἐκαρτέρουν ἀκούων, οὔτε νῦν ἡδέως μέμνημαι αὐτῶν.

Ἀκούσας δὲ οὕτω παρωξύνθην, ὡς οὐδεπώποτ' ἐν τῷ ἐμαυτοῦ βίῳ. Καὶ τοὺς μὲν ἄλλους λόγους ὑπερβήσομαι· ἐπήει δ' οὖν μοι ἐπὶ τὴν γνώμην μνησθῆναι τῆς τῶν Ἀμφισσέων περὶ τὴν γῆν τὴν ἱερὰν ἀσεβείας, καὶ αὐτόθεν ἑστηκὼς ἐδείκνυον τοῖς Ἀμφικτύοσιν· ὑπόκειται γὰρ τὸ Κιῤῥαῖον πεδίον τῷ ἱερῷ, καὶ ἔστιν εὐσύνοπτον. «Ὁρᾶτ', ἔφην ἐγώ, ὦ ἄνδρες Ἀμφικτύονες, ἐξειργασμένον τουτὶ τὸ πεδίον ὑπὸ τῶν Ἀμφισσέων, καὶ κερα-

dit-il, si vous étiez sages, vous n'auriez pas même prononcé en ces jours le nom des Athéniens, vous les auriez chassés du temple, comme des gens exécrables. » Il reprochait en même temps à notre république l'alliance avec les Phocéens que Crobyle avait proposée; il débitait contre elle mille autres propos injurieux que je n'eus pas alors la patience d'entendre, et que même à présent je ne puis me rappeler sans indignation.

Je fus irrité dans cette circonstance plus que je ne l'avais été de ma vie. Je supprime les discours que j'opposai pour lors à ceux de l'Amphissien : avant de finir, il me vint à l'esprit de rappeler aux Amphictyons l'impiété des habitants d'Amphisse envers le terrain sacré ; et de la place où j'étais, leur montrant la campagne des Cirrhéens (cette campagne est précisément au-dessous du temple, et on la découvre de là facilement) : «Vous voyez, leur disais-je, vous voyez, Amphictyons, cette campagne labourée par les Amphissiens, ces chau-

« Ἀρχὴν δέ γε,
ὦ ἄνδρες Ἕλληνες, ἔφη,
εἰ ἐσωφρονεῖτε,
οὐδὲ τὸ ὄνομα
τοῦ δήμου τῶν Ἀθηναίων
ἂν ὠνομάζετο
ἐν ταῖσδε ταῖς ἡμέραις,
ἀλλὰ ἐξείργετε ἂν ἐκ τοῦ ἱεροῦ
ὡς ἐναγεῖς. »
Ἅμα δὲ ἐμέμνητο
τῆς συμμαχίας τῶν Φωκέων,
ἣν ἐκεῖνος ὁ Κρώβυλος ἔγραψε,
καὶ διεξῄει
λέγων ἄλλα
πολλὰ καὶ δυσχερῆ
κατὰ τῆς πόλεως,
ἃ ἐγὼ οὔτε τότε
ἐκαρτέρουν ἀκούων,
οὔτε μέμνημαι αὐτῶν
νῦν ἡδέως.
Ἀκούσας δὲ
παρωξύνθην οὕτως,
ὡς οὐδεπώποτε
ἐν τῷ βίῳ ἐμαυτοῦ.
Καὶ ὑπερβήσομαι μὲν
τοὺς ἄλλους λόγους·
ἐπῄει δὲ οὖν
ἐπὶ τὴν γνώμην μοι
μνησθῆναι τῆς ἀσεβείας
τῶν Ἀμφισσέων
περὶ τὴν γῆν τὴν ἱεράν,
καὶ αὐτόθεν ἑστηκὼς
ἐδείκνυον τοῖς Ἀμφικτύοσι·
τὸ γὰρ πεδίον Κιῤῥαῖον
ὑπόκειται τῷ ἱερῷ,
καὶ ἔστιν εὐσύνοπτον.
« Ὁρᾶτε, ἔφην ἐγώ,
ὦ ἄνδρες Ἀμφικτύονες,
τουτὶ τὸ πεδίον ἐξειργασμένον
ὑπὸ τῶν Ἀμφισσέων,

« Or *dans* le principe certes,
ô hommes Grecs, dit-il,
si vous étiez-sensés,
pas même le nom
du peuple des Athéniens
ne serait nommé
dans ces jours-ci,
mais vous *les* excluriez du temple
comme maudits. »
Mais en même temps il rappelait
l'alliance des Phocéens,
que ce Crobyle a écrite,
et parcourait
disant d'autres choses
nombreuses et fâcheuses
contre la ville,
que moi ni alors
je *ne* supportais entendant,
ni je *ne* me rappelle elles
maintenant avec plaisir.
    Mais ayant entendu
je fus irrité ainsi,
comme jamais-encore
dans la vie de moi-même.
Et je passerai-sous-silence
les autres discours;
mais il vint donc
dans la pensée à moi
de faire-mention de l'impiété
des Amphissiens
concernant la terre sacrée,
et de là me tenant-debout
je montrais aux Amphictyons;
car la plaine cirrhéenne
est située-sous le temple,
et est facile-à-embrasser-par-la-vue.
« Vous voyez, dis-je,
ô hommes Amphictyons,
cette plaine cultivée
par les Amphissiens,

μεῖα ἐνῳκοδομημένα καὶ αὔλια· ὁρᾶτε τοῖς ὀφθαλμοῖς τὸν ἐξάγιστον καὶ ἐπάρατον λιμένα τετειχισμένον· ἴστε τούτους αὐτοί,
καὶ οὐδὲν ἑτέρων δεῖσθε μαρτύρων, τέλη πεπραχότας, καὶ χρήματα λαμβάνοντας ἐκ τοῦ ἱεροῦ λιμένος. » Ἅμα δὲ ἀναγιγνώσκειν ἐκέλευον αὐτοῖς τὴν μαντείαν τοῦ θεοῦ, τὸν ὅρκον τῶν προγόνων, τὴν ἀρὰν τὴν γενομένην, καὶ διωριζόμην ὅτι ἐγὼ μὲν
ὑπὲρ τοῦ δήμου τοῦ Ἀθηναίων, καὶ τοῦ σώματος, καὶ τῶν
τέκνων, καὶ οἰκίας τῆς ἐμαυτοῦ βοηθῶ κατὰ τὸν ὅρκον καὶ τῷ
θεῷ, καὶ τῇ γῇ τῇ ἱερᾷ, καὶ χειρί, καὶ ποδί, καὶ φωνῇ, καὶ
πᾶσιν οἷς δύναμαι, καὶ τὴν πολιν τὴν ἡμετέραν τὰ πρὸς τοὺς
θεοὺς ἀφοσιῶ. « Ὑμεῖς δ' ὑπὲρ ὑμῶν αὐτῶν ἤδη βουλεύεσθε.
Ἐνῆρται μὲν τὰ κανᾶ[1], παρέστηκε δὲ τοῖς βωμοῖς τὰ θύματα,
μέλλετε δ' αἰτεῖν τοὺς θεοὺς τἀγαθὰ καὶ κοινῇ καὶ ἰδίᾳ. Σκοπεῖτε
δὴ ποίᾳ φωνῇ, ποίᾳ ψυχῇ, ποίοις ὄμμασι, τίνα τόλμαν κτησάμενοι, τὰς ἱκεσίας ποιήσεσθε, τούτους παρέντες ἀτιμωρήτους

nières et ces poteries dont ils l'ont chargée. Vous voyez de vos
propres yeux ce port maudit et abominable entièrement rétabli.
Vous savez par vous-mêmes, et vous n'avez pas besoin d'autres té-
moignages , qu'ils exigent des droits et qu'ils perçoivent de l'argent
dans un port consacré. » En même temps je leur faisais lire la réponse
de l'oracle, le serment et l'imprécation de leurs ancêtres ; je pro-
testais que , pour moi , je prendrais en main les intérêts du peuple
d'Athènes , les miens propres , ceux de mes enfants et de ma famille ; que , fidèle au serment , je secourrais Apollon et le terrain
qui lui était consacré , de ma personne , de mes biens , de ma voix ,
de tout mon pouvoir; que j'acquitterais ma patrie envers les dieux.
« Pour vous , Amphictyons , songez à vous-mêmes : les corbeilles sacrées sont levées ; les victimes sont au pied de l'autel ; vous allez implorer la faveur des dieux , et pour vous en particulier , et pour la
nation en général : considérez, je vous prie, de quelle voix, avec
quels sentiments, de quel œil, de quel front vous leur adresserez
vos prières, si vous laissez impunis des hommes exécrables qui ont

καὶ κεραμεῖα καὶ αὔλια   et des poteries et des cabanes
ἐνῳκοδομημένα·   bâties-dedans ;
ὁρᾶτε τοῖς ὀφθαλμοῖς   vous voyez avec les yeux
τὸν λιμένα ἐξάγιστον   le port abominable
καὶ ἐπάρατον τετειχισμένον·   et exécrable construit ;
αὐτοὶ ἴστε,   vous-mêmes vous savez ,
καὶ δεῖσθε οὐδὲν   et n'avez-besoin en rien
ἑτέρων μαρτύρων,   d'autres témoins ,
τούτους πεπραχότας τέλη,   ceux-ci ayant perçu des impositions,
καὶ λαμβάνοντας χρήματα   et recevant des sommes
ἐκ τοῦ λιμένος ἱεροῦ. »   du port sacré. »
Ἅμα δὲ ἐκέλευον   Et en même temps j'ordonnais
ἀναγιγνώσκειν αὐτοῖς   de lire à eux
τὴν μαντείαν τοῦ θεοῦ,   l'oracle du dieu,
τὸν ὅρκον τῶν προγόνων,   le serment des ancêtres ,
τὴν ἀρὰν τὴν γενομένην,   l'imprécation qui a été faite ,
καὶ διωριζόμην ὅτι ἐγὼ μὲν   et j'affirmais que moi
ὑπὲρ τοῦ δήμου τοῦ Ἀθηναίων,   pour le peuple des Athéniens,
καὶ τοῦ σώματος, καὶ τῶν τέκνων,   et mon corps , et mes enfants,
καὶ οἰκίας τῆς ἐμαυτοῦ   et la maison de moi-même
βοηθῶ κατὰ τὸν ὅρκον   je porte-secours selon le serment
καὶ τῷ θεῷ, καὶ τῇ γῇ τῇ ἱερᾷ,   et au dieu , et à la terre sacrée,
καὶ χειρί, καὶ ποδί, καὶ φωνῇ,   et de la main, et du pied, et de la voix
καὶ πᾶσιν οἷς δύναμαι,   et de toutes les choses que je peux,
καὶ ἀφοσιῶ   et que j'acquitte
τὰ πρὸς τοὺς θεοὺς   des *devoirs* envers les dieux
τὴν πόλιν τὴν ἡμετέραν.   la ville nôtre.
« Ὑμεῖς δὲ βουλεύεσθε ἤδη   « Or vous délibérez déjà
ὑπὲρ ὑμῶν αὐτῶν.   sur vous-mêmes.
Τὰ μὲν κανᾶ   Les corbeilles
ἐνῆρται, τὰ δὲ θύματα   sont levées, et les victimes
παρέστηκε τοῖς βωμοῖς,   se tiennent-près des autels,
μέλλετε δὲ αἰτεῖν   et vous allez demander
τὰ ἀγαθὰ τοὺς θεοὺς   les biens aux dieux
καὶ κοινῇ καὶ ἰδίᾳ.   et en commun et en particulier
Σκοπεῖτε δὲ ποίᾳ φωνῇ,   Or examinez de quelle voix,
ποίᾳ ψυχῇ, ποίοις ὄμμασι,   de quelle âme, de quels yeux,
τίνα τόλμαν κτησάμενοι,   quelle assurance ayant acquise,
ποιήσεσθε τὰς ἱκεσίας,   vous ferez les supplications,
παρέντες τούτους ἀτιμωρήτους.   avant laissé ceux-ci impunis,

τοὺς ἐναγεῖς καὶ ταῖς ἀραῖς ἐνόχους. Οὐ γὰρ δι' αἰνιγμάτων, ἀλλ' ἐναργῶς γέγραπται ἐν τῇ ἀρᾷ, κατά τε τῶν ἀσεβησάντων, ἃ χρὴ παθεῖν αὐτούς, καὶ κατὰ τῶν ἐπιτρεψάντων· καὶ τελευταῖον ἐν τῇ ἀρᾷ γέγραπται· « Μηδ' ὁσίως θύσαιεν οἱ μὴ τιμωροῦντες, φησί, τῷ Ἀπόλλωνι, μηδὲ τῇ Ἀρτέμιδι, μηδὲ τῇ Λητοῖ, μηδ' Ἀθηνᾷ Προνοίᾳ, μηδὲ δέξαιντο αὐτῶν τὰ ἱερά. »

Τοιαῦτα καὶ πρὸς τούτοις ἕτερα πολλὰ διεξελθόντος ἐμοῦ, ἐπειδή ποτε ἀπηλλάγην καὶ μετέστην ἐκ τοῦ συνεδρίου. κραυγὴ πολλὴ καὶ θόρυβος ἦν τῶν Ἀμφικτυόνων, καὶ ὁ λόγος ἦν οὐκέτι περὶ τῶν ἀσπίδων ἃς ἡμεῖς ἀνέθεμεν, ἀλλ' ἤδη περὶ τῆς τῶν Ἀμφισσέων τιμωρίας. Ἤδη δὲ πόρρω τῆς ἡμέρας οὔσης, προςελθὼν ὁ κήρυξ ἀνεῖπε· « Δελφῶν ὅσοι ἐπὶ διετὲς ἡβῶσι[1], καὶ δούλους καὶ ἐλευθέρους, ἥκειν ἅμα τῇ ἡμέρᾳ, ἔχοντας ἅμας καὶ δικέλλας, πρὸς τὸ Θυτεῖον[2] ἐκεῖ καλούμενον. » Καὶ πάλιν ὁ αὐ-

encouru l'anathème porté par l'imprécation. L'imprécation s'exprime clairement et sans équivoque contre ceux qui auront commis ou permis ces impiétés. Voici les mots qui la terminent : « Que les sacrifices de ceux qui ne puniront pas les prévaricateurs ne soient agréés ni d'Apollon Pythien, ni de Latone, ni de Minerve Prévoyante, que leurs offrandes ne soient pas même reçues de ces dieux ! »

Après ces discours, et beaucoup d'autres encore, dès que j'eus quitté l'assemblée, il s'élève parmi les Amphictyons de grands cris et un grand tumulte; on ne parlait plus des boucliers suspendus par nous à la voûte du temple, mais de la peine encourue par les Amphissiens. Le jour était déjà fort avancé : on fait publier par le héraut, « que tous ceux de Delphes, depuis l'âge de vingt ans, soit libres, soit esclaves, aient à venir, dès la pointe du jour, avec des faulx et des bêches, dans un lieu nommé Tythéum. » Le même héraut annonce aux

τοὺς ἐναγεῖς | ceux maudits
καὶ ἐνόχους ταῖς ἀραῖς. | et enveloppés dans les imprécations.
Γέγραπται γὰρ ἐν τῇ ἀρᾷ, | Car il a été écrit dans l'imprécation,
οὐ διὰ αἰνιγμάτων, ἀλλὰ ἐναργῶς, | non par énigmes, mais clairement,
κατά τε τῶν ἀσεβησάντων, | et contre ceux qui ont été-impies,
καὶ κατὰ τῶν ἐπιτρεψάντων, | et contre ceux qui ont permis,
ἃ χρὴ αὐτοὺς καθεῖν· | *les choses* qu'il faut eux souffrir :
καὶ τελευταῖον | et enfin
γέγραπται ἐν τῇ ἀρᾷ· | il a été écrit dans l'imprécation :
« Οἱ μὴ τιμωροῦντες, φησί, | « Que ceux qui ne punissent pas, dit-
μηδὲ θύσαιεν ὁσίως | ni ne sacrifient saintement   [elle,
τῷ Ἀπόλλωνι, | à Apollon,
μηδὲ τῇ Ἀρτέμιδι, μηδὲ τῇ Λητοῖ, | ni à Diane, ni à Latone,
μηδὲ Ἀθηνᾷ Προνοίᾳ, | ni à Minerve Prévoyante,
μηδὲ δέξαιντο | ni qu'ils *n*'accueillent
τὰ ἱερὰ αὐτῶν. » | les offrandes d'eux. »
Ἐμοῦ διεξελθόντος | Moi ayant parcouru
τοιαῦτα καὶ πρὸς τούτοις | des choses telles et outre celles-ci
ἕτερα πολλά, | d'autres nombreuses,
ἐπειδή ποτε ἀπηλλάγην | après qu'enfin je fus sorti
καὶ μετέστην ἐκ τοῦ συνεδρίου, | et me fus séparé de l'assemblée,
κραυγὴ πολλὴ καὶ θόρυβος | un cri grand et un trouble
τῶν Ἀμφικτυόνων ἦν, | des Amphictyons était,
καὶ ὁ λόγος ἦν | et le discours fut
οὐκέτι περὶ τῶν ἀσπίδων | non plus sur les boucliers
ἃς ἡμεῖς ἀνέθεμεν, | que nous avions suspendus,
ἀλλὰ ἤδη περὶ τῆς τιμωρίας | mais déjà sur le châtiment
τῶν Ἀμφισσέων. | des Amphissiens.
Τῆς δὲ ἡμέρας οὔσης ἤδη πόρρω, | Mais le jour étant déjà en avant,
ὁ κῆρυξ προσελθὼν | le héraut s'étant avancé
ἀνεῖπεν· | proclama :
« Ὅσοι Δελφῶν | « Tous-ceux-qui de Delphes
ἥβῶσιν | sont-dans-l'âge-de-puberté
ἐπὶ διετές, | au-dessus de deux-ans,
καὶ δούλους καὶ ἐλευθέρους, | et esclaves et libres,
ἥκειν ἅμα τῇ ἡμέρᾳ, | venir avec le jour,
ἔχοντας ἅμας καὶ δικέλλας, | ayant des faulx et des bêches,
πρὸς τὸ καλούμενον ἐκεῖ | vers le *lieu* appelé là
Θυτεῖον. » | Thytéum. »
Καὶ πάλιν ὁ αὐτὸς κῆρυξ | Et de nouveau le même héraut

τὸς κῆρυξ ἀνηγόρευε, τοὺς ἱερομνήμονας καὶ πυλαγόρους ἥκειν
εἰς τὸν αὐτὸν τόπον, βοηθήσοντας τῷ θεῷ, καὶ τῇ γῇ τῇ ἱερᾷ·
« ἥτις δ' ἂν μὴ παρῇ πόλις, εἴρξεται τοῦ ἱεροῦ, καὶ ἐναγὴς ἔσται
καὶ τῇ ἀρᾷ ἔνοχος. »

Τῇ δὲ ὑστεραίᾳ ἥκομεν ἕωθεν εἰς τὸν προειρημένον τόπον,
καὶ κατέβημεν εἰς τὸ Κιῤῥαῖον πεδίον, καὶ τὸν λιμένα κατασκάψαντες, καὶ τὰς οἰκίας ἐμπρήσαντες, ἀνεχωροῦμεν. Ταῦτα δὲ
ἡμῶν πραττόντων, οἱ Λοκροὶ οἱ Ἀμφισσεῖς, ἑξήκοντα στάδια
ἄποθεν οἰκοῦντες Δελφῶν, ἧκον ἐφ' ἡμᾶς μεθ' ὅπλων πανδημεί,
καί, εἰ μὴ δρόμῳ μόλις ἐξεφύγομεν εἰς Δελφούς, ἐκινδυνεύσαμεν ἂν ἀπολέσθαι.

Τῇ δὲ ἐπιούσῃ ἡμέρᾳ Κόττυφος[1], ὁ τὰς γνώμας ἐπιψηφίζων,
ἐκκλησίαν ἐποίει τῶν Ἀμφικτυόνων· ἐκκλησίαν γὰρ ὀνομάζουσιν,
ὅταν τις μὴ μόνον τοὺς πυλαγόρους καὶ τοὺς ἱερομνήμονας συγκαλέσῃ, ἀλλὰ καὶ τοὺς συνθύοντας καὶ χρωμένους τῷ θεῷ. Ἐν-

hiéromnémons et aux pylagores qu'ils aient à se réunir tous au même
endroit, pour défendre Apollon et le terrain qui lui était consacré :
« La ville qui ne s'y rendra pas sera exclue du temple, regardée
comme exécrable, et comme soumise aux peines portées par l'imprécation. »

Le lendemain donc, nous nous rendîmes de grand matin au lieu
marqué ; de là nous descendîmes dans la campagne des Cirrhéens ;
et, après avoir détruit le port et brûlé les maisons, nous nous reti-
râmes. Sur ces entrefaites, les Locriens d'Amphisse, qui ne de-
meuraient qu'à soixante stades de Delphes, vinrent à nous en foule,
les armes à la main ; et, si nous n'eussions regagné la ville avec pré
cipitation, nous courions risque de perdre la vie.

Le jour suivant, Cottyphe, chargé de recueillir les suffrages, con-
voqua l'assemblée générale des Amphictyons : il y a assemblée
générale lorsque, outre les hiéromnémons et les pylagores, on con-
voque ceux même qui sont venus pour sacrifier au dieu, et consulter

ἀνηγόρευε, τοὺς ἱερομνήμονας — proclama, les hiéromnémons
καὶ πυλαγόρους ἥκειν — et pylagores venir
εἰς τὸν αὐτὸν τόπον, — dans le même lieu ,
βοηθήσοντας τῷ θεῷ, — devant secourir le dieu ,
καὶ τῇ γῇ τῇ ἱερᾷ · — et la terre sacrée :
« ἥτις δὲ πόλις — « et laquelle ville
μὴ ἂν παρῇ, — ne serait pas présente ,
εἴρξεται τοῦ ἱεροῦ, — sera exclue du temple ,
καὶ ἔσται ἐναγὴς — et sera maudite
καὶ ἔνοχος τῇ ἀρᾷ. » — et enveloppée-dans l'imprécation. »
/ Ἥκομεν δὲ — Or nous vînmes
τῇ ὑστεραίᾳ ἕωθεν — le *jour* suivant dès le matin
εἰς τὸν τόπον προειρημένον, — dans le lieu dit-d'avance
καὶ κατέβημεν — et nous descendîmes
εἰς τὸ πεδίον Κιρραῖον, — dans la plaine cirrhéenne
καὶ κατασκάψαντες τὸν λιμένα, — et ayant rasé le port ,
καὶ ἐμπρήσαντες τὰς οἰκίας , — et ayant brûlé les maisons ,
ἀνεχωροῦμεν. — nous revînmes.
Ἡμῶν δὲ πραττόντων ταῦτα, — Mais nous faisant ces choses ,
οἱ Λοκροὶ οἱ Ἀμφισσεῖς, — les Locriens ceux d'Amphisse,
οἰκοῦντες ἑξήκοντα στάδια — habitant à soixante stades
ἄποθεν Δελφῶν, — loin de Delphes ,
ἧκον ἐπὶ ἡμᾶς — vinrent contre nous
πανδημεὶ μετὰ ὅπλων, — avec-tout-le-peuple avec des armes ,
καὶ ἐκινδυνεύσαμεν ἂν ἀπολέσθαι, — et nous aurions risqué de périr,
εἰ μὴ ἐξεφύγομεν — si nous n'avions fui
μόλις δρόμῳ — avec peine à la course
εἰς Δελφούς. — vers Delphes.
Τῇ δὲ ἡμέρᾳ ἐπιούσῃ Κόττυφος, — Mais le jour suivant Cottyphe ,
ὁ ἐπιψηφίζων τὰς γνώμας, — celui qui mettait-aux-voix les mo
ἐποίει ἐκκλησίαν — fit une assemblée   [tions,
τῶν Ἀμφικτυόνων· — des Amphictyons ;
ὀνομάζουσι γὰρ ἐκκλησίαν, — car ils nomment assemblée,
ὅταν τις συγκαλέσῃ — lorsque quelqu'un a convoqué
μὴ μόνον τοὺς πυλαγόρους — non seulement les pylagores
καὶ τοὺς ἱερομνήμονας, — et les hiéromnémons,
ἀλλὰ καὶ — mais encore
τοὺς συνθύοντας — ceux qui sacrifient-ensemble
καὶ χρωμένους τῷ θεῷ. — et se servent du dieu.
Ἐνταῦθα ἤδη — **Alors déjà**

ταῦθ' ἤδη πολλαὶ μὲν τῶν Ἀμφισσέων ἐγίγνοντο κατηγορίαι, πολὺς δ' ἔπαινος ἦν κατὰ τῆς ἡμετέρας πόλεως· τέλος δὲ παντὸς τοῦ λόγου ψηφίζονται ἥκειν τοὺς ἱερομνήμονας πρὸ τῆς ἐπιούσης πυλαίας, ἐν ῥητῷ χρόνῳ, εἰς Πύλας, ἔχοντας δόγμα, καθ' ὅ τι δίκας δώσουσιν οἱ Ἀμφισσεῖς ὑπὲρ ὧν εἰς τὸν θεόν, καὶ τὴν γῆν τὴν ἱεράν, καὶ τοὺς Ἀμφικτύονας ἐξήμαρτον.

Ὅτι δ' ἀληθῆ λέγω, ἀναγνώσεται ὑμῖν ὁ γραμματεὺς τὸ ψήφισμα.

ΨΗΦΙΣΜΑ.

Τοῦ δόγματος οὖν τούτου ἀποδοθέντος ὑφ' ἡμῶν τῇ βουλῇ, καὶ πάλιν ἐν τῇ ἐκκλησίᾳ τῷ δήμῳ, καὶ τὰς πράξεις ἡμῶν ἀποδεξαμένου τοῦ δήμου, καὶ τῆς πόλεως πάσης προαιρουμένης εὐσεβεῖν, καὶ Δημοσθένους ὑπὲρ τοῦ μεσεγγυήματος τοῦ ἐξ Ἀμφίσσης ἀντιλέγοντος, καὶ ἐμοῦ φανερῶς ἐναντίον ὑμῶν ἐξελέγχοντος, ἐπειδὴ ἐκ τοῦ φανεροῦ τὴν πόλιν ἄνθρωπος οὐκ ἠδύνατο σφῆλαι, εἰσελθὼν εἰς τὸ βουλευτήριον, καὶ μεταστησάμενος τοὺς ἰδιώτας, ἐκφέρεται προβούλευμα εἰς τὴν ἐκκλησίαν, προς-

l'oracle. Dans cette assemblée, on se plaignit vivement des Locriens d'Amphisse, et on donna de grandes louanges à notre république : enfin on décida que les hiéromnémons viendraient à Pyles, à un jour marqué, avant l'assemblée suivante, munis d'un décret en vertu duquel les Amphissiens seraient punis des impiétés qu'ils avaient commises envers le dieu, envers le terrain sacré, envers les Amphictyons.

Pour preuve de ce que j'avance, le greffier va vous lire le décret des Amphictyons.

DÉCRET.

J'avais remis le décret des Amphictyons au sénat, puis au peuple; on avait approuvé ma conduite, et l'on était résolu à secourir le dieu : Démosthène ne manqua pas de s'y opposer, par suite de ses engagements avec les habitants d'Amphisse ; je le confondis en pleine assemblée, et il voyait d'ailleurs que les choses étaient trop évidentes pour qu'il pût vous tromper. Il se rend donc au sénat, fait retirer les simples particuliers, et rapporte dans l'assemblée du peuple

κατηγορίαι μὲν πολλαὶ   des accusations nombreuses
τῶν Ἀμφισσέων ἐγίγνοντο,   des Amphissiens avaient lieu,
ἔπαινος δὲ πολὺς ἦν   et une louange grande était
κατὰ τῆς πόλεως ἡμετέρας ·   sur la ville nôtre ;
τέλος δὲ παντὸς τοῦ λόγου   mais *comme* fin de tout le discours
ψηφίζονται τοὺς ἱερομνήμονας   ils décrètent les hiéromnémons
ἥκειν εἰς Πύλας, ἐν χρόνῳ ῥητῷ,   venir à Pyles, dans un temps dit,
πρὸ τῆς πυλαίας ἐπιούσης,   avant l'assemblée suivante,
ἔχοντας δόγμα, κατὰ ὅ τι   ayant un décret, selon lequel
οἱ Ἀμφισσεῖς δώσουσι δίκας   les Amphissiens donneront des peines
ὑπὲρ ὧν   pour *les choses dans* lesquelles
ἐξήμαρτον εἰς τὸν θεόν,   ils ont péché envers le dieu
καὶ τὴν γῆν τὴν ἱεράν,   et la terre sacrée,
καὶ τοὺς Ἀμφικτύονας.   et les Amphictyons.
Ὅτι δὲ λέγω ἀληθῆ,   Mais que je dis des choses vraies,
ὁ γραμματεὺς ἀναγνώσεται ὑμῖν   le greffier lira à vous
τὸ ψήφισμα.   le décret.

ΨΗΦΙΣΜΑ.   DÉCRET

Τούτου οὖν τοῦ δόγματος   Donc ce décret
ἀποδοθέντος ὑπὸ ἡμῶν τῇ βουλῇ,   ayant été donné par nous au sénat,
καὶ πάλιν τῷ δήμῳ   et de nouveau au peuple
ἐν τῇ ἐκκλησίᾳ,   dans l'assemblée,
καὶ τοῦ δήμου ἀποδεξαμένου   et le peuple ayant accueilli
τὰς πράξεις ἡμῶν,   les actions de nous,
καὶ πάσης τῆς πόλεως   et toute la ville
προαιρουμένης εὐσεβεῖν,   décidant d'être-pieuse,
καὶ Δημοσθένους ἀντιλέγοντος   et Démosthène parlant-contre
ὑπὲρ τοῦ μεσεγγυήματος   à cause de la rétribution
τοῦ ἐξ Ἀμφίσσης,   celle *venant* d'Amphisse,
καὶ ἐμοῦ ἐξελέγχοντος   et moi *le* convainquant
φανερῶς ἐναντίον ὑμῶν,   clairement en face de vous,
ἐπειδὴ ὁ ἄνθρωπος   après que l'homme
οὐκ ἠδύνατο σφῆλαι τὴν πόλιν   ne pouvait tromper la ville
ἐκ τοῦ φανεροῦ,   par suite de l'évidence,
εἰσελθὼν εἰς τὸ βουλευτήριον,   étant entré dans le sénat,
καὶ μεταστησάμενος   et ayant fait-sortir
τοὺς ἰδιώτας,   les particuliers,
ἐκφέρεται εἰς τὴν ἐκκλησίαν   il rapporte dans l'assemblée
προβούλευμα,   un décret-préliminaire,

λαβὼν τὴν τοῦ γράψαντος ἀπειρίαν· τὸ δ' αὐτὸ τοῦτο καὶ ἐν τῇ
ἐκκλησίᾳ διεπράξατο ἐπιψηφισθῆναι, καὶ γενέσθαι δήμου ψήφισμα, ἤδη ἐπαναστάσης τῆς ἐκκλησίας, ἀπεληλυθότος ἐμοῦ
(οὐ γὰρ ἄν ποτε ἐπέτρεψα), καὶ τῶν πολλῶν διαφειμένων· οὗ τὸ
κεφαλαιόν ἐστι « τὸν δὲ ἱερομνήμονα, φησί, τῶν Ἀθηναίων, καὶ
τοὺς πυλαγόρους τοὺς ἀεὶ πυλαγοροῦντας πορεύεσθαι εἰς Πύλας
καὶ εἰς Δελφούς, ἐν τοῖς τεταγμένοις χρόνοις ὑπὸ τῶν προγόνων, » εὐπρεπῶς γε τῷ ὀνόματι, ἀλλὰ τῷ ἔργῳ αἰσχρῶς· κω-
λύει γὰρ εἰς τὸν σύλλογον τὸν ἐν Πύλαις ἀπαντᾶν, ὃς ἐξ ἀνάγκης πρὸ
τοῦ καθήκοντος ἔμελλε χρόνου γίγνεσθαι. Καὶ πάλιν ἐν τῷ αὐτῷ ψηφίσματι πολὺ καὶ σαφέστερον καὶ πικρότερον σύγγραμμα γράφει·
« τὸν ἱερομνήμονα, φησί, τῶν Ἀθηναίων καὶ τοὺς πυλαγόρους
τοὺς ἀεὶ πυλαγοροῦντας, μὴ μετέχειν τοῖς ἐκεῖσε συλλεγομένοις
μήτε λόγων, μήτ' ἔργων, μήτε δογμάτων, μήτε πράξεως μηδεμιᾶς. »

un décret, ouvrage de quelque sénateur dont l'ignorance servait sa perfidie. Il vint à bout, par ses intrigues, de faire confirmer ce décret par
le peuple, attendant pour cela que l'assemblée fût déjà levée, que la
plupart des citoyens se fussent retirés, et que je fusse parti moi-même ;
car je ne l'aurais jamais souffert. Voici le précis de son décret : il veut
que l'hiéromnémon et les pylagores d'Athènes se rendent à Pyles
au temps marqué par nos ancêtres. Cet article était honnête en
apparence, mais criminel en effet, puisqu'il nous empêchait de
nous rendre à l'assemblée des Thermopyles, qui, de toute nécessité,
devait se tenir avant le temps ordinaire. Par un article du même décret, beaucoup plus clair et plus funeste, il défend à l'hiéromnémon
et aux pylagores d'Athènes de communiquer en rien avec ceux qui
seront à Delphes, d'entrer pour rien dans leurs actions, dans leurs
discours, dans leurs décrets. Que signifient ces mots, ne pas commu-

προςλαβὼν τὴν ἀπειρίαν	ayant capté l'inexpérience
τοῦ γράψαντος·	de celui qui l'avait écrit ;
διεπράξατο δὲ τοῦτο τὸ αὐτό	et il accomplit ce même *décret*
ἐπιψηφισθῆναι	avoir été approuvé-par-vote
καὶ ἐν τῇ ἐκκλησίᾳ,	aussi dans l'assemblée,
καὶ ψήφισμα δήμου γενέσθαι,	et un décret du peuple avoir eu lieu.
τῆς ἐκκλησίας ἐπαναστάσης ἤδη,	l'assemblée s'étant retirée déjà,
ἐμοῦ ἀπεληλυθότος	moi étant parti
(οὐ γὰρ ἂν ἐπέτρεψά ποτε),	(car je n'aurais permis jamais),
καὶ τῶν πολλῶν	et les nombreux
διαφειμένων·	s'étant séparés ;
οὗ τὸ κεφάλαιόν ἐστι	duquel *décret* le sommaire est
« τὸν δὲ ἱερομνήμονα	« et l'hiéromnémon
τῶν Ἀθηναίων, φησί,	des Athéniens, dit-il,
καὶ τοὺς πυλαγόρους	et les pylagores [ment
τοὺς πυλαγοροῦντας ἀεὶ	ceux qui sont-pylagores successive-
πορεύεσθαι εἰς Πύλας	aller à Pyles,
καὶ εἰς Δελφούς,	et à Delphes,
ἐν τοῖς χρόνοις τεταγμένοις	dans les temps réglés
ὑπὸ τῶν προγόνων, »	par les ancêtres, »
εὐπρεπῶς γε τῷ ὀνόματι,	convenablement certes par le nom,
ἀλλὰ αἰσχρῶς τῷ ἔργῳ·	mais honteusement par le fait ;
κωλύει γὰρ ἀπαντᾶν	car il empêche de se rendre
εἰς τὸν σύλλογον τὸν ἐν Πύλαις,	à la réunion celle à Pyles,
ὃς ἔμελλε γίγνεσθαι	qui devait avoir lieu
ἐξ ἀνάγκης	de nécessité
πρὸ τοῦ χρόνου καθήκοντος.	avant le temps qui convenait.
Καὶ πάλιν γράφει	Et de nouveau il écrit
ἐν τῷ αὐτῷ ψηφίσματι	dans le même décret
σύγγραμμα πολὺ καὶ σαφέστερον	un article beaucoup plus clair
καὶ πικρότερον·	et plus amer :
« τὸν ἱερομνήμονα	« l'hiéromnémon
τῶν Ἀθηναίων, φησί,	des Athéniens, dit-il,
καὶ τοὺς πυλαγόρους	et les pylagores [ment,
τοὺς πυλαγοροῦντας ἀεί,	ceux qui sont-pylagores successive-
μὴ μετέχειν	ne pas participer
τοῖς συλλεγομένοις ἐκεῖσε,	avec ceux qui sont réunis là,
μήτε λόγων, μήτε ἔργων,	ni aux discours, ni aux actions,
μήτε δογμάτων,	ni aux décrets,
μήτε οὐδεμιᾶς πράξεως. »	ni à aucune affaire. »

Τὸ δὲ μὴ μετέχειν τί ἐστι; Πότερα τἀληθὲς εἴπω, ἢ τὸ ἥδιστον
ἀκοῦσαι; τἀληθὲς ἐρῶ· τὸ γὰρ ἀεὶ πρὸς ἡδονὴν λεγόμενον οὑτωσὶ
τὴν πόλιν διατέθεικεν· οὐκ ἐᾷ μεμνῆσθαι τῶν ὅρκων, οὓς ἡμῶν
οἱ πρόγονοι ὤμοσαν, οὐδὲ τῆς ἀρᾶς, οὐδὲ τῆς τοῦ θεοῦ μαντείας.

Ἡμεῖς μὲν οὖν, ὦ ἄνδρες Ἀθηναῖοι, κατεμείναμεν διὰ τοῦτο
τὸ ψήφισμα, οἱ δ' ἄλλοι Ἀμφικτύονες συνελέγησαν εἰς Πύλας,
πλὴν μιᾶς πόλεως¹, ἧς ἐγὼ οὔτ' ἂν τοὔνομα εἴποιμι, μήθ' αἱ
συμφοραὶ παραπλήσιοι γένοιντο αὐτῆς μηδενὶ τῶν Ἑλλήνων.
Καὶ συνελθόντες ἐψηφίσαντο ἐπιστρατεύειν ἐπὶ τοὺς Ἀμφισσέας,
καὶ στρατηγὸν εἵλοντο Κόττυφον τὸν Φαρσάλιον, τὸν τότε τὰς
γνώμας ἐπιψηφίζοντα, οὐκ ἐπιδημοῦντος ἐν Μακεδονίᾳ Φιλίππου, ἀλλ' οὐδ' ἐν τῇ Ἑλλάδι παρόντος, ἀλλ' ἐν Σκύθαις οὕτω
μακρὰν ἀπόντος· ὃν αὐτίκα μάλα τολμήσει λέγειν Δημοσθένης
ὡς ἐγὼ ἐπὶ τοὺς Ἕλληνας ἐπήγαγον. Καὶ παρελθόντες τῇ πρώτῃ

niquer avec ceux qui seront à Delphes? Dirai-je ce qui est vrai ou ce
qui est agréable? Je dirai, Athéniens, ce qui est vrai; car c'est
l'habitude de vous flatter qui a réduit la république au triste état où
nous la voyons. Ne pas communiquer avec ceux qui seront à Delphes,
c'est mépriser l'imprécation, les serments de vos ancêtres, la réponse de l'oracle.

Nous donc, Athéniens, nous restâmes, en vertu de ce décret; les
autres Amphictyons s'assemblèrent à Delphes, excepté ceux d'une
ville que je ne nommerai pas; et puissent les autres Grecs ne jamais ressentir les maux qu'elle a éprouvés! Il fut résolu, dans
l'assemblée des Amphictyons, qu'on marcherait contre les Locriens
d'Amphisse, et l'on choisit pour général Cottyphe de Pharsale, celui
qui auparavant avait recueilli les suffrages. Quoique Philippe ne
fût pas alors en Macédoine, ni même dans la Grèce, mais dans un
pays fort éloigné, dans la Scythie, bientôt Démosthène osera dire
qu'alors j'ai armé ce prince contre les Grecs. On traita fort douce-

Τί δέ ἐστι τὸ μὴ μετέχειν;	Mais quoi est le ne pas participer?
Πότερα εἴπω τὸ ἀληθές,	Est-ce que je dirai le vrai,
ἢ τὸ ἥδιστον ἀκοῦσαι;	ou le plus agréable à entendre?
ἐρῶ τὸ ἀληθές·	je dirai le vrai ;
τὸ γὰρ λεγόμενον ἀεὶ	car la chose dite toujours
πρὸς ἡδονὴν	pour le plaisir
διατέθεικε τὴν πόλιν οὑτωςί·	a placé la ville ainsi ;
οὐκ ἐᾷ μεμνῆσθαι	il ne permet pas de se rappeler
τῶν ὅρκων,	les serments
οὓς οἱ πρόγονοι ἡμῶν ὤμοσαν,	que les ancêtres de nous ont jurés,
οὐδὲ τῆς ἀρᾶς,	ni l'imprécation,
οὐδὲ τῆς μαντείας τοῦ θεοῦ.	ni l'oracle du dieu.
Ἡμεῖς μὲν οὖν,	Nous donc,
ὦ ἄνδρες Ἀθηναῖοι,	ô hommes Athéniens,
κατεμείναμεν	nous restâmes
διὰ τοῦτο τὸ ψήφισμα,	à cause de ce décret,
οἱ δὲ ἄλλοι Ἀμφικτύονες	mais les autres Amphictyons
συνελέγησαν εἰς Πύλας,	se réunirent à Pyles,
πλὴν μιᾶς πόλεως, ἧς ἐγὼ	excepté une seule ville, dont moi
οὔτε ἂν εἴποιμι τὸ ὄνομα,	je ne dirai pas le nom,
μήτε αἱ συμφοραὶ αὐτῆς	ni que les malheurs d'elle
γένοιντο παραπλήσιοι	ne deviennent proches
μηδενὶ τῶν Ἑλλήνων.	à aucun des Grecs.
Καὶ συνελθόντες	Et s'étant réunis
ἐψηφίσαντο ἐπιστρατεύειν	ils décrétèrent de faire-une-expédition
ἐπὶ τοὺς Ἀμφισσέας,	contre les Amphissiens,
καὶ εἵλοντο στρατηγὸν	et choisirent pour général
Κόττυφον τὸν Φαρσάλιον	Cottyphe le Pharsalien,
τὸν ἐπιψηφίζοντα τότε τὰς γνώμας,	celui qui faisait-voter alors les motions,
Φιλίππου οὐκ ἐπιδημοῦντος	Philippe ne résidant pas
ἐν Μακεδονίᾳ,	dans la Macédoine,
ἀλλὰ οὐδὲ παρόντος	mais n'étant pas même présent
ἐν τῇ Ἑλλάδι,	dans la Grèce,
ἀλλὰ ἀπόντος ἐν Σκύθαις	mais étant absent chez les Scythes
οὕτω μακράν·	tellement loin ;
ὃν Δημοσθένης αὐτίκα μάλα	lequel Démosthène tout à l'heure
τολμήσει λέγειν ὡς ἐγὼ	osera dire que moi
ἐπήγαγον ἐπὶ τοὺς Ἕλληνας.	j'ai amené contre les Grecs.
Καὶ παρελθόντες	Et s'étant avancés
τῇ πρώτῃ στρατείᾳ	dans la première expédition

στρατεία καὶ μάλα μετρίως ἐχρήσαντο τοῖς Ἀμφισσεῦσιν. Ἀντὶ
γὰρ τῶν μεγίστων ἀδικημάτων χρήμασιν αὐτοὺς ἐζημίωσαν,
καὶ ταῦτ' ἐν ῥητῷ χρόνῳ προεῖπον τῷ θεῷ καταθεῖναι· καὶ τοὺς
μὲν ἐναγεῖς καὶ τῶν πεπραγμένων αἰτίους μετεστήσαντο, τοὺς
δὲ δι' εὐσέβειαν φυγόντας κατήγαγον. Ἐπειδὴ δὲ οὔτε τὰ χρήματα ἐξέτινον τῷ θεῷ, τούς τ' ἐναγεῖς κατήγαγον, καὶ τοὺς εὐ-
σεβεῖς κατελθόντας διὰ τῶν Ἀμφικτυόνων ἐξέβαλον, οὕτως ἤδη
τὴν δευτέραν ἐπὶ τοὺς Ἀμφισσεῖς στρατείαν ἐποιήσαντο, πολλῷ
χρόνῳ ὕστερον, ἐπανεληλυθότος Φιλίππου ἐκ τῆς ἐπὶ τοὺς Σκύ-
θας στρατείας[1], τῶν μὲν θεῶν τὴν ἡγεμονίαν τῆς εὐσεβείας
ἡμῖν παραδεδωκότων, τῆς δὲ Δημοσθένους δωροδοκίας ἐμποδὼν
γεγενημένης.

Ἀλλ' οὐ προὔλεγον, οὐ προεσήμαινον ἡμῖν οἱ θεοὶ φυλάξασθαι, μόνον γε οὐκ ἀνθρώπων φωνὰς προηκάμενοι[2]; οὐδεμίαν τοι
πώποτ' ἔγωγε μᾶλλον πόλιν ἑώρακα ὑπὸ μὲν τῶν θεῶν σῳζομένην,
ὑπὸ δὲ τῶν ῥητόρων ἐνίων ἀπολλυμένην. Οὐχ ἱκανὸν ἦν τὸ τοῖς

ment les Amphissiens, la première fois qu'on marcha contre eux.
Pour toute punition de leurs crimes énormes, on les condamna à une
amende payable au dieu, à termes fixes ; on exila les auteurs impies
du sacrilége, et l'on fit revenir ceux que leur piété avait fait exiler.
Mais, comme les Amphissiens ne payaient pas au dieu leur amende,
qu'ils rappelaient les citoyens impies qu'on avait chassés, et chas-
saient les hommes pieux qu'on avait rappelés, on fit contre eux la
seconde expédition, bien postérieure à la première ; Philippe était
enfin revenu de sa guerre contre les Scythes, et la trahison
de Démosthène nous avait empêchés d'accepter le commandement d'une guerre sainte, que nous offrait la protection des im-
mortels.

Cependant, Athéniens, ne recevions-nous pas du ciel des avis
suffisants, et à moins que d'emprunter une voix humaine, les
dieux pouvaient-ils nous dire plus clairement d'être en garde contre
les coups du sort? Non, je n'ai jamais vu de république plus pro-
tégée que la nôtre par la bonté du ciel, et plus exposée par la perversité
de certains orateurs. Les prodiges qui accompagnaient nos mys-

ἐχρήσαντο καὶ μάλα μετρίως	ils usèrent même fort modérément
τοῖς Ἀμφισσεῦσιν.	des Amphissiens.
Ἐζημίωσαν γὰρ αὐτοὺς	Car ils punirent eux
χρήμασιν,	par des sommes-d'argent
ἀντὶ τῶν ἀδικημάτων μεγίστων,	en échange des délits les plus grands,
καὶ προεῖπον	et *les* prévinrent
καταθεῖναι ταῦτα τῷ θεῷ	de payer ces *sommes* au dieu
ἐν χρόνῳ ῥητῷ·	dans un temps dit;
καὶ μετεστήσαντο μὲν	et ils chassèrent
τοὺς ἐναγεῖς	ceux maudits
καὶ αἰτίους τῶν πεπραγμένων,	et causes des choses faites,
κατήγαγον δὲ τοὺς φυγόντας	mais ramenèrent ceux qui avaient fui
διὰ εὐσέβειαν.	à cause de *leur* piété.
Ἐπειδὴ δὲ οὔτε ἐξέτινον	Mais après qu'ils n'eurent pas payé
τὰ χρήματα τῷ θεῷ,	les sommes au dieu,
κατήγαγόν τε τοὺς ἐναγεῖς,	et eurent ramené les maudits,
καὶ ἐξέβαλον τοὺς εὐσεβεῖς	et eurent chassé les pieux
κατελθόντας	qui étaient revenus
διὰ τῶν Ἀμφικτυόνων,	au moyen des Amphictyons,
οὕτως ἤδη ἐποιήσαντο	ainsi déjà ils firent
τὴν δευτέραν στρατείαν	la seconde expédition
ἐπὶ τοὺς Ἀμφισσεῖς,	contre les Amphissiens,
πολλῷ χρόνῳ ὕστερον,	un long temps plus tard,
Φιλίππου ἐπανεληλυθότος	Philippe étant revenu
ἐκ τῆς στρατείας ἐπὶ τοὺς Σκύθας,	de l'expédition contre les Scythes,
τῶν μὲν θεῶν παραδεδωκότων ἡμῖν	les dieux ayant transmis à nous
τὴν ἡγεμονίαν τῆς εὐσεβείας,	le commandement de la piété,
τῆς δὲ δωροδοκίας Δημοσθένους	mais la vénalité de Démosthène
γεγενημένης ἐμποδών.	étant devenue à obstacle.
Ἀλλὰ οἱ θεοὶ οὐ προὔλεγον,	Mais les dieux ne prédisaient-ils pas,
οὐ προεσήμαινον ἡμῖν	ne signifiaient-ils-pas-d'avance à nous
φυλάξασθαι,	de nous tenir-en-garde,
μόνον γε οὐ προηκάμενοι	seulement certes n'ayant pas émis
φωνὰς ἀνθρώπων;	des voix d'hommes?
ἐγωγέ τοι πώποτε	moi du moins certes jamais-encore
ἑόρακα οὐδεμίαν πόλιν	je n'ai vu aucune ville
μᾶλλον σωζομένην μὲν ὑπὸ θεῶν,	plus conservée par les dieux,
ἀπολλυμένην δὲ	mais *plus* perdue
ὑπὸ ἐνίων ῥητόρων.	par quelques orateurs.
Τὸ σημεῖον φανὲν	Le signe qui parut

μυστηρίοις φανὲν σημεῖον φυλάξασθαι, ἢ τῶν μυστῶν τελευτή[1];
οὐ περὶ τούτων Ἀμεινιάδης μὲν προὔλεγεν εὐλαβεῖσθαι, καὶ
πέμπειν εἰς Δελφοὺς ἐπερησομένους τὸν θεὸν ὅ τι χρὴ πράττειν,
Δημοσθένης δὲ ἀντέλεγε, φιλιππίζειν[2] τὴν Πυθίαν φάσκων, ἀπαίδευτος ὤν, καὶ ἀπολαύων καὶ ἐμπιπλάμενος τῆς διδομένης ὑφ'
ὑμῶν αὐτῷ ἐξουσίας; Οὐ τὸ τελευταῖον[3], ἀθύτων καὶ ἀκαλλιερήτων ὄντων τῶν ἱερῶν, ἐξέπεμψε τοὺς στρατιώτας ἐπὶ τὸν
πρόδηλον κίνδυνον; Καίτοι γε πρώην ἀπετόλμησε λέγειν, ὅτι
παρὰ τοῦτο Φίλιππος οὐκ ἦλθεν ἡμῶν εἰς τὴν χώραν, ὅτι οὐκ
ἦν αὐτῷ καλὰ τὰ ἱερά. Τίνος οὖν εἶ σὺ ζημίας ἄξιος τυχεῖν, ὦ
τῆς Ἑλλάδος ἀλιτήριε; Εἰ γὰρ ὁ μὲν κρατῶν οὐκ ἦλθεν εἰς τὴν
τῶν κρατουμένων χώραν, ὅτι οὐκ ἦν αὐτῷ καλὰ τὰ ἱερά, σὺ δ'
οὐδὲν προειδὼς τῶν μελλόντων ἔσεσθαι, πρὶν καλλιερῆσαι, τοὺς

tères, la mort des nouveaux initiés, n'étaient-ils pas un présage
assez frappant des malheurs que nous avions à craindre? Amyniade
ne nous avertissait-il pas alors de prévenir les disgrâces, d'envoyer
à Delphes consulter l'oracle? Démosthène s'y opposait: la *Pythie philippise*, disait cet orateur brutal, qui abuse insolemment
de la liberté que nous lui accordons. Dans la dernière guerre contre
Philippe, quoique les sacrifices ne fussent point favorables, n'a-t-il
pas envoyé nos soldats à un péril manifeste? Toutefois il osait dire,
il n'y a pas longtemps, que Philippe n'était point venu dans notre
pays, parce que les sacrifices ne lui étaient point favorables. Quel
supplice méritez-vous donc, fléau de la Grèce, vous qui avez envoyé
notre armée au combat, sans aucune connaissance de l'avenir, sans
aucun présage heureux dans les sacrifices, tandis que le vainqueur
n'est point venu dans le pays des vaincus, parce que les sacrifices ne

τοῖς μυστηρίοις, — dans les mystères,

ἡ τελευτὴ τῶν μυστῶν, — la fin des initiés,

οὐκ ἦν ἱκανὸν — n'était-il pas suffisant

φυλάξασθαι; — pour nous tenir-en-garde?

Ἀμεινιάδης μὲν οὐ προύλεγε — Aminiade ne prédisait-il pas

περὶ τούτων — touchant ces choses

εὐλαβεῖσθαι, — de craindre,

καὶ πέμπειν εἰς Δελφοὺς — et d'envoyer à Delphes

ἐπερησομένους τὸν θεὸν — *des gens* devant interroger le dieu

ὅ τι χρὴ πράττειν, — sur ce qu'il faut faire,

Δημοσθένης δὲ — mais Démosthène

ἀντέλεγε, — *ne* parlait-il-*pas*-contre,

φάσκων τὴν Πυθίαν φιλιππίζειν, — disant la Pythie philippiser,

ὢν ἀπαίδευτος, — étant dépourvu-d'éducation,

καὶ ἀπολαύων — et jouissant

καὶ ἐμπιπλάμενος — et étant-rempli

τῆς ἐξουσίας διδομένης αὐτῷ — de la liberté donnée à lui

ὑπὸ ὑμῶν; — par vous?

Τὸ τελευταῖον, τῶν ἱερῶν — Enfin, les sacrifices

ὄντων ἀθύτων — étant de-mauvais-augure

καὶ ἀκαλλιερήτων, — et non-agréés-des-dieux,

οὐκ ἐξέπεμψε τοὺς στρατιώτας — n'envoya-t-il pas les soldats

ἐπὶ τὸν κίνδυνον πρόδηλον; — à un danger évident?

Καίτοι γε πρώην — Pourtant certes récemment

ἀπετόλμησε λέγειν, — il a osé dire,

ὅτι Φίλιππος οὐκ ἦλθεν — que Philippe n'est pas venu

εἰς τὴν χώραν ἡμῶν — dans la contrée de nous

παρὰ τοῦτο, ὅτι τὰ ἱερὰ — à cause de cela, que les sacrifices

οὐκ ἦν καλὰ αὐτῷ. — n'étaient pas beaux pour lui.

Τίνος οὖν ζημίας — Donc quel châtiment

σὺ εἶ ἄξιος τυχεῖν, — toi es-tu digne d'obtenir,

ὦ ἀλιτήριε τῆς Ἑλλάδος; — ô fléau de la Grèce?

Εἰ γὰρ ὁ μὲν κρατῶν — Car si le vainqueur

οὐκ ἦλθεν εἰς τὴν χώραν — n'est pas venu dans la contrée

τῶν κρατουμένων, — des vaincus,

ὅτι τὰ ἱερὰ — parce que les sacrifices

οὐκ ἦν καλὰ αὐτῷ, — n'étaient pas beaux pour lui,

σὺ δὲ προειδὼς οὐδὲν — et *si* toi qui *n'*as prévu aucune

τῶν μελλόντων ἔσεσθαι, — des choses qui devaient être,

ἐξέπεμψας τοὺς στρατιώτας, — tu as envoyé les soldats,

στρατιώτας ἐξέπεμψας, πότερα στεφανοῦσθαί σε δεῖ ἐπὶ ταῖς
τῆς πόλεως ἀτυχίαις, ἢ ὑπερωρίσθαι;

Τοιγάρτοι τί τῶν ἀνελπίστων καὶ ἀπροςδοκήτων ἐφ' ἡμῶν
οὐ γέγονεν; οὐ γὰρ βίον γε ἡμεῖς ἀνθρώπινον βεβιώκαμεν, ἀλλ'
εἰς παραδοξολογίαν τοῖς ἐσομένοις μεθ' ἡμᾶς ἔφυμεν. Οὐχ ὁ μὲν
τῶν Περσῶν βασιλεύς, ὁ τὸν Ἄθω διορύξας, ὁ τὸν Ἑλλήςπον-
τον ζεύξας, ὁ γῆν καὶ ὕδωρ τοὺς Ἕλληνας αἰτῶν, ὁ τολμῶν ἐν
ταῖς ἐπιστολαῖς γράφειν, ὅτι δεσπότης ἐστὶν ἁπάντων ἀνθρώπων
ἀφ' ἡλίου ἀνιόντος μέχρι δυομένου, νῦν οὐ περὶ τοῦ κύριος
ἑτέρων εἶναι διαγωνίζεται, ἀλλ' ἤδη περὶ τῆς τοῦ σώματος
σωτηρίας[1]; Καὶ τοὺς αὐτοὺς ὁρῶμεν τῆς τε δόξης ταύτης καὶ τῆς
ἐπὶ τὸν Πέρσην ἡγεμονίας ἠξιωμένους, οἳ καὶ τὸ ἐν Δελφοῖς ἱερὸν
ἠλευθέρωσαν; Θῆβαι δέ, Θῆβαι, πόλις ἀστυγείτων, μεθ' ἡμέραν
μίαν ἐκ μέσης τῆς Ἑλλάδος ἀνήρπασται; εἰ καὶ δικαίως, περὶ

lui étaient point favorables? Faut-il bannir ou couronner en vous
l'auteur de toutes les calamités présentes ?

Est-il en effet, Athéniens, est-il un malheur inouï et imprévu, qui
ne soit arrivé de nos jours? Notre vie n'est pas une vie ordinaire; nous sommes nés, à ce qu'il semble, pour étonner la postérité. Le grand roi, ce monarque qui a ouvert le mont Athos, qui a
enchaîné l'Hellespont, qui demandait aux Grecs la terre et l'eau, qui
se disait, dans ses lettres, le souverain de tous les hommes, depuis
l'orient jusqu'à l'occident, ne combat-il pas aujourd'hui pour défendre
sa personne, et non pour commander à d'autres peuples? Ne voyons-
nous pas couverts de lauriers, et honorés du commandement
des Grecs contre les Perses ceux qui ont secouru le temple de Delphes? Thèbes, ville voisine, Thèbes n'a-t-elle pas disparu en un seul
jour du milieu de la Grèce? Quoique les Thébains aient manqué de

πριν καλλιερῆσαι,	avant d'avoir sacrifié-heureusement,
πότερα δεῖ σε στεφανοῦσθαι	est-ce qu'il faut toi être couronné
ἐπὶ ταῖς ἀτυχίαις τῆς πόλεως,	pour les infortunes de la ville,
ἢ ὑπερωρίσθαι;	ou avoir été banni?
Τοιγάρτοι τί	En effet laquelle
τῶν ἀνελπίστων	des choses inattendues
καὶ ἀπροςδοκήτων	et imprévues
οὐ γέγονεν ἐπὶ ἡμῶν;	n'est pas arrivée du temps de nous?
ἡμεῖς γάρ γε οὐ βεβιώκαμεν	car nous certes nous n'avons pas vécu
βίον ἀνθρώπινον,	une vie humaine,
ἀλλὰ ἐφυμεν	mais nous sommes nés
εἰς παραδοξολογίαν	pour un sujet-de-discours-d'admira-
τοῖς ἐσομένοις μετὰ ἡμᾶς.	à ceux qui seront après nous. [tion
Ὁ μὲν βασιλεὺς τῶν Περσῶν,	Le roi des Perses,
ὁ διορύξας τὸν Ἄθω,	celui qui perça l'Athos,
ὁ ζεύξας τὸν Ἑλλήςποντον,	celui qui mit-sous-le-joug l'Hellespont,
ὁ αἰτῶν τοὺς Ἕλληνας	celui qui demandait aux Grecs
γῆν καὶ ὕδωρ,	la terre et l'eau,
ὁ τολμῶν γράφειν	celui qui osait écrire
ἐν ταῖς ἐπιστολαῖς	dans ses lettres
ὅτι ἐστὶ δεσπότης	qu'il est maître
ἁπάντων ἀνθρώπων	de tous les hommes
ἀπὸ ἡλίου ἀνιόντος	depuis le soleil levant
μέχρι δυομένου,	jusqu'au *soleil* couchant,
νῦν οὐ διαγωνίζεται	maintenant ne combat-il pas
οὐ περὶ τοῦ εἶναι κύριος ἑτέρων,	non pour le être maître des autres
ἀλλὰ ἤδη	mais déjà
περὶ τῆς σωτηρίας τοῦ σώματος;	pour le salut de son corps?
Καὶ ὁρῶμεν τοὺς αὐτοὺς	Et *ne* voyons-nous *pas* les mêmes
ἠξιωμένους	ayant été jugés-dignes
ταύτης τε τῆς δόξης	et de cette gloire
καὶ τῆς ἡγεμονίας	et du commandement
ἐπὶ τὸν Πέρσην,	contre le Perse,
οἳ καὶ ἠλευθέρωσαν	qui aussi ont délivré
τὸ ἱερὸν ἐν Δελφοῖς;	le temple dans Delphes?
Θῆβαι δέ, Θῆβαι,	Mais Thèbes, Thèbes,
πόλις ἀστυγείτων, ἀνήρπασται	ville voisine, *n'*a-t-elle *pas* été arrachée
μετὰ μίαν ἡμέραν	après un seul jour
ἐκ μέσης τῆς Ἑλλάδος;	du milieu de la Grèce?
καὶ δικαίως,	quoique justement,

τῶν ὅλων οὐκ ὀρθῶς βουλευσάμενοι, ἀλλὰ τήν γε θεοβλάβειαν καὶ
τὴν ἀφροσύνην οὐκ ἀνθρωπίνως, ἀλλὰ δαιμονίως κτησάμενοι.
Λακεδαιμόνιοι δ' οἱ ταλαίπωροι, προσαψάμενοι μόνον τούτων
τῶν πραγμάτων ἐξ ἀρχῆς περὶ τὴν τοῦ ἱεροῦ κατάληψιν [1], οἱ τῶν
Ἑλλήνων ποτὲ ἀξιοῦντες ἡγεμόνες εἶναι, νῦν ὁμηρεύσοντες, καὶ
τῆς συμφορᾶς ἐπίδειξιν ποιησόμενοι μέλλουσιν ὡς Ἀλέξανδρον
ἀναπέμπεσθαι [2], τοῦτο πεισόμενοι καὶ αὐτοὶ καὶ ἡ πατρίς, ὅ τι
ἂν ἐκείνῳ δόξῃ, καὶ ἐν τῇ τοῦ κρατοῦντος καὶ προηδικημένου
μετριότητι κριθησόμενοι. Ἡ δ' ἡμετέρα πόλις, ἡ κοινὴ καταφυγὴ τῶν Ἑλλήνων, πρὸς ἣν ἀφικνοῦντο πρότερον ἐκ τῆς
Ἑλλάδος αἱ πρεσβεῖαι, κατὰ πόλεις ἕκαστοι παρ' ἡμῶν τὴν
σωτηρίαν εὑρησόμενοι, νῦν οὐκέτι περὶ τῆς τῶν Ἑλλήνων ἡγεμονίας ἀγωνίζεται, ἀλλ' ἤδη περὶ τοῦ τῆς πατρίδος ἐδάφους.

Καὶ ταῦθ' ἡμῖν συμβέβηκεν ἐξ ὅτου Δημοσθένης πρὸς τὴν

prudence et de sagesse dans les affaires de la nation, ce n'est pas
toutefois à une cause naturelle qu'on doit attribuer leur désastre,
mais à un vertige et à un aveuglement dont il a plu aux dieux
de les frapper. Les malheureux Lacédémoniens, qui dans le
principe n'ont eu que la plus modique part au pillage du temple,
les Lacédémoniens, qui prétendaient jadis commander aux Grecs,
ne vont-ils pas bientôt trouver Alexandre en qualité d'ôtages,
traîner partout le spectacle de leurs disgrâces, se mettre eux et leur
patrie à la merci d'un vainqueur qu'ils ont offensé ? Athènes elle-
même, l'asile commun des Grecs, dont les députés de toutes les
villes venaient autrefois réclamer la protection puissante, Athènes
combat maintenant, non plus pour l'empire de la Grèce, mais pour
le sol de la patrie.

Nous avons éprouvé ces révolutions depuis que Démosthène est

οὐ βουλευσάμενοι ὀρθῶς   ne s'étant pas décidés convenablement

περὶ τῶν ὅλων,   sur les *affaires* générales,

ἀλλά γε κτησάμενοι   mais certes ayant acquis

οὐκ ἀνθρωπίνως, ἀλλὰ δαιμονίως,   non humainement, mais divinement,

τὴν θεοβλάβειαν   la démence

καὶ τὴν ἀφροσύνην.   et la folie.

Οἱ δὲ Λακεδαιμόνιοι ταλαίπωροι,   Mais les Lacédémoniens infortunés,

προσαψάμενοι μόνον   qui ont touché seulement

ἐξ ἀρχῆς   dès le principe

τούτων τῶν πραγμάτων   ces affaires

περὶ τὴν κατάληψιν τοῦ ἱεροῦ,   concernant la prise du temple,

οἱ ἀξιοῦντές ποτε   ceux qui demandaient autrefois

εἶναι ἡγεμόνες τῶν Ἑλλήνων,   à être chefs des Grecs,

νῦν ὁμηρεύσοντες,   maintenant devant être-ôtages,

καὶ ποιησόμενοι   et devant faire

ἐπίδειξιν τῆς συμφορᾶς,   montre de leur malheur,

μέλλουσιν ἀναπέμπεσθαι   doivent être envoyés

ὡς Ἀλέξανδρον, πεισόμενοι   vers Alexandre, devant souffrir

καὶ αὐτοὶ καὶ ἡ πατρὶς   et eux-mêmes et leur patrie

τοῦτο ὅ τι ἂν δόξῃ ἐκείνῳ,   ce qui aura plu à celui-là,

καὶ κριθήσονται   et ils seront jugés

ἐν μετριότητι   dans la modération

τοῦ κρατοῦντος   de celui qui est-vainqueur

καὶ προηδικημένου.   et qui-a-reçu-injure-le-premier.

Ἡ δὲ πόλις ἡμετέρα,   Mais la ville nôtre,

ἡ καταφυγὴ κοινὴ τῶν Ἑλλήνων,   le refuge commun des Grecs,

πρὸς ἣν πρότερον   vers laquelle précédemment

ἀφικνοῦντο αἱ πρεσβεῖαι   venaient les ambassades

ἐκ τῆς Ἑλλάδος,   de la Grèce,

ἕκαστοι κατὰ πόλεις   chacuns par villes

εὑρησόμενοι παρὰ ἡμῶν   devant trouver de la part de nous

τὴν σωτηρίαν,   le salut,

ἀγωνίζεται νῦν   combat maintenant

οὐκέτι περὶ τῆς ἡγεμονίας   non plus pour le commandement

τῶν Ἑλλήνων,   des Grecs,

ἀλλὰ ἤδη περὶ τοῦ ἐδάφους   mais déjà pour le sol

τῆς πατρίδος.   de la patrie.

Καὶ ταῦτα συμβέβηκεν ἡμῖν   Et ces choses sont arrivées à nous

ἐξ ὅτου Δημοσθένης   depuis que Démosthène

προσελήλυθε πρὸς τὴν πολιτείαν.   s'est approché de l'administration.

πολιτείαν προσελήλυθεν. Εὖ γὰρ περὶ τῶν τοιούτων Ἡσίοδος ὁ ποιητὴς ἀποφαίνεται. Λέγει γάρ που[1], παιδεύων τὰ πλήθη, καὶ συμβουλεύων ταῖς πόλεσι τοὺς πονηροὺς τῶν δημαγωγῶν μὴ προσδέχεσθαι. Λέξω δὲ κἀγὼ τὰ ἔπη· διὰ τοῦτο γὰρ οἶμαι ἡμᾶς παῖδας ὄντας τὰς τῶν ποιητῶν γνώμας ἐκμανθάνειν, ἵν' ἄνδρες ὄντες αὐταῖς χρώμεθα.

Πολλάκι δὴ ξύμπασα πόλις κακοῦ ἀνδρὸς ἐπαυρεῖ,
ὅς κεν ἀλιτραίνῃ καὶ ἀτάσθαλα μητιάαται.
Τοῖσιν δ' οὐρανόθεν μέγα πῆμα δῶκε Κρονίων,
λιμὸν ὁμοῦ καὶ λοιμόν, ἀποφθινύθουσι δὲ λαοί·
ἢ τῶν γε στρατὸν εὐρὺν ἀπώλεσεν, ἢ ὅ γε τεῖχος,
ἢ νέας ἐνὶ πόντῳ τίννυται εὐρύοπα Ζεύς[2].

Ἐὰν δὲ περιελόντες τοῦ ποιητοῦ τὸ μέτρον, τὰς γνώμας ἐξετάζητε, οἶμαι ὑμῖν δόξειν οὐ ποιήματα Ἡσιόδου εἶναι, ἀλλὰ χρησμὸν εἰς τὴν Δημοσθένους πολιτείαν. Καὶ γὰρ ναυτικὴ καὶ

arrivé aux affaires. La pensée d'Hésiode, à ce sujet, est donc bien véritable : il dit, dans un de ses poëmes, où il veut instruire les peuples et conseiller les républiques, qu'il ne faut pas écouter des ministres criminels. Je rapporterai ces vers; car, sans doute, on ne nous fait apprendre dans notre enfance les plus belles sentences des poëtes qu'afin que, dans le reste de la vie, nous en fassions usage au besoin.

« Souvent une nation entière souffre d'un méchant homme qui irrite les dieux par ses crimes et ses énormes forfaits. Le fils de Saturne envoie du ciel de grands fléaux, la famine et la peste ; les peuples périssent, ou leurs armées nombreuses sont détruites, ou leurs murs renversés, ou leurs vaisseaux engloutis : monuments de la vengeance de Jupiter ! »

Si vous oubliez le poëte pour ne songer qu'au sens des vers, il vous semblera, je crois, que les vers d'Hésiode sont un oracle prononcé contre l'administration de Démosthène. C'est lui, en effet, c'est son

Ὁ γὰρ ποιητὴς Ἡσίοδος   Car le poète Hésiode
ἀποφαίνεται εὖ   s'explique bien
περὶ τῶν τοιούτων.   sur les choses telles.
Λέγει γάρ που,   Car il dit quelque part,
παιδεύων τὰ πλήθη,   instruisant les multitudes,
καὶ συμβουλεύων ταῖς πόλεσι   et conseillant aux villes
μὴ προςδέχεσθαι   de ne pas accueillir
τοὺς πονηροὺς τῶν δημαγωγῶν.   les pervers des démagogues.
Ἐγὼ δὲ καὶ λέξω τὰ ἔπη·   Mais moi aussi je dirai les vers;
οἶμαι γὰρ ἡμᾶς ἐκμανθάνειν   car je pense nous apprendre-par-cœur
ὄντας παῖδας   étant enfants
τὰς γνώμας τῶν ποιητῶν,   les sentences des poètes,
διὰ τοῦτο,   pour cela,
ἵνα ὄντες ἄνδρες   afin qu'étant hommes
χρώμεθα αὐταῖς.   nous nous servions d'elles.
« Πολλάκι δὲ ξύμπασα πόλις   « Or souvent toute une ville
ἐπαυρεῖ   souffre
ἀνδρὸς κακοῦ,   d'un homme méchant,
ὅς κεν ἀλιτραίνῃ καὶ μητιάαται   qui pèche et médite
ἀτάσθαλα.   des choses coupables.
Κρονίων δὲ   Mais le fils-de-Saturne
ἔδωκε τοῖσιν οὐρανόθεν   a donné à eux du ciel
μέγα πῆμα,   une grande souffrance,
ὁμοῦ λιμόν καὶ λοιμόν,   en même temps la peste et la famine,
λαοὶ δὲ ἀποφθινύθουσιν·   et les peuples dépérissent;
ἤ γε ὅ γε ἀπώλεσε   ou certes celui-ci a détruit
στρατὸν εὐρύν,   l'armée vaste,
ἢ τεῖχος τῶν,   ou la muraille d'eux,
ἢ Ζεὺς εὐρύοπα   ou Jupiter dont-la-voix-résonne-loin
τίννυται νῆας ἐνὶ πόντῳ. »   punit les vaisseaux sur la mer. »
Ἐὰν δὲ περιελόντες   Mais si ayant enlevé
τὸ μέτρον τοῦ ποιητοῦ,   le mètre du poète,
ἐξετάζητε τὰς γνώμας,   vous examinez les pensées,
οἶμαι δόξειν ὑμῖν   je pense devoir paraître à vous
εἶναι οὐ ποιήματα Ἡσιόδου,   être non des poésies d'Hésiode,
ἀλλὰ χρησμὸν   mais un oracle
εἰς τὴν πολιτείαν   concernant l'administration
Δημοσθένους.   de Démosthène.
Καὶ γὰρ στρατιὰ   Et en effet une armée
ναυτικὴ καὶ πεζή,   navale et de-pied,

πεζῇ στρατιά, καὶ πόλεις ἄρδην εἰσὶν ἀνηρπασμέναι, ἐκ τῆς
τούτου πολιτείας.

Ἀλλ᾽, οἶμαι, οὔτε Φρυνώνδας, οὔτε Εὐρύβατος , οὔτ᾽ ἄλλος
οὐδεὶς πώποτε τῶν πάλαι πονηρῶν, τοιοῦτος μάγος καὶ γόης
ἐγένετο, ὅς (ὦ γῆ, καὶ θεοί, καὶ δαίμονες, καὶ ἄνθρωποι, ὅσοι
βούλεσθε ἀκούειν τἀληθῆ!) τολμᾷ λέγειν, βλέπων εἰς τὰ πρόσωπα
τὰ ὑμέτερα, ὡς ἄρα Θηβαῖοι τὴν συμμαχίαν ὑμῖν ἐποιήσαντο,
οὐ διὰ τὸν καιρόν, οὐ διὰ τὸν φόβον τὸν περιστάντα αὐτούς, οὐ
διὰ τὴν ὑμετέραν δόξαν, ἀλλὰ διὰ τὰς Δημοσθένους δημηγορίας. Καίτοι πολλὰς μὲν τούτου πρότερον πρεσβείας ἐπρέσβευ-
σαν εἰς Θήβας οἱ μάλιστα οἰκείως ἐκείνοις διακείμενοι, πρῶτος
μὲν Θρασύβουλος ὁ Κολλυτεύς[2], ἀνὴρ ἐν Θήβαις πιστευθεὶς ὡς
οὐδεὶς ἕτερος, πάλιν Θράσων ὁ Ἐρχιεύς[3], πρόξενος ὢν Θηβαίοις,
Λεωδάμας ὁ Ἀχαρνεύς[4], οὐχ ἧττον Δημοσθένους λέγειν δυνάμε-
νος, ἀλλ᾽ ἔμοιγε καὶ ἡδίων, Ἀρχέδημος ὁ Πήληξ[5], καὶ δυνατὸς

ministère funeste qui a ruiné de fond en comble les armées navales,
les troupes de terre , les républiques.

Mais assurément ni Phrynondas ni Eurybate ni aucun autre
des anciens scélérats ne fut jamais aussi fourbe, aussi trompeur que
cet homme. Il ose (ciel et terre, je vous en atteste, et vous tous qui
voulez entendre la vérité!) il ose dire en vous regardant en face que
ce n'est ni la circonstance, ni la gloire dont vous jouissiez, ni le danger qui les menaçait, qui ont engagé les Thébains à faire alliance avec
vous, mais les harangues de Démosthène. Avant lui cependant, les
plus grands amis des Thébains sont allés plusieurs fois chez eux en
ambassade, et sans aucun succès : Thrasybule, qui avait toute leur
confiance, y alla le premier de tous; et, après lui, Thrason, leur
patron dans notre ville; Léodamas, dont l'éloquence n'a pas moins
de force, et a certainement plus de douceur que celle de Démosthène; Archidème, homme éloquent, que son amitié pour Thèbes

καὶ πόλεις	et des villes
εἰσὶν ἀνηρπασμέναι ἄρδην	sont ayant été détruites entièrement
ἐκ τῆς πολιτείας	par suite de l'administration
τούτου.	de celui-ci.
Ἀλλά, οἶμαι,	Mais, je pense,
οὔτε Φρυνώνδας, οὔτε Εὐρύβατος,	ni Phrynondas, ni Eurybate,
οὔτε οὐδεὶς ἄλλος πώποτε	ni aucun autre jamais-encore
τῶν πονηρῶν πάλαι,	des pervers d'autrefois,
ἐγένετο τοιοῦτος μάγος	ne fut un tel charlatan
καὶ γόης,	et imposteur,
ὃς (ὦ γῆ, καὶ θεοί,	qui (ô terre, et dieux,
καὶ δαίμονες, καὶ ἄνθρωποι,	et génies, et hommes,
ὅσοι βούλεσθε ἀκούειν	vous tous qui voulez entendre
τὰ ἀληθῆ !)	les choses vraies !)
τολμᾷ λέγειν, βλέπων	ose dire, regardant
εἰς τὰ πρόσωπα τὰ ὑμέτερα,	vers les visages les vôtres,
ἆρα ὡς Θηβαῖοι	savoir que les Thébains
ἐποιήσαντο τὴν συμμαχίαν ὑμῖν,	ont fait l'alliance avec vous,
οὐ διὰ τὸν καιρόν,	non à cause de la circonstance,
οὐ διὰ τὸν φόβον	non à cause de la crainte
τὸν περιστάντα αὐτούς,	celle qui environnait eux,
οὐ διὰ τὴν δόξαν ὑμετέραν,	non à cause de la gloire vôtre,
ἀλλὰ διὰ τὰς δημηγορίας	mais à cause des-harangues-au-peuple
Δημοσθένους.	de Démosthène.
Καίτοι πρότερον μὲν τούτου	Cependant précédemment à celui-ci
οἱ διακείμενοι ἐκείνοις	ceux qui étaient disposés pour ceux-là
μάλιστα οἰκείως	le plus favorablement
ἐπρέσβευσαν πρεσβείας πολλὰς	ont fait des ambassades nombreuses
εἰς Θήβας, πρῶτος μὲν	à Thèbes, le premier
Θρασύβουλος ὁ Κολλυτεύς,	Thrasybule de-Collyte,
ἀνὴρ πιστευθεὶς	homme honoré-de-la-confiance
ἐν Θήβαις, ὡς οὐδεὶς ἕτερος,	à Thèbes, comme aucun autre,
πάλιν Θράσων ὁ Ἐρχιεύς,	puis Thrason l'Erchien,
Λεωδάμας ὁ Ἀχαρνεύς	Léodamas l'Acharnien
ὁ πρόξενος Θηβαίοις,	qui était proxène des Thébains,
δυνάμενος λέγειν	capable de parler
οὐχ ἧττον Δημοσθένους,	non moins que Démosthène,
ἀλλὰ καὶ ἡδίων	mais encore plus agréable
ἔμοιγε,	à moi du moins,
Ἀρχέδημος ὁ Πήληξ,	Archidème de-Pélex,

εἰπεῖν καὶ πολλὰ κεκινδυνευκὼς ἐν τῇ πολιτείᾳ διὰ Θηβαίους,
Ἀριστοφῶν ὁ Ἀζηνιεύς, πλεῖστον χρόνον τὴν τοῦ βοιωτιάζειν
ὑπομείνας αἰτίαν, Πύρρανδρος ὁ Ἀναφλύστιος, ὃς ἔτι καὶ νῦν ζῇ.
Ἀλλ' ὅμως οὐδεὶς πώποτε αὐτοὺς ἐδυνήθη προτρέψασθαι εἰς τὴν
ὑμετέραν φιλίαν. Τὸ δ' αἴτιον οἶδα μέν, λέγειν δ' οὐδὲν δέομαι
διὰ τὰς ἀτυχίας αὐτῶν. Ἀλλ', οἶμαι, ἐπειδὴ Φίλιππος αὐτῶν
ἀφελόμενος Νίκαιαν Θετταλοῖς παρέδωκε [1], καὶ τὸν πόλεμον, ὃν
πρότερον ἐξήλασεν ἐκ τῆς χώρας τῆς τῶν Βοιωτῶν, τοῦτον πάλιν τὸν
αὐτὸν πόλεμον ἐπήγαγε διὰ τῆς Φωκίδος ἐπ' αὐτὰς τὰς Θήβας,
καὶ τὸ τελευταῖον Ἐλάτειαν [2] καταλαβὼν ἐχαράκωσε, καὶ φρου-
ρὰν εἰσήγαγεν, ἐνταῦθ' ἤδη, ἐπεὶ τὸ δεινὸν αὐτῶν ἥπτετο, μετε-
πέμψαντο Ἀθηναίους, καὶ ὑμεῖς ἐξήλθετε καὶ εἰσῄειτε εἰς τὰς
Θήβας, ἐν τοῖς ὅπλοις διεσκευασμένοι, καὶ οἱ πεζοὶ καὶ οἱ ἱππεῖς, πρὶν περὶ συμμαχίας μίαν μόνην συλλαβὴν γράψαι Δη-

a exposé à bien des périls dans le cours de son administration; le
ministre Aristophon, qui a subi longtemps le reproche d'être vendu
aux Béotiens; l'orateur Pyrrhandre, qui vit encore. Aucun d'eux ne
put jamais engager les Thébains à faire alliance avec vous : la raison, je ne l'ignore pas, je la tairai cependant par égard pour leurs
malheurs. Mais, sans doute, après que Philippe leur eut ôté Nicée pour
la donner aux Thessaliens, que, traversant la Phocide, il eut rapproché
de Thèbes la guerre qu'il avait d'abord éloignée de la Béotie; qu'enfin, ayant pris Élatée, il l'eut fortifiée et y eut mis garnison; voyant
alors le péril à leurs portes, ils eurent recours à vous; vous sortîtes
d'Athènes, vous entrâtes dans Thèbes tous en armes, avec un corps
d'infanterie et de cavalerie, avant que Démosthène eût parlé d'al-

καὶ δυνατός εἰπεῖν	et habile à parler
καὶ κεκινδυνευκὼς	et qui avait couru-des-risques
πολλὰ	en choses nombreuses
ἐν τῇ πολιτείᾳ	dans son administration
διὰ Θηβαίους,	à cause des Thébains,
Ἀριστοφῶν ὁ Ἀζηνιεύς.	Aristophon l'Azénien,
ὑπομείνας χρόνον πλεῖστον	qui avait supporté un temps très-long
τὴν αἰτίαν τοῦ βοιωτιάζειν,	l'accusation de béotiser,
Πύρρανδρος ὁ Ἀναφλύστιος,	Pyrrhandre l'Anaphlystien,
ὃς ζῇ ἔτι καὶ νῦν.	qui vit encore même maintenant
Ἀλλὰ ὅμως οὐδεὶς πώποτε	Mais cependant personne jamais-enco-
ἠδυνήθη προτρέψασθαι αὐτοὺς	n'a pu tourner eux [re
εἰς τὴν φιλίαν ὑμετέραν.	à l'amitié vôtre.
Οἶδα δὲ τὸ μὲν αἴτιον,	Or je sais la cause,
δέομαι δὲ οὐδὲν λέγειν	mais je n'ai besoin en rien de *la* dire
διὰ τὰς ἀτυχίας αὐτῶν.	à cause des infortunes d'eux.
Ἀλλά, οἶμαι, ἐπειδὴ Φίλιππος	Mais, je pense, après que Philippe
ἀφελόμενος αὐτῶν Νίκαιαν	ayant enlevé à eux Nicée
παρέδωκε Θετταλοῖς.	*l'*eut donnée aux Thessaliens,
καὶ ἐπήγαγε πάλιν τὸν πόλεμον,	et eut amené de nouveau la guerre,
τοῦτον τὸν αὐτὸν πόλεμον,	cette même guerre
ὃν πρότερον ἐξήλασεν	que précédemment il avait chassée
ἐκ τῆς χώρας τῆς τῶν Βοιωτῶν,	de la contrée des Béotiens,
διὰ τῆς Φωκίδος	à travers la Phocide
ἐπὶ τὰς Θήβας αὐτάς,	sur Thèbes elle-même,
καὶ τὸ τελευταῖον	et enfin
καταλαβὼν Ἐλάτειαν	ayant pris Élatée
ἐχαράκωσε,	*l'*eut fortifiée,
καὶ εἰσήγαγε φρουράν,	et eut introduit une garnison,
ἐνταῦθα ἤδη,	alors déjà,
ἐπεὶ τὸ δεινὸν ἥπτετο αὐτῶν,	après que le danger touchait eux,
μετεπέμψαντο Ἀθηναίους,	ils mandèrent les Athéniens,
καὶ ὑμεῖς ἐξήλθετε	et vous vous sortîtes
καὶ εἰσήειτε εἰς τὰς Θήβας,	et vous entrâtes dans Thèbes,
διεσκευασμένοι ἐν τοῖς ὅπλοις,	disposés en armes
καὶ οἱ πεζοὶ	et les fantassins
καὶ οἱ ἱππεῖς,	et les cavaliers,
πρὶν Δημοσθένην γράψαι	avant **Démosthène avoir écrit**
μίαν μόνην συλλαβὴν	une seule syllabe
περὶ συμμαχίας.	sur l'alliance.

μοσθένην. Ὁ δ᾽ εἰςάγων ἦν ὑμᾶς εἰς τὰς Θήβας καιρός, καὶ φόβος, καὶ χρεία συμμαχίας, ἀλλ᾽ οὐ Δημοσθένης.

Ἐπεὶ περί γε ταύτας τὰς πράξεις τρία τὰ πάντων μέγιστα Δημοσθένης εἰς ὑμᾶς ἐξημάρτηκε· πρῶτον μέν, ὅτι Φιλίππου, τῷ μὲν ὀνόματι πολεμοῦντος ὑμῖν, τῷ δ᾽ ἔργῳ πολὺ μᾶλλον μισοῦντος Θηβαίους, ὡς αὐτὰ τὰ πράγματα δεδήλωκε [1] (καὶ τί δεῖ τὰ πλείω λέγειν;), ταῦτα μὲν τηλικαῦτα τὸ μέγεθος ἀπεκρύψατο, προσποιησάμενος δὲ μέλλειν τὴν συμμαχίαν γενήσεσθαι, οὐ διὰ τοὺς καιρούς, ἀλλὰ διὰ τὰς αὑτοῦ πρεσβείας, πρῶτον μὲν συνέπεισε τὸν δῆμον μηκέτι βουλεύεσθαι ἐπὶ τίσι δεῖ ποιήσασθαι τὴν συμμαχίαν, ἀλλ᾽ ἀγαπᾶν μόνον εἰ γίγνεται· τοῦτο δὲ προλαβών, ἔκδοτον μὲν τὴν Βοιωτίαν ἅπασαν ἐποίησε Θηβαίοις, γράψας ἐν τῷ ψηφίσματι, ἐάν τις ἀφιστῆται πόλις ἀπὸ Θηβαίων, βοηθεῖν Ἀθηναίους Βοιωτοῖς τοῖς ἐν Θήβαις [2], τοῖς ὀνό-

liance. C'était donc l'occasion, la crainte du péril, le besoin de votre alliance qui vous ouvrirent les portes de Thèbes, et non Démosthène.

Car, pour ce qui est de la conclusion du traité, il vous a causé, dans le cours de cette affaire, trois préjudices énormes. Voici le premier : Philippe semblait n'en vouloir qu'à vous, mais en effet il haïssait beaucoup plus les Thébains, comme l'événement le prouva ; et qu'est-il besoin d'en dire davantage ? Démosthène vous a dérobé cette connaissance importante, et vous ayant fait croire que vous seriez redevables de l'alliance qui allait être conclue, non à la conjoncture, mais à ses ambassades, il a d'abord persuadé au peuple qu'on ne devait pas examiner à quelles conditions se ferait cette alliance, pourvu qu'elle se fît. Cet avantage une fois obtenu, il a livré toute la Béotie aux Thébains, annonçant dans un décret que si quelque ville se révoltait contre eux, nous secourrions les Béotiens de Thèbes. Il employait, suivant sa coutume,

Καιρὸς δέ, καὶ φόβος,
καὶ χρεία συμμαχίας,
ἀλλὰ οὐ Δημοσθένης,
ἦν ὁ εἰςαγων ὑμᾶς
εἰς τὰς Θήβας.

Or la circonstance, et la crainte,
et le besoin d'une alliance,
mais non Démosthène,
était celui qui introduisait vous
dans Thèbes.

Ἐπεί γε
περὶ ταύτας τὰς πράξεις
Δημοσθένης ἐξημάρτηκεν εἰς ὑμᾶς
τρία
τὰ μέγιστα πάντων
πρῶτον μέν, ὅτι Φιλίππου
πολεμοῦντος μὲν ὑμῖν
τῷ ὀνόματι,
μισοῦντος δὲ πολὺ μᾶλλον
Θηβαίους τῷ ἔργῳ,
ὡς τὰ πράγματα αὐτὰ δεδήλωκε
(καὶ τί δεῖ
λέγειν τὰ πλείω;),
ἀπεκρύψατο μὲν ταῦτα
τηλικαῦτα τὸ μέγεθος,
προςποιησάμενος δὲ
τὴν συμμαχίαν
μέλλειν γενήσεσθαι,
οὐ διὰ τοὺς καιρούς,
ἀλλὰ διὰ τὰς πρεσβείας
αὐτοῦ,
πρῶτον μὲν συνέπεισε τὸν δῆμον
μηκέτι βουλεύεσθαι
ἐπὶ τίσι
δεῖ ποιήσασθαι τὴν συμμαχίαν,
ἀλλὰ ἀγαπᾷν μόνον
εἰ γίγνεται·
προλαβὼν δὲ τοῦτο,
ἐποίησε μὲν ἅπασαν τὴν Βοιωτίαν
ἔκδοτον Θηβαίοις,
γράψας ἐν τῷ ψηφίςματι,
ἐάν τις πόλις ἀφιστῆται
ἀπὸ Θηβαίων,
Ἀθηναίους βοηθεῖν Βοιωτοῖς
τοῖς ἐν Θήβαις,

Puisque du moins
concernant ces affaires
Démosthène a péché envers vous
en trois choses
les plus grandes de toutes.
d'abord, parce que Philippe
faisant-la-guerre à vous
par le nom,
mais haïssant beaucoup plutôt
les Thébains par le fait,
comme les affaires mêmes ont montré
(et pourquoi faut-il
dire les choses plus nombreuses?),
il a caché ces choses
si importantes par la grandeur,
et ayant feint
l'alliance
devoir avoir lieu,
non à cause des circonstances,
mais à cause des ambassades
de lui-même,
d'abord il a persuadé au peuple
de ne plus délibérer
pour quelles *conditions*
il faut faire l'alliance,
mais de se contenter seulement
si elle a lieu;
et ayant pris-d'avance cela,
il a fait toute la Béotie
livrée aux Thébains,
ayant écrit dans le décret,
si quelque ville se sépare
des Thébains,
les Athéniens secourir les Béotiens
ceux a Thèbes,

μασι κλέπτων καὶ μεταφέρων τὰ πράγματα, ὥσπερ εἴωθεν, ὡς
τοὺς Βοιωτοὺς, ἔργῳ κακῶς πάσχοντας, τὴν τῶν ὀνομάτων σύνθεσιν τῶν Δημοσθένους ἀγαπήσοντας, ἀλλ' οὐ μᾶλλον ἐφ' οἷς
κακῶς πεπόνθεσαν ἀγανακτήσοντας· δεύτερον δέ, τῶν εἰς τὸν
πόλεμον ἀναλωμάτων τὰ μὲν δύο μέρη ὑμῖν ἀνέθηκεν, οἷς ἦσαν
ἀπωτέρω οἱ κίνδυνοι, τὸ δὲ τρίτον μέρος Θηβαίοις, δωροδοκῶν
ἐφ' ἑκάστοις τούτων, καὶ τὴν ἡγεμονίαν τὴν μὲν κατὰ θάλατταν
ἐποίησε κοινήν, τὸ δ' ἀνάλωμα ἴδιον ὑμέτερον, τὴν δὲ κατὰ γῆν,
εἰ μὴ δεῖ ληρεῖν, ἄρδην φέρων ¹ ἀνέθηκε Θηβαίοις· ὥστε παρὰ
τὸν γενόμενον πόλεμον μὴ κύριον γενέσθαι Στρατοκλέα, τὸν
ὑμέτερον στρατηγόν, βουλεύσασθαι περὶ τῆς τῶν στρατιωτῶν
σωτηρίας. Καὶ ταῦτ' οὐκ ἐγὼ μὲν κατηγορῶ, ἕτεροι δὲ παραλείπουσιν, ἀλλὰ κἀγὼ λέγω, καὶ πάντες ἐπιτιμῶσι, καὶ ὑμεῖς
σύνιστε καὶ οὐκ ὀργίζεσθε. Ἐκεῖνο γὰρ πεπόνθα τε πρὸς Δη-

des expressions captieuses pour donner le change, comme si les
Béotiens, réellement maltraités, devaient admirer eux-mêmes
les vaines subtilités de Démosthène, et non s'indigner des injustices trop réelles qu'ils essuyaient. Ensuite, il vous a chargés des
deux tiers de la dépense, vous qui étiez plus éloignés du péril, et n'a
imposé aux Thébains que l'autre tiers, se faisant payer pour chacun
de ces arrangements. Il a partagé entre eux et vous le commandement sur mer, et vous a laissé tous les frais; quant au commandement sur terre, pour parler sans détour, il l'a abandonné aux
seuls Thébains, en sorte que, pendant tout le cours de la guerre,
Stratoclès, votre général, n'était pas libre de pourvoir par lui-même
au salut de vos soldats. Et l'on ne dira pas que je l'accuse seul,
tandis que les autres se taisent; les reproches que je lui fais sont
ceux de tous mes concitoyens; vous le savez vous-mêmes, et vous
n'en témoignez nul courroux. Voici en effet dans quelles disposi-

κλέπτων καὶ μεταφέρων	dérobant et changeant
τὰ πράγματα τοῖς ὀνόμασιν,	les affaires par les noms,
ὥσπερ εἴωθεν,	comme il a coutume,
ὡς τοὺς Βοιωτούς,	comme les Béotiens,
πάσχοντας κακῶς ἔργῳ,	souffrant mal par le fait,
ἀγαπήσοντας	devant se contenter
τὴν σύνθεσιν τῶν ὀνομάτων	de l'arrangement des mots
τῶν Δημοσθένους,	ceux de Démosthène,
ἀλλὰ οὐκ ἀγανακτήσοντας μᾶλλον	mais ne devant pas s'indigner plutôt
ἐπὶ οἷς	au sujet *des choses* que
πεπόνθεσαν κακῶς·	ils ont éprouvées mal;
δεύτερον δέ,	et deuxièmement,
ἀνέθηκε μὲν τὰ δύο μέρη	il a attribué les deux parties
τῶν ἀναλωμάτων εἰς τὸν πόλεμον	des dépenses pour la guerre
ὑμῖν, οἷς οἱ κίνδυνοι	à vous, pour qui les dangers
ἦσαν ἀπωτέρω,	étaient plus loin,
τὸ δὲ τρίτον μέρος Θηβαίοις,	et la troisième partie aux Thébains,
δωροδοκῶν	recevant-des-présents
ἐπὶ ἑκάστοις τούτων	pour chacunes de ces choses
καὶ ἐποίησε μὲν κοινὴν	et a fait commun
τὴν ἡγεμονίαν τὴν κατὰ θάλατταν,	le commandement sur mer,
τὸ δὲ ἀνάλωμα ἴδιον ὑμέτερον,	mais la dépense propre vôtre,
φέρων δὲ ἀνέθηκεν ἄρδην	et offrant a attribué entièrement
τὴν κατὰ γῆν Θηβαίοις,	celui sur terre aux Thébains,
εἰ μὴ δεῖ ληρεῖν·	s'il ne faut pas extravaguer;
ὥστε Στρατοκλέα,	de sorte que Stratoclès,
τὸν στρατηγὸν ἡμέτερον	le général nôtre,
μὴ γενέσθαι κύριον	n'avoir pas été maître
παρὰ τὸν πόλεμον γενόμενον	pendant la guerre qui eut lieu
βουλεύσασθαι	de prendre-parti
περὶ τῆς σωτηρίας τῶν στρατιωτῶν.	sur le salut des soldats.
Καὶ ἐγὼ μὲν	Et moi certes
οὐ κατηγορῶ ταῦτα,	je ne *l'*accuse pas de ces choses,
ἕτεροι δὲ παραλείπουσιν,	tandis que les autres *les* omettent,
ἀλλὰ καὶ ἐγὼ λέγω,	mais et moi je *les* dis,
καὶ πάντες ἐπιτιμῶσι,	et tous *les* blâment,
καὶ ὑμεῖς σύνιστε	et vous vous *les* savez
καὶ οὐκ ὀργίζεσθε.	et ne vous mettez-pas-en-colère.
Πεπόνθατε γὰρ ἐκεῖνο	Car vous éprouvez cela
πρὸς Δημοσθένην·	envers Démosthène;

μοσθένην· συνείθισθε ήδη τἀδικήματα αὐτοῦ ἀκούειν, ὥςτε οὐ
θαυμάζετε. Δεῖ δὲ οὐχ οὕτω:, ἀλλ' ἀγανακτεῖν καὶ τιμωρεῖσθαι,
εἰ χρὴ τὰ λοιπὰ τῇ πόλει καλῶς ἔχειν.

Δεύτερον δὲ καὶ πολὺ τούτου μεῖζον ἀδίκημα ἠδίκησεν, ὅτι
τὸ βουλευτήριον τὸ τῆς πόλεως καὶ τὴν δημοκρατίαν ἄρδην ἔλα-
θεν ὑφελόμενος, καὶ μετήνεγκεν εἰς Θήβας, εἰς τὴν Καδμείαν,
τὴν κοινωνίαν τῶν πράξεων τοῖς Βοιωτάρχαις [1] συνθέμενος, καὶ
τηλικαύτην αὐτὸς αὑτῷ δυναστείαν κατεσκεύασεν, ὥςτ' ἤδη
παριὼν ἐπὶ τὸ βῆμα, πρεσβεύσειν μὲν ἔφη ὅποι ἂν αὐτῷ δοκῇ,
κἂν μὴ ὑμεῖς ἐκπέμπητε· εἰ δέ τις αὐτῷ τῶν στρατηγῶν ἀν-
τείποι, καταδουλούμενος τοὺς ἄρχοντας, καὶ συνεθίζων μηδὲν
αὐτῷ ἀντιλέγειν, διαδικασίαν ἔφη γράψειν τῷ βήματι πρὸς τὸ
στρατηγεῖον· πλείω γὰρ ὑμᾶς ἀγαθὰ ὑφ' ἑαυτοῦ ἔφη ἀπὸ τοῦ
βήματος πεπονθέναι, ἢ ὑπὸ τῶν στρατηγῶν ἐκ τοῦ στρατηγείου.

tions vous êtes à l'égard de Démosthène : l'habitude d'entendre ra-
conter ses prévarications vous les fait voir sans surprise. Mais ce
n'est pas ainsi que vous devez vous conduire ; il faut, si vous voulez
rétablir vos affaires, vous élever contre lui, et vous résoudre à le
punir.

Le second préjudice que vous a causé cet orateur, et qui surpasse
le premier, est d'avoir trouvé moyen, par un complot formé avec
les chefs de la Béotie, d'enlever au sénat et au peuple de notre ville
la discussion et la décision des affaires, pour les transporter à Thèbes, dans la Cadmée. Par là il s'est acquis une puissance si absolue,
qu'il vous annonçait du haut de cette tribune que sans attendre vos
ordres, il irait en députation partout où il le jugerait nécessaire. Si
quelqu'un des généraux osait le contredire, pour toute réponse, asservissant vos chefs, et les accoutumant à ne le démentir en rien,
il disait qu'il ferait décider la prééminence de la tribune sur le
camp, soutenant que vous aviez reçu plus de services dans la tribune
d'un seul de vos orateurs, que dans le camp de tous vos généraux.

συνείθιστε ἤδη ἀκούειν | vous êtes habitués déjà à entendre
τὰ ἀδικήματα αὐτοῦ, | les injustices de lui,
ὥςτε οὐ θαυμάζετε. | de sorte que vous ne vous étonnez pas:
Δεῖ δὲ οὐχ οὕτως, | Mais il faut non ainsi,
ἀλλὰ ἀγανακτεῖν | mais vous indigner
καὶ τιμωρεῖσθαι, | et punir,
εἰ χρὴ τὰ λοιπὰ | s'il faut les choses restant
ἔχειν καλῶς τῇ πόλει. | être bien pour la ville.
　Ἠδίκησε δὲ δεύτερον ἀδίκημα | 　Mais il fit un second tort
καὶ πολὺ μεῖζον τούτου, | encore beaucoup plus grand que celui-
ὅτι ἔλαθεν | en ce qu'il a échappé　　　　[ci,
ὑφελόμενος ἄρδην | ayant dérobé entièrement
τὸ βουλευτήριον τὸ τῆς πόλεως | le sénat celui de la ville
καὶ τὴν δημοκρατίαν, | et le pouvoir-du-peuple,
καὶ μετήνεγκεν εἰς Θήβας, | et les a transportés à Thèbes,
εἰς τὴν Καδμείαν, | dans la Cadmée,
συνθέμενος | ayant arrangé-avec
τοῖς Βοιωτάρχαις | les chefs-des-Béotiens
τὴν κοινωνίαν τῶν πράξεων, | la communauté des affaires,
καὶ αὐτὸς κατεσκεύασεν αὐτῷ | et lui-même a préparé à lui-même
τηλικαύτην δυναστείαν, | un si grand pouvoir,
ὥςτε ἤδη | que déjà
παριὼν ἐπὶ τὸ βῆμα, | s'avançant vers la tribune,
ἔφη μὲν πρεσβεύσειν | il disait devoir aller-en-ambassade
ὅποι ἂν δοκῇ | partout où il semblerait-bon
αὐτῷ, | à lui-même,
καὶ ἂν ὑμεῖς μὴ ἐκπέμπητε· | même si vous ne l'envoyiez pas;
εἰ δέ τις τῶν στρατηγῶν | mais si quelqu'un des généraux
ἀντείποι αὐτῷ, | parlait-contre lui,
καταδουλούμενος τοὺς ἄρχοντας, | asservissant ceux qui commandaient,
καὶ συνεθίζων | et les accoutumant
ἀντιλέγειν αὐτῷ μηδέν, | à ne contredire lui en rien,
ἔφη γράψειν διαδικασίαν | il disait devoir décréter une contesta-
τῷ βήματι | pour la tribune　　　　[tion
πρὸς τὸ στρατηγεῖον· | contre la tente-du-général;
ἔφη γὰρ ὑμᾶς πεπονθέναι | car il disait vous avoir éprouvés
ἀγαθὰ πλείω | des biens plus nombreux
ὑπὸ ἑαυτοῦ ἀπὸ τοῦ βήματος, | par lui-même de la tribune,
ἢ ὑπὸ τῶν στρατηγῶν | que par les généraux
ἀπὸ τοῦ στρατηγείου. | de la tente-du-général.

Μισθοφορῶν δ' ἐν τῷ ξενικῷ κεναῖς χώραις¹, καὶ τὰ στρατιωτικὰ χρήματα κλέπτων, καὶ τοὺς μυρίους ξένους ἐκμισθώσας Ἀμφισσεῦσι, πολλὰ διαμαρτυρομένου καὶ σχετλιάζοντος ἐν ταῖς ἐκ κλησίαις ἐμοῦ, προσέμιξε φέρων ἀναρπασθέντων τῶν ξένων τὸν κίνδυνον ἀπαρασκεύῳ τῇ πόλει². Τί γὰρ ἂν οἴεσθε Φίλιππον ἐν τοῖς τότε καιροῖς εὔξασθαι; Οὐ χωρὶς μὲν πρὸς τὴν πολιτικὴν δύναμιν, χωρὶς δ' ἐν Ἀμφίσσῃ πρὸς τοὺς ξένους διαγωνίσασθαι, ἀθύμους δὲ τοὺς Ἕλληνας λαβεῖν τηλικαύτης πληγῆς προγεγενημένης; Καὶ τηλικούτων κακῶν αἴτιος γεγενημένος Δημοσθένης οὐκ ἀγαπᾷ, εἰ μὴ δίκην δέδωκεν, ἀλλ' εἰ μὴ καὶ χρυσῷ στεφάνῳ στεφανωθήσεται, ἀγανακτεῖ· οὐδ' ἱκανόν ἐστιν αὐτῷ ἐναντίον ὑμῶν κηρύττεσθαι, ἀλλ' εἰ μὴ τῶν Ἑλλήνων ἐναντίον ἀναρρηθήσεται, τοῦτ' ἤδη ἀγανακτεῖ. Οὕτως, ὡς ἔοικε, πονηρὰ φύσις, μεγάλης ἐξουσίας ἐπιλαβομένη, δημοσίας ἀπεργάζεται συμφοράς.

Quant à la solde des étrangers, ne s'est-il point fait remettre la paie des absents et, après avoir loué dix mille de ces étrangers aux habitants d'Amphisse, malgré mes plaintes et mes protestations dans les assemblées, n'a-t-il point, au gré de Philippe, exposé sans défense la république, dépourvue de troupes étrangères? En effet, je vous le demande, qu'est-ce que ce prince souhaitait alors davantage, sinon de combattre séparément ici les troupes athéniennes, à Amphisse les troupes étrangères, et de tomber ensuite sur les Grecs abattus par un coup si terrible? Et Démosthène, l'auteur de ces maux, n'est pas satisfait d'avoir échappé à la peine, il veut être honoré d'une couronne d'or! Il s'irrite, si on s'oppose à ses desirs! Ce n'est pas assez pour lui d'être proclamé devant vous, il s'indigne, si on refuse de le proclamer à la face de tous les Grecs! C'est ainsi, comme on le voit, qu'un mauvais génie, armé d'une grande puissance, devient l'artisan des calamités publiques.

Μισθοφορῶν δὲ	Or retirant-du-gain
χώραις κεναῖς	des places vides
ἐν τῷ ξενιχῷ, καὶ κλέπτων	dans l'*armée* étrangère, et dérobant
τὰ χρήματα στρατιωτικά,	les sommes des-soldats,
καὶ ἐκμισθώσας Ἀμφισσεῦσι	et ayant loué aux Amphissiens
τοὺς μυρίους ξένους,	les dix mille etrangers,
ἐμοῦ διαμαρτυρομένου	moi protestant
καὶ σχετλιάζοντος πολλὰ	et me plaignant fréquemment
ἐν ταῖς ἐκκλησίαις,	dans les assemblées,
προσέμιξε φέρων	il mit-aux-prises offrant (de gaîté de
τὸν κίνδυνον	le danger [cœur)
τῇ πόλει ἀπαρασκεύῳ,	avec la ville non-préparée,
τῶν ξένων ἀναρπασθέντων.	les étrangers ayant été enlevés.
Τί γὰρ οἴεσθε Φίλιππον	Car quoi pensez-vous Philippe
ἂν εὔξασθαι	avoir pu desirer
ἐν τοῖς καιροῖς τότε ;	dans les circonstances d'alors ?
Οὐ μὲν διαγωνίσασθαι χωρὶς	N'*était-ce* pas de combattre à part
πρὸς τὴν δύναμιν πολιτικήν,	contre les forces des-villes,
χωρὶς δὲ ἐν Ἀμφίσσῃ	et à part à Amphisse
πρὸς τοὺς ξένους,	contre les étrangers,
λαβεῖν δὲ τοὺς Ἕλληνας ἀθύμους,	et de surprendre les Grecs découragés,
τηλικαύτης πληγῆς	un si grand coup
προγεγενημένης ;	ayant eu lieu-précédemment ?
Καὶ Δημοσθένης	Et Démosthène
γεγενημένος αἴτιος	qui a été cause
τηλικούτων κακῶν,	de si grands maux,
οὐκ ἀγαπᾷ,	ne se contente pas,
εἰ μὴ δέδωκε δίκην,	s'il n'a pas donné justice,
ἀλλὰ ἀγανακτεῖ,	mais il s'indigne,
εἰ μὴ στεφανωθήσεται	s'il ne sera pas couronné
στεφάνῳ χρυσῷ·	d'une couronne d'or ;
οὐδὲ ἐστιν ἱκανὸν αὐτῷ	et il *n*'est pas suffisant à lui
κηρύττεσθαι ἐναντίον ὑμῶν,	d'être proclamé en face de vous,
ἀλλὰ ἀγανακτεῖ ἤδη τοῦτο,	mais il s'indigne déja de ceci,
εἰ μὴ ἀναρρηθήσεται	s'il ne sera pas proclamé
ἐναντίον τῶν Ἑλλήνων.	en face des Grecs.
Οὕτως, ὡς ἔοικε,	Ainsi, comme il semble,
φύσις πονηρά,	une nature mauvaise,
ἐπιλαθομένη μεγάλης ἐξουσίας,	qui a reçu un grand pouvoir,
ἀπεργάζεται συμφορὰς δημοσίας.	accomplit des malheurs publics.

Τρίτον δὲ καὶ τῶν προειρημένων μέγιστόν ἐστιν ὃ μέλλω
λέγειν. Φιλίππου γὰρ οὐ καταφρονοῦντος τῶν Ἑλλήνων, οὐδ'
ἀγνοοῦντος (οὐ γὰρ ἦν ἀσύνετος) ὅτι περὶ τῶν ὑπαρχόντων ἀγαθῶν ἐν ἡμέρᾳ σμικρῷ μέρει διαγωνιεῖται, καὶ διὰ ταῦτα βουλομένου ποιήσασθαι τὴν εἰρήνην, καὶ πρεσβείας ἀποστέλλειν
μέλλοντος, καὶ τῶν ἀρχόντων τῶν ἐν Θήβαις φοβουμένων τὸν
ἐπιόντα κίνδυνον, εἰκότως (οὐ γὰρ ῥήτωρ ἀστράτευτος καὶ
λιπὼν τὴν τάξιν αὐτοὺς ἐνουθέτησεν, ἀλλ' ὁ Φωκικὸς πόλεμος
δεκαετὴς γεγονὼς ἀείμνηστον παιδείαν αὐτοὺς ἐπαίδευσε) τούτων δὲ ἐχόντων οὕτως, αἰσθόμενος Δημοσθένης, καὶ τοὺς Βοιωτάρχας ὑποπτεύσας μέλλειν εἰρήνην ἰδίᾳ ποιεῖσθαι, χρυσίον ἄνευ
αὑτοῦ παρὰ Φιλίππου λαβόντας, ἀβίωτον ἡγησάμενος εἶναι, εἴ
τινος ἀπολειφθήσεται δωροδοκίας, ἀναπηδήσας ἐν τῇ ἐκκλησίᾳ,
οὐδενὸς ἀνθρώπων λέγοντος, οὔθ' ὡς δεῖ ποιεῖσθαι πρὸς Φίλιππον

Mais le troisième préjudice est sans contredit le plus énorme. Philippe ne méprisait point les Grecs ; il était trop habile pour ne
pas voir qu'il allait tout risquer en un jour ; aussi voulait-il faire
la paix, et se disposait-il à vous envoyer des députés. D'ailleurs, les
principaux de Thèbes eux-mêmes redoutaient, et avec raison, le
péril d'une action décisive, instruits de ce qu'ils pouvaient craindre, non par un orateur timide, déserteur de son poste, mais par
la guerre de Phocide qui avait duré dix ans, et leur avait donné
une leçon qu'ils ne pouvaient oublier. Telle était la disposition des
esprits. Démosthène s'apercevait déjà que les chefs des Béotiens
allaient faire la paix en particulier, et recevoir seuls l'argent de Philippe ; pensant donc qu'il lui était impossible de vivre s'il manquait un
seul profit honteux, il s'élance dans l'assemblée où il n'était question ni de guerre ni de paix avec Philippe, mais où il voulait

Τρίτον δὲ καὶ μέγιστον | Mais la troisième et la plus grande
τῶν προειρημένων | des choses dites-précédemment
ἐστὶν ὃ μέλλω λέγειν. | est *celle* que je vais dire.
Φιλίππου γὰρ | Car Philippe
οὐ καταφρονοῦντος τῶν Ἑλλήνων, | ne méprisant pas les Grecs,
οὐδὲ ἀγνοοῦντος | et n'ignorant pas
(οὐ γὰρ ἦν ἀσύνετος) | (car il n'était pas privé-d'intelligence)
ὅτι διαγωνιεῖται | qu'il combattra
ἐν σμικρῷ μέρει ἡμέρας | dans une petite partie d'un jour
περὶ τῶν ἀγαθῶν ὑπαρχόντων, | touchant les biens existant,
καὶ διὰ ταῦτα βουλομένου | et pour ces choses voulant
ποιήσασθαι τὴν εἰρήνην, | faire la paix,
καὶ μέλλοντος ἀποστέλλειν | et étant-sur-le-point d'envoyer
πρεσβείας, | des ambassades,
καὶ τῶν ἀρχόντων, | et ceux qui commandaient,
τῶν ἐν Θήβαις, φοβουμένων | ceux à Thèbes, redoutant
τὸν κίνδυνον ἐπιόντα, | le danger qui survenait,
εἰκότως | avec raison
(ῥήτωρ γὰρ ἀστράτευτος | (car un orateur impropre-à-la-guerre
καὶ λιπὼν τὴν τάξιν | et qui a quitté son rang
οὐκ ἐνουτέθησεν αὐτούς, | n'avait pas averti eux,
ἀλλὰ ὁ πόλεμος Φωκικὸς | mais la guerre Phocique
γεγονὼς δεκαετὴς | qui a été de-dix-ans
ἐπαίδευσεν αὐτοὺς παιδείαν | avait instruit eux d'une instruction
ἀείμνηστον)· | dont-on-se-souvient toujours);
τούτων δὲ ἐχόντων οὕτω, | or ces choses étant ainsi,
Δημοσθένης αἰσθόμενος, | Démosthène s'*en* étant aperçu,
καὶ ὑποπτεύσας | et ayant soupçonné
τοὺς Βοιωτάρχας | les chefs-des-Béotiens
λαβόντας χρυσίον | qui avaient reçu de l'or
παρὰ Φιλίππου ἄνευ αὑτοῦ, | de la part de Philippe sans lui-même,
μέλλειν ποιεῖσθαι εἰρήνην ἰδίᾳ, | devoir faire la paix en particulier,
ἡγησάμενος εἶναι | ayant pensé être
ἀβίωτον, | *une vie* insupportable,
εἰ ἀπολειφθήσεται | s'il sera excepté
τινὸς δωροδοκίας, | de quelque réception-de-présents,
ἀναπηδήσας ἐν τῇ ἐκκλησίᾳ, | s'étant élancé dans l'assemblée,
οὐδενὸς ἀνθρώπων λέγοντος | aucun des hommes *ne* disant
οὔτε ὡς δεῖ ποιεῖσθαι | ni qu'il faut faire
εἰρήνην πρὸς Φίλιππον, | la paix envers Philippe,

εἰρήνην, οὔθ' ὡς οὐ δεῖ, ἀλλ' ὡς ᾤετο, τοῦτο κήρυγμά τι τοῖς
Βοιωτάρχαις προκηρύττων, ἀναφέρειν ἑαυτῷ τὰ μέρη τῶν λημ-
μάτων, διώμνυτο τὴν Ἀθηνᾶν, ἥν, ὡς ἔοικε, Φειδίας ἐνερ-
γολαβεῖν εἰργάσατο καὶ ἐνεπιορκεῖν Δημοσθένει, ἦ μήν, εἴ τις
ἐρεῖ ὡς χρὴ πρὸς Φίλιππον εἰρήνην ποιήσασθαι, ἀπάξειν εἰς
τὸ δεσμωτήριον ἐπιλαβόμενος τῶν τριχῶν, ἀπομιμούμενος τὴν
Κλεοφῶντος [1] πολιτείαν, ὃς ἐπὶ τοῦ πρὸς Λακεδαιμονίους πολέμου, ὡς λέγεται, τὴν πόλιν ἀπώλεσεν. Ὡς δ' οὐ προσεῖχον
αὐτῷ οἱ ἄρχοντες οἱ ἐν ταῖς Θήβαις, ἀλλὰ καὶ τοὺς στρατιώτας
τοὺς ὑμετέρους ἀνέστρεψαν ἐξεληλυθότας, ἵνα βουλεύσησθε περὶ
τῆς εἰρήνης, ἐνταῦθ' ἤδη παντάπασιν ἔκφρων ἐγένετο, καὶ παρελθὼν ἐπὶ τὸ βῆμα, προδότας τῶν Ἑλλήνων τοὺς Βοιωτάρχας
ἀπεκάλεσε, καὶ γράφειν ἔφη ψήφισμα, ὃ τοῖς πολεμίοις οὐδέποτ'
ἀντιβλέψας, πέμπειν ὑμᾶς πρέσβεις εἰς Θήβας, αἰτήσοντας Θη-

annoncer aux chefs de la Béotie, comme par la voix du héraut,
qu'ils eussent à lui apporter sa part de l'argent; il jura par Minerve, dont Phidias semble n'avoir fait la statue que pour fournir à
Démosthène un moyen de corruption et de parjure, il protesta
que, si quelqu'un parlait de faire la paix avec Philippe, il le sai-
sirait aux cheveux, et le traînerait lui-même en prison, fidèle imi-
tateur de ce Cléophon qui, dans la guerre contre Lacédémone,
perdit, à ce qu'on rapporte, la république par ses emportements.
Mais comme les Thébains ne l'écoutaient pas, et qu'ils vous ren-
voyaient vos soldats pour vous faire délibérer sur la paix, troublé
et hors de lui-même, il monta à la tribune, traita les chefs des Béotiens de lâches qui trahissaient les intérêts de la Grèce, et leur
déclara qu'il allait porter un décret, lui qui ne regarda jamais l'ennemi en face, en vertu duquel vous enverriez des députés à Thèbes

οὔτε ὡς οὐ δεῖ,	ni qu'il ne faut pas,
ἀλλὰ ὡς ᾤετο,	mais comme il croyait,
προκηρύττων	proclamant-d'avance
τοῦτό τι κήρυγμα	cette quelque (sorte de) proclamation
τοῖς Βοιωτάρχαις,	aux chefs-des-Béotiens,
ἀναφέρειν ἑαυτῷ	d'apporter à lui-même
τὰ μέρη τῶν λημμάτων,	ses parts des gains,
διώμνυτο τὴν Ἀθηνᾶν,	il jura-par Minerve,
ἥν, ὡς ἔοικε,	laquelle, comme il paraît,
Φειδίας εἰργάσατο Δημοσθένει	Phidias a faite à Démosthène
ἐνεργολαβεῖν	pour tirer-du-profit
καὶ ἐνεπιορκεῖν,	et se parjurer,
ἦ μήν, εἴ τις ἐρεῖ	certes, si quelqu'un dira
ὡς χρὴ ποιήσασθαι	qu'il faut faire
εἰρήνην πρὸς Φίλιππον,	la paix envers Philippe,
ἀπάξειν εἰς τὸ δεσμωτήριον	devoir traîner lui à la prison
ἐπιλαβόμενος τῶν τριχῶν,	l'ayant saisi par les cheveux,
ἀπομιμούμενος	imitant
τὴν πολιτείαν Κλεοφῶντος,	la politique de Cléophon,
ὃς ἀπώλεσε τὴν πόλιν,	qui perdit la ville,
ὡς λέγεται,	comme il est dit,
ἐπὶ τοῦ πολέμου	dans la guerre
πρὸς Λακεδαιμονίους.	contre les Lacédémoniens.
Ὡς δὲ οἱ ἄρχοντες	Mais comme ceux qui commandai
οἱ ἐν Θήβαις	ceux dans Thèbes
οὐ προσεῖχον αὐτῷ,	ne faisaient-pas-attention à lui,
ἀλλὰ καὶ ἀνέτρεψαν	mais même avaient fait-retourner
τοὺς στρατιώτας τοὺς ὑμετέρους	les soldats vôtres
ἐξεληλυθότας,	qui étaient-sortis-en-campagne,
ἐνταῦθα ἤδη ἐγένετο	alors déjà il devint
παντάπασιν ἔκφρων,	tout-à-fait insensé,
καὶ παρελθὼν ἐπὶ τὸ βῆμα,	et s'étant avancé vers la tribune,
ἀπεκάλεσε τοὺς Βοιωτάρχας	il appela les chefs-des-Béotiens
προδότας τῶν Ἑλλήνων,	traîtres des Grecs,
καὶ ὁ οὐδέποτε	et lui jamais
ἀντιβλέψας τοῖς πολεμίοις	n'ayant regardé-en-face les ennemis
ἔφη γράφειν ψήφισμα,	dit devoir écrire un décret,
ὑμᾶς πέμπειν	vous envoyer
πρέσβεις εἰς Θήβας,	des députés à Thèbes,
αἰτήσοντας Θηβαίους	devant demander aux Thébains

ϐαίους δίοδον ἐπὶ Φίλιππον. Ὑπεραισχυνθέντες δὲ οἱ ἐν Θήϐαις ἄρχοντες, μὴ δόξωσιν ὡς ἀληθῶς εἶναι προδόται τῶν Ἑλλήνων, ἀπὸ μὲν τῆς εἰρήνης ἀπετράποντο, ἐπὶ δὲ τὴν παράταξιν ὥρμησαν.

Ἔνθα δὴ καὶ τῶν ἀνδρῶν ἀγαθῶν ἄξιόν ἐστιν ἐπιμνησθῆναι, οὓς οὗτος, ἀθύτων καὶ ἀκαλλιερήτων ὄντων τῶν ἱερῶν, ἐκπέμ-ψας ἐπὶ τὸν πρόδηλον κίνδυνον, ἐτόλμησε, τοῖς δραπέταις ποσὶ καὶ λελοιπόσι τὴν τάξιν ἀναϐὰς ἐπὶ τὸν τάφον τὸν τῶν τελευτη-σάντων, ἐγκωμιάζειν τὴν ἐκείνων ἀρετήν. Ὦ πρὸς μὲν τὰ μεγάλα καὶ σπουδαῖα πάντων ἀνθρώπων ἀχρηστότατε, πρὸς δὲ τὴν ἐν τοῖς λόγοις τόλμαν θαυμασιώτατε, ἐπιχειρήσειν ἐθελήσεις αὐτίκα μάλα, βλέπων εἰς τὰ τούτων πρόσωπα, λέγειν, ὡς δεῖ σε ἐπὶ ταῖς τῆς πόλεως συμφοραῖς στεφανοῦσθαι; Ἐὰν δ' οὗτος λέγῃ, ὑμεῖς ὑπομενεῖτε, καὶ συναποθανεῖται τοῖς τελευτήσασιν, ὡς ἔοικε, καὶ ἡ ὑμετέρα μνήμη; Γένεσθε δή μοι μικρὸν χρόνον

pour demander aux Thébains un passage contre Philippe. Les prin-cipaux de Thèbes, honteux, et craignant avec quelque raison de paraître avoir trahi les intérêts de la Grèce, renoncèrent à la paix, et ne pensèrent plus qu'à la guerre.

C'est ici le lieu de vous parler de ces braves citoyens qu'il a en-voyés à un péril évident, quoique les sacrifices ne fussent pas favo-rables, de ces illustres morts dont il a osé louer le courage en fou-lant leurs tombeaux de ces pieds timides qui ont déserté le champ de bataille. O le plus lâche de tous les hommes, le plus incapable d'une grande action, mais le plus audacieux en paroles, aurez-vous, à la face de cette assemblée, aurez-vous l'audace de dire qu'on vous doit une couronne pour tous les malheurs dont vous êtes la cause? Et s'il le dit, Athéniens, le souffrirez-vous? La mémoire de ces braves guerriers, morts pour notre défense, mourra-t-elle avec

διοδον ἐπὶ Φίλιππον.   passage contre Philippe.

Οἱ δὲ ἄρχοντες ἐν Θήβαις   Mais ceux qui commandaient à Thèbes

ὑπεραισχυνθέντες   accablés-de-honte

μὴ δόξωσιν εἶναι   de peur qu'ils *ne* parussent être

ὡς ἀληθῶς   véritablement

προδόται τῶν Ἑλλήνων,   traîtres des Grecs,

ἀπετράποντο μὲν ἀπὸ τῆς εἰρήνης,   se détournèrent de la paix,

ὥρμησαν δὲ   et s'élancèrent

ἐπὶ τὴν παράταξιν.   vers les préparatifs.

    Ἔνθα δή ἐστιν ἄξιον   Or ici il est digne

ἐπιμνησθῆναι   de faire-mention

καὶ τῶν ἀνδρῶν ἀγαθῶν,   aussi des hommes braves

οὓς οὗτος ἐκπέμψας   que celui-ci ayant envoyé

ἐπὶ τὸν κίνδυνον πρόδηλον,   vers le danger évident,

τῶν ἱερῶν ὄντων   les sacrifices étant

ἀθύτων   de-fàcheux-présage

καὶ ἀκαλλιερήτων,   et sans-heureux-auspices,

ἀναβὰς ἐπὶ τὸν τάφον   étant monté sur le tombeau

τὸν τῶν τελευτησάντων,   de ceux qui avaient cessé *de vivre*,

τοῖς ποσὶ δραπέταις   avec les pieds fuyards

καὶ λελοιπόσι τὴν τάξιν,   et qui avaient abandonné leur rang,

ἐτόλμησεν ἐγκωμιάζειν   il osa louer

τὴν ἀρετὴν ἐκείνων.   le courage de ceux-là.

Ὦ ἀχρηστότατε μὲν   O le plus inexpérimenté

πάντων ἀνθρώπων   de tous les hommes

πρὸς τὰ μεγάλα καὶ σπουδαῖα,   pour les choses grandes et utiles,

θαυμασιώτατε δὲ   mais le plus étonnamment-habile

πρὸς τὴν τόλμαν ἐν τοῖς λόγοις,   pour l'audace dans les discours,

ἐθελήσεις ἐπιχειρήσειν   voudras-tu entreprendre

λέγειν μάλα αὐτίκα,   de dire tout à l'heure,

βλέπων εἰς τὰ πρόσωπα τούτων,   regardant vers les visages de ceux-ci,

ὡς δεῖ σε στεφανοῦσθαι   qu'il faut toi être couronné

ἐπὶ ταῖς συμφοραῖς τῆς πόλεως;   pour les malheurs de la ville?

Ἐὰν δὲ οὗτος λέγῃ,   Mais si celui-ci *le* dit,

ὑμεῖς ὑπομενεῖτε,   vous *le* supporterez-vous,

καὶ ἡ μνήμη ὑμετέρα, ὡς ἔοικε,   et la mémoire vôtre, comme il semble,

συναποθανεῖται   périra-t-elle-avec

τοῖς τελευτήσασι·   ceux qui ont cessé *de vivre*?

Γένεσθε δή μοι   Or soyez pour moi

χρόνον μικρὸν   pendant un temps petit

τὴν διάνοιαν μὴ ἐν τῷ δικαστηρίῳ, ἀλλ' ἐν τῷ θεάτρῳ, καὶ νομίσαθ' ὁρᾶν προϊόντα τὸν κήρυκα, καὶ τὴν ἐκ τοῦ ψηφίσματος ἀνάρρησιν μέλλουσαν γίγνεσθαι, καὶ λογίσασθε, πότερ' οἴεσθε τοὺς
οἰκείους τῶν τελευτησάντων πλείω δάκρυα ἀφήσειν ἐπὶ ταῖς τρα-
γῳδίαις καὶ τοῖς ἡρωϊκοῖς πάθεσι, τοῖς μετὰ ταῦτα ἐπεισιοῦσιν, ἢ
ἐπὶ τῇ τῆς πόλεως ἀγνωμοσύνῃ! Τίς γὰρ οὐκ ἂν ἀλγήσειεν ἄνθρωπος Ἕλλην καὶ παιδευθεὶς ἐλευθέρως, ἀναμνησθεὶς ἐν τῷ θεάτρῳ
ἐκεῖνό γε, εἰ μηδὲν ἕτερον, ὅτι ταύτῃ ποτὲ τῇ ἡμέρᾳ, μελλόντων ὥσπερ νυνὶ τῶν τραγῳδῶν γίγνεσθαι, ὅτ' εὐνομεῖτο μᾶλλον
ἡ πόλις καὶ βελτίοσι προστάταις ἐχρῆτο, προελθὼν ὁ κῆρυξ καὶ
παραστησάμενος τοὺς ὀρφανούς, ὧν οἱ πατέρες ἦσαν ἐν τῷ
πολέμῳ τετελευτηκότες, νεανίσκους πανοπλίᾳ κεκοσμημένους,
ἐκήρυττε τὸ κάλλιστον κήρυγμα καὶ προτρεπτικώτατον πρὸς

eux? Transportez-vous en esprit du tribunal au théâtre; imaginez-
vous voir le héraut qui s'avance et qui vient proclamer le décret
de Ctésiphon. Pensez-vous que les parents de nos guerriers malheureux versent plus de larmes pendant les tragédies sur les infortunes
des heros qu'on y verra paraître, que sur l'ingratitude de la patrie?
Quel est le Grec, quel est l'homme libre qui ne serait péné-
tré de douleur, en se souvenant qu'autrefois à pareil jour, avant
les tragédies, lorsque la république était gouvernée par de meilleures lois et de meilleurs magistrats, le héraut s'avançait, et,
présentant aux Grecs de jeunes citoyens revêtus tous d'une armure
complète, orphelins dont les pères étaient morts à la guerre, faisait cette proclamation si belle, si capable d'exciter à la vertu :

τὴν διάνοιαν	par la pensée
μὴ ἐν τῷ δικαστηρίῳ,	non dans le tribunal,
ἀλλὰ ἐν τῷ θεάτρῳ,	mais dans le théâtre,
καὶ νομίσατε ὁρᾶν	et pensez voir
τὸν κήρυκα προϊόντα,	le hérant qui s'avance,
καὶ τὴν ἀνάρρησιν	et la proclamation
μέλλουσαν γίγνεσθαι	qui doit avoir lieu
ἐκ τοῦ ψηφίσματος,	d'après le décret,
καὶ λογίσασθε, πότερα οἴεσθε	et réfléchissez, si vous croyez
τοὺς οἰκείους	les parents
τῶν τελευτησάντων	de ceux qui ont cessé *de vivre*
ἀφήσειν δάκρυα	devoir verser des larmes
πλείω	plus abondantes
ἐπὶ ταῖς τραγῳδίαις	sur les tragédies
καὶ τοῖς πάθεσιν ἡρωϊκοῖς	et les souffrances des-héros
τοῖς ἐπεισιοῦσι μετὰ ταῦτα,	celles qui suivront après ces choses,
ἢ περὶ τῇ ἀγνωμοσύνῃ	ou sur l'ingratitude
τῆς πόλεως !	de la ville !
Τίς γὰρ ἄνθρωπος Ἕλλην	Car quel homme Grec
καὶ παιδευθεὶς ἐλευθέρως	et élevé librement
οὐκ ἂν ἀλγήσειεν,	ne souffrirait pas,
ἀναμνησθεὶς ἐν τῷ θεάτρῳ	s'étant rappelé dans le théâtre
ἐκεῖνό γε, εἰ μηδὲν ἕτερον,	cette chose du moins, si aucune autre
ὅτι ποτὲ ταύτῃ τῇ ἡμέρᾳ,	qu'autrefois en ce jour,
τῶν τραγῳδῶν	les tragédiens
μελλόντων γίγνεσθαι	devant avoir lieu
ὥςπερ νυνί, ὅτε ἡ πόλις	comme maintenant, quand la ville
εὐνομεῖτο μᾶλλον	était-bien-gouvernée davantage
καὶ ἐχρῆτο προστάταις βελτίοσιν,	et se servait de chefs meilleurs,
ὁ κήρυξ προελθὼν	le héraut s'étant avancé
καὶ παραστησάμενος	et ayant présenté
τοὺς ὀρφανούς,	les orphelins,
ὧν οἱ πατέρες ἦσαν	dont les pères étaient
τετελευτηκότες ἐν τῷ πολέμῳ,	ayant cessé *de vivre* dans la guerre,
νεανίσκους κεκοσμημένους	jeunes gens parés
πανοπλίᾳ,	d'une armure-complète,
ἐκήρυττε τὸ κήρυγμα	proclamait la proclamation
κάλλιστον	la plus belle
καὶ προτρεπτικώτατον	et la plus encourageante
πρὸς ἀρετήν, ὅτι	à la vertu, que

ἀρετήν, ὅτι « τούςδε τοὺς νεανίσκους, ὧν οἱ πατέρες ἐτελεύτησαν
ἐν τῷ πολέμῳ ἄνδρες ἀγαθοὶ γενόμενοι, μέχρι μὲν ἥβης ὁ δῆμος
ἔτρεψε, νυνὶ δὲ καθοπλίσας τῇδε τῇ πανοπλίᾳ, ἀφίησιν ἀγαθῇ
τύχῃ,[1] τρέπεσθαι ἐπὶ τὰ ἑαυτῶν, καὶ καλεῖ εἰς προεδρίαν[2]; » Τότε
μὲν ταῦτ᾽ ἐκήρυττεν, ἀλλ᾽ οὐ νῦν· ἀλλὰ παραστησάμενος τὸν
τῆς ὀρφανίας τοῖς παισὶν αἴτιον, τί ποτ᾽ ἀνερεῖ, ἢ τί φθέγξεται;
καὶ γὰρ ἐὰν αὐτὰ διεξίῃ τὰ ἐκ τοῦ ψηφίσματος προςτάγματα,
ἀλλ᾽ οὐ τό γ᾽ ἐκ τῆς ἀληθείας αἰσχρὸν σιωπηθήσεται, ἀλλὰ τἀναντία δόξει τῇ τοῦ κήρυκος φωνῇ φθέγγεσθαι· ὅτι Τόνδε τὸν ἄνδρα,
εἰ δὴ καὶ οὗτος ἀνήρ, στεφανοῖ ὁ δῆμος ὁ τῶν Ἀθηναίων ἀρετῆς
ἕνεκα, τὸν κάκιστον, ἀνδραγαθίας ἕνεκα, τὸν ἄνανδρον καὶ λελοιπότα τὴν τάξιν. Μή, πρὸς τοῦ Διὸς καὶ τῶν ἄλλων θεῶν, ἱκετεύω
ὑμᾶς, ὦ ἄνδρες Ἀθηναῖοι, μὴ τρόπαιον ἵστατε ἀφ᾽ ὑμῶν αὐτῶν

« Ces jeunes gens, disait-il, dont les pères sont morts à la guerre
en combattant avec courage, le peuple les a élevés pendant leur
enfance, il les revêt maintenant d'une armure complète, les ren-
voie à leurs affaires domestiques sous d'heureux auspices, et les
appelle à la préséance. » C'est là ce que proclamait autrefois le
héraut; mais aujourd'hui, que dira-t-il, en présentant aux Grecs
celui-là même qui a rendu ces enfants orphelins? Qu'annoncera-t-il?
S'il répète les paroles du décret, la vérité ne se taira pas sans doute;
elle en publiera la honte à haute voix, et, contredisant le héraut,
elle annoncera que le peuple couronne cet homme, s'il faut l'appeler homme, *pour sa vertu*, lui qui est souillé de vices, *pour sa
fermeté courageuse*, lui qui est un lâche, lui qui a abandonné son
poste. Je vous en conjure, Athéniens, au nom de Jupiter et des
autres dieux, n'allez pas sur le théâtre ériger un trophée contre

« ὁ μὲν δῆμος ἔτρεφε.	« le peuple a nourri
μέχρι ἥβης	jusqu'à la puberté
τούςδε τοὺς νεανίσκους,	ces jeunes gens,
ὧν οἱ πατέρες	dont les pères
γενόμενοι ἄνδρες ἀγαθοὶ	qui ont été des hommes braves
ἐτελεύτησαν ἐν τῷ πολέμῳ,	ont cessé *de vivre* dans la guerre,
νυνὶ δὲ καθοπλίσας	et maintenant *les* ayant armés
τῇδε τῇ πανοπλίᾳ,	de cette armure-complète,
ἀφίησιν ἀγαθῇ τύχῃ	*les* renvoie à la bonne fortune
τρέπεσθαι	*pour* se tourner
ἐπὶ τὰ ἑαυτῶν,	vers les affaires d'eux-mêmes,
καὶ καλεῖ εἰς προεδρίαν; »	et *les* appelle à la préséance? »
Τότε μὲν ἐκήρυττε ταῦτα,	Alors il proclamait ces choses,
ἀλλὰ οὐ νῦν·	mais non maintenant ;
ἀλλὰ παραστησάμενος	mais ayant présenté
τὸν αἴτιον τοῖς παισὶ	celui cause pour les enfants
τῆς ὀρφανίας,	de l'état-d'orphelin,
τί ποτε ἀνερεῖ,	quoi enfin proclamera-t-il,
ἢ τί φθέγξεται;	ou quoi dira-t-il ?
καὶ γὰρ ἐὰν διεξίῃ	et en effet s'il parcourt
τὰ προστάγματα αὐτὰ	les injonctions elles-mêmes
ἐκ τοῦ ψηφίσματος,	*venant* du décret,
ἀλλά γε τὸ αἰσχρὸν	mais du moins la honte
ἐκ τῆς ἀληθείας	*venant* de la vérité
οὐ σιωπηθήσεται,	ne sera pas tue,
ἀλλὰ δόξει	mais elle paraîtra
φθέγγεσθαι τὰ ἐναντία	dire les choses contraires
τῇ φωνῇ τοῦ κήρυκος·	à la voix du héraut :
Ὅτι ὁ δῆμος ὁ τῶν Ἀθηναίων	Que le peuple des Athéniens
στεφανοῖ τόνδε τὸν ἄνδρα,	couronne cet homme,
εἰ δὴ καὶ	si toutefois aussi
οὗτος ἀνήρ,	celui-ci *est* un homme,
ἕνεκα ἀρετῆς, τὸν κάκιστον,	pour *sa* vertu, le plus pervers,
ἕνεκα ἀνδραγαθίας, τὸν ἄνανδρον	pour sa bravoure, le lâche
καὶ λελοιπότα τὴν τάξιν.	et qui a abandonné son rang
Πρὸς τοῦ Διὸς καὶ τῶν ἄλλων θεῶν,	Par Jupiter et les autres dieux,
ἱκετεύω ὑμᾶς,	je supplie vous,
ὦ ἄνδρες Ἀθηναῖοι,	ô hommes Athéniens,
μὴ ἵστατε τρόπαιον	ne dressez pas un trophée
ἀπὸ ὑμῶν αὐτῶν	*pris* sur vous-mêmes

ἐν τῇ τοῦ Διονύσου ὀρχήστρᾳ, μηδ' αἱρεῖτε παρανοίας ἐναντίον
τῶν Ἑλλήνων τὸν δῆμον τῶν Ἀθηναίων, μηδ' ὑπομιμνήσκετε
τῶν ἀνιάτων καὶ ἀνηκέστων κακῶν τοὺς ταλαιπώρους Θηβαίους,
οὓς φυγόντας διὰ τοῦτον, ὑποδέδεχθε τῇ πόλει, ὧν ἱερὰ καὶ
τέχνα καὶ τάφους ἀπώλεσεν ἡ Δημοσθένους δωροδοκία, καὶ τὸ
βασιλικὸν χρυσίον.

Ἀλλ' ἐπειδὴ τοῖς σώμασιν οὐ παρεγένεσθε, ταῖς γε διανοίαις
ἀποβλέψατ' αὐτῶν εἰς τὰς συμφοράς, καὶ νομίσαθ' ὁρᾶν ἁλισκο-
μένην τὴν πόλιν, τειχῶν κατασκαφάς, ἐμπρήσεις οἰκιῶν, ἀγο-
μένας γυναῖκας καὶ παῖδας εἰς δουλείαν, πρεσβύτας ἀνθρώπους,
πρεσβύτιδας γυναῖκας, ὀψὲ μεταμανθάνοντας τὴν ἐλευθερίαν,
κλαίοντας, ἱκετεύοντας ὑμᾶς, ὀργιζομένους οὐ τοῖς τιμωρουμέ-
νοις, ἀλλὰ τοῖς τούτων αἰτίοις, ἐπισκήπτοντας μηδενὶ τρόπῳ
τὸν τῆς Ἑλλάδος ἀλιτήριον στεφανοῦν· ἀλλὰ καὶ τὸν δαίμονα
καὶ τὴν τύχην, τὴν συμπαρακολουθοῦσαν τῷ ἀνθρώπῳ, φυλάξα-

vous-mêmes ; n'allez pas, en présence des Grecs, convaincre de
folie le peuple d'Athènes ; ne rappelez pas aux Thébains les maux
sans nombre et sans remède qu'ils ont essuyés. N'affligez pas de
nouveau ces infortunés qui, obligés de fuir de leur ville, grâce à
Démosthène, ont été reçus dans la vôtre, dont la corruption de
ce traître et l'or du roi de Perse ont tué les enfants, détruit les
temples et les tombeaux.

Mais puisque vous n'étiez pas présents à leur désastre, tâchez de
vous l'imaginer. Figurez-vous une ville prise d'assaut, des murs renversés, des maisons réduites en cendres, des mères et leurs enfants
traînés en servitude, des vieillards languissants et des femmes af-
faiblies par l'âge, privés sur la fin de leurs jours des douceurs de la
liberté, versant des larmes, vous adressant des prières, indignés
moins contre les instruments que contre les auteurs de leurs maux,
vous suppliant enfin de ne pas couronner le fléau de la Grèce et de vous
garantir du sort funeste attaché à sa personne. Car ni particulier

ἐν τῇ ὀρχήστρᾳ τοῦ Διονύσου,	dans l'orchestre de Bacchus,
μηδὲ αἰτεῖτε παρανοίας	ni ne convainquez de démence
ἐναντίον τῶν Ἑλλήνων	en face des Grecs
τὸν δῆμον τῶν Ἀθηναίων,	le peuple des Athéniens,
μηδὲ ὑπομιμνήσκετε τῶν κακῶν	ni ne faites-ressouvenir des maux
ὀνιάτων καὶ ἀνηκέστων	incurables et irrémédiables
τοὺς Θηβαίους ταλαιπώρους,	les Thébains infortunés,
οὓς ὑποδέδεχθε τῇ πόλει,	que vous avez accueilli dans la ville,
φυγόντας διὰ τοῦτον,	ayant fui à cause de celui-ci,
ὧν ἡ δωροδοκία Δημοσθένους	dont la vénalité de Démosthène
καὶ τὸ χρυσίον βασιλικὸν	et l'or royal
ἀπώλεσεν ἱερὰ	a perdu les temples
καὶ τέκνα καὶ τάφους.	et les enfants et les tombeaux.
Ἀλλὰ ἐπειδὴ	Mais puisque
οὐ παρεγένεσθε τοῖς σώμασιν,	vous n'étiez pas présents par les corps,
ἀποβλέψατε	jetez-les-regards
ταῖς γε διανοίαις	par les pensées du moins
εἰς τὰς συμφορὰς αὐτῶν,	sur les malheurs d'eux,
καὶ νομίσατε ὁρᾷν	et croyez voir
τὴν πόλιν ἁλισκομένην,	la ville prise,
κατασκαφὰς τειχῶν,	des renversements de murs,
ἐμπρήσεις οἰκιῶν,	des embrasements de maisons,
γυναῖκας καὶ παῖδας	des femmes et des enfants
ἀγομένας εἰς δουλείαν,	emmenés en esclavage,
ἀνθρώπους πρεσβύτας,	des hommes âgés,
γυναῖκας πρεσβύτιδας,	des femmes âgées,
μεταμανθάνοντας ὀψὲ	désapprenant tardivement
τὴν ἐλευθερίαν,	la liberté,
κλαίοντας, ἱκετεύοντας ὑμᾶς,	pleurant, suppliant vous,
ὀργιζομένους	irrités
οὐ τοῖς τιμωρουμένοις,	non contre ceux qui *les* punissent,
ἀλλὰ τοῖς	mais contre ceux
αἰτίοις τούτων,	*qui sont* causes de ces *malheurs*,
ἐπισκήπτοντας	*vous* conjurant
στεφανοῦν μηδενὶ τρόπῳ	de *ne* couronner en aucune sorte
τὸν ἀλιτήριον τῆς Ἑλλάδος,	le fléau de la Grèce,
ἀλλὰ φυλάξασθαι	mais de vous garder
καὶ τὸν δαίμονα καὶ τὴν τύχην,	et du génie et de la fortune,
τὴν συμπαρακολουθοῦσαν	qui accompagne
τῷ ἀνθρώπῳ.	cet homme.

σύαι. Ούτε γὰρ πόλις, οὔτ' ἀνὴρ ἰδιώτης οὐδεὶς πώποτε καλῶς
ἀπήλλαξε Δημοσθένει συμβούλῳ χρησάμενος. Ὑμεῖς δ', ὦ ἄνδρες
Ἀθηναῖοι, οὐκ αἰσχύνεσθε, εἰ ἐπὶ μὲν τοὺς πορθμέας τοὺς εἰς
Σαλαμῖνα πορθμεύοντας νόμον ἔθεσθε, ἐάν τις αὐτῶν ἄκων ἐν
τῷ πόρῳ πλοῖον ἀνατρέψῃ, τούτῳ μὴ ἐξεῖναι πάλιν πορθμεῖ
γενέσθαι, ἵνα μηδεὶς αὐτοσχεδιάζῃ εἰς τὰ τῶν Ἑλλήνων σώματα·
τὸν δὲ τὴν Ἑλλάδα καὶ τὴν πόλιν ἄρδην ἀνατετραφότα, τοῦτον
ἐάσετε πάλιν ἀπευθύνειν τὰ κοινὰ [1];

Ἵνα δ' εἴπω καὶ περὶ τοῦ τετάρτου καιροῦ καὶ τῶν νυνὶ καθεστηκότων πραγμάτων, ἐκεῖνο ὑμᾶς ὑπομνῆσαι βούλομαι, ὅτι
Δημοσθένης οὐ τὴν ἀπὸ στρατοπέδου μόνον τάξιν ἔλιπεν, ἀλλὰ
καὶ τὴν ἐκ τῆς πόλεως, τριήρη προσλαβὼν ὑμῶν, καὶ τοὺς
Ἕλληνας ἠργυρολόγησε. Καταγαγούσης δ' αὐτὸν εἰς τὴν πόλιν
τῆς ἀπροσδοκήτου σωτηρίας, τοὺς μὲν πρώτους χρόνους ὑπό-
τρομος ἦν ἄνθρωπος, καὶ παριὼν ἡμιθνὴς ἐπὶ τὸ βῆμα, εἰρηνο-

ni république ne réussit jamais avec les conseils de Démosthène. Vous
ne rougissez pas, Athéniens, vous qui avez fait une loi contre les
nautonniers de Salamine, qui avez ordonné que quiconque d'entre
eux aurait renversé sa barque dans le trajet, sans même qu'il y eût
de sa faute, ne pourrait plus désormais exercer sa profession, afin
d'apprendre combien on doit ménager la vie des Grecs; vous ne
rougissez pas de laisser encore gouverner l'état par celui qui a renversé votre ville et la Grèce entière !

Mais, afin de parler des circonstances présentes et de la quatrième périod de l'administration de Démosthène, je dois vous
rappeler que, non content d'avoir quitté son poste comme guerrier,
il l'a quitté encore comme citoyen. Au lieu de revenir à Athènes, il
s'embarque sur un de vos vaisseaux, et va rançonner les Grecs. Un
bonheur inespéré l'ayant ramené dans la ville, tremblant d'abord,
et à demi mort de peur, il monte à la tribune, et vous demande de le

Οὖτε γὰρ πόλις,	Car ni une ville ,
οὖτε οὐδεὶς ἀνὴρ ἰδιώτης	ni aucun homme privé
ἀπήλλαξε πώποτε καλῶς	ne s'est tiré jamais bien
χρησάμενος Δημοσθένει	s'étant servi de Démosthène
συμβούλῳ.	pour conseiller.
Ὑμεῖς δέ, ὦ ἄνδρες Ἀθηναῖοι,	Mais vous, ô hommes Athéniens,
οὐκ αἰσχύνεσθε,	n'avez-vous pas honte ,
εἰ ἔθεσθε μὲν νόμον	si vous avez établi une loi
ἐπὶ τοὺς πορθμέας	contre les bateliers
τοὺς πορθμεύοντας εἰς Σαλαμῖνα,	ceux qui passent Salamine,
ἐάν τις αὐτῶν ἄκων	si quelqu'un d'eux involontaire
ἀνατρέψῃ πλοῖον	a fait-chavirer une barque
ἐν τῷ πόρῳ,	dans le trajet,
μὴ ἐξεῖναι τούτῳ	ne pas être permis à celui-ci
γενέσθαι πάλιν πορθμεῖ,	de devenir de nouveau batelier,
ἵνα μηδεὶς	afin que personne
αὐτοσχεδιάζῃ	n'agisse-étourdiment
εἰς τὰ σώματα τῶν Ἑλλήνων·	envers les corps des Grecs;
ἐάσετε δὲ πάλιν τοῦτον,	et si vous laissez de nouveau celui-ci
τὸν ἀνατετραφότα ἄρδην	celui qui a bouleversé entièrement
τὴν Ἑλλάδα καὶ τὴν πόλιν,	la Grèce et la ville,
ἀπευθύνειν τὰ κοινά;	diriger les *affaires* communes?
Ἵνα δὲ εἴπω καὶ	Mais afin que je parle aussi
περὶ τοῦ τετάρτου καιροῦ	sur la quatrième époque
καὶ τῶν πραγμάτων	et les affaires
καθεστηκότων νυνί,	établies maintenant ,
βούλομαι ἀναμνῆσαι ὑμᾶς	je veux rappeler à vous
ἐκεῖνο, ὅτι Δημοσθένης	cela, que Démosthène
ἔλιπεν οὐ μόνον τὴν τάξιν	a quitté non seulement le rang
ἀπὸ στρατοπέδου,	du camp ,
ἀλλὰ καὶ τὴν ἐκ τῆς πόλεως,	mais encore celui de la ville,
προςλαβὼν τριήρη ὑμῶν,	ayant pris une galère à vous,
καὶ ἠργυρολόγησε τοὺς Ἕλληνας.	et a rançonné les Grecs.
Τῆς δὲ σωτηρίας ἀπροςδοκήτου	Mais le salut inattendu
καταγαγούσης αὐτὸν	ayant ramené lui
εἰς τὴν πόλιν,	dans la ville ,
τοὺς μὲν πρώτους χρόνους	pendant les premiers temps
ἄνθρωπος ἦν ὑπότρομος,	l'homme était tremblant,
καὶ παριὼν ἡμιθνὴς	et s'avançant demi-mort
ἐπὶ τὸ βῆμα,	vers la tribune ,

φύλακα ὑμᾶς αὐτὸν ἐκέλευε χειροτονεῖν· ὑμεῖς δὲ κατὰ μὲν τοὺς
πρώτους χρόνους οὐδ' ἐπὶ τὰ ψηφίσματα εἰᾶτε τὸ Δημοσθένους
ἐπιγράφειν ὄνομα, ἀλλὰ Ναυσικλεῖ τοῦτο προσετάττετε· νυνὶ δ'
ἤδη καὶ στεφανοῦσθαι ἀξιοῖ. Ἐπειδὴ δ' ἐτελεύτησε μὲν Φίλιππος,
Ἀλέξανδρος δ' εἰς τὴν ἀρχὴν κατέστη, πάλιν αὖ τερατευόμενος,
ἱερὰ μὲν ἱδρύσατο Παυσανίου, εἰς αἰτίαν δὲ εὐαγγελίων θυσίας
τὴν βουλὴν κατέστησεν, ἐπωνυμίαν δ' Ἀλεξάνδρῳ Μαργίτην ¹ἐτί-
θετο, ἀπετόλμα δὲ λέγειν, ὡς οὐ κινηθήσεται ἐκ Μακεδονίας, ἀγαπᾶν γὰρ αὐτὸν ἔφη ἐν Πέλλῃ περιπατοῦντα, καὶ τὰ σπλάγχνα
φυλάττοντα. Καὶ ταῦτα λέγειν ἔφη οὐκ εἰκάζων, ἀλλ' ἀκριβῶς
εἰδώς, ὅτι αἵματός ἐστιν ἡ ἀρετὴ ὠνία, αὐτὸς οὐκ ἔχων αἷμα,
καὶ θεωρῶν τὸν Ἀλέξανδρον, οὐκ ἐκ τῆς Ἀλεξάνδρου φύσεως,
ἀλλ' ἐκ τῆς ἑαυτοῦ ἀνανδρίας. Ἤδη δ' ἐψηφισμένων Θετταλῶν

nommer pour maintenir la paix. Vous ne vouliez pas même alors
que le nom de Démosthène parût à la tête de vos décrets, vous
preniez celui de Nausiclès ; et à présent il veut qu'on le couronne !
Cependant Philippe meurt assassiné, Alexandre lui succède; Démosthène reprend le cours de ses impostures, dresse des autels à
Pausanias, fait décerner par le sénat des réjouissances publiques, et
l'expose ainsi à de justes accusations. Il ne désignait plus le nouveau roi de Macédoine que par le nom de Margitès ; il assurait qu'il
ne sortirait pas de son royaume, qu'il resterait dans Pella, unique-
ment occupé à se promener et à examiner les entrailles des victimes :
« Et je n'assure point cela, disait-il, sur de simples conjectures, je
le sais avec certitude, puisque le courage ne s'achète qu'au prix du
sang. » Il parlait de la sorte, lui qui n'a pas de sang dans les veines,
qui jugeait d'Alexandre, non par le caractère d'Alexandre, mais par
sa propre timidité. Les Thessaliens avaient résolu de vous faire la

ἐκέλευεν ὑμᾶς	il engageait vous
χειροτονεῖν αὐτὸν	à élire lui
εἰρηνοφύλακα· ὑμεῖς δὲ	gardien-de-la-paix ; mais vous
κατὰ μὲν τοὺς πρώτους χρόνους	pendant les premiers temps
οὐδὲ εἴατε ἐπιγράφειν	vous ne permettiez pas d'inscrire
τὸ ὄνομα Δημοσθένους	le nom de Démosthène
ἐπὶ τὰ ψηφίσματα,	sur les décrets ,
ἀλλὰ προςετάττετε τοῦτο	mais vous enjoigniez cela
Ναυσικλεῖ·	à Nausiclès ;
νυνὶ δὲ ἤδη	et maintenant déjà
ἀξιοῖ καὶ στεφανοῦσθαι.	il demande même à être couronné.
Ἐπειδὴ δὲ Φίλιππος μὲν	Mais après que Philippe
ἐτελεύτησεν, Ἀλέξανδρος δὲ	eut cessé de vivre , et qu'Alexandre
κατέστη εἰς τὴν ἀρχήν,	fut établi au commandement,
πάλιν αὖ	de nouveau encore
τερατευόμενος,	faisant-le-charlatan,
ἱδρύσατο μὲν ἱερὰ	il fonda des temples
Παυσανίου,	de Pausanias ,
κατέστησε δὲ τὴν βουλὴν	et plaça le sénat
εἰς αἰτίαν θυσίας	en accusation de sacrifice
εὐαγγελίων,	de bonnes-nouvelles,
ἐτίθετο δὲ Μαργίτην	et il donnait Margitès
ἐπωνυμίαν Ἀλεξάνδρῳ,	pour surnom à Alexandre ,
ἀπετόλμα δὲ λέγειν,	et il osait dire ,
ὡς οὐ κινηθήσεται	qu'il ne bougerait pas
ἐκ Μακεδονίας,	de Macédoine ,
ἔφη γὰρ αὐτὸν ἀγαπᾶν	car il disait lui se contenter
περιπατοῦντα ἐν Πέλλῃ,	se promenant dans Pella ,
καὶ φυλάττοντα τὰ σπλάγχνα.	et observant les entrailles.
Καὶ ἔφη λέγειν ταῦτα	Et il affirma dire ces choses
οὐκ εἰκάζων,	non conjecturant ,
ἀλλὰ εἰδὼς ἀκριβῶς,	mais sachant exactement,
ὅτι ἡ ἀρετή ἐστιν	parce que le courage est
ὠνία αἵματος,	susceptible-d'être-acheté par le sang ,
αὐτὸς οὐκ ἔχων αἷμα,	lui-même n'ayant pas de sang,
καὶ θεωρῶν τὸν Ἀλέξανδρον	et considérant Alexandre
οὐκ ἐκ τῆς φύσεως Ἀλεξάνδρου,	non d'après la nature d'Alexandre,
ἀλλὰ ἐκ τῆς ἀνανδρίας ἑαυτοῦ.	mais d'après la lâcheté de lui-même.
Θετταλῶν δὲ	Mais les Thessaliens
ἐψηφισμένων ἤδη	ayant décrété déjà

ἐπιστρατεύειν ἐπὶ τὴν ὑμετέραν πόλιν, καὶ τοῦ νεανίσκου τὸ
πρῶτον παροξυνθέντος, εἰκότως, ἐπειδὴ περὶ Θήβας ἦν τὸ στρατόπεδον, πρεσβευτὴς ὑφ᾽ ὑμῶν χειροτονηθείς, ἀποδρὰς ἐκ μέσου
τοῦ Κιθαιρῶνος[1] ἦκεν ὑποστρέψας, οὔτ᾽ ἐν εἰρήνῃ οὔτ᾽ ἐν πολέμῳ
χρήσιμον ἑαυτὸν παρέχων. Καὶ τὸ πάντων δεινότατον, ὑμεῖς
μὲν τοῦτον οὐ προύδοτε, οὐδ᾽ εἰάσατε κριθῆναι ἐν τῷ τῶν Ἑλλήνων συνεδρίῳ[2]· οὗτος δ᾽ ὑμᾶς νῦν προδέδωκεν, εἴπερ ἀληθῆ
ἐστιν ἃ λέγεται.

Ὡς γάρ φασιν οἱ πάραλοι[3], καὶ οἱ πρεσβεύσαντες πρὸς Ἀλέξανδρον (καὶ τὸ πρᾶγμα εἰκότως πιστεύεται), ἔστι τις Ἀριστίων,
Πλαταϊκός, ὁ τοῦ Ἀριστοβούλου τοῦ φαρμακοπώλου υἱός, εἴ τις
ἄρα καὶ ὑμῶν γιγνώσκει. Οὗτός ποτε ὁ νεανίσκος, ἑτέρων τὴν ὄψιν
διαφέρων γενόμενος, ᾤκησε πολὺν χρόνον ἐν τῇ Δημοσθένους οἰκίᾳ·
ὅ τι δὲ πράττων ἢ πάσχων, ἀμφίβολος ἡ αἰτία, καὶ τὸ πρᾶγμα

guerre; le jeune roi, animé d'une juste colère, avait investi Thèbes; Démosthène, député vers ce prince, prit l'épouvante sur le
mont Cithéron et revint au plus vite sur ses pas, également inutile
et dans la paix et dans la guerre. Et ce qu'il y a de plus étonnant,
vous ne livrâtes point et ne laissâtes point juger dans l'assemblée
des Grecs le traître qui vous a livrés vous-mêmes, si l'on doit
ajouter foi à la renommée.

Au rapport des nautonniers qui conduisaient vos députés vers
Alexandre, et d'après le récit de vos députés eux-mêmes (l'histoire
est fort croyable), il y avait sur le vaisseau un certain Aristion
de Platée, fils d'Aristobule, le droguiste, que plusieurs de vous
peuvent connaître. Ce jeune homme, d'une beauté rare, habita
longtemps dans la maison de Démosthène, sur quel pied, on ne le
sait pas au juste, et je craindrais de vouloir l'expliquer. Aristion, à

ἐπιστρατεύειν	de faire-une-expédition
ἐπὶ τὴν πόλιν ὑμετέραν,	contre la ville vôtre,
καὶ τοῦ νεανίσκου	et le jeune homme
παροξυνθέντος τὸ πρῶτον, εἰκότως,	s'étant irrité d'abord, avec raison,
ἐπειδὴ τὸ στρατόπεδον	après que l'armée
ἦν περὶ Θήβας,	était autour de Thèbes,
χειροτονηθεὶς	ayant été élu
πρεσβευτὴς ὑπὸ ὑμῶν,	ambassadeur par vous,
ἧκεν ἀποδρὰς	il vint s'étant enfui
ὑποστρέψας	s'en étant retourné
ἐκ μέσου τοῦ Κιθαιρῶνος,	du milieu du Cithéron,
παρέχων ἑαυτὸν χρήσιμον	ne fournissant lui-même utile
οὔτε ἐν εἰρήνῃ οὔτε ἐν πολέμῳ.	ni dans la paix ni dans la guerre.
Καὶ τὸ δεινότατον πάντων,	Et la plus étonnante chose de toutes
ὑμεῖς μὲν οὐ προΰδοτε τοῦτον,	vous vous n'avez pas livré celui-ci,
οὐδὲ εἰάσατε	ni n'avez permis lui
κριθῆναι	être mis-en-jugement
ἐν τῷ συνεδρίῳ τῶν Ἑλλήνων·	dans l'assemblée des Grecs ;
οὗτος δὲ νῦν	mais celui-ci maintenant
προδέδωκεν ὑμᾶς,	a livré vous,
εἴπερ ἃ λέγεται	si toutefois les choses qui sont dites
ἐστὶν ἀληθῆ.	sont vraies.
Ὡς γὰρ οἱ πάραλοι	Car comme les nautoniers
καὶ οἱ πρεσβεύσαντες	et ceux qui ont été-en-ambassade
πρὸς Ἀλέξανδρόν φασι	vers Alexandre disent
(καὶ τὸ πρᾶγμα πιστεύεται	(et la chose est crue
εἰκότως),	avec raison),
ἐστὶ τις Ἀριστίων, Πλαταϊκός,	il est un certain Aristion, Platéen,
ὁ υἱὸς τοῦ Ἀριστοβούλου	le fils d'Aristobule
τοῦ φαρμακοπώλου,	le vendeur-de-drogues,
εἰ ἄρα καί τις ὑμῶν	si peut-être aussi quelqu'un de vous
γιγνώσκει.	le connaît.
Οὗτος ὁ νεανίσκος,	Ce jeune homme,
γενόμενος τὴν ὄψιν	qui était quant au visage
διαφέρων ἑτέρων,	l'emportant-sur les autres,
ᾤκησέ ποτε	habita autrefois
χρόνον πολὺν	pendant un temps long
ἐν τῇ οἰκίᾳ Δημοσθένους·	dans la maison de Démosthène ;
ὅ τι δὲ πράττων ἢ πάσχων,	mais quoi faisant ou souffrant,
ἢ αἰτία ἀμφίβολος,	la cause est douteuse.

οὐδαμῶς εὔσχημον ἐμοὶ λέγειν. Οὗτος, ὡς ἐγὼ ἀκούω, ἠγνοη-
μένος ὅςτις ποτ' ἐστὶ καὶ πῶς βεβιωκώς, τὸν Ἀλέξανδρον ὑπο-
τρέχει, καὶ πλησιάζει ἐκείνῳ. Διὰ τούτου γράμματα πέμψας
Δημοσθένης ὡς Ἀλέξανδρον, ἄδειάν τινα εὕρηται καὶ διαλλα-
γάς, καὶ πολλὴν κολακείαν πεποίηται. Ἐκεῖθεν δὲ θεωρήσατε
ὡς ὅμοιόν ἐστι τὸ πρᾶγμα τῇ αἰτίᾳ.

Εἰ γάρ τι τούτων ἐφρόνει Δημοσθένης, καὶ πολεμικῶς εἶχεν,
ὥςπερ καί φησι, πρὸς Ἀλέξανδρον, τρεῖς αὐτῷ καιροὶ κάλλιστοι
παραγεγόνασιν, ὧν οὐδενὶ κεχρημένος.

Εἷς μὲν ὁ πρῶτος, ὅτ' εἰς τὴν ἀρχὴν οὐ πάλαι καθεστηκὼς
Ἀλέξανδρος, ἀκατασκεύων αὐτῷ τῶν ἰδίων ὄντων, εἰς τὴν Ἀσίαν
διέβη [1], ἤκμαζε δ' ὁ τῶν Περσῶν βασιλεὺς καὶ ναυσί, καὶ χρήμασι, καὶ πεζῇ στρατιᾷ, ἄσμενος δ' ἂν ἡμᾶς εἰς τὴν συμμαχίαν
προςεδέξατο διὰ τοὺς ἐπιφερομένους ἑαυτῷ κινδύνους. Εἶπάς

ce que j'ai ouï dire, profitant de ce qu'on ignorait son origine et sa
vie, s'insinue dans le palais d'Alexandre, et gagne ses bonnes grâces.
Par son moyen, Démosthène écrit au jeune monarque, lui prodigue ses flatteries, et se ménage ainsi une réconciliation et quelque
sécurité. Voyez, Athéniens combien le fait est vraisemblable.

Si Démosthène pensait alors ce qu'il veut faire croire à présent,
s'il était si contraire à Alexandre, il s'est offert trois occasions de
nuire à ce prince, sans qu'il ait profité d'aucune.

La première est celle qui s'offrit lorsque Alexandre, nouvellement
monté sur le trône, passa en Asie, sans avoir réglé les affaires de
son royaume; le roi de Perse était fourni abondamment de vaisseaux,
d'argent et de troupes; il nous aurait reçus volontiers dans son
alliance, à cause des dangers qui le menaçaient. Dans cette occa-

καὶ οὐδαμῶς εὔσχημον ἐμοὶ	et il *n'est* nullement décent à moi
λέγειν τὸ πρᾶγμα.	de dire le fait.
Οὗτος, ὡς ἐγὼ ἀκούω,	Celui-ci, comme moi j'entends *dire*,
ἠγνοημένος	ayant été ignoré
ὅςτις ποτέ ἐστι,	qui enfin il est,
καὶ πῶς βεβιωκώς,	et comment ayant vécu,
ὑποτρέχει τὸν Ἀλέξανδρον,	s'insinue *près* d'Alexandre,
καὶ πλησιάζει ἐκείνῳ.	et vit-auprès-de lui.
Δημοσθένης πέμψας γράμματα	Démosthène ayant envoyé des lettres
ὡς Ἀλέξανδρον διὰ τούτου,	à Alexandre par celui-ci,
εὕρηταί τινα ἄδειαν	a trouvé quelque sécurité
καὶ διαλλαγάς,	et des rapprochements,
καὶ πεποίηται κολακείαν πολλήν.	et a fait une flatterie grande.
Θεωρήσατε δὲ ἐκεῖθεν	Or examinez d'ici
ὡς τὸ πρᾶγμα	comme la chose
ἐστὶν ὅμοιον τῇ αἰτίᾳ.	est semblable à l'accusation.
Εἰ γὰρ Δημοσθένης	Car si Démosthène
ἐφρόνει τι τούτων,	pensait quelqu'une de ces choses,
καὶ εἶχε πολεμικῶς	et était-disposé hostilement
πρὸς Ἀλέξανδρον,	contre Alexandre,
ὥςπερ καί φησι,	comme aussi il dit,
τρεῖς καιροὶ κάλλιστοι	trois occasions très-belles
παραγεγόνασιν αὐτῷ,	se sont présentées à lui,
ὧν κεχρημένος οὐδενί.	desquelles *il n'est* ayant usé d'aucune.
Εἷς μέν, ὁ πρῶτος,	L'une, la première,
ὅτε Ἀλέξανδρος	lorsqu'Alexandre
καθεστηκὼς εἰς τὴν ἀρχὴν	s'étant établi au pouvoir
οὐ πάλαι,	non depuis-longtemps,
τῶν ἰδίων ὄντων	les *affaires* particulières étant
ἀπαρασκεύων αὐτῷ,	non-préparées à lui,
διέβη εἰς τὴν Ἀσίαν,	passa dans l'Asie,
ὁ δὲ βασιλεὺς τῶν Περσῶν	et que le roi des Perses,
ἤκμαζε καὶ ναυσί,	florissait et de vaisseaux,
καὶ χρήμασι,	et de fonds,
καὶ στρατιᾷ πεζῇ,	et d'une armée de-pied,
προςεδέξατο ἂν δὲ ἡμᾶς ἄσμενος	et aurait accueilli nous content
εἰς τὴν συμμαχίαν,	en l'alliance,
διὰ τοὺς κινδύνους	à cause des dangers
ἐπιφερομένους ἑαυτῷ.	qui se portaient sur lui-même.
Εἶπας ἐνταῦθα	As-tu dit alors

τινα ἐνταῦθα λόγον, Δημόσθενες, ἢ ἔγραψάς τι ψήφισμα; Βούλει
σε θῶ φοβηθῆναι, καὶ χρήσασθαι τῷ αὑτοῦ τρόπῳ; Καίτοι ῥη-
τορικὴν δειλίαν δημόσιος καιρὸς οὐκ ἀναμένει.

Ἀλλ' ἐπειδὴ πάσῃ τῇ δυνάμει Δαρεῖος καταβεβήκει, ὁ δ'
Ἀλέξανδρος ἦν ἀπειλημμένος ἐν Κιλικίᾳ ι, πάντων ἐνδεής, ὡς
ἔφησθα σύ, αὐτίκα δὲ μάλα ἤμελλεν, ὡς ἦν ὁ παρὰ σοῦ λόγος,
συμπατηθήσεσθαι ὑπὸ τῆς Περσικῆς ἵππου, τὴν δὲ σὴν ἀηδίαν
ἡ πόλις οὐκ ἐχώρει, καὶ τὰς ἐπιστολὰς, ἃς ἐξηρτημένος ἐκ τῶν
δακτύλων περιῄεις, ἐπιδεικνύων τισὶ τὸ ἐμὸν πρόσωπον ὡς ἐκ-
πεπληγμένου καὶ ἀθυμοῦντος, καὶ χρυσόκερων ² ἀποκαλῶν, καὶ
κατεστέφθαι φάσκων, εἴ τι πταῖσμα συμβήσεται Ἀλεξάνδρῳ,
οὐδ' ἐνταῦθα ἔπραξας οὐδέν, ἀλλ' εἴς τινα καιρὸν ἀνεβάλλου
καλλίω.

Ὑπερβὰς τοίνυν ἅπαντα ταῦτα, ὑπὲρ τῶν νυνὶ καθεστηκότων

sion, qu'avez-vous dit, Démosthène, qu'avez-vous proposé? Je con-
sens, si vous le voulez, que vous ayez craint, et que le naturel l'ait
emporté ; cependant les conjonctures de la république ne se prêtent
pas aux lenteurs d'un ministre timide.

Mais ensuite, lorsque Darius se fut avancé avec ses troupes,
qu'Alexandre était presque enfermé dans la Cilicie, manquant de
tout, comme vous le disiez, et à la veille, selon votre rapport, d'ê-
tre écrasé par la cavalerie des Perses, lorsque la ville ne pouvait
contenir votre insolence, que tenant à la main les lettres que vous
aviez reçues, vous les promeniez partout avec affectation, faisant
remarquer mon visage, comme celui d'un homme abattu et dé-
sespéré, et disant que j'étais une victime déjà couronnée de fleurs,
que j'expirerais sous le couteau au moindre revers d'Alexandre ;
vous n'avez rien fait même alors, vous vous réserviez pour une
meilleure occasion.

Mais je laisse là ces faits pour m'attacher à de plus récents. Les

τινὰ λόγον, Δημόσθενες,	quelque discours, Démosthène,
ἢ ἔγραψάς τι ψήφισμα;	ou as-tu écrit quelque décret ?
Βούλει θῶ σε	Veux-tu que je suppose toi
φοβηθῆναι,	avoir été effrayé,
καὶ χρήσασθαι τῷ τρόπῳ αὐτοῦ;	et avoir usé du caractère de toi-même ?
Καίτοι καιρὸς δημόσιος	Cependant la circonstance publique
οὐκ ἀναμένει	ne comporte pas
δειλίαν ῥητορικήν.	la lâcheté de-l'orateur.
Ἀλλὰ ἐπειδὴ Δαρεῖος	Mais après que Darius
καταβεβήκει	était descendu
πάσῃ τῇ δυνάμει,	avec toutes ses forces,
ὁ δὲ Ἀλέξανδρος	mais qu'Alexandre
ἦν ἀπειλημμένος ἐν Κιλικίᾳ,	était menacé en Cilicie,
ἐνδεὴς πάντων,	dépourvu de toutes choses,
ὡς σὺ ἔφησθα,	comme toi tu disais,
ἤμελλε δὲ μάλα αὐτίκα,	et devait tout sur-le-champ,
ὡς ὁ λόγος ἦν	comme le discours était
παρὰ σοῦ,	de la part de toi,
συμπατηθήσεσθαι	être foulé
ὑπὸ τῆς ἵππου Περσικῆς,	par la cavalerie Perse,
ἡ δὲ πόλις οὐκ ἐχώρει	et que la ville ne contenait pas
τὴν ἀηδίαν σήν,	l'impudence tienne,
καὶ τὰς ἐπιστολάς,	et les lettres,
ἃς ἐξηρτημένος	lesquelles tenant-suspendues
ἐκ τῶν δακτύλων	à les doigts
περιήεις,	tu te promenais,
ἐπιδεικνύων τισὶ	montrant à quelques-uns
τὸ πρόσωπον ἐμόν,	le visage mien, [terreur
ὡς ἐπεπληγμένου	comme *celui d'un homme* frappé-de-
καὶ ἀθυμοῦντος,	et perdant-courage,
καὶ ἀποκαλῶν χρυσόκερων,	et *m*'appelant aux-cornes-d'or,
καὶ φάσκων	et disant *moi*
ἀπεστέφθαι,	avoir été couronné *pour le sacrifice,*
εἴ τι πταῖσμα	si quelque revers
συμβήσεται Ἀλεξάνδρῳ,	arrivait à Alexandre,
οὐδὲ ἐνταῦθα ἔπραξας οὐδέν,	ni alors tu *n*'as fait rien,
ἀλλὰ ἀνεβάλλου	mais tu as rejeté
εἴς τινα καιρὸν καλλίω.	à quelque circonstance plus belle.
Ὑπερβὰς τοίνυν	Donc ayant franchi
ἅπαντα ταῦτα, λέξω	toutes ces *choses*, je parlerai

λέξω. Λακεδαιμόνιοι μὲν καὶ τὸ ξενικὸν ¹ ἐπέτυχον μάχῃ, καὶ
διέφθειραν τοὺς περὶ Κόῤῥαγον στρατιώτας· Ἠλεῖοι δ' αὐτοῖς
συμμετεβάλλοντο, καὶ Ἀχαιοὶ πάντες, πλὴν Πελληναίων, καὶ
Ἀρκαδία πᾶσα, πλὴν Μεγάλης πόλεως· αὕτη δὲ ἐπολιορκεῖτο,
καὶ καθ' ἑκάστην ἡμέραν ἐπίδοξος ἦν ἁλῶναι· ὁ δ' Ἀλέξανδρος
ἔξω τῆς ἄρκτου καὶ τῆς οἰκουμένης ὀλίγου δεῖν πάσης μεθει-
στήκει· ὁ δὲ Ἀντίπατρος πολὺν χρόνον συνῆγε στρατόπεδον, τὸ
δ' ἐσόμενον ἄδηλον ἦν. Ἐνταῦθ' ἡμῖν ἀπόδειξιν ποιῆσαι, ὦ Δημόσθενες, τί ποτ' ἦν ἃ ἔπραξας, καὶ τί ποτ' ἦν ἃ ἔλεγες· καὶ εἰ
βούλει, παραχωρῶ σοι τοῦ βήματος, ἕως ἂν εἴπῃς. Ἐπειδὴ δὲ
σιγᾷς, ὅτι μὲν ἀπορεῖς, συγγνώμην ἔχω σοι, ἃ δὲ τότ' ἔλεγες,
ἐγὼ νυνὶ λέξω.

Οὐ μέμνησθε αὐτοῦ τὰ μιαρὰ καὶ ἀπίθανα ῥήματα, ἃ πῶς

Lacédémoniens, avec le secours des étrangers, engagèrent un combat, et défirent une armée près de Corrhage. Les Éléens étaient entrés dans leur parti, ainsi que toute l'Achaïe, excepté les Pellé-
néens, et toute l'Arcadie, excepté Mégalopolis. Cette ville était
assiégée, et sur le point d'être prise; on en attendait la nouvelle tous
les jours; Alexandre avait passé le pôle arctique, et presque franchi
les bornes de l'univers; Antipater s'occupait depuis longtemps à lever des troupes; l'avenir était incertain. Montrez-nous, Démosthène,
ce que vous fîtes, ce que vous dites alors : je vous cède la tribune,
et vous laisse parler. Puisque vous gardez le silence, je vous pardonne
votre embarras, et je vais rapporter, moi, ce que vous disiez alors.

Ne vous rappelez-vous pas, Athéniens, les expressions étranges

ὑπὲρ τῶν καθεστηκότων νυνί. | sur celles qui sont établies maintenant.
Λακεδαιμόνιοι μὲν | Les Lacédémoniens
καὶ τὸ ξενικὸν | et *l'armée* étrangère
ἐπέτυχον μάχῃ, | réussirent dans une bataille,
καὶ διέφθειραν τοὺς στρατιώτας | et défirent les soldats
περὶ Κόρραγον· | près de Corrhage ;
Ἠλεῖοι δὲ | mais les Éléens
συμμετεβάλλοντο αὐτοῖς, | avaient changé-de-parti-avec eux,
καὶ πάντες Ἀχαιοί, | et tous les Achéens,
πλὴν Πελληναίων, | excepté les Pellénéens,
καὶ πᾶσα Ἀρκαδία, | et toute l'Arcadie,
πλὴν Μεγάλης πόλεως· | excepté Mégalopolis ;
αὕτη δὲ ἐπολιορκεῖτο, | mais celle-ci était assiégée,
καὶ κατὰ ἑκάστην ἡμέραν | et à chaque jour
ἦν ἐπίδοξος ἁλῶναι· | était présumée avoir été prise ;
ὁ δὲ Ἀλέξανδρος μεθειστήκει | mais Alexandre s'était avancé
ἔξω τῆς ἄρκτου | hors de l'ourse
καὶ δεῖν ὀλίγου | et s'*en* falloir de peu
πάσης τῆς οἰκουμένης· | hors de toute *la terre* habitée ;
Ἀντίπατρος δὲ συνῆγε | mais Antipater rassemblait
στρατόπεδον χρόνον πολύν, | une armée *depuis* un temps long,
τὸ δὲ ἐσόμενον | et l'avenir
ἦν ἄδηλον. | était invisible.
Ἐνταῦθα, ὦ Δημόσθενες, | Ici, ô Démosthène,
ποίησαι ἡμῖν ἀπόδειξιν, | fais-nous l'exposition,
τί ποτε ἦν | quoi enfin étaient
ἃ ἔπραξας, | *les choses* que tu as faites,
καὶ τί ποτε ἦν | et quoi enfin étaient
ἃ ἔλεγες· | *celles* que tu disais ;
καὶ εἰ βούλει, | et si tu veux,
παραχωρῶ σοι τοῦ βήματος, | je cède à toi la tribune.
ἕως ἂν εἴπῃς. | jusqu'à ce que tu aies dit.
Ἐπειδὴ δὲ σιγᾷς, | Mais puisque tu te tais,
ὅτι μὲν ἀπορεῖς, | parce que tu es embarrassé,
ἔχω συγγνώμην σοι, | j'ai indulgence *pour* toi,
ἐγὼ δὲ λέξω νυνὶ | mais moi je dirai maintenant
ἃ ἔλεγες τότε. | *les choses* que tu disais alors
Οὐ μέμνησθε | Ne vous souvenez-vous pas
τὰ ῥήματα μιαρὰ | des mots odieux
καὶ ἀπίθανα αὐτοῦ, | et incroyables de lui,

ποθ' ὑμεῖς, ὦ σιδήρεοι! ἐκαρτερεῖτε ἀκροώμενοι; ὅτ' ἔφη πα-
ρελθών· « Ἀμπελουργοῦσί τινες τὴν πόλιν, ἀνατετμήκασί τινες
τὰ κλήματα τοῦ δήμου, ὑποτέτμηται τὰ νεῦρα τῶν πραγμάτων,
φορμορραφούμεθα ἐπὶ στενά, τινὲς πρωκτὸν ὥσπερ τὰς βελόνας
διείρουσι. » Ταῦτα δὲ τί ἐστιν, ὦ κίναδος; ῥήματα ἢ θαύματα;
Καὶ πάλιν, ὅτε κύκλῳ περιδινῶν σεαυτὸν ἐπὶ τοῦ βήματος,
ἔλεγες ὡς ἀντιπράττων Ἀλεξάνδρῳ· « Ὁμολογῶ τὰ Λακωνικὰ
συστῆσαι, ὁμολογῶ Θετταλοὺς καὶ Περραιβοὺς¹ ἀφιστάναι. » Σὺ
γὰρ ἂν κώμην ἀποστήσαις; σὺ γὰρ ἂν προςέλθοις μὴ ὅτι πρὸς
πόλιν, ἀλλὰ² πρὸς οἰκίαν, ὅπου κίνδυνος πρόςεστιν; Ἀλλ' εἰ μέν
που χρήματα ἀναλίσκεται, προςκαθιζήσει, πρᾶξιν δὲ ἀνδρὸς οὐ
πράξεις· ἐὰν δ' αὐτόματόν τι συμβῇ, προςποιήσῃ, καὶ σαυτὸν
ἐπὶ τὸ γεγενημένον ἐπιγράψεις· ἂν δ' ἔλθῃ φόβος τις, ἀποδράσῃ·

et odieuses qu'il vous débitait du haut de cette tribune, et que
vous aviez la patience d'entendre? « Il est des gens, criait-il, qui
ébourgeonnent la république et qui ébranchent le peuple; on coupe
les nerfs des affaires; les uns nous plient comme des osiers, les
autres nous enfilent comme des aiguilles. » Sont-ce là, bête
féroce, des expressions, ou des monstruosités? Dirai-je ensuite
de quelle manière, vous tournant et vous agitant dans la tribune, vous vous donniez pour le plus grand ennemi d'Alexandre? « C'est moi, disiez-vous, qui ai armé contre lui les Lacédémoniens; c'est moi qui ai soulevé contre lui les Thessaliens, et les
Perrhébiens. » En effet, Démosthène, vous pourriez soulever la moindre bourgade! vous pourriez approcher, je ne dis pas d'une ville,
mais d'une maison où il y aurait du péril! Si on distribue de l'argent en quelque endroit, vous vous présenterez pour en avoir votre
part; mais vous ne ferez nulle action de bravoure. S'il arrive par
hasard un événement heureux, vous vous l'arrogerez, vous vous en
attribuerez toute la gloire; s'il survient quelque alarme, vous

ἆ ὑμεῖς, ὦ σιδήρεοι!	que vous, ô hommes-de-fer !
πῶς ποτε ἐκαρτερεῖτε	comment jamais supportiez-vous
ἀκροώμενοι; ὅτε ἔφη	entendant? quand il dit
παρελθών· « Τινὲς	s'étant avancé : « Quelques uns
ἀμπελουργοῦσι τὴν πόλιν,	travaillent-comme-une-vigne la ville,
τινὲς ἀνατετμήκασι	quelques uns ont coupé
τὰ κλήματα τοῦ δήμου,	les sarments du peuple,
τὰ νεῦρα τῶν πραγμάτων	les nerfs des affaires
ὑποτέτμηται,	ont-été-coupés , [les
φορμορραφούμεθα	nous sommes-cousus-comme-des-nat-
ἐπὶ στενά,	à l'étroit ,
τινὲς διείρουσι πρωκτὸν	quelques uns *nous* enfilent le derrière
ὥσπερ τὰς βελόνας. »	comme les aiguilles. »
Τί δέ ἐστι ταῦτα,	Mais quoi sont ces choses,
ὦ κίναδος ;	ô renard ?
ῥήματα ἢ θαύματα ;	des paroles ou des monstres ?
Καὶ πάλιν,	Et encore ,
ὅτε περιδινῶν σεαυτὸν	quand faisant-tournoyer toi-même
κύκλῳ ἐπὶ τοῦ βήματος ,	en cercle sur la tribune,
ἔλεγες ὡς ἀντιπράττων	tu parlais comme agissant-contre
Ἀλεξάνδρῳ·	Alexandre :
« Ὁμολογῶ συστῆσαι	« J'avoue avoir soulevé
τὰ Λακωνικά,	les *places* laconiennes,
ὁμολογῶ ἀφιστάναι	j'avoue avoir-détaché
Θετταλοὺς καὶ Περραιβούς. »	les Thessaliens et les Perrhèbes. »
Σὺ γὰρ ἂν ἀποστήσαις κώμην ;	Car toi tu détacherais un bourg?
Σὺ γὰρ ἂν προσέλθοις	Car toi tu t'avancerais
μὴ ὅτι πρὸς πόλιν,	non seulement vers une ville,
ἀλλὰ πρὸς οἰκίαν,	mais vers une maison,
ὅπου κίνδυνος προσέστιν ;	où le danger est-présent ?
Ἀλλὰ εἰ μὲν χρήματα	Mais si des sommes-d'argent
ἀναλίσκεταί που ,	se dépensent quelque part,
προσκαθιζήσεις ,	tu t'assiéras-auprès , [me ;
οὐ πράξεις δὲ πρᾶξιν ἀνδρός·	mais tu ne feras pas une action d'hom-
ἐὰν δέ τι αὐτόματον	mais si quelque chose de fortuit
συμβῇ, προσποιήσῃ,	est arrivé, tu simuleras,
καὶ ἐπιγράψεις σαυτὸν	et tu inscriras toi-même
ἐπὶ τὸ γεγενημένον ·	sur la chose qui s'est faite ;
ἂν δέ τις φόβος ἔλθῃ,	mais si quelque crainte est **venue,**
ἀποδράσῃ·	tu t'enfuiras;

ἐὰν δὲ θαρρήσωμεν, δωρεὰς αἰτήσεις, καὶ χρυσοῖς στεφάνοις
στεφανοῦσθαι.

Ναί, ἀλλὰ δημοτικός ἐστιν. Ἐὰν μὲν τοίνυν πρὸς τὴν εὐφημίαν αὐτοῦ τῶν λόγων ἀποβλέπητε, ἐξαπατηθήσεσθε, ὥσπερ καὶ
πρότερον· ἐὰν δ' εἰς τὴν φύσιν καὶ τὴν ἀλήθειαν, οὐκ ἐξαπατηθήσεσθε. Ἐκείνως δὲ ἀπολάβετε παρ' αὐτοῦ τὸν λόγον. Ἐγὼ μὲν
μεθ' ὑμῶν λογιοῦμαι ἃ δεῖ ὑπάρξαι ἐν τῇ φύσει τῷ δημοτικῷ
ἀνδρὶ καὶ σώφρονι, καὶ πάλιν ἀντιθήσω, ποῖόν τινα εἰκός ἐστιν
εἶναι τὸν ὀλιγαρχικὸν ἄνθρωπον καὶ φαῦλον· ὑμεῖς δ' ἀντιθέντες
ἑκάτερα τούτων θεωρήσατ' αὐτόν, μὴ ὁποτέρου τοῦ λόγου, ἀλλ'
ὁποτέρου τοῦ βίου ἐστίν.

Οἶμαι τοίνυν ἅπαντας ἂν ὑμᾶς ὁμολογήσειν τάδε δεῖν ὑπάρξαι
τῷ δημοτικῷ· πρῶτον μέν, ἐλεύθερον αὐτὸν εἶναι καὶ πρὸς
πατρὸς καὶ πρὸς μητρός, ἵνα μὴ διὰ τὴν περὶ τὸ γένος ἀτυχίαν
δυσμενὴ, ᾖ τοῖς νόμοις, οἳ σώζουσι τὴν δημοκρατίαν· δεύτερον

prendrez la fuite, et quand nous serons rassurés, vous demanderez
des récompenses, vous exigerez des couronnes d'or.

Oui, dira-t-on, mais c'est un bon républicain. Si vous ne faites
attention, Athéniens, qu'à la beauté de ses paroles, il vous trom-
pera toujours, comme par le passé; examinez son caractère et la
vérité, et dès lors l'illusion cessera. Voici la règle que vous devez
suivre en l'écoutant. Je vais considérer avec vous les qualités qui
forment un citoyen sage, un bon républicain; je leur opposerai
celles qui constituent un mauvais citoyen, partisan de l'oligarchie:
comparez ces deux hommes, et les rapprochant de Démosthène,
voyez auquel des deux il ressemble, non par son langage, mais par
sa conduite.

Vous conviendrez sans doute avec moi qu'un bon républicain
doit avoir les qualités que je vais dire. Premièrement, il doit être
libre du côté de son père et de sa mère, afin que le malheur de sa
naissance ne le rende pas mal-intentionné pour les lois qui main-
tiennent la démocratie. Il faut en second lieu que ses ancêtres

ἐὰν δὲ θαῤῥήσωμεν, mais si nous nous rassurons,
αἰτήσεις δωρεάς, tu demanderas des récompenses,
καὶ στεφανοῦσθαι et à être-couronné
στεφάνοις χρυσοῖς. de couronnes d'or.
 Ναί, ἀλλά ἐστι Oui, mais il est
δημοτικός. ami-de-la-démocratie.
Ἐὰν μὲν τοίνυν ἀποβλέπητε Si donc vous portez-les-regards
πρὸς τὴν εὐφημίαν vers la bonne-expression
τῶν λόγων αὐτοῦ, des discours de lui,
ἐξαπατηθήσεσθε , vous serez-trompés,
ὥσπερ καὶ πρότερον· comme aussi précédemment ;
ἐὰν δὲ εἰς τὴν φύσιν mais si vers son naturel
καὶ τὴν ἀλήθειαν, et vers la vérité,
οὐκ ἐξαπατηθήσεσθε. vous ne serez pas trompés.
Ἀπολάβετε δὲ ἐκείνως Or recevez ainsi
τὸν λόγον παρὰ αὐτοῦ. le compte de la part de lui.
Ἐγὼ μὲν λογιοῦμαι μετὰ ὑμῶν Moi j'énumérerai avec vous
ἃ δεῖ ὑπάρξαι *les choses* qu'il faut exister
ἐν τῇ φύσει τῷ ἀνδρὶ dans la nature à l'homme
δημοτικῷ καὶ σώφρονι , ami-de-la-démocratie et sage ,
καὶ πάλιν ἀντιθήσω, et ensuite j'opposerai ,
ποῖόν τινά ἐστιν εἰκὸς εἶναι quel il est vraisemblable être
τὸν ἄνθρωπον l'homme
ὀλιγαρχικὸν καὶ φαῦλον· ami-de-l'oligarchie et vil ;
ὑμεῖς δὲ ἀντιθέντες et vous ayant opposé
ἑκάτερα τούτων, l'une et l'autre de ces choses,
θεωρήσατε αὐτόν, examinez lui ,
μὴ τοῦ ὁποτέρου λόγου, non du quel langage ,
ἀλλὰ τοῦ ὁποτέρου βίου ἐστίν. mais de laquelle vie il est.
 Οἶμαι τοίνυν ὑμᾶς ἅπαντας Or je crois vous tous
ἐν ὁμολογήσειν devoir avouer
δεῖν τάδε ὑπάρξαι falloir ces choses être
τῷ δημοτικῷ· πρῶτον μέν, a l'ami-de-la-démocratie : d'abord,
αὐτὸν εἶναι ἐλεύθερον lui être libre
καὶ πρὸς πατρὸς καὶ πρὸς μητρός, et du père et de la mère
ἵνα μὴ ᾖ afin qu'il ne soit pas
δυςμενὴς τοῖς νόμοις malveillant pour les lois
οἳ σώζουσι τὴν δημοκρατίαν, qui conservent la démocratie,
διὰ τὴν ἀτυχίαν a cause de l'infortune
περὶ τὸ γένος· concernant sa naissance;

δ', ἀπὸ τῶν προγόνων εὐεργεσίαν τινὰ αὐτῷ πρὸς τὸν δῆμον
ὑπάρχειν, ἤ, τό γ' ἀναγκαιότατον, μηδεμίαν ἔχθραν, ἵνα μή,
βοηθῶν τοῖς τῶν προγόνων ἀτυχήμασι, κακῶς ἐπιχειρῇ ποιεῖν
τὴν πόλιν· τρίτον, σώφρονα καὶ μέτριον χρὴ πεφυκέναι αὐτὸν
πρὸς τὴν καθ' ἡμέραν δίαιταν, ὅπως μή, διὰ τὴν ἀσέλγειαν τῆς
δαπάνης, δωροδοκῇ κατὰ τοῦ δήμου· τέταρτον, εὐγνώμονα καὶ
δυνατὸν εἰπεῖν· καλὸν γὰρ τὴν μὲν διάνοιαν προαιρεῖσθαι τὰ
βέλτιστα, τὴν δὲ παιδείαν τὴν τοῦ ῥήτορος καὶ τὸν λόγον πείθειν
τοὺς ἀκούοντας· εἰ δὲ μή, τήν γ' εὐγνωμοσύνην ἀεὶ προτακτέον
τοῦ λόγου· πέμπτον, ἀνδρεῖον εἶναι τὴν ψυχήν, ἵνα μὴ παρὰ τὰ
δεινὰ καὶ τοὺς κινδύνους ἐγκαταλίπῃ τὸν δῆμον. Τὸν δ' ὀλιγαρχικὸν πάντα δεῖ τἀναντία τούτων ἔχειν· τί γὰρ δεῖ πάλιν διεξιέναι;

Σκέψασθε δή, τί τούτων ὑπάρχει Δημοσθένει· ὁ δὲ λογισμὸς
ἔστω ἐπὶ πᾶσι δικαίοις. Τούτῳ πατὴρ μὲν ἦν Δημοσθένης ὁ

se soient attaché le peuple par quelques services, ou du
moins qu'ils ne se soient pas attiré sa haine, de peur qu'il ne
veuille venger sur la république les disgrâces de sa famille. Il
faut encore qu'il soit naturellement sage, modéré et réglé dans
sa dépense, pour que ses folles profusions ne le tentent pas de se
laisser corrompre. De plus, le bon sens doit être joint chez
lui au talent de la parole. Il est beau d'avoir assez de pénétration
d'esprit pour démêler soi-même ce qu'il y a de mieux à dire, et d'é-
loquence acquise et naturelle pour le persuader aux autres; sinon
le bon sens est toujours préférable au talent de la parole. Enfin
il doit être rempli d'un courage qui l'empêche d'abandonner le
peuple dans la guerre et dans les périls. Les qualités opposées à
celles-là constituent le partisan de l'oligarchie : qu'est-il besoin
de faire une énumération nouvelle?

Examinez maintenant quelles sont les qualités de Démosthène ; que
l'examen se fasse avec la plus grande équité. Il a eu pour père Dé-

δεύτερον δέ, et deuxièmement,
τινὰ εὐεργεσίαν πρὸς τὸν δῆμον quelque bienfait envers le peuple
ἀπὸ τῶν προγόνων, ἤ, de la part de ses ancêtres, ou,
τό γε ἀναγκαιότατον, la chose du moins très-nécessaire,
μηδεμίαν ἔχθραν ὑπάρχειν αὐτῷ, aucune haine *n*'être à lui,
ἵνα μὴ ἐπιχειρῇ afin qu'il n'entreprenne pas
ποιεῖν κακῶς τὴν πόλιν, de faire mal *envers* la ville,
βοηθῶν τοῖς ἀτυχήμασι portant-secours aux infortunes
τῶν προγόνων· de ses ancêtres;
τρίτον χρὴ αὐτὸν troisièmement il faut lui
πεφυκέναι σώφρονα καὶ μέτριον être-naturellement sage et modéré
πρὸς τὴν δίαιταν κατὰ ἡμέραν, pour son genre-de-vie *jour* par jour,
ὅπως μὴ δωροδοκῇ afin qu'il n'accepte-pas-de-présents
κατὰ τοῦ δήμου contre le peuple
διὰ τὴν ἀσέλγειαν τῆς δαπάνης· à cause du dérèglement de sa dépense;
τέταρτον, εὐγνώμονα quatrièmement, bien-pensant
καὶ δυνατὸν εἰπεῖν· et capable de parler;
καλὸν γὰρ τὴν μὲν διάνοιαν car *il est* beau l'intelligence
προαιρεῖσθαι τὰ βέλτιστα, préférer les meilleures choses,
τὴν δὲ παιδείαν τὴν τοῦ ῥήτορος et l'instruction de l'orateur
καὶ τὸν λόγον et le discours·
πείθειν τοὺς ἀκούοντας· persuader ceux qui écoutent;
εἰ δὲ μή, ἀεὶ προτακτέον mais si non, toujours il faut préférer
τὴν εὐγνωμοσύνην τοῦ λόγου· le bon-sens au discours;
πέμπτον, cinquièmement,
εἶναι ἀνδρεῖον τὴν ψυχήν, être brave *quant* à l'âme,
ἵνα μὴ ἐγκαταλίπῃ τὸν δῆμον afin qu'il n'abandonne pas le peuple
παρὰ τὰ δεινὰ en face des choses terribles
καὶ τοὺς κινδύνους. et des dangers.
Δεῖ δὲ τὸν ὀλιγαρχικὸν Mais il faut l'ami-de-l'oligarchie
ἔχειν πάντα avoir toutes les choses
τὰ ἐναντία τούτων· contraires à celles-ci;
τί γὰρ δεῖ car pourquoi faut-il
διεξιέναι πάλιν; parcourir de nouveau?
  Σκέψασθε δή, Or examinez,
τί τούτων laquelle de ces choses
ὑπάρχει Δημοσθένει· est à Démosthène;
ὁ δὲ λογισμὸς ἔστω mais que l'examen soit
ἐπὶ πᾶσι δικαίοις. avec toutes les choses justes
Δημοσθένης μὲν ὁ Παιανιεὺς Démosthène de-Péanée

Παιανιεύς, ἀνὴρ ἐλεύθερος · οὐ γὰρ δεῖ ψεύδεσθαι · τὰ δ' ἀπὸ
τῆς μητρὸς καὶ τοῦ πάππου τοῦ πρὸς μητρός, πῶς ἔχει αὐτῷ;
ἐγὼ φράσω. Γύλων ἦν ἐκ Κεραμέων [1] · οὗτος προδοὺς τοῖς πολεμίοις Νύμφαιον τὸ ἐν Πόντῳ [2], τότε τῆς πόλεως ἐχούσης τὸ χωρίον
τοῦτο, φυγὰς ἀπ' εἰσαγγελίας ἐκ τῆς πόλεως ἐγένετο, θανάτου
καταγνωσθέντος αὐτοῦ, τὴν κρίσιν οὐχ ὑπομείνας [3], καὶ ἀφικνεῖται
εἰς Βόσπορον, κἀκεῖ λαμβάνει δωρεὰν παρὰ τῶν τυράννων τοὺς
ὠνομασμένους Κήπους [4], καὶ γαμεῖ γυναῖκα, πλουσίαν μὲν νὴ
Δία καὶ χρυσίον ἐπιφερομένην πολύ, Σκύθιν δὲ τὸ γένος, ἐξ ἧς
γίγνονται αὐτῷ θυγατέρες δύο, ἃς ἐκεῖνος δεῦρο μετὰ πολλῶν
χρημάτων ἀποστείλας, συνῴκισε τὴν μὲν ἑτέραν ὅτῳδήποτε (ἵνα
μὴ πολλοῖς ἀπεχθάνωμαι), τὴν δ' ἑτέραν ἔγημε, παριδὼν τοὺς
τῆς πόλεως νόμους, Δημοσθένης ὁ Παιανιεύς [5] · ἐξ ἧς ὑμῖν ὁ πε-
ρίεργος καὶ συκοφάντης γεγένηται Δημοσθένης. Οὐκοῦν ἀπὸ μὲν

mosthène du bourg de Péanée, homme libre, il faut en convenir :
quant à sa mère et à son aïeul maternel, voici quel il est de ce côté.
Un certain Gylon du Céramique avait livré aux ennemis Nymphée,
ville du Pont, qui alors nous appartenait. Le traître n'attendit pas
le jugement qui le condamnait à mort ; il s'exila lui-même, et venant dans le Bosphore, il reçut des tyrans, pour récompense de sa
perfidie, une place appelée Cépi, épousa une femme riche assurément et bien dotée, mais Scythe de nation. Il en eut deux filles,
qu'il envoya ici avec des sommes considérables. Il maria l'une à
quelqu'un que je ne nommerai pas, pour éviter de me faire trop
d'ennemis : Démosthène de Péanée, au mépris de toutes nos lois, a
épousé l'autre, qui nous a donné ce brouillon, cet imposteur. Ainsi,

ἦν πατὴρ αὐτῷ, ἀνὴρ ἐλεύθερος·	était père à lui, homme libre ;
οὐ γὰρ δεῖ ψεύδεσθαι·	car il ne faut pas mentir ;
πῶς δὲ τὰ	mais comment les *affaires*
ἀπὸ τῆς μητρὸς	du côté de sa mère
καὶ τοῦ πάππου	et de son grand-père
τοῦ πρὸς μητρὸς	celui du côté de sa mère
ἔχει αὐτῷ ;	sont-elles à lui ?
ἐγὼ φράσω.	moi je *le* dirai.
Γύλων ἦν ἐκ Κεραμέων·	Gylon était du Céramique ;
οὗτος προδοὺς τοῖς πολεμίοις	celui-ci ayant-livré aux ennemis
Νύμφαιον τὸ ἐν Πόντῳ,	Nymphée dans le Pont,
τῆς πόλεως ἐχούσης τότε	la ville ayant alors
τοῦτο τὸ χωρίον, ἐγένετο φυγὰς	cette place, devint exilé
ἐκ τῆς πόλεως	de la ville
ἀπὸ εἰσαγγελίας,	par suite de dénonciation,
αὑτοῦ καταγνωσθέντος θανάτου,	lui ayant été condamné à mort,
οὐχ ὑπομείνας τὴν κρίσιν,	n'ayant pas attendu le jugement,
καὶ ἀφικνεῖται εἰς Βόσπορον,	et il se rend dans le Bosphore,
καὶ ἐκεῖ λαμβάνει δωρεὰν	et là reçoit en présent
παρὰ τῶν τυράννων	de la part des tyrans
τοὺς ὠνομασμένους Κήπους,	la place nommée Cépi,
καὶ γαμεῖ γυναῖκα,	et épouse une femme,
πλουσίαν μὲν νὴ Δία	riche par Jupiter
καὶ ἐπιφερομένην χρυσίον πολύ,	et qui *lui* apportait un or considérable,
Σκύθιν δὲ τὸ γένος,	mais Scythe par la race,
ἐξ ἧς γίγνονται αὐτῷ	de laquelle naissent à lui
δύο θυγατέρες,	deux filles,
ἃς ἐκεῖνος ἀποστείλας δεῦρο	que celui-là ayant envoyées ici
μετὰ πολλῶν χρημάτων,	avec de fortes sommes,
συνῴκισε τὴν μὲν ἑτέραν	il établit l'une
ὁτῳδήποτε	*avec un homme* quelconque
ἵνα μὴ ἀπεχθάνωμαι	(afin-que je ne sois pas haï
πολλοῖς),	de plusieurs),
Δημοσθένης δὲ ὁ Παιανιεύς,	et Démosthène de-Péanée,
παριδὼν τοὺς νόμους τῆς πόλεως,	ayant méprisé les lois de la ville,
ἔγημε τὴν ἑτέραν·	épousa l'autre ;
ἐξ ἧς γεγένηται ὑμῖν	de laquelle est né à vous
Δημοσθένης ὁ περίεργος	Démosthène le brouillon
καὶ συκοφάντης.	et calomniateur.
Οὐκοῦν ἂν εἴη	Donc il serait

τοῦ πάππου τοῦ πρὸς μητρός, πολέμιος ἂν εἴη τῷ δήμῳ· θάνατον γὰρ αὐτοῦ τῶν προγόνων κατέγνωτε· τὰ δ᾽ ἀπὸ τῆς μητρός,
Σκύθης, βάρβαρος ἑλληνίζων τῇ φωνῇ· ὅθεν καὶ τὴν πονηρίαν
οὐκ ἐπιχώριός ἐστι.

Περὶ δὲ τὴν καθ᾽ ἡμέραν δίαιταν τίς ἐστιν; ἐκ τριηράρχου
λογογράφος ἀνεφάνη, τὰ πατρῷα καταγελάστως προέμενος·
ἄπιστος δὲ καὶ περὶ ταῦτα δόξας εἶναι, καὶ τοὺς λόγους ἐκφέρων
τοῖς ἀντιδίκοις, ἀνεπήδησεν ἐπὶ τὸ βῆμα. Πλεῖστον δ᾽ ἐκ τῆς
πόλεως εἰληφὼς ἀργύριον, ἐλάχιστα περιεποιήσατο. Νῦν μέντοι
τὸ βασιλικὸν χρυσίον ἐπικέκλυκε τὴν δαπάνην αὐτοῦ· ἔσται δ᾽
οὐδὲ τοῦθ᾽ ἱκανόν· οὐδεὶς γὰρ πώποτε πλοῦτος τρόπου πονηροῦ
περιεγένετο. Καὶ τὸ κεφάλαιον, τὸν βίον οὐκ ἐκ τῶν ἰδίων προςόδων πορίζεται, ἀλλ᾽ ἐκ τῶν ὑμετέρων κινδύνων.

Περὶ δ᾽ εὐγνωμοσύνην καὶ λόγου δύναμιν πῶς πέφυκε; δεινῶς
λέγειν, κακῶς βιῶναι. Οὕτω γὰρ κέχρηται καὶ τῷ ἑαυτοῦ σώ-

par son aïeul maternel, c'est un ennemi du peuple; vous avez condamné à mort ses ancêtres : par sa mère, c'est un Scythe, un barbare qui n'a de grec que le langage ; il a le cœur trop pervers pour
être Athénien.

Par rapport à sa vie privée, quel est-il? De commandant de navire devenu tout-à-coup faiseur de mémoires, il cherchait à remplir le vide de son patrimoine follement dissipé. Comme il avait la
réputation de trahir ses clients, et de se vendre aux parties adverses,
il quitta ce métier, et passa d'un saut à la tribune. Il tira beaucoup
d'argent de la république, et n'en conserva que fort peu. Les tré-
sors du roi de Perse coulent maintenant au gré de ce prodigue;
mais ils ne suffisent pas, car nulle richesse ne peut jamais combler
les desirs d'un dissipateur; il vit enfin, non de ses revenus, mais de
vos perils.

Quant au bon sens et à l'éloquence, quel est son talent? de bien
dire et de mal faire. La manière dont il a abusé de son corps depuis

πολέμιος μὲν τῷ δήμῳ   ennemi au peuple
ἀπὸ τοῦ πάππου   du côté de son grand-père
τοῦ πρὸς μητρός·   celui du côté de sa mère ;
κατεγνωτε γὰρ θάνατον   car vous avez prononcé la mort
τῶν προγόνων αὐτοῦ,   contre les ancêtres de lui ,
τὰ δὲ   et quant aux choses
ἀπὸ τῆς μητρός,   du côté de sa mère ,
Σκύθης, βάρβαρος   Scythe , barbare
ἑλληνίζων τῇ φωνῇ·   étant-Grec par le langage ;
ὅθεν καὶ οὐκ ἐστιν ἐπιχώριος   d'où aussi il n'est pas indigène
τὴν πονηρίαν.   *quant à* la perversité.
  Τίς δέ ἐστι   .   Mais quel est-il
τὴν δίαιταν κατὰ ἡμέραν ;   *quant* au genre-de-vie *jour* par jour ?
ἐκ τριηράρχου   de triérarque
ἀνεφάνη λογογράφος,   il parut écrivain-de-mémoires,
προέμενος καταγελάστως   ayant dissipé d'une-façon-risible
τὰ πατρῷα·   les *biens* paternels ;
δόξας δὲ καὶ   mais ayant paru aussi
εἶναι ἄπιστος περὶ ταῦτα ,   être sans-foi touchant ces choses,
καὶ ἐκφέρων τοὺς λόγους   et livrant ses mémoires
τοῖς ἀντιδίκοις ,   aux adversaires ,
ἀνεπήδησεν ἐπὶ τὸ βῆμα.   il s'élança vers la tribune.
Εἰληφὼς δὲ ἐκ τῆς πόλεως   Mais ayant reçu de la ville
ἀργύριον πλεῖστον,   un argent très-considérable,
περιεποιήσατο ἐλάχιστα.   il *en* garda très-peu.
Νῦν μέντοι τὸ χρυσίον βασιλικὸν   Maintenant cependant l'or royal
ἐπικέκλυκε τὴν δαπάνην αὐτοῦ·   a inondé la dépense de lui ;
τοῦτο δὲ οὐδὲ ἔσται ἱκανόν·   mais cela ne sera pas même suffisant;
οὐδεὶς γὰρ πλοῦτος πώποτε   car aucune richesse jamais
περιεγένετο τρόπου πονηροῦ.   *n*'a rassasié un caractère pervers.
Καὶ τὸ κεφάλαιον,   Et en résumé ,
πορίζεται τὸν βίον   il se procure le vivre
οὐκ ἐκ τῶν προςόδων ἰδίων,   non par ses revenus particuliers,
ἀλλὰ ἐκ τῶν κινδύνων ὑμετέρων.   mais par les dangers vôtres.
  Πῶς δὲ πέφυκε   Mais comment est-il né
περὶ εὐγνωμοσύνην   touchant le bon-sens
καὶ δύναμιν λόγου ;   et la puissance de la parole ?
λέγειν δεινῶς, βιῶναι κακῶς.   parler habilement, avoir vécu mal.
Κέχρηται γὰρ οὕτω   Car il a usé ainsi
καὶ τῷ σώματι ἑαυτοῦ   et du corps de lui-même

ματι καὶ παιδοποιίᾳ, ὥςτ' ἐμὲ μὴ βούλεσθαι λέγειν ἃ τούτῳ
πέπρακται· ἤδη γάρ ποτε εἶδον μισηθέντας τοὺς τὰ τῶν πλησίον
αἰσχρὰ λίαν σαφῶς λέγοντας. Ἔπειτα τί συμβαίνει τῇ πόλει;
Οἱ μὲν λόγοι καλοί, τὰ δ' ἔργα φαῦλα.

Πρὸς δὲ ἀνδρίαν βραχύς μοι λείπεται λόγος. Εἰ μὲν γὰρ
ἠρνεῖτο μὴ δειλὸς εἶναι, ἢ ὑμεῖς μὴ συνῄδειτε αὐτῷ, διατριβὴν
ὁ λόγος ἄν μοι παρεῖχεν· ἐπειδὴ δὲ καὶ αὐτὸς ὁμολογεῖ ἐν ταῖς
ἐκκλησίαις, καὶ ὑμεῖς σύνιστε, λοιπὸν ὑπομνῆσαι τοὺς περὶ
τούτων κειμένους νόμους. Ὁ γὰρ Σόλων, ὁ παλαιὸς νομοθέτης,
ἐν τοῖς αὐτοῖς ἐπιτιμίοις ᾤετο δεῖν ἐνέχεσθαι τὸν ἀστράτευτον,
καὶ τὸν λελοιπότα τὴν τάξιν, καὶ τὸν δειλὸν ὁμοίως· εἰσὶ γὰρ
καὶ δειλίας γραφαί. Καίτοι θαυμάσειεν ἄν τις ὑμῶν, εἰ εἰσὶ
φύσεως γραφαί. Εἰσίν. Τίνος ἕνεκα; ἵν' ἕκαστος ἡμῶν, τὰς ἐκ
τῶν νόμων ζημίας φοβούμενος μᾶλλον ἢ τοὺς πολεμίους, ἀμείνων

son enfance est si abominable, que je n'ose la révéler; car en
général on hait ceux qui parlent trop ouvertement des infamies
d'autrui. De là que revient-il à la republique? de belles harangues
et de méchantes actions.

Pour le courage, je n'ai qu'un mot à dire. S'il ne convenait de sa
lâcheté, et si vous n'en étiez intimement convaincus, je m'arrêterais
pour vous en donner la preuve : mais puisqu'il la reconnaît lui-
même devant le peuple, et que vous n'en doutez nullement, il me
reste à vous rappeler les lois portées contre les lâches. Solon, cet
ancien législateur, a cru devoir soumettre à la même peine celui
qui refuse de servir et celui qui abandonne son poste, en un mot, tout
citoyen lâche, car on intente procès à la lâcheté. On sera peut-être surpris que la loi autorise des poursuites contre un vice naturel ; elle les
permet cependant, et pour quelle raison ? c'est afin que, redoutant
moins les armes des ennemis que la rigueur des lois, chacun de nous

καὶ παιδοποιία, et de sa puissance-génératrice,

ὥστε ἐμὲ μὴ βούλεσθαι λέγειν en sorte que moi ne pas vouloir dire

ἃ πέπρακται τούτῳ· *les choses* qui ont été faites par lui ;

ἤδη γάρ ποτε εἶδον car déjà quelquefois j'ai vu

μισηθέντας ayant été haïs

τοὺς λέγοντας λίαν σαφῶς ceux qui disaient trop clairement

τὰ αἰσχρὰ les choses honteuses

τῶν πλησίον. de ceux proche (d'autrui).

Ἔπειτα τί συμβαίνει τῇ πόλει; Ensuite qu'arrrive-t-il à la ville ?

Οἱ μὲν λόγοι καλοί, Les discours beaux,

τὰ δὲ ἔργα φαῦλα. mais les actions viles.

 Λόγος δὲ βραχὺς Mais un discours court

λείπεταί μοι πρὸς ἀνδείαν. est laissé à moi sur le courage.

Εἰ μὲν γὰρ ἠρνεῖτο Car s'il disait-en-niant

μὴ εἶναι δειλός, ἢ ὑμεῖς ne pas être lâche, ou *si* vous

μὴ συνήδειτε αὐτῷ, ne *le* saviez-pas-avec lui,

ὁ λόγος ἂν παρεῖχέ μοι le discours aurait fourni à moi

διατριβήν· un passe-temps ;

ἐπειδὴ δὲ καὶ αὐτὸς mais puisque aussi lui-même

ὁμολογεῖ ἐν ταῖς ἐκκλησίαις, *l'*avoue dans les assemblées,

ὑμεῖς δὲ σύνιστε, et que vous vous *le* savez,

λοιπὸν ὑπομνῆσαι τοὺς νόμους *il est* restant de rappeler les lois

κειμένους περὶ τούτων. établies sur ces choses.

Ὁ γὰρ Σόλων, ὁ παλαιὸς νομοθέτης, Car Solon, l'ancien législateur,

ᾤετο δεῖν pensait falloir

τὸν ἀστράτευτον, celui refusant-d'aller-à-la-guerre,

καὶ τὸν λελοιπότα τὴν τάξιν, et celui qui avait quitté son rang,

καὶ τὸν δειλὸν ὁμοίως et le lâche également

ἐνέχεσθαι être enveloppés

ἐν τοῖς αὐτοῖς ἐπιτιμίοις· dans les mêmes châtiments ;

εἰσὶ γὰρ καὶ car il y a aussi

γραφαὶ δειλίας. des accusations de lâcheté.

Καίτοι τις ὑμῶν Pourtant quelqu'un de vous

ἂν θαυμάσειεν, pourrait s'étonner,

εἰ γραφαὶ φύσεως εἰσίν. si des accusations de nature sont

Εἰσίν. Ἕνεκα τίνος ; Elles sont. A cause de quoi ?

ἵνα ἕκαστος ἡμῶν, afin que chacun de nous,

φοβούμενος τὰς ζημίας, craignant les châtiments

ἐκ τῶν νόμων d'après les lois

μᾶλλον ἢ τοὺς πολεμίους, plutôt que les ennemis,

γωνιστὴς ὑπὲρ τῆς πατρίδος ὑπάρχῃ. Ὁ μὲν τοίνυν νομοθέτης
τνὸ ἀστράτευτον, καὶ τὸν δειλόν, καὶ τὸν λιπόντα τὴν τάξιν,
ἔξω τῶν περιῤῥαντηρίων ¹ τῆς ἀγορᾶς ἐξείργει, καὶ οὐκ ἐᾷ στεφανοῦσθαι, οὐδ᾽ εἰσιέναι εἰς τὰ ἱερὰ τὰ δημοτελῆ. Σὺ δὲ τὸν ἀστεφάνωτον ἐκ τῶν νόμων κελεύεις ἡμᾶς στεφανοῦν, καὶ τῷ σαυτοῦ
ψηφίσματι τὸν οὐ προσήκοντα εἰςκαλεῖς τοῖς τραγῳδοῖς εἰς τὴν
ὀρχήστραν, εἰς τὸ ἱερὸν τοῦ Διονύσου τὸν τὰ ἱερὰ διὰ δειλίαν
προδεδωκότα.

Ἵνα δὲ μὴ ἀποπλανῶ ὑμᾶς ἀπὸ τῆς ὑποθέσεως, ἐκεῖνο μέ-
μνησθε· ὅταν φῇ δημοτικὸς εἶναι, θεωρεῖτ᾽ αὐτοῦ μὴ τὸν λόγον,
ἀλλὰ τὸν βίον, καὶ σκοπεῖτε μὴ τίς φησιν εἶναι, ἀλλὰ τίς
ἐστιν.

Ἐπεὶ δὲ στεφάνων ἀνεμνήσθην καὶ δωρεῶν, ἕως ἔτι μέμνημαι, προλέγω ὑμῖν, ὦ ἄνδρες Ἀθηναῖοι, εἰ μὴ καταλύσετε
τὰς ἀφθόνους ταύτας δωρεάς, καὶ τοὺς εἰκῇ διδομένους στεφά-

combatte pour la patrie avec plus de courage. Le législateur exclut
de l'aspersion lustrale, dans les assemblées, tout citoyen lâche,
celui qui refuse de servir, et celui qui abandonne son poste : il
ne veut pas qu'on les couronne, ni qu'on les admette aux sacrifices publics : et vous, Ctésiphon, vous voulez que nous couron-
nions celui que les lois nous défendent de couronner ! Vous produi-
sez sur le théâtre, pendant les tragédies, un homme indigne d'y
paraître ! Vous introduisez dans le temple de Bacchus un lâche
qui, par sa fuite, a livré aux ennemis les temples des dieux !

Mais, Athéniens, ne perdons pas de vue notre sujet. N'oubliez
pas cette règle : quand Démosthène vous dira qu'il est un bon républicain, considérez, non son langage, mais sa conduite ; examinez,
non ce qu'il dit être, mais ce qu'il est.

Mais puisque nous parlons de couronnes et de récompenses, il est
à propos de vous prévenir que, si vous n'arrêtez le cours de cette
prodigalité imprudente qui vous fait couronner indifféremment et

ὑπάρχῃ ἀμείνων ἀγωνιστὴς   soit meilleur combattant
ὑπὲρ τῆς πατρίδος.   pour la patrie.
Ὁ μὲν τοίνυν νομοθέτης ἐξείργει   Donc le législateur exclut
ἔξω τῶν περιρραντηρίων   hors des aspersions
τῆς ἀγορᾶς   de la place-publique
τὸν ἀστράτευτον,   celui refusant-d'aller-à-la-guerre,
καὶ τὸν δειλόν,   et le lâche,
καὶ τὸν λιπόντα τὴν τάξιν,   et celui qui a quitté son rang,
καὶ οὐκ ἐᾷ στεφανοῦσθαι,   et ne permet pas *lui* être couronné,
οὐδὲ εἰσιέναι   ni entrer
εἰς τὰ ἱερὰ   dans les temples
τὰ δημοτελῆ.   ceux aux-frais-publics.
Σὺ δὲ κελεύεις ἡμᾶς στεφανοῦν   Mais toi tu ordonnes nous couronner
τὸν ἀστεφάνωτον   celui non-susceptible-d'être-couronné
ἐκ τῶν νόμων,   d'après les lois,
καὶ τῷ ψηφίσματι σαυτοῦ   et par le décret de toi-même
εἰσκαλεῖς εἰς τὴν ὀρχήστραν   tu appelles dans l'orchestre
τοῖς τραγῳδοῖς   aux tragédiens
τὸν οὐ προσήκοντα,   celui ne convenant pas (indigne),
εἰς τὸ ἱερὸν τοῦ Διονύσου   dans le temple de Bacchus
τὸν προδεδωκότα τὰ ἱερὰ   celui qui a livré les temples
διὰ δειλίαν.   par lâcheté.
Ἵνα δὲ μὴ ἀποπλανῶ ὑμᾶς   Mais pour que je n'égare pas vous
ἀπὸ τῆς ὑποθέσεως,   du sujet,
μέμνησθε ἐκεῖνο·   rappelez-vous cela :
ὅταν φῇ εἶναι δημοτικός,   quand il dit être ami-du-peuple,
θεωρεῖτε μὴ τὸν λόγον,   considérez non le discours,
ἀλλὰ τὸν βίον αὐτοῦ,   mais la vie de lui,
καὶ σκοπεῖτε   et examinez
μη τίς φησιν εἶναι,   non quel il dit être,
ἀλλὰ τίς ἐστιν.   mais quel il est.
Ἐπεὶ δὲ ἀνεμνήσθην   Mais puisque j'ai fait-mention
στεφάνων καὶ δωρεῶν,   de couronnes et de récompenses,
ἕως μέμνημαι ἔτι,   tandis que je me souviens encore,
προλέγω ὑμῖν,   je prédis à vous,
ὦ ἄνδρες Ἀθηναῖοι,   ô hommes Athéniens,
εἰ μὴ καταλύσετε   *que* si vous n'abolissez pas
ταύτας τὰς δωρεὰς ἀφθόνους,   ces récompenses surabondantes,
καὶ τοὺς στεφάνους   et les couronnes
διδομένους εἰκῆ,   données au hasard,

νους, οὔθ᾽ οἱ τιμώμενοι χάριν ὑμῖν εἴσονται, οὔτε τὰ τῆς πόλεως
πράγματα ἐπανορθωθήσεται. Τοὺς μὲν γὰρ πονηροὺς οὐ μή
ποτε βελτίους ποιήσετε, τοὺς δὲ χρηστοὺς εἰς τὴν ἐσχάτην ἀθυμίαν ἐμβαλεῖτε. Ὅτι δ᾽ ἀληθῆ λέγω, μεγάλα τούτων οἶμαι
σημεῖα δείξειν ὑμῖν. Εἰ γάρ τις ὑμᾶς ἐρωτήσειε, πότερον ὑμῖν
ἐνδοξοτέρα δοκεῖ ἡ πόλις εἶναι ἐπὶ τῶν νυνὶ καιρῶν, ἢ ἐπὶ τῶν
προγόνων, ἅπαντες ἂν ὁμολογήσαιτε, ὅτι ἐπὶ τῶν προγόνων.
Ἄνδρες δὲ πότερον τότε ἀμείνους ἦσαν, ἢ νυνί; τότε μὲν δια-
φέροντες, νυνὶ δὲ πολλῷ καταδεέστεροι. Δωρεαὶ δέ, καὶ στέφανοι, καὶ κηρύγματα, καὶ σιτήσεις ἐν Πρυτανείῳ, πότερον
τότε ἦσαν πλείους ἢ νυνί; τότε μὲν ἦν σπάνια τὰ καλὰ παρ᾽
ἡμῖν, καὶ τὸ τῆς ἀρετῆς ὄνομα τίμιον· νῦν δ᾽ ἤδη καταπέπλυται [1]
τὸ πρᾶγμα, καὶ τὸ στεφανοῦν ἐξ ἔθους, ἀλλ᾽ οὐκ ἐκ προνοίας
ποιεῖσθε.

Οὔκουν ἄτοπον οὕτωσὶ διαλογιζομένοις, τὰς μὲν δωρεὰς νῦν

---

récompenser tout le monde, ceux à qui vous prodiguerez les honneurs ne vous en sauront aucun gré, et les affaires de l'état n'en
iront pas mieux. Vous ne corrigerez pas les mauvais citoyens, et
vous découragerez les bons. Je crois avoir de fortes preuves
pour établir ce que j'avance. Si on vous faisait cette demande :
Athéniens, la république vous parait-elle plus florissante de notre
temps que du temps de nos ancêtres? vous avoueriez tous qu'elle était
plus florissante du temps de nos ancêtres. Les hommes alors valaient-
ils mieux qu'à présent ? Alors ils étaient vraiment bons, à présent ils
sont dégénérés. Les couronnes et les éloges, les récompenses et les
gratifications publiques étaient-elles autrefois plus multipliées qu'aujourd'hui? Autrefois les honneurs étaient rares chez nous, le nom
de la vertu était précieux ; aujourd'hui rien de si commun, de si
avili que les honneurs ; vous prodiguez des couronnes par habitude
et non par réflexion.

Ne trouvez-vous donc pas étrange que, quoique les récompense

οὔτε οἱ τιμώμενοι	ni ceux qui sont honorés
εἴσονται χάριν ὑμῖν,	*ne* sauront gré à vous,
οὔτε τὰ πράγματα τῆς πόλεως	ni les affaires de la ville
ἐπανορθωθήσεται.	*ne* seront redressées.
Οὐ μὲν γὰρ ποιήσετε μή ποτε	Car vous ne ferez jamais
τοὺς πονηροὺς βελτίους,	les pervers meilleurs,
ἐμβαλεῖτε δὲ τοὺς χρηστοὺς	mais vous jetterez les honnêtes
εἰς τὴν ἐσχάτην ἀθυμίαν.	dans le dernier découragement.
Οἶμαι δὲ δείξειν ὑμῖν	Mais je crois devoir montrer à vous
μεγάλα σημεῖα τούτων,	de grands signes de ces choses,
ὅτι λέγω ἀληθῆ.	que je dis des choses vraies.
Εἰ γάρ τις ἐρωτήσειεν ὑμᾶς,	Car si quelqu'un interrogeait vous,
πότερον ἡ πόλις δοκεῖ ὑμῖν	si la ville semble à vous
εἶναι ἐνδοξοτέρα	être plus glorieuse
ἐπὶ τῶν καιρῶν (τῶν) νυνί,	dans les circonstances de maintenant,
ἢ ἐπὶ τῶν προγόνων,	ou sous les ancêtres,
ἅπαντες ἂν ὁμολογήσαιτε,	tous vous avoueriez,
ὅτι ἐπὶ τῶν προγόνων.	que sous les ancêtres.
Πότερον δὲ ἄνδρες	Mais est-ce que les hommes
ἦσαν ἀμείνους τότε	étaient meilleurs alors,
ἢ νυνί;	ou maintenant?
τότε μὲν διαφέροντες,	alors excellents,
νυνὶ δὲ	mais maintenant
πολλῷ καταδεέστεροι.	beaucoup plus défectueux.
Δωρεαὶ δέ, καὶ στέφανοι,	Mais les récompenses, et les couron-
καὶ κηρύγματα,	et les proclamations, [nes,
καὶ σιτήσεις ἐν Πρυτανείῳ,	et les nourritures dans le Prytanée,
πότερον ἦσαν τότε	est-ce qu'elles étaient alors
πλείους ἢ νυνί;	plus nombreuses que maintenant?
τότε μὲν τὰ καλὰ	alors les belles *récompenses*
ἦν σπάνια παρὰ ἡμῖν,	étaient rares chez nous,
καὶ τὸ ὄνομα τῆς ἀρετῆς τίμιον·	et le nom de la vertu honoré;
νῦν δὲ ἤδη	mais maintenant déjà
τὸ πρᾶγμα καταπέπλυται,	la chose est usée,
καὶ ποιεῖσθε τὸ στεφανοῦν	et vous faites le couronner
ἐξ ἔθους,	par habitude,
ἀλλὰ οὐκ ἐκ προνοίας.	mais non par réflexion.
Οὐκοῦν ἄτοπον	Donc *il semblera* absurde
διαλογιζομένοις οὑτωσί,	à ceux qui réfléchissent ainsi,
τὰς μὲν δωρεὰς	les récompenses

πλείους εἶναι, τὰ δὲ πράγματα τῆς πόλεως τότε μᾶλλον ἢ νῦν
ἰσχύειν, καὶ τοὺς ἄνδρας νῦν μὲν χείρους εἶναι, τότε δ᾽ ἀμείνους. Ἐγὼ δὲ τοῦθ᾽ ὑμᾶς ἐπιχειρήσω διδάσκειν. Οἴεσθ᾽ ἄν ποτε,
ὦ ἄνδρες Ἀθηναῖοι, ἐθελῆσαί τινα ἐπασκεῖν εἰς τὰ Ὀλύμπια, ἢ
εἰς ἄλλον τινὰ τῶν στεφανιτῶν ἀγώνων, παγκράτιον, ἢ καὶ ἄλλο
τι τῶν βαρυτέρων ἄθλων, εἰ ὁ στέφανος ἐδίδοτο μὴ τῷ κρατίστῳ, ἀλλὰ τῷ διαπραξαμένῳ; Οὐδεὶς ἄν ποτ᾽ ἠθέλησεν ἐπασκεῖν. Νῦν δ᾽, οἶμαι, διὰ τὸ σπάνιον, καὶ τὸ περιμάχητον, καὶ
τὸ καλόν, καὶ τὸ ἀείμνηστον ἐκ τῆς νίκης, ἐθελουσί τινες, τὰ
σώματα παρακαταθέμενοι, καὶ τὰς μεγίστας ταλαιπωρίας ὑπομείναντες, διακινδυνεύειν. Ὑπολάβετε τοίνυν ὑμᾶς αὐτοὺς εἶναι
ἀγωνοθέτας πολιτικῆς ἀρετῆς, κἀκεῖνο ἐκλογίσασθε, ὅτι, ἐὰν
μὲν τὰς δωρεὰς ὀλίγοις καὶ ἀξίοις καὶ κατὰ τοὺς νόμους διδῶτε,
πολλοὺς ἀγωνιστὰς ἕξετε τῆς ἀρετῆς· ἐὰν δὲ τῷ βουλομένῳ καὶ τοῖς

soient à présent plus multipliées, les affaires de l'état, néanmoins,
allassent mieux alors qu'elles ne vont à présent, et que les hommes
valussent mieux autrefois qu'ils ne valent aujourd'hui. Je vais tâcher,
Athéniens, de vous en donner la raison. Pensez-vous qu'on voulût
s'exercer à la lutte ou au pugilat, se préparer à des combats encore
plus pénibles, pour disputer le prix aux jeux olympiques ou dans toute
autre fête, si la couronne se donnait, non au meilleur athlète, mais
au plus intrigant? non, personne ne le voudrait. Mais comme
la couronne donnée au vainqueur est rare, honorable, difficile à
gagner, qu'elle procure une gloire immortelle, il est des hommes qui,
dans l'espoir de l'obtenir, exposent leur vie et se dévouent aux plus
rudes travaux. Imaginez-vous donc que vous êtes établis juges de la
vertu des citoyens, et considérez que si vous ne récompensez,
suivant les lois, qu'un petit nombre de gens qui en seront dignes,
une foule d'athlètes se disputeront sous vos yeux le **prix de la**

εἶναι πλείους νῦν, être plus nombreuses maintenant,

τὰ δὲ πράγματα τῆς πόλεως mais les affaires de la ville

ἰσχύειν τότε être-en-vigueur alors

μᾶλλον ἢ νυνί, καὶ τοὺς ἄνδρας plus que maintenant, et les hommes

εἶναι νῦν μὲν χείρους, être maintenant pires,

τότε δὲ ἀμείνους. mais alors meilleurs.

Ἐγὼ δὲ ἐπιχειρήσω Mais moi j'entreprendrai

διδάσκειν τοῦτο ὑμᾶς. d'apprendre cela à vous.

Οἴεσθέ ποτε, Croyez-vous par hasard,

ὦ ἄνδρες Ἀθηναῖοι, ô hommes Athéniens,

τινὰ ἂν ἐθελῆσαι ἐπασκεῖν quelqu'un vouloir s'exercer

εἰς τὰ Ὀλύμπια, pour les *jeux* Olympiques,

ἢ εἴς τινα ἄλλον ou pour quelque autre

τῶν ἀγώνων στεφανιτῶν, des combats de-couronnes,

παγκράτιον, ἢ καί τι ἄλλο le pancrace, ou encore quelque autre

τῶν ἄθλων βαρυτέρων, des luttes plus pénibles,

εἰ ὁ στέφανος ἐδίδοτο si la couronne était donnée

μὴ τῷ κρατίστῳ, ἀλλὰ τῷ non au plus fort, mais à celui

διαπραξαμένῳ; qui aurait-obtenu-par-intrigue?

Οὐδεὶς ἂν ἠθέλησέ ποτε Personne voudrait jamais

ἐπασκεῖν. s'exercer.

Νῦν δέ, οἶμαι, τινὲς Mais maintenant, je crois, quelques

παρακαταθέμενοι τὰ σώματα, ayant dévoué leurs corps,   [uns

καὶ ὑπομείναντες et ayant supporté

τὰς μεγίστας ταλαιπωρίας, les plus grandes fatigues,

ἐθέλουσι διακινδυνεύειν veulent courir-des-dangers

διὰ τὸ σπάνιον, à cause du rare,

καὶ τὸ περιμάχητον, et du difficile-à-vaincre,

καὶ τὸ καλόν, et du beau,

καὶ τὸ ἀείμνηστον et de l'immortel

ἐκ τῆς νίκης. par suite de la victoire.

Ὑπολάβετε τοίνυν ὑμᾶς αὐτοὺς Supposez donc vous-mêmes

εἶναι ἀγωνοθέτας être juges-de-combat

τῆς ἀρετῆς πολιτικῆς, de la vertu civique,

καὶ ἐκλογίσασθε ἐκεῖνο, ὅτι, et considérez cela, que,

ἐὰν μὲν διδῶτε τὰς δωρεὰς si vous donnez les récompenses

ὀλίγοις καὶ ἀξίοις, à de peu-nombreux et dignes,

καὶ κατὰ τοὺς νόμους, ἕξετε et selon les lois, vous aurez

ἀγωνιστὰς πολλοὺς ἀρετῆς· des combattants nombreux de vertu;

ἐὰν δὲ χαρίζησθε τῷ βουλομένῳ mais si vous favorisez celui voulant

διαπραξαμένοις χαρίζησθε, καὶ τὰς ἐπιεικεῖς φύσεις διαφθερεῖτε.

Ὅτι δὲ ὀρθῶς λέγω, ἔτι μικρῷ σαφέστερον ὑμᾶς βούλομαι διδάξαι. Πότερον ὑμῖν ἀμείνων ἀνὴρ εἶναι δοκεῖ Θεμιστοκλῆς, ὁ στρατηγήσας, ὅτ᾽ ἐν τῇ περὶ Σαλαμῖνα ναυμαχίᾳ τὸν Πέρσην ἐνικᾶτε, ἢ Δημοσθένης, ὁ τὴν τάξιν λιπών; Μιλτιάδης δέ, ὁ τὴν ἐν Μαραθῶνι μάχην τοὺς βαρβάρους νικήσας, ἢ οὗτος; Ἔτι δ᾽ οἱ ἀπὸ Φυλῆς φεύγοντα τὸν δῆμον καταγαγόντες; Ἀρισπείδης δ᾽ ὁ δίκαιος ἐπικαλούμενος, ὁ τὴν ἀνόμοιον ἔχων ἐπωνυμίαν Δημοσθένει; Ἀλλ᾽ ἔγωγε, μὰ τοὺς θεοὺς τοὺς Ὀλυμπίους, οὐδ᾽ ἐν ταῖς αὐταῖς ἡμέραις ἄξιον ἡγοῦμαι μεμνῆσθαι τοῦ θηρίου τούτου, κἀκείνων τῶν ἀνδρῶν. Ἐπιδειξάτω τοίνυν Δημοσθένης ἐν τῷ αὐτοῦ λόγῳ, εἴ που γέγραπταί τινα τούτων τῶν ἀνδρῶν στεφανῶσαι. Ἀχάριστος ἄρ᾽ ἦν ὁ δῆμος; Οὔκ, ἀλλὰ μεγαλόφρων, κἀκεῖνοί γε, οἱ μὴ τετυχηκότες, τῆς πόλεως ἄξιοι. Οὐ

vertu, mais que si vous favorisez la cabale et l'intrigue, vous pervertirez les meilleurs naturels.

Je vais mettre cette vérité dans un nouveau jour. Thémistocle, qui commandait votre flotte lorsque vous vainquîtes le roi de Perse à Salamine, vous paraît-il l'emporter sur Démosthène, qui a abandonné son poste? celui-ci vous paraît-il valoir mieux que Miltiade, qui vainquit les barbares à Marathon, ou que ces généreux citoyens qui ramenèrent de Phyle le peuple fugitif, ou que cet Aristide, surnommé le Juste, surnom bien différent de ceux de Démosthène? Pour moi, j'en atteste tous les habitants de l'Olympe, je ne crois pas qu'il convienne de nommer dans un même jour ce scélérat et ces grands hommes. Eh bien! que Démosthène nous montre s'il est dit quelque part qu'on ait couronné quelqu'un de ces héros. Le peuple était-il donc ingrat? non, il était magnanime; et les citoyens auxquels il n'accordait pas cet honneur étaient vrai-

καὶ τοῖς διαπραξαμένοις,   et à ceux qui ont intrigué,
διαφθερεῖτε   vous corromprez
καὶ τὰς φύσεις ἐπιεικεῖς.   aussi les natures vertueuses.
  Βούλομαι δὲ διδάξαι ὑμᾶς   Mais je veux apprendre à vous
ἔτι μικρῷ σαφέστερον   encore un peu plus plus clairement
ὅτι λέγω ὀρθῶς.   que je dis convenablement.
Πότερον Θεμιστοκλῆς,   Est-ce que Thémistocle,
ὁ στρατηγήσας,   celui qui a commandé-l'armée,
ὅτε ἐνικᾶτε τὸν Πέρσην   quand vous vainquîtes le Perse
ἐν τῇ ναυμαχίᾳ   dans le combat-naval
περὶ Σαλαμῖνα, δοκεῖ ὑμῖν   près de Salamine, paraît à vous
εἶναι ἀνὴρ ἀμείνων   être un homme meilleur
ἢ Δημοσθένης,   que Démosthène,
ὁ λιπὼν τὴν τάξιν;   celui qui a quitté son rang?
Μιλτιάδης δέ,   Et Miltiade,
ὁ νικήσας τοὺς βαρβάρους   celui qui a vaincu les barbares
τὴν μάχην ἐν Μαραθῶνι,   *dans* le combat à Marathon,
ἢ οὗτος;   *vous paraît-ilmeilleur* que celui-ci ?
ἔτι δὲ οἱ καταγαγόντες   et encore ceux qui ont ramené
ἀπὸ Φυλῆς   de Phyle
τὸν δῆμον φεύγοντα; Ἀριστείδης δέ, le peuple fuyant? et Aristide,
ὁ ἐπικαλούμενος δίκαιος,   celui surnommé juste,
ὁ ἔχων τὴν ἐπωνυμίαν   celui qui avait le surnom
ἀνόμοιον Δημοσθένει ;   différent de Démosthène?
Ἀλλὰ ἔγωγε,   Mais moi du moins,
μὰ τοὺς θεοὺς τοὺς Ὀλυμπίους,   par les dieux Olympiens,
οὐδὲ ἡγοῦμαι ἄξιον μεμνῆσθαι   je ne pense pas digne de faire-mention
ἐν ταῖς αὐταῖς ἡμέραις   dans les mêmes jours
τούτου τοῦ θηρίου   de cette bête-sauvage
καὶ ἐκείνων τῶν ἀνδρῶν.   et de ces hommes.
Δημοσθένης τοίνυν ἐπιδειξάτω,   Donc que Démosthène montre,
ἐν τῷ λόγῳ αὑτοῦ,   dans le discours de lui-même,
εἰ γέγραπταί που   s'il a été décrété quelque part
στεφανῶσαί τινα   de couronner quelqu'un
τούτων τῶν ἀνδρῶν.   de ces hommes.
Ἆρα ὁ δῆμος ἦν ἀχάριστος;   Donc le peuple était ingrat ?
Οὐκ, ἀλλὰ μεγαλόφρων,   Non, mais magnanime,
καὶ ἐκεῖνοι,   et ceux-là,
οἱ μὴ τετιμημένοι,   ceux n'ayant pas été honorés,
ἄξιοι τῆς πόλεως.   dignes de la ville

γὰρ ᾤοντο δεῖν ἐν τοῖς γράμμασι τιμᾶσθαι, ἀλλ' ἐν τῇ μνήμῃ
τῶν εὖ πεπονθότων, ἣ ἀπ' ἐκείνου τοῦ χρόνου μέχρι τῆσδε τῆς
ἡμέρας ἀθάνατος οὖσα διαμένει.

Δωρεὰς δὲ τίνας ἐλάμβανον; Ὧν ἄξιόν ἐστι μνησθῆναι. Ἦσάν
τινες, ὦ ἄνδρες Ἀθηναῖοι, κατὰ τοὺς τότε καιρούς, οἳ πολὺν
πόνον ὑπομείναντες καὶ μεγάλους κινδύνους, ἐπὶ τῷ Στρυμόνι ι
ποταμῷ ἐνίκων μαχόμενοι Μήδους. Οὗτοι δεῦρο ἀφικόμενοι τὸν
δῆμον ᾔτησαν δωρεάν, καὶ ἔδωκεν αὐτοῖς ὁ δῆμος τιμὰς μεγάλας, ὡς τότ' ἐδόκει, τρεῖς λιθίνους Ἑρμᾶς [2] στῆσαι ἐν τῇ στοᾷ τῶν
Ἑρμῶν [3], ἐφ' ᾧ τε μὴ ἐπιγράφειν τὰ ὀνόματα τὰ ἑαυτῶν, ἵνα μὴ
τῶν στρατηγῶν, ἀλλὰ τοῦ δήμου δοκῇ εἶναι ἐπίγραμμα.

Ὅτι δ' ἀληθῆ λέγω, ἐξ αὐτῶν τῶν ποιημάτων εἴσεσθε. Ἐπιγέγραπται γὰρ ἐπὶ μὲν τῷ πρώτῳ τῶν Ἑρμῶν·

« Ἦν [4] ἄρα κἀκεῖνοι ταλακάρδιοι, οἵ ποτε Μήδων
       παισὶν ἐπ' Ἠϊόνι [5], Στρυμόνος ἀμφὶ ῥοάς,

ment dignes de la republique. Ils ne croyaient pas que leur gloire
dût être consignée dans les décrets, mais dans le souvenir d'une patrie reconnaissante; souvenir qui s'est conservé depuis ce temps
jusqu'à nos jours, et qui doit être immortel.

Il est bon de vous rappeler les récompenses qu'on leur accordait.
Il y eut, dans les temps dont je parle, des guerriers qui, après avoir
essuyé les plus longues fatigues, et couru les plus grands périls,
combattirent et défirent enfin les Perses auprès du Strymon. Revenus
ici, ils demandèrent une récompense au peuple, qui leur en accorda
une fort belle selon l'opinion d'alors. Il fut ordonné qu'on leur
dresserait trois statues de pierre dans la galerie des Hermès, mais avec
défense d'y mettre leurs noms, afin sans doute que les inscriptions
parussent être faites pour le peuple, et non pour les généraux.

Je ne dis rien que de véritable, vous en jugerez par les inscriptions même. Voici ce qui fut gravé sur la première :

« Aux hommes vaillants qui, les premiers, près d'Éione, aux bords

Οὐ γὰρ ᾤοντο δεῖν
τιμᾶσθαι ἐν τοῖς γράμμασιν,
ἀλλὰ ἐν τῇ μνήμῃ
τῶν πεπονθότων εὖ
ἣ διαμένει οὖσα ἀθάνατος
ἀπὸ ἐκείνου τοῦ χρόνου
μέχρι τῆςδε τῆς ἡμέρας.
   Τίνας δὲ δωρεὰς
ἐλάμβανον ;
Ὧν ἐστιν ἄξιον μνησθῆναι.
Τινὲς ἦσαν,
ὦ ἄνδρες Ἀθηναῖοι,
κατὰ τοὺς καιροὺς (τοὺς) τότε,
οἳ ὑπομείναντες
πόνον πολὺν
καὶ κινδύνους μεγάλους,
μαχόμενοι ἐνίκων Μήδους
ἐπὶ τῷ ποταμῷ Στρυμόνι.
Οὗτοι ἀφικόμενοι δεῦρο
ᾔτησαν τὸν δῆμον δωρεάν,
καὶ ὁ δῆμος ἔδωκεν αὐτοῖς
τιμὰς μεγάλας,
ὡς ἐδόκει τότε,
στῆσαι τρεῖς Ἑρμᾶς λιθίνους
ἐν τῇ στοᾷ τῇ τῶν Ἑρμῶν,
ἐπὶ ᾧ τε
μὴ ἐπιγράψειν τὰ ὀνόματα
τὰ ἑαυτῶν,
ἵνα ἐπίγραμμα δοκῇ εἶναι
μὴ τῶν στρατηγῶν,
ἀλλὰ τοῦ δήμου.
   Εἴσεσθε δὲ
ἐκ τῶν ποιημάτων αὐτῶν
ὅτι λέγω ἀληθῆ.
Ἐπιγέγραπται μὲν γὰρ
ἐπὶ τῷ πρώτῳ τῶν Ἑρμῶν·
   « Καὶ ἐκεῖνοι ἄρα
ἦσαν ταλακάρδιοι,
οἳ ποτε ἐπὶ Ἠϊόνι,
ἀμφὶ ῥοὰς Στρυμόνος,

Car ils ne pensaient pas falloir
être honoré dans les écrits,
mais dans la mémoire
de ceux ayant éprouvé bien
qui demeure étant immortelle
depuis ce temps-là
jusqu'à ce jour-ci.
   Mais quelles récompenses
recevaient-ils ?   [tion.
Desquelles il est digne de faire-men-
Quelques-uns étaient,
ô hommes Athéniens,
dans les circonstances d'alors,
qui ayant supporté
une peine grande
et des dangers grands,
combattant vainquirent les Mèdes
près du fleuve Strymon.
Ceux-ci étant-arrivés ici   [pense,
demandèrent au peuple une récom-
et le peuple donna à eux
des honneurs grands,
comme il semblait alors,
de dresser trois Hermès de pierre
dans le portique des Hermès,
à la condition de
ne pas inscrire les noms
ceux d'eux-mêmes,
afin que l'inscription parût être
non des généraux,
mais du peuple.
   Mais vous saurez
d'après les vers eux-mêmes
que je dis des choses vraies.
Car il a été inscrit
sur le premier des Hermès :
   « Aussi ceux-là certes
étaient doués-d'un-cœur-magnanime
qui un jour près d'Éïone,
près des courants du Strymon,

λιμόν τ' αἴθωνα κρατερόν τ' ἐπάγοντες Ἄρηα ,
πρῶτοι δυσμενέων εὗρον ἀμηχανίην. »

Ἐπὶ δὲ τῷ δευτέρῳ ·

« Ἡγεμόνεσσι δὲ μισθὸν Ἀθηναῖοι τάδ' ἔδωκαν,
ἀντ' εὐεργεσίης, καὶ μεγάλης ἀρετῆς·
μᾶλλόν τις τάδ' ἰδὼν καὶ ἐπεσσομένων ἐθελήσει
ἀμφὶ ξυνοῖσι πράγμασι μόχθον ἔχειν. »

Ἐπὶ δὲ τῷ τρίτῳ ἐπιγέγραπται Ἑρμῇ ·

« Ἐκ ποτε τῆσδε πόληος ἅμ' Ἀτρείδῃσι Μενεσθεὺς
ἡγεῖτο ζάθεον Τρωϊκὸν ἂμ πεδίον·
ὅν ποθ' Ὅμηρος ἔφη Δαναῶν πύκα χαλκοχιτώνων
κοσμητῆρα μάχης ἔξοχον ἄνδρα μολεῖν.
Οὕτως οὐδὲν ἀεικὲς Ἀθηναίοισι καλεῖσθαι
κοσμητὰς πολέμου τ' ἀμφὶ καὶ ἠνορέης. »

Ἔστι που τὸ τῶν στρατηγῶν ὄνομα; οὐδαμοῦ, ἀλλὰ τὸ τοῦ
δήμου. Προσέλθετε οὖν τῇ διανοίᾳ καὶ εἰς τὴν στοὰν τὴν Ποικί-

du Strymon, ont triomphé des enfants des Mèdes , en les domptant
par la famine et par le glaive. »

Sur la deuxième :

« Le peuple d'Athènes a donné cette récompense aux généraux pour
reconnaître leurs services et leurs vertus , récompense qui doit en-
courager la postérité à supporter de grands travaux pour le bien de
la patrie. »

Sur la troisième :

« Il est né dans cette ville ce Ménesthée qui , sous les Atrides, a
guidé nos soldats aux champs troyens : Homère le chante comme
un des chefs les plus valeureux de l'armée. Les Athéniens peuvent
donc se vanter d'être les arbitres de la guerre et des combats. »

Voyez-vous , dans une de ces inscriptions, le nom des généraux ?
dans aucune ; vous y voyez celui du peuple. Transportez-vous en esprit dans la galerie du Pécile ; car la place publique nous offre des

ἐπάγοντες   amenant
λιμόν τε αἴθωνα   et une faim brûlante
Ἀρηά τε κρατερόν   et un Mars terrible
παισὶ Μήδων,   aux enfants des Mèdes,
εὗρον πρῶτοι   trouvèrent les premiers
ἀμηχανίην δυσμενέων. »   l'embarras des ennemis. »
   Ἐπὶ δὲ δευτέρῳ·   Et sur le second :   [ses
   « Ἀθηναῖοι δὲ ἔδωκαν τάδε   « Or les Athéniens ont donné ces cho-
μισθὸν ἡγεμόνεσσιν,   comme récompense aux généraux,
ἀντὶ εὐεργεσίης,   pour leur bienfaisance,
καὶ μεγάλης ἀρετῆς·   et leur grande valeur ;
τὶς ἐπεσσομένων   quelqu'un de ceux qui seront
ἰδὼν τάδε   ayant vu ces choses
ἐθελήσει καὶ μᾶλλον   voudra encore davantage
ἔχειν μόχθον   avoir de la peine
ἀμφὶ πράγμασι ξυνοῖσιν. »   autour des affaires communes. »
   Ἐπιγέγραπται δὲ   Et il a été inscrit
ἐπὶ τῷ τρίτῳ Ἑρμῇ ·   sur le troisième Hermès :
   « Μενεσθεύς ποτε   « Ménesthée autrefois
ἡγεῖτο   conduisit des guerriers
ἅμα Ἀτρείδῃσιν ·   avec les Atrides
ἐκ τῆσδε πόληος   de cette ville
ἂμ πεδίον ζάθεον Τρωϊκόν·   vers la plaine sacrée de Troie ;
ὃν Ὅμηρος ἔφη   lequel Homère a dit
μολεῖν ποτὲ   être-venu autrefois
ἄνδρα κοσμητῆρα   homme régulateur
Δαναῶν χαλκοχιτώνων   des Grecs aux-tuniques-d'airain
ἔξοχον μάχης.   supérieur dans le combat.
Οὕτως οὐδὲν ἀεικὲς   Ainsi il n'est en rien inconvenant
Ἀθηναίοισι   pour les Athéniens·
καλεῖσθαι κοσμητὰς   d'être-appelés régulateurs
ἀμφί τε πολέμου   et pour la guerre
καὶ ἠνορέης. »   et pour la valeur. »
   Τὸ ὄνομα τῶν στρατηγῶν   Le nom des généraux
ἔστι που; οὐδαμοῦ,   est-il quelque part ? nulle part,
ἀλλὰ τὸ τοῦ δήμου.   mais celui du peuple.
Προςέλθετε οὖν   Approchez-vous donc
τῇ διανοίᾳ   par la pensée
καὶ εἰς τὴν στοὰν   aussi vers le portique
τὴν Ποικίλην ·   le Pécile ;

λην· ἁπάντων γὰρ ὑμῖν τῶν καλῶν ἔργων τὰ ὑπομνήματα ἐν τῇ
ἀγορᾷ ἀνάκειται. Τί οὖν ἐστιν, ὦ ἄνδρες Ἀθηναῖοι, ὃ ἐγὼ λέγω;
Ἐνταῦθα ἡ ἐν Μαραθῶνι μάχη γέγραπται. Τίς οὖν ἦν ὁ στρα-
τηγός; Οὑτωσὶ μὲν ἐρωτηθέντες ἅπαντες ἀποκρίναισθε ἄν, ὅτι
Μιλτιάδης· ἐκεῖ δὲ οὐκ ἐπιγέγραπται. Πῶς; οὐκ ᾔτησε τὴν δωρεὰν ταύτην; ᾔτησεν, ἀλλ᾽ ὁ δῆμος οὐκ ἔδωκεν, ἀλλ᾽ ἀντὶ τοῦ
ὀνόματος συνεχώρησεν αὐτῷ πρώτῳ γραφῆναι, παρακαλοῦντι
τοὺς στρατιώτας [1]. Ἐν τοίνυν τῷ Μητρῴῳ [2], παρὰ τὸ βουλευτήριον, ἣν ἔδοτε δωρεὰν τοῖς ἀπὸ Φυλῆς φεύγοντα τὸν δῆμον καταγαγοῦσιν, ἔστιν ἰδεῖν. Ἦν μὲν γὰρ ὁ τὸ ψήφισμα γράψας καὶ
νικήσας Ἀρχῖνος ὁ ἐκ Κοίλης, εἷς τῶν καταγαγόντων τὸν δῆμον·
ἔγραψε δὲ πρῶτον μὲν αὐτοῖς εἰς θυσίαν καὶ ἀναθήματα δοῦναι
χιλίας δραχμάς, καὶ τοῦτ᾽ ἐστὶν ἔλαττον ἢ δέκα δραχμαὶ κατ᾽
ἄνδρα ἕκαστον· ἔπειτα κελεύει στεφανῶσαι θαλλοῦ στεφάνῳ

monuments de tous nos grands exploits. Dans quelle vue, Athéniens,
vous parlé-je du Pécile? On y a représenté le combat de Marathon.
Quel était le général? C'était Miltiade, répondriez-vous, si on
vous le demandait. Son nom cependant n'y est pas gravé. Pourquoi cela? N'a-t-il pas demandé cet honneur? oui; mais on le
lui a refusé; on lui a permis seulement de se faire peindre à
la tête de l'armée, exhortant ses troupes. On peut voir, dans le
temple de Cybèle, auprès de la salle du sénat, la récompense dont
vous avez honoré ceux qui ramenèrent de Phyle le peuple fugitif. Celui
qui proposa et fit passer le décret était Archine, l'un d'eux. Il
proposa d'abord de leur donner mille drachmes, pour les offrandes et les sacrifices : c'est un peu moins de dix drachmes par tête.
Il demande ensuite qu'on leur accorde à chacun, non pas une
couronne d'or, mais une couronne d'olivier : une couronne **d'olivier**

τὰ γὰρ ὑπομνήματα	car les monuments
ἀπάντων τῶν καλῶν ἔργων	de toutes les belles actions
ἀνάκειται ὑμῖν	sont disposés pour vous
ἐν τῇ ἀγορᾷ.	dans la place-publique.
Τί ἐστιν οὖν, ὦ ἄνδρες Ἀθηναῖοι,	Quoi est donc, ô hommes Athéniens,
ὃ ἐγὼ λέγω ;	ce que moi je dis ?
Ἐνταῦθα ἡ μάχη (ἡ) ἐν Μαραθῶνι	Là la bataille *livrée* à Marathon
γέγραπται.	a été peinte.
Τίς οὖν ἦν ὁ στρατηγός ;	Qui donc était le général ?
Ἅπαντες μὲν ἂν κρίναισθε	Tous vous répondriez
ἐρωτηθέντες οὑτωσί,	ayant été interrogés ainsi,
ὅτι Μιλτιάδης·	que c'était Miltiade ;
οὗ δὲ ἐπιγέγραπται ἐκεῖ.	mais il n'a pas été inscrit là.
Πῶς ; οὐκ ᾔτησε	Comment ? n'a-t-il pas demandé
ταύτην τὴν δωρεάν ;	cette récompense ?
ᾔτησεν,	il l'a demandée,
ἀλλὰ ὁ δῆμος οὐκ ἔδωκεν,	mais le peuple ne l'a pas donnée,
ἀλλὰ ἀντὶ τοῦ ὀνόματος	mais au lieu du nom
συνεχώρησεν αὐτῷ	il a concédé à lui
γραφῆναι πρώτῳ,	d'être peint le premier,
παρακαλοῦντι τοὺς στρατιώτας.	exhortant les soldats.
Ἔστι τοίνυν ἰδεῖν	Aussi il est à voir
ἐν τῷ Μητρώῳ,	dans le temple-de-Cybèle,
παρὰ τὸ βουλευτήριον,	près du sénat,
δωρεὰν ἣν ἔδοτε	la récompense que vous avez donnée
τοῖς καταγαγοῦσιν ἀπὸ Φυλῆς	à ceux qui ont ramené de Phyle
τὸν δῆμον φεύγοντα.	le peuple qui fuyait.
Ὁ μὲν γὰρ γράψας τὸ ψήφισμα	Car celui qui écrivit le décret
καὶ νικήσας,	et qui vainquit (fit passer le décret)
ἦν Ἀρχῖνος ὁ ἐκ Κοίλης,	était Archinus de Célée,
εἰς τῶν καταγαγόντων τὸν δῆμον·	l'un de ceux qui avaient ramené le
ἔγραψε δὲ πρῶτον μὲν	or il écrivit d'abord [peuple;
δοῦναι αὐτοῖς χιλίας δραχμὰς	de donner à eux mille drachmes
εἰς θυσίαν καὶ ἀναθήματα,	pour un sacrifice et des offrandes,
καὶ τοῦτό ἐστιν ἔλαττον	et ceci est moindre
ἢ δέκα δραχμαὶ	que dix drachmes
κατὰ ἕκαστον ἄνδρα·	par chaque homme ;
ἔπειτα κελεύει	ensuite il ordonne
στεφανῶσαι ἕκαστον αὐτῶν	de couronner chacun d'eux
στεφάνῳ θαλλοῦ,	d'une couronne d'olivier,

αὐτῶν ἕκαστον, ἀλλ' οὐ χρυσῷ· τότε μὲν γὰρ ἦν ὁ τοῦ θαλλοῦ
στέφανος τίμιος, νυνὶ δὲ καὶ ὁ χρυσοῦς καταπεφρόνηται. Καὶ
οὐδὲ τοῦτο εἰκῇ πρᾶξαι κελεύει, ἀλλ' ἀκριβῶς τὴν βουλὴν σκεψαμένην, ὅσοι αὐτῶν ἐπὶ Φυλῆς ἐπολιορκήθησαν, ὅτε Λακεδαιμόνιοι καὶ οἱ τριάκοντα προσέβαλλον τοῖς καταλαβοῦσι Φυλήν,
οὐχ ὅσοι τὴν τάξιν ἔλιπον ἐν Χαιρωνείᾳ, τῶν πολεμίων ἐπιόντων.

Ὅτι δ' ἀληθῆ λέγω, ἀναγνώσεται ὑμῖν τὸ ψήφισμα.

ΨΗΦΙΣΜΑ ΠΕΡΙ ΔΩΡΕΑΣ ΤΟΙΣ ΑΠΟ ΦΥΛΗΣ.

Παραναγνῶθι καὶ ὃ γέγραφε Κτησιφῶν Δημοσθένει, τῷ τῶν
μεγίστων κακῶν αἰτίῳ.

ΨΗΦΙΣΜΑ.

Τούτῳ τῷ ψηφίσματι ἐξαλείφεται ἡ τῶν καταγαγόντων τὸν
δῆμον δωρεά. Εἰ τοῦτ' ἔχει καλῶς, ἐκεῖνο αἰσχρῶς· εἰ ἐκεῖνοι
κατ' ἀξίαν ἐτιμήθησαν, οὗτος ἀνάξιος ὢν στεφανοῦται.

était alors précieuse; une couronne d'or est maintenant avilie. Encore Archine ne veut-il pas que ces récompenses soient données au
hasard, mais qu'après une exacte recherche le sénat désigne ceux
qui, dans Phyle, ont soutenu courageusement le siége contre les
Lacédémoniens et les trente tyrans, et non ceux qui ont abandonné lâchement leur poste à Chéronée, et qui ont fui devant
l'ennemi.

Pour preuve de ce que j'avance, on va vous lire le décret

DÉCRET SUR LA RÉCOMPENSE AUX CITOYENS REVENUS
DE PHYLE.

Lisez aussi, pour le comparer à l'autre, le décret porté par Ctésiphon en faveur de Démosthène, l'auteur de nos maux.

DÉCRET.

Ce dernier décret efface la gloire qui vous revient du premier : le
second est déshonorant, si le premier est honorable; si nos libéra-
teurs méritaient une récompense, Démosthène est indigne d'une
couronne.

ἀλλὰ οὐ χρυσῷ·   mais non d'une *couronne* d'or ;
ὁ γὰρ στέφανος τοῦ θαλλοῦ   car la couronne de l'olivier
ἦν μὲν τότε τίμιος,   était alors précieuse,
νυνὶ δὲ καὶ ὁ χρυσοῦς   mais maintenant même celle d'or
καταπεφρόνηται.   est-tombée-dans-le-mépris.
Καὶ οὐδὲ κελεύει   Et il n'ordonne pas
πρᾶξαι τοῦτο εἰκῇ,   de faire ceci au hasard ,
ἀλλὰ τὴν βουλὴν   mais le sénat
σκεψαμένην ἀκριβῶς,   ayant examiné exactement ,
ὅσοι αὐτῶν   tous ceux qui *d'entre* eux
ἐπολιορκήθησαν ἐπὶ Φυλῆς,   avaient été assiégés dans Phyle,
ὅτε Λακεδαιμόνιοι   quand les Lacédémoniens
καὶ οἱ τριάκοντα προςέβαλλον   et les trente assaillaient
τοῖς καταλαβοῦσι Φυλήν,   ceux qui avaient occupé Phyle,
οὐχ ὅσοι ἔλιπον   non tous ceux qui avaient quitté
τὴν τάξιν ἐν Χαιρωνείᾳ,   leur rang à Chéronée ,
τῶν πολεμίων ἐπιόντων.   les ennemis venant-contre *eux*.
  "Ὅτι δὲ λέγω ἀληθῆ,   Mais que je dis des choses vraies,
ἀναγνώσεται ὑμῖν τὸ ψήφισμα.   il lira à vous le décret.

ΨΗΦΙΣΜΑ   DÉCRET
ΠΕΡΙ ΤΗΣ ΔΩΡΕΑΣ   SUR LA RÉCOMPENSE
ΤΟΙΣ ΑΠΟ ΦΥΛΗΣ.   A CEUX DE PHYLE.

Παρανάγνωθι καὶ   Lis-en-outre aussi
ὃ Κτησιφῶν γέγραφε   *celui* que Ctésiphon a écrit
Δημοσθένει, τῷ αἰτίῳ   pour Démosthène, celui cause
τῶν μεγίστων κακῶν.   des plus grands maux.

ΨΗΦΙΣΜΑ.   DÉCRET.

Ἡ δωρεὰ   La récompense
τῶν καταγαγόντων τὸν δῆμον   de ceux qui ont ramené le peuple
ἐξαλείφεται   est effacée
τούτῳ τῷ ψηφίσματι.   par ce décret.
Εἰ τοῦτο ἔχει καλῶς,   Si celui-ci se trouve bien,
ἐκεῖνο αἰσχρῶς·   celui-là *est* mal ;
εἰ ἐκεῖνοι ἐτιμήθησαν   si ceux-là ont été honorés
κατὰ ἀξίαν,   selon le mérite ,
οὗτος στεφανοῦται   celui-ci est couronné
ὧν ἀνάξιος.   étant indigne.

Καίτοι πυνθάνομαί γ' αὐτὸν μέλλειν λέγειν, ὡς οὐ δίκαια ποιῶ παραβάλλων αὐτῷ τὰ τῶν προγόνων ἔργα. Οὐδὲ γὰρ Φιλάμμωνα[1] φήσει τὸν πύκτην Ὀλυμπίασι στεφανωθῆναι, νικήσαντα Γλαῦκον τὸν παλαιὸν ἐκεῖνον πύκτην, ἀλλὰ τοὺς καθ' ἑαυτὸν ἀγωνιστάς· ὥσπερ ὑμᾶς ἀγνοοῦντας, ὅτι τοῖς μὲν πύκταις ἐστὶν ὁ ἀγὼν πρὸς ἀλλήλους, τοῖς δ' ἀξιοῦσι στεφανοῦσθαι πρὸς αὐτὴν τὴν ἀρετήν, ἧς καὶ ἕνεκα στεφανοῦνται. Δεῖ γὰρ τὸν κήρυκα ἀψευδεῖν, ὅταν τὴν ἀνάρρησιν ἐν τῷ θεάτρῳ ποιῆται πρὸς τοὺς Ἕλληνας. Μὴ οὖν ἡμῖν ὡς Παταικίωνος[2] ἄμεινον πεπολίτευσαι διέξιθι, ἀλλ' ἐφικόμενος τῆς ἀνδραγαθίας, οὕτω τὰς χάριτας τὸν δῆμον ἀπαίτει.

Ἵνα δὲ μὴ ἀποπλανῶ ὑμᾶς ἀπὸ τῆς ὑποθέσεως, ἀναγνώσεται ὑμῖν ὁ γραμματεὺς τὸ ἐπίγραμμα, ὃ ἐπιγέγραπται τοῖς ἀπὸ Φυλῆς τὸν δῆμον καταγαγοῦσιν.

J'apprends, néanmoins, qu'il doit dire que j'ai tort de comparer ses actions à celles de nos ancêtres ; que Philammon a été couronné aux jeux olympiques pour avoir vaincu, non Glaucus, cet ancien et fameux athlète, mais ceux de son temps ; comme si nous ignorions que les athlètes ont à combattre contre d'autres athlètes, mais que ceux qui veulent être couronnés ont à lutter contre la vertu même pour laquelle on les couronne ; car le héraut ne doit rien publier que de vrai dans les proclamations qu'il fait sur le théâtre, en présence des Grecs. Ne dites donc pas, Démosthène, que vous avez mieux gouverné que Patécion ; montrez de la vertu, et demandez ensuite des récompenses.

Mais afin de ne pas m'écarter de mon sujet, le greffier va vous lire l'inscription faite pour les citoyens revenus de Phyle.

Καίτοι πυνθάνομαί γε | Cependant j'apprends certes
αὐτὸν μέλλειν λέγειν | lui devoir dire
ὡς οὐ ποιῶ δίκαια | que je ne fais pas des choses justes
παραβάλλων αὐτῷ | mettant-en-parallèle avec lui
τὰ ἔργα τῶν προγόνων. | les actions des ancêtres.
Φήσει γὰρ | Car il dira
Φιλάμμωνα τὸν πύκτην | Philammon l'athlète-au-pugilat
οὐδὲ στεφανωθῆναι | ne pas avoir été couronné
Ὀλυμπίασι, | à Olympie,
νικήσαντα Γλαῦκον | ayant vaincu Glaucus
ἐκεῖνον τὸν παλαιὸν πύκτην, | cet ancien athlète-au-pugilat,
ἀλλὰ τοὺς ἀγωνιστὰς | mais les combattants
κατὰ ἑαυτόν· | à l'époque de lui-même ;
ὥσπερ ὑμᾶς ἀγνοοῦντας, | comme vous ignorant,
ὅτι ὁ ἀγών ἐστι | que le combat est
τοῖς μὲν πύκταις | *pour* les athlètes-au-pugilat
πρὸς ἀλλήλους, | les uns envers les autres,
τοῖς δὲ ἀξιοῦσι | mais *pour* ceux qui demandent
στεφανοῦσθαι | à être couronnés
πρὸς τὴν ἀρετὴν αὐτήν, | envers la vertu même,
ἕνεκα ἧς καὶ | à cause de laquelle aussi
στεφανοῦνται. | ils sont-couronnés.
Δεῖ γὰρ τὸν κήρυκα | Il faut en effet le héraut
ἀψευδεῖν, | être-exempt-de-mensonge,
ὅταν ποιῆται τὴν ἀνάρρησιν | quand il fait la proclamation
ἐν τῷ θεάτρῳ | dans le théâtre
πρὸς τοὺς Ἕλληνας. | devant les Grecs.
Μὴ διεξίθι οὖν ἡμῖν | Donc ne développe pas à nous
ὡς πεπολίτευσαι | que tu as administré
ἄμεινον Παταικίωνος, | mieux que Patécion,
ἀλλὰ ἐφικόμενος | mais ayant atteint
τῆς ἀνδραγαθίας, | le courage,
ἀπαίτει οὕτω | réclame ainsi
τὰς χάριτας τὸν δῆμον. | les faveurs au peuple.
Ἵνα δὲ μὴ ἀποπλανῶ ὑμᾶς | Mais pour que je n'écarte pas vous
ἀπὸ τῆς ὑποθέσεως, | de la question,
ὁ γραμματεὺς ἀναγνώσεται ὑμῖν | le greffier lira à vous
τὸ ἐπίγραμμα ὃ ἐπιγέγραπται | l'inscription qui a été inscrite
τοῖς καταγαγοῦσι | pour ceux qui ont ramené
τὸν δῆμον ἀπὸ Φυλῆς. | le peuple de Phyle

ΕΠΙΓΡΑΜΜΑ.

« Τούςδ' ἀρετῆς ἕνεκα στεφάνοις ἐγέραιρε παλαίχθων
δῆμος Ἀθηναίων, οἵ ποτε τοὺς ἀδίκοις
θεσμοῖς ἄρξαντας πόλιος πρῶτοι καταπαύειν
ἦρξαν, κίνδυνον σώμασιν ἀράμενοι. »

Ὅτι τοὺς παρὰ τοὺς νόμους ἄρξαντας κατέλυσαν, διὰ τοῦτ᾽
αὐτούς φησιν ὁ ποιητὴς τιμηθῆναι. Ἔναυλον γὰρ ἦν τότε πᾶσιν,
ὅτι τηνικαῦτα ὁ δῆμος κατελύθη, ἐπειδή τινες τὰς γραφὰς τῶν
παρανόμων ἀνεῖλον.

Καὶ γάρ τοι, ὡς ἐγὼ τοῦ πατρὸς τοῦ ἐμαυτοῦ ἐπυνθανόμην,
ὃς ἔτη βιοὺς ἐννενήκοντα καὶ πέντε ἐτελεύτησεν, ἁπάντων μετα-
σχὼν τῶν πόνων τῇ πόλει, ὃς πολλάκις πρὸς ἐμὲ διεξῄει ἐπὶ
σχολῆς. Ἔφη γάρ, ὅτε ἀρτίως κατεληλύθει ὁ δῆμος, εἴ τις εἰσίοι
γραφὴν παρανόμων εἰς δικαστήριον, εἶναι ὅμοιον τὸ ὄνομα καὶ
τὸ ἔργον 1. Τί γάρ ἐστιν ἀνοσιώτερον ἀνδρὸς παράνομα λέγοντος

INSCRIPTION.

« Le peuple d'Athènes, enfant de la terre, a honoré de couronnes
ceux qui, les premiers, par leurs travaux et leurs périls, ont brisé
les fers qu'imposaient à leur patrie d'injustes tyrans. »

Le poète dit qu'ils furent honorés d'une couronne parce qu'ils
mirent un terme à un injuste pouvoir. Car tout le monde pensait et
disait alors que l'autorité du peuple s'était affaiblie du moment où
l'on avait cessé de poursuivre les infracteurs des lois.

J'ai appris de mon père, qui est mort à l'âge de quatre-vingt-quinze
ans..... ce bon vieillard, qui avait passé par toutes les infortunes de
la république, m'entretenait souvent dans ses heures de loisir. Il me
disait qu'après le retour du peuple, on punissait également les paroles et les actions dans quiconque était poursuivi en justice
comme infracteur des lois. Qu'y a-t-il en effet de plus criminel que

ΕΠΙΓΡΑΜΜΑ.	INSCRIPTION.
« Δῆμος Ἀθηναίων	« Le peuple des Athéniens
παλαίχθων	ancien-possesseur-de-cette-terre
ἐγέραιρε στεφάνοις	a récompensé de couronnes
ἕνεκα ἀρετῆς	pour *leur* courage
τούςδε, οἵ ποτε πρῶτοι	ceux-ci, qui autrefois les premiers
ἦρξαν καταπαύειν	ont commencé à faire-cesser
τοὺς ἄρξαντας πόλιος	ceux qui commandaient à la ville
ἀδίκοις θεσμοῖς,	par d'injustes lois,
ἀράμενοι κίνδυνον	ayant supporté le danger
σώμασιν. »	par *leurs* corps. »
Ὁ ποιητής φησιν	Le poète dit
αὐτοὺς τιμηθῆναι διὰ τοῦτο,	eux avoir été honorés pour ceci,
ὅτι κατέλυσαν	qu'ils ont renversé
τοὺς ἄρξαντας	ceux qui commandaient
παρὰ τοὺς νόμους.	contre les lois.
Ἦν γὰρ ἔναυλον	Car il était retentissant
τότε πᾶσιν, ὅτι ὁ δῆμος	alors à tous, que le peuple
κατελύθη τηνικαῦτα,	avait été affaibli alors, [ve
ἐπειδή τινες ἀνεῖλον	après que quelques uns avaient enle
τὰς γραφὰς τῶν παρανόμων.	les accusations des choses illégales.
Καὶ γάρ τοι,	En en effet certes,
ὡς ἐγὼ ἐπυνθανόμην	comme moi j'ai appris
τοῦ πατρὸς τοῦ ἐμαυτοῦ,	du père de moi-même,
ὃς ἐτελεύτησε	qui a cessé *de vivre*
βιοὺς ἐννενήκοντα	ayant vécu quatre-vingt-dix
καὶ πέντε ἔτη,	et cinq ans,
μετασχὼν ἁπάντων τῶν πόνων	ayant partagé toutes les peines
τῇ πόλει,	avec la ville,
ὃς πολλάκις διεξῄει	qui souvent conversait
πρὸς ἐμὲ ἐπὶ σχολῆς.	avec moi dans *son* loisir.
Ἔφη γάρ, ὅτε ὁ δῆμος	Car il disait, quand le peuple
κατεληλύθει ἀρτίως,	était revenu récemment,
εἴ τις εἰσίοι	si quelqu'un subissait
γραφὴν παρανόμων	une accusation de choses illégales
εἰς δικαστήριον,	devant un tribunal,
τὸ ὄνομα καὶ τὸ ἔργον	le nom et le fait
εἶναι ὅμοιον.	être égal.
Τί γάρ ἐστιν ἀνοσιώτερον	Car quoi est plus impie
ἀνδρὸς λέγοντος καὶ πράττοντος;	qu'un homme disant et faisant

καὶ πράττοντος; Καὶ τὴν ἀκρόασιν, ὡς ἐκεῖνος ἀπήγγελλεν, οὐ
τὸν αὐτὸν τρόπον ἐποιοῦντο, ὥσπερ νῦν γίγνεται, ἀλλ' ἦσαν πολὺ
χαλεπώτεροι οἱ δικασταὶ τοῖς παράνομα γράφουσιν αὐτοῦ τοῦ
κατηγόρου, καὶ πολλάκις ἀνεπόδιζον [1] τὸν γραμματέα, καὶ ἐκέλευον πάλιν ἀναγιγνώσκειν τοὺς νόμους καὶ τὸ ψήφισμα, καὶ
ἡλίσκοντο οἱ παράνομα γράφοντες, οὐκ εἰ πάντας παραπηδή-
σαιεν τοὺς νόμους, ἀλλ' εἰ μίαν μόνον συλλαβὴν παραλλάξαιεν.
Τὸ δὲ νυνὶ γιγνόμενον πρᾶγμα ὑπερκαταγέλαστόν ἐστιν. Ὁ μὲν
γὰρ γραμματεὺς ἀναγιγνώσκει τὸ παράνομον, οἱ δὲ δικασταί,
ὥσπερ ἐπῳδὴν ἢ ἀλλότριόν τι πρᾶγμα ἀκροώμενοι, πρὸς ἑτέρῳ
τινὶ τὴν γνώμην ἔχουσιν. Ἤδη δ' ἐκ τῶν τεχνῶν Δημοσθένους
αἰσχρὸν ἔθος ἐν τοῖς δικαστηρίοις παραδέχεσθε. Μετενήνεκται
γὰρ ὑμῖν τὰ τῆς πόλεως δίκαια. Ὁ μὲν γὰρ κατήγορος ἀπολο-
γεῖται, ὁ δὲ φεύγων τὴν γραφὴν κατηγορεῖ, οἱ δὲ δικασταὶ

de parler ou d'agir contre les lois? Les juges, ajoutait-il, n'écoutaient pas comme ils écoutent aujourd'hui; beaucoup plus ardents
que l'accusateur même, ils rappelaient le greffier à plusieurs re-
prises, lui ordonnaient de relire les lois et le décret, et condam-
naient comme coupables, non seulement ceux qui les avaient transgressées toutes, mais ceux qui avaient changé une seule syllabe.
Rien de si ridicule, au contraire, que ce qui se pratique de nos
jours. Le greffier lit le décret de l'accusé; les juges, inattentifs et
distraits, écoutent cette lecture comme quelque chose de frivole,
comme on écouterait une chanson. D'ailleurs, les artifices de Démosthène ont introduit dans les tribunaux un abus honteux qui détruit la forme de vos jugements. C'est l'accusateur qui se justifie,

παράνομα;	des choses illégales ?
Καὶ οἱ δικασταί,	Et les juges,
ὡς ἐκεῖνος ἀπήγγελλεν,	comme celui-là rapportait,
ἐποιοῦντο τὴν ἀκρόασιν	faisaient l'audition
οὐ τὸν αὐτὸν τρόπον	non de la même manière,
ὥσπερ γίγνεται νῦν,	comme elle a lieu maintenant,
ἀλλὰ ἦσαν πολὺ χαλεπώτεροι	mais étaient beaucoup plus-terribles
τοῦ κατηγόρου αὐτοῦ	que l'accusateur même
τοῖς γράφουσι	pour ceux qui écrivaient
παράνομα,	des choses illégales,
καὶ πολλάκις	et souvent
ἀνεπόδιζον τὸν γραμματέα,	faisaient-revenir le greffier,
καὶ ἐκέλευον	et *lui* ordonnaient
ἀναγιγνώσκειν πάλιν	de lire de nouveau
τοὺς νόμους καὶ τὸ ψήφισμα,	les lois et le décret,
καὶ οἱ γράφοντες παράνομα	et ceux qui écrivaient des choses illé-
ἡλίσκοντο,	étaient pris, [gales
οὐκ εἰ παραπηδήσαιεν	non s'ils avaient transgressé
πάντας τοὺς νόμους,	toutes les lois,
ἀλλὰ εἰ παραλλάξαιεν	mais s'ils avaient changé
μίαν συλλαβὴν μόνον.	une syllabe seulement.
Τὸ δὲ πρᾶγμα γιγνόμενον νυνὶ	Mais la chose qui se fait maintenant
ἐστὶν ὑπερκαταγέλαστον.	est plus-que-ridicule.
Ὁ μὲν γὰρ γραμματεὺς	Car le greffier
ἀναγιγνώσκει τὸ παράνομον,	lit le *décret* illégal,
οἱ δὲ δικασταί,	et les juges,
ὥσπερ ἀκροώμενοι ἐπῳδὴν	comme écoutant une chanson
ἤ τι πρᾶγμα ἀλλότριον,	ou quelque chose étrangère,
ἔχουσι τὴν γνώμην	ont la pensée
πρός τινι ἑτέρῳ.	à quelque autre.
Ἤδη δὲ ἐκ τῶν τεχνῶν	Et déjà d'après les artifices
τῶν Δημοσθένους	ceux de Démosthène
παραδέχεσθε ἔθος αἰσχρὸν	vous admettez une coutume honteuse
ἐν τοῖς δικαστηρίοις.	dans les tribunaux.
Τὰ γὰρ δίκαια τῆς πόλεως	Car les droits de la ville
μετενήνεκται ὑμῖν.	ont été transposés à vous.
Ὁ μὲν γὰρ κατήγορος	En effet l'accusateur
ἀπολογεῖται,	se justifie,
ὁ δὲ φεύγων τὴν γραφὴν	mais celui qui fuit l'accusation
κατηγορεῖ, οἱ δὲ δικασταὶ	accuse, et les juges

ἐνίοτε, ὧν μέν εἰσι κριταί, ἐπιλανθάνονται, ὧν δ' οὐκ εἰσὶ δικασταί, περὶ τούτων ἀναγκάζονται τὴν ψῆφον φέρειν. Λέγει δὲ
ὁ φεύγων, ἐὰν ἄρα που ἅψηται τοῦ πράγματος, οὐχ ὡς ἔννομα
γέγραφεν, ἀλλ' ὡς ἤδη ποτὲ καὶ πρότερον ἕτερος τοιαῦτα γράψας
ἀπέφυγεν. Ἐφ' ᾧ καὶ νυνὶ μέγα φρονεῖν ἀκούω Κτησιφῶντα.

Ἐτόλμα δ' ἐν ὑμῖν ποτε σεμνύνεσθαι Ἀριστοφῶν ἐκεῖνος ὁ
Ἀζηνιεύς, λέγων ὅτι γραφὰς παρανόμων πέφευγεν ἑβδομήκοντα
καὶ πέντε. Ἀλλ' οὐχὶ ὁ Κέφαλος, ὁ παλαιὸς ἐκεῖνος, ὁ δοκῶν
δημοτικώτατος γεγονέναι, οὐχ οὕτως· ἀλλ' ἐπὶ τοῖς ἐναντίοις
ἐφιλοτιμεῖτο, λέγων ὅτι, πλεῖστα πάντων γεγραφὼς ψηφίσματα,
οὐδεμίαν πώποτε γραφὴν πέφευγε παρανόμων, καλῶς, οἶμαι,
σεμνυνόμενος. Ἐγράφοντο γὰρ ἀλλήλους παρανόμων οὐ μόνον
οἱ διαπολιτευόμενοι, ἀλλὰ καὶ οἱ φίλοι τοὺς φίλους, εἴ τι ἐξα-
μαρτάνοιεν εἰς τὴν πόλιν.

et l'accusé qui accuse ; les juges oublient quelquefois l'affaire qu'ils
sont venus juger, et sont forcés de prononcer sur l'objet dont ils
ne sont pas juges. Si l'accusé touche par hasard le vrai point du
procès , il s'attache à prouver , non que ce qu'il a proposé est conforme aux lois, mais qu'un autre avant lui a proposé la même
chose, et qu'il a été absous ; c'est-là, comme je l'entends dire, ce qui
remplit Ctésiphon d'une confiance si orgueilleuse.

Le fameux Aristophon se vantait publiquement d'avoir été soixante-
quinze fois accusé comme infracteur des lois. Céphale, au contraire,
cet ancien ministre , connu comme excellent républicain , se glorifiait de ce qu'ayant proposé plus de décrets qu'aucun autre, on ne
l'avait jamais accusé d'avoir enfreint les lois ; et il avait raison d'en
tirer gloire ; car alors, lorsqu'il s'agissait d'infraction aux lois , non
seulement les citoyens de partis opposés s'accusaient les uns les
autres , mais les amis même accusaient leurs amis pour le moindre
délit.

ἐπιλανθάνονται ἐνίοτε   oublient quelquefois
ὧν μέν εἰσι κριταί,   *les choses* dont ils sont juges,
ἀναγκάζονται δὲ   mais sont forcés
φέρειν τὴν ψῆφον περὶ τούτων   de porter le suffrage sur celles
ὧν οὐκ εἰσὶ δικασταί.   dont ils ne sont pas juges.
Ὁ δὲ φεύγων λέγει,   Mais l'accusé dit,
ἐὰν ἄρα ποτὲ   si toutefois d'aventure
ἅψηται τοῦ πράγματος,   il touche le fait,
οὐχ ὡς γέγραφεν ἔννομα,   non qu'il a écrit des choses légales,
ἀλλὰ ὡς ἕτερος   mais qu'un autre
γράψας τοιαῦτα   ayant écrit de telles choses
ἀπέφυγεν ἤδη ποτὲ   a échappé déjà autrefois
καὶ πρότερον.   et précédemment.
Ἐπὶ ᾧ ἀκούω   Sur laquelle chose j'entends *dire*
καὶ νυνὶ Κτησιφῶντα   aussi maintenant Ctésiphon
φρονεῖν μέγα.   penser grandement.

Ἐκεῖνος δὲ Ἀριστοφῶν   Mais cet Aristophon
ὁ Ἀζηνιεὺς ἐτόλμα ποτὲ   l'Azénien osait un jour
σεμνύνεσθαι ἐν ὑμῖν,   se glorifier devant vous,
λέγων ὅτι πέφευγεν   disant qu'il avait échappé
ἑβδομήκοντα καὶ πέντε   à soixante-dix et cinq
γραφὰς παρανόμων.   accusations de choses illégales.
Ἀλλὰ οὐχὶ ὁ Κέφαλος,   Mais non Céphale,
ἐκεῖνος ὁ παλαιός, ὁ δοκῶν   cet ancien, celui paraissant
γεγονέναι δημοτικώτατος,   avoir été très-ami-du-peuple,
οὐχ οὕτως·   non ainsi;
ἀλλὰ ἐφιλοτιμεῖτο   mais il se glorifiait
ἐπὶ τοῖς ἐναντίοις,   pour les choses contraires,
λέγων ὅτι, γεγραφὼς   disant que, ayant-écrit
ψηφίσματα πλεῖστα πάντων,   des décrets les plus nombreux de tous,
πέφευγε πώποτε   il *n*'avait fui jamais
οὐδεμίαν γραφὴν παρανόμων,   aucune accusation de choses illégales,
σεμνυνόμενος καλῶς, οἶμαι.   se glorifiant bien, je crois.
Οὐ μόνον γὰρ   Car non seulement   [ment
οἱ διαπολιτευόμενοι   ceux qui administraient-contraire-
ἐγράφοντο ἀλλήλους   s'accusaient les uns les autres
παρανόμων,   de choses illégales,
ἀλλὰ καὶ οἱ φίλοι τοὺς φίλους   mais encore les amis leurs amis,
εἰ ἐξαμαρτάνοιέν τι   s'ils péchaient en quelque chose
εἰς τὴν πόλιν.   envers la ville.

Ἐκεῖθεν δὲ τοῦτο γνώσεσθε. Ἀρχῖνος γὰρ ὁ ἐκ Κοίλης ἐγράψατο παρανόμων Θρασύβουλον τὸν Στειριέα, γράψαντά τι παρὰ
τοὺς νόμους, στεφανοῦν ἕνα τῶν συγκατελθόντων αὐτῷ ἀπὸ
Φυλῆς, καὶ εἷλε, νεωστὶ γεγενημένων αὐτῷ τῶν εὐεργεσιῶν, ἃς
οὐχ ὑπελογίσαντο οἱ δικασταί· ἡγοῦντο γάρ, ὥσπερ τότε αὐτοὺς
φεύγοντας ἀπὸ Φυλῆς Θρασύβουλος κατήγαγεν, οὕτω νῦν μέ-
νοντας ἐξελαύνειν, γράφοντά τι παρὰ τοὺς νόμους. Ἀλλ᾽ οὐ νῦν,
ἀλλὰ πᾶν τοὐναντίον γίγνεται. Οἱ γὰρ ἀγαθοὶ στρατηγοὶ
ὑμῖν, καὶ τῶν τὰς σιτήσεις τινὲς εὑρημένων ἐν τῷ πρυτανείῳ,
ἐξαιτοῦνται τὰς γραφὰς τῶν παρανόμων, οὓς ὑμεῖς ἀχαρίστους
εἶναι δικαίως ἂν ὑπολαμβάνοιτε. Εἰ γάρ τις ἐν δημοκρατίᾳ τε-
τιμημένος, ἐν τοιαύτῃ πολιτείᾳ, ἣν οἱ θεοὶ καὶ οἱ νόμοι σώζουσι, τολμᾷ βοηθεῖν τοῖς παράνομα γράφουσι, καταλύει τὴν
πολιτείαν, ὑφ᾽ ἧς τετίμηται.

En voici une preuve frappante. Archine accusa Thrasybule d'avoir
violé les lois en proposant de couronner un de ceux qui étaient revenus de Phyle avec lui. Il le fit condamner, et les juges n'eurent
point d'égard à ses services, quoique la mémoire en fût toute ré-
cente. Ils pensaient que si Thrasybule les avait ramenés de Phyle
dans Athènes, c'était de nouveau les en chasser lui-même, que de
porter aux lois quelque atteinte. Mais aujourd'hui un autre usage a
prévalu : vos meilleurs généraux, et quelques uns des citoyens qui
ont été nourris dans le prytanée, sollicitent pour ceux qui sont ac-
cusés d'avoir enfreint les lois, et on pourrait à juste titre les traiter
d'ingrats. En effet, dans une ville où ils jouissent d'une récompense
honorable, une ville comme la nôtre, que les dieux et les lois conservent, protéger ceux par qui les lois sont attaquées, c'est travailler à
détruire la ville même qui récompense leurs services.

Γνώσεσθε δὲ τοῦτο ἐκεῖθεν. | Mais vous connaitrez ceci de là.
Ἀρχῖνος γὰρ ὁ ἐκ Κοίλης | Car Archine celui de Célée
ἐγράψατο παρανόμων | accusa de choses illégales
Θρασύβουλον τὸν Στειριέα, | Thrasybule le Stirien,
γράψαντά τι | qui avait écrit quelque chose
παρὰ τοὺς νόμους, | contre les lois,
στεφανοῦν ἕνα | de couronner l'un
τῶν συγκατελθόντων αὐτῷ | de ceux revenus-avec lui-même
ἀπὸ Φυλῆς, καὶ εἶλε, | de Phyle, et l'emporta,
τῶν εὐεργεσιῶν | les services
γεγενημένων αὐτῷ νεωστί, | ayant eu lieu par lui récemment,
ἃς οἱ δικασταὶ | desquels les juges
οὐχ ὑπελογίσαντο· | ne tinrent-pas-compte;
ἡγοῦντο γάρ, | car il pensaient,
ὡσπερ τότε Θρασύβουλος | comme alors Thrasybule
κατήγαγεν ἀπὸ Φυλῆς | avait ramené de Phyle
αὐτοὺς φεύγοντας, | eux qui fuyaient,
οὕτω νῦν ἐξελαύνειν | ainsi maintenant *lui* expulser
μένοντας, | *eux* qui restaient,
γράφοντά τι | en écrivant quelque chose
παρὰ τοὺς νόμους. | contre les lois.
Ἀλλὰ οὐ νῦν, | Mais non maintenant,
ἀλλὰ πᾶν τὸ ἐναντίον γίγνεται. | mais tout le contraire a lieu.
Οἱ γὰρ ἀγαθοὶ στρατηγοί, | Car les bons généraux,   [vé
καί τινες τῶν εὑρημένων | et quelques uns de ceux qui ont trou-
τὰς σιτήσεις ἐν τῷ πρυτανείῳ, | les vivres dans le prytanée,
ἐξαιτοῦνται ὑμῖν | réclament *près de* vous
τὰς γραφὰς | *contre* les accusations
τῶν παρανόμων, | des choses illégales,
οὓς ὑμεῖς | lesquels vous
ἂν ὑπολαμβάνοιτε δικαίως | vous présumeriez justement
εἶναι ἀχαρίστους. | être ingrats.
Εἰ γάρ τις | Car si quelqu'un
τετιμημένος ἐν δημοκρατίᾳ, | ayant été honoré dans une démocratie,
ἐν πολιτείᾳ τοιαύτῃ, | dans un état tel,
ἣν οἱ θεοὶ καὶ οἱ νόμοι σώζουσι, | que les dieux et les lois conservent,
τολμᾷ βοηθεῖν | ose secourir
τοῖς γράφουσι παράνομα, | ceux qui écrivent des choses illégales
καταλύει τὴν πολιτείαν | il détruit l'état
ὑπὸ ἧς τετίμηται. | par lequel il a été honoré.

Τίς οὖν ἀποδέδεικται λόγος ἀνδρὶ δικαίῳ συνηγόρῳ καὶ σώφρονι; ἐγὼ λέξω. Εἰς τρία μέρη διαιρεῖται ἡ ἡμέρα, ὅταν
εἰσίῃ γραφὴ παρανόμων εἰς τὸ δικαστήριον. Ἐγχεῖται γὰρ τὸ
μὲν πρῶτον ὕδωρ [1] τῷ κατηγόρῳ, καὶ τοῖς νόμοις, καὶ τῇ δη-
μοκρατίᾳ· τὸ δὲ δεύτερον ὕδωρ τῷ τὴν γραφὴν φεύγοντι, καὶ
τοῖς εἰς αὐτὸ τὸ πρᾶγμα λέγουσιν· ἐπειδὰν δὲ τῇ πρώτῃ ψήφῳ μὴ
λυθῇ τὸ παράνομον, ἤδη τὸ τρίτον ὕδωρ ἐγχεῖται τῇ τιμήσει καὶ
τῷ μεγέθει τῆς ὀργῆς τῆς ὑμετέρας. Ὅστις μὲν οὖν ἐν τῇ τιμήσει
τὴν ψῆφον αἰτεῖ, τὴν ὀργὴν τὴν ὑμετέραν παραιτεῖται· ὅστις δ' ἐν
τῷ πρώτῳ λόγῳ τὴν ψῆφον αἰτεῖ, ὅρκον αἰτεῖ, νόμον αἰτεῖ, δημοκρατίαν αἰτεῖ, ὧν οὔτε αἰτῆσαι οὐδὲν ὅσιον οὐδενί, οὔτ' αἰ-
τηθέντα ἑτέρῳ δοῦναι. Κελεύσατε οὖν αὐτούς, ἐάσαντας ὑμᾶς

Je vais exposer les règles que doit suivre un homme juste et sage
qui s'intéresse à la défense d'un accusé. Dans une accusation de violation des lois, on divise le jour en trois parties. La première est
pour l'accusateur, pour les lois et pour le peuple. La seconde est
pour l'accusé et pour ses défenseurs. Si, après que chacun a parlé,
l'accusé est déclaré coupable, il vous reste la troisième partie du jour
pour décerner la peine et la proportionner au crime. Vous prier de
l'adoucir, ce n'est que solliciter votre clémence. Mais avant que les
juges aient pesé les raisons, les conjurer de déclarer un homme in-
nocent, c'est les conjurer de violer leur serment, d'abolir les lois,
de détruire l'autorité populaire; c'est demander une chose qu'on
ne peut pas plus vous demander que vous ne pouvez l'accorder. Or-
donnez donc à tous ces solliciteurs injustes de vous laisser d'abord

Τίς οὖν λόγος	Donc quel discours
ἀποδέδεικται ἀνδρὶ	a été montré à un homme
συνηγόρῳ δικαίῳ καὶ σώφρονι ;	défenseur juste et sage ?
ἐγὼ λέξω.	moi je le dirai.
Ἡ ἡμέρα διαιρεῖται	Le jour est divisé
εἰς τρία μέρη,	en trois parties,
ὅταν γραφὴ	quand une accusation
παρανόμων	de choses illégales
εἰσίῃ εἰς τὸ δικαστήριον.	vient devant le tribunal.
Τὸ μὲν γὰρ πρῶτον ὕδωρ	Car la première eau
ἐγχεῖται τῷ κατηγόρῳ,	est versée pour l'accusateur,
καὶ τοῖς νόμοις,	et les lois,
καὶ τῇ δημοκρατίᾳ·	et la démocratie ;
τὸ δὲ δεύτερον ὕδωρ	et la seconde eau
τῷ φεύγοντι τὴν γραφήν,	pour celui qui fuit l'accusation,
καὶ τοῖς λέγουσιν	et ceux qui parlent
εἰς τὸ αὐτὸ πρᾶγμα·	pour la même chose ;
ἐπειδὰν δὲ τὸ παράνομον	mais après que la chose illégale
μὴ λυθῇ	n'a pas été absoute
τῇ πρώτῃ ψήφῳ,	par le premier suffrage,
ἤδη τὸ τρίτον ὕδωρ	déjà la troisième eau
ἐγχεῖται τῇ τιμήσει	est versée pour l'estimation
καὶ τῷ μεγέθει	et la grandeur
τῆς ὀργῆς τῆς ὑμετέρας.	de la colère vôtre.
Ὅστις μὲν οὖν	Quiconque donc
αἰτεῖ τὴν ψῆφον	sollicite le suffrage
ἐν τῇ τιμήσει, παραιτεῖται	dans l'estimation, détourne-par-ses-
τὴν ὀργὴν τὴν ὑμετέραν·	la colère vôtre ; [prières
ὅστις δὲ αἰτεῖ τὴν ψῆφον	mais quiconque sollicite le suffrage
ἐν τῷ πρώτῳ λόγῳ,	dans le premier discours,
αἰτεῖ ὅρκον,	sollicite le serment,
αἰτεῖ νόμον,	sollicite la loi,
αἰτεῖ δημοκρατίαν,	sollicite la démocratie,
ὧν	desquelles choses
οὔτε ὅσιον οὐδενὶ	ni il n'est permis à personne
αἰτῆσαι οὐδέν,	de solliciter aucune,
οὔτε δοῦναι ἑτέρῳ	ni de donner à un autre
αἰτηθέντα.	ayant été sollicitées.
Κελεύσατε οὖν αὐτούς,	Ordonnez donc eux,
ἐάσαντας ὑμᾶς διενεγκεῖν	ayant laissé vous porter

τὴν πρώτην ψῆφον κατὰ τοὺς νόμους διενεγκεῖν, ἀπαντᾶν εἰς τὴν τίμησιν.

Ὅλως δ' ἔγωγε, ὦ ἄνδρες Ἀθηναῖοι, ὀλίγου δέω εἰπεῖν, ὡς καὶ νόμον δεῖ τεθῆναι ἐπὶ ταῖς γραφαῖς μόνον ταῖς παρανόμων, μὴ ἐξεῖναι μήτε τῷ κατηγόρῳ συνηγόρους παρασχέσθαι, μήτε τῷ τὴν γραφὴν τῶν παρανόμων φεύγοντι. Οὐ γὰρ ἀόριστόν ἐστι τὸ δίκαιον, ἀλλ' ὡρισμένον τοῖς νόμοις τοῖς ὑμετέροις. Ὥσπερ γὰρ ἐν τῇ τεκτονικῇ, ὅταν εἰδέναι βουλώμεθα τὸ ὀρθὸν καὶ τὸ μή, τὸν κανόνα προσφέρομεν, ᾧ διαγιγνώσκεται, οὕτω καὶ ἐν ταῖς γραφαῖς ταῖς τῶν παρανόμων παράκειται κανὼν τοῦ δικαίου, τουτὶ τὸ σανίδιον [1], καὶ τὸ ψήφισμα, καὶ οἱ παραγεγραμμένοι νόμοι. Ταῦτα συμφωνοῦντα ἀλλήλοις ἐπιδείξας, κατάβαινε· καὶ τί δεῖ σε Δημοσθένην παρακαλεῖν; Ὅταν δ' ὑπερπηδήσας τὴν δικαίαν ἀπολογίαν [2], παρακαλῇς κακοῦργον ἄνθρωπον καὶ τεχνίτην λόγων,

porter vos suffrages, conformément aux lois, et de ne se présenter que pour faire adoucir la peine.

Enfin, Athéniens, je serais tenté de dire que, pour les causes qui concernent l'infraction des lois, il faudrait défendre expressément à l'accusateur et à l'accusé d'employer des avocats. Dans ces causes, le droit n'est pas obscur et incertain, mais clairement déterminé par vos lois. Or, comme dans l'architecture, lorsqu'on veut voir si un mur est d'à-plomb, on applique le niveau pour s'en assurer : de même, dans les accusations concernant l'infraction des lois, les juges ont sous la main les tablettes où l'on a écrit les lois et le décret attaqué. Montrez-nous, Ctésiphon, la conformité de votre décret avec la loi, et descendez de la tribune. Pourquoi recourir à Démosthène? Négliger une défense légitime, et implorer le secours d'un méchant homme, d'un faiseur de harangues, c'est vouloir

τὴν πρώτην ψῆφον	le premier suffrage
κατὰ τοὺς νόμους, ἀπαντᾷν	selon les lois, venir à-la-rencontre
εἰς τὴν τίμησιν.	pour l'estimation.
Ἔγωγε δὲ ὅλως,	Mais moi-certes en somme,
ὦ ἄνδρες Ἀθηναῖοι,	ô hommes Athéniens,
δέω ὀλίγου εἰπεῖν,	je manque de peu de dire,
ὡς δεῖ καὶ νόμον	qu'il faut aussi une loi
τεθῆναι ἐπὶ ταῖς γραφαῖς	être établie sur les accusations
μόνον ταῖς παρανόμων,	seulement celles des choses illégales,
μὴ ἐξεῖναι	ne pas être permis
μήτε τῷ κατηγόρῳ,	ni à l'accusateur,
μήτε τῷ φεύγοντι	ni à celui qui fuit
τὴν γραφὴν τῶν παρανόμων,	l'accusation des choses illégales,
παρασχέσθαι συνηγόρους.	de présenter des avocats.
Τὸ γὰρ δίκαιον	Car le juste
οὐκ ἐστὶν ἀόριστον,	n'est pas indéterminé,
ἀλλὰ ὡρισμένον	mais déterminé
τοῖς νόμοις τοῖς ὑμετέροις.	par les lois les vôtres.
Ὥσπερ γὰρ	Car comme
ἐν τῇ τεκτονικῇ,	dans l'*art*-de-la-construction,
ὅταν βουλώμεθα εἰδέναι	quand nous voulons voir
τὸ ὀρθὸν καὶ τὸ μή,	le droit et le non *droit*,
προςφέρομεν τὸν κανόνα,	nous appliquons le niveau,
ᾧ διαγιγνώσκεται,	par lequel *cela* est discerné,
οὕτω καὶ ἐν ταῖς γραφαῖς	ainsi aussi dans les accusations
ταῖς τῶν παρανόμων	celles des choses illégales
κανὼν τοῦ δικαίου	un niveau du juste
παράκειται,	est placé-auprès *du juge*,
τουτὶ τὸ σανίδιον, καὶ τὸ ψήφισμα,	cette tablette, et le décret,
καὶ οἱ νόμοι παραγεγραμμένοι.	et les lois écrites-en-regard.
Ἐπιδείξας ταῦτα	Ayant démontré ces choses
συμφωνοῦντα ἀλλήλοις,	répondant les unes aux autres,
κατάβαινε·	descends;
καὶ τί δεῖ σε	et pourquoi faut-il toi
παρακαλεῖν Δημοσθένην;	appeler Démosthène?
Ὅταν δὲ ὑπερπηδήσας	Mais quand ayant sauté-par-dessus
τὴν ἀπολογίαν δικαίαν,	la défense juste,
παρακαλῇς ἄνθρωπον	tu appelles un homme
κακοῦργον	artisan-de-mal
καὶ τεχνίτην λόγων,	et fabricateur de discours,

κλέπτεις τὴν ἀκρόασιν, βλάπτεις τὴν πόλιν, καταλύεις τὴν δημοκρατίαν.

Τίς οὖν ἐστιν ἀποτροπὴ τῶν τοιούτων λόγων; ἐγὼ ἐρῶ. Ἐπειδὰν προςελθὼν ἐνταυθοῖ Κτησιφῶν, διεξέλθῃ πρὸς ὑμᾶς τοῦτο δὴ
τὸ συντεταγμένον αὐτῷ προοίμιον, ἔπειτ' ἐνδιατρίβῃ καὶ μὴ
ἀπολογῆται, ὑπομνήσατ' αὐτὸν ἄνευ θορύβου τὸ σανίδιον λαβεῖν, καὶ τοὺς νόμους τῷ ψηφίσματι παραναγνῶναι. Ἐὰν δὲ μὴ
προςποιῆται ὑμῶν ἀκούειν, μηδὲ ὑμεῖς ἐκείνου ἐθέλετε
ἀκούειν· οὐ γὰρ τῶν φευγόντων τὰς οὐ δικαίας ἀπολογίας εἰςεληλύθατε ἀκροασόμενοι, ἀλλὰ τῶν ἐθελόντων δικαίως ἀπολογεῖσθαι. Ἐὰν δ' ὑπερπηδήσας τὴν δικαίαν ἀπολογίαν, Δημοσθένην παρακαλῇ, μάλιστα μὲν μὴ προςδέχεσθε κακοῦργον ἄνθρωπον, οἰόμενον ῥήμασι τοὺς νόμους ἀναιρήσειν, μηδ' ἐν ἀρετῇ
τοῦθ' ὑμῶν μηδεὶς καταλογιζέσθω, ὃς ἄν, ἐπανερομένου Κτησιφῶντος εἰ καλέσει Δημοσθένην, πρῶτος ἀναβοήσῃ· « Κάλει,

tromper vos auditeurs, nuire à la république, et porter atteinte à
la démocratie.

Quel est donc, Athéniens, le moyen de vous garantir de tels artifices? le voici. Lorsque Ctésiphon, du haut de cette tribune, vous
aura débité l'exorde qu'on lui a composé, et qu'ensuite, laissant de
côté le vrai point de justification, il perdra le temps en vains propos, avertissez-le sans bruit de prendre la tablette pour confronter
les lois avec son décret. S'il fait semblant de ne pas vous entendre,
refusez de l'écouter, puisque vous êtes venus pour prononcer d'a-
près des justifications avouées par les lois, et non d'après des apo-
logies qu'elles réprouvent. Si donc il évite de se justifier selon les
règles, s'il implore le secours de Démosthène, vous ferez sagement d'éloigner de la tribune ce méprisable sophiste, qui croit
avec des mots renverser les lois. Qu'aucun de vous, lorsque Ctésiphon vous demandera s'il fera parler Démosthène, ne se fasse un
mérite de crier le premier : *Faites-le parler, oui, faites-le parler.*

κλέπτεις τὴν ἀκρόασιν,　　　　　　tu trompes l'audition,
βλάπτεις τὴν πόλιν,　　　　　　　tu nuis à la ville,
καταλύεις τὴν δημοκρατίαν　　　　tu détruis la démocratie.
　Τίς οὖν ἐστιν ἀποτροπὴ　　　　　Quel est donc le moyen-de-détourner
τῶν λόγων τοιούτων ;　　　　　　les discours tels ?
ἐγὼ ἐρῶ.　　　　　　　　　　moi je le dirai.
Ἐπειδὰν Κτησιφῶν　　　　　　　Après que Ctésiphon
προςελθὼν ἐνταυθοῖ,　　　　　　s'étant avancé ici,
διεξέλθῃ δὴ πρὸς ὑμᾶς　　　　　aura débité déjà à vous
τοῦτο τὸ προοίμιον　　　　　　　cet exorde
συντεταγμένον αὑτῷ,　　　　　　composé pour lui-même,
ἔπειτα ἐνδιατρίϐῃ　　　　　　　qu'ensuite il consumera le temps
καὶ μὴ ἀπολογῆται,　　　　　　　et ne se justifiera pas,
ὑπομνήσατε αὐτὸν　　　　　　　faites-souvenir lui
ἄνευ θορύϐου　　　　　　　　　sans trouble
λαϐεῖν τὸ σανίδιον,　　　　　　de prendre la tablette,
καὶ παραγνῶναι τῷ ψηφίσματι　et de lire-en-regard du décret
τοὺς νόμους.　　　　　　　　　les lois.
Ἐὰν δὲ προςποιῆται　　　　　　Mais s'il feint
μὴ ἀκούειν ὑμῶν,　　　　　　　de ne pas entendre vous
μηδὲ ὑμεῖς ἐθέλετε　　　　　　ni vous ne veuillez
ἀκούειν ἐκείνου ·　　　　　　　entendre lui ;
εἰςεληλύθατε γάρ ἀκροασόμενοι　car vous êtes entrés devant écouter
οὐ τὰς ἀπολογίας οὐ δικαίας　non les défenses non justes
τῶν φευγόντων,　　　　　　　　de ceux qui fuient l'accusation,
ἀλλὰ τῶν ἐθελόντων　　　　　　mais de ceux qui veulent
ἀπολογεῖσθαι δικαίως.　　　　　se justifier justement.
Ἐὰν δὲ ὑπερπηδήσας　　　　　　Mais si ayant-sauté-par-dessus
τὴν ἀπολογίαν δικαίαν,　　　　la défense juste,
παρακαλῇ Δημοσθένην,　　　　　il appelle Démosthène,
μάλιστα μὲν μὴ προςδέχεσθε　surtout n'accueillez pas
ἄνθρωπον κακοῦργον,　　　　　un homme artisan-de-mal,
οἰόμενον ἀναιρήσειν　　　　　　qui croit devoir détruire
τοὺς νόμους ῥήμασι,　　　　　　les lois par des mots,
μηδὲ μηδεὶς ὑμῶν　　　　　　　ni que personne de vous
καταλογιζέσθω τοῦτο ἐν ἀρετῇ,　ne compte cela en mérite,
ὅς, Κτησιφῶντος ἐπανερομένου　qui, Ctésiphon interrogeant
εἰ καλέσει Δημοσθένην,　　　　s'il appellera Démosthène,
ἀναϐοήσῃ ἂν πρῶτος ·　　　　　se serait écrié le premier :
« Κάλει, κάλει. »　　　　　　« Appelle, appelle. »

χάλει ¹ ». Ἐπὶ σαυτὸν καλεῖς, ἐπὶ τοὺς νόμους καλεῖς, ἐπὶ τὴν δημοκρατίαν καλεῖς. Ἂν δ' ἄρα ὑμῖν δόξῃ ἀκούειν, ἀξιώσατε τὸν
Δημοσθένην τὸν αὐτὸν τρόπον ἀπολογεῖσθαι, ὅνπερ κἀγὼ κατη-
γόρηκα· ἐγὼ δὲ πῶς κατηγόρηκα; ἵνα καὶ ὑπομνήσω ὑμᾶς.

Οὔτε τὸν ἴδιον βίον τὸν Δημοσθένους πρότερον διεξῆλθον,
οὔτε τῶν δημοσίων ἀδικημάτων οὐδενὸς πρότερον ἐμνήσθην,
ἄφθονα δήπου καὶ πολλὰ ἔχων λέγειν, ἢ πάντων γ' ἂν εἴην ἀπο-
ρώτατος· ἀλλὰ πρῶτον μὲν τοὺς νόμους ἐπέδειξα ἀπαγορεύοντας
μὴ στεφανοῦν τοὺς ὑπευθύνους· ἔπειτα τὸν ῥήτορα ἐξήλεγξα,
γράψαντα Δημοσθένην ὑπεύθυνον ὄντα στεφανοῦν, οὐδὲν προβαλόμενον, οὐδὲ προσεγγράψαντα « ἐπειδὰν δῷ τὰς εὐθύνας », ἀλλὰ
παντελῶς καὶ ὑμῶν καὶ τῶν νόμων καταπεφρονηκότα· καὶ τὰς
ἐσομένας πρὸς ταῦτα προφάσεις εἶπον, ἃς ἀξιῶ καὶ ὑμᾶς διαμνημονεύειν. Δεύτερον δ' ὑμῖν διεξῆλθον τοὺς περὶ τῶν κηρυγμά-

Je vous le dis, Athéniens, c'est à votre préjudice, c'est pour la
ruine des lois et le renversement de la démocratie que vous le ferez
parler. Mais si vous voulez absolument entendre Démosthène, exigez du moins qu'il suive, dans sa défense, le plan que j'ai suivi
dans mon accusation, et que je vais vous rappeler.

Je n'ai pas commencé par vous entretenir de la vie privée de Démosthène, et par attaquer les crimes de sa vie publique, parce qu'elles
m'offraient l'une et l'autre une ample matière, à moins que je
n'eusse été le moins habile des orateurs. Je vous ai d'abord exposé
les lois qui défendent de couronner des comptables; ensuite j'ai convaincu Ctésiphon d'avoir proposé de couronner Démosthène lorsqu'il était comptable, sans ajouter au moins cette clause, *après
qu'il aura rendu ses comptes;* témoignant ainsi du plus profond
mépris pour vous et pour les lois. J'ai détruit les objections frivoles
qu'ils pourront opposer à mes preuves, et que je vous conjure de
ne pas oublier. Dans la seconde partie, je vous ai rappelé les lois

Καλεῖς ἐπὶ σαυτόν,   Tu *l'*appelles contre toi-même,
καλεῖς ἐπὶ τοὺς νόμους,   tu *l'*appelle contre les lois,
καλεῖς ἐπὶ τὴν δημοκρατίαν.   tu *l'*appelles contre la démocratie.
Ἂν δὲ ἄρα δόξῃ ὑμῖν   Mais si certes il semble-bon à vous
ἀκούειν,   de *l'*entendre,
ἀξιώσατε τὸν Δημοσθένην   demandez Démosthène
ἀπολογεῖσθαι   faire-la-défense
τὸν αὐτὸν τρόπον   de la même manière
ὅνπερ   de laquelle
καὶ ἐγὼ κατηγόρηκα·   aussi moi j'ai accusé ;
ἐγὼ δὲ πῶς κατηγόρηκα ;   mais moi comment ai-je accusé ?
ἵνα καὶ ὑπομνήσω ὑμᾶς.   afin que aussi je *le* rappelle à vous.

Οὔτε διεξῆλθον πρότερον   Et je n'ai pas parcouru d'abord
τὸν βίον ἴδιον τὸν Δημοσθένους,   la vie privée de Démosthène,
οὔτε ἐμνήσθην πρότερον   et je n'ai pas fait-mention d'abord
οὐδενὸς τῶν ἀδικημάτων   d'aucun des délits
δημοσίων,   publics,
ἔχων δήπου λέγειν   ayant certes à dire
ἄφθονα καὶ πολλά,   des choses abondantes et nombreuses,
ἢ εἴην ἄν γε   ou je serais certes
ἀπορώτατος πάντων·   le plus inexpérimenté de tous ;
ἀλλὰ πρῶτον μὲν ἐπέδειξα   mais d'abord j'ai montré
τοὺς νόμους ἀπαγορεύοντας   les lois défendant
μὴ στεφανοῦν τοὺς ὑπευθύνους·   de couronner les comptables ;
ἔπειτα ἐξήλεγξα τὸν ῥήτορα,   ensuite j'ai convaincu l'orateur,
γράψαντα   ayant écrit
στεφανοῦν Δημοσθένην   de couronner Démosthène
ὄντα ὑπεύθυνον,   étant comptable,
προβαλόμενον οὐδέν,   n'ayant prétexté rien,
οὐδὲ προςεγγράψαντα   et n'ayant pas écrit-en-outre
« ἐπειδὰν δῷ τὰς εὐθύνας »,   « après qu'il aura donné les comptes»,
ἀλλὰ καταπεφρονηκότα παντελῶς   mais ayant méprisé entièrement
καὶ ὑμῶν καὶ τῶν νόμων·   et vous et les lois ;
καὶ εἶπον τὰς προφάσεις   et j'ai dit les prétextes
ἐσομένας πρὸς ταῦτα,   qui seront contre ces choses,
ἃς ἀξιῶ καὶ ὑμᾶς   lesquels je demande aussi vous
διαμνημονεύειν.   vous rappeler.
Δεύτερον δὲ   Et deuxièmement
διεξῆλθον ὑμῖν τοὺς νόμους   j'ai parcouru à vous les lois
περὶ τῶν κηρυγμάτων,   sur les proclamations,

τῶν νόμους, ἐν οἷς διαρρήδην ἀπείρηται τὸν ὑπὸ τοῦ δήμου στεφανούμενον μὴ κηρύττεσθαι ἔξω τῆς ἐκκλησίας· ὁ δὲ ῥήτωρ ὁ
φεύγων τὴν γραφὴν οὐ τοὺς νόμους μόνον παραβέβηκεν, ἀλλὰ
καὶ τὸν καιρὸν τῆς ἀναρρήσεως, καὶ τὸν τόπον, κελεύων οὐκ ἐν
τῇ ἐκκλησίᾳ, ἀλλ' ἐν τῷ θεάτρῳ τὴν ἀνάρρησιν γίγνεσθαι, οὐδ'
ἐκκλησιαζόντων Ἀθηναίων, ἀλλὰ μελλόντων τραγῳδῶν εἰσιέναι.
Ταῦτα δ' εἰπὼν, μικρὰ μὲν περὶ τῶν ἰδίων εἶπον, τὰ δὲ πλεῖστα
περὶ τῶν δημοσίων ἀδικημάτων λέγω.

Οὕτω δὴ καὶ τὸν Δημοσθένην ἀξιώσατε ἀπολογεῖσθαι πρὸς
τὸν τῶν ὑπευθύνων νόμον πρῶτον, καὶ τὸν περὶ τῶν κηρυγμάτων
δεύτερον· τρίτον δέ, τὸ μέγιστον λέγω, ὡς οὐδὲ ἄξιός ἐστι τῆς
δωρεᾶς. Ἐὰν δ' ὑμῶν δέηται συγχωρῆσαι αὐτῷ περὶ τῆς τάξεως
τοῦ λόγου, καταπαγγελλόμενος ὡς ἐπὶ τῇ τελευτῇ τῆς ἀπολογίας

touchant les proclamations, qui défendent en termes formels de
proclamer hors de l'assemblée du peuple une couronne décernée
par le peuple. Je vous ai fait voir que l'auteur du décret ne s'est
embarrassé ni des lois, ni du temps et du lieu qu'elles prescrivent
pour la proclamation, puisqu'il veut qu'on proclame la couronne,
non dans la place publique, mais sur le théâtre, en présence, non
des seuls Athéniens, mais de tous les Grecs, au temps des tragédies nouvelles. Dans la dernière partie enfin, j'ai rapporté quelques traits qui concernent Démosthène comme particulier, et je me
suis étendu sur ce qui le regarde comme homme d'état.

Exigez donc de cet orateur qu'il suive ce même plan dans son
plaidoyer; qu'il justifie d'abord Ctésiphon sur la loi des comptables,
ensuite sur celle des proclamations; enfin, ce que je regarde comme
l'essentiel, qu'il se lave des crimes qui le rendent indigne de la couronne. S'il vous prie de le laisser libre sur le plan qu'il doit suivre,
promettant de justifier Ctésiphon de la violation des lois à la fin de

ἐν οἷς	dans lesquelles
ἀπείρηται διαῤῥήδην	il a été interdit expressément
τὸν στεφανούμενον ὑπὸ τοῦ δήμου	celui qui est couronné par le peuple
μὴ κηρύττεσθαι	être proclamé
ἔξω τῆς ἐκκλησίας·	hors de l'assemblée ;
ὁ δὲ ῥήτωρ	mais l'orateur
ὁ φεύγων τὴν γραφὴν	celui qui fuit l'accusation
παραβέβηκεν	a transgressé
οὐ μόνον τοὺς νόμους,	non seulement les lois,
ἀλλὰ καὶ τὸν καιρὸν	mais encore le temps
τῆς ἀναῤῥήσεως,	de la proclamation,
καὶ τὸν τόπον, κελεύων	et le lieu, ordonnant
τὴν ἀνάῤῥησιν γίγνεσθαι	la proclamation se faire
οὐκ ἐν τῇ ἐκκλησίᾳ,	non dans l'assemblée,
ἀλλὰ ἐν τῷ θεάτρῳ,	mais dans le théâtre,
οὐδὲ Ἀθηναίων	et non les Athéniens
ἐκκλησιαζόντων,	étant-en-assemblée,
ἀλλὰ τραγῳδῶν	mais les tragédiens
μελλόντων εἰσιέναι	allant paraître.
Εἰπὼν δὲ ταῦτα,	Mais ayant dit ces choses,
εἶπον μὲν μικρὰ	j'ai dit des choses peu-nombreuses
περὶ τῶν ἀδικημάτων ἰδίων,	sur les délits particuliers,
λέγω δὲ τὰ πλεῖστα	mais je dis les plus nombreuses
περὶ τῶν δημοσίων.	sur les *délits* publics.
Ἀξιώσατε δὴ καὶ	Or demandez aussi
τὸν Δημοσθένην ἀπολογεῖσθαι	Démosthène faire-la-justification
οὕτω πρῶτον	ainsi premièrement
πρὸς τὸν νόμον τῶν ὑπευθύνων,	vis-à-vis la loi des comptables,
καὶ δεύτερον τὸν	et deuxièmement *vis-à-vis* celle
περὶ τῶν κηρυγμάτων·	sur les proclamations;
τρίτον δέ,	mais troisièmement,
λέγω τὸ μέγιστον,	je dis la plus grande chose,
ὡς οὐδέ ἐστιν ἄξιος	*prouver* qu'il n'est pas digne
τῆς δωρεᾶς.	de la récompense.
Ἐὰν δὲ δέηται ὑμῶν	Mais s'il prie vous
συγχωρῆσαι αὐτῷ	de céder à lui-même
περὶ τῆς τάξεως τοῦ λόγου,	sur l'ordre du discours,
κατεπαγγελλόμενος	promettant
ὡς λύσει τὸ παράνομον	qu'il détruira la chose illégale
ἐπὶ τῇ τελευτῇ τῆς ἀπολογίας,	sur la fin de la défense,

λύσει τὸ παράνομον, μὴ συγχωρεῖτε, μηδ' ἀγνοεῖθ' ὅτι πα-
λαισμα τοῦτ' ἐστὶ δικαστηρίου· οὐ γὰρ εἰςαῦθίς ποτε βούλεται
πρὸς τὸ παράνομον ἀπολογεῖσθαι, ἀλλ' οὐδὲν ἔχων δίκαιον εἰπεῖν, ἑτέρων παρεμβολῇ πραγμάτων εἰς λήθην ὑμᾶς βούλεται
τῆς κατηγορίας ἐμβαλεῖν. Ὥσπερ οὖν ἐν τοῖς γυμνικοῖς ἀγῶσιν
ὁρᾶτε τοὺς πύκτας περὶ τῆς στάσεως ἀλλήλοις διαγωνιζομέ-
νους, οὕτω καὶ ὑμεῖς ὅλην τὴν ἡμέραν, ὑπὲρ τῆς πόλεως, περὶ
τῆς τάξεως αὐτῷ τοῦ λόγου μάχεσθε, καὶ μὴ ἐᾶτε αὐτὸν εἰς
τοὺς ἔξω τοῦ παρανόμου λόγους περιίστασθαι, ἀλλ' ἐγκαθήμε-
νοι καὶ ἐνεδρεύοντες ἐν τῇ ἀκροάσει, εἰςελαύνετε αὐτὸν εἰς τοὺς τοῦ
πράγματος λόγους, καὶ τὰς ἐκτροπὰς αὐτοῦ τῶν λόγων ἐπιτη-
ρεῖτε.

Ἀλλ' ἃ δὴ συμβήσεται ὑμῖν, ἐὰν τοῦτον τὸν τρόπον τὴν
ἀκρόασιν ποιῆσθε, ταῦθ' ὑμῖν ἤδη δίκαιός εἰμι προειπεῖν. Ἐπεις-
άξει γὰρ τὸν γόητα καὶ βαλαντιοτόμον, καὶ διατετμηκότα τὴν

son discours, ne vous rendez pas à sa prière; c'est l'artifice d'un
imposteur qui n'a pas envie de remplir sa promesse, et qui, faute
de raisons solides, veut, à force de digressions et d'écarts, vous
donner le change et vous faire oublier la cause. Comme vous
voyez les athlètes dans le pugilat se disputer l'avantage du terrain, de même vous, en vrais athlètes de la république, disputez à
Demosthène le plan de sa justification pendant tout le jour, s'il le
faut; ne souffrez pas qu'il s'écarte du sujet; mais, toujours attentifs et sur vos gardes, observant avec soin toutes ses paroles, obli-
gez-le de se renfermer dans la cause, et défiez-vous de ses détours
artificieux.

Il est bon de vous prévenir du parti qu'il doit prendre, s'il vous
voit apporter au tribunal les dispositions que je vous demande. Il
jouera le rôle d'un fourbe habile et d'un brigand insigne, qui a mis

μὴ συγχωρεῖτε,	ne cédez pas ,
μηδὲ ἀγνοεῖτε	et n'ignorez pas
ὅτι τοῦτό ἐστι	que ceci est
πάλαισμα δικαστηρίου.	un moyen-de-tromper un tribunal.
Οὐ βούλεται γάρ ποτε εἰςαῦθις	Car il ne veut jamais ensuite
ἀπολογεῖσθαι	justifier
πρὸς τὸ παράνομον,	concernant la chose illégale ,
ἀλλὰ ἔχων εἰπεῖν	mais n'ayant à dire
οὐδὲν δίκαιον,	rien de juste ,
βούλεται ἐμβαλεῖν ὑμᾶς	il veut jeter vous
εἰς λήθην τῆς κατηγορίας	dans l'oubli de l'accusation
παρεμβολῇ	par une introduction
ἑτέρων πραγμάτων.	d'autres affaires.
Ὥσπερ οὖν ὁρᾶτε	Donc comme vous voyez
ἐν τοῖς ἀγῶσι γυμνικοῖς	dans les combats gymniques
τοὺς πύκτας	les athlètes-au-pugilat
διαγωνιζομένους ἀλλήλοις	combattant les uns contre les autres
περὶ τῆς στάσεως,	au sujet de la position,
οὕτω καὶ ὑμεῖς	ainsi aussi vous
μάχεσθε αὐτῷ	combattez contre lui
τὴν ἡμέραν ὅλην,	pendant le jour entier,
ὑπὲρ τῆς πόλεως,	pour la ville ,
περὶ τῆς τάξεως τοῦ λόγου,	sur l'ordre du discours ,
καὶ μὴ ἐᾶτε αὐτὸν	et ne laissez pas lui
περιίστασθαι εἰς τοὺς λόγους	se détourner sur les discours
ἔξω τοῦ παρανόμου,	hors de la chose illégale,
ἀλλὰ ἐγκαθήμενοι	mais étant assis
καὶ ἐνεδρεύοντες ἐν τῇ ἀκροάσει,	et siégeant dans l'audition
εἰςελαύνετε αὐτὸν	poussez lui
εἰς τοὺς λόγους τοῦ πράγματος,	vers les discours de la chose,
καὶ ἐπιτηρεῖτε τὰς ἐκτροπὰς	et surveillez les écarts
τῶν λόγων αὐτοῦ.	des discours de lui.
Ἀλλὰ ἤδη εἰμὶ δίκαιος	Mais déjà je suis juste
προειπεῖν ὑμῖν ταῦτα,	de prédire à vous ces choses,
ἃ δὴ συμβήσεται ὑμῖν,	qui certes arriveront à vous,
ἐὰν ποιῆσθε τὴν ἀκρόασιν	si vous faites l'audition
τοῦτον τὸν τρόπον.	de cette manière.
Ἐπειςάξει γὰρ τὸν γόητα	Car il introduira le charlatan
καὶ βαλαντιοτόμον,	et coupeur-de-bourses,
καὶ διατετμηκότα τὴν πολιτείαν.	et qui a coupé-en-lambeaux **l'état**

πολιτείαν. Οὗτος κλαίει μὲν ῥᾷον ἢ ἄλλοι γελῶσιν, ἐπιορκεῖ δὲ πάντων προχειρότατα. Οὐκ ἂν θαυμάσαιμι δέ, εἰ μεταβαλλό-μενος τοῖς ἔξω περιεστηκόσι λοιδορήσεται, φάσκων τοὺς μὲν ὀλιγαρχικούς, ὑπ᾽ αὐτῆς τῆς ἀληθείας διηριθμημένους, ἥκειν πρὸς τὸ τοῦ κατηγόρου βῆμα, τοὺς δὲ δημοτικοὺς πρὸς τὸ τοῦ φεύγοντος. Ὅταν δὴ τὰ τοιαῦτα λέγῃ, πρὸς μὲν τοὺς στασιω-στικοὺς λόγους ἐκεῖνο αὐτῷ ὑποβάλλετε· «Ὅτι, ὦ Δημόσθε-νες, εἴ σοι ἦσαν ὅμοιοι οἱ ἀπὸ Φυλῆς φεύγοντα τὸν δῆμον κα-ταγαγόντες, οὐκ ἂν ποθ᾽ ἡ δημοκρατία κατέστη. Νῦν δὲ ἐκεῖνοι μέν, μεγάλων κακῶν συμβάντων, ἔσωσαν τὴν πόλιν, τὸ κάλ-λιστον ἐκ παιδείας ῥῆμα φθεγξάμενοι· Μὴ μνησικακεῖν [1]· σὺ δὲ ἑλκοποιεῖς, καὶ μᾶλλόν σοι μέλει τῶν αὐθημέρων λόγων, ἢ τῆς σωτηρίας τῆς πόλεως. »

Ὅταν δ᾽ ἐπίορκος ὢν, εἰς τὴν διὰ τῶν ὅρκων πίστιν κα-ταφυγγάνῃ, ἐκεῖνο ἀπομνημονεύσατε αὐτῷ, ὅτι τῷ πολλάκις μὲν

en lambeaux la république. Il pleure avec plus de facilité que les autres ne rient ; c'est le premier homme du monde pour se parjurer. Je ne serais pas étonné que, passant tout à coup des larmes aux injures, il n'éclatât en invectives contre les citoyens qui écoutent hors de cette enceinte; qu'il ne prétendît que les partisans de l'oli-garchie, désignés et nommés par la vérité même, se rangent du côté de l'accusateur, et les défenseurs de la démocratie, du côté de l'ac-cusé. Lorsqu'il débitera ces discours séditieux, interrompez-le pour lui dire : « Démosthène, si les braves qui ramenèrent de Phyle le peuple fugitif vous eussent ressemblé, c'en était fait de la répu-blique; mais ces grands hommes sauvèrent l'état, que les dis-cordes civiles avaient épuisé, en proclamant ce mot admirable et plein de sagesse : *Oubli des torts*. Vous, Démosthène, plus curieux de la beauté de vos phrases que du salut de la ville, vous rouvrez des plaies déjà fermées.

Mais lorsque, pour se faire croire, il aura recours aux serments, ou plutôt aux parjures, rappelez-lui que quiconque emploie sou-

Οὗτος μὲν κλαίει ῥᾷον	Celui-ci pleure plus facilement
ἢ ἄλλοι γελῶσιν,	que les autres rient,
ἐπιορκεῖ δὲ	et se parjure
προχειρότατα πάντων.	le plus aisément de tous.
Οὐ δὲ ἂν θαυμάσαιμι,	Mais je ne m'étonnerais pas,
εἰ μεταβαλλόμενος λοιδορήσεται	si changeant il injurie
τοῖς περιεστηκόσιν ἔξω,	ceux qui se-tiennent-autour dehors,
φάσκων	disant
τοὺς μὲν ὀλιγαρχικούς,	les amis-de-l'oligarchie,
διηριθμημένους	ayant été dénombrés
ὑπὸ τῆς ἀληθείας αὐτῆς,	par la vérité elle-même,
ἥκειν πρὸς τὸ βῆμα	venir vers la tribune
τοῦ κατηγόρου,	de l'accusateur,
τοὺς δὲ δημοτικοὺς	et les amis-de-la-démocratie
πρὸς τὸ τοῦ φεύγοντος.	vers celle de l'accusé.
Ὅταν δὴ λέγῃ τὰ τοιαῦτα,	Or quand il dira les choses telles,
ὑποβάλλετε μὲν αὐτῷ ἐκεῖνο	répondez à lui cela
πρὸς τοὺς λόγους στασιαστικούς·	contre les discours séditieux :
« Ὅτι, ὦ Δημόσθενες,	« Que, ò Démosthène,
εἰ οἱ καταγαγόντες ἀπὸ Φυλῆς	si ceux qui ont ramené de Phyle
τὸν δῆμον φεύγοντα	le peuple exilé
ἦσαν ὅμοιοί σοι,	avaient été semblables à toi,
ἡ δημοκρατία	la démocratie
οὐκ ἂν κατέστη ποτέ.	n'aurait subsisté jamais.
Νῦν δὲ ἐκεῖνοι μέν,	Mais alors ceux-là,
μεγάλων κακῶν συμβάντων,	de grands maux étant-arrivés,
ἔσωσαν τὴν πόλιν,	ont sauvé la ville,
φθεγξάμενοι τὸ ῥῆμα	ayant prononcé le mot
κάλλιστον ἐκ παιδείας·	le plus beau *résultant* de l'instruc-
Μὴ μνησικακεῖν·	Ne pas se-souvenir-du-mal ; [tion :
σὺ δὲ ἑλκοποιεῖς,	mais toi tu fais-des-blessures,
καὶ μέλει σοι μᾶλλον	et il est-soin à toi plutôt
τῶν λόγων αὐθημέρων,	des discours du-jour-même,
ἢ τῆς σωτηρίας τῆς πόλεως. »	que du salut de la ville. »
Ὅταν δὲ ὢν ἐπίορκος,	Mais quand étant parjure,
καταφυγγάνῃ εἰς τὴν πίστιν	il se réfugiera dans la créance
διὰ τῶν ὅρκων,	au moyen des serments,
ἀπομνημονεύσατε	rappelez
ἐκεῖνο αὐτῷ, ὅτι	cela à lui, que
τῷ μὲν ἐπιορκοῦντι πολλάκις,	à celui qui se parjure souvent,

ἐπιορκοῦντι, ἀεὶ δὲ πρὸς τοὺς αὐτοὺς μεθ᾽ ὅρκων ἀξιοῦντι πι-
στεύεσθαι, δυοῖν θάτερον ὑπάρξαι δεῖ, ὧν οὐδέτερόν ἐστι Δημοσθένει ὑπάρχον, ἢ τοὺς θεοὺς καινούς, ἢ τοὺς ἀκροατὰς μὴ
τοὺς αὐτούς.

Περὶ δὲ τῶν δακρύων καὶ τοῦ τόνου τῆς φωνῆς, ὅταν ὑμᾶς
ἐπερωτᾷ· « Ποῖ καταφύγω, ὦ ἄνδρες Ἀθηναῖοι; περιγράψατέ με
ἐκ τῆς πολιτείας· οὐκ ἔστιν ὅποι ἀναπτήσομαι· » ἀνθυποβάλλετε
αὐτῷ· « Ὁ δὲ δῆμος ὁ Ἀθηναίων ποῖ καταφύγῃ, Δημόσθενες;
πρὸς ποίαν συμμάχων παρασκευήν; πρὸς ποῖα χρήματα; Τί
προβαλλόμενος ὑπὲρ τοῦ δήμου πεπολίτευσαι; ἃ μὲν γὰρ ὑπὲρ
σεαυτοῦ βεβούλευσαι, ἅπαντες ὁρῶμεν. Ἐκλιπὼν μὲν τὸ ἄστυ,
οὐκ οἰκεῖς, ὡς δοκεῖς, ἐν Πειραιεῖ, ἀλλ᾽ ἐξορμεῖς ἐκ τῆς πόλεως[1],
ἐφόδια δὲ πεπόρισαι τῇ σαυτοῦ ἀνανδρίᾳ, τὸ βασιλικὸν χρυσίον
καὶ τὰ δημόσια δωροδοκήματα. »

Ὅλως δὲ τί τὰ δάκρυα; τίς ἡ κραυγή, τίς ὁ τόνος τῆς φωνῆς;

vent un tel moyen devant les mêmes hommes pour donner créance
à ses paroles, doit pouvoir, ce que ne peut Démosthène, changer de
dieux ou d'auditeurs.

Quant à ses larmes et à son ton lamentable, lorsqu'il s'écriera : « Où
me réfugierai-je, Athéniens ? exilé d'Athènes, je n'ai plus d' asile ; »
répondez-lui : « Et les Athéniens, où se réfugieront-ils? Où trouveront-
ils de l'argent et des alliés? Quelles ressources avez-vous ménagées à
la république? Nous voyons tout ce que vous avez fait pour vous-
même. Vous avez quitté la ville, et vous êtes passé au Pirée,
moins pour y fixer votre demeure que pour être prêt à partir; vous
avez amassé, pour fournir aux frais du voyage, l'or du roi de
Perse et les fruits de votre vénalité. »

Mais enfin, à quoi bon vos pleurs, vos cris, votre ton lamentable?

ἀξιοῦντι δὲ ἀεὶ πιστεύεσθαι	et qui demande toujours à être cru
πρὸς τοὺς αὐτοὺς	auprès des mêmes
μετὰ ὅρκων, δεῖ	avec des serments, il faut
θάτερον δυοῖν	l'une-ou-l'autre de deux choses
ὑπάρξαι,	appartenir,
ὧν οὐδέτερον	desquelles ni-l'une-ni-l'autre
ἐστὶν ὑπάρχον Δημοσθένει,	n'est appartenant à Démosthène,
ἢ τοὺς θεοὺς καινούς,	ou les dieux nouveaux,
ἢ τοὺς ἀκροατὰς	ou les auditeurs
μὴ τοὺς αὐτούς.	non les mêmes.
Περὶ δὲ τῶν δακρύων	Mais quant aux larmes
καὶ τοῦ τόνου τῆς φωνῆς,	et au ton de la voix,
ὅταν ἐπερωτᾷ ὑμᾶς·	quand il interrogera vous :
« Ποῖ καταφύγω,	« Où me réfugierai-je,
ὦ ἄνδρες Ἀθηναῖοι ;	ô hommes Athéniens ?
περιγράψατέ με ἐκ τῆς πολιτείας·	retranchez-moi de l'état;
οὐκ ἔστιν ὅποι ἀναπτήσομαι· »	il n'est pas où j'aborderai ;
ἀνθυποβάλλετε αὐτῷ·	répliquez à lui :
« Ὁ δὲ δῆμος ὁ Ἀθηναίων	« Mais le peuple des Athéniens
ποῖ καταφύγῃ, Δημόσθενες ;	où se réfugiera-t-il, Démosthène ?
πρὸς ποίαν παρασκευὴν	vers quel préparatif
συμμάχων ;	d'alliés ?
πρὸς ποῖα χρήματα ;	vers quelles sommes-d'argent ?
Τί προβαλλόμενος	Quoi mettant-en-réserve
πεπολίτευσαι ὑπὲρ τοῦ δήμου ;	as-tu administré pour le peuple?
ἅπαντες γὰρ ὁρῶμεν	car tous nous voyons
ἃ βεβούλευσαι	les choses que tu as préméditées
ὑπὲρ σεαυτοῦ.	pour toi-même.
Ἐκλιπὼν μὲν τὸ ἄστυ,	Ayant abandonné la ville,
οὐκ οἰκεῖς, ὡς δοκεῖς,	tu n'habites pas, comme tu parais,
ἐν Πειραιεῖ,	dans le Pirée,
ἀλλὰ ἐξορμεῖς ἐκ τῆς πόλεως,	mais tu t'élances hors de la ville,
πεπόρισαι δὲ	et tu t'es procuré
τῇ ἀνανδρίᾳ σαυτοῦ	par la lâcheté de toi-même
ἐφόδια, τὸ χρυσίον βασιλικὸν	des frais-de-route, l'or royal
καὶ τὰ δωροδοκήματα δημόσια. »	et les vénalités publiques. »
Ὅλως δὲ	Mais en somme
τί τὰ δάκρυα ;	pourquoi les larmes?
τίς ἡ κραυγή ;	quel est ce cri?
τίς ὁ τόνος τῆς φωνῆς ;	quel est ce ton de ta voix?

Οὐχ ὁ μὲν τὴν γραφὴν φεύγων ἐστὶ Κτησιφῶν, ὁ δ᾽ ἀγὼν οὐκ
ἀτίμητος; σὺ δ᾽ οὔτε περὶ τῆς οὐσίας, οὔτε περὶ τοῦ σώματος,
οὔτε περὶ τῆς ἐπιτιμίας ἀγωνίζῃ. Ἀλλὰ περὶ τίνος ἐστὶν αὐτῷ
ἡ σπουδή; Περὶ χρυσῶν στεφάνων, καὶ κηρυγμάτων ἐν τῷ
θεάτρῳ παρὰ τοὺς νόμους· ὃν ἐχρῆν, εἰ καὶ μανεὶς ὁ δῆμος, ἢ
τῶν καθεστηκότων ἐπιλελησμένος, ἐπὶ τοιαύτης ἀκαιρίας ἐβού-
λετο στεφανοῦν αὐτόν, παρελθόντα εἰς τὴν ἐκκλησίαν εἰπεῖν·
« Ἄνδρες Ἀθηναῖοι, τὸν μὲν στέφανον δέχομαι, τὸν δὲ καιρὸν
ἀποδοκιμάζω, ἐν ᾧ τὸ κήρυγμα γίγνεται· οὐ γὰρ δεῖ ἐφ᾽ οἷς ἡ
πόλις ἐπένθησε καὶ ἐκείρατο[1], ἐπὶ τούτοις ἐμὲ στεφανοῦσθαι. »
Ἀλλ᾽, οἶμαι, ταῦτα μὲν ἂν εἴποι ἀνὴρ ὄντως βεβιωκὼς μετ᾽
ἀρετῆς· ἃ δὲ σὺ λέξεις, εἴποι ἂν κάθαρμα ζηλοτυποῦν ἀρετήν.

Οὐ γὰρ δή, μὰ τὸν Ἡρακλέα, τοῦτό γε ὑμῶν οὐδεὶς φοβηθή-
σεται, μὴ ὁ Δημοσθένης, ἀνὴρ μεγαλόψυχος καὶ τὰ πολεμικὰ
διαφέρων, ἀποτυχὼν τῶν ἀριστείων, οἴκαδε ἐπανελθών, ἑαυτὸν

N'est-ce pas Ctésiphon qu'on accuse? S'il succombe, la peine n'est
pas fixée par les lois; vous, Démosthène, vous ne risquez ni vos
biens, ni votre vie, ni votre honneur. Mais de quoi est-il donc jaloux?
il veut absolument des couronnes d'or proclamées sur le théâtre contre toutes les lois, lui qui devrait, alors même que le peuple d'A-
thènes serait assez peu sensé, assez aveugle, pour vouloir le couronner
dans des conjonctures si peu convenables, monter à la tribune, et
dire : « Athéniens, j'accepte la couronne, mais j'en refuse la proclamation dans les circonstances présentes. Il n'est pas juste que je sois
couronné, lorsque la république est plongée dans l'affliction et dans
le deuil. » Ce serait là sans doute le langage d'un homme vraiment
vertueux; le sien sera celui d'un scélérat hypocrite, qui n'a de la
vertu que le masque.

Ne craignez pas que Démosthène, héros magnanime, guerrier illus-
tre, frustré de la récompense de sa valeur, se donne la mort dès qu'il
sera rentré dans sa maison : non, n'appréhendez rien de tel de ce cœur

Ὁ μὲν φεύγων τὴν γραφὴν | Celui qui fuit l'accusation
οὐκ ἐστι Κτησιφῶν, | n'est-il pas Ctésiphon,
ὁ δὲ ἀγὼν ἀτίμητος; | et le procès n'*est-il* pas sans-taxe?
σὺ δὲ ἀγωνίζη | mais toi tu *ne* combats
οὔτε περὶ τῆς οὐσίας, | ni pour ta fortune,
οὔτε περὶ τοῦ σώματος, | ni pour ton corps,
οὔτε περὶ τῆς ἐπιτιμίας. | ni pour ton honneur.
Ἀλλὰ περὶ τίνος | Mais sur quelle chose
ἡ σπουδή ἐστιν αὐτῷ; | l'inquiétude est-elle à lui?
Περὶ στεφάνων χρυσῶν, | Sur des couronnes d'or,
καὶ κηρυγμάτων ἐν τῷ θεάτρῳ | et des proclamations dans le théâtre
παρὰ τοὺς νόμους· ὃν ἐχρῆν, | contre les lois; *lui* qu'il fallait,
εἰ καὶ ὁ δῆμος μανείς, | si même le peuple étant insensé,
ἢ ἐπιλελησμένος | ou ayant oublié
τῶν καθεστηκότων, | les choses existantes,
ἐβούλετο στεφανοῦν αὐτὸν | voulait couronner lui
ἐπὶ ἀκαιρίας τοιαύτης, | dans un contre-temps tel,
παρελθόντα εἰς τὴν ἐκκλησίαν | s'étant avancé dans l'assemblée
εἰπεῖν· « Ἄνδρες Ἀθηναῖοι, | dire : « Hommes Athéniens,
δέχομαι μὲν τὸν στέφανον, | j'accepte la couronne,
ἀποδοκιμάζω δὲ | mais je désapprouve
τὸν καιρὸν ἐν ᾧ | le temps dans lequel
τὸ κήρυγμα γίγνεται· | la proclamation a lie
οὐ γὰρ δεῖ ἐμὲ στεφανοῦσθαι | car il ne faut pas moi être couronné
ἐπὶ τούτοις ἐπὶ οἷς | pour ces choses pour lesquelles
ἡ πόλις ἐπένθησε | la ville a-pris-le-deuil
καὶ ἐκείρατο. » | et s'est-rasé-les-cheveux. »
Ἀλλὰ, οἶμαι, ἀνὴρ | Mais, je crois, un homme
βεβιωκὼς ὄντως μετὰ ἀρετῆς | ayant vécu réellement avec vertu
ἂν εἴποι ταῦτα· | dirait ces choses;
κάθαρμα δὲ ζηλοτυποῦν ἀρετὴν | mais un scélérat feignant la vertu
ἂν εἴποι ἃ σὺ λέξεις. | dirait *celles* que toi tu diras.
  Οὐδεὶς γὰρ δὴ ὑμῶν, | Car certes personne de vous,
μὰ τὸν Ἡρακλέα, | par Hercule,
οὐ φοβηθήσεται τοῦτό γε, | ne sera effrayé de ceci du moins,
ᾗ ὁ Δημοσθένης, | que Démosthène,
ἀνὴρ μεγαλόψυχος, καὶ διαφέρων | homme à-l'âme-grande, et excellent
τὰ πολεμικά, | dans les choses de-la-guerre,
ἀποτυχὼν τῶν ἀριστείων, | ayant manqué les récompenses,
ἐπανελθὼν οἴκαδε, | étant rentré à la maison,

διαχρήσηται· ὃς τοσοῦτον καταγελᾷ τῆς πρὸς ὑμᾶς φιλοτιμίας,
ὥςτε τὴν μιαρὰν κεφαλὴν ταύτην καὶ ὑπεύθυνον, ἣν οὗτος παρὰ
πάντας τοὺς νόμους γέγραφε στεφανῶσαι, μυριάκις κατα-
τέτμηκε, καὶ τούτων μισθοὺς εἴληφε, τραύματος ἐκ προνοίας
γραφὰς γραφόμενος, καὶ κατακεχονδύλισται, ὥςτε αὐτὸν οἶμαι
τὰ τῶν χονδύλων ἴχνη τῶν Μειδίου ἔχειν ἔτι φανερά· ὁ γὰρ ἄνθρωπος οὐ κεφαλήν, ἀλλὰ πρόςοδον [1] κέκτηται.

Περὶ δὲ Κτησιφῶντος, τοῦ γράψαντος τὴν γνώμην, βραχέα
βούλομαι εἰπεῖν, τὰ δὲ πολλὰ ὑπερβήσομαι, ἵνα καὶ πεῖραν
ὑμῶν λάβω, εἰ δύνασθε τοὺς σφόδρα πονηρούς, κἂν μή τις
προείπῃ, διαγιγνώσκειν· ὃ δ' ἐστὶ κοινὸν καὶ δίκαιον κατ' ἀμ-
φοτέρων αὐτῶν ἀπαγγεῖλαι πρὸς ὑμᾶς, τοῦτ' ἐρῶ. Περιέρχον-
ται γὰρ τὴν ἀγορὰν ἀληθεῖς κατ' ἀλλήλων ἔχοντες δόξας, καὶ
λόγους οὐ ψευδεῖς λέγοντες. Ὁ μὲν γὰρ Κτησιφῶν οὐ τὸ καθ'

bas et mercenaire qui, peu jaloux de votre estime, s'est fait lui-même
mille fois des incisions à la tête, à cette tête coupable et comptable
qu'on veut couronner contre toutes les lois, qui a eu l'audace d'intenter
des procès criminels pour se faire payer de ses propres blessures, qui
enfin a mis à profit le soufflet de Midias, ce soufflet dont l'empreinte
est encore sur sa joue : car cet homme fait de sa tête un fonds d'un
excellent revenu.

Je vais dire un mot de Ctésiphon, l'auteur du décret : je n'entrerai
pas dans le détail de sa vie; je veux voir si, de vous-mêmes et sans
le secours d'un orateur, vous pouvez connaître les méchants. Disons
ce qui leur est commun et ce qu'on peut dire en toute justice. Ils se
promènent dans la place publique, pensant et parlant l'un de l'autre
dans la plus exacte vérité. Ctésiphon assure qu'il est tranquille **pour**

διαχρήσηται ἑαυτόν·	ne détruise lui-même ;
ὃς καταγελᾷ τοσοῦτον	lui qui se rit tellement
τῆς φιλοτιμίας (τῆς) πρὸς ὑμᾶς,	de la considération près de vous,
ὥστε κατατέτμηκε μυριάκις	qu'il a fait-incision dix-mille-fois
ταύτην τὴν κεφαλὴν	à cette tête
μιαρὰν καὶ ὑπεύθυνον,	impure et comptable,
ἣν οὗτος γέγραφε στεφανῶσαι	que celui-ci a proposé de couronner
παρὰ πάντας τοὺς νόμους,	contre toutes les lois,
καὶ εἴληφε μισθοὺς	et a reçu des récompenses
τούτων,	de ces *incisions*,
γραφόμενος γραφὰς	intentant des accusations
τραύματος ἐκ προνοίας,	de blessure d'après préméditation,
καὶ κατακεκονδύλισται,	et a été battu-de-coups-de-poing,
ὥστε οἶμαι αὐτὸν	tellement que je crois lui
ἔχειν τὰ ἴχνη	avoir les marques
τῶν κονδύλων τῶν Μειδίου	des poings de Midias
ἔτι φανερά·	encore apparentes :
ὁ γὰρ ἄνθρωπος κέκτηται	car l'homme possède
οὐ κεφαλήν, ἀλλὰ πρόσοδον.	non une tête, mais un revenu.
Βούλομαι δὲ εἰπεῖν βραχέα	Mais je veux dire des choses courtes
περὶ Κτησιφῶντος,	touchant Ctésiphon,
τοῦ γράψαντος τὴν γνώμην,	celui qui a écrit la motion,
ὑπερβήσομαι δὲ	et je passerai-par-dessus
τὰ πολλά, ἵνα καὶ	les choses nombreuses, afin que aussi
λάβω πεῖραν ὑμῶν,	je prenne épreuve de vous,
εἰ δύνασθε διαγιγνώσκειν	si vous pouvez discerner
τοὺς σφόδρα πονηρούς,	ceux fortement pervers,
καὶ ἄν τις	même si quelqu'un
μὴ προείπῃ·	ne l'a pas dit-d'avance *à vous* ;
ἐγὼ δὲ τοῦτο,	mais je dirai cela,
ὅ ἐστι κοινὸν καὶ δίκαιον	qu'il est commun et juste
ἀπαγγεῖλαι πρὸς ὑμᾶς	de déclarer à vous
κατὰ αὐτῶν ἀμφοτέρων.	sur eux deux.
Περιέρχονται γὰρ τὴν ἀγορὰν	Car ils parcourent la place-publique
ἔχοντες δόξας ἀληθεῖς	ayant des opinions vraies
κατὰ ἀλλήλων,	l'un sur l'autre,
καὶ λέγοντες λόγους οὐ ψευδεῖς.	et disant des discours non mensongers.
Ὁ μὲν γὰρ Κτησιφῶν	Car Ctésiphon
φησὶν οὐ φοβεῖσθαι	dit ne pas craindre
τὸ κατὰ ἑαυτόν,	pour la *part* concernant lui-même

ἑαυτόν φησι φοβεῖσθαι, ἐλπίζειν γὰρ δόξειν ἰδιώτης εἶναι, ἀλλὰ
τὴν τοῦ Δημοσθένους ἐν τῇ πολιτείᾳ δωροδοκίαν φησὶ φοβεῖσθαι,
καὶ τὴν ἐμπληξίαν καὶ δειλίαν. Ὁ δὲ Δημοσθένης, εἰς αὐτὸν
μὲν ἀποβλέπων, θαρρεῖν φησι, τὴν δὲ τοῦ Κτησιφῶντος πονηρίαν καὶ πορνοβοσκίαν ἰσχυρῶς δεδιέναι. Τοὺς δὴ κατεγνωκότας
ἀλλήλων ἀδικεῖν μηδαμῶς ὑμεῖς, οἱ κοινοὶ κριταὶ τῶν ἐγκλημάτων, ἀπολύσητε.

Περὶ δὲ τῶν εἰς ἐμαυτὸν λοιδοριῶν βραχέα βούλομαι προειπεῖν. Πυνθάνομαι γὰρ λέξειν Δημοσθένην, ὡς ἡ πόλις ὑπ' αὐτοῦ μὲν ὠφέληται πολλά, ὑπ' ἐμοῦ δὲ καταβέβλαπται, καὶ τὸν
Φίλιππον, καὶ τὸν Ἀλέξανδρον, καὶ τὰς ἀπὸ τούτων αἰτίας
ἀνοίσειν ἐπ' ἐμέ. Οὕτω γάρ ἐστιν, ὡς ἔοικε, δεινὸς δημιουργὸς
λόγων, ὥστε οὐκ ἀπόχρη αὐτῷ, εἴ τι πεπολίτευμαι παρ' ὑμῖν
ἐγώ, ἢ εἴ τινας δημηγορίας εἴρηκα, τούτων κατηγορεῖν, ἀλλὰ καὶ
τὴν ἡσυχίαν μου τοῦ βίου διαβάλλει, καὶ τῆς σιωπῆς μου κα-

lui-même, il se flatte d'être pris pour un homme simple, mais il redoute les concussions de Démosthène dans le ministère, et son manque de courage. Quant à Démosthène, lorsqu'il s'examine, il proteste qu'il est plein de confiance pour ce qui le regarde, mais qu'il craint étrangement pour les mœurs corrompues et les infâmes trafics de Ctésiphon. Et vous, Athéniens, qui êtes juges de l'un et de l'autre, absoudrez-vous deux hommes qui se condamnent mutuellement?

Je vais répondre, en peu de mots, aux invectives dont ils ne manqueront pas de me charger. Selon ce que j'apprends, Démosthène dira que j'ai causé autant de dommages à la république qu'il lui a rendu de services; il m'imputera tout le mal que Philippe et Alexandre ont pu faire. Cet habile artisan de discours ne se contentera pas de reprendre ce que j'ai dit et fait en qualité de ministre; il décriera mon loisir même et mon silence, afin qu'aucune partie de ma

ἐλπίζειν γὰρ δόξειν	car *il dit* espérer devoir paraître
εἶναι ἰδιώτης	être simple,
ἀλλὰ φησι φοβεῖσθαι	mais il dit craindre
τὴν δωροδοκίαν τοῦ Δημοσθένους	la vénalité de Démosthène
ἐν τῇ πολιτείᾳ,	dans l'administration,
καὶ τὴν ἐμπληξίαν καὶ δειλίαν.	et sa frayeur et sa lâcheté.
Ὁ δὲ Δημοσθένης,	D'autre part Démosthène,
ἀποβλέπων μὲν εἰς αὐτόν,	jetant-les-yeux sur lui-même,
φησὶ θαρρεῖν,	dit avoir-confiance,
δεδιέναι δὲ ἰσχυρῶς	mais craindre fortement
τὴν πονηρίαν	la perversité
καὶ πορνοβοσκίαν	et le métier-de-prostitueur
τοῦ Κτησιφῶντος.	de Ctésiphon.
Ὑμεῖς δή, οἱ κριταὶ κοινοὶ	*Que* vous donc, les juges communs
τῶν ἐγκλημάτων,	des inculpations,
ἀπολύσητε μηδαμῶς	n'absolviez nullement
τοὺς κατεγνωκότας ἀλλήλων	ceux qui ont reconnu-contre l'un l'au-
ἀδικεῖν.	être-en-faute. [tre
Βούλομαι δὲ	Mais je veux
προειπεῖν βραχέα	dire-d'avance des choses courtes
περὶ τῶν λοιδορῶν εἰς ἐμαυτόν.	sur les invectives contre moi-même.
Πυνθάνομαι γὰρ	Car j'apprends
Δημοσθένην λέξειν,	Démosthène devoir dire,
ὡς ἡ πόλις ὠφέληται μὲν	que la ville a été servie
ὑπὸ αὐτοῦ πολλά,	par lui en choses nombreuses,
καταβέβλαπται δὲ ὑπὸ ἐμοῦ,	mais a été desservie par moi,
καὶ ἀνοίσειν ἐπὶ ἐμὲ	et devoir rejeter sur moi
καὶ τὸν Φίλιππον,	et Philippe,
καὶ τὸν Ἀλέξανδρον,	et Alexandre,
καὶ τὰς αἰτίας ἀπὸ τούτων	et les inculpations *partant* de ceux-
Ἔστι γάρ, ὡς ἔοικε,	Car il est, comme il paraît, [ci
δημιουργὸς λόγων οὕτω δεινός,	artisan de discours si perfide,
ὥστε οὐκ ἀπόχρη αὐτῷ,	qu'il ne suffit pas à lui,
εἰ ἐγὼ πεπολίτευμαί τι	si moi j'ai administré quelque chose
παρὰ ὑμῖν, ἢ εἰ εἴρηκα	chez vous, ou si j'ai dit
τινὰς δημηγορίας,	quelques harangues-au-peuple,
κατηγορεῖν τούτων,	d'accuser celles-ci,
ἀλλὰ καὶ διαβάλλει	mais même il calomnie
τὴν ἡσυχίαν τοῦ βίου μου,	le loisir de la vie de moi,
καὶ κατηγορεῖ τῆς σιωπῆς μου,	et accuse le silence de moi,

τηγορεῖ, ἵνα μηδεὶς αὐτῷ τόπος ἀσυκοφάντητος παραλείπηται, καὶ τὰς ἐν τοῖς γυμνασίοις μετὰ τῶν νεωτέρων μου διατριβὰς καταμέμφεται, καὶ κατὰ τῆςδε τῆς κρίσεως, εὐθὺς ἀρχόμενος τοῦ λόγου, φέρει τινὰ αἰτίαν, λέγων ὡς ἐγὼ τὴν γραφὴν οὐχ ὑπὲρ τῆς πόλεως ἐγραψάμην, ἀλλ' ἐνδεικνύμενος Ἀλεξάνδρῳ διὰ τὴν πρὸς αὐτὸν ἔχθραν. Καὶ νὴ Δί', ὡς ἐγὼ πυνθάνομαι, μέλλει με ἀνερωτᾶν, διὰ τί τὸ μὲν κεφάλαιον τῆς πολιτείας αὐτοῦ ψέγω, τὰ δὲ καθέκαστον οὐκ ἐκώλυον, οὐδ' ἐγραφόμην. ἀλλὰ διαλιπών, καὶ πρὸς τὴν πολιτείαν οὐ πυκνὰ προςιών, ἀπήνεγκα τὴν γραφήν.

Ἐγὼ δὲ οὔτε τὰς Δημοσθένους διατριβὰς ἐζήλωκα, οὔτ' ἐπὶ ταῖς ἐμαυτοῦ αἰσχύνομαι, οὔτε τοὺς εἰρημένους ἐν ὑμῖν λόγους ἐμαυτῷ ἀρρήτους εἶναι βουλοίμην, οὔτε τὰ αὐτὰ τούτῳ δημηγορήσας ἐδεξάμην ἂν ζῆν. Τὴν δ' ἐμὴν σιωπήν, ὦ Δημόσθενες,

vie n'échappe à sa malignité; il empoisonnera jusqu'à mes habitudes innocentes avec la jeunesse dans les gymnases; dès l'entrée de son discours, il doit chercher à rendre suspecte l'accusation actuelle, soutenir que ce n'est point par zèle pour le bien de l'état que je l'ai accusé, mais pour faire ma cour à Alexandre, sachant bien que ce prince ne l'aime pas. J'apprends enfin qu'il doit me demander pourquoi je m'élève en même temps contre toutes les opérations de son ministère, lorsque je ne les ai ni traversées, ni attaquées dans le détail; pourquoi je m'avise, en ce jour, de l'accuser auprès de vous, moi qui ne me suis mêlé des affaires publiques que rarement et par intervalle?

Pour moi, Athéniens, je n'ai jamais envié les occupations de Démosthène, et ne rougis pas des miennes. Je ne me reproche aucun des discours que j'ai prononcés devant vous, et je mourrais de honte, si je m'étais permis les siens. Quant à mon silence, c'est ma vie

Ἵνα μηδεὶς τόπος   afin que pas un endroit
παραλείπηται αὐτῷ   *ne* soit omis par lui
ἀσυκοφάντητος,   non-calomnié,
καὶ καταμέμφεται   et il blâme
τὰς διατριβάς μου   les occupations de moi
ἐν τοῖς γυμνασίοις   dans les gymnases
μετὰ τῶν νεωτέρων,   avec les jeunes gens,
καὶ εὐθὺς ἀρχόμενος τοῦ λόγου,   et aussitôt commençant le discours,
φέρει τινὰ αἰτίαν   apporte une certaine inculpation
κατὰ τῆςδε τῆς κρίσεως,   contre ce procès,
λέγων ὡς ἐγὼ   disant que moi
ἐγραψάμην τὴν γραφὴν   j'ai intenté l'accusation
οὐχ ὑπὲρ τῆς πόλεως,   non pour la ville,
ἀλλὰ ἐνδεικνύμενος   mais me-mettant-en-vue
Ἀλεξάνδρῳ   *près* d'Alexandre
διὰ τὴν ἔχθραν πρὸς αὐτόν.   à cause de sa haine contre lui.
Καὶ νὴ Δία,   Et par Jupiter,
ὡς ἐγὼ πυνθάνομαι,   comme moi j'apprends,
μέλλει ἀνερωτάν με,   il doit interroger moi,
διὰ τί ψέγω μὲν τὸ κεφάλαιον   pourquoi je blâme le total
τῆς πολιτείας αὐτοῦ,   de l'administration de lui,
οὐ δὲ ἐκώλυον   et n'ai pas empêché
τὰ καθέκαστον,   les choses une-à-une,
οὐδὲ ἐγραφόμην,   ni ne *les* ai accusées,
ἀλλὰ διαλιπών,   mais ayant mis-de-l'intervalle,
καὶ προςιὼν οὐ πυκνὰ   et m'approchant non fréquemment
πρὸς τὴν πολιτείαν,   de l'administration,
ἀπήνεγκα τὴν γραφήν.   j'ai intenté l'accusation.
Ἐγὼ δὲ οὔτε ἐζήλωκα   Mais moi ni je n'ai envié
τὰς διατριβὰς Δημοσθένους,   les occupations de Démosthène,
οὔτε αἰσχύνομαι   ni je n'ai honte
ἐπὶ ταῖς ἐμαυτοῦ,   de celles de moi-même,
οὔτε βουλοίμην τοὺς λόγους   ni je ne voudrais les discours
εἰρημένους ἐμαυτῷ ἐν ὑμῖν   ayant été dits par moi-même parmi
εἶναι ἀρρήτους,   être non-prononcés,   [vous
οὔτε ἂν ἐδεξάμην ζῆν   ni je n'aurais accepté de vivre
δημηγορήσας   ayant dit-au-peuple
τὰ αὐτὰ τούτῳ.   les mêmes choses *que* celui-ci.
Ἡ δὲ μετριότης τοῦ βίου   Mais la modération de ma vie
παρεσκεύασεν, ὦ Δημόσθενες,   a causé, ô Démosthène,

ἡ τοῦ βίου μετριότης παρεσκεύασεν· ἀρκεῖ γάρ μοι μικρά, καὶ
μειζόνων αἰσχρῶς οὐκ ἐπιθυμῶ· ὥστε καὶ σιγῶ καὶ λέγω βου-
λευσάμενος, ἀλλ' οὐκ ἀναγκαζόμενος ὑπὸ τῆς ἐν τῇ φύσει δαπάνης. Σὺ δ', οἶμαι, λαβὼν μὲν σεσίγηκας, ἀναλώσας δὲ κέ-
κραγας· λέγεις δὲ οὐχ ὁπόταν σοι δοκῇ, οὐδ' ἃ βούλει, ἀλλ' ὁπόταν οἱ μισθοδόται σοι προστάττωσιν· οὐκ αἰσχύνη δὲ ἀλαζονευό-
μενος, ἃ παραχρῆμα ἐξελέγχῃ ψευδόμενος.

Ἀπηνέχθη γὰρ ἡ κατὰ τοῦδε τοῦ ψηφίσματος γραφή, ἣν οὐχ
ὑπὲρ τῆς πόλεως, ἀλλ' ὑπὲρ τῆς πρὸς Ἀλέξανδρον ἐνδείξεώς με
φῂς ἀπενεγκεῖν, ἔτι Φιλίππου ζῶντος, πρὶν Ἀλέξανδρον εἰς τὴν
ἀρχὴν καταστῆναι, οὔπω σοῦ τὸ περὶ Παυσανίαν ἐνύπνιον
ἑωρακότος, οὐδὲ πρὸς τὴν Ἀθηνᾶν καὶ τὴν Ἥραν νύκτωρ
διειλεγμένου. Πῶς ἂν οὖν ἐγὼ προενεδεικνύμην Ἀλεξάνδρῳ; εἴ
γε μὴ ταὐτὸ ἐνύπνιον ἐγὼ καὶ Δημοσθένης εἴδομεν.

simple, Démosthène, qui m'en a inspiré le goût; je me contente
d'une fortune médiocre, et ne cherche pas à la grossir par des voies
honteuses. Ma volonté seule, et non le besoin d'entretenir mon luxe,
me fait taire ou parler: vous vous taisez, vous, lorsque vous avez
reçu de l'argent, et vous criez de nouveau, lorsque vous l'avez dépensé. Vous parlez, non pas quand et comme il vous plaît, mais
quand il plaît à ceux qui vous paient, et vous ne craignez pas d'a-
vancer des faits sur lesquels, le moment d'après, vous serez convaincu de mensonge.

Vous dites, par exemple, que j'ai intenté l'accusation actuelle,
non par amour du bien public, mais pour faire ma cour à Alexandre; cependant, lorsque je l'ai intentée, Philippe vivait encore,
Alexandre n'était pas monté sur le trône, et vous n'aviez pas eu votre
songe au sujet de Pausanias, ni vos entretiens nocturnes avec Junon
et Minerve. Comment donc aurais-je eu l'idée de faire ma cour à
Alexandre, à moins d'avoir été favorisé du même songe que Démosthène?

τὴν ἐμὴν σιωπήν·	mon silence ;
μικρὰ γὰρ ἀρκεῖ μοι,	car de petites choses suffisent à moi ,
καὶ οὐκ ἐπιθυμῶ μειζόνων	et je ne desire pas de plus grandes
αἰσχρῶς·	honteusement ;
ὥςτε καὶ σιωπῶ	de sorte que et je me tais
καὶ λέγω βουλευσάμενος,	et je parle ayant réfléchi ,
ἀλλὰ οὐκ ἀναγκαζόμενος	mais non étant forcé
ὑπὸ τῆς δαπάνης	par la dépense
ἐν τῇ φύσει.	*qui est* dans mon naturel.
Σὺ δέ, οἶμαι,	Mais toi, je crois ,
σεσίγηκας μὲν λαβών,	tu te tais ayant reçu,
κέκραγας δὲ ἀναλώσας·	et tu cries ayant dépensé ;
λέγεις δὲ	et tu dis
οὐχ ὁπόταν δοκῇ σοι,	non quand il semble-bon à toi,
οὐδὲ ἃ βούλει,	ni *les choses* que tu veux,
ἀλλὰ ὁπόταν οἱ μισθοδόται	mais quand les donneurs-de-salaires
προςτάττωσί σοι·	enjoignent à toi ;
οὐκ αἰσχύνῃ δὲ	et tu n'as pas honte
ἀλαζονευόμενος	disant-par-forfanterie
ἃ παραχρῆμα	*des choses* que tout-aussitôt
ἐξελέγχῃ ψευδόμενος.	tu es convaincu disant-faussement.
Ἡ γὰρ γραφὴ	Car l'accusation
κατὰ τοῦδε τοῦ ψηφίσματος,	contre ce décret,
ἣν φῂς με ἀπενεγκεῖν	que tu dis moi avoir portée
οὐχ ὑπὲρ τῆς πόλεως,	non pour la ville,
ἀλλὰ ἐπὶ τῆς ἐνδείξεως	mais pour la démonstration
πρὸς Ἀλέξανδρον, ἀπηνέχθη,	envers Alexandre, fut portée,
Φιλίππου ζῶντος ἔτι,	Philippe vivant encore,
πρὶν Ἀλέξανδρον καταστῆναι	avant Alexandre être parvenu
εἰς τὴν ἀρχήν,	au commandement ,
σοῦ οὔπω ἑωρακότος	toi n'ayant pas-encore vu
τὸ ἐνύπνιον (τὸ) περὶ Παυσανίαν,	la vision touchant Pausanias.
οὐδὲ διειλεγμένου νύκτωρ	et n'ayant pas conversé de nuit
πρὸς τὴν Ἀθηνᾶν	avec Minerve
καὶ τὴν Ἥραν.	et Junon.
Πῶς οὖν ἐγὼ	Comment donc moi
ἂν προεδεικνύμην	me serais-je montré-d'avance
Ἀλεξάνδρῳ ;	à Alexandre ?
εἴ γε ἐγὼ καὶ Δημοσθένης	si du moins moi et Démosthène
μὴ εἴδομεν τὸ αὐτὸ ἐνύπνιον.	nous n'avions vu la même vision

Ἐπιτιμᾷς δέ μοι, εἰ μὴ συνεχῶς, ἀλλὰ διαλείπων πρὸς τὸν δῆμον προσέρχομαι, καὶ τὴν ἀξίωσιν ταύτην οἴει λανθάνειν ἡμᾶς μεταφέρων οὐκ ἐκ δημοκρατίας, ἀλλ' ἐξ ἑτέρας πολιτείας. Ἐν μὲν γὰρ ταῖς ὀλιγαρχίαις οὐχ ὁ βουλόμενος, ἀλλ' ὁ δυνα- στεύων κατηγορεῖ· ἐν δὲ ταῖς δημοκρατίαις ὁ βουλόμενος, καὶ ὅταν αὐτῷ δόξῃ. Καὶ τὸ μὲν διὰ χρόνου λέγειν σημεῖόν ἐστιν ἐπὶ τῶν καιρῶν καὶ τοῦ συμφέροντος ἀνδρὸς πολιτευομένου, τὸ δὲ μηδε- μίαν παραλείπειν ἡμέραν, ἐργαζομένου καὶ μισθαρνοῦντος.

Ὑπὲρ δὲ τοῦ μηδέπω κεκρίσθαι ὑπ' ἐμοῦ[1], μηδὲ τῶν ἀδικη- μάτων τιμωρίαν ὑποσχεῖν, ὅταν καταφεύγῃς ἐπὶ τοὺς τοιούτους λόγους, ἢ τοὺς ἀκούοντας ἐπιλήσμονας ὑπολαμβάνεις, ἢ σαυτὸν παραλογίζῃ. Τὰ μὲν γὰρ περὶ τοὺς Ἀμφισσέας ἠσεβημένα σοι, καὶ τὰ περὶ τὴν Εὔβοιαν δωροδοκηθέντα, χρόνων ἐγγεγενημέ-

Vous me reprochez encore de ne paraître à la tribune que rare- ment et par caprice, comme si nous ignorions qu'un tel reproche, qui pourrait convenir ailleurs, est déplacé dans une démocratie Dans un état oligarchique, n'accuse pas qui veut, mais celui-là seul qui a le pouvoir en main : dans un gouvernement populaire, celui qui veut accuse, et quand il le juge à propos. Parler quelquefois au peuple, c'est la marque d'un homme sage, qui attend que l'oc- casion et l'intérêt public l'appellent à la tribune; ne point passer un jour sans parler, c'est le propre d'un mercenaire qui trafique de la parole.

Quand vous osez dire que je ne vous ai pas encore accusé, et que vous n'avez pas subi la peine due à vos crimes; quand vous avez recours à de telles raisons, il faut que vous comptiez sur le défaut de mémoire de vos auditeurs, ou que vous vous abusiez vous- même. Peut-être vous flattez-vous que le temps qui s'est écoulé de- puis depuis que je dévoilai vos impiétés au sujet d'Amphisse et vos corruptions dans les affaires de l'Eubée, les a fait oublier au

Ἐπιτιμᾷς δέ μοι,   Mais tu blâmes à moi,
εἰ προςέρχομαι πρὸς τὸν δῆμον   si je m'avance vers le peuple
μὴ συνεχῶς,   non continuellement,
ἀλλὰ διαλείπων,   mais mettant-de-l'intervalle,
καὶ οἴει λανθάνειν ἡμᾶς   et tu crois être caché à nous
μεταφέρων ταύτην τὴν ἀξίωσιν   apportant cet argument
οὐκ ἐκ δημοκρατίας,   non d'une démocratie,
ἀλλὰ ἐξ ἑτέρας πολιτείας.   mais d'un autre gouvernement.
Ἐν μὲν γὰρ ταῖς ὀλιγαρχίαις   Car dans les oligarchies
οὐχ ὁ βουλόμενος,   non celui qui veut,
ἀλλὰ ὁ δυναστεύων κατηγορεῖ·   mais celui qui a-du-pouvoir accuse ;
ἐν δὲ ταῖς δημοκρατίαις,   mais dans les démocraties,
ὁ βουλόμενος,   celui qui veut,
καὶ ὅταν δόξῃ αὐτῷ.   et quand il semble-bon à lui.
Καὶ τὸ μὲν λέγειν διὰ χρόνου   Et le parler par intervalle
ἐστὶ σημεῖον   est signe
ἀνδρὸς πολιτευομένου   d'un homme qui administre
ἐπὶ τῶν καιρῶν   pour les circonstances
καὶ τοῦ συμφέροντος,   et l'intérêt,
τὸ δὲ παραλείπειν   mais le *n'*omettre
μηδεμίαν ἡμέραν,   pas un jour,
ἐργαζομένου   *d'un homme* qui fait-un-métier
καὶ μισθαρνοῦντος.   et qui reçoit-un-salaire.
Ὑπὲρ δὲ τοῦ   Mais sur le
κεκρίσθαι   *n'*avoir été mis-en-jugement
μηδέπω ὑπὸ ἐμοῦ,   pas-encore par moi,
μηδὲ ὑποσχεῖν τιμωρίαν   et ne pas avoir subi châtiment
τῶν ἀδικημάτων,   des délits,
ὅταν καταφεύγῃς   quand tu te réfugies
ἐπὶ τοὺς λόγους τοιούτους,   vers les discours tels,
ἢ ὑπολαμβάνεις τοὺς ἀκούοντας   ou tu présumes ceux qui écoutent
ἐπιλήσμονας,   *être* oublieux,
ἢ παραλογίζῃ   ou tu trompes-par-un-faux-raisonne-
σαυτόν.   toi-même.   [ment
Ἴσως γὰρ ἐλπίζεις   Car sans doute tu espères
τὸν δῆμον ἀμνημονεῖν   le peuple ne-pas-se-rappeler
τὰ ἠσεβημένα σοι   les choses faites-avec-impiété par toi,
περὶ τοὺς Ἀμφισσέας,   concernant les Amphissiens,
καὶ τὰ δωροδοκηθέντα   et celles faites-avec-vénalité
περὶ τὴν Εὔβοιαν,   concernant l'Eubée

νον, ἐν οἷς ὑπ' ἐμοῦ φανερῶς ἐξηλέγχου, ἴσως ἐλπίζεις τὸν δῆμον ἀμνημονεῖν· τὰ δὲ περὶ τὰς τριήρεις καὶ τοὺς τριηράρχους
ἁρπάγματα τίς ἂν ἀποκρύψαι χρόνος δύναιτ' ἄν, ὅτε νομοθετή-
σας περὶ τῶν τριακοσίων νεῶν, καὶ σαυτὸν πείσας Ἀθηναίους
ἐπιστάτην τάξαι τοῦ ναυτικοῦ, ἐξηλέγχθης ὑπ' ἐμοῦ ἑξήκοντα
καὶ πέντε νεῶν ταχυναυτουσῶν τριηράρχους ὑφῃρημένος, πλεῖον
τῆς πόλεως ἀφανίζων ναυτικόν, ἢ ὅτε Ἀθηναῖοι τὴν ἐν Νάξῳ
ναυμαχίαν Λακεδαιμονίους καὶ Πόλλιν ἐνίκησαν [1];

Οὕτω δὲ ταῖς αἰτίαις ἐνέφραξας τὰς κατὰ σαυτοῦ τιμωρίας,
ὥστε τὸν κίνδυνον εἶναι μή σοι τῷ ἀδικήσαντι, ἀλλὰ τοῖς ἐπεξ-
ιοῦσι· πολὺν μὲν τὸν Ἀλέξανδρον καὶ Φίλιππον ἐν ταῖς διαβο-
λαῖς φέρων, αἰτιώμενος δέ τινας ἐμποδίζειν τοὺς τῆς πόλεως
καιρούς, ἀεὶ τὸ παρὸν λυμαινόμενος, τὸ δὲ μέλλον κατεπαγγελ-
λόμενος. Οὐ τὸ τελευταῖον εἰσαγγέλλεσθαι μέλλων ὑπ' ἐμοῦ,
τὴν Ἀναξίνου σύλληψιν τοῦ Ὠρείτου κατεσκεύασας, τοῦ τὰ

peuple ; mais , quel espace de temps pourrait effacer le souvenir de
vos brigandages dans l'intendance de la marine ? Vous aviez porté
une loi pour faire armer trois cents galères, et persuadé aux Athéniens de vous préposer aux dépenses de l'armement ; je vous con-
vainquis alors d'avoir soustrait à la république soixante et quinze
vaisseaux , de nous avoir privé d'un plus grand nombre de galères
que nous n'en avions , quand nous vainquîmes à Naxos les Lacédémoniens et leur général Pollis.

Toutefois, à force de vous envelopper de récriminations, vous
vous mites à couvert de la peine, en sorte que c'étaient les accusateurs qui avaient à craindre , et non le coupable. Flattant toujours
le peuple d'un brillant avenir, et ruinant le présent, vous vous dé-
chaîniez contre Philippe et contre Alexandre, et vous accusiez quelques citoyens d'entraver les affaires. Enfin, au moment où je voulais
vous dénoncer comme criminel d'état, ne fîtes-vous pas arrêter

τῶν χρόνων ἐγγεγενημένων,	les temps s'étant écoulés,
ἐν οἷς ἐξηλέγχου	dans lesquels tu as été convaincu
ὑπὸ ἐμοῦ φανερῶς ·	par moi manifestement ;
τίς δὲ χρόνος ἂν δύναιτο	mais quel temps pourrait
ἀποκρύψαι τὰ ἁρπάγματα	avoir caché les larcins
περὶ τὰς τριήρεις	concernant les trirèmes
καὶ τοὺς τριηράρχους,	et les triérarques ,
ὅτε νομοθετήσας	quand ayant établi-une-loi
περὶ τῶν τριακοσίων νεῶν ,	sur les trois cents vaisseaux,
καὶ πείσας Ἀθηναίους	et ayant persuadé aux Athéniens
τάξαι σαυτὸν	de préposer toi-même
ἐπιστάτην τοῦ ναυτικοῦ,	intendant de la marine,
ἐξηλέγχθης ὑπὸ ἐμοῦ	tu as été convaincu par moi
ὑφῃρημένος	ayant soustrait
ἑξήκοντα καὶ πέντε τριηράρχους	soixante et cinq triérarques
νεῶν ταχυναυτουσῶν,	de vaisseaux voguant-rapidement ,
ἀφανίζων ναυτικὸν τῆς πόλεως	anéantissant une marine de la ville
πλεῖον ἢ ὅτε Ἀθηναῖοι	plus nombreuse que quand les Athé-
ἐνίκησαν Λακεδαιμονίους	vainquirent les Lacédémoniens [niens
καὶ Πόλλιν	et Pollis
τὴν ναυμαχίαν ἐν Νάξῳ ;	dans le combat-naval à Naxos ?
Ἐνέφραξας δὲ οὕτω	Mais tu as embarrassé tellement
ταῖς αἰτίαις	par les incriminations
τὰς τιμωρίας κατὰ σαυτοῦ,	les châtiments contre toi-même,
ὥστε τὸν κίνδυνον εἶναι	que le danger être
μὴ σοὶ τῷ ἀδικήσαντι,	non à toi qui as commis-le-délit,
ἀλλὰ τοῖς ἐπεξιοῦσι ·	mais à ceux qui le poursuivent ;
φέρων μὲν πολὺν	apportant fréquent
τὸν Ἀλέξανδρον καὶ Φίλιππον	Alexandre et Philippe
ἐν ταῖς διαβολαῖς,	dans tes diatribes ,
αἰτιώμενος δέ τινας	et accusant quelques-uns
ὑποδίζειν τοὺς καιροὺς	d'entraver les occasions
τῆς πόλεως,	de la ville ,
λυμαινόμενος ἀεὶ τὸ παρόν,	gâtant toujours le présent,
κατεπαγγελλόμενος δὲ	mais promettant-magnifiquement
τὸ μέλλον.	l'avenir.
Τὸ τελευταῖον μέλλων	Enfin étant-sur-le-point
εἰσαγγέλλεσθαι ὑπὸ ἐμοῦ,	d'être dénoncé par moi ,
οὐ κατεσκεύασας τὴν σύλληψιν	n'as-tu pas machiné l'arrestation
Ἀναξίνου τοῦ Ὠρείτου,	d'Anaxine l'Oritain,

ἀγοράσματα Ὀλυμπιάδι ἀγοράζοντος[1], καὶ τὸν αὐτὸν ἄνδρα δια-
στρέβλωσας τῇ σαυτοῦ χειρί, γράψας αὐτὸν θανάτῳ ζημιῶσαι;
καίτοι παρὰ τῷ αὐτῷ ἐν Ὠρεῷ κατήγου, καὶ ἀπὸ τῆς αὐτῆς
τραπέζης ἔφαγες, καὶ ἔπιες, καὶ ἔσπεισας, καὶ τὴν δεξιὰν ἐνέ-
βαλες, ἄνδρα φίλον καὶ ξένον ποιούμενος. Καὶ τοῦτον ἀπέκτει-
νας, καὶ περὶ τούτων ἐν ἅπασιν Ἀθηναίοις ἐξελεγχθεὶς ὑπ'
ἐμοῦ, καὶ κληθεὶς ξενοκτόνος, οὐ τὸ ἀσέβημα ἠρνήσω, ἀλλ'
ἀπεκρίνω, ἐφ' ᾧ ἀνεβόησεν ὁ δῆμος, καὶ ὅσοι ξένοι περιέστασαν
τὴν ἐκκλησίαν· ἔφησθα γὰρ τοὺς τῆς πόλεως ἅλας περὶ πλείονος ποιήσασθαι τῆς ξενικῆς τραπέζης[2].

Ἐπιστολὰς δὲ σιγῶ ψευδεῖς, καὶ κατασκόπων συλλήψεις,
καὶ βασάνους ἐπ' αἰτίαις ἀγενήτοις, ὡς ἐμοῦ μετά τινων ἐν τῇ
πόλει νεωτερίζειν βουλομένου. Ἔπειτα ἐπερωτᾷ με, ὡς ἐγὼ
πυνθάνομαι, μέλλει, τίς ἂν εἴη τοιοῦτος ἰατρός, ὅστις τῷ νο-

Anaxine l'Oritain, qui achetait des objets de commerce pour Olympias ? Ne le fîtes-vous pas mettre à la torture, après avoir écrit de
votre main l'arrêt de sa mort? Cependant, à Orée, vous logiez dans
sa maison, vous mangiez et buviez à sa table, vous y faisiez des
libations, vous lui présentiez la main en signe d'amitié et d'hospitalité. C'est ce même homme que vous fîtes mourir indignement ; et,
lorsqu'en présence du peuple, vous reprochant l'atrocité de cette
action, je vous appelai meurtrier de votre hôte, sans nier le fait, vous
me fîtes une réponse contre laquelle se récrièrent tous les citoyens et
tous les étrangers qui l'entendirent ; vous répondites que vous pré-
fériez le sel d'Athènes à une table étrangère.

Je ne parle pas ici des lettres supposées, des prétendus espions pris
et mis à la torture pour des crimes imaginaires, sous prétexte que moi
et plusieurs autres nous voulions innover dans la république. Et il
doit, après cela, me demander ce qu'on penserait d'un médecin qui
ne donnerait aucun conseil à un malade pendant sa maladie, et qui,

τοῦ ἀγοράζοντος·	celui qui achetait
τὰ ἀγοράσματα Ὀλυμπιάδι,	les marchandises pour Olympias,
καὶ διεστρέβλωσας	et n'as-tu pas torturé
τὸν αὐτὸν ἄνδρα	le même homme
τῇ χειρὶ σαυτοῦ, γράψας	de la main de toi-même, ayant proposé
ζημιῶσαι αὐτὸν θανάτῳ;	de punir lui de mort?
Καίτοι κατήγου	Cependant tu avais descendu
παρὰ τῷ αὐτῷ ἐν Ὠρεῷ,	chez le même à Orée,
καὶ ἔφαγες, καὶ ἔπιες,	et tu avais mangé, et tu avais bu,
καὶ ἔσπεισας	et tu avais fait-des-libations
ὑπὸ τῆς αὐτῆς τραπέζης,	de la même table,
καὶ ἐνέβαλες	et tu avais mis
τὴν δεξιάν,	ta main-droite dans la sienne,
ποιούμενος	te le faisant
ἄνδρα φίλον καὶ ξένον.	homme ami et hôte.
Καὶ ἀπέκτεινας τοῦτον,	Et tu as tué lui,
καὶ ἐξελεγχθεὶς ὑπὸ ἐμοῦ	et convaincu par moi
περὶ τούτων	sur ces choses
ἐν ἅπασιν Ἀθηναίοις,	devant tous les Athéniens,
καὶ κληθεὶς ξενοκτόνος,	et appelé meurtrier-d'un-hôte,
οὐκ ἠρνήσω τὸ ἀσέβημα,	tu n'as pas nié l'acte-impie,
ἀλλὰ ἀπεκρίνω	mais tu as répondu une chose
ἐπὶ ᾧ ὁ δῆμος ἀνεβόησε,	sur laquelle le peuple a crié,
καὶ ὅσοι ξένοι	et tous les étrangers qui
περιέστασαν τὴν ἐκκλησίαν·	se tenaient-autour de l'assemblée:
ἔφησθα γὰρ ποιήσασθαι	car tu as dit avoir fait
τοὺς ἅλας τῆς πόλεως	les sels de la ville
περὶ πλείονος	de plus grand prix
τῆς τραπέζης ξενικῆς.	que la table hospitalière.
Σιγῶ δὲ ἐπιστολὰς ψευδεῖς,	Mais je tais les lettres fausses,
καὶ συλλήψεις κατασκόπων,	et les arrestations d'espions,
καὶ βασάνους	et les tortures
ἐπὶ αἰτίαις ἀγενήτοις,	pour des imputations non-avenues,
ὡς ἐμοῦ βουλομένου μετά τινων	comme moi voulant avec quelques uns
νεωτερίζειν	faire-des-innovations
ἐν τῇ πόλει.	dans la ville.
Ἔπειτα μέλλει ἐπερωτᾶν με,	Ensuite il doit interroger moi,
ὡς ἐγὼ πυνθάνομαι,	comme moi j'apprends,
τίς ἂν εἴη ἰατρὸς τοιοῦτος,	quel serait un médecin tel,
ὅστις μὲν συμβουλεύοι μηδὲν	qui ne conseillerait rien

σοῦντι μεταξὺ μὲν ἀσθενοῦντι μηδὲν συμβουλεύοι, τελευτήσαντος δὲ αὐτοῦ, ἐλθὼν εἰς τὰ ἔνατα[1], διεξίοι πρὸς τοὺς οἰκείους, ἃ
ἐπιτηδεύσας ὑγιὴς ἂν ἐγένετο. Σαυτὸν δ' οὐκ ἀνερωτᾷς, τίς ἂν
εἴη δημαγωγὸς τοιοῦτος, ὅστις τὸν μὲν δῆμον θωπεῦσαι δύναιτο,
τοὺς δὲ καιρούς, ἐν οἷς ἦν σώζεσθαι τὴν πόλιν, ἀπόδοιτο, τοὺς δ'
εὖ φρονοῦντας κωλύοι διαβάλλων συμβουλεύειν, ἀποδρὰς δ'
ἐκ τῶν κινδύνων, καὶ τὴν πόλιν ἀνηκέστοις κακοῖς περιβαλών,
ἀξιοῖ στεφανοῦσθαι ἐπ' ἀρετῇ, ἀγαθὸν μὲν πεποιηκὼς μηδέν,
πάντων δὲ τῶν κακῶν αἴτιος γεγονώς, ἐπερωτῶν δὲ τοὺς συκοφαντηθέντας ἐκ τῆς πολιτείας ἐπ' ἐκείνων τῶν καιρῶν ὅτ'
ἐνῆν σώζεσθαι, διὰ τί αὐτὸν οὐκ ἐκώλυσαν ἐξαμαρτάνειν; Ἀπο-
κρύπτοιτο δὲ τὸ πάντων τελευταῖον, ὅτι τῆς μάχης ἐπιγενο-
μένης οὐκ ἐσχολάζομεν περὶ τὴν σὴν εἶναι τιμωρίαν, ἀλλ' ὑπὲρ
τῆς σωτηρίας τῆς πόλεως ἐπρεσβεύομεν[2]· ἐπειδὴ δὲ οὐκ ἀπέχρη

venant à ses obsèques, détaillerait à ses parents ce qu'il aurait dû
faire pour recouvrer la santé? Mais vous, Démosthène, ne vous
demandez-vous pas à vous-même ce qu'on penserait d'un ministre
qui, faisant profession de flatter le peuple, et de vendre aux ennemis de l'état les occasions favorables, fermerait la bouche, par ses
calomnies, aux orateurs bien intentionnés; d'un ministre qui, après
avoir fui du combat, inutile à la patrie, auteur de tous les maux qui
la désolent, exigerait des couronnes d'or pour ses services, et deman-
derait à ceux que ses persécutions auraient éloignés des affaires,
lorsqu'on pouvait encore sauver la république, pourquoi ils ne
l'empêchèrent pas de la perdre? Vous vous garderiez bien de dire,
Démosthène, que si, après la bataille, nous ne vous avons pas accusé,
c'est qu'alors nous n'avions point le loisir de songer à votre punition, et que nous allions en ambassade pour le salut de l'état:

τῷ νοσοῦντι	à celui qui est malade
μεταξὺ ἀσθενοῦντι,	durant *lui* étant-sans-force,
αὐτοῦ δὲ τελευτήσαντος,	mais lui ayant cessé *de vivre,*
ἐλθὼν εἰς τὰ ἔνατα,	étant venu aux derniers *devoirs*,
διεξίοι πρὸς τοὺς οἰκείους	disserterait devant les parents
ἃ ἐπιτηδεύσας	*les choses* qu'ayant pratiquées
ἀν ἐγένετο ὑγιής.	il serait devenu sain.
Οὐ δὲ ἀνερωτᾷς σαυτόν,	Mais tu n'interroges pas toi-même,
τίς ἂν εἴη δημαγωγὸς τοιοῦτος,	quel serait un démagogue tel ,
ὅςτις δύναιτο μὲν	qui pourrait à la vérité
θωπεῦσαι τὸν δῆμον,	flatter le peuple ,
ἀπόδοιτο δὲ τοὺς καιρούς,	mais aurait livré les occasions,
ἐν οἷς ἦν	dans lesquelles il était *possible*
τὴν πόλιν σώζεσθαι,	la ville être sauvée ,
διαβάλλων δὲ κωλύοι	et calomniant empêcherait
τοὺς φρονοῦντας εὖ	ceux qui pensent bien
συμβουλεύειν,	de conseiller ,
ἀποδρὰς δὲ ἐκ τῶν κινδύνων,	et s'étant enfui hors des dangers,
καὶ περιβαλὼν τὴν πόλιν	et ayant enveloppé la ville
κακοῖς ἀνηκέστοις,	de maux incurables,
ἀξιοῖ στεφανοῦσθαι	demanderait à être couronné
ἐπὶ ἀρετῇ,	pour sa vertu ,
πεποιηκὼς μὲν μηδὲν ἀγαθόν,	*n'*ayant fait rien de bon ,
γεγονὼς δὲ αἴτιος	mais ayant été cause
πάντων τῶν κακῶν,	de tous les maux,
ἐπερωτώη δὲ	et interrogerait-en-outre
τοὺς συκοφαντηθέντας	ceux calomniés *au point de les chas-*
ἐκ τῆς πολιτείας	de l'administration [*ser*
ἐπὶ ἐκείνων τῶν καιρῶν ,	dans ces occasions,
ὅτε ἦν σώζεσθαι,	quand il était-possible d'être sauvé,
διὰ τί οὐκ ἐκώλυσαν αὐτὸν	pour quoi ils n'ont pas empêché lui
ἐξαμαρτάνειν ;	de faire-des-fautes ?
Τὸ δὲ τελευταῖον πάντων	Mais la dernière chose de toutes
ἀποκρύπτοιτο,	serait dissimulée ,
ὅτι τῆς μάχης ἐπιγενομένης	que le combat survenant
οὐκ ἐσχολάζομεν	nous n'avions-pas-le-loisir
εἶναι περὶ τὴν τιμωρίαν σήν,	d'être à la punition de-toi,
ἀλλὰ ἐπρεσβεύομεν	mais nous allions-en-ambassade
ὑπὲρ τῆς σωτηρίας τῆς πόλεως·	pour le salut de la ville ;
ἐπειδὴ δὲ οὐκ ἀπέχρη σοι	mais après qu'il n'a pas suffi à toi

σοι δίκην μὴ δεδωκέναι, ἀλλὰ καὶ δωρεὰς αἰτεῖς, καταγέλαστον
ἐν τοῖς Ἕλλησι τὴν πόλιν ποιῶν, ἐνταῦθ' ἐνέστην, καὶ τὴν
γραφὴν ἀπήνεγκα.

Καί, νὴ τοὺς θεοὺς τοὺς Ὀλυμπίους, ὧν ἐγὼ πυνθάνομαι.
Δημοσθένην λέξειν, ἐφ' ᾧ νυνὶ μέλλω λέγειν, ἀγανακτῶ μάλιστα.
Ἀφομοιοῖ γάρ μου τὴν φύσιν ταῖς Σειρῆσιν, ὡς ἔοικε. Καὶ γὰρ
ὑπ' ἐκείνων οὐ κηλεῖσθαί φησι τοὺς ἀκροωμένους, ἀλλ' ἀπόλ-
λυσθαι, διόπερ οὐδ' εὐδοκιμεῖν τὴν τῶν Σειρήνων μουσικήν· καὶ
δὴ καὶ τὴν τῶν ἐμῶν λόγων ἐμπειρίαν καὶ τὴν φύσιν μου γεγενῆσθαι ἐπὶ βλάβῃ τῶν ἀκουόντων. Καίτοι τὸν λόγον τοῦτον
ὅλως μὲν ἔγωγε οὐδενὶ πρέπειν ἡγοῦμαι περὶ ἐμοῦ λέγειν· τῆς
γὰρ αἰτίας αἰσχρὸν τὸν αἰτιώμενόν ἐστι τὸ ἔργον μὴ ἔχειν ἐπι-
δεῖξαι· εἰ δ' ἦν ἀναγκαῖον ῥηθῆναι, οὐ Δημοσθένους ἦν ὁ λόγος,
ἀλλ' ἀνδρὸς στρατηγοῦ, μεγάλα μὲν τὴν πόλιν κατειργασμένου,

mais lorsque je vous ai vu, non content de n'avoir pas été puni,
demander encore à être récompensé, exposer notre ville à la risée
des Grecs, je me suis élevé contre vous, et je vous ai intenté cette
accusation.

Mais de tout ce que dira Démosthène, voici, j'en atteste les dieux,
ce qui m'indigne le plus. Il doit comparer mon éloquence au chant
des Sirènes, dont la douce mélodie, justement décriée, perd bien
plutôt qu'elle ne charme ceux qui les entendent : il prétendra que
mes talents pour la parole, acquis et naturels, perdent ceux qu'ils
ont charmés. Je crois, en général, que personne ne peut me faire
ce reproche, parce qu'on doit rougir de reprocher ce qu'on ne peut
prouver ; mais si quelqu'un avait ce droit, ce ne serait certainement
pas Démosthène, mais un général qui, ayant bien servi la république,

μὴ δεδωκέναι δίκην,	de ne pas avoir donné justice,
ἀλλὰ καὶ	mais que même
αἰτεῖς δωρεάς,	tu demandes des récompenses,
ποιῶν τὴν πόλιν καταγέλαστον	faisant la ville ridicule
ἐν τοῖς Ἕλλησιν,	devant les Grecs,
ἐνταῦθα ἐνέστην,	alors je me suis opposé,
καὶ ἀπήνεγκα τὴν γραφήν.	et j'ai déféré l'accusation.
Καί, νὴ τοὺς θεοὺς	Et, par les dieux
τοὺς Ὀλυμπίους,	ceux de-l'Olympe,
ὧν ἐγὼ πυνθάνομαι	*des choses* que moi j'apprends
Δημοσθένην λέξειν,	Démosthène devoir dire,
ἀγανακτῶ μάλιστα ἐπὶ ᾧ	je m'indigne le plus de *celle* que
μέλλω λέγειν νυνί.	je vais dire maintenant.
Ἀφομοιοῖ γὰρ τὴν φύσιν μου	Car il assimile la nature de moi
ταῖς Σειρῆσιν, ὡς ἔοικε.	aux Sirènes, comme il paraît.
Καὶ γάρ φησι	Et en effet il dit
τοὺς ἀκροωμένους	ceux qui écoutent
μὴ κηλεῖσθαι ὑπὸ ἐκείνων,	ne pas être charmés par celles-là,
ἀλλὰ ἀπόλλυσθαι,	mais être perdus,
διόπερ τὴν μουσικὴν	c'est pourquoi la musique
τῶν Σειρήνων	des Sirènes
οὐδὲ εὐδοκιμεῖν·	ne pas avoir-une-bonne-renommée;
καὶ δὴ καὶ	et certes aussi
τὴν ἐμπειρίαν τῶν ἐμῶν λόγων	l'habileté de mes discours
καὶ τὴν φύσιν μου	et le naturel de moi
γεγενῆσθαι ἐπὶ βλάβῃ	avoir existé pour le dommage
τῶν ἀκουόντων.	de ceux qui écoutaient.
Καίτοι ἔγωγε μὲν ἡγοῦμαι	Cependant moi du moins je pense
πρέπειν ὅλως οὐδενὶ	*ne* convenir absolument à personne
λέγειν τοῦτον τὸν λόγον	de dire ce discours
περὶ ἐμοῦ·	sur moi;
ἔστι γὰρ αἰσχρὸν τὸν αἰτιώμενον	car il est honteux celui qui accuse
μὴ ἔχειν ἐπιδεῖξαι	ne pas avoir à démontrer
τὸ ἔργον τῆς αἰτίας.	le fait de l'accusation.
Εἰ δὲ ἦν ἀναγκαῖον	Mais s'il était nécessaire
ῥηθῆναι,	*cette chose* être dite,
ὁ λόγος οὐκ ἦν Δημοσθένους,	le discours n'était pas de Démosthène,
ἀλλὰ ἀνδρὸς στρατηγοῦ,	mais d'un homme général,
κατειργασμένου μὲν μεγάλα	ayant exécuté de grandes choses
τὴν πόλιν,	*pour* la ville,

λέγειν δὲ ἀδυνάτου, καὶ τὴν τῶν ἀντιδίκων διὰ τοῦτο ἐζηλωκό-
τος φύσιν, ὅτι σύνοιδεν ἑαυτῷ μὲν οὐδὲν ὧν διαπέπρακται δυνα-
μένῳ φράσαι, τὸν δὲ κατήγορον ὁρᾷ δυνάμενον καὶ τὰ μὴ πε-
πραγμένα ὑφ' αὐτοῦ παριστάναι τοῖς ἀκούουσιν ὡς διῴκηκεν.
Ὅταν δ' ἐξ ὀνομάτων συγκείμενος ἄνθρωπος, καὶ τούτων πι-
κρῶν καὶ περιέργων, ἔπειτα ἐπὶ τὴν ἁπλότητα καὶ τὰ ἔργα κα-
ταφεύγῃ, τίς ἂν ἀνάσχοιτο; οὗ τὴν γλῶτταν, ὥσπερ τῶν αὐλῶν¹,
ἐάν τις ἀφέλῃ, τὸ λοιπὸν οὐδέν ἐστιν.

Θαυμάζω δ' ἔγωγε ὑμῶν, ὦ ἄνδρες Ἀθηναῖοι, καὶ ζητῶ πρὸς
τί ἂν ἀποβλέποντες ἀποψηφίσαισθε τὴν γραφήν. Πότερ' ὡς τὸ
ψήφισμά ἐστιν ἔννομον; ἀλλ' οὐδεμία πώποτε γνώμη παρα-
νομωτέρα γεγένηται. Ἀλλ' ὡς ὁ τὸ ψήφισμα γράψας οὐκ
ἐπιτήδειός ἐστι δίκην δοῦναι; οὐκ ἄρ' εἰσὶ παρ' ὑμῖν εὔθυναι
βίου, εἰ τοῦτον ἀφήσετε. Ἐκεῖνο δ' οὐ λυπηρόν, εἰ πρότερον

et ne se sentant d'ailleurs aucune éloquence pour exposer ce qu'il a
fait, envierait le talent de son adversaire, et verrait avec peine que,
par l'artifice de ses discours, il peut se faire honneur de services
qu'il n'a pas rendus. Mais lorsqu'un homme, pétri d'expressions amè-
res et recherchées, veut recourir à la simplicité du langage et au mérite de ses actions, qui pourrait souffrir une pareille prétention dans
un misérable discoureur, qui, comme une flûte à qui on ôterait l'embouchure, perdrait tout, si on lui arrachait la langue.

Je serais étonné, Athéniens, que vous eussiez quelque motif de
rejeter mon accusation. Serait-ce parce que le décret est conforme
aux lois? mais jamais décret n'y fut plus contraire. Parce que son
auteur ne mérite pas d'être puni? Mais si vous le renvoyez absous,
on ne pourra plus examiner la vie des citoyens. Ne serait-il pas bien

ἀδυνάτου δὲ λέγειν,	mais incapable de parler,
ἐζηλωκότος δὲ	et étant-jaloux
τὴν φύσιν τῶν ἀντιδίκων·	du naturel de ses adversaires
διὰ τοῦτο,	à cause de ceci,
ὅτι σύνοιδεν ἑαυτῷ μὲν	qu'il sait-avec lui-même
δυναμένῳ φράσαι οὐδὲν	*ne* pouvant exposer aucune
ὧν διαπέπρακται,	*des choses* qu'il a accomplies,
ὁρᾷ δὲ τὸν κατήγορον	mais voit l'accusateur
δυνάμενον παριστάναι	pouvant présenter
τοῖς ἀκούουσιν	à ceux qui écoutent
ὡς διῴκησε	qu'il a exécuté
καὶ τὰ μὴ πεπραγμένα	même les choses qui n'ont pas été faites
ὑπὸ αὐτοῦ.	par lui-même.
Ὅταν δὲ ἄνθρωπος	Mais lorsqu'un homme
συγκείμενος ἐξ ὀνομάτων,	composé de mots,
καὶ τούτων πικρῶν καὶ περιέργων,	et ceux-ci amers et superflus,
ἔπειτα καταφεύγῃ	ensuite se réfugie
εἰς τὴν ἁπλότητα	vers la simplicité
καὶ τὰ ἔργα,	et vers ses actions,
τίς ἂν ἀνάσχοιτο ;	qui *le* supporterait ?
οὗ ἐάν τις ἀφέλῃ τὴν γλῶτταν,	duquel si quelqu'un a enlevé la langue,
ὥσπερ τῶν αὐλῶν,	comme des flûtes,
τὸ λοιπόν ἐστιν οὐδέν.	le reste *n*'est rien.
Ἔγωγε δὲ θαυμάζω ὑμῶν,	Mais moi j'admire vous,
ὦ ἄνδρες Ἀθηναῖοι, καὶ ζητῶ	ô hommes Athéniens, et je cherche
πρὸς τί ἀποβλέποντες;	vers quoi tournant-les-yeux
ἂν ἀποψηφίσαιτε	vous écarteriez-par-vote
τὴν γραφήν.	l'accusation.
Πότερα ὡς τὸ ψήφισμα	Est-ce parce que le décret
ἐστὶν ἔννομον;	est conforme-aux-lois ?
ἀλλὰ οὐδεμία γνώμη	mais aucune proposition
γεγένηται πώποτε παρανομωτέρα.	n'a été jamais plus contraire aux-lois.
Ἀλλὰ ὡς;	Mais parce que
ὁ γράψας; τὸ ψήφισμα	celui qui a écrit le décret
οὐκ ἔστιν ἐπιτήδειος;	n'est pas propre
δοῦναι δίκην ;	à donner justice ?
ὅρα εὐθύναι βίου	certes des comptes de la vie
οὐκ εἰσὶ παρὰ ὑμῖν,	ne sont pas chez vous,
εἰ ἀφήσετε τοῦτον.	si vous renvoyez celui-ci.
Ἐκεῖνο δὲ οὐ λυπηρόν,	Mais cela n'*est-il* pas fâcheux

μὲν ἐνεπίμπλατο ἡ ὀρχήστρα χρυσῶν στεφάνων, οἷς ὁ δῆμος
ἐστεφανοῦτο ὑπὸ τῶν Ἑλλήνων, διὰ τὸ ξενικοῖς στεφάνοις ταύτην ἀποδεδόσθαι τὴν ἡμέραν, ἐκ δὲ τῶν Δημοσθένους πολιτευμάτων ὑμεῖς μὲν ἀστεφάνωτοι καὶ ἀκήρυκτοι γίγνεσθε, οὗτος δὲ
κηρυχθήσεται; Καὶ εἰ μέν τις τῶν τραγικῶν ποιητῶν, τῶν μετὰ
ταῦτα ἐπεισαγόντων, ποιήσειεν ἐν τραγῳδίᾳ τὸν Θερσίτην ὑπὸ
τῶν Ἑλλήνων στεφανούμενον, οὐδεὶς ἂν ὑμῶν ὑπομείνειεν, ὅτι
φησὶν Ὅμηρος ἄνανδρον αὐτὸν εἶναι καὶ συκοφάντην· αὐτοὶ
δ᾽, ὅταν τὸν τοιοῦτον ἄνθρωπον στεφανῶτε, οὐκ οἴεσθε ἐν ταῖς
τῶν Ἑλλήνων δόξαις συρίττεσθαι; Οἱ μὲν γὰρ πατέρες ὑμῶν τὰ
ἔνδοξα καὶ λαμπρὰ τῶν πραγμάτων ἀνετίθεσαν τῷ δήμῳ, τὰ
δὲ ταπεινὰ καὶ καταδεέστερα εἰς τοὺς ῥήτορας τοὺς φαύλους
ἔτρεπον· Κτησιφῶν δ᾽ ὑμᾶς οἴεται δεῖν ἀφελόντας τὴν ἀδοξίαν
ἀπὸ Δημοσθένους, περιθεῖναι τῷ δήμῳ.

Καί φατε μὲν εὐτυχεῖς εἶναι, ὡς καὶ ἐστὲ καλῶς ποιοῦντες,

triste que, dans un jour qui était consacré aux couronnes étrangères,
et où le théâtre était rempli de couronnes d'or accordées au peuple
par les Grecs, on récompensât un ministre dont la honteuse administration vous a fait perdre à vous-mêmes vos anciennes récompenses ? Si quelqu'un des poètes dont les tragédies doivent être
jouées après la proclamation, représentait dans sa pièce Thersite
couronné par les Grecs, nul de vous ne pourrait soutenir ce spectacle,
parce qu'Homère nous peint ce personnage comme un lâche et un calomniateur ; et vous qui allez couronner un tel homme, vous croyez
n'être pas sifflés dans l'esprit des Grecs ? Vos pères, attentifs à faire
honneur au peuple des succès heureux et brillants, rejetèrent toujours
les événements peu honorables sur la perversité de certains orateurs :
renversant cet ordre, Ctésiphon voudrait vous engager à purger Démosthène de ses infamies pour en noircir le peuple lui-même.

Vous dites que vous êtes heureux, et vous l'êtes en effet ; déci-

εἰ πρότερον μὲν ἡ ὀρχήστρα   si précédemment l'orchestre

ἐνεπίμπλατο στεφάνων χρυσῶν,   était rempli de couronnes d'or,

οἷς ὁ δῆμος ἐστεφανοῦτο   dont le peuple était couronné

ὑπὸ τῶν Ἑλλήνων,   par les Grecs,

διὰ τὸ ταύτην τὴν ἡμέραν   à cause de ce jour

ἀποδεδόσθαι   avoir été donné

τοῖς στεφάνοις ξενικοῖς,   aux couronnes étrangères,

ἐκ δὲ τῶν πολιτευμάτων   mais que par suite des actes-politiques

Δημοσθένους   de Démosthène

ὑμεῖς μὲν γίγνεσθε ἀστεφάνωτοι   vous deveniez non-couronnés

καὶ ἀκήρυκτοι,   et non-proclamés,

οὗτος δὲ κηρυχθήσεται;   et que celui-ci soit proclamé?

Καὶ εἰ μέν τις   Et si quelqu'un

τῶν ποιητῶν τραγικῶν,   des poètes tragiques,

τῶν ἐπεισαγόντων   ceux qui font-représenter

μετὰ ταῦτα,   après ces choses,

ποιήσειεν ἐν τραγῳδίᾳ   faisait dans une tragédie

Θερσίτην στεφανούμενον   Thersite couronné

ὑπὸ τῶν Ἑλλήνων,   par les Grecs,

οὐδεὶς ὑμῶν ἂν ὑπομείνειεν,   aucun de vous ne le supporterait,

ὅτι Ὅμηρός φησιν αὐτὸν   parce qu'Homère dit lui

εἶναι ἄνανδρον καὶ συκοφάντην·   être sans-courage et calomniateur;

αὐτοὶ δὲ οὐκ οἴεσθε,   et vous-mêmes ne pensez-vous pas,

ὅταν στεφανῶτε   quand vous couronneriez

τὸν τοιοῦτον ἄνθρωπον,   le tel homme,

συρίττεσθαι   être sifflés

ἐν ταῖς δόξαις τῶν Ἑλλήνων;   dans les opinions des Grecs?

Οἱ μὲν γὰρ πατέρες ὑμῶν   Car les pères de vous

ἀνετίθεσαν τῷ δήμῳ   attribuaient au peuple

τὰ ἔνδοξα καὶ λαμπρὰ   les glorieuses et brillantes

τῶν πραγμάτων, ἔτρεπον δὲ   des actions, mais tournaient

εἰς τοὺς ῥήτορας τοὺς φαύλους,   sur les orateurs vils

τὰ ταπεινὰ καὶ καταδεέστερα·   les obscures et fautives;

Κτησιφῶν δὲ οἴεται   mais Ctésiphon croit

δεῖν ὑμᾶς ἀφελόντας   falloir vous ayant écarté

τὴν ἀδοξίαν ἀπὸ Δημοσθένους,   l'infamie de Démosthène,

περιθεῖναι τῷ δήμῳ.   l'attribuer au peuple.

Καί φατε μὲν εἶναι εὐτυχεῖς,   Et vous dites être heureux,

ὡς καὶ ἐστὲ   comme aussi vous êtes

ποιοῦντες καλῶς,   faisant bien (réussissant),

ψηφιεῖσθε δ' ὑπὸ μὲν τῆς τύχης ἐγκαταλελεῖφθαι, ὑπὸ Δημοσθένους δὲ εὖ πεπονθέναι; καί, τὸ πάντων ἀτοπώτατον, ἐν τοῖς αὐτοῖς δικαστηρίοις, τοὺς μὲν τὰς τῶν δώρων γραφὰς ἁλισκομέ-
νους ἀτιμοῦτε, ὃν δ' αὐτοὶ μισθοῦ πολιτευόμενον σύνιστε, στε-
φανώσετε; Καὶ τοὺς μὲν κριτὰς τοὺς ἐκ Διονυσίων, ἐὰν μὴ
δικαίως τοὺς κυκλίους χοροὺς κρίνωσι, ζημιοῦτε· αὐτοὶ δὲ οὐ
κυκλίων χορῶν κριταὶ καθεστηκότες, ἀλλὰ νόμων καὶ πολιτικῆς
ἀρετῆς, τὰς δωρεὰς οὐ κατὰ τοὺς νόμους, οὐδ' ὀλίγοις καὶ τοῖς
ἀξίοις, ἀλλὰ τῷ διαπραξαμένῳ, δώσετε; Ἔπειτ' ἔξεισιν ἐκ τοῦ
δικαστηρίου ὁ τοιοῦτος κριτής, ἑαυτὸν μὲν ἀσθενῆ πεποιηκώς,
ἰσχυρὸν δὲ τὸν ῥήτορα. Ἀνὴρ γὰρ ἰδιώτης ἐν πόλει δημοκρα-
τουμένῃ νόμῳ καὶ ψήφῳ βασιλεύει· ὅταν δ' ἑτέρῳ ταῦτα πα-
ραδῷ, καταλέλυκεν αὐτὸς τὴν αὐτοῦ δυναστείαν. Ἔπειθ' ὁ μὲν
ὅρκος ὃν ὀμωμοκὼς δικάζει συμπαρακολουθῶν αὐτὸν λυπεῖ· δι'

derez-vous donc que, soutenus par Démosthène, vous avez été trahis
par la fortune? et, ce qui est le comble de l'absurdité, couronnerez-
vous un ministre que vous savez s'être laissé corrompre, le couron-
nerez-vous dans ces mêmes tribunaux où vous diffamez ceux qui
sont convaincus de corruption? Vous condamnez à une amende
les juges qui, dans les fêtes de Bacchus, ne distribuent pas avec
équité le prix de la danse; et vous, établis juges, non des danses,
mais des lois de l'état et de la vertu des citoyens, vous distribuerez
les récompenses, non pas, suivant les lois, à un petit nombre de personnes qui en seront dignes, mais au premier intrigant! Tout juge
qui se conduit ainsi sort du tribunal après avoir diminué, par son
suffrage, sa propre puissance, pour augmenter celle de l'orateur.
Car c'est par les lois et par les suffrages qu'un simple particulier règne
dans un état libre; et il ne peut livrer à d'autres ce double gage de
son pouvoir, sans détruire lui-même sa souveraineté. Ajoutez encore
que le serment qu'il prête avant de monter au tribunal le suit par-

ψηφιεῖσθε δὲ	mais vous voterez
ἐγκαταλελεῖφθαι μὲν	avoir été abandonnés
ὑπὸ τῆς τύχης,	par la fortune,
πεπονθέναι δὲ εὖ	mais avoir éprouvé bien
ὑπὸ Δημοσθένους;	par Démosthène?
καί, τὸ ἀτοπώτατον πάντων,	et, le plus déplacé de tout,
ἐν τοῖς αὐτοῖς ὃ καστηρίοις,	dans les mêmes tribunaux,
ἀτιμοῦτε μὲν	vous déshonorez
τοὺς ἁλισκομένους	ceux qui sont pris
τὰς γραφὰς τῶν δώρων,	*dans* les accusations des présents,
στεφανώσετε δὲ	mais vous couronnerez
ὃν αὐτοὶ σύνιστε	*celui* que vous-mêmes vous savez
πολιτευόμενον μισθοῦ;	administrant pour un salaire?
Καὶ ζημιοῦτε τοὺς μὲν κριτὰς	Et vous punissez les juges
τοὺς ἐκ Διονυσίων,	ceux des Dionysiaques,
ἐὰν μὴ κρίνωσι δικαίως	s'ils ne jugent pas justement
τοὺς χοροὺς κυκλίους·	les danses circulaires;
αὐτοὶ δὲ καθεστηκότες	mais vous-mêmes qui êtes établis
οὐ κριταὶ χορῶν κυκλίων,	non pas juges de danses circulaires,
ἀλλὰ νόμων	mais de lois
καὶ ἀρετῆς πολιτικῆς,	et de vertu civique,
δώσετε τὰς δωρεὰς	vous donnerez les récompenses
οὐ κατὰ τοὺς νόμους,	non selon les lois,
οὐδὲ ὀλίγοις	ni à de peu-nombreux
καὶ τοῖς ἀξίοις,	et à ceux *qui en sont* dignes,
ἀλλὰ τῷ διαπραξαμένῳ;	mais à celui qui a intrigué?
Ἔπειτα ὁ κριτὴς τοιοῦτος	Ensuite le juge tel
ἐξεισιν ἐκ τοῦ δικαστηρίου,	sortira du tribunal,
πεποιηκὼς ἑαυτὸν μὲν ἀσθενῆ,	ayant fait lui-même faible,
τὸν δὲ ῥήτορα ἰσχυρόν.	mais l'orateur fort.
Ἀνὴρ γὰρ ἰδιώτης	Car un homme privé
βασιλεύει νόμῳ καὶ ψήφῳ	règne par la loi et le suffrage
ἐν πόλει δημοκρατουμένῃ·	dans une ville régie-démocratique-
ὅταν δὲ παραδῷ	mais lorsqu'il a livré [ment;
ταῦτα ἑτέρῳ,	ces choses à un autre,
αὐτὸς καταλέλυκε	lui-même a détruit
τὴν δυναστείαν αὐτοῦ.	la puissance de lui-même.
Ἔπειτα ὁ μὲν ὅρκος	Ensuite le serment
ὃν ὀμωμοκὼς δικάζει	lequel ayant juré il juge
συμπαρακολουθῶν λυπεῖ αὐτόν·	l'accompagnant afflige lui;

αὐτὸν γάρ, οἶμαι, γέγονε τὸ ἁμάρτημα· ἡ δὲ χάρις πρὸς ὃν ἐχαρίζετο ἄδηλος γεγένηται· ἡ γὰρ ψῆφος ἀφανὴς φέρεται.

Δοκοῦμεν δ' ἔμοιγε, ὦ ἄνδρες Ἀθηναῖοι, ἀμφότερα καὶ κατορθοῦν, καὶ παρακινδυνεύειν, εἰς τὴν πολιτείαν οὐ σωφρονοῦντες. Ὅτι μὲν ἐπὶ τῶν νῦν καιρῶν οἱ πολλοὶ τοῖς ὀλίγοις προΐεσθε τὰ τῆς δημοκρατίας ἰσχυρά, οὐκ ἐπαινῶ· ὅτι δ' οὐ γεγένηται φορὰ καθ' ἡμᾶς ῥητόρων πονηρῶν ἅμα καὶ τολμηρῶν, εὐτυχοῦμεν. Πρότερον μὲν γὰρ τοιαύτας φύσεις ἤνεγκε τὸ δημόσιον, αἳ ῥᾳδίως οὕτω κατέλυσαν τὸν δῆμον· ἔχαιρε γὰρ κολακευόμενος. Ἔπειτ' αὐτόν, οὐχ οὓς ἐφοβεῖτο, ἀλλ' οἷς ἑαυτὸν ἐνεχείριζε, κατέλυσαν. Ἔνιοι δὲ καὶ αὐτοὶ τῶν Τριάκοντα [1] ἐγένοντο, οἳ πλείους ἢ χιλίους καὶ πεντακοσίους τῶν πολιτῶν ἀκρίτους ἀπέκτειναν, πρὶν τὰς αἰτίας ἀκοῦσαι, ἐφ' αἷς ἔμελλον ἀποθνήσκειν, καὶ οὐδ

tout, et le tourmente : il a à se reprocher un parjure, et les suffrages étant secrets, le service qu'il rend ne peut être connu de celui qu'il oblige.

Il me semble, Athéniens, qu'avec une conduite si peu sage, nous sommes à la fois heureux et téméraires. En effet, que dans les circonstances présentes, le peuple ait abandonné son autorité à quelques ambitieux, c'est une imprudence extrême ; mais c'est un bonheur insigne qu'il ne se soit pas élevé un plus grand nombre d'orateurs pervers et entreprenants. La république a produit anciennement beaucoup d'hommes de ce caractère, qui parvinrent aisément à asservir le peuple ; le peuple aimait à être flatté ; il fut asservi, non par ceux qu'il craignait, mais par ceux à qui il s'était confié. Quelques-uns de ceux-ci, du nombre des trente tyrans, firent mourir plus de quinze cents citoyens, sans aucune forme, sans entendre les

τὸ γὰρ ἁμάρτημα, οἶμαι,	car le délit, je crois,
γέγονε διὰ αὐτόν·	s'est fait au moyen de lui;
ἡ δὲ χάρις γεγένηται ἄδηλος,	mais la faveur a été invisible,
πρὸς ὃν ἐχαρίζετο·	vers lequel il a favorisé;
ἡ γὰρ ψῆφος φέρεται ἀφανής.	car le suffrage est porté non-apparent.
Δοκοῦμεν δὲ ἔμοιγε,	Mais nous semblons à moi du moins,
ὦ ἄνδρες Ἀθηναῖοι,	ô hommes Athéniens,
ἀμφότερα	ces deux choses
καὶ κατορθοῦν	et réussir
καὶ παρακινδυνεύειν,	et risquer,
οὐ σωφρονοῦντες	n'étant-pas-prudents
εἰς τὴν πολιτείαν.	pour l'administration.
Οὐκ ἐπαινῶ μὲν	Je n'approuve pas
ὅτι οἱ πολλοὶ	que vous les nombreux
προΐεσθε τοῖς ὀλίγοις,	vous abandonniez aux peu-nombreux,
ἐπὶ τῶν καιρῶν (τῶν) νῦν,	dans les circonstances de maintenant,
τὰ ἰσχυρὰ	les choses fortes
τῆς δημοκρατίας·	du gouvernement-populaire;
εὐτυχοῦμεν δὲ	mais nous sommes-heureux
ὅτι φορὰ ῥητόρων	de ce qu'une multitude d'orateurs
πονηρῶν ἅμα καὶ τολμηρῶν	pervers en même temps et audacieux
οὐ γεγένηται κατὰ ἡμᾶς.	n'ait pas existé du temps de nous.
Πρότερον μὲν γὰρ	Précédemment en effet
τὸ δημόσιον	la chose publique
ἤνεγκε φύσεις τοιαύτας,	a produit des natures telles,
αἳ κατέλυσαν τὸν δῆμον	qui ont affaibli le peuple
ῥαδίως οὕτως·	facilement ainsi :
ἔχαιρε γὰρ κολακευόμενος.	car il se réjouissait étant flatté.
Ἔπειτα οὐχ οὓς ἐφοβεῖτο,	Ensuite non ceux qu'il craignait,
ἀλλὰ οἷς	mais ceux auxquels
ἐνεχείριζεν ἑαυτόν,	il mettait-en-main lui-même,
κατέλυσαν αὐτόν.	ont affaibli lui.
Ἔνιοι δὲ καὶ αὐτοὶ	Or quelques-uns aussi eux-mêmes
ἐγένοντο τῶν Τριάκοντα,	ont été des Trente,
οἳ ἀπέκτειναν ἀκρίτους	qui mirent-à-mort non-jugés
πλείους ἢ χιλίους	plus que mille
καὶ πεντακοσίους τῶν πολιτῶν,	et cinq cents des citoyens,
πρὶν ἀκοῦσαι τὰς αἰτίας	avant d'avoir entendu les accusations
ἐπὶ αἷς	pour lesquelles
ἔμελλον ἀποθνήσκειν,	ils devaient mourir

ἐπὶ τὰς ταφὰς καὶ ἐκφορὰς τῶν τελευτησάντων εἴων τοὺς προσή-
κοντας παραγίγνεσθαι. Οὐχ ὑφ' ὑμῖν αὐτοῖς ἕξετε τοὺς πολι-
τευομένους; Οὐ ταπεινώσαντες ἀποπέμψετε τοὺς νῦν ἐπηρμέ-
νους; οὐ μέμνησθ' ὅτι οὐδεὶς πώποτε ἐπέθετο πρότερον τῇ τοῦ
δήμου καταλύσει, πρὶν ἂν μεῖζον τῶν δικαστηρίων ἰσχύσῃ;

Ἡδέως δ' ἂν ἔγωγε, ὦ ἄνδρες Ἀθηναῖοι, ἐναντίον ὑμῖν ἀνα-
λογισαίμην πρὸς τὸν γράψαντα τὸ ψήφισμα, διὰ ποίας εὐεργεσίας ἀξιοῖ Δημοσθένην στεφανῶσαι. Εἰ μὲν γὰρ λέγεις, ὅθεν τὴν
ἀρχὴν τοῦ ψηφίσματος ἐποιήσω, ὅτι τὰς τάφρους τὰς περὶ τὰ
τείχη καλῶς ἐτάφρευσε, θαυμάζω σου. Τοῦ γὰρ ταῦτ' ἐξειργά-
σθαι καλῶς τὸ γεγενῆσθαι τούτων αἴτιον μείζω κατηγορίαν
ἔχει· οὐ γὰρ περιχαρακώσαντα χρὴ τὰ τείχη, οὐδὲ τὰς δημοσίας ταφὰς ἀνελόντα¹, τὸν ὀρθῶς πεπολιτευμένον δωρεὰς αἰτεῖν,
ἀλλ' ἀγαθοῦ τινος αἴτιον γεγενημένον τῇ πόλει. Εἰ δὲ ἥξεις ἐπὶ

accusations et les défenses, sans permettre même aux parents d'assister
aux funérailles. Ne vous rendrez-vous donc pas maîtres de vos ministres? N'humilierez-vous pas, n'éloignerez-vous pas des orateurs fiers
et superbes? Ne vous persuaderez-vous pas que jamais citoyen n'en-
treprit d'asservir le peuple avant de s'être mis au-dessus des tribunaux?

J'examinerais volontiers devant vous avec le panégyriste de Démosthène pour quels services il veut qu'on le couronne. Si vous
dites, Ctésiphon (et c'est le premier article de votre décret), que
c'est pour les fossés dont il a entouré la ville, je vous admire : car
il est moins louable d'avoir fini ce bel ouvrage, que blâmable de
l'avoir rendu nécessaire. Un bon ministre doit demander des récompenses, non pour avoir rétabli des murs, creusé des fossés, détruit
des tombeaux, mais pour avoir procuré à la patrie quelque avantage

καὶ οὐδὲ εἴων	et ne permettaient pas même
τοὺς προςήκοντας	ceux convenant (à qui il convenait)
παραγίγνεσθαι ἐπὶ τὰς ταφὰς	s'approcher pour les ensevelissements
καὶ ἐκφορὰς	et les funérailles
τῶν τελευτησάντων.	de ceux qui avaient cessé *de vivre.*
Οὐχ ἕξετε ὑπὸ ὑμῖν	N'aurez-vous pas sous vous
τοὺς πολιτευομένους ;	ceux qui administrent ?
Οὐκ ἀποπέμψετε	Ne renverrez-vous pas
ταπεινώσαντες	*les* ayant humiliés
τοὺς ἐπηρμένους νῦν ;	ceux qui se dressent à présent ?
οὐ μέμνησθε	ne vous souvenez-vous pas
ὅτι οὐδεὶς πρότερον	que personne précédemment
ἐπέθετο πώποτε	*ne* s'est appliqué jamais-encore
τῇ καταλύσει τοῦ δήμου,	à l'affaiblissement du peuple,
πρὶν ἂν ἰσχύσῃ	avant qu'il *n'*ait été-fort
μεῖζον τῶν δικαστηρίων ;	plus que les tribunaux ?
Ἔγωγε δέ, ὦ ἄνδρες Ἀθηναῖοι,	Or moi, ô hommes Athéniens,
ἀναλογισαίμην ἂν ἡδέως	je calculerais volontiers
ἐναντίον ὑμῶν	en face de vous
πρὸς τὸν γράψαντα τὸ ψήφισμα,	avec celui qui a écrit le décret,
διὰ ποίας εὐεργεσίας	pour quels services
ἀξιοῖ	il juge-convenable
στεφανῶσαι Δημοσθένην.	de couronner Démosthène.
Εἰ μὲν γὰρ λέγεις, ὅθεν ἐποιήσω	Car si tu dis, d'où tu as fait
τὴν ἀρχὴν τοῦ ψηφίσματος,	le commencement du décret,
ὅτι ἐτάφρευσε καλῶς	qu'il a creusé bien
τὰς τάφρους τὰς περὶ τὰ τείχη,	les fossés autour des murs,
θαυμάζω σου.	j'admire toi.
Τὸ γὰρ γεγενῆσθαι	Car le être devenu
αἴτιον τούτων	cause de ces choses
ἔχει κατηγορίαν μείζω	a une accusation plus grande
τοῦ ἐξειργάσθαι καλῶς ταῦτα·	que le avoir exécuté bien ces choses ;
οὐ γὰρ χρὴ	car il ne faut pas
τὸν πεπολιτευμένον ὀρθῶς	celui qui a administré avec-droiture
αἰτεῖν δωρεάς,	demander des récompenses,
περιχαρακώσαντα τὰ τείχη,	ayant palissadé-tout-autour les murs,
οὐδὲ ἀνελόντα	ni ayant enlevé
τὰς ταφὰς δημοσίας,	les tombeaux publics,
ἀλλὰ γεγενημένον αἴτιον	mais étant devenu cause
τινὸς ἀγαθοῦ τῇ πόλει.	de quelque bien pour la ville.

τὸ δεύτερον μέρος τοῦ ψηφίσματος, ἐν ᾧ τετόλμηκας γράφειν, ὡς ἔστιν ἀνὴρ ἀγαθός, καὶ διατελεῖ λέγων καὶ πράττων τὰ ἄριστα τῷ δήμῳ τῶν Ἀθηναίων, ἀφελὼν τὴν ἀλαζονείαν καὶ τὸν κόμπον τοῦ ψηφίσματος, ἅψαι τῶν ἔργων, ἐπίδειξον ἡμῖν ὅ τι λέγεις. Τὰς μὲν γὰρ περὶ τοὺς Ἀμφισσέας καὶ τοὺς Εὐβοέας δωροδοκίας παραλείπω· ὅταν δὲ τῆς πρὸς Θηβαίους συμμαχίας τὰς αἰτίας ἀνατιθῇς Δημοσθένει, τοὺς μὲν ἀγνοοῦντας ἐξαπατᾷς, τοὺς δ' εἰδότας καὶ αἰσθανομένους ὑβρίζεις. Ἀφελὼν γὰρ τὸν καιρόν, καὶ τὴν δόξαν τὴν τούτων, δι' ἣν ἐγένετο ἡ συμμαχία, λανθάνειν οἴει ἡμᾶς, τὸ τῆς πόλεως ἀξίωμα Δημοσθένει περιτιθείς.

Ἡλίκον δ' ἐστὶ τὸ ἀλαζόνευμα τοῦτο, ἐγὼ πειράσομαι μεγάλῳ σημείῳ διδάξαι. Ὁ γὰρ τῶν Περσῶν βασιλεύς, οὐ πολλῷ πρότερον χρόνῳ πρὸ τῆς Ἀλεξάνδρου διαβάσεως εἰς τὴν Ἀσίαν, κατέπεμψε τῷ δήμῳ καὶ μάλα ὑβριστικὴν καὶ βάρβαρον ἐπιστολήν, ἐν ᾗ τά τε δὴ ἄλλα καὶ μάλ' ἀπαιδεύτως διελέχθη, καὶ

solide. Si vous venez à la seconde partie du décret, où vous ne craignez pas d'avancer que c'est un bon citoyen, qu'il continue à servir le peuple d'Athènes par ses actions et par ses discours, laissant toute vaine emphase. arrêtez-vous aux faits, et prouvez ce que vous dites. Je ne parle pas de son dévouement mercenaire pour les Amphissiens et les Eubéens ; mais , quand vous faites honneur à Démosthène de notre alliance avec Thèbes , vous trompez ceux qui ne sont pas instruits, et vous insultez ceux qui le sont. Car, en supprimant les circonstances, en ternissant la gloire d'Athènes , qui seules nous procurèrent cette alliance, vous croyez sans doute qu'on ignore que vous attribuez à votre héros ce qui appartient à la république.

Je vais prouver combien leur prétention est arrogante ; la preuve en sera évidente et sensible. Le roi de Perse, un peu avant qu'Alexandre eût passé en Asie, écrivit au peuple une lettre insolente , digne d'un barbare, dans laquelle, entre autres expressions dures, il finit de

Εἰ δὲ ἥξεις ἐπὶ τὸ δεύτερον μέρος   Mais si tu viens à la seconde partie
τοῦ ψηφίσματος,   du décret,
ἐν ᾧ τετόλμηκας γράφειν   dans laquelle tu as osé écrire
ὡς ἐστιν ἀνὴρ ἀγαθός,   qu'il est homme de bien,
καὶ διατελεῖ   et persévère
λέγων καὶ πράττων τὰ ἄριστα   disant et faisant les meilleures choses
τῷ δήμῳ τῶν Ἀθηναίων,   pour le peuple des Athéniens,
ἀφελὼν τὴν ἀλαζονείαν   ayant enlevé la jactance
καὶ τὸν κόμπον τοῦ ψηφίσματος,   et l'emphase du décret,
ἅψαι τῶν ἔργων,   touche aux actions,
ἐπίδειξον ἡμῖν ὅ τι λέγεις.   démontre à nous ce que tu dis.
Παραλείπω μὲν γὰρ   Car je laisse-de-côté
τὰς δωροδοκίας   les actes-de-vénalité
περὶ τοὺς Ἀμφισσέας   au sujet des Amphissiens
καὶ τοὺς Εὐβοέας·   et des Eubéens;
ὅταν δὲ ἀνατιθῇς Δημοσθένει   mais quand tu attribues à Démosthène
τὰς αἰτίας τῆς συμμαχίας   les causes de l'alliance
πρὸς Θηβαίους,   avec les Thébains,
ἐξαπατᾷς μὲν τοὺς ἀγνοοῦντας,   tu trompes ceux qui ignorent,
ὑβρίζεις δὲ   et tu outrages
τοὺς εἰδότας καὶ αἰσθανομένους.   ceux qui savent et comprennent
Ἀφελὼν γὰρ τὸν καιρόν,   Car ayant supprimé la circonstance,
καὶ τὴν δόξαν τὴν τούτων, διὰ ἣν   et la gloire de ceux-ci, par laquelle
ἡ συμμαχία ἐγένετο,   l'alliance s'est faite,
οἴει λανθάνειν ἡμᾶς,   tu crois être caché à nous,
περιτιθεὶς Δημοσθένει   attribuant à Démosthène
τὸ ἀξίωμα τῆς πόλεως.   le mérite de la ville.
  Ἐγὼ δὲ πειράσομαι   Mais moi je m'efforcerai
διδάξαι σημείῳ μεγάλῳ,   de montrer par un signe grand,
ἡλίκον ἐστὶ   combien-grande est
τοῦτο τὸ ἀλαζόνευμα.   cette jactance.
Ὁ γὰρ βασιλεὺς τῶν Περσῶν   Car le roi des Perses
οὐ πολλῷ χρόνῳ πρότερον   non un long temps précédemment
πρὸ τῆς διαβάσεως Ἀλεξάνδρου   avant le passage d'Alexandre
εἰς τὴν Ἀσίαν,   dans l'Asie,
κατέπεμψε τῷ δήμῳ ἐπιστολὴν   envoya au peuple une lettre
καὶ μάλα ὑβριστικὴν   et très-outrageante
καὶ βάρβαρον, ἐν ᾗ   et barbare, dans laquelle
τά τε δὴ ἄλλα   certes et les autres choses
διελέχθη καὶ   étaient exprimées aussi

ἐπὶ τελευτῆς ἐνέγραψεν ἐν τῇ ἐπιστολῇ· « Ἐγώ, φησίν, ὑμῖν
χρυσίον οὐ δώσω· μή με αἰτεῖτε, οὐ γὰρ λήψεσθε. » Οὗτος μέντοι ὁ αὐτὸς ἐγκαταληφθεὶς ὑπὸ τῶν νυνὶ παρόντων αὐτῷ κινδύνων, οὐκ αἰτούντων Ἀθηναίων, αὐτὸς ἑκὼν κατέπεμψε τρια-
κόσια τάλαντα τῷ δήμῳ, ἃ σωφρονῶν ὁ δῆμος οὐκ ἐδέξατο¹. Ὁ
δὲ κομίζων ἦν τὸ χρυσίον καιρός, καὶ φόβος, καὶ χρεία συμμάχων. Τὸ δὲ αὐτὸ τοῦτο καὶ τὴν Θηβαίων συμμαχίαν ἐξειργά-
ζετο. Σὺ δὲ τὸ μὲν τῶν Θηβαίων ὄνομα, καὶ τὸ τῆς δυςτυχε-
στάτης συμμαχίας ἐνοχλεῖς ἀεὶ λέγων, τὰ δ' ἑβδομήκοντα τάλαντα ὑποσιωπᾷς, ἃ προλαβὼν τοῦ βασιλικοῦ χρυσίου ἀπεστέ-
ρησας. Οὐ δι' ἔνδειαν μὲν χρημάτων, ἕνεκα πέντε ταλάντων,
οἱ ξένοι τοῖς Θηβαίοις τὴν ἄκραν² οὐ παρέδοσαν; διὰ δὲ ἐννέα
τάλαντα ἀργυρίου, πάντων Ἀρκάδων ἐξεληλυθότων ³, καὶ τῶν
ἡγεμόνων ἑτοίμων ὄντων βοηθεῖν, ἡ πρᾶξις οὐ γεγένηται; Σὺ δὲ

cette manière : « *Je ne vous donnerai point d'argent, ne m'en demandez pas, vous n'en aurez pas.* » Ce même prince, se voyant depuis environné de périls, envoya de lui-même, et sans qu'on lui fît aucune demande, trois cents talents au peuple d'Athènes qui eut la
noblesse de les refuser. C'était la circonstance, l'extrémité du péril et le besoin d'alliés, qui nous procuraient cet argent ; c'est aussi
ce qui nous a procuré l'alliance des Thébains. Cependant, Démosthène, vous nous étourdissez du nom des Thébains et de leur alliance malheureuse, et vous ne dites pas un mot des soixante et
dix talents du roi de Perse, que vous détournâtes à votre profit,
lorsque nous avions le plus grand besoin d'argent. N'est-ce pas,
en effet, faute d'argent, faute de cinq talents, que les troupes
étrangères ne livrèrent pas aux Thébains la citadelle ? N'est-ce pas
encore faute de neuf talents que, tous les Arcadiens s'étant mis
en campagne, et leurs chefs étant disposés à nous secourir, nous
ne pûmes profiter de l'occasion? L'état est pauvre Démosthène

μάλα ἀπαιδεύτως,	fort grossièrement,
καὶ ἐπὶ τελευτῆς	et sur la fin
ἐνέγραψεν ἐν τῇ ἐπιστολῇ·	il avait écrit dans sa lettre :
« Ἐγώ, φησίν,	« Moi, dit-il,
οὐ δώσω ὑμῖν χρυσίον·	je ne donnerai pas à vous de l'or ;
μὴ αἰτεῖτέ με,	n'en demandez pas à moi,
οὐ γὰρ λήψεσθε. »	car vous n'en recevrez pas. »
Οὗτος μέντοι ὁ αὐτὸς	Cependant celui-ci le même
ἐγκαταληφθεὶς ὑπὸ τῶν κινδύνων	environne par les dangers
παρόντων αὐτῷ νυνί,	présents à lui maintenant,
Ἀθηναίων οὐκ αἰτούντων,	les Athéniens ne demandant pas,
κατέπεμψεν αὐτὸς ἑκὼν	envoya lui-même volontaire
τριακόσια τάλαντα τῷ δήμῳ	trois cents talents au peuple,
ἃ ὁ δῆμος σωφρονῶν	que le peuple étant-sage
οὐκ ἐδέξατο.	ne reçut pas.
Ὁ δὲ καιρὸς	Mais l'occasion
ἦν ὁ κομίζων τὸ χρυσίον,	était celui qui apportait l'or,
καὶ φόβος, καὶ χρεία συμμάχων.	et la crainte, et le besoin d'alliés.
Τοῦτο δὲ τὸ αὐτὸ ἐξειργάζετο	Mais cette chose la même accomplis-
καὶ τὴν συμμαχίαν Θηβαίων.	aussi l'alliance des Thébains. [sait
Σὺ δὲ ἐνοχλεῖς	Mais toi tu importunes
λέγων μὲν ἀεὶ	disant toujours
τὸ ὄνομα τῶν Θηβαίων,	le nom des Thébains,
καὶ τὸ τῆς συμμαχίας	et celui de l'alliance
δυςτυχεστάτης,	la plus malheureuse,
ὑποσιωπᾷς δὲ	mais tu passes-sous-silence
τὰ ἑβδομήκοντα τάλαντα,	les soixante-dix talents,
ἃ προλαβὼν	lesquels ayant pris-d'avance
ἀπεστέρησας	tu as détournés
τοῦ χρυσίου βασιλικοῦ.	de l'or royal.
Οὐ διὰ ἔνδειαν μὲν χρημάτων,	N'est-ce pas par manque de fonds
ἕνεκα πέντε ταλάντων,	à cause de cinq talents,
οἱ ξένοι οὐ παρέδοσαν	que les étrangers ne livrèrent pas
τὴν ἄκραν τοῖς Θηβαίοις	la citadelle aux Thébains?
διὰ δὲ ἐννέα τάλαντα	et n'est-ce pas pour neuf talents
ἀργυρίου,	d'argent,
πάντων Ἀρκάδων ἐξεληλυθότων,	tous les Arcadiens étant sortis,
καὶ τῶν ἡγεμόνων	et les chefs
ὄντων ἑτοίμων βοηθεῖν,	étant disposés à secourir,
ἡ πρᾶξις οὐ γεγένηται ;	que l'action n'a pas eu lieu?

πλουτεῖς, **καὶ ταῖς ἡδοναῖς ταῖς σαυτοῦ** χορηγεῖς· καὶ τὸ κεφάλαιον, τὸ μὲν βασιλικὸν χρυσίον παρὰ τούτῳ, οἱ δὲ κίνδυνοι
παρ' ὑμῖν.

Ἄξιον δ' ἐστὶ καὶ τὴν ἀπαιδευσίαν αὐτῶν θεωρῆσαι. Εἰ γὰρ
τολμήσει Κτησιφῶν μὲν Δημοσθένην παρακαλεῖν λέξοντα εἰς
ὑμᾶς, οὗτος δ' ἀναβὰς ἑαυτὸν ἐγκωμιάσει, βαρύτερον τῶν ἔργων
ὧν πεπόνθατε τὸ ἀκρόαμα γίγνεται. Ὅπου γὰρ τοὺς μὲν ὄντως
ἄνδρας ἀγαθούς, οἷς πολλὰ καὶ καλὰ σύνισμεν ἔργα, ἐὰν τοὺς
καθ' ἑαυτῶν ἐπαίνους λέγωσιν, οὐ φέρομεν· ὅταν δὲ ἄνθρωπος,
αἰσχύνη τῆς πόλεως γεγονώς, ἑαυτὸν ἐγκωμιάζῃ, τίς ἂν τὰ
τοιαῦτα καρτερήσειεν ἀκούων;

Ἀπὸ μὲν οὖν τῆς ἀναισχύντου πραγματείας, ἐὰν σωφρονῇς,
ἀποστήσῃ· ποίησαι δέ, ὦ Κτησιφῶν, διὰ σαυτοῦ τὴν ἀπολογίαν. Οὐ γὰρ δήπου τοῦτό γε σκήψῃ, ὡς οὐ δυνατὸς εἶ λέγειν.
Καὶ γὰρ ἂν ἄτοπόν σοι συμβαίνοι, εἰ πρώην μέν ποθ' ὑπέμεινας πρεσβευτὴς ὡς Κλεοπάτραν [1], τὴν Φιλίππου θυγατέρα, χει-

est riche, et fournit abondamment à ses plaisirs : en un mot,
Athéniens, l'or du roi de Perse est pour lui, les dangers pour vous.

Mais il est bon d'observer leur audace impudente. Lorsque Ctésiphon invitera Démosthène à monter à la tribune, et qu'il y montera
pour faire lui-même son éloge, la vanité de ses discours ne sera-t-
elle pas plus intolérable que tout ce qu'il vous a fait supporter jusqu'à ce jour ? Et si l'on n'écoute qu'avec peine le bien que dit de lui
un homme d'un mérite réel, dont les actions et la bravoure sont con-
nues, aura-t-on la patience d'entendre un lâche, l'opprobre de cette
ville, se donner des louanges à lui-même ?

Si vous êtes sage, Ctésiphon, vous renoncerez à une action aussi
honteuse. Faites vous-même votre apologie. Vous ne pourriez dire que
vous manquez de talent pour la parole. Non, un homme qui a accepté,
il y a quelque temps, une ambassade vers Cléopâtre, fille de Philippe,

Σὺ δὲ πλουτεῖς, καὶ χορηγεῖς
ταῖς ἡδοναῖς ταῖς σαυτοῦ·
καὶ τὸ κεφάλαιον,
τὸ χρυσίον βασιλικὸν παρὰ τούτῳ,
οἱ δὲ κίνδυνοι παρὰ ὑμῖν.

Ἔστι δὲ ἄξιον θεωρῆσαι
καὶ τὴν ἀπαιδευσίαν αὐτῶν.
Εἰ γὰρ Κτησιφῶν μὲν τολμήσει
παρακαλεῖν Δημοσθένην
λέξοντα εἰς ὑμᾶς,
οὗτος δὲ ἀναβὰς
ἐγκωμιάσει ἑαυτόν,
τὸ ἀκρόαμα γίγνεται βαρύτερον
τῶν ἔργων
ὧν πεπόνθατε.

Ὅπου μὲν γὰρ οὐ φέρομεν
τοὺς ὄντως ἄνδρας ἀγαθούς,
οἷς σύνισμεν ἔργα
πολλὰ καὶ καλά,
ὅταν λέγωσι τοὺς ἐπαίνους
κατὰ ἑαυτῶν·
ὅταν δὲ ἄνθρωπος,
γεγονὼς αἰσχύνη τῆς πόλεως,
ἐγκωμιάζῃ ἑαυτόν,
τίς ἂν καρτερήσειεν
ἀκούων τὰ τοιαῦτα;

Ἀποστήσῃ μὲν οὖν,
ἐὰν σωφρονῇς,
τῆς πραγματείας αἰσχυντήτου
ποίησαι δέ, ὦ Κτησιφῶν,
τὴν ἀπολογίαν διὰ σαυτοῦ.
Οὐ γὰρ δήπου σκήψῃ
τοῦτό γε,
ὡς οὐκ εἶ δυνατὸς λέγειν.
Καὶ γὰρ ἂν συμβαίνοι σοι
ἄτοπον,
εἰ πρῴην μέν ποτε
ὑπέμεινας χειροτονεῖσθαι
πρεσβευτὴς ὡς Κλεοπάτραν,
τὴν θυγατέρα Φιλίππου,

Mais toi tu es riche, et tu fournis
aux plaisirs de toi-même ;
et en somme,
l'or royal est chez celui-ci,
mais les dangers chez vous.

Or il est convenable d'examiner
aussi l'ignorance d'eux.
Car si Ctésiphon ose
appeler Démosthène
dev. t parler à vous,
et que celui-ci étant monté
loue lui-même,
l'audition devient plus pesante
que les actions
que vous avez souffertes.

Car là où nous ne supportons pas
ceux réellement hommes de bien,
desquels nous savons des actions
nombreuses et belles,
quand ils disent les louanges
sur eux-mêmes ;
mais lorsqu'un homme,
étant devenu une honte de la ville,
loue lui-même,
qui supporterait
entendant les choses telles ?

Tu t'abstiendras donc,
si tu es-sage,
de cette action déshonorante ;
mais fais, ô Ctésiphon,
la justification par toi-même.
Car certes tu n'allégueras pas
ceci du moins,
que tu n'es pas capable de parler.
Et en effet il arriverait à toi
une chose étrange,
si avant-hier un jour
tu as enduré d'être élu
député vers Cléopâtre,
la fille de Philippe,

ροτονεῖσθαι, συναχθεσθησόμενος ἐπὶ τῇ τοῦ Μολοττῶν βασι-
λέως Ἀλεξάνδρου τελευτῇ [1], νυνὶ δὲ οὐ φήσεις δύνασθαι λέγειν.
Ἔπειτα γυναῖκα μὲν ἀλλοτρίαν πενθοῦσαν δύνασαι παραμυ-
θεῖσθαι, γράψας δὲ μισθοῦ ψήφισμα οὐκ ἀπολογήσῃ;

Ἢ τοιοῦτός ἐστιν, ὃν γέγραφας στεφανοῦσθαι, οἷος μὴ γι-
γνώσκεσθαι ὑπὸ τῶν εὖ πεπονθότων, ἂν μή τίς σοι συνείπῃ;
ἐπερώτησον δὴ τοὺς δικαστὰς, εἰ ἐγίγνωσκον Χαβρίαν, καὶ
Ἰφικράτην, καὶ Τιμόθεον, καὶ πυθοῦ παρ' αὐτῶν διὰ τί τὰς δωρεὰς αὐτοῖς ἔδοσαν, καὶ τὰς εἰκόνας ἔστησαν. Ἅπαντες γὰρ ἅμα
σοι ἀποκρινοῦνται, ὅτι Χαβρίᾳ μέν, διὰ τὴν περὶ Νάξον ναυμαχίαν, Ἰφικράτει δέ, ὅτι μόραν Λακεδαιμονίων ἀπέκτεινε [2], Τι-
μοθέῳ δέ, διὰ τὸν περίπλουν τὸν εἰς Κέρκυραν [3], καὶ ἄλλοις, ὧν
ἑκάστῳ πολλὰ καὶ καλὰ κατὰ πόλεμον ἔργα πέπρακται. Δημοσθένει δ' ἀντεροῦ διὰ τί δώσετε; Ὅτι δωροδόκος, ὅτι δειλός,
ὅτι τὴν τάξιν ἔλιπε. Καὶ πότερον τοῦτον τιμήσετε, ἢ ὑμᾶς αὐ-

et qui lui a fait un compliment de condoléance sur la mort d'Alexandre,
roi des Molosses, son époux, ne pourrait prétendre aujourd'hui n'a-
voir point de talent pour la parole. Quoi! Ctésiphon, vous avez
trouvé des expressions pour consoler dans sa douleur une princesse
étrangère, et, lorsqu'on vous accuse d'avoir vendu le décret que vous
avez proposé, vous n'essaierez pas de vous justifier vous-même?

L'homme que vous gratifiez d'une couronne ne peut-il donc être
connu de ceux qu'il a bien servis, si l'on ne vous aide à le faire
connaître? Demandez aux juges s'ils connaissaient Chabrias,
Iphicrate et Timothée; demandez-leur pourquoi on leur a accordé des récompenses et érigé des statues: ils répondront tous à
la fois qu'on a récompensé et honoré Chabrias, pour avoir, près
de Naxos, remporté une victoire navale; Iphicrate, pour avoir taillé
en pièces une légion de Lacédémone; Timothée, pour avoir, dans
une expédition maritime, délivré Corcyre; et tant d'autres grands
hommes, pour s'être distingués par nombre de glorieux exploits.
Demandez maintenant pourquoi l'on récompenserait Démosthène,
et l'on vous répondra: parce qu'il s'est vendu, parce qu'il est un
lâche, parce qu'il a abandonné son poste. En croyant honorer cet

συναχθεσθησόμενος | devant présenter-des-condoléances
ἐπὶ τῇ τελευτῇ Ἀλεξάνδρου | sur la fin d'Alexandre
τοῦ βασιλέως Μολοττῶν, | le roi des Molosses,
νυνὶ δὲ φήσεις | et que maintenant tu dises
οὐ δύνασθαι λέγειν. | ne pouvoir parler.
Ἔπειτα δύνασαι παραμυθεῖσθαι | Ainsi tu peux consoler
γυναῖκα ἀλλοτρίαν πενθοῦσαν, | une femme étrangère qui est-en-deuil
γράψας δὲ ψήφισμα | et ayant écrit un décret
μισθοῦ | pour un salaire
οὐκ ἀπολογήσῃ; | tu ne te justifieras pas?
Ἦ | Assurément
ὃν γέγραφας στεφανοῦσθαι | *celui* que tu as décrété être couronné
ἐστὶ τοιοῦτος | est tel
οἷος μὴ γιγνώσκεσθαι | que ne pas être connu
ὑπὸ τῶν πεπονθότων εὖ, | par ceux qui ont éprouvé bien,
ἂν τις μὴ συνείπῃ σοι; | si quelqu'un ne parle-avec toi?
ἐπερώτησον δὴ τοὺς δικαστάς, | certes interroge les juges,
εἰ ἐγίγνωσκον Χαβρίαν, | s'ils connaissaient Chabrias,
καὶ Ἰφικράτην, καὶ Τιμόθεον, | et Iphicrate, et Timothée,
καὶ πυθοῦ παρὰ αὐτῶν διὰ τί | et apprends d'eux pour quoi
ἔδοσαν τὰς δωρεὰς αὐτοῖς, | ils ont donné les récompenses à eux,
καὶ ἔστησαν τὰς εἰκόνας. | et *leur* ont dressé les statues.
Ἅπαντες γὰρ ἅμα | Car tous en même temps
ἀποκρινοῦνταί σοι, | répondront à toi,
ὅτι Χαβρίᾳ μέν, | que à Chabrias,   [xos,
διὰ τὴν ναυμαχίαν περὶ Νάξον, | à cause du combat-naval près de Na-
Ἰφικράτει δέ, ὅτι ἀπέκτεινε | et à Iphicrate, parce qu'il a massacré
μόραν Λακεδαιμονίων, | une more de Lacédémoniens,
Τιμοθέῳ δέ, | et à Timothée,
διὰ τὸν περίπλουν | à cause du périple
τὸν εἰς Κέρκυραν, | celui vers Corcyre,
καὶ ἄλλοις, ἑκάστῳ ὧν | et à d'autres, par chacun desquels
ἔργα πολλὰ καὶ καλὰ | des actions nombreuses et belles
πέπρακται κατὰ πόλεμον. | ont été faites pendant la guerre.
Ἀντεροῦ δὲ | Mais interroge-en-échange
διὰ τί δώσετε Δημοσθένει; | pour quoi donnerez-vous à Démosthè-
Ὅτι δωροδόκος, | Parce qu'*il est* vénal,   [ne?
ὅτι δειλός, | parce qu'*il est* lâche,
ὅτι ἔλιπε τὴν τάξιν. | parce qu'il a quitté son rang.
Καὶ πότερον τιμήσετε τοῦτον, | Et est-ce que vous honorerez celui-ci,

τοὺς ἀτιμώσετε καὶ τοὺς ὑπὲρ ὑμῶν ἐν τῇ μάχῃ τελευτήσαντας· οὓς νομίσαθ' ὁρᾶν σχετλιάζοντας, εἰ οὗτος στεφανωθήσεται. Καὶ γὰρ ἂν εἴη δεινόν, ὦ ἄνδρες Ἀθηναῖοι, εἰ τὰ μὲν ξύλα, καὶ τοὺς λίθους, καὶ τὸν σίδηρον, τὰ ἄφωνα καὶ ἀγνώμονα, ἐάν τῳ ἐμπεσόντα ἀποκτείνῃ, ὑπερορίζομεν [1], καὶ ἐάν τις αὐτὸν δια- χρήσηται, τὴν χεῖρα τὴν τοῦτο πράξασαν χωρὶς τοῦ σώματος θάπτομεν· Δημοσθένην δέ, ὦ Ἀθηναῖοι, τὸν γράψαντα μὲν τὴν πανυστάτην ἔξοδον [2], προδόντα δὲ τοὺς στρατιώτας, τοῦτον ὑμεῖς τιμήσετε. Οὐκοῦν ὑβρίζονται μὲν οἱ τελευτήσαντες, ἀθυμότεροι δὲ οἱ ζῶντες γίγνονται, ὁρῶντες τῆς ἀρετῆς ἆθλον τὸν θάνατον κείμενον, τὴν δὲ μνήμην ἐπιλείπουσαν.

Τὸ δὲ μέγιστον, ἐὰν ἐπερωτῶσιν ὑμᾶς οἱ νεώτεροι, πρὸς ποῖον χρὴ παράδειγμα αὐτοὺς τὸν βίον ποιεῖσθαι, τί κρινεῖτε; Εὖ γὰρ ἴστε, ὦ ἄνδρες Ἀθηναῖοι, ὅτι οὐχ αἱ παλαῖστραι, οὐδὲ τὰ διδασκαλεῖα, οὐδ' ἡ μουσικὴ μόνον παιδεύει τοὺς νεωτέρους,

orateur, ne vous deshonorerez-vous pas vous-mêmes, et ne ferez-vous pas injure aux citoyens qui sont morts pour vous à la guerre? Imaginez-vous entendre leurs ombres gémir et se plaindre, si l'on couronne Démosthène. Quoi donc? vous rejetez avec horreur loin de vos limites le bois, la pierre, le fer, tous ces êtres inanimés qui, par hasard, auraient écrasé un homme dans leur chute; vous ne souffrez pas même que la main de celui qui a attenté à ses propres jours soit inhumée avec le corps; et le funeste auteur de la dernière expédition, l'assassin de nos guerriers, sera couronné de vos mains? Croyez-vous que, dans le tombeau, ils ne ressentent pas cet affront, et que ceux qui leur survivent ne perdent pas courage en voyant que la valeur ne mène qu'à la mort et à l'oubli?

Mais ce qui est de la plus grande importance, si les jeunes gens vous demandent sur quel modèle ils se formeront, que leur répondrez-vous? Vous le savez, ce ne sont pas seulement les exercices du corps et de l'esprit, l'étude de la philosophie et des lettres, qui for-

ἢ ἀτιμώσετε ὑμᾶς αὐτοὺς   ou déshonorerez vous-mêmes

καὶ τοὺς τελευτήσαντας   et ceux qui ont cessé *de vivre*

ὑπὲρ ὑμῶν ἐν τῇ μάχῃ;   pour vous dans le combat?

οὓς νομίσατε ὁρᾶν σχετλιάζοντας,   lesquels pensez voir se plaignant,

εἰ οὗτος στεφανωθήσεται.   si celui-ci est couronné.

Καὶ γὰρ ἂν εἴη δεινόν,   Et en effet il serait étrange,

ὦ ἄνδρες Ἀθηναῖοι,   ô hommes Athéniens,

εἰ ὑπερορίζομεν μὲν   si nous jetons-au-delà-des-frontières

τὰ ξύλα, καὶ τοὺς λίθους,   les bois, et les pierres,

καὶ τὸν σίδηρον,   et le fer,

τὰ ἄφωνα καὶ ἀγνώμονα,   les choses sans-voix et sans-sentiment,

ἐὰν ἐμπεσόντα τῳ   si étant tombées-sur quelqu'un

ἀποκτείνῃ, καὶ ἐάν τις   elles *le* tuent, et que si quelqu'un

διαχρήσηται αὐτόν,   a détruit lui-même,

θάπτομεν   nous ensevelissions

χωρὶς τοῦ σώματος   séparément du corps

τὴν χεῖρα τὴν πράξασαν τοῦτο·   la main qui a fait cela ;

ὑμεῖς δέ, ὦ Ἀθηναῖοι,   mais que vous, ô Athéniens,

τιμήσετε τοῦτον Δημοσθένην,   vous honoriez ce Démosthène,

τὸν γράψαντα μὲν   celui qui a écrit (décrété)

τὴν πανυστάτην ἔξοδον,   la dernière expédition,

προδόντα δὲ τοὺς στρατιώτας.   et qui a livré les soldats.

Οὐκοῦν οἱ μὲν τελευτήσαντες   Donc ceux qui ont cessé *de vivre*

ὑβρίζονται,   sont outragés

οἱ δὲ ζῶντες γίγνονται   et les vivants deviennent

ἀθυμότεροι,   plus découragés,

ὁρῶντες τὸν θάνατον κείμενον   voyant la mort posée

ἆθλον τῆς ἀρετῆς,   comme prix du courage,

τὴν δὲ μνήμην ἐπιλείπουσαν.   et la mémoire manquant.

Τὸ δὲ μέγιστον,   Mais la chose la plus grande,

ἐὰν οἱ νεώτεροι ἐπερωτῶσιν ὑμᾶς,   si les plus jeunes interrogent vous,

πρὸς ποῖον παράδειγμα   selon quel exemple

χρὴ αὐτοὺς ποιεῖσθαι τὸν βίον,   il faut eux se faire la vie,

τί κρινεῖτε;   que répondrez-vous ?

Ἴστε γὰρ εὖ,   Car vous savez bien,

ὦ ἄνδρες Ἀθηναῖοι,   ô hommes Athéniens,

ὅτι οὐχ αἱ παλαῖστραι,   que ni les palestres,

οὐδὲ τὰ διδασκαλεῖα,   ni les écoles,

οὐδὲ ἡ μουσικὴ μόνον   ni l'étude-des-arts-libéraux seulement

παιδεύει τοὺς νεωτέρους,   *n*'instruit les plus jeunes,

ἀλλὰ πολὺ μᾶλλον τὰ δημόσια κηρύγματα. Κηρύττεταί τις ἐν τῷ θεάτρῳ, ὅτι στεφανοῦται ἀρετῆς ἕνεκα, καὶ ἀνδραγαθίας, καὶ εὐνοίας, ἄνθρωπος ἀσχήμων ὢν τῷ βίῳ καὶ βδελυρός· ὁ δέ γε νεώτερος ταῦτ' ἰδὼν διεφθάρη. Δίκην τις δέδωκε πονηρός, καὶ πορνοβοσκός, ὥσπερ Κτησιφῶν· οἱ δέ γε ἄλλοι πεπαίδευνται. Τἀναντία τις ψηφισάμενος τῶν καλῶν καὶ δικαίων, ἐπανελθὼν οἴκαδε παιδεύει τὸν υἱόν· ὁ δέ γε εἰκότως οὐ πείθεται, ἀλλὰ τὸ νουθετεῖν ἐνοχλεῖν ἐνταῦθα ἤδη δικαίως ὀνομάζεται. Ὡς οὖν μὴ μόνον κρίνοντες, ἀλλὰ καὶ θεωρούμενοι, οὕτω τὴν ψῆφον φέρετε, εἰς ἀπολογισμὸν τοῖς νῦν μὲν οὐ παροῦσι τῶν πολιτῶν, ἐπερησομένοις δὲ ὑμᾶς, τί ἐδικάζετε. Εὖ γὰρ ἴστε, ὦ ἄνδρες Ἀθηναῖοι, ὅτι τοιαύτη δόξει ἡ πόλις εἶναι, ὁποῖός τις ἂν ᾖ ὁ

ment la jeunesse, mais beaucoup plus encore les proclamations publiques. Le héraut annonce-t-il, sur le théâtre, qu'un scélerat sans honneur est couronné pour sa vertu éminente et pour son zèle patriotique? une telle proclamation pervertit le jeune homme qui en est témoin. Un débauché, un corrupteur infâme, tel que Ctésiphon, a-t-il été puni? c'est une leçon pour les autres. L'auteur d'un décret injuste et malhonnête, rentré dans sa maison, veut-il instruire son fils? le jeune homme ne l'écoute pas, et ne voit plus, dans celui qui le reprend, qu'un censeur incommode. Prononcez donc aujourd'hui, non en simples juges, mais en hommes d'état sur qui tous les yeux sont ouverts; et faites en sorte de pouvoir justifier votre décision auprès des citoyens absents, qui vous en demanderont compte. C'est par les ministres qu'elle couronne, que les peuples jugent d'une

ἀλλὰ πολὺ μᾶλλον	mais beaucoup plutôt
τὰ κηρύγματα δημόσια.	les proclamations publiques.
Τὶς κηρύττεται ἐν τῷ θεάτρῳ,	Quelqu'un est proclamé dans le théâ-
ὅτι στεφανοῦται	qu'il est couronné [tre,
ἕνεκα ἀρετῆς, καὶ ἀνδραγαθίας,	pour *sa* vertu, et *sa* bravoure,
καὶ εὐνοίας,	et *sa* bienveillance,
ὢν ἄνθρωπος	étant homme
ἀσχήμων τῷ βίῳ καὶ βδελυρός·	sans-tenue dans la vie et débauché ;
ὁ δέ γε νεώτερος	et certes le plus jeune
ἰδὼν ταῦτα	qui a vu ces choses
διεφθάρη.	a été corrompu.
Τὶς πονηρός,	Quelque pervers,
καὶ πορνοβοσκός,	et teneur-de-maison-de-prostitution,
ὥςπερ Κτησιφῶν,	comme Ctésiphon,
δέδωκε δίκην·	a donné justice ;
οἱ δέ γε ἄλλοι πεπαίδευνται.	et certes les autres ont été instruits.
Τὶς ψηφισάμενος	Quelqu'un qui a décrété
τὰ ἐναντία	les choses contraires
τῶν καλῶν καὶ δικαίων,	aux choses belles et justes,
ἐπανελθὼν οἴκαδε	étant revenu à la maison
παιδεύει τὸν υἱόν·	instruit son fils ;
ὁ δέ γε εἰκότως	mais celui-ci certes avec raison
οὐ πείθεται,	n'obéit pas,
ἀλλὰ τὸ νουθετεῖν	mais le avertir
ὀνομάζεται ἐνταῦθα ἤδη δικαίως	est nommé là déjà justement
ἐνοχλεῖν.	importuner.
Ὡς οὖν μὴ μόνον κρίνοντες,	Donc comme non-seulement jugeant,
ἀλλὰ καὶ θεωρούμενοι,	mais encore étant examinés,
οὕτω φέρετε τὴν ψῆφον,	ainsi portez le suffrage,
εἰς ἀπολογισμὸν	pour *votre* justification
πρὸς τοῖς οὐ παροῦσι	près de ceux qui ne sont pas présents
νῦν	maintenant
τῶν πολιτῶν,	des citoyens,
ἐπερησομένοις δὲ ὑμᾶς,	mais qui interrogeront vous,
τί ἐδικάζετε.	quoi vous avez jugé.
Ἴστε γὰρ εὖ,	Car vous savez bien,
ὦ ἄνδρες Ἀθηναῖοι,	ô hommes Athéniens,
ὅτι ἡ πόλις δόξει εἶναι	que la ville paraîtra être
τοιαύτη ὁποῖός τις	telle que
ὁ κηρυττόμενος ἂν ᾖ·	celui qui est proclamé serait

κηρυττόμενος· ἔστι δὲ ὄνειδος, μὴ τοῖς προγόνοις ὑμᾶς, ἀλλὰ τῇ Δημοσθένους ἀνανδρίᾳ προςεικασθῆναι.

Πῶς οὖν ἄν τις τοιαύτην αἰσχύνην ἐκφύγοι; Ἐὰν τοὺς προκαταλαμβάνοντας τὰ κοινὰ καὶ φιλάνθρωπα τῶν ὀνομάτων, ἀπίστους ὄντας τοῖς ἤθεσι, φυλάξησθε. Ἡ γὰρ εὔνοια καὶ τὸ τῆς δημοκρατίας ὄνομα κεῖται μὲν ἐν μέσῳ, φθάνουσι δ᾽ ἐπ᾽ αὐτὰ καταφεύγοντες τῷ λόγῳ, ὡς ἐπὶ πολύ, οἱ τοῖς ἔργοις πλεῖστον ἀπέχοντες. Ὅταν οὖν λάβητε ῥήτορα ξενικῶν στεφάνων καὶ κηρυγμάτων ἐν τοῖς Ἕλλησιν ἐπιθυμοῦντα, ἐπανάγειν αὐτὸν κελεύετε καὶ τὸν λόγον, ὥςπερ τὰς βεβαιώσεις τῶν κτημάτων ὁ νόμος κελεύει ποιεῖσθαι, εἰς βίον ἀξιόχρεων καὶ τρόπον σώφρονα. Ὅτῳ δὲ ταῦτα μὴ μαρτυρεῖται, μὴ βεβαιοῦτε ᾽τῷ τοὺς ἐπαίνους, καὶ τῆς δημοκρατίας ἐπιμελήθητε ἤδη διαφευγούσης ὑμᾶς. Ἢ οὐ δεινὸν ὑμῖν δοκεῖ εἶναι, ὅτι τὸ μὲν βουλευ-

république ; voulez-vous qu'ils jugent de la vôtre, non par le courage de vos ancêtres, mais par la lâcheté de Démosthène ?

Comment donc éviterez-vous cette honte ? C'est en vous défiant de ces hommes qui, sous des noms honnêtes et populaires, cachent un naturel perfide. On peut prendre, quand on veut, le nom de vrai et zélé républicain ; mais les premiers à usurper ce titre sont, pour l'ordinaire, les derniers à le mériter. Lors donc que vous trouverez un orateur qui desire être couronné par les étrangers et proclamé en présence des Grecs, ordonnez-lui, conformément à la loi, de justifier les éloges qu'il se donne par le témoignage d'une vie régulière et de mœurs irréprochables. S'il manque d'un pareil témoignage, ne confirmez pas ces éloges, et songez à retenir un reste d'autorité qui vous échappe. Car enfin, n'est-

ἔστι δὲ ὄνειδος,	or c'est un opprobre,
ὑμᾶς μὴ προςεικασθῆναι	vous ne pas être assimilés
τοῖς προγόνοις,	à vos ancêtres,
ἀλλὰ τῇ ἀνανδρίᾳ Δημοσθένους.	mais à la lâcheté de Démosthène.
Πῶς οὖν τις	Comment donc quelqu'un
ἂν ἐκφύγοι τοιαύτην αἰσχύνην;	échapperait-il à une telle honte?
Ἐὰν φυλάξησθε	Si vous vous gardez
τοὺς προκαταλαμβάνοντας	de ceux qui s'emparent-à-l'avance
τὰ κοινὰ καὶ φιλάνθρωπα	des communs et bienveillants
τῶν ὀνομάτων,	des noms,
ὄντας ἀπίστους	étant indignes-de-foi
τοῖς ἤθεσιν.	par les mœurs.
Ἡ γὰρ εὔνοια	Car la bienveillance
καὶ τὸ ὄνομα τῆς δημοκρατίας	et le nom de la démocratie
κεῖται ἐν μέσῳ,	est exposé dans le milieu,
οἱ δὲ ἀπέχοντες πλεῖστον	et ceux qui s'écartent le plus
τοῖς ἔργοις,	par les actions,
ὡς ἐπὶ πολύ,	comme pour la plupart *du temps*,
φθάνουσι καταφεύγοντες	préviennent se réfugiant
ἐπὶ αὐτὰ τῷ λόγῳ.	vers ces choses par le discours.
Ὅταν οὖν λάβητε	Donc quand vous prenez (trouvez)
ῥήτορα ἐπιθυμοῦντα	un orateur qui desire
στεφάνων ξενικῶν	des couronnes étrangères
καὶ κηρυγμάτων ἐν τοῖς Ἕλλησι,	et des proclamations devant les Grecs,
κελεύετε αὐτὸν	ordonnez lui
ἐπανάγειν καὶ τὸν λόγον,	ramener aussi le discours,
ὥσπερ ὁ νόμος κελεύει	comme la loi ordonne
τὰς βεβαιώσεις τῶν κτημάτων	les confirmations des acquisitions
ποιεῖσθαι,	se faire,
εἰς βίον ἀξιόχρεων	à une vie digne-de-crédit
καὶ τρόπον σώφρονα.	et une conduite sage.
Ὅτῳ δὲ ταῦτα	Mais *celui* à qui ces choses
μὴ μαρτυρεῖται,	ne sont pas prouvées-par-témoins,
μὴ βεβαιοῦτε αὐτῷ τοὺς ἐπαίνους,	ne confirmez pas à lui les éloges,
καὶ ἐπιμελήθητε	et prenez-souci
τῆς δημοκρατίας	du gouvernement-populaire
διαφευγούσης ἤδη ὑμᾶς.	qui échappe déjà à vous.
Ἦ οὐ δοκεῖ ὑμῖν	Est-ce qu'il ne paraît pas à vous
εἶναι δεινόν,	être étrange,
ὅτι τὸ μὲν βουλευτήριον	que le sénat

τήριον καὶ ὁ δῆμος παροράται, αἱ δ' ἐπιστολαὶ καὶ αἱ πρεσβεῖαι
ἀφικνοῦνται εἰς ἰδιωτικὰς οἰκίας, οὐ παρὰ τῶν τυχόντων ἀνθρώπων, ἀλλὰ παρὰ τῶν πρωτευόντων ἐν τῇ Ἀσίᾳ καὶ τῇ Εὐ-
ρώπῃ; Καὶ ἐφ' οἷς ἐστιν ἐκ τῶν νόμων ζημία θάνατος, ταῦτά
τινες οὐκ ἐξαρνοῦνται πράττειν, ἀλλ' ὁμολογοῦσιν ἐν τῷ δήμῳ,
καὶ τὰς ἐπιστολὰς ἀλλήλοις παραναγιγνώσκουσι, καὶ παρακε-
λεύονται ὑμῖν οἱ μὲν βλέπειν εἰς τὰ ἑαυτῶν πρόσωπα, ὡς φύλακες τῆς δημοκρατίας, ἕτεροι δ' αἰτοῦσι δωρεάς, ὡς σωτῆρες
τῆς πόλεως ὄντες. Ὁ δὲ δῆμος, ἐκ τῆς ἀθυμίας τῶν συμβεβη-
κότων ὥσπερ παραγεγηρακώς, ἢ παρανοίας ἑαλωκώς, αὐτὸ μόνον τοὔνομα τῆς δημοκρατίας περιποιεῖται, τῶν δ' ἔργων ἑτέ-
ροις παρακεχώρηκεν. Ἔπειτ' ἀπέρχεσθε ἐκ τῶν ἐκκλησιῶν, οὐ
βουλευσάμενοι, ἀλλ' ὥσπερ ἐκ τῶν ἐράνων τὰ περιόντα νειμά-
μενοι [1]. Ὅτι δ' οὐ ληρῶ, ἐκεῖθεν τὸν λόγον θεωρήσατε.

il pas étrange qu'au mépris du sénat et du peuple, de simples particuliers reçoivent des députations et des dépêches, non de la part de
gens obscurs, mais des principaux personnages de l'Europe et de l'Asie?
Oui, ils en reçoivent; et quoiqu'il y ait peine de mort pour de pareilles
liaisons, loin de les dissimuler, plusieurs se vantent publiquement
de leurs correspondances; ils se lisent leurs dépêches, et n'ont pas
honte, les uns de vous exhorter à vous reposer sur eux comme sur
les soutiens du gouvernement, les autres de demander qu'on les
honore comme les sauveurs de la patrie. Cependant le peuple,
abattu par ses disgrâces, tel qu'un vieillard dans la décrépitude, ne
gardant pour lui que le titre de son pouvoir, en laisse à d'autres la
réalité. Et vous, Athéniens, vous sortez de vos assemblées, non
après avoir délibéré sur vos intérêts, mais après avoir partagé entre
vous, comme les restes d'un festin à frais communs, les débris de
votre ancienne opulence. Vous allez voir combien j'ai raison de vous
reprocher votre mollesse.

καὶ ὁ δῆμος παρορᾶται,	et le peuple est négligé,
αἱ δὲ ἐπιστολαὶ	et que les lettres
καὶ αἱ πρεσβεῖαι ἀφικνοῦνται	et les députations arrivent
εἰς οἰκίας ἰδιωτικάς,	dans des maisons particulières,
οὐ παρὰ ἀνθρώπων	non de la part d'hommes
τῶν τυχόντων,	les premiers-venus,
ἀλλὰ παρὰ τῶν	mais de la part de ceux
πρωτευόντων	qui occupent-le-premier-rang
ἐν τῇ Ἀσίᾳ καὶ τῇ Εὐρώπῃ;	dans l'Asie et l'Europe?
Καί τινες	Et quelques uns
οὐκ ἐξαρνοῦνται πράττειν ταῦτα,	ne nient pas faire ces choses,
ἐπὶ οἷς ζημία	pour lesquelles le châtiment
ἐκ τῶν νόμων ἐστὶ θάνατος,	d'après les lois est la mort,
ἀλλὰ ὁμολογοῦσιν ἐν τῷ δήμῳ,	mais *en* conviennent devant le peu-
καὶ παραγιγνώσκουσι	et *se* lisent-réciproquement [ple,
τὰς ἐπιστολὰς ἀλλήλοις,	les lettres les uns aux autres,
καὶ οἱ μὲν παρακελεύονται ὑμῖν	et les uns invitent vous
βλέπειν	à regarder
εἰς τὰ πρόσωπα ἑαυτῶν,	vers les visages d'eux-mêmes,
ὡς φύλακες	comme gardiens
τῆς δημοκρατίας,	du gouvernement-populaire, [ses,
ἕτεροι δὲ αἰτοῦσι δωρεάς,	et d'autres demandent des récompen-
ὡς ὄντες σωτῆρες τῆς πόλεως.	comme étant sauveurs de la ville.
Ὁ δὲ δῆμος,	Mais le peuple,
ὥσπερ παραγεγηρακὼς	comme déraisonnant-de-vieillesse
ἐκ τῆς ἀθυμίας	par suite du découragement
τῶν συμβεβηκότων,	des choses qui sont arrivées,
ἢ ἑαλωκὼς παρανοίας,	ou pris de démence,
περιποιεῖται τὸ ὄνομα αὐτὸ	conserve le nom même
τῆς δημοκρατίας μόνον,	de la démocratie seulement,
παρακεχώρηκε δὲ ἑτέροις	et a cédé à d'autres
τῶν ἔργων.	les actions.
Ἔπειτα ἀπέρχεσθε	Ensuite vous vous en allez
ἐκ τῶν ἐκκλησιῶν,	des assemblées,
οὐ βουλευσάμενοι,	non pas ayant délibéré,
ἀλλὰ νειμάμενοι	mais vous étant partagé
τὰ περιόντα	les choses qui restent
ὥσπερ ἐκ τῶν ἐράνων.	comme à la suite des festins-par-écot.
Ὅτι δὲ οὐ ληρῶ,	Mais que je ne déraisonne pas
θεωρήσατε τὸν λόγον ἐκεῖθεν.	examinez le discours d'ici.

Ἐγένετό τις (ἄχθομαι δὲ μεμνημένος πολλάκις τὰς ἀτυχίας τῆς πόλεως) ἐνταῦθ' ἀνὴρ ἰδιώτης, ὃς ἐκπλεῖν μόνον εἰς Σάμον [1] ἐπιχειρήσας, ὡς προδότης τῆς πατρίδος αὐθήμερον ὑπὸ τῆς ἐξ Ἀρείου πάγου βουλῆς θανάτῳ ἐζημιώθη. Ἕτερος δ' ἰδιώτης ἐκπλεύσας εἰς Ῥόδον [2], ὅτι τὸν φόβον ἀνάνδρως ἤνεγκε, πρώην ποτὲ εἰσηγγέλθη, καὶ ἴσαι αὐτῷ αἱ ψῆφοι ἐγένοντο· εἰ δὲ μία μόνον μετέπεσεν, ὑπερώριστ' ἄν, ἢ ἀπέθανεν. Ἀντιθῶμεν δὴ τὸ νυνὶ γιγνόμενον. Ἀνὴρ ῥήτωρ, ὁ πάντων τῶν κακῶν αἴτιος, ἔλιπε μὲν τὴν ἀπὸ στρατοπέδου τάξιν, ἀπέδρα δ' ἐκ τῆς πόλεως· οὗτος στεφανοῦσθαι ἀξιοῖ, καὶ κηρύττεσθαι οἴεται δεῖν. Οὐκ ἀποπέμψετε τὸν ἄνθρωπον, ὡς κοινὴν τῶν Ἑλλήνων συμφοράν; ἢ συλλαβόντες, ὡς λῃστὴν τῶν πραγμάτων, ἐπ' ὀνομάτων διὰ τῆς πολιτείας πλέοντα, τιμωρήσεσθε;

Un citoyen de cette ville (je souffre de vous retracer si souvent l'image de nos malheurs), un citoyen timide, dont toute la faute etait d'avoir tenté de passer à Samos, fut pris le même jour, et condamné à mort par le sénat de l'Aréopage, comme traître à la patrie. Un autre, qui s'était réfugié à Rhodes, fut accusé, il n'y a pas longtemps, pour avoir montré de la frayeur dans des circonstances critiques. Les voix furent partagées ; une seule de plus, il subissait la mort ou l'exil. Rapprochons le passé du présent. Un orateur, la cause de tous nos maux, qui a quitté son poste dans le combat et s'est enfui d'Athènes, exige des couronnes et des proclamations. N'éloignerez-vous point ce fléau commun de la Grèce ? ou plutôt ne saisirez-vous point, pour le punir, ce pirate insolent qui vogue, pillant la république, à la faveur de ses vains discours?

Τὶς ἀνὴρ ἰδιώτης	Un homme privé
ἐγένετο ἐνταῦθα	fut ici
(ἄχθομαι δὲ	(mais je m'afflige
μεμνημένος πολλάκις	faisant-mention souvent
τὰς ἀτυχίας τῆς πόλεως),	des infortunes de la ville),
ὃς ἐπιχειρήσας	qui ayant entrepris
ἐκπλεῖν μόνον εἰς Σάμον,	de naviguer seulement vers Samos,
ἐζημιώθη θανάτῳ	fut condamné à mort
αὐθήμερον	le même jour
ὑπὸ τῆς βουλῆς ἐκ πάγου Ἀρείου	par le sénat de la colline de-Mars
ὡς προδότης τῆς πατρίδος.	comme traître de la patrie.
Ἕτερος δὲ ἰδιώτης	Mais un autre particulier
ἐκπλεύσας εἰς Ῥόδον,	ayant navigué vers Rhodes,
ὅτι ἤνεγκεν	parce qu'il avait supporté
ἀνάνδρως τὸν φόβον,	lâchement la peur,
εἰςηγγέλθη πρώην ποτέ,	fut dénoncé récemment un jour,
καὶ αἱ ψῆφοι	et les suffrages
ἐγένοντο ἴσαι αὐτῷ·	furent égaux pour lui ;
εἰ δὲ μία μόνον	mais si un seulement
μετέπεσεν,	fut tombé-de-l'autre-côté,
ὑπερώριστο ἄν,	il aurait été banni,
ἢ ἀπέθανεν.	ou serait mort.
Ἀντιθῶμεν δὴ	Or comparons
τὸ γιγνόμενον νυνί.	ce qui se fait maintenant.
Ἀνὴρ ῥήτωρ,	Un homme orateur,
ὁ αἴτιος πάντων τῶν κακῶν,	celui cause de tous les maux,
ἔλιπε τὴν τάξιν	a quitté le rang
ἀπὸ στρατοπέδου,	loin du camp,
ἀπέδρα δὲ ἐκ τῆς πόλεως·	et s'est enfui de la ville ;
οὗτος ἀξιοῖ στεφανοῦσθαι,	celui-ci se juge-digne d'être-couronné,
καὶ οἴεται δεῖν	et croit falloir
κηρύττεσθαι.	*lui* être proclamé.
Οὐκ ἀποπέμψετε τὸν ἄνθρωπον,	Ne renverrez-vous pas l'homme,
ὡς συμφορὰν κοινὴν	comme une calamité commune
τῶν Ἑλλήνων;	des Grecs ?
ἢ συλλαβόντες,	ou *l'*ayant arrêté,
τιμωρήσεσθε,	*ne le* punirez-vous *pas*,
ὡς λῃστὴν τῶν πραγμάτων,	comme pirate des affaires,
πλέοντα διὰ τῆς πολιτείας	naviguant à travers l'état
ἐπὶ ὀνομάτων;	sur des noms ?

Καὶ τὸν καιρὸν μνήσθητε, ἐν ᾧ τὴν ψῆφον φέρετε. Ἡμερῶν μὲν ὀλίγων μέλλει τὰ Πύθια γίγνεσθαι, καὶ τὸ συνέδριον τὸ τῶν Ἑλλήνων συλλέγεσθαι ¹· διαβέβληται δ' ἡ πόλις ἐκ τῶν Δημοσθένους πολιτευμάτων περὶ τοὺς νῦν καιρούς· δόξετε δ', ἐὰν μὲν τοῦτον στεφανώσητε, ὁμογνώμονες εἶναι τοῖς παραβαίνουσι τὴν κοινὴν εἰρήνην· ἐὰν δὲ τοὐναντίον τούτου πράξητε, ἀπολύσετε τὸν δῆμον τῶν αἰτιῶν.

Μὴ οὖν ὡς ὑπὲρ ἀλλοτρίας, ἀλλ' ὡς ὑπὲρ οἰκείας τῆς πόλεως βουλεύεσθε, καὶ τὰς φιλοτιμίας μὴ νέμετε, ἀλλὰ κρίνετε, καὶ τὰς δωρεὰς εἰς βελτίω σώματα καὶ ἄνδρας ἀξιολογωτέρους ἀπόθεσθε· καὶ μὴ μόνον τοῖς ὠσίν, ἀλλὰ καὶ τοῖς ὄμμασι διαβλέψαντες εἰς ὑμᾶς αὐτούς, βουλεύσασθε τίνες ὑμῶν εἰσιν οἱ βοηθήσοντες Δημοσθένει· πότερον οἱ συγκυνηγέται, ἢ οἱ συγγυμνασταὶ αὐτοῦ, ὅτ' ἦν ἐν ἡλικίᾳ; Ἀλλά, μὰ τὸν Δία τὸν Ὀλύμπιον, οὐχ ὗς ἀγρίους κυνηγετῶν, οὐδὲ τῆς τοῦ σώματος εὐεξίας ἐπιμε-

Considérez d'ailleurs dans quelle circonstance vous allez juger. Nous sommes à la veille des jeux pythiques ; les Grecs vont bientôt se réunir pour les célébrer ; par une suite de l'administration de Démosthène, on impute aujourd'hui aux Athéniens d'avoir perdu la Grèce. Si vous le couronnez, vous paraîtrez être complices des infracteurs de la paix générale : mais si vous le punissez, vous purgerez le peuple de toute imputation.

Pensez donc qu'il ne s'agit pas, dans cette cause, d'une ville étrangère, mais de la vôtre. Ne prodiguez pas les honneurs, donnez-les avec discernement ; accordez des récompenses aux meilleurs citoyens, aux ministres les plus dignes. Ne vous contentez pas de prêter l'oreille à mes discours, ouvrez les yeux pour voir quels sont ceux d'entre vous qui solliciteront pour Démosthène. Ceux qui ont partagé les exercices et les chasses de sa jeunesse? Mais peu jaloux

Καὶ μνήσθητε τὸν καιρὸν
ἐν ᾧ φέρετε τὴν ψῆφον.
Τὰ Πύθια μὲν μέλλει γίγνεσθαι
ἡμερῶν ὀλίγων,
καὶ τὸ συνέδριον
τὸ τῶν Ἑλλήνων συλλέγεσθαι·
ἡ δὲ πόλις διαβέβληται
ἐκ τῶν πολιτευμάτων
Δημοσθένους
περὶ τοὺς καιροὺς (τοὺς) νῦν·
δόξετε δέ,
ἐὰν μὲν στεφανώσητε τοῦτον,
εἶναι ὁμογνώμονες
τοῖς παραβαίνουσι
τὴν εἰρήνην κοινήν· ἐὰν δὲ πράξητε
τὸ ἐναντίον τούτου,
ἀπολύσετε τὸν δῆμον
τῶν αἰτιῶν.
Μὴ οὖν βουλεύεσθε
ὡς ὑπὲρ πόλεως ἀλλοτρίας,
ἀλλὰ ὡς ὑπὲρ τῆς οἰκείας,
καὶ μὴ νέμετε τὰς φιλοτιμίας,
ἀλλὰ κρίνετε,
καὶ ἀπόθεσθε τὰς δωρεὰς
εἰς σώματα βελτίω
καὶ ἄνδρας
ἀξιολογωτέρους·
καὶ διαβλέψαντες εἰς ὑμᾶς αὐτοὺς
μὴ μόνον τοῖς ὠσίν,
ἀλλὰ καὶ τοῖς ὄμμασι,
βουλεύσασθε τίνες ὑμῶν εἰσιν
οἱ βοηθήσοντες Δημοσθένει·
πότερον οἱ συγκυνηγέται,
ἢ οἱ συγγυμνασταὶ αὐτοῦ,
ὅτε ἦν ἐν ἡλικίᾳ;
Ἀλλά, μὰ τὸν Δία τὸν Ὀλύμπιον,
οὐ διαγεγένηται
κυνηγετῶν ὗς ἀγρίους,
οὐδὲ ἐπιμελούμενος
τῆς εὐεξίας τοῦ σώματος,

Et souvenez-vous de l'occasion
dans laquelle vous portez le suffrage.
Les *jeux* Pythiques vont se faire
dans des jours peu-nombreux,
et l'assemblée
celle des Grecs être réunie ;
or la ville a été calomniée
d'après les actes-politiques
de Démosthène
dans les circonstances de maintenant;
or vous paraîtrez,
si vous couronnez celui-ci,
être de-mêmes-sentiments
que ceux qui transgressent
la paix commune; mais si vous faites
le contraire de cela ,
vous délivrerez le peuple
des inculpations.
Ne délibérez donc pas
comme sur une ville étrangère, [vous,
mais comme sur la *ville* propre *de*
et ne distribuez pas les honneurs,
mais jugez ,
et transportez les récompenses
à des corps meilleurs
et à des hommes
plus dignes-de-considération ;
et ayant regardé sur vous-mêmes
non seulement par les oreilles,
mais encore par les yeux,
examinez lesquels de vous sont
qui doivent secourir Démosthène :
est-ce que les compagnons-de-chasse ,
ou les compagnons-d'exercices de lui,
quand il était dans la jeunesse ?
Mais, par Jupiter Olympien,
il n'a pas passé-sa vie
chassant des sangliers sauvages,
ni prenant-soin
de la bonne-tenue du corps,

λούμενος, ἀλλ' ἐπασχῶν τέχνας ἐπὶ τοὺς τὰς οὐσίας κεκτημέ-
νους διαγεγένηται.

Ἀλλ' εἰς τὴν ἀλαζονείαν ἀποβλέψαντες, ὅταν φῇ Βυζαντίου;
μὲν ἐκ τῶν χειρῶν πρεσβεύσας ἐξελέσθαι τῶν Φιλίππου, ἀπο-
στῆσαι δὲ Ἀκαρνᾶνας, ἐκπλῆξαι δὲ Θηβαίους δημηγορήσας·
οἴεται γὰρ ὑμᾶς εἰς τοσοῦτον εὐηθείας ἤδη προβεβηκέναι, ὥστε
καὶ ταῦτα ἀναπεισθήσεσθαι, ὥσπερ Πειθὼ τρέφοντας, ἀλλ' οὐ
συκοφάντην ἄνθρωπον ἐν τῇ πόλει.

Ὅταν δ' ἐπὶ τελευτῆς ἤδη τοῦ λόγου συνηγόρους τοὺς κοι-
νωνοὺς τῶν δωροδοκημάτων αὐτῷ παρακαλῇ, ὑπολαμβάνετε
ὁρᾶν ἐπὶ τοῦ βήματος, οὗ νῦν ἑστηκὼς ἐγὼ λέγω, ἀντιπαρατε-
ταγμένους πρὸς τὴν τούτων ἀσέλγειαν, τοὺς τῆς πόλεως εὐερ-
γέτας· Σόλωνα μέν, τὸν καλλίστοις νόμοις κοσμήσαντα τὴν
δημοκρατίαν, ἄνδρα φιλόσοφον καὶ νομοθέτην ἀγαθόν, σωφρόνως,

de la dépouille d'un sanglier ou des honneurs du gymnase, il s'est
exercé à dresser des piéges pour envahir les biens des riches.

Examinez encore sa vanité audacieuse, lorsqu'il osera dire que
par une simple ambassade il a arraché Bysance des mains de Philippe; que par la force de son éloquence il a soulevé les Acarnaniens,
et déterminé les Thébains; car il vous croit assez simples pour vous
laisser persuader par tout ce qu'il vous dit, comme si vous possédiez
dans sa personne la déesse de la Persuasion, et non pas un imposteur habile.

Mais lorsqu'à la fin de son discours il invitera les complices
de sa vénalité à se ranger autour de lui pour sa défense, imaginez-
vous voir rangés autour de cette tribune où je parle, et opposés
à l'impudence de ces traitres, les bienfaiteurs de la république.
imaginez-vous entendre Solon, ce grand philosophe, ce législateur fa
meux, dont les sages institutions ont affermi chez nous la démocratie; Aristide, cet homme juste et desintéressé, qui a réglé les

ἀλλὰ ἐπασχῶν τέχνας	mais exerçant des artifices
ἐπὶ τοὺς κεκτημένους	contre ceux qui avaient acquis
τὰς οὐσίας.	les biens.
Ἀλλὰ ἀποβλέψαντες	Mais ayant jeté-les-yeux
εἰς τὴν ἀλαζονείαν,	sur sa jactance,
ὅταν φῇ πρεσβεύσας μὲν	lorsqu'il dit ayant été-en-ambassade
ἐξελέσθαι Βυζαντίους	avoir retiré les Byzantins
ἐκ τῶν χειρῶν τῶν Φιλίππου,	des mains de Philippe,
ἀποστῆσαι δὲ	et avoir détaché *de lui*
Ἀκαρνᾶνας,	les Acarnaniens,
ἐκπλῆξαι δὲ	et avoir frappé-de-terreur
Θηβαίους	les Thébains
δημηγορήσας·	ayant harangué-le-peuple ;
οἴεται γὰρ ὑμᾶς	car il croit vous
προβεβηκέναι ἤδη	être parvenus déjà
εἰς τοσοῦτον εὐηθείας,	à un tel *point* de bonhomie,
ὥςτε ἀναπεισθήσεσθαι	de sorte que devoir être persuadés
καὶ ταῦτα,	même de ces choses,
ὥςπερ τρέφοντας Πειθώ,	comme nourrissant la Persuasion,
ἀλλὰ οὐκ ἄνθρωπον συκοφάντην,	mais non un homme calomniateur,
ἐν τῇ πόλει.	dans la ville.
Ὅταν δὲ ἤδη	Mais lorsque déjà
ἐπὶ τελευτῆς τοῦ λόγου	sur la fin de son discours
παρακαλῇ αὑτῷ	il appellera-vers lui-même
συνηγόρους	*comme* défenseurs
τοὺς κοινωνοὺς	les participants
τῶν δωροδοκημάτων,	à ses réceptions-de-présents,
ὑπολαμβάνετε ὁρᾷν	présumez voir
ἐπὶ τοῦ βήματος,	sur la tribune,
οὗ νῦν	sur laquelle maintenant
ἐγὼ ἑστηκὼς λέγω,	moi étant-debout je parle,
τοὺς εὐεργέτας τῆς πόλεως	les bienfaiteurs de la ville
ἀντιπαρατεταγμένους	rangés-en-bataille-vis-à-vis
πρὸς τὴν ἀσέλγειαν τούτων·	contre l'insolence de ceux-ci :
Σόλωνα μέν, τὸν κοσμήσαντα	Solon, celui qui a réglé
τὴν δημοκρατίαν	le gouvernement-populaire
τοῖς καλλίστοις νόμοις,	par les plus belles lois,
ἄνδρα φιλόσοφον	homme sage
καὶ ἀγαθὸν νομοθέτην,	et bon législateur,
δεόμενον ὑμῶν σωφρόνως,	priant vous avec douceur,

ὡς προςῆκεν αὐτῷ, δεόμενον ὑμῶν, μηδενὶ τρόπῳ τοὺς Δημοσθένους λόγους περὶ πλείονος ποιήσασθαι τῶν ὅρκων καὶ τῶν νό-
μων· Ἀριστείδην δέ, τὸν τοὺς φόρους τάξαντα τοῖς Ἕλλησιν,
οὗ τελευτήσαντος τὰς θυγατέρας ἐξέδωκεν ὁ δῆμος, σχετλιά-
ζοντα ἐπὶ τῷ τῆς δικαιοσύνης προπηλακισμῷ, καὶ ἐπερωτῶντα,
εἰ οὐκ αἰσχύνεσθε, εἰ οἱ μὲν πατέρες ὑμῶν Ἄρθμιον ¹ τὸν Ζελεί-
την, κομίσαντα εἰς τὴν Ἑλλάδα τὸ ἐκ Μήδων χρυσίον, ἐπιδη-
μήσαντα εἰς τὴν πόλιν, πρόξενον ὄντα τοῦ δήμου τῶν Ἀθηναίων,
παρ' οὐδὲν μὲν ἦλθον ἀποκτεῖναι, ἐξεκήρυξαν δ' ἐκ τῆς πόλεως
καὶ ἐξ ἁπάσης ἧς Ἀθηναῖοι ἄρχουσιν· ὑμεῖς δὲ Δημοσθένην, οὐ
κομίσαντα τὸ ἐκ Μήδων χρυσίον, ἀλλὰ δωροδοκήσαντα καὶ ἔτι
καὶ νῦν κεκτημένον, χρυσῷ στεφάνῳ μέλλετε στεφανοῦν· Θε-
μιστοκλέα δέ, καὶ τοὺς ἐν Μαραθῶνι τελευτήσαντας, καὶ τοὺς
ἐν Πλαταιαῖς, καὶ αὐτοὺς τοὺς τάφους τοὺς τῶν προγόνων, οὐκ

contributions de la Grèce, et dont le peuple, après sa mort, fut
obligé de doter les filles : l'un vous conjurant avec cette douceur qui
lui était si naturelle, de ne pas préférer aux lois et à votre serment
les vains discours de Démosthène ; l'autre se plaignant avec force
du mépris de la justice, et vous demandant comment vous, dont
les pères ont délibéré s'ils feraient mourir, et ont fini par bannir de
leur ville et de tous les pays de leur domination Arthmius de Zélie,
qui avait seulement apporté dans la Grèce de l'or des Perses, Arthmius, reçu dans Athènes, où il avait droit d'hospitalité ; comment,
dis-je, vous ne rougissez pas d'honorer d'une couronne d'or Démosthène, qui n'a pas simplement apporté, mais qui a reçu de l'or des
Perses, pour prix de ses trahisons, et qui l'a encore entre les
mains ! Pensez-vous que Thémistocle, que les citoyens morts à Marathon et à Platée, soient insensibles à ce qui se passe de nos jours,
et que des tombeaux même de nos ancêtres ne sortent pas des

ὡς προσῆκεν αὐτῷ,	comme il convenait à lui,
ποιήσασθαι μηδενὶ τρόπῳ	de *ne* faire en aucune manière
τοὺς λόγους Δημοσθένους	les discours de Démosthène
περὶ πλείονος	de plus grand *prix*
τῶν ὅρκων καὶ τῶν νόμων·	que les serments et les lois
Ἀριστείδην δέ,	et Aristide,
τὸν τάξαντα τοὺς φόρους	celui qui a réglé les impôts
τοῖς Ἕλλησιν,	aux Grecs,
οὗ τελευτήσαντος	duquel ayant cessé *de vivre*
ὁ δῆμος ἐξέδωκε τὰς θυγατέρας,	le peuple a établi les filles,
σχετλιάζοντα	se plaignant
ἐπὶ τῷ προπηλακισμῷ	de l'outrage
τῆς δικαιοσύνης,	de la justice,
καὶ ἐπερωτῶντα,	et *vous* interrogeant,
εἰ οὐκ αἰσχύνεσθε,	si vous n'avez-pas-honte,
εἰ οἱ μὲν πατέρες ὑμῶν	si les pères de vous
ἦλθον μὲν παρὰ οὐδὲν ἀποκτεῖναι	vinrent près de rien de tuer
Ἀρθμιον τὸν Ζελείτην,	Arthmius le Zélien,
κομίσαντα εἰς τὴν Ἑλλάδα	qui avait apporté dans la Grèce
τὸ χρυσίον ἐκ Μήδων,	l'or de chez les Mèdes,
ἐπιδημήσαντα εἰς τὴν πόλιν,	qui séjournait dans la ville,
ὄντα πρόξενον	qui était hôte
τοῦ δήμου τῶν Ἀθηναίων,	du peuple des Athéniens,
ἐξεκήρυξαν δὲ	et *le* bannirent-par-proclamation
ἐκ τῆς πόλεως καὶ ἐξ ἁπάσης	de la ville et de toute *la terre*
ἧς Ἀθηναῖοι ἄρχουσιν·	que les Athéniens commandent;
ὑμεῖς δὲ μέλλετε στεφανοῦν	et *si* vous vous allez couronner
στεφάνῳ χρυσῷ Δημοσθένην,	d'une couronne d'or Démosthène,
οὐ κομίσαντα	qui n'a pas apporté
τὸ χρυσίον ἐκ Μήδων,	l'or de chez les Mèdes,
ἀλλὰ δωροδοκήσαντα	mais qui a reçu-des-présents
καὶ κεκτημένον ἔτι	et qui *les* possède encore
καὶ νῦν·	même maintenant;
οὐκ οἴεσθε δὲ Θεμιστοκλέα,	et ne pensez-vous pas Thémistocle,
καὶ τοὺς τελευτήσαντας	et ceux qui ont cessé *de vivre*
ἐν Μαραθῶνι,	à Marathon,
καὶ τοὺς ἐν Πλαταιαῖς,	et ceux à Platée
καὶ τοὺς τάφους αὐτοὺς	et les tombeaux eux-mêmes
τοὺς τῶν προγόνων,	ceux des ancêtres,
ἀναστενάξαι,	élever-des-gémissements,

οἴεσθε ἀναστενάξαι, εἰ ὁ μετὰ τῶν βαρβάρων ὁμολογῶν ωἱς Ἕλλησιν ἀντιπράττειν στεφανωθήσεται;

Ἐγὼ μὲν οὖν, ὦ γῆ, καὶ ἥλιε, καὶ ἀρετή, καὶ σύνεσις, καὶ παιδεία[1], ᾗ διαγιγνώσκομεν τὰ καλὰ καὶ τὰ αἰσχρά, βεβοήθηκα, καὶ εἴρηκα. Καὶ εἰ μὲν καλῶς καὶ ἀξίως τοῦ ἀδικήματος κατηγόρηκα, εἶπον ὡς ἐβουλόμην· εἰ δὲ ἐνδεεστέρως, ὡς ἐδυνάμην. Ὑμεῖς δὲ καὶ ἐκ τῶν εἰρημένων λόγων, καὶ ἐκ τῶν παραλειπομένων, αὐτοὶ τὰ δίκαια καὶ τὰ συμφέροντα ὑπὲρ τῆϛ πόλεως ψηφίσασθε.

gémissements, si on couronne celui qui avoue lui-même avoir conspiré avec les Barbares contre les Grecs ?

Pour moi, terre, soleil, vertu, lumières acquises et naturelles, qui nous faites discerner le bien et le mal, je vous prends à témoin que dans cette cause j'ai défendu l'état autant qu'il m'était possible avec de simples discours ; si j'ai parlé d'une manière digne de mon sujet, j'ai rempli mon ministère selon mes desirs, du moins selon mes forces, si je suis resté au-dessous. Vous, Athéniens, d'après les raisons que je vous ai présentées, et d'après celles qui ont pu m'échapper, prononcez aujourd'hui selon la justice et pour les intérêts de la république.

εἰ ὁ ὁμολογῶν	si celui qui avoue
ἀντιπράττειν τοῖς Ἕλλησι	agir-contre les Grecs
μετὰ τῶν βαρβάρων	avec les barbares
στεφανωθήσεται;	sera couronné?
Ἐγὼ μὲν οὖν, ὦ γῆ,	Moi donc, ô terre,
καὶ ἥλιε, καὶ ἀρετή,	et soleil, et vertu,
καὶ σύνεσις, καὶ παιδεία,	et intelligence, et instruction,
ᾗ διαγιγνώσκομεν	par laquelle nous discernons
τὰ καλὰ καὶ τὰ αἰσχρά,	les choses belles et les honteuses,
βεβοήθηκα, καὶ εἴρηκα.	j'ai porté-secours, et j'ai parlé.
Καὶ εἰ μὲν κατηγόρηκα	Et si j'ai parlé-contre
τοῦ ἀδικήματος	le délit
καλῶς καὶ ἀξίως,	bien et dignement,
εἶπον ὡς ἐβουλόμην·	j'ai dit comme je voulais;
εἰ δὲ ἐνδεεστέρως,	mais si trop faiblement,
ὡς ἐδυνάμην.	comme je pouvais.
Ὑμεῖς δὲ ψηφίσασθε αὐτοί,	Mais vous décidez vous-mêmes
καὶ ἐκ τῶν λόγων εἰρημένων,	et d'après les discours qui ont été dits,
καὶ ἐκ τῶν παραλειπομένων,	et d'après ceux qui sont omis,
τὰ δίκαια	les choses justes
καὶ τὰ συμφέροντα	et celles qui sont-importantes
ὑπὲρ τῆς πόλεως.	pour la ville.

NOTES

DU DISCOURS D'ESCHINE CONTRE CTÉSIPHON.

Page 2. — 1. Athènes était divisée en dix tribus. On élisait tous les ans dans chacune de ces tribus cinquante citoyens qui, tous ensemble, composaient le sénat des Cinq-cents, chargé de préparer les affaires avant qu'elles ne fussent portées devant le peuple.

Page 4. — 1. Le peuple votait en levant les mains ; lorsque le héraut avait compté les mains levées, le président de l'assemblée proclamait le résultat du vote.

Page 6. — 1. Chaque tribu avait à son tour la préséance dans le conseil des Cinq-cents. Les prytanes étaient les cinquante sénateurs qui représentaient la tribu chargée de la présidence ; ils avaient seuls le droit de convoquer les assemblées du peuple. Les proèdres, choisis au nombre de dix parmi les cinquante, présidaient pendant une semaine, et, dans les assemblées, exposaient le sujet de la délibération.

Page 8. — 1. Solon, le législateur par excellence, pour les Athéniens.

Page 12. — 1. Les orateurs du sénat étaient probablement les citoyens qui, sénateurs eux-mêmes, soutenaient les propositions qu'ils avaient faites dans les assemblées de leur ordre.

Page 18. — 1. On appelait ainsi les six archontes, chargés de veiller à la conservation des lois, à l'exception des trois premiers, l'archonte Éponyme, l'archonte Roi et l'archonte Polémarque. L'archonte Éponyme donnait son nom à l'année, et était surtout chargé de l'administration civile ; l'archonte Roi présidait aux affaires de la religion ; l'archonte Polémarque commandait les armées.

— 2. Les ἀρχαιρεσίαι étaient les assemblées où le peuple élisait les magistrats ; elles se tenaient dans le Pnyx.

Page 20. — 1. Le décret concernant la réparation des murs paraît avoir été porté à la fin de la première ou au commencement de la seconde année de la 110e Olympiade ; la guerre avec Philippe était alors imminente.

— 2. Il faut sous-entendre ὁ γραμματεύς, le greffier ; c'était lui qui lisait au peuple les lois, actes et décrets que voulait citer l'orateur.

Page 26. — 1. L'Aréopage connaissait surtout des crimes capitaux ; on le chargeait quelquefois extraordinairement des causes importantes qui intéressaient l'état

— 2. Le raisonnement est celui-ci : On ne peut être couronné qu'après avoir rendu ses comptes ; on ne rend ses comptes qu'au sortir de sa charge ; donc les membres de l'Aréopage, dont la magistrature est perpétuelle, ne peuvent être couronnés.

— 3. Τρυφᾶν signifie proprement se livrer au luxe, aux plaisirs, et, par une transition naturelle, devenir insolent, franchir toute borne, se mettre au-dessus des lois.

Page 30. — 1. Δέκα τάλαντα. La valeur du talent était de soixante mines. La mine, que l'on évalue en monnaie actuelle 92 francs 68 centimes, se composait de cent drachmes ; la drachme (0 fr. 93 cent.), était l'unité de monnaie des Grecs, répondant à peu près à notre franc.

Page 32.—1. L'ἀντιγραφεύς tenait un registre des sommes reçues par les questeurs ; ce registre servait ensuite à vérifier les comptes de ces magistrats.

— 2. Plutarque parle de cet Eubule d'Anaphlyste, comme d'un citoyen qui jouissait de la plus grande considération. Il s'était appliqué à l'administration des finances, et avait augmenté les revenus du trésor.

Page 34. — 1. Cet Hégémon est probablement le même que celui dont parle Démosthène dans son discours sur la couronne.

Page 38. — 1. Athènes, et en général l'Attique, se divisait en tribus, tiers de tribus et bourgs.

Page 40.—1. Les dix tribus d'Athènes empruntaient leurs noms de dix héros du pays. Pandion, cinquième roi d'Athènes, donnait son nom à la tribu Pandionide.

Page 42. — 1. Ἐν Πνυκί. Le Pnyx était quelquefois le lieu des assemblées populaires. Des fouilles récentes en ont fait découvrir l'emplacement.

Page 44.—1. Les fêtes de Bacchus étaient de deux sortes : les grandes, qui étaient au rang des plus importantes solennités, se célébraient dans la ville même, vers le printemps, et s'appelaient *Dionysia* ; les petites se célébraient en pleine campagne, vers le temps de l'automne, et s'appelaient *Lenæa*.

— 2. Quelque temps avant les grandes fêtes de Bacchus, les poètes tragiques présentaient de nouvelles pièces, qu'ils avaient composées pour disputer le prix. Des juges nommés par l'état couronnaient et faisaient représenter avec beaucoup de pompe la tragédie qui paraissait la meilleure. On représentait aussi celles qui avaient obtenu le second et le troisième rang. Ces pièces se jouaient pendant les fêtes, et se nommaient les *nouvelles tragédies*.

Page 46. — 1. La charge des thesmothètes consistait, à ce qu'il semble, à proposer au peuple les modifications à faire aux lois existantes.

— 2. On appelait σανίδες les tables sur lesquelles on inscrivait et exposait publiquement les lois qui devaient être offertes à la sanction du peuple.

— 3. Les Éponymes étaient les dix héros dont Clisthène avait donné les noms aux dix tribus d'Athènes. Leurs statues étaient exposées dans la place publique, près du sénat.

Page 48. — 1. Διαχειροτονία s'emploie lorsque le vote du peuple doit décider entre des propositions différentes; ἐπιχειροτονία, lorsque le peuple doit simplement, par son vote, approuver ou rejeter une proposition.

Page 50. — 1. Πολλὴν χάριν καταθέμενοι, reconnaissant qu'ils devaient vous en savoir gré, et non pas, *après avoir excité votre reconnaissance par des services et des bienfaits*, comme Stock et quelques autres interprètes ont voulu l'expliquer.

Page 52. — 1. Les Attiques omettent très-souvent l'augment du plus-que-parfait; cette irrégularité est plus fréquente encore chez les Ioniens, qui négligent aussi le redoublement du parfait.

Page 54. — 1. Taylor et Wolf font rapporter ψευδῆ à φιλοτιμίαν et non à κηρύγματα, des honneurs non mérités. Cette explication me paraît la plus satisfaisante.

— 2. Ἀπούσης βουλῆς ne veut pas dire sans la participation ou en l'absence du sénat, mais excepté le sénat.

Page 56. — 1. Μὴ ὅτι au premier membre d'une phrase, et ἀλλ' οὐδέ ou même ἀλλά seul, au second, répondent assez bien à la locution latine *non modo non... sed ne quidem*. Il faut sous-entendre λέγω : *Je ne dis pas* qu'aucun état, *mais je dis* qu'aucun particulier même etc.

Page 62. — 1. Céphisodote avait été envoyé par les Athéniens dans l'Hellespont, à la tête d'une flotte, pour réprimer les projets ambitieux de Midias, qui voulait s'emparer de toute la Thrace. Il s'embarqua sur un vaisseau dont Démosthène était le triérarque, et s'approcha d'Alopéconèse ; là, surpris et trompé par Charidème, il céda à Cersoblepte, par un traité, le gouvernement de la Thrace. Les Athéniens irrités annulèrent le traité, et condamnèrent Céphisodote à une amende de cinq talents.

— 2. Démosthène était chorége, lorsqu'il reçut un soufflet de Midias dans le théâtre de Bacchus. Il avait fait condamner Midias à une forte amende ; mais craignant de s'attirer l'inimitié d'un citoyen aussi riche et aussi puissant, il n'avait exigé que trois mille drachmes. Plutarque cite ce fait dans sa *Vie de Démosthène*. Nous avons encore le discours qui fut prononcé par Démosthène contre Midias.

— 3. Chorége, chef d'un chœur de musiciens qui disputait le prix dans les fêtes solennelles de la Grèce.

Page 68. — 1. Amphipolis fut assiégée et prise par Philippe la troisième année de la 105e Olympiade.

— 2. Cette paix fut conclue la deuxième année de la 108e Olympiade.

— 3. La paix dura environ six ans ; car, la première année de la 110e Olympiade. la guerre entre Athènes et Philippe était sur le point d'éclater.

— 4. La bataille de Chéronée fut livrée dans la troisième année de la 110e Olympiade.

Page 70. — 1. Athènes devait être le lieu de cette réunion des députes de la Grèce.

Page 76. — 1. Les sénateurs étaient choisis au sort. On choisissait de même un second, pour succéder au premier en cas de décès ou de prévarication.

Page 80. — 1. Il était interdit par les lois de convoquer le peuple les jours de fête. Προαγών désigne probablement ici les concours pour le prix de musique. Ils avaient lieu le premier jour des grandes fêtes d'Esculape, que l'on célébrait à Épidaure.

Page 82. — 1. Ces députés étaient Antipater, Euryloque et Parménion. Cet Antipater est le même qu'Alexandre laissa en Macédoine, pendant son absence, avec le titre de vice-roi.

Page 84. — 1. On gravait sur des colonnes de marbre les traités faits avec quelque prince ou quelque republique.

Page 88. — 1. Ἐξόν. On rencontre ainsi à l'accusatif plusieurs participes neutres qui ont la valeur d'une proposition tout entière, précédée de *comme, puisque, quoique*, etc. Les plus usités sont ἐξόν, δέον et δόξαν.

Page 90.—1. Eschine appelle αὐτομολοῦντας, *transfuges politiques*, ceux qui changent de parti selon les circonstances. Αὐτομολεῖν se dit proprement d'un soldat qui passe à l'ennemi.

Page 92. — 1. Προεδρίαν, droit de s'asseoir au milieu des premiers membres de l'assemblée.

— 2. Ζεύγη ὀρικά, voitures attelées de mulets ; les personnages de distinction seuls voyageaient ainsi.

— 3. Charidème, né à Orée, en Eubée, avait servi sous Iphicrate et mérité, par ses services, le droit de cité dans Athènes. Si c'est de lui que parle Eschine, il se trouvait probablement à la cour de Philippe, quand ce prince fut assassiné par Pausanias, puisqu'Eschine dit qu'il fit prévenir Démosthène, par un exprès, de la mort du roi de Macédoine.

Page 94. — 1. Euripide dit de même :

Πρώτη σ' ἐκάλεσα πατέρα καὶ σὺ παῖδ' ἐμέ.

Iphig. A. 1220.

Et Racine :

Fille d'Agamemnon, c'est moi qui la première,
Seigneur, vous appelai de ce doux nom de père.

Iphig. acte IV, sc 4.

Plutarque fait observer avec raison que ce reproche d'Eschine est l'éloge de Démosthène, puisque l'espoir de voir sa patrie délivrée l'emportait même sur sa douleur paternelle.

— 2. Cicéron a la même pensée : *Magna fit mutatio loci, non ingenii*. Et Horace :

Cœlum, non animum, mutant qui trans mare currunt.

Ep. 1, 11.

Page 98. — 1. Eschine veut probablement faire entendre que Philocrate ne partageait pas avec Démosthène l'argent qu'il recevait de Philippe.

Page 100 —1. Halonèse, île de la mer Égée, située assez près de la Macédoine, à l'entrée du golfe Thermaïque.

— 2. Aristodème, général Athénien, qu'il ne faut pas confondre avec le comédien du même nom dont parle Démosthène.

Page 102.—1. Mnésarque, Callias et Taurosthène ne sont guère connus que par ce passage d'Eschine, soit que tout ce qu'il en dit soit vrai, soit qu'il soit faux en partie.

— 2. Ὠρωπὸν ἀφ. Cet événement eut lieu la troisième année de la 103ᵉ Olympiade.

— 3. Les Athéniens allèrent au secours des Eubéens la troisième année de la 105ᵉ Olympiade.

Page 104. — 1. Plutarque, tyran d'Érétrie, appela les Athéniens à son secours contre Philippe, qui menaçait l'Eubée (Olymp. CVI, 4), et les trahit ensuite pour se joindre à lui.

— 2. Tamynes, ville d'Eubée, dans le pays des Érétriens; c'est sous les murs de cette ville que les Athéniens, conduits par Phocion, défirent les Chalcidiens.

— 3. Cotylée, montagne de l'Eubée, assez voisine de Tamynes.

Page 106. — 1. Phèdre dit :

Te, naturæ dedecus,
Quod ferre cogor, certe bis videor mori.

Liv. I, fable 21.

Page 108.—1. L'Euripe, détroit qui séparait l'Eubée du continent de la Grèce. Sénèque le tragique et Pline le naturaliste prétendent que le flux et le reflux s'y reproduisent sept fois en vingt-quatre heures Chalcis était située sur le rivage de l'Euripe.

— 2. La course tenait un rang considérable dans les exercices des athlètes. On en distinguait trois principales : la course simple ou le stade (στάδιον), qui contenait quatre-vingt-quatorze toises et demie ; la course double (δίαυλος), qui contenait deux fois autant, et la longue course (δόλιχος), qui contenait douze stades et plus encore.

Page 116. — 1. Démosthène alla en ambassade dans le Péloponèse, la première année de la 109ᵉ Olympiade. C'est peut-être au retour de cette ambassade qu'il se rendit en Acarnanie.

Page 120.—1. Συστρέψας, comme συστρέψας ἑαυτόν, métaphore tirée d'un cheval qui *se rassemble*, d'un serpent, d'une bête féroce qui, en se repliant sur eux-mêmes, rassemblent toutes leurs forces.

— 2. Le datif se met ainsi avec les adjectifs qui marquent ressemblance, ὅμοιος, ὁ αὐτός, etc., ou opposition, ἐναντίος, ἐχθρός, etc.

— 3. Τοῦ κλέμματος ἅψαι, c'est-à-dire : donne seulement lecture de la partie du décret où l'on voit clairement l'imposture de Démosthène.

Page 122.—1. Τὴν πανσέληνον. Le jour de pleine lune, c'est-à-dire le 15 du mois ; c'était l'époque fixée par Démosthène pour le rendez-vous général.

— 2. Philippe avait chassé Plutarque d'Érétrie pour y établir Clitarque.

Page 126.—1. Les Cirrhéens, habitants de Cirrha ; cette ville était à soixante stades de Delphes, sur la mer. Les Acragallides étaient voisins des Cirrhéens.

— 2. Les Amphictyons s'assemblaient deux fois par an ; à Delphes, dans le printemps, et dans l'automne, aux Thermopyles. La plupart des peuples de la Grèce avaient le droit d'envoyer deux députés à ces assemblées ; ils en envoyaient quelquefois trois ou quatre, mais qui n'avaient que deux voix. Le premier, le chef des députés, s'appelait *hiéromnémon*, c'est-à-dire gardien des registres sacrés ; les autres se nommaient *pylagores*, c'est-à-dire orateurs députés aux Thermopyles ; on désignait également par ce nom les orateurs députés au conseil de Delphes. On traitait, dans l'assemblée des Amphictyons, des affaires générales de la religion et de la nation.

Page 128.—1. Ἀθηνᾷ Προνοίᾳ. Dans Athènes, on honorait Minerve sous le nom de *Prévoyante*, parce qu'elle avait su prévoir l'époque des couches de Latone, et préparer toutes les choses nécessaires pour la délivrance de cette déesse. Mais, en général, les Athéniens entendaient par *Minerve Prévoyante*, l'intelligence de l'Être souverain, et cette providence par laquelle il règle tous les événements. *Auger.*

Page 132.—1. Les Locriens se divisaient en Locriens-Ozoles, Locriens-Opontiens et Locriens-Épicnémides. La capitale des Locriens-Ozoles était Amphisse.

Page 134.—1. C'est le Midias qui avait donné un soufflet à Démosthène en plein théâtre.

Page 136 —1. Τὸν καινὸν νεών. Il n'y avait pas deux temples à Delphes, comme le mot καινόν pourrait le faire entendre. Le temple de Delphes avait été brûlé ; les Amphictyons le firent rebâtir, et l'ouvrage n'était pas encore terminé, ni par conséquent le temple consacré, lorsque les Athéniens suspendirent à ses voûtes les boucliers d'or dont Eschine parle en cet endroit.

—2. Les Grecs donnaient quelquefois aux Perses le nom de Mèdes parce que la victoire de Cyrus avait réuni les deux peuples.

—3. Les Thébains s'étaient joints aux Perses, lors de leur première expédition contre la Grèce.

Page 138.—1. Κρώβυλος signifie proprement, selon Hésychius, une touffe de cheveux ramenée en arrière du front sur la tête, et selon Suidas, désigne la chevelure frisée des enfants. Harpocration dit que *Crobyle* était un surnom d'Hégésippe. Il serait donc possible qu'Eschine voulût parler ici de cet orateur, l'expression ἐκεῖνος s'appliquant toujours à un personnage connu. On ignore toutefois à quel sujet et dans quelle conjoncture Hégésippe aurait proposé l'alliance des Phocéens.

Page 140. — 1. *Les corbeilles sacrées sont levées*, c'est-à-dire sont entre les mains de ceux qui les présentent au commencement du sacrifice. On mettait dans ces corbeilles les offrandes, le couteau et autres ustensiles nécessaires pour la cérémonie. Euripide dit :

> Κάλχας δ' ὁ μάντις εἰς κανοῦν χρυσήλατον
> ἔθηκεν ὀξὺ χειρὶ φάσγανον σπάσας;
> κολεῶν ἔσωθεν. *Iph.* A. 1565.

Quelques interprètes lisent ἐνῆρχται au lieu de ἐνῆρται, et expliquent : *les corbeilles sacrées sont préparées*, littéralement, *ont déjà commencé.*

Page 142. — 1. Ὅσοι ἐπὶ διετὲς ἡβῶσι. Tous ceux qui ont atteint depuis deux ans l'âge de puberté, c'est-à-dire tous ceux qui ont vingt ans; l'âge de puberté était fixé à dix-huit. Suidas prétend que c'était à quatorze.

— 2. Θυτεῖον, la place des victimes.

Page 144. — 1. Cottyphe, originaire d'Arcadie, s'était attaché aux Thessaliens, et était venu s'établir à Pharsale, en Thessalie.

Page 150. — 1. Πλὴν μιᾶς πόλεως... Thèbes, détruite par Alexandre la seconde année de la 111ᵉ Olympiade.

Page 152.—1. Philippe avait personnellement à se plaindre d'Athéas, roi des Scythes. Il marcha contre lui, défit son armée qui était très-nombreuse, et remporta un immense butin.

— 2. Démosthène dit dans sa troisième Olynthienne, chapitre 1ᵉʳ, ὁ μὲν οὖν παρὼν καιρὸς μονονουχὶ λέγει φωνὴν ἀφιείς.

Page 154. — 1. Ἡ τῶν μυστῶν τελευτή. La mort subite des initiés, que l'on attribuait à la vengeance divine.

— 2. Φιλιππίζειν. « Demosthenes quidem, qui abhinc annos prope trecentos fuit, jam φιλιππίζειν Pythiam dicebat, id est, quasi cum Philippo facere. Hoc autem eo spectabat, ut eam a Philippo corruptam diceret. » *Cicero de Divin.* II, 57.

— 3. Τὸ τελευταῖον désigne ici la bataille de Chéronée. —Ἀκαλλιέρητον ἱερόν, sacrifice qui n'est pas favorable, en latin, *sacrum non litatum.*

Page 156. — 1. Alexandre avait déjà remporté plusieurs victoires sur Darius.

Page 158. — 1. Les Phocéens avaient profané des terres consacrées à Apollon ; ils eurent en conséquence une guerre fort longue à soutenir contre plusieurs peuples de la Grèce. Les Lacédémoniens, condamnés par le conseil amphictyonique à une amende de mille talents pour s'être emparés de la Cadmée, citadelle de Thèbes, se jetèrent dans le parti des Phocéens. Ceux-ci, dans le cours de la guerre, pillèrent le temple de Delphes, et les Lacédémoniens furent soupçonnés d'avoir eu quelque part à ce pillage.

— 2. Pendant qu'Alexandre était en Asie, les Lacédémoniens, jugeant l'occasion favorable pour secouer le joug, soulevèrent presque tout le Péloponèse. Antipater les défit (Olympiade CXII, 2) après un combat opiniâtre, et leur permit d'envoyer une ambassade au **roi**, pour apprendre leur sort de sa bouche.

Page 160. — 1. Hésiode, Ἔργα καὶ Ἡμέραι, v. 240 et suiv.

— 2. Ce dernier vers se lit ainsi dans Hésiode :

Ἥ νέας ἐν πόντῳ Κρονίδης ἀποτίνυται αὐτῶν.

Page 162.— 1. Phrynondas et Eurybate, deux fameux imposteurs, dont les noms étaient passés en proverbe.

— 2. Thrasybule, général athénien, autre que celui dont il est fait mention par la suite. — Collyte, bourg de la tribu Égéide.

— 3. Thrason, Archidème et Pyrandre ne sont connus que par ce qu'Eschine en dit ici — Erchéa, autre bourg de la tribu Égéide.

— 4. Leodamas, disciple d'Isocrate. Son nom se trouve dans un decret cité par Démosthène. — Acharna, bourg de la tribu OEneïde.

— 5. Pelex, bourg de la tribu Léontide. — Deux lignes plus bas, Azenia, bourg de la tribu Hippothoontide.

Page 164. — 1. Pendant la guerre de Phocide, les Phocéens avaient pris aux Thessaliens la ville de Nicée. Philippe la leur rendit, pour les faire entrer dans ses vues.

— 2. Elatée, ville principale de la Phocide, assez voisine de Thèbes.

Page 166. — 1. Après la bataille de Chéronée, **Philippe** mit une garnison à Thèbes, tandis qu'il faisait la paix avec les **Athéniens**, et leur renvoyait leurs prisonniers sans rançon.

— 2. Les Béotiens de Thèbes, périphrase adroite dont se servait Démosthène pour ne pas nommer les Thébains, ennemis d'Athènes.

Page 168.— 1. L'emploi du participe grec φέρων, avec le sens du latin *ultro*, est très-fréquent.

Page 170.— 1. Βοιωτάρχαις. Le conseil souverain de Béotie s'assemblait à Thèbes, où les principales villes, Tanagre, Thespies, Platée et plusieurs autres envoyaient leurs députés. On les nommait *Béotarques*, chefs ou principaux de la Béotie. *Auger.*

Page 172.— 1. Κεναὶ χῶραι, *vacca nomina*, soldats absents, que le gouvernement paie comme étant sous les armes, et dont les chefs s'approprient la solde.

— 2. L'histoire ne fait pas mention de ces faits.

Page 176. — 1. C'est probablement ce même Cléophon dont parle Eschine dans son discours sur la fausse ambassade; sur la fin de la guerre du Péloponèse, il avait menacé de tuer quiconque proposerait d'accepter la paix honorable offerte à Athènes, après ses revers en

Sicile, par les Lacédémoniens. Il est question de ce Cléophon dans plusieurs comédies d'Aristophane, et notamment dans les *Grenouilles*.

Page 182. — 1. Ἀγαθῇ τύχῃ répond tout à fait au latin *Quod felix faustumque sit, Quod bene vertat* ou *cedat !*

— 2. Platon, dans le *Ménexène*, parle aussi de cet usage.

Page 186.—1. «On ne peut nier, dit la Harpe, que ce morceau ne présente un contraste habilement imaginé. L'orateur s'y prend aussi bien qu'il est possible pour rendre son adversaire odieux. Il assemble autour de la tribune les ombres de ces infortunés citoyens ; il les place entre le peuple et Démosthène ; il l'investit de ces mânes vengeurs, et en forme autour de lui un rempart dont il semble lui défendre de sortir. Mais Démosthène renversera d'une seule phrase tout cet appareil de deuil et de vengeance que son rival avait élevé contre lui.»

Page 188. — 1. Μαργίτης signifie un fou, un écervelé : c'était le héros d'un poème comique attribué à Homère.

Page 190. — 1. Voir pour ce fait, Plutarque, *Vie de Démosthène*, ch. XXIII.

— 2. Il faut probablement entendre ici par ces expressions le conseil amphictyonique.

— 3. On appelait πάραλοι ceux qui étaient chargés de conduire la galère sacrée (πάραλος) ; cette galère servait souvent au transport des ambassadeurs.

Page 192. — 1. Alexandre ne passa pas d'abord en Asie ; il y envoya Attale et Parménion.

Page 194.— 1. Près d'Issus, où Alexandre remporta sur les Perses une victoire célèbre.

— 2. Χρυσόκερων. Victime dont les cornes étaient dorées, selon l'usage des anciens. Ovide dit :

Et pandis inductæ cornibus aurum
Conciderant ictæ nivea cervice juvencæ.

Métam. X, 271.

Page 196. — 1. Τὸ ξενικόν désigne ici les troupes qui, après la bataille d'Issus, se détachèrent de l'armée des Perses, avec le consentement du roi, pour aller soutenir la rébellion du Péloponèse.

Page 198. — 1. Les Perrhébiens occupaient la partie septentrionale de la Grèce, depuis le fleuve Pénée.

— 2. Voyez la note 1 de la page 26.

Page 204. — 1. Céramique, bourg de la tribu Acamantide.

— 2. Νύμφαιον τὸ ἐν Πόντῳ, Nymphée, ville de la Chersonèse Taurique.

— 3. Il était permis à tout accusé de sortir de sa patrie pendant le procès ; si l'accusateur obtenait sa condamnation, il ne pouvait plus y rentrer.

— 4. Ville assez considérable, fondée sur le Bosphore par une colonie de Milésiens.

— 5. Les lois d'Athènes défendaient d'épouser une étrangère.

Page 210. — 1. Περιῤῥαντηρίων. Vases d'eau lustrale placés à l'entrée des temples et de la place publique, dont s'arrosaient légèrement ceux qui entraient.

Page 212. — 1. Καταπέπλυται. De même qu'un vêtement souvent lavé perd sa fraîcheur et son éclat et s'use ; de même les récompenses trop souvent prodiguées ont perdu leur mérite et sont usées. Cornelius Nepos a dit : *Ut populi nostri honores quondam fuerunt rari et tenues, ob eamque causam gloriosi, nunc autem effusi atque obsoleti ; sic olim apud Athenienses* (Miltiade, VI, 2).

Page 216. — 1. Phyle, fort de l'Attique où se retirèrent d'abord, pendant la domination des trente tyrans, les vrais partisans de la démocratie, sous la conduite de Thrasybule et d'Archine.

Page 218. — 1. Strymon, rivière de Thrace, auprès de laquelle Cimon, général athénien, remporta une victoire célèbre sur les Perses.

— 2. Les Hermès étaient des statues de Mercure, de pierre carrée, propres à recevoir des inscriptions.

— 3. Ce portique était sur la place publique.

— 4. Ἦν est mis ici pour ἦσαν.

— 5. Éione, ville de Thrace, à l'embouchure du Strymon, non loin d'Amphipolis. Elle appartenait alors à Xerxès, qui, au rapport de Plutarque, avait chargé Butès de la défendre. Butès, ne pouvant plus résister, mit le feu à la citadelle, et se jeta dans les flammes.

Page 220. — 1. Μενεσθεύς. Voir Homère, *Iliade*, livre II, vers 552.

Page 222. — 1. Voici ce que dit Cornélius Népos : *Namque huic Miltiadi, qui Athenas totamque Græciam liberavit, talis honos tributus est, in porticu quæ Pæcile vocatur, quum pugna depingeretur Marathonia, ut in decem prætorum numero prima ejus imago poneretur, isque hortaretur milites, præliumque committeret.*

— 2. Ἐν τῷ Μητρῴῳ, dans le temple de la mère des dieux ; c'est là que les Athéniens déposaient les registres publics et les archives.

Page 226. — 1. Philammon, athlète contemporain d'Eschine et de Démosthène. — Glaucus était de Caryste, ville d'Eubée.

— 2. Ministre d'Athènes, fameux par sa mauvaise administration, et dont le nom était passé en proverbe.

Page 228. — 1. On punissait avec la même rigueur ceux qui parlaient contre les lois et ceux qui les violaient.

Page 230. — 1. Ἀναποδίζειν, faire revenir quelqu'un sur ses pas, le rappeler.

Page 236. — 1. Les Grecs se servaient de clepsydres pour mesurer le temps pendant lequel chaque orateur devait parler.

Page 238. — 1. On suspendait au tribunal une affiche où se trouvaient le décret attaqué, et à côté, les lois qui avaient été violées par le décret.

— 2. Δικαία ἀπολογία, *défense dans les formes, dans les règles.*

Page 242. — 1. Κάλει, κάλει. Ce passage est une preuve du plaisir que les Athéniens avaient à entendre Démosthène.

Page 248. — 1. Τὸ μὴ μνησικακεῖν, *oublier les torts passés*, était chez les Grecs la formule d'amnistie. Le mot ἀμνηστία ne fut introduit que plus tard.

Page 250. — 1. Démosthène demeurait au Pirée, dit Eschine ; il était comme un vaisseau à l'ancre prêt à partir.

Page 252.—1. Ἐπένθησε καὶ ἐκείρατο. Dans les jours de grand deuil, les anciens se faisaient couper les cheveux. Cet usage est peut-être indiqué dans le Deutéronome, au chapitre XIV, 1 : *Filii estote Domini Dei vestri : non vos incidetis, nec facietis calvitium super mortuo.* Et dans Homère :

Κείρασθαί τε κόμην, βαλέειν τ' ἀπὸ δάκρυ παρειῶν.
Odyssée IV, 198.

Lorsque Héphestion mourut, Alexandre, au rapport de Plutarque, fit couper les crins des chevaux et des mulets, pour faire porter aux animaux même le deuil de son ami.

Page 254. — 1. Οὐ κεφαλήν, ἀλλὰ πρόςοδον. Toup pense qu'il faudrait lire κεφάλαιον au lieu de πρόςοδον. Le jeu de mots d'Eschine gagnerait à cette restitution. Κεφάλαιον signifie un capital qui porte intérêt.

Page 262. — 1. Eschine avait souvent attaqué Démosthène à la tribune, dans ses harangues, mais il ne l'avait jamais poursuivi juridiquement.

Page 264. — 1. Chabrias, général des Athéniens, vainquit Pollis, près de Naxos, dans un combat naval.

Page 266. — 1. Olympias dirigeait avec Antipater les affaires de la Macédoine et de la Grèce, pendant qu'Alexandre était en Asie. Anaxine, un de ses espions, était venu à Athènes où il se faisait passer pour un commerçant.

— 2. Ἅλας... τραπέζης. Le sel et la table forment l'amitié; ils en sont le symbole.

Page 268. — 1. Ἔνατα. Chez les anciens, le cadavre se conservait sept jours; le huitième jour, on le brûlait, et le neuvième, on enterrait les cendres. C'est par allusion à cet usage qu'Horace a dit :

Novemdiales dissipare pulveres.

Épod. XVII, 48.

— 2. Eschine veut parler ici de l'ambassade que les Athéniens envoyèrent à Philippe, après la bataille de Chéronée, pour obtenir la paix.

Page 272. — 1. Saint Chrysostome a employé la même comparaison à la fin de sa quarante-troisième homélie : Καίτοι γε αὐλοῦ τὰς γλωττίδας ὅν ἀφέλης, ἄχρηστον λοιπὸν κεῖται τὸ ὄργανον.

Page 278. — 1. Lacédémone, après la prise d'Athènes, y avait établi trente tyrans, qui commettaient envers les citoyens les plus grandes cruautés.

Page 280. — 1. Τάφας ἀνελόντα. Démosthène, pour réparer les murs, avait été obligé, comme autrefois Thémistocle, d'abattre des tombeaux; Eschine lui reproche cette action comme un sacrilége.

Page 284. — 1. L'histoire ne parle pas de ce fait, non plus que de la lettre citée par Eschine quelques lignes plus haut.

— 2. Τὴν ἄκραν. La Cadmée, citadelle de Thèbes, qui était occupée par les Macédoniens.

— 3. Tandis qu'Alexandre était en Asie, les Thébains appelèrent les Arcadiens, pour les aider à secouer le joug des Macédoniens. Les Arcadiens leur demandèrent dix talents avant de tenter cette entreprise. Thèbes s'adressa pour avoir cette somme à Démosthène, qui venait de recevoir de l'argent du roi de Perse afin de susciter des ennemis à la Macédoine. Démosthène refusa, et Antipater donna les dix talents aux Arcadiens, pour les faire rester chez eux.

Page 286. — 1. Philippe avait fait épouser sa fille Cléopâtre à Alexandre, frère d'Olympias et oncle d'Alexandre le Grand, roi des Molosses ou des Épirotes.

Page 288. — 1. Alexandre, celui dont nous venons de parler, passa en Italie à la sollicitation des Tarentins, qui réclamaient son secours.

Il fut défait par les habitants du Brutium, et périt avec toute son armée, l'an 331 avant notre ère.

— 2. Cette victoire fut remportée par Iphicrate pendant la guerre de Corinthe, la quatrième année de la 116ᵉ Olympiade. Cornélius Népos dit : *Hoc exercitu moram Lacedæmoniorum intercepit ; quod maxime tota celebratum est Græcia.* — Chez les Lacédémoniens, la μόρα était un corps d'élite de 500 hommes, suivant les uns, et suivant d'autres, de 700 et même 900 hommes. Le chef de la μόρα se nommait πολέμαρχος.

— 3. Lorsque Timothée alla pour la première fois en Thrace, il fit le tour de la Grèce avec sa flotte, et soumit Corcyre aux Athéniens.

Page 290. — 1. Dracon avait ordonné qu'on exterminât même les choses inanimées, dont la chûte causerait la mort d'un homme. Solon laissa subsister cette loi.

— 2. Τὴν πανυστάτην ἔξοδον. Il faut entendre par ces mots l'expédition qui se termina par la bataille de Chéronée.

Page 296. — 1. Eschine semble ici faire allusion aux fonds du théâtre, destinés d'abord à lever des troupes et à équiper des vaisseaux, puis distribués au peuple les jours des assemblées ou des spectacles.

Page 298. — 1. Εἰς Σάμον. Peut-être s'agit-il d'Autocylus, qui fut condamné à mort par l'Aréopage.

— 2. Léocrate, après la déroute de Chéronée, s'embarqua de nuit avec ses richesses, et se réfugia à Rhodes. Il rentra cinq ans après dans Athènes, et fut poursuivi devant les tribunaux par Lycurgue.

Page 300. — 1. Τὸ συνέδριον... συλλέγεσθαι. Ces mots désignent évidemment le conseil amphictyonique.

Page 304. — 1. Il est question de cet Arthmius dans la troisième Philippique de Démosthène, au chapitre X.

Page 306. — 1. Démosthène, dans sa réponse, tourne en ridicule ces expressions emphatiques.

Imprimé en France
FROC032158060720
24426FR00012B/304

9 782329 420622